O Beijo do Sol

LILIAN S. BASTIDAS

O Beijo do Sol

PandorgA
NACIONAL

Direção Editorial
Silvia Vasconcelos
Produção editorial
Equipe Editora Pandorga
Preparação
Fernanda Satie Ohosaku
Revisão
Tássia Carvalho
Projeto gráfico e diagramação
Fernanda Satie Ohosaku
Ilustrações
©Freepik
Composição de capa
Cristiane L. Viana
Fotografia
Aryella Nascimento

Texto de acordo com as normas do Novo Acordo Ortográfico da Língua Portuguesa
(Decreto Legislativo nº 54, de 1995)

Dados Internacionais de Catalogação na Publicação (CIP)
Ficha elaborada por: Tereza Cristina Barros - CRB-8/7410

Bastidas, Lilian Sabião.
O beijo do sol / Lilian Sabião Bastidas. – 1.ed. – São Paulo : PandorgA, 2017.
400 p. ; 16 x 23 cm.

ISBN 978-85-8442-196-1

1. Romance brasileiro I. Título.

17.01/001-2017 CDD-869.93

2017
IMPRESSO NO BRASIL
PRINTED IN BRAZIL
DIREITOS CEDIDOS PARA ESTA EDIÇÃO À
EDITORA PANDORGA
AVENIDA SÃO CAMILO, 899
CEP 06709-150 – GRANJA VIANA – COTIA – SP
TEL. (11) 4612-6404

WWW.EDITORAPANDORGA.COM.BR

Sumário

PARTE I

PARTE II

E se seus maiores sonhos chegassem tarde? Você deixaria que fossem embora ou agarraria tudo com as duas mãos?

Parte 1

Capítulo Um

ANTES DE TUDO

Quando o amor chega tarde, carrega consigo uma serpente negra que se enrosca de um jeito perigoso no pescoço da vítima, até fazê-la engasgar. Sem aviso e sem razão, relaxa os músculos para que a presa recupere o fôlego e, então, ataca novamente para vê-la sofrer aos poucos, agonizando. Sendo assim, não seria melhor e até mesmo desejável morrer de repente? Não, porque a morte rápida não trará alívio algum! O tipo de amor a que me refiro não morre nunca. Ele sobrevive às sombras e desafia a luz.

Quando o amor chega tarde, arde. E se aparecer desse jeito no coração de uma mulher de meia-idade, vai consumir seu íntimo com labaredas impensáveis até que ela diga o seu nome, a sua prece, o seu pesar. Ela se arrepende por não ter evitado o seu sorriso, por não ter fechado bem os olhos... Agora que ela sorriu e olhou, olhou e sorriu, vai ter de se amparar para não cair em um abismo esquecido, sepultado.

O passado e o que ainda está por vir escapam das mãos e se confundem. Parece que não houve vida antes daquela paixão e que o futuro não será longo o bastante para realizar suas promessas e muito menos para o que seria melhor: esquecê-las. Da mesma maneira, o presente aprisiona e não há como enfrentar todos esses tempos escorregadios.

Por fim, quando o amor chega tarde, não está simplesmente atrasado; significa que chegou tarde *mesmo*, tarde *demais*. Dessa forma, o veneno da serpente vai percorrer com maior velocidade o caminho interditado atrás do qual a mulher madura havia escondido seu maior tesouro e seu maior segredo... E se o homem a quem ama morar em um país distante (águas e mais águas, oceanos além), se for um jovem *Bodhisattva* iluminado e se, acima de tudo, ele tiver os olhos tão difusos quanto os vapores de um arco-íris, só restará a ela recorrer ao último recurso capaz de preservar sua dignidade: a poesia.

No entanto, esse processo não será fácil! A arte da palavra é um mar profundo que exige fôlego dos seus mergulhadores. Para os que não são poetas, assim como eu também não sou, haverá um problema a mais a ser resolvido, um desespero desengonçado de nome bem conhecido: o "vazio"! Dentro dele (sim, porque há várias coisas dentro do vazio), pode ser que exista a maior de todas as verdades ou simplesmente elementos fugidios que não querem se mostrar. De qualquer forma, os resultados são sempre iguais: as frases ficam frouxas, as expressões se repetem e até o papel machuca com sua aspereza. Assim, nada está ao gosto das ideias originais, e os aspirantes ficam sentados diante de uma folha em branco durante horas, dias e séculos a fio.

No meu caso, a situação é um pouco diferente. Minha maior preocupação diz respeito à relevância do que tenho a dizer, não por um motivo nobre, mas porque não quero ficar sozinha com meus sentimentos. A pergunta é sempre a mesma: quem vai se interessar por tudo isso?

Só posso dizer que, à primeira vista, meus sofrimentos são fúteis e parecem povoar os pesadelos de pessoas bem alimentadas e com excelentes condições de vida. Afinal, quem se importa hoje em dia com as diferenças de idade entre os casais? Os questionamentos que faço ao longo dessa trajetória estão ultrapassados e não se constituem em conflitos pelos quais devemos lutar, pois isso já foi feito! Depois de muito ativismo, nossa civilização acabou tolerando todos os tipos de arranjos e de pares, o que é ótimo, mas essas conquistas não conseguem aplacar minhas angústias, por mais que eu queira.

Enquanto tudo dentro de mim parece apontar para a lacuna que existe entre o provável e o improvável, não me sinto livre e preciso de apoio para continuar no caminho. Em outras palavras, espero que alguém mergulhe comigo nessas bobagens, nessas folhas inseguras em que pretendo me dissolver e me encontrar até onde for possível.

Se o recurso poético é um seletor de realidades, quem sabe ele seja capaz de jogar uma película benigna sobre o meu mundo. Quem sabe eu consiga olhar e girar o botão...

***

Começo com uma breve descrição da minha vida antes de Serkong Trin e Metha.

Logo depois, estas páginas serão exclusivamente dedicadas ao relato de uma viagem muito estranha e de tudo que aconteceu durante e a partir dela. Certamente, esta não é a primeira vez que um viajante embevecido tenta descrever a maneira pela qual foi arrebatado. No entanto, esta é a *minha* vez e sei que vou encontrar alguns desafios pela frente.

O primeiro deles é a eficiência da memória. Por sorte, a minha é bastante razoável, mas vou precisar de outros atributos para expressar as partes essenciais do que ocorreu naqueles tempos. Esses atributos são penosos e de difícil acesso, mas consigo reconhecer alguns em mim, como a sinceridade, a renúncia e, principalmente, certa capacidade para reviver dores: a dor da saudade, a dor da derrota e, em certa medida, a dor da felicidade.

Por meio de algumas revelações alcançadas enquanto estive no Oriente, cheguei a experimentar outras formas de existência. Vivi intensamente muitas aventuras, casei pela segunda vez, fiquei próxima da morte e até mudei de nome, tudo isso para constatar com desespero que, ao final da jornada em espiral caleidoscópica, o que sobrou foi um eu, o eu do "eu mesma", aquele que sempre foi daquele jeito e nada mais.

Pensando melhor sobre a metáfora da serpente negra, primeira imagem que me ocorreu para iniciar esta narrativa, cheguei à conclusão de que ela nasceu de uma situação bem real, ocorrida há poucos anos, na qual me vi cercada por vários daqueles répteis sem nada poder fazer além de esperar pela morte. Porque estava sem medo e, consequentemente, sem condições de me proteger do perigo, devo minha vida a um grande herói, cuja aparência sempre me desafiou a vencer o mundo ilusório das imagens e dos sentidos. Hoje sei que ele me salvou de muitas outras formas e lamento profundamente o fato de que não pude lhe agradecer enquanto tive chance e enquanto ainda estávamos juntos. Com toda certeza, os piores arrependimentos vêm daquilo que não fizemos, daquilo que não dissemos e até mesmo daquilo que não pudemos enxergar...

De vez em quando, consigo me desculpar, pois naquela época eu ainda não tinha a noção de que uma pessoa poderia viver duas vidas ao mesmo tempo e que tal fenômeno acontecia em vários lugares do mundo, mesmo que distantes das selvas mágicas e prodigiosas de Serkong Trin.

Embora o destemido guerreiro tentasse libertar meu coração desses e de tantos outros enganos, até hoje sofro as consequências das minhas teimosias e dos meus limites. Não é exagero, dessa forma, dizer que ainda sinto um aperto na garganta cada vez que me lembro de tudo e que será sempre assim.

Aqueles dias de vertigem simplesmente reviraram meu mundo de cabeça para baixo e agora tenho certeza de que aquele lado era o único que importava. Antes de tudo, eu estava em uma fase conformista e cheia de conflitos. Era constantemente maltratada pelos embates emocionais mais absurdos do planeta e, embora soubesse que eles existiam somente dentro da minha cabeça, culpava as outras pessoas pelo meu descontentamento.

Aos trancos e barrancos, cheguei à segunda metade da vida e o universo parecia um lugar consolidado por ideias enfadonhas e valores estabelecidos em certezas absolutas. Embora minha personalidade fosse um tanto quanto impulsiva, a última coisa que eu esperava era a possibilidade de encontrar uma nova paixão. Acho que foi justamente aquele desdém em relação ao amor que me deixou sem defesa quando tudo aconteceu. Por mais idiota e romântico que possa parecer, ainda sinto o toque de uma mão macia me conduzindo em um lago cheio de carpas perdido na selva, minha primeira cena de encantamento no Oriente...

Até aquele instante, posso considerar minha existência quase como um borrão ou como um assombro que, como todos os outros de natureza semelhante, ninguém quer viver duas vezes. Minha biografia desbotada não deixou marcas positivas nas pessoas e os parcos ensinamentos que tirei dela não me fortaleceram para enfrentar os anos de maiores desafios.

Essa debilidade teve sua gênese assim que abri os olhos para este mundo. Praticamente, andei na corda bamba desde o dia do meu nascimento e, longe de ficar com a astúcia de um equilibrista, cresci insegura e com medo da própria sombra.

Logo descobri a importância do universo estético e de todos os seus temas relativos. A beleza representava poder e, de um jeito inexplicável, a paz. Quando era pequena, ficava durante horas observando os olhos verdes da minha mãe e tentava descobrir como algo podia ser tão perfeito! Ela mesma havia me direcionado àquela forma particular de observar a vida, dentro da qual o belo, o forte e o indestrutível andavam de braços dados e de maneira interdependente.

Nos primeiros anos, éramos apenas nós duas. Eu não conhecera meu pai e minha mãe só resolveu se casar novamente quando comecei a ir à escola. Desde então, não faltaram oportunidades para que ela me explicasse que seu corpo e rosto estonteantes haviam nos resgatado da miséria. Segundo sua forte convicção, a boa aparência foi o principal motivo para ela ter arranjado aquele ótimo partido, afinal de contas, o senhor Alécio era um empresário bem-sucedido.

Durante aquelas conversas surreais em que não existiam bom senso e modéstia, minha mãe perdia-se em rasas reflexões sobre sua existência pregressa ao novo marido, na qual havia sentido fome e outras tristezas. Ela encaixava aqueles conteúdos em todos os assuntos que diziam respeito à nossa vida atual e meus passos eram interpretados a partir daquela ótica.

Toda oportunidade nos levava sempre ao velho assunto. Quando eu chorava por algum motivo, por exemplo, minha mãe me chamava de ingrata e contava que nunca tivera regalias quando era criança. Sem brinquedos para se divertir, a pobrezinha chegou a ponto de lavar caroços de mangas em uma bacia com água para depois penteá-los como se fossem suas filhinhas. Ouvindo tudo aquilo, eu me sentia mal e parava de chorar. Eu era uma garota privilegiada e mimada, enquanto existiam tantas crianças pobres que, como minha mãe em sua época de menina, não tinham sequer bonecas para pentear.

Nas ocasiões em que eu estava com preguiça e não queria me arrumar para ir a uma festa ou passeio, ela imediatamente me levava à frente do espelho para me dizer um sermão:

– Escolha outra roupa! Você não vai ficar desleixada desse jeito!

Eu nem ligava para a bronca porque, na verdade, estava mais interessada em receber atenção, mesmo que fosse uma atenção cheia de expectativas que não levavam em conta meu temperamento ou minhas prioridades. Como minha mãe estava sempre atarefada com suas roupas de grife e joias caríssimas, eu dava graças aos céus quando ela se preocupava comigo.

Tenho a lembrança de que, ao completar oito anos, eu ficava horas com ela no salão de beleza, onde pessoas eficientíssimas puxavam e repuxavam meus cabelos vezes sem fim. Com exceção da dor que aqueles escovões causavam, eu achava tudo aquilo engraçado e até interessante.

Naquela época, nossa rotina tinha assumido um ritmo previsível e, portanto, muito tranquilo. O senhor Alécio mostrou-se um marido fiel e um padrasto devotado, procurando nos agradar em tudo que estivesse ao seu alcance. No entanto, sem que ninguém pudesse prever, ele acabou enfrentando três infelicidades irreversíveis e consecutivas que apareceram de repente e estragaram toda a felicidade: a traição por parte de seus sócios, a ruína financeira da empresa e uma doença agressiva que certamente foi causada pelos dois primeiros infortúnios.

Quando chegou o verão dos meus dez anos, o senhor Alécio faleceu e nossa vida perfeita foi embora com ele.

Pouco tempo depois, os sócios traidores tiveram a ousadia de persuadir minha mãe a participar de negócios mirabolantes de produção e venda de produtos dos quais nunca ouvíramos falar. Gomas de mascar salgadas, maquiagens permanentes e vinhos de cores berrantes eram alguns exemplos. Também surgiram à nossa porta certos bajuladores dispostos a consolar a bela viúva do Alécio, mas invariavelmente o interesse desaparecia depois do primeiro encontro mais íntimo.

Aqueles relacionamentos amorosos tão improváveis quanto rasteiros acabaram afundando as esperanças da minha mãe, da mesma forma que as toscas franquias de chicletes e vinhos haviam engolido as debilitadas finanças da família.

Para nosso completo desespero, tivemos de vender a casa e nos mudamos para uma residência de fundos localizada em um bairro afastado. Minha mãe sempre dizia que eu não precisava me preocupar porque aquela situação era provisória e logo nossa vida voltaria ao normal. Ela ainda tentou localizar sua única irmã para pedir ajuda, porém as duas perderam contato há muitos anos e a busca infelizmente foi em vão.

Assim que passamos a residir na nova casa, ocorreram imprevistos. A escola nova era hostil e o meu primeiro dia de aula foi assustador. Como meu nome não constava na lista de chamada, a professora mandou um bilhete solicitando o envio urgente dos documentos que faltavam, mas minha mãe não conseguiu encontrá-los. Será que estavam nas caixas de mudança? Será que tínhamos guardado nas gavetas com as roupas? As buscas duraram a tarde toda e aquele contratempo um tanto quanto banal deixou minha mãe abatida a ponto de não reconhecer o semblante estragado que aparecia do outro lado no espelho. Era como se tudo aquilo tivesse carregado partes de seu eu para longe, ou, no mínimo, para um lugar escuro do qual ela não conseguia escapar.

De uma determinada forma, os documentos perdidos arrastaram para seu esconderijo alguma coisa de nós e, de maneira inversa, descortinaram para a sociedade o quanto nossa pequena família não conseguia levar uma vida normal. No dia seguinte à solicitação da professora, fomos chamadas à diretoria para justificar a ausência da documentação e eu senti, pela primeira vez, muita vergonha por ter uma mãe tão estranha e diferente das outras, que eram, certamente, senhoras corriqueiras, tranquilas e sem novidades.

Até hoje não sei o que a diretora disse, mas aquela conversa transformou-se em um triste marco em nossas vidas. A partir de então, minha mãe sucumbiu à depressão e já não tinha forças para cuidar da casa, do nosso sustento ou dos assuntos mais básicos do dia a dia. Vi uma mulher exuberante simplesmente morrer em vida, parando de comer e de tomar banho, até chegar à completa decrepitude.

Sem condições de deter os fluxos daquelas águas salobras, afundei em uma espécie de pavor silencioso, dentro do qual me sentia paralisada e com medo de que o monstro à minha espreita devorasse o mundo. Eu só interagia com as pessoas da vizinhança e da escola quando tinha fome ou qualquer outra necessidade e aquilo arruinou quase que por completo minha autoestima. Dediquei-me a uma espécie de mendicância que fez lá os seus estragos e logo me tornei uma criança desconfiada e insegura.

Após buscas humilhantes por esmolas, eu voltava para o ninho e encontrava um cenário caótico: um ambiente freneticamente bagunçado, uma mulher descabelada e uma completa ausência de sonhos. Diante daquele quadro, tive uma reação bastante incomum para uma criança da minha idade e ocupei o lugar de cúmplice compreensiva e tolerante. O silêncio era meu aliado e eu fazia qualquer coisa para apaziguar os ânimos da casa. Para acompanhar minha mãe em tudo aquilo e para não abandoná-la numa prisão sem portas e saídas, deixei de me preocupar com os reflexos críticos de todos os espelhos do universo e não mais me importei com minha beleza.

Eu só praticava os atos de higiene porque tinha verdadeiro pavor de coisas sujas e malcheirosas. Passei a limpar a casa pelo mesmo motivo e, embora recebesse muitos elogios dos nossos vizinhos por ser "uma garotinha tão prestimosa para a pouca idade", eu achava que meus dias eram tediosos, repletos de tarefas aborrecidas e intermináveis.

Minhas únicas alegrias eram os brinquedos e me esforçava para deixá-los asseados e bonitos. Comecei a esboçar roupinhas para as bonecas e para os cidadãos de pelúcia que moravam embaixo da cama e, depois de colorir os desenhos, costurava tudo com as linhas e as agulhas da minha mãe. Passei a existir por meio dos retalhos coloridos, dos bordados e dos enfeites que transformavam meus projetos em realidade.

Conforme aprimorava minhas qualidades, fui me tornando cada vez mais sozinha. Já não queria sair nem brincar com os meninos da rua ou com as amigas da escola. Eu achava melhor ficar com minhas bonecas e ursinhos, pois eles eram inofensivos. As crianças de verdade, por outro lado, tinham mães de verdade que não me convidavam para lanchar, irmãos de verdade que quebravam meus brinquedos e, principalmente, pais de verdade que alisavam minhas pernas enquanto estava sentada no colo deles.

Era melhor arrecadar donativos e voltar correndo para casa do que enfrentar aquela movimentação transbordante de desafetos. Preferia ficar com minha mãe a ficar com qualquer outra pessoa, embora sua companhia nem sempre me tirasse da solidão. Como nós duas não conversávamos, eu mantinha diálogos intermináveis com meus fiéis brinquedos.

De repente, em uma tarde de chuva, ocorreu um fato marcante.

Estava na cozinha fazendo uns deveres de matemática, cuja lógica e razão eu não conseguia compreender, até que resolvi desistir das tarefas para fazer algo mais importante. Distribuí sobre a mesa algumas xícaras de plástico, uns pratinhos de bolo e vários guardanapos para servir um chazinho para minhas bonecas favoritas. Àquela altura, nossa casa estava se despedaçando por falta de cuidados, mas eu nem me importava porque sabia desviar a atenção de tudo que era feio ou urgente. Era por isso que mergulhava em meu mundo de fantasia com a maior facilidade! E, naquela ocasião em que estava prestes a fazer um brinde com meus bebês de mentirinha, tive a nítida impressão de que uma das minhas bonecas falou alguma coisa!

O fenômeno não me assustou. Eu queria que ela continuasse falando, porém, como estava anoitecendo, tive de sair pelas redondezas para conseguir o jantar. Assim que voltei com algumas bolachas, percebi que a bonequinha encantada tinha se calado. Fiquei muito decepcionada com o fim da novidade e nada mais restou para mim do que limpar a mesa, guardar as bagunças e chamar minha mãe para comer bolachas.

Às vezes, eu tentava lembrar as palavras da boneca, mas nunca conseguia. Então, eu inventava as frases que gostaria de ter ouvido, como, por exemplo, "já está na hora do almoço", ou ainda "você tem de me levar para passear". Em outros momentos, ficava imaginando que ela era minha irmã mais velha, aquela pessoa amável que certamente iria conduzir meus passos até a cama para me contar uma história antes de dormir. Naquela espécie de troca de papéis em que eu acalentava e era acalentada, minha vida ficava mais fácil.

Além das brincadeiras, comecei a encontrar refúgio no trabalho. Como gostava de mexer com agulhas e linhas, em pouco tempo fiquei conhecida em todo o bairro como alguém com talento para desenhar e costurar roupas. Embora aquelas novas atividades me libertassem da miséria, elas também eram atribuições que me afastavam do meio social e me deixavam no mundo das nuvens.

Ainda me recordo de um episódio em que tinha gastado minhas últimas moedas na compra de um tecido esvoaçante só porque queria fazer um traje de gala para a boneca falante. Em minha ingenuidade de criança, acreditava que a amiguinha voltaria a conversar comigo caso a mimasse com um vestido novo. Eu já estava cortando os moldes quando minha mãe levantou da cama e parou no meio da cozinha com o olhar indignado. Quando ela percebeu o que eu tinha feito com o dinheiro, voltou-se para mim com uma fúria que eu não conhecia. Senti o mundo girar como um carrossel e de repente o chão veio de encontro ao meu rosto.

Na mesma hora, seus olhos se encheram de lágrimas e elas eram feitas das mesmas águas salgadas, cristalinas e brilhantes dos mares estampados em nossos calendários de verão. Então, completamente arrependida e angustiada pelo que tinha acabado de fazer, minha mãe ergueu-me em seus braços e me pediu perdão. Daquele dia em diante, ela nunca mais me agrediu e ainda me ensinou a usar sua velha máquina de costuras, um objeto até então esquecido no meio das outras confusões.

Esses trechos dolorosos da infância não foram lembrados aqui para causarem a vocês comiseração ou qualquer sentimento negativo. Pelo contrário! Tenho saudade daqueles dias e, por mais estranho que pareça, existiam momentos de plena alegria! Por causa deles, meu coração mantinha-se alinhado com as mais nobres intenções e sonhava com boas coisas, bons mundos e boas realizações.

Depois que aprendi a manusear a máquina de costuras, fiz dela minha companheira e costurava bastante após chegar da escola. Comecei a oferecer meu trabalho para os vizinhos e cobrava deles um bom dinheiro para fazer barras de calças, pregas de botões, pequenos remendos e outros reparos. Com o tempo, inventei de fazer roupas simples para as crianças do bairro e logo meus pijamas de flanela ganharam fama.

Em dias de maior lucidez e força, minha mãe era a pessoa que mais me elogiava. Seu sorriso, cada vez mais raro, enchia minha vida de esperança e, nos anos que se seguiram à sua morte, passei a acreditar que poderia me tornar uma importante estilista para homenagear sua constante dedicação ao tema da beleza.

Na adolescência, mesmo enfrentando o desamparo da orfandade, cultivava bons pensamentos e acreditava que o destino iria favorecer-me a qualquer momento, já que me considerava uma pessoa virtuosa. Lia milhares de revistas sobre moda, fazia pesquisas a respeito do assunto na biblioteca pública da cidade e tinha certeza de que aquelas informações seriam úteis para meu ingresso na faculdade.

No entanto, as dificuldades por que passei foram maiores do que eu havia imaginado. Como ganhava pouco com os serviços de costuras, comecei a trabalhar em um escritório de contabilidade e o salário era suficiente apenas para um sustento modesto e sem espaço para sonhos. Sendo assim, abandonei os estudos e passei a concentrar meus esforços para sobreviver e, principalmente, para me manter afastada de pessoas de má índole que se aproximavam com segundas intenções. Elas lembravam os aduladores da minha mãe e, com muito rancor, eu mentia para todos eles dizendo que meus pais estavam vivos e que eu não era uma jovem desamparada. Dessa forma, o mundo dos meus maiores desejos ficou embaixo de uma montanha de decepções que, na época, pareciam intransponíveis.

Tornei-me uma jovem com aparência seca, pele seca, cabelos secos, alma seca. Eu parecia outra pessoa, alguém em quem eu não gostaria de ter me transformado. Minha mãe com certeza ficaria decepcionada se pudesse me ver. Além daquela sensação pesarosa, a impossibilidade de entrar no ramo da moda me deixou tão desiludida que, aos vinte anos de idade, passei a carregar o espírito de uma velha rancorosa.

O tempo foi passando e quando pensei que tudo estava perdido, a irmã mais nova da minha mãe conseguiu me encontrar! Como era viúva e solitária, apegou-se a mim como única filha.

Imediatamente aceitei aquele amor e tudo melhorou. Minha tia era uma senhora bondosa que queria garantir meu conforto e minha felicidade. Sua maior alegria era fazer por mim tudo o que jamais tivera condições de fazer por minha mãe e lamentava profundamente os sofrimentos pelos quais havíamos passado.

A história da separação das duas irmãs foi um tanto quanto trágica. Depois de uma briga causada por ciúmes, os pais desapareceram no mundo levando cada qual uma filha nos braços. Minha tia ficou com a minha avó e teve uma infância feliz. As maiores dificuldades por que passaram foram causadas pela falta que sentiam da outra criança de quem nunca mais ouviram falar. Meu avô, por sua vez, era um homem difícil que jamais abrandou o coração diante da saudade ou do arrependimento. Um belo dia, ele resolveu o problema da solidão casando-se com uma megera e sua pobre filha mais velha ficou abandonada no quintal, passando fome e brincando com caroços de manga.

A partir de então, o que aconteceu na vida da minha mãe simplesmente virou um mistério. Era como se a história da família se quebrasse em um determinado ponto e se perdesse num espaço em branco.

Quando minha tia me perguntava sobre o passado, tudo o que eu sabia sobre minha mãe dizia respeito à sua infância e ao período após meu nascimento. Fora aquelas poucas lembranças, eu não tinha informações nem mesmo sobre quem era meu verdadeiro pai.

E, quanto mais minha tia e eu olhávamos para aquelas lacunas, mais unidas nós ficávamos. Ao lado da minha segunda mãe, ganhei uma nova chance.

Tudo corria bem e minha mocidade atingiu um período tranquilo. Embora não tivesse condições financeiras para cursar a universidade, recebia muitos incentivos por parte da minha tia que chegou a me oferecer suas economias para que eu voltasse a estudar. Como não achei certo aceitar sua ajuda, resolvi procurar um novo trabalho e passei a cuidar da única pessoa que me amava.

Meu segundo emprego também foi em um escritório. Logo fiz amizade com o pessoal e foi naquela época que conheci um dos sócios, o doutor Carlos, um advogado bem estabelecido, charmoso e, acima de tudo, humanitário. Eu nunca tinha conhecido alguém com tantas qualidades! Até aquele dia, minha vida amorosa era quase inexistente e fiquei muito nervosa quando percebi que ele me olhava de um jeito especial.

Em nosso primeiro encontro, Carlos disse que eu tinha uma "linda tristeza no olhar", o que me tornava uma pessoa inesquecível e irresistível! Aquilo não seria motivo suficiente para um casamento, mas foi exatamente o que aconteceu após seis intensos meses de namoro.

A partir de então, entrei em uma fase tão boa quanto aquela em que o senhor Alécio estava vivo. Depois que nos mudamos para a mansão de Carlos, fiquei convencida de que conseguiria aplacar as feridas da infância e me tornei uma mulher confiante.

Tinha o completo apoio do meu marido para fazer o que eu bem quisesse e estava diante das melhores oportunidades que o dinheiro poderia oferecer. Voltei a ter esperanças e ousei retomar alguns projetos que, até então, considerava esquecidos. Pena que todos eles não passavam de planos que, sem que eu percebesse, eram idealizados por mim com o máximo de cuidado para que nunca se tornassem realidade.

Devido ao nosso ótimo poder aquisitivo, meu lar era elegante e eu contava com a ajuda de vários empregados. A carreira do meu marido exigia uma vida social movimentada e tínhamos de receber constantemente em nossa casa pessoas influentes. Naquelas ocasiões especiais, eu fazia questão de organizar e de supervisionar o trabalho da nossa cozinheira, que sempre fazia observações discretas a respeito dos meus exageros. Na verdade, eu gostava de oferecer aqueles banquetes onde o mundo voltava a ser um lugar seguro, longe da miséria que tanto havia assombrado as diversas gerações da minha família. Quanto mais eu esbanjava, mais eficiente ficava a revanche contra o passado. Assim, nossas festas e jantares sempre terminavam com uma montanha de comida excedente que encontrava um dos três destinos possíveis naquela casa: ou os alimentos eram distribuídos entre os empregados, ou eram doados para instituições de caridade, ou ainda, em dias de maior preguiça e de menor cristandade, descartados sem piedade em nossos enormes latões de lixo.

De tanto medo que me faltasse algo, passei a acumular objetos, pessoas, manias e quilos extras (quase trinta!), sem perceber que aquilo estava devorando a mim mesma. Evitando pensar em outra coisa que não fosse o rol de distrações que me cegavam sem pudor, eu seguia em frente e vivia encantada com aquela sinistra época de ouro.

Como era de se esperar, voltei a me sentir ansiosa e insegura. Para piorar tudo, minha querida tia foi atingida por uma grave enfermidade e sua mente já não estava mais neste mundo. Após sua morte, algo dentro de mim partiu também.

A sensação de ter sido abandonada de novo fez com que me apegasse ao meu marido de uma forma doentia. Quando Carlos se atrasava por qualquer motivo, eu ficava com medo de que não retornasse nunca mais. Mesmo quando estávamos desfrutando a companhia um do outro, tinha a nítida impressão de que dormia ao lado de um homem descontente que sonhava em partir para a esfera da felicidade, a quilômetros de distância da minha presença. Meu corpo respondia à decadência emocional com força equivalente e passei a sofrer incontroláveis tiques nervosos que muito me envergonhavam. Quando eu falava, por exemplo, balançava as mãos e apresentava tremores involuntários nos braços, vindos de profundezas astutas e sabotadoras.

Minha analista, doutora Liane, a quem visitava duas vezes por semana, propiciava meios para que eu fizesse uma relação entre o presente e o passado, mas, apesar do esforço mútuo, a estratégia não funcionou.

Por sugestão de Carlos, decidi ocupar o tempo com atividades interessantes. Voltei a estudar, porém, escolhi um curso sem importância e não sabia dizer por que razão tinha desistido de ser estilista.

Arrastei por quatro anos uma vida universitária tardia e sem empolgação. Na verdade, eu não me encaixava em nenhum grupo, nem mesmo aquele em que estavam os estudantes com poucas perspectivas. Eles ainda queriam alguma coisa, e eu não queria coisa alguma.

Concluí o curso de Contabilidade com a apatia correspondente e, de maneira insossa, dei tímidos passos em direção à profissão. No entanto, logo abandonei meu primeiro estágio remunerado e tampouco compareci às entrevistas de emprego arranjadas heroicamente por meu esposo.

Em poucos meses, a aventura terminou. Deixei-me levar pelo absurdo aconchego da preguiça e passei a evitar todos os trabalhos da vida, sobretudo, o trabalho de pensar. Daquela forma, mergulhei no idêntico delírio dos bebês, no qual tinha certeza de que não precisava fazer mais nada, pois o "mundo-mãe" seria capaz de satisfazer todas as minhas necessidades.

Ao mesmo tempo que aderi a uma inexpressiva forma de existência corporal, passando o dia todo no sofá em frente à televisão, não suportava mais qualquer movimento ou sinal de vida na casa. Em uma determinada manhã, abri nossa agenda e cancelei todos os compromissos programados sem dar satisfações ao meu marido. Rapidamente arruinei nossa vida social, desfazendo-me das pessoas e mandando-as embora de acordo com minha própria escala de valores e de prioridades: primeiro, os chatos dos parentes do meu marido; depois, todos os empregados; em seguida, foi a vez de me livrar dos amigos verdadeiros e, por último, dos falsos e interesseiros, afinal de contas, eles eram bem divertidos.

Em pouco tempo, a mansão ficou abandonada e era como se a vida antiga viesse do passado para me assombrar.

No fundo, não tinha a menor ideia do que estava acontecendo e tampouco Carlos compreendia por que nossa vida tranquila havia se transformado "naquilo". Para piorar a situação, culpava meu marido pelo nosso fracasso.

Durante nossas discussões, eu apelava para as mais insensatas frases no intuito de tirar as responsabilidades dos meus ombros. De forma cruel, tentava agregar às minhas ácidas críticas o ponto nevrálgico da nossa relação:

– Estou assim porque não tivemos filhos! Será que você é estéril?

Com o passar dos anos, a "linda tristeza no olhar" desapareceu e o que sobrou foi um vazio medonho prestes a engolir nossas vidas. Em meu âmago, uma ira estranha e sem mira afiava suas garras em constante ebulição e crescia dentro de uma caldeira sem escapes. A ira vinha da inveja que eu sentia de Carlos e só hoje consigo confessar meus sentimentos. Como sua bondade demonstrava o quanto eu era sombria e doente, decidi atacá-lo de uma forma contundente, trunfo utilizado até as últimas consequências.

Assim, parei de fazer análise, desenvolvi grande obsessão pela minha aparência e passei a ter muitos casos extraconjugais absurdamente explícitos e descuidados, tudo seguindo esta mesma ordem de maluquice e agressividade.

Por fora, tornei-me bela tanto quanto o ódio era capaz de permitir. Carlos, por outro lado, estava envelhecendo a olhos vistos e todo aquele desgosto abalou sua saúde.

Porém, antes que ele acabasse em um hospital, algo aconteceu. Em um belo dia marcado pela vitória do bem contra o mal, ou, ainda, da justiça contra as trevas, meu marido reuniu forças e conseguiu se livrar de mim! Para a satisfação de todos que o amavam (e, de um jeito bem estranho, eu fazia parte daquele grupo), Carlos reconstruiu sua história com rapidez e dignidade.

Apesar de todo mal que eu havia lhe causado, ele me garantiu uma boa pensão e ainda me deixou ficar com a casa.

Por incrível que pareça, aquele altruísmo me afetou, e eu me senti a pior das mulheres. Se Carlos tivesse dado o troco, se tivesse gritado ou me expulsado da sua vida como eu merecia, então, tudo teria sido mais fácil.

Dias antes da nossa separação judicial, fiquei doente. Desesperada e com medo, tentei persuadir Carlos a ficar ao meu lado, mas nem mesmo minhas súplicas puderam mudar sua decisão. Tão logo ele bateu a porta e saiu, percebi que havia feito uma grande tolice. Era tarde demais...

Nos meses seguintes, lutei contra a evidência de que havia perdido o melhor homem do mundo. As notícias que chegavam por meio de nossos amigos em comum eram animadoras. Saber que meu ex-marido continuava entristecido, sem namorada e sem qualquer plano para o futuro aumentava cada vez mais a falsa ilusão de que nossa condição era passageira.

Em vez de procurar as verdadeiras causas do fracasso, decidi dar crédito aos antigos conselhos da minha mãe. Se eu tivesse de ganhar a guerra, que fosse por meio da sedução! Lábios remodelados, massagens reparadoras, esfoliações no rosto, cremes caros. Investi tudo naquela parafernália e cheguei a ponto de passar grande parte dos dias lutando contra as irrefreáveis mudanças trazidas pelo tempo, sem jamais impedir seus avanços, como acontece com todos os seres vivos.

Claro que aquilo não ajudou e, depois de um determinado período ao qual não sei precisar, cansei de fazer besteiras e recuperei a razão. Em vez de ficar atraindo Carlos para minha teia de aranha recauchutada, resolvi parar com as investidas contra ele e me converti em uma ex-mulher discreta e distante como toda ex-mulher exemplar deveria ser.

Assim, os anos correram e fui levando minha caminhada adiante, mais uma vez, de um jeito solitário.

Outros homens? Nem pensar! De propósito fiquei à parte dos circuitos sociais, presenciais e virtuais, sobretudo os destinados aos encontros entre pessoas desencontradas, nos quais tanto eu ouvia falar.

Por ironia do destino, tornei-me fiel a Carlos como nunca tinha sido enquanto estávamos casados. Embora sua nova esposa, Vera Lúcia, fosse bonita e jovem, eu tinha uma estranha preocupação em não a superar de forma alguma. Em minha mente um tanto quanto equivocada, havia a certeza de que Carlos sentiria ciúmes caso eu encontrasse alguém de quem realmente gostasse. A melhor coisa a fazer, então, seria não fazer nada e evitar problemas com os rompantes amorosos. De tanto que insisti naquela ideia, todo mundo acabou aceitando o fato de que eu não mudaria e que minhas convicções eram firmes. Logo, tanto os poucos e loucos pretendentes a namoro quanto os amigos candidatos a cupidos acabaram encerrando suas fracassadas carreiras em torno da minha pessoa.

Apesar de ter recuperado a calma, sentia que alguma coisa estava faltando. De fato, eu não conseguia atribuir um sentido mais amplo para minha existência. Então, pensei seriamente em algumas alternativas, como aderir a uma religião, fazer cursos de pós-graduação, iniciar um trabalho voluntário ou retomar seriamente a psicoterapia. Essa última ideia pareceu-me tão maravilhosa que fiquei disposta a reencontrar a doutora Liane, mas ela estava residindo fora do país.

Foi naquele período que conheci um conceituado centro de meditação transcendental. Ali, fiz contato com novas pessoas e meu temperamento mais doce voltou a aflorar com muita naturalidade e sem pressa, como se alguém ou alguma coisa puxasse o melhor de mim por um fio invisível.

Passei a reconsiderar vários aspectos da minha rotina que precisavam de revisão. Gradativamente reformulei alguns comportamentos e pensamentos, sem distinguir qual mudança veio primeiro e sem conseguir diferenciar a causa do efeito. A única certeza que eu tinha era quanto aos benefícios da meditação! A empolgação foi crescendo tanto que acabei aderindo ao vegetarianismo e à ioga, apresentando nesta prática um progresso tímido e de aparência cômica.

As *assanas* executadas de maneira quase inacreditável pelos alunos antigos representavam um desafio muito atraente. Meu trabalho constante para superar os obstáculos do corpo acabou trazendo vitórias e alegrias.

Naquela época, a solidão começou a diminuir. Além dos bons companheiros que conheci no centro de meditação, os amigos (os verdadeiros, diga-se de passagem) que eu e Carlos tínhamos em comum cansaram de optar por um ou por outro lado e decidiram se aproximar.

– A briga foi entre vocês, não entre nós!

***

Em uma determinada noite, eles me fizeram uma surpresa. Sem que eu soubesse de nada, levaram-me para jantar em um maravilhoso restaurante e lá disseram que gostariam de fazer uma homenagem ao que chamaram de "o novo começo da sua vida". Adorei a iniciativa, mas não pude esconder certo nervosismo. O suspense não demorou muito e, antes mesmo da sobremesa, todos levantaram os copos e me entregaram um envelope com uns encartes e uma passagem. Era um cruzeiro para Bahamas com tudo pago!

Entre abraços e brindes com espumantes, nasceram as frases mais entusiasmadas e equivocadas do mundo:

– Você vai conhecer alguém especial nesta viagem!

– Não dá pra viver sozinha. Até o Carlos casou de novo!

Esses navios estão cheios de bons partidos e de gente à procura de gente!

Minha nossa! Tive de esconder meus sentimentos na hora! Embora reconhecesse o mérito da iniciativa, fiquei fortemente consternada, pois meus ingênuos companheiros se esqueceram de observar três grandes detalhes, não só significativos como também decisivos, que deveriam ser levados em conta antes de terem optado por aquele tipo de presente.

Primeiro: durante o último mês, sofri intensas dores na coluna e estava afastada das aulas de ioga. Por recomendação médica, fui condenada a intermináveis sessões de fisioterapia com movimentos lentos em cima de bolas gigantes (coisa moderna, nunca tinha visto nada igual!), massagens conduzidas por mãos incertas e imersões em tanques de água quente e em fornos que, pela feiura e malefício, lembravam os descabimentos nazistas. Segundo detalhe: eu não estava quebrada só nos ossos; financeiramente vivia meu pior período, resquício dos anos em que tinha gastado tudo com bobagens. E, ocupando o terceiro lugar de empecilhos para a viagem, eu simplesmente detestava sair de casa.

Apesar do esforço para manter a alegria, o disfarce não saiu a contendo e todos perceberam que eu estava constrangida. Depois de um breve silêncio, os queridos amigos tentaram jogar fora meu balde de água fria e emendaram ao anúncio da grande novidade vários argumentos sobre como vencer o medo de viagens e como conseguir injeções capazes de curar até a dor de um cavalo! Com aquela bela cartada, eles riscaram de uma só vez os itens um e três da minha lista de desmancha-prazeres, mas ainda faltava o número dois, o mais difícil de todos.

Após um breve momento em que os bons samaritanos se entreolharam com cumplicidade, alguém teve a coragem de contar que Carlos (!) estava financiando a maior parte do passeio às Bahamas porque... Bem, porque foi a forma que ele encontrou para me dizer que continuava bem casado e que estava feliz com a chegada de seu terceiro filho.

Terceiro? Já?!

Aquelas notícias divulgadas em ritmo de quem expele tudo (chicletes mascados, espirros, manchetes sem profundidade) causaram-me estranheza e até indignação. Eu, que vivia preocupada com o ciúme do meu ex-marido, um ciúme que nunca existiu, tinha acabado de ser chacoalhada por uma reviravolta do destino, um oponente discreto.

Sem deixar que desconfiassem do meu estado de espírito, saí daquele restaurante com a certeza de que a boa educação era uma força mais resistente do que eu podia imaginar! Acima do orgulho ferido, preocupava-me a aflição cada vez mais frequente que eu sentia por barcos, aviões e tudo mais que não fosse tão estático quanto minha vida.

Para aquilo, talvez, não existissem injeções ou soluções mágicas...

***

Exatamente no dia combinado, fui até a agência de viagens contratada por Carlos para dar início ao "novo começo da minha vida", cheio de aventuras e de "gente à procura de gente". Eu já tinha em mãos toda a papelada necessária para acertar os detalhes daquele cruzeiro chique que, no fundo, nada mais era do que um jeito exagerado e barulhento de chegar às Bahamas.

Enquanto estava no táxi observando a tarde, tive vontade de desistir de tudo, mas o sentimento de gratidão foi mais forte. Depois que o motorista foi embora, enchi o peito para vencer corredores e subir mil escadas rolantes até chegar à agência mais cara da cidade.

Assim que as portas se abriram, fiquei impressionada! O ambiente era decorado com esmero e os funcionários pareciam prontos para satisfazer os clientes. Não era por acaso que a empresa ficava localizada em um shopping badalado. Como qualquer empreendimento de sucesso, a agência oferecia planos para pessoas de grande poder aquisitivo e pacotes mais econômicos para o público menos privilegiado, um tipo de cliente igualmente interessante para os negócios.

Como eu fazia parte do time número um, tinha hora marcada com um dos gerentes em um espaço reservado. Depois de apreciar um copo com suco de maçã e duas xícaras de café, um homem devotado estendeu-me a mão e pediu desculpas pelo atraso. Vinte minutos tinham se passado desde que minhas costas se acomodaram na poltrona.

– Estes são os papéis para assinar. Bahamas é um local maravilhoso! A senhora vai adorar!

Depois que colocou a papelada sobre a mesa, o homem conferiu meus documentos e abriu seu melhor sorriso:

– Ficamos admirados com o gesto do doutor Carlos! Ele fez questão de vir até aqui para escolher pessoalmente este presente tão especial. E quando soubemos que a senhora não era, com todo respeito, a esposa, aí sim, ficamos ainda mais espantados!

Respondi aos seus comentários com a maior graciosidade possível. Rimos, conversamos e em seguida ele me deixou a sós para ler o contrato e para assinar em todas as linhas pontilhadas precedidas por um xis. Antes mesmo de ler as primeiras palavras, uma súbita dor fez com que eu me dobrasse sobre a cadeira. Já que era uma boa aspirante à hipocondria, minha primeira reação foi tentar encontrar alguma medicação para cólicas dentro da bolsa, mas infelizmente não achei nada parecido no meio dos batons e de muita bagunça.

Saí para lavar o rosto e, talvez, para tomar outro cafezinho, mas, assim que abri a porta, tive a sensação de que todos olhavam para mim. A notícia de que um ex-marido tinha dado uma viagem de primeira classe para alguém que tecnicamente estava fora do baralho havia se espalhado com rapidez.

Apesar da simpatia e dos cumprimentos, em todo o ambiente prevalecia uma energia contraditória que ficava entre a admiração e a desconfiança. As navalhas do ressentimento cortavam os olhares daqueles funcionários e o caminho entre a sala reservada e a máquina de café na recepção me pareceu longo demais.

Aquele clima fez com que minha consciência pesasse. Eu teria férias incríveis em um cruzeiro e visitaria muitas praias paradisíacas... Minha vida era fácil, não tinha um trabalho, nem era capaz de manter meu próprio sustento. A única circunstância que me trazia garantias era o fato de ter me divorciado de um homem generoso que, embora traído e desprezado enquanto estávamos casados, ainda mantinha uma incompreensível consideração por mim! Então, algo em meu íntimo começou a ficar desconfortável.

Incapaz de elaborar minhas vergonhas e meus venenos, entrei no primeiro lugar em que pude me esconder. Ali no *toilette*, lavei o rosto com um sabonete de grife e fiquei cismada porque não consegui reconhecer o nome famoso escrito no rótulo. Uma pane desgraçava minha memória enquanto todo o resto parecia atolar no mesmo pântano.

Ao toque de uma toalha de papel macia, olhei para o espelho emoldurado por luzes brancas, como as de um camarim. Apesar da palidez da pele e de certo medo que manchava o olhar, o reflexo à minha frente estava cheio de vida e logo pensei em minha mãe...

***

(e-mail enviado pelo celular diante do suntuoso espelho):

Prezados Carlos e Vera Lúcia:

(Assunto: financeiro)

Em primeiro lugar, peço desculpas por ter causado transtornos a vocês, sobretudo em relação a esta pensão absurda, cujos pagamentos Carlos faz religiosamente ao final do mês. Esse é um compromisso que, sinceramente, não tem mais razão de ser. Sei que vocês têm uma família numerosa e que devem dar conta de um orçamento gigantesco todos os meses. E, por falar nisso, parabéns pelo novo bebê ☺.

A partir deste momento, peço que nunca mais sejam depositados em minha conta bancária quaisquer valores em dinheiro e isso será oficializado o quanto antes pelo nosso amigo e advogado, o doutor Rubens, com quem acabei de conversar a respeito. Da mesma forma, vou devolver hoje mesmo o dinheiro da viagem, pois não irei mais às Bahamas. Viajarei para outro lugar (ainda não me decidi), cujos gastos sejam modestos e respeitem à risca a quantia restrita com a qual nossos dedicados amigos me presentearam com tanto carinho.

Quando retornar de viagem, venderei a casa e entregarei para o Carlos a sua parte de direito. Também vou arranjar uma atividade rentável para nunca mais causar aborrecimentos para sua família e, sobretudo, para mim mesma. Isso é o mínimo que posso fazer. Vocês são as melhores pessoas que conheço! Mais uma vez, muito obrigada!

***

Demorei um século para escrever todas aquelas palavras usando um teclado tão miúdo. Além da dificuldade para enxergar e para coordenar os dedos com o avanço das ideias, várias pessoas ficaram batendo na porta. Só quando enviei a mensagem para os destinatários mais generosos do planeta, liberei o ilustre recinto para os outros interessados e, depois de tudo, meu coração ficou aliviado.

Assim que me vi às voltas com meu gerente de novo, anunciei a mudança de planos e ele não gostou. De maneira polida, porém incisiva, fui retirada da sala-*vip* e conduzida para a recepção onde os outros clientes de posses comuns parcelavam seus sonhos em vinte vezes sem juros.

Sentada em um banco bem menos confortável do que minhas costas mereciam, telefonei para meus amigos que, embora decepcionados e relutantes, acabaram se conformando com meu adeus às Bahamas. Aproveitei o momento para reler o e-mail que tinha enviado minutos antes para Carlos e fiquei orgulhosa da minha atitude.

Com sorte, em um painel eletrônico pendurado no teto, logo eu veria o instigante número da minha senha "treze" brilhando e piscando sem parar! Enquanto aquilo não acontecia, fiquei observando tudo à minha volta. Na parede ao lado das mesas de atendimento, existiam quadros deslumbrantes com paisagens espalhadas pelos cinco continentes. Quais seriam os preços dos pacotes mais econômicos? Quais cidades eu poderia conhecer? Certamente seria melhor limitar minhas opções aos países da América do Sul, desde que tivessem esquemas menos dispendiosos e programações adequadas para adultos fora do cio. Em outras palavras, e seria exatamente aquela a explicação que eu daria para meu novo atendente, eu gostaria de algo tranquilo e bem distante das noites badaladas de um cruzeiro.

Repentinamente, percebi um fato curioso que não havia notado antes: durante todo o tempo em que estive casada, não tinha viajado. Carlos ficava intrigado com aquilo, mas acabava aceitando minhas recusas e não alimentávamos polêmicas sobre o assunto. O único lugar para onde íamos com frequência era para a nossa casa de campo, mas acabamos nos desfazendo dela porque desenvolvi uma determinada indisposição pelo lugar. Se dependesse do meu esposo, ficaríamos com a propriedade, no entanto, eu estava decidida pela venda. Simplesmente detestava quando Carlos jurava que iríamos encher aqueles quartos e jardins de filhos. Quanto mais ele desejava crianças correndo pelo gramado, mais eu demonstrava a intenção de me desfazer da casa. No dia em que passamos o imóvel para o novo proprietário, fomos jantar em um romântico restaurante à luz de velas, ambos guiados por motivações muito diferentes: ele, para esquecer o sonho desfeito, e eu, para comemorar o ótimo negócio que tínhamos fechado. Embora soubesse que Carlos estava infeliz, escolhi aquela noite para lhe contar que não queria ser mãe e que jamais teríamos filhos. Mesmo com a fraca claridade da chama trepidando sobre a mesa, vi que seus olhos se encolheram e que seu semblante, algo inesquecível, desmoronou atrás da taça de vinho...

***

Quando voltei daquelas lembranças, senti um calafrio contagioso percorrendo-me a espinha. Mais uma vez, cheguei à conclusão de que minha decisão em relação ao dinheiro que Carlos me enviava mensalmente tinha sido correta. Com um suspiro profundo, daqueles que causam vergonha porque o ar faz barulho quando sai pelas narinas, tentei arrancar o passado do pensamento e me concentrar no presente, afinal de contas, eu tinha muitas coisas importantes para resolver.

À minha volta, a vida seguia naturalmente e ninguém se incomodava mais com meu destino cheio de regalias. Eu estava dissolvida entre os demais e havia uma grande vantagem em ser uma mera mortal como os outros.

O tempo foi passando e recorri ao famoso celular para me distrair. As mensagens mais recentes enviadas pelos meus amigos tinham o mesmo tom. Era um entusiasmo de última hora: "*Assim que decidir para onde vai, avise-nos*", ou ainda "*Temos sugestões de passeios incríveis, gastando pouco é claro*".

Sem que eu esperasse, a tela do aparelho ficou branca e depois escureceu. Em situações assim, um bom livro resolveria o problema, no entanto, fazia muito tempo que eu não me dedicava à leitura. Como não queria conversar trivialidades com a moça ao meu lado e muito menos ler a revista sobre as celebridades esquecida na mesinha da frente, procurei me distrair com as curiosidades do lugar.

Enquanto estavam sentados, muitos clientes se mostravam ansiosos para que o próximo número fosse chamado, mas o painel luminoso empacou no oito. Bem no meio da recepção, um tapete com desenhos geométricos tornava o ambiente mais aconchegante e, ao alto, uma TV exibia imagens de alguns dos maiores cartões postais do planeta. Próximo a um bebedouro (sim, nós da classe econômica não tínhamos copos com sucos de maçã e, se quiséssemos beber algo, que fôssemos ao bebedouro!), havia um cartaz com moldura singela expondo uma mandala de flores e, em seu centro, o esplendor dourado de um Buda sorrindo. Ao lado do cartaz, uma porta de madeira rústica destoava de todo o resto. A porta parecia empobrecida e colocada ali por acaso, como acontece quando uma reforma é abandonada antes do tempo.

Olhando de soslaio, tive a impressão de que algo se movimentava bem próximo aos meus pés, mas, quando reparei melhor, não havia nada ali! De repente, levei um susto e reagi institivamente pulando da cadeira. Eu podia jurar que havia uma fumaça branca saindo por baixo da porta! A fumaça avançou sobre o piso, sobre o tapete e depois veio em minha direção, como aqueles nevoeiros arrepiantes que aparecem do nada e consomem o cenário dos filmes de terror... No entanto, reparando bem, o aspecto da fumaça era benigno e ela tinha um delicioso aroma de incenso hindu!

Como eu já era, por natureza e por doença, uma pessoa arredia, abri bem os olhos para me certificar de que não estava sonhando.

Antes de me apavorar ou de dar algum vexame, coloquei a cabeça no lugar e fiquei imaginando quais seriam as possíveis explicações para o fenômeno. Só consegui pensar em duas opções, embora uma delas (escolham qual!) fosse completamente inverossímil: assombração ou início de incêndio.

Depois de um segundo sobressalto, bem mais discreto do que o primeiro, fiquei paralisada para tentar compreender de onde viria, além da névoa, um barulho tosco semelhante ao som de madeiras no fogo. De repente, sem o menor cuidado, a porta rústica se abriu e fiquei atônita porque não havia ninguém ali para girar a maçaneta!

Então, do lado de dentro da sala, surgiu uma voz que acabou, em um instante, com toda a aura de mistério e me arremessou de volta para o plano sem graça da vida comum.

– Marcilaine!

Na mesma hora, uma jovem de uniforme azul largou o que estava fazendo e veio correndo para atender ao chamado. Imediatamente, o cheiro de incenso desapareceu e a fumaça sumiu como se nunca tivesse existido! Olhei ao redor na tentativa de achar algum cúmplice que pudesse ter visto a mesma coisa, mas os outros clientes e os funcionários agiam como se nada tivesse acontecido.

Por orgulho e por educação, fingi naturalidade. Só estava de pé com o rosto pálido porque sentia sede e precisava pegar um pouco de água no bebedouro... Nada mais.

– Não, dona Vanessa! Nós não conseguimos fechar o grupo para a próxima viagem. Temos nove inscrições, veja só: só falta uma pessoa! O prazo termina hoje e não atingimos a meta! – disse a funcionária em pé, na soleira da porta.

– Você falou com o Álvaro? – gritou dona Vanessa, a mulher mais mandona do universo.

– Já. Ele conversou com uns clientes, mas todos queriam outro tipo de passeio, sabe? Passeios dentro dos conformes, que é o que todo mundo precisa e merece. Veja bem, dona Vanessa: férias. O nome já diz tudo.

Como assim, "passeios dentro dos conformes"?

Àquela altura, apertando o copinho de plástico em minhas mãos e com a água engasgada na garganta, a curiosidade já estava chegando ao ponto máximo! Minha ansiedade era como um raio que alcançava e batia no teto!

– Que pena! – continuou a voz ranzinza. – Uma oportunidade como esta, só daqui a uns dois ou três anos! Justo agora que eles estão mais receptivos por lá!

Marcilaine, então, fez uma pose charmosa. Apoiando-se nos batentes de madeira, levantou um dos pés até que o salto alto ficasse perfeitamente à mostra. Depois, com um sorriso de desdém, demonstrou ser o tipo de funcionária que não tinha medo de contestar um chefe.

– Dona Vanessa, ninguém quer gastar dinheiro para sofrer! Só os meios de transportes já espantam os turistas: teco-teco, embarcações inseguras e caminhadas sem fim... Todo mundo fica com medo. Depois, chegando lá, não tem luxo, não tem conforto. Até a água para beber o povo tem que ferver! Ah! É muita coisa, né?

Aquilo era intrigante! Como uma mariposa atraída pela luz, resolvi me aproximar e perguntar para a tal mulher de voz pestilenta que excursão era aquela que só acontecia de dois em dois anos.

Assim que me apresentei, ela me olhou dos pés à cabeça e me recebeu de um jeito calorosamente dúbio. Em cima da mesa, havia uma placa com seu nome e com sua posição na empresa: gerente. Ao lado, outra placa identificava o setor: "Turismo Religioso. Excursões Étnicas e Esotéricas".

Antes que eu pudesse dizer alguma coisa, dona Vanessa explicou que aquele era um setor muito especial da agência e que se destinava a uma clientela diferenciada. Enquanto a mulher falava sem parar, fiquei sentada de um jeito defensivo, sentindo-me acuada e sem saída. Abraçando firmemente minha bolsa como um salva-vidas, comecei a entender por que Marcilaine era tão nervosa. Nem ela, nem a fumaça branca nem qualquer outra criatura aguentaria mais de um minuto ouvindo tanto falatório!

De repente, com uma expressão ambígua entre o deboche e a clarividência, dona Vanessa quis saber se eu era católica e se sonhava em conhecer Jerusalém. Antes de obter a resposta, reconsiderou:

– Não, não. Vê-se que você está atraída por outras belezas! Vi como olhou para a gravura do Buda lá fora!

Mas como ela poderia ter visto minhas reações se a porta estava fechada?

Então, a gerente mais comunicativa do mundo emendou um assunto no outro e tentou me vender uma excursão para três países emblemáticos da cultura oriental com muitas atividades interativas, incluindo aulas de arte sagrada (seja lá o que fosse aquilo), meditação em cima das rochas místicas do Talabhar, banhos revigorantes no Rio Ganges e até mesmo um encontro reservado com o próprio Dalai Lama na cidade de Dharmasala.

Quando expliquei que meus recursos financeiros agora eram restritos, dona Vanessa passou a falar sobre outro tipo de passeio que, segundo sua eficiente avaliação, encaixava-se em meu orçamento e, principalmente, em meu "perfil".

– Se você gosta de solidão, "lá" é o lugar perfeito. "Lá" não existem celulares, computadores nem televisão...

Naquele instante, Marcilaine parou perto da mesa e apontou para uma gaveta.

– Dona Vanessa! Acho que seria melhor mostrar a foto para ela. Certo?

Dona Vanessa aceitou a sugestão e retirou um envelope da gaveta. Quando segurei a foto e olhei atentamente para ela, fiquei intrigada! Não era possível deduzir a época em que aquele moço de barba ruiva sorria ao lado de uma árvore. Ao fundo, um rio sinuoso desembocava nas nuvens e ressaltava a silhueta esfumaçada de um templo que surgia entre os nevoeiros.

– Esta foto foi tirada pelo Álvaro quando ainda era possível esconder alguns aparelhos eletrônicos dos guardiões... Hoje em dia, isso é impossível. Por isso, esta imagem é tão rara!

Marcilaine, então, corrigiu a chefe:

– Calma, dona Vanessa! Não vamos assustar a nossa cliente com esses assuntos, *não é mesmo*?

Aquele "não é mesmo?" pareceu-me suspeito. Quando a gerente guardou a fotografia e trancou rapidamente a gaveta, fiquei ainda mais desconfiada. Afinal de contas, sobre o que aquelas duas mulheres estavam falando?

Sem maiores explicações, dona Vanessa tratou de reassumir seu sorriso plastificado e começou mais uma vez sua verborrágica transição do fracasso para o cumprimento das metas de vendas. E aos poucos fui entendendo melhor aquela proposta...

Era uma viagem para um país distante e arredio, no qual havia um fabuloso monumento histórico erguido em um local de difícil acesso chamado Mosteiro de Serkong Trin, mais conhecido como o Templo do Sol. Era a grande oportunidade para um turista conhecer o Oriente sem gastar muito dinheiro!

Aquele lugar não era afeito aos curiosos e até mesmo à própria civilização. Por causa do isolamento cultural e geográfico, mantinha seus tesouros intactos e seus valores amplamente contrastantes com os do Ocidente.

No Templo do Sol viviam pessoas parcialmente enclausuradas que se dedicavam à meditação e ao aprofundamento de seu conhecimento nas artes exotéricas, sem que fossem necessariamente indivíduos religiosos.

Inclusive, a agência da dona Vanessa tinha o privilégio de ter contratado um guia turístico exclusivo, um ex-aluno do mosteiro chamado Álvaro, o tal moço ruivo da foto. Ele era muito comprometido com a tarefa de levar brasileiros para aquelas terras e era também um profundo conhecedor da cultura local. Além daqueles atributos muito necessários e importantes para um guia de viagens, Álvaro sabia andar pelos arredores como ninguém, afinal de contas, os entornos eram tão impressionantes quanto o próprio Templo do Sol.

Em volta do espetacular marco arquitetônico construído em plena floresta, havia um acervo natural exuberante, uma mata frondosa que abrigava em seu íntimo muitas cachoeiras, lagos e paisagens dignas de um paraíso. O luar alaranjado que não existia em qualquer outra parte do mundo, as neblinas frequentes dos finais de tarde e as lendas da região completavam o quadro de profunda magia!

Apesar de toda aquela aura hermética, de tempos em tempos as terras de Serkong Trin abriam os braços para receber turistas vindos de todas as partes do globo, ansiosos para conhecer seus mistérios. A cada dois ou três anos, em um vilarejo próximo muito amistoso e ótimo para fazer comprinhas, realiza-se a Festa das Joias Raras, em que um líder do Templo do Sol é eleito e homenageado publicamente com toda devoção.

Em um outro evento conhecido como "A Escolha e Um Mestre", os visitantes têm a oportunidade de escolher um mestre para guiá-los pessoalmente em uma jornada intimista e sem igual. Durante umas duas horas, o mestre escolhido conduzirá seu aprendiz a uma meditação profunda por meio de técnicas ancestrais e de poder excepcional, o que tem se tornado um verdadeiro atrativo para todos os que procuram os caminhos da paz interior...

Fim!

Minha nossa! Quando a boa senhora parou de falar, eu estava boquiaberta! Tinha apertado tanto a bolsa contra o peito, que meus braços ficaram dormentes e cheios de marcas vermelhas causadas pelas alças!

O silêncio que se seguiu foi tão intenso que tive a sensação de que não estava mais em um shopping lotado de pessoas, mas em uma selva remota ou em algum outro lugar perdido no espaço.

Quando saí da sala de Turismo Religioso, o quadro luminoso pendurado no teto da recepção fazia um som de pianinho para dar destaque à senha de número treze. Sem olhar para trás, segui em direção à saída, pois não precisava falar com mais ninguém.

Atrás de mim, dona Vanessa e Marcilaine estavam satisfeitas. Elas finalmente tinham encontrado a décima pessoa que faltava para a excursão de Álvaro, e a viagem para o Templo do Sol nas terras de Serkong Trin aconteceria em menos de duas semanas.

***

Capítulo Dois

MUNDO VERDE

Nosso guia de viagem era um quarentão bonito e inteligente, mas seu cavanhaque ruivo, suas camisas bufantes e suas calças apertadíssimas transformavam-no em um espadachim de filme antigo. Além das roupas de caimento duvidoso, seu temperamento rígido também era motivo de desgosto. O moço era o tipo de líder que não considerava as contestações dos outros e levava à risca todas as decisões da agência de turismo sobre o que deveríamos ou não fazer. Trazia consigo um caderninho com as coordenadas da empresa e sempre ligava para a gerente enquanto ainda estava de posse de seu celular. Em outras palavras, Álvaro prestava continências para seu emprego e era o eterno "funcionário do mês" da dona Vanessa.

Apesar de tudo, não posso negar que nosso mosqueteiro era um profundo conhecedor da cultura daquele país distante e que se empenhou para manter nossa segurança e para amenizar nossos sofrimentos. Mesmo assim, algumas situações saíram de controle, sobretudo no trajeto entre a capital e Serkong Trin.

Aquelas penúrias explicaram por que tivemos de assinar uma infinidade de papéis declarando que estávamos cientes dos riscos que poderiam ocorrer eventualmente, além de uma série de vacinas que nos obrigaram a tomar para evitar doenças. Como se tudo aquilo já não bastasse, cada um de nós recebeu um encarte especial do Ministério da Saúde intitulado "Como Cuidar de sua Saúde em Viagens", contendo orientações importantes como, por exemplo, contratar um plano de saúde internacional, levar nos bolsos os números de telefones da Anac e da Anvisa, tomar cuidado com a ingestão de alimentos crus e de origem duvidosa, evitar banhos em lagos e rios, não tomar água sem ferver etc. Enfim, parecia que iríamos para a guerra!

O dia do embarque, ocasião geralmente feliz e marcada por despedidas emocionadas entre viajantes e não viajantes, foi muito conturbado. Meu celular não parou de tocar, mas só recebi ligações impessoais e não encontrei qualquer amigo disposto a me acompanhar até o aeroporto.

Para minha surpresa, a única pessoa que se ofereceu para ajudar foi a esposa de Carlos, Vera Lúcia. Mesmo prestes a dar à luz, ela colocou-se à minha disposição para uma carona e tudo mais que eu precisasse. Embora não tivesse nada contra a moça, considerei aquela proximidade muito constrangedora e, assim, resolvi recorrer aos serviços de uma empresa de táxi.

Meus amigos, por outro lado, diziam-se muito ocupados para falar ao telefone. Eles sabiam muito bem que a viagem seria longa e que as terras do Templo do Sol eram inacessíveis para os meios de comunicação, mas, mesmo assim, não se preocuparam em me dizer adeus. Anos mais tarde, aquele distanciamento ficaria mais evidente e seria responsável por um equívoco de proporções alarmantes para meu coração.

Conforme avançarmos nestas páginas, tudo isso ficará mais claro. No momento, só me resta prosseguir com minhas lembranças procurando, de quando em quando, um alinhamento mais razoável entre o raciocínio lógico necessário para a escrita e a incrível saudade que até hoje rouba o viço dos meus olhos.

Voltando ao dia do embarque para Serkong Trin, olhei para minha mochila e me senti confiante. A jornada seria longa e todos nós, enfim, estávamos prontos para irmos ao mesmo lugar. Assim, meus companheiros de excursão e eu decolamos em direção às nuvens e deixamos o Brasil com muitas expectativas e poucas bagagens.

Durante o voo, pensei que ainda teríamos dez dias pela frente e que aquele período deveria ser aproveitado da melhor maneira possível. Enquanto a viagem seguia, sentia que estava dando um passo importantíssimo na vida, embora não soubesse explicar nada e apenas me pautasse por mensagens rudimentares enviadas pela intuição.

O roteiro da excursão acabou se transformando em um bom refúgio para passar o tempo e não era exagero dizer que aquele papelzinho amarelo teve o dom de me motivar. A programação já estava em minhas mãos e eu esperava ansiosamente pela realização de suas etapas. Li e reli cada palavra daquele folheto e fiz várias anotações ao lado dos tópicos de viagem, ressaltando os eventos mais importantes e explicando melhor algumas atividades.

Apesar de não ter mais o original em mãos, consigo reproduzi-lo aqui com facilidade:

Primeiro dia: Desembarque na capital, pela manhã.

Segundo dia: Dia livre (visitas opcionais aos pontos turísticos mais próximos do hotel). Noite: programação surpresa.

Terceiro dia: Partida para as terras do Templo do Sol.

Quarto dia: Chegada a Serkong Trin pela manhã. Dia livre para acomodações e ambientação.

Quinto dia: Manhã livre para compras no vilarejo. Tarde: "Preparação para as Práticas Meditativas" – palestra com Álvaro M. Tsampa (guia de viagens). Noite livre.

Sexto dia: Manhã: Visita ao Templo do Sol (setor não interditado). Tarde livre (verifique passeios opcionais).

Sétimo dia: Manhã livre. Tarde: "A Escolha de Um Mestre" (oportunidade única para entrar em contato com os reclusos do Templo e, em seguida, ter uma profunda meditação nos jardins do mosteiro).

Oitavo dia: Manhã Livre. Final da tarde: "Festa das Joias Raras" no vilarejo próximo (homenagem a um mestre que receberá o mesmo título e honrarias) – muita música, comidas típicas, celebrações e um belo espetáculo de lanternas acesas boiando sob o Grande Rio.

Nono dia: partida para a capital.

Décimo dia: pernoite na capital.

Décimo Primeiro e Décimo Segundo dias: Embarque e chegada ao Brasil.

Belo roteiro, não é?

Mesmo assim, enquanto estava no avião, dividi minha atenção entre aquela programação excitante e os agourentos encartes do Ministério da Saúde. Posso dizer que decorei o conteúdo de ambos e que aquelas palavras me acompanharam diariamente. Hoje sei que cada um daqueles dias, com sua aparência amistosa e inofensiva, teve grande influência nas escolhas que fui obrigada a fazer mais tarde.

Escolhas que mudaram tudo para sempre.

***

Primeiro dia: Desembarque na capital, pela manhã.

Segundo dia: Dia livre (visitas opcionais aos pontos turísticos mais próximos do hotel). Noite: programação surpresa.

Naquelas primeiras etapas do trajeto, eu estava eufórica e, ao mesmo tempo, com medo. Depois de um voo interminável e de qualidade fóbica, durante o qual tive de optar por uma longa e imponderada ingestão de bebidas alcoólicas para não entrar em parafuso, finalmente compreendi que havia aterrissado no outro lado do planeta.

Assim que saímos do aeroporto, notamos os fabulosos contrastes culturais e as paisagens daquela inesquecível cidade. Ainda estávamos muito longe de Serkong Trin, mas a atmosfera indescritível do Oriente estava em toda parte. A cor do céu era diferente, um azul meio pálido e romântico que os visitantes jamais iriam esquecer! De vez em quando, o vento com cheiro de flores e de incensos abria passagem para os aromas picantes das comidas típicas. Os restaurantes estavam abarrotados de turistas e cercados por uma multidão de pessoas pedindo moedas, oferecendo serviços ou vendendo alguma coisa.

Fiquei fascinada pelas roupas das mulheres nativas, de estampas exóticas, coloridas e cheias de certezas. Comprei vários tecidos e não pude evitar algumas lembranças quanto aos meus antigos sonhos de construir uma carreira na moda.

O restante do dia foi destinado à nossa adaptação ao fuso horário e nada de interessante aconteceu após o check-in no hotel que, no final das contas, não era tão ruim quanto eu esperava.

Os problemas só começaram no dia seguinte.

Dentro de mim, forcinhas antissociais muito egoístas afiavam suas garras, ainda que de maneira discreta e polida. A verdade é que eu já tinha uma propensão à adversidade em relação ao nosso grupo de brasileiros, antes mesmo do desastroso jogo da verdade que aconteceria naquela segunda noite. Desde que desembarcamos no aeroporto da capital, fiquei analisando criticamente os dez desconhecidos ao meu lado, incluindo Álvaro, e isso significava que eu era alguém incapaz de relaxar em um passeio, uma mulher arrogante e uma categorizadora silenciosa de pessoas.

Não que eu fosse melhor do que os outros. De forma alguma! Mas o fato é que eu "me sentia melhor" e aquela sensação era, no fundo, uma velha artimanha para me manter afastada de todo mundo.

Ao mesmo tempo, tinha perfeita clareza de que nosso pessoal era apenas um conjunto de vulnerabilidades que falavam e carregavam mochilas, e eu fazia parte de tudo aquilo. Formado por indivíduos de diferentes idades, profissões e personalidades, tendo em comum os recursos financeiros limitados que não nos colocavam junto àquele grupo de elite que visitaria o Dalai Lama na Índia, nosso pequeno esquadrão estava no limite entre a alegria ansiosa e a apreensão total diante do desconhecido.

E para pagar a língua e os maus pensamentos, acabei precisando da ajuda de todos durante vários momentos da nossa estadia na capital. Um condicionamento físico zero aliado a mais de cinquenta anos de glórias formaram as exorbitantes condições para o fracasso! Naqueles dias, mais do que em quaisquer outros, lamentei o fato de ter parado com os exercícios de ioga.

Logo pela manhã, senti cólicas horríveis e tive de aguentar a intervenção de um casal com quase o dobro da minha idade e o triplo de disposição a quem chamarei aqui de "casal Oldfitness". Desde que saímos do Brasil, eles trajavam as mesmas roupas para ginástica que os deixavam bem estranhos. Os dois pareciam recém-saídos de alguma revista para atletas da terceira idade!

– Você tem de se exercitar mais. Nós já te avisamos lá no avião!

Durante a tarde, fiquei entediada com os vários entretenimentos proporcionados pelo nosso hotel que, de acordo com minha maneira de pensar, seriam mais adequados para criancinhas ou, em momentos assolados por percepções opostas, para idosos. Apesar das minhas limitações inerentes, meus interesses não se encaixavam em nada por ali. Eram entretenimentos vagarosos, como visitar locais de fácil acessibilidade e sem escadas ou simplesmente ficar sentados nos bancos de madeira para tomar sorvetes de casquinhas gigantes oferecidos gratuitamente para os hóspedes. Outra opção muito procurada pelo pessoal eram as gincanas amenas, tais como "A mais bela foto do jardim", cujo prêmio de participação era um vale-sorvete-de-casquinha-gigante!

***

Quando a noite chegou, o que poderia ser ruim ficou ainda pior.

Em excursões comandadas por pessoas cafonas, a coisa mais detestável que pode acontecer são aqueles jogos de interação grupal, cuja ênfase está sempre no mau gosto. Não me digam que esse tipo de divertimento serve para descontrair, pois, sempre que vivi tais experiências (que, por sorte, foram raríssimas), fiquei me sentindo uma boba sem outros adjetivos.

Pena que foi justamente o que aconteceu lá do outro lado do planeta! Ainda hoje, lembro-me muito bem de todos os detalhes daquela noite.

Após nosso banhinho, Álvaro reuniu-se conosco para acertar os detalhes da manhã seguinte, quando finalmente iríamos para as florestas mágicas do Templo do Sol. Antes, porém, nossa última noite na capital seria marcada por um singelo presente. Era uma programação surpresa finamente elaborada pela dona Vanessa, em agradecimento ao fato de termos escolhido sua agência para cuidar do destino das nossas férias. Seríamos os convidados de honra em um jantar com reservas em um conceituado restaurante de culinária brasileira, onde apreciaríamos as performances de dois capoeiristas bem próximas às mesas (algo temerário, na minha humilde concepção), muito samba, caipirinha e falações sobre futebol (coisa mais temerária ainda), o que me fez questionar por que, então, havíamos feito uma viagem para tão longe?

– Vamos pagar alguma coisa? – perguntaram os colegas, incrédulos com tanta hospitalidade.

Não. Aquele jantar maravilhoso não custaria nem um centavo para os membros do nosso grupo!

Com exceção da minha pessoa, todos ficaram entusiasmados e eu ainda tive de fazer um esforço sobrenatural para não parecer antipática e para não demonstrar minha insatisfação. Mal sabia que a "programação surpresa" não acabaria por ali!

Antes de sairmos para o tal jantar estilo "Brasil-Again", teríamos um momento especial em uma sala reservada do hotel para a realização de uma espécie de ritual de boas-vindas e confraternização, coordenado pelo nosso devotado guia de viagem. Como ele era um homem culto, provavelmente teria evitado aquele programa de mau gosto e levado todo mundo diretamente para comer uma boa feijoada, porém, como era de se esperar, Álvaro fez o que a agência esperava que ele fizesse e nada mais.

A atividade não seria tão ruim, caso fosse aplicada em criaturas com menos de dez anos de idade. O ritual pretendia oferecer diversão, mas seu idealizador não levou em conta que o ser humano é feito de irritabilidades, contradições e muita mesquinhez, mesmo estando em pleno gozo de suas férias. Daquela forma, tudo aquilo se transformou em um transtorno!

As coordenadas foram claras e diretas: naquela sala privativa em nosso hotel, deveríamos nos sentar em poltronas macias e relaxar. Depois de um exercício simplório de respiração consciente, teríamos de atribuir mutuamente nomes e características de frutas aos membros do grupo, explicando por que havíamos feito tais escolhas. As frutas selecionadas por alguém não poderiam ser repetidas pelos participantes seguintes, daí a chance de usarmos a imaginação e a nossa vasta criatividade!

Quem queria começar?

Como eu não era boba nem nada, tratei de levantar a mão para iniciar o jogo. Minhas colocações foram geniais! Exagerei mesmo, sem arrependimentos, tudo em nome da sobrevivência!

– Álvaro é nosso pêssego, pele incrível, um ser humano de personalidade doce. O caroço, que mora no cerne, representa seu caráter firme e inabalável! Ele é alguém em quem podemos confiar!

Depois dos aplausos, fui em frente e limitei minha participação em torno de elogios indiscriminados à base de frutas vermelhas, tais como morangos, amoras e cerejas, todas mimosas e capazes de me livrar de encrencas e mal-entendidos.

A segunda pessoa também se saiu muito bem e todos estavam começando a relaxar. A brincadeira prosseguiu sem problemas até o ponto em que as frutas com qualidades graciosas terminaram. Depois disso, o tiro saiu pela culatra!

Foram várias situações embaraçosas conduzidas de maneira grotesca pela dinâmica da atividade e lembro-me agora de algumas que se destacaram pelo mau gosto.

Um homem, por exemplo, comparou sua esposa a uma "uva-passa" e ela não gostou. Depois de ficar emburrada, a coitada caiu em prantos e disse que tinha se arrependido de gastar todo o dinheiro guardado para sua cirurgia plástica naquela viagem esquisita, coisa mais doida, sem pé nem cabeça.

Sábias palavras!

Outro senhor foi chamado por uma participante de "abacaxi" e a explicação da moça para a comparação saiu pior do que a encomenda: ele era feio por fora, com espinhos que poderiam machucar, mas por dentro... Ah, por dentro era outra coisa, um amor de pessoa, macio e agradável, embora fosse muito azedo na maior parte do tempo e demonstrasse pouca generosidade, sobretudo durante voos longuíssimos em que passava na frente dos outros, furando fila para ir ao banheiro!

O negócio não colou e o homem teve de descascar o abacaxi: disse que preferia ser grosso e sem educação a se parecer com aquela mulher, uma mal-amada-fruta-do-conde, que era feia por fora e, principalmente, por dentro. De fato, não estou lembrada se ele disse que a mulher era "principalmente feia por dentro" ou "principalmente feia por fora". De qualquer forma, tinha um "principalmente" envolvido na frase e isso tornou tudo ainda mais humilhante para a oponente, que foi conduzida ao nocaute.

A partir daquele momento, os ânimos ficaram irremediavelmente alterados. O mais certo a fazer seria acabarmos com tudo aquilo para irmos ao restaurante, no entanto, uma estranha propensão à catarse nos conduzia adiante. Até mesmo nos dias seguintes, aquela situação promoveu animosidades e trouxe-nos frutos amargos que tivemos de colher sem metáforas.

Álvaro teve de intervir e, com um sorriso amarelo, pediu ao grupo que fizesse um círculo e se abraçasse como tarefa de encerramento. Ainda bem que saí ilesa daquelas armadilhas e ainda fui salva do jantar dançante por uma forte dor de cabeça.

Neste ponto da narrativa, quero ressaltar que não me ative a esses detalhes insensatamente. Essas descrições mais demoradas foram, na verdade, uma homenagem aos meus companheiros do Brasil, por quem tenho certa consideração. Embora nosso convívio não tivesse ultrapassado os limites da superficialidade, ainda me arrependo de não ter oferecido a eles minha ajuda em algo que estivesse ao meu alcance. Porém, é tarde demais para arrependimentos e eu, naquela noite desastrada, não fazia a menor ideia do destino terrível que eles teriam de enfrentar em tão pouco tempo.

***

Terceiro dia: Partida para as terras do Templo do Sol.

Estávamos animados quando partimos para Serkong Trin na manhã seguinte.

Com um pouco de ressaca e muitas ilusões, deixamos o conforto da capital e atravessamos uma ponte sobre o nada para lugar algum. Ao menos aquela foi a nossa impressão diante das peripécias tolas e inexplicáveis que tivemos de enfrentar durante todo o novo trajeto. As inesperadas e, em certa medida, inevitáveis aberrações por que passamos, afetaram nosso espírito de maneira tão contundente que ainda hoje não entendo como nós, pessoas comuns e bastante medianas, conseguimos encarar tamanhos desafios!

Ninguém podia imaginar o quanto pensei na Santa Marcilaine e em suas ponderadas observações. Aquela moça não era uma secretária; era um oráculo de uniforme azul!

Agora mesmo, com a mente completamente infernizada, cheguei a apagar e a reescrever sobre aquele terceiro dia umas quatro vezes! Depois de ter descartado a última versão, decidi fazer uma pausa para entender o que estava acontecendo.

Depois de uma rápida revisão, reparei que o texto sofre de algo desconexo, mais precisamente de uma irregularidade no ritmo. Uma irregularidade, não: uma montanha-russa! Determinados trechos foram descritos exaustivamente e outros, de maneira rápida. É como se um maratonista saísse da prova para se deitar e observar formigas.

Pensando sobre isso, neste exato instante, chego à conclusão de que tudo continuará exatamente assim até o último parágrafo, afinal de contas, sei que não tenho muita experiência nessa área.

No entanto, a verdadeira explicação para esses altos e baixos é de natureza profunda e tem dois aspectos contrários: a vida própria das palavras e o caminho pelo qual consigo comandar o que escrevo.

Claro que o primeiro aspecto é, de longe, o mais instigante. De uma maneira menos simbólica, experimentei a mesma angústia enquanto perambulava por Serkong Trin. Como veremos mais tarde, por várias vezes, ocorreu-me a impressão de que eu não era eu e de que minhas peripécias estavam a serviço de outra pessoa. Aquela experiência marcou profundamente minha jornada e, de maneira análoga, a jornada deste texto é marcada pela mesma sujeição.

Tudo se complica quando acreditamos em uma autonomia que não existe. Toda pessoa que usa o meio literário para registrar suas memórias, mesmo quando se dedica a um diário trancado a sete chaves, acaba deparando com um dilema: ela quer manter sua privacidade e, ao mesmo tempo, deseja desesperadamente que alguém não tenha mais nada a fazer da vida além de ater-se às suas bobagens. Assim, se um autor quiser continuar, terá de investir no segundo item com toda força. Ele precisa fazer alguns ajustes, criar desfechos inéditos e desmerecer certas verdades, desde que tudo aquilo se torne interessante, surpreendente e repleto de novas promessas.

Infelizmente, não posso prometer nada. Quando as palavras decidem cooperar, ajudam-me a descrever os mais loucos sentimentos, mas, quando cismam e desaparecem, deixam sobre mim um manto branco onde estão todas as coisas que jamais serão ditas. Não sou eu quem manipula as palavras; são elas que me arrastam pelos corredores do tempo. São elas que ficam minhas amigas e são elas que brigam comigo.

Assim, existem muitos fatos que não serão narrados sobre os caminhos percorridos até as terras de Serkong Trin. Não me convém explicar-lhes as etapas e caracterizar suas extravagantes distâncias. Quero deixar o Templo do Sol exatamente onde está e ajudar a manter seu caminho em segredo, mesmo sabendo das mudanças pelas quais o lugar tem passado ao longo do tempo. Se dependesse de mim, aquele enigmático setor de Turismo Religioso fecharia as portas para sempre!

Então, para encerrar este grande parêntese e continuar a nossa história, gostaria de citar brevemente alguns episódios para exemplificar o que aconteceu conosco durante aquele terceiro dia de jornada. Em uma província quase medieval, um balseiro rude tratou-nos como forasteiros indignos, cujo dinheiro não era necessário, nem mesmo bem-vindo. Para pagarmos pelos seus préstimos, tivemos de limpar a embarcação e Álvaro nos avisou que seria imprudente contestarmos a tarefa. Depois de uma travessia nauseante e perigosa sobre uma espécie de lago de água salgada, muitos membros do nosso grupo passaram mal e tivemos de limpar tudo aquilo de novo! Em outro momento lamentável, enquanto esperávamos por um trem atrasado há mais de cinco horas, presenciamos a morte súbita, porém tranquilíssima, de um monge em plena meditação em um banco da estação. Seu olhar distante simplesmente se fechou e ninguém, com exceção do nosso grupo, ficou chocado com aquele acontecimento.

***

Quarto dia: Chegada a Serkong Trin pela manhã. Dia livre para acomodações e ambientação.

Os espaços verdes e luminosos daquela mata pela manhã, no exato momento em que chegamos, apagaram das nossas mentes quase todos os sofrimentos. Ao mesmo tempo, o cansaço era corrosivo e nosso espírito alimentava-se, sobretudo, de ilusões a respeito de um possível encontro com o inusitado mundo da paz interior.

A floresta parecia mágica e sua aparência era impressionante! O cheiro da terra úmida e fértil misturava-se ao perfume dos orvalhos mais puros que poderiam existir. Muitos pássaros cantavam naquele alvorecer e eu, sem o menor constrangimento, fiquei emocionada!

As belezas naturais não eram as únicas preciosidades do novo lugar. O idioma era marcado por uma espécie de melodia completamente diferente de tudo que eu já tinha ouvido. Não me cansava de apreciar a pronúncia forte e a cadência suave das conversas entre os nativos. Aqueles sons eram fascinantes e frequentemente nosso guia insistia para que eu aprendesse ao menos o básico para a comunicação diária. Entretanto, eu não estava nem um pouco interessada naquele modo prático de ver as coisas e preferia guardar o encanto daquela língua sem decifrá-la jamais. Por isso, não participava das conversações didáticas como faziam os demais colegas e me contentava em ficar observando-os em silêncio. Para uma turista deslumbrada como eu, aquele desencontro linguístico representava algo sublime.

Em relação aos moradores de Serkong Trin, posso dizer que senti por eles uma grande afinidade desde o primeiro encontro. Eles eram indivíduos discretos, simples e muito observadores, sem que houvesse qualquer sinal de censura ou de maldade em seus olhos.

O vilarejo por onde caminhamos antes da travessia do Grande Rio era habitado por pessoas simpáticas e prestativas. Claro que o balseiro daquelas paragens, semelhante ao seu companheiro do lago salgado, era rude e meio mal-assombrado. Ainda assim, durante o trajeto sobre as águas volumosas do rio, nossa atenção ficou voltada para a floresta que surgia entre as brumas da outra margem. Conforme a balsa deslizava com velocidade, as árvores agigantavam-se cada vez mais até assumirem a forma extraordinária de um conglomerado verde e impenetrável.

Após uma breve caminhada sem incidentes, chegamos a uma construção de madeira e Álvaro explicou-nos que ali teríamos a oportunidade de descansar e de tomar nosso café da manhã. Seria também muito importante dormirmos um pouco, já que havíamos passado a noite em claro.

Depois da recepção, entramos em uma sala aconchegante com amplas portas e janelas que oferecia muito conforto aos hóspedes. Os quartos da pousada estavam com as portas fechadas, mas Álvaro disse que eles não passavam de dois galpões muito grandes com beliches espalhados por todos os lados. No mais, os outros compartimentos pareciam acidentais e construídos com extrema dificuldade em meio à floresta. O refeitório, por exemplo, tinha apenas uma mesa e os banheiros coletivos eram insuficientes e muito concorridos.

Apesar daqueles inconvenientes, estávamos aliviados por termos chegado até ali sãos e salvos. Para aumentar nosso sentimento de segurança, os proprietários da pousada vieram nos receber. Eles eram dois homens extremamente gentis que fizeram questão de nos mostrar uma charmosa varanda e sua vista estonteante para as serras. Aquela era a parte mais bonita da estalagem!

De repente, o idílio foi quebrado por uma dura realidade: a pousada não estava em condições de receber tantos turistas. Além do número inesperado de hóspedes atraídos pela Festa das Joias Raras daquele ano, ventos fortes ocorridos na noite anterior destruíram parte do teto dos quartos de maneira que algumas pessoas do nosso grupo teriam de se hospedar em outro lugar.

O detalhe mais importante naquele contexto era que não havia outra pousada em Serkong Trin!

Embora a agência de turismo tivesse tomado todas as precauções, fomos vítimas daquele novo imprevisto. Em pouco tempo de discussão, chegamos à conclusão de que poderíamos abrir mão da privacidade para dormirmos em redes ou em colchões colocados sobre os tapetes da sala, com a ressalva de que as avarias ocasionadas pelos ventos fossem consertadas o quanto antes.

Mesmo assim, a despeito da boa vontade, o espaço se mostrou insuficiente para tantas pessoas e ao menos um de nós ficaria do lado de fora. Só restaria ao turista malfadado a tentativa de abrigar-se em uma casa de família nas proximidades disposta a oferecer uma acolhida de última hora.

Claro que Álvaro se prontificou a ocupar aquele posto, mas, antes que ele saísse da pousada, levantei a mão e propus outra saída para o problema.

Em retribuição à ajuda que tinha recebido do grupo, incluindo os vários tipos de amparos equivocados com os quais os Oldfitness tentaram consertar meu corpo e minha vida, cedi meu lugar para que Álvaro pudesse ficar com os demais. Além do sentimento de gratidão e de certa culpa por ter esculachado mentalmente os amigos brasileiros, havia um aspecto bem prático envolvido na minha oferta: Álvaro e eu éramos as únicas pessoas desacompanhadas. Existiam vários casais na excursão, alguns curiosamente formados durante a viagem, e seria de bom tom que eles continuassem juntos.

Inicialmente, nosso dedicado guia recusou a ideia, mas depois acabou aceitando minha proposta porque os proprietários da pousada prometeram que o teto ficaria novo em folha em, no máximo, três dias.

Álvaro, então, lembrou-se de dois idosos sem filhos e que já tinham recebido em sua casa outra brasileira quando foi celebrada a última Festa das Joias Raras em Serkong Trin.

Só existia um inconveniente: a casa ficava em uma parte fronteiriça da mata, entre as trilhas mais conhecidas e o setor hermético do Templo do Sol. Para minha segurança, nunca deveria andar sozinha e seria necessário que eu diferenciasse os caminhos permitidos daqueles que deveriam ser evitados pelos visitantes. Para isso, contaria com a ajuda dos anfitriões que, morando a vida toda naquelas selvas, sabiam mais do que ninguém como zelar pelos seus convidados. Mesmo com tantas ressalvas, concordei prontamente em procurar abrigo junto ao senhor e à senhora Sungso e não houve mais polêmica sobre o assunto.

Após os devidos acertos com uma recepcionista eficientíssima, tivemos de abrir nossas mochilas e entregar a ela os celulares, as máquinas fotográficas e outros aparatos tecnológicos que por ventura estivessem conosco para que ficassem guardados em um cofre até o dia da nossa partida. Apesar de toda a informação que recebemos antes de viajar, fiquei surpresa ao notar que muitas pessoas do nosso grupo tinham escondido em suas malas, e até mesmo nos bolsos, vários aparelhos considerados proibidos naquelas terras. A artimanha redundou em nada, pois foi o próprio Álvaro quem checou tudo e fez o papel de vilão separando os constrangidos donos de seus objetos queridos.

Depois de várias outras formalidades e papeladas necessárias à acomodação dos brasileiros na pousada, todos saíram para desfazer suas malas e, em seguida, conseguiram banhar-se de maneira improvisada em uma espécie de ofurô extravagante, para o qual não fiquei olhando muito porque não quis ser indiscreta.

Já que não fazia parte do grupo de hóspedes, fiquei aguardando meus amigos na sala, cujos tapetes bonitos logo seriam soterrados por muitos colchões. Quando todos vieram ao meu encontro, estavam felizes e prontos para uma refeição festiva na varanda de madeira. Em retribuição ao meu gesto altruísta, Álvaro fez questão de pagar meu almoço e o sol já estava bem alto quando brindamos nossa chegada a Serkong Trin!

***

Apesar da animação, a comida estava péssima e alguém encontrou uma pedrinha dentro da sopa. Parecia que o incidente com o teto dos quartos tinha mexido negativamente com os outros setores da pousada. Era bem provável que a cozinha estivesse sofrendo com os resquícios da reforma que mal tinha começado naquele início de tarde. Vigas de madeira e outros materiais para o conserto das avarias chegavam a todo instante e os funcionários da estalagem estavam meio baratinados. Naquelas condições, somente um apetite voraz e uma boa dose de bravura nos impediram de desistir daqueles pratos fumegantes e de aspecto declinável.

Ao término do almoço, aproveitamos para conversar de um jeito divertido sobre as nossas aventuras, como se não estivéssemos nem um pouco traumatizados por elas. Ainda ficamos por um bom tempo bebendo e rindo das ridículas piadas que Álvaro nos contava até que, como balões que murcham ao final de um aniversário de criança, ficamos emudecidos e irremediavelmente exaustos.

Vendo nossa situação, os donos da pousada insistiram para que eu dormisse em uma das redes da varanda antes de ir embora, mas Álvaro preferiu levar-me até a residência do casal Sungso antes que a noite nos alcançasse em plena floresta.

Após despedidas embaladas por muito tédio e sono, o grupo de brasileiros recolheu-se para descansar e eu parti ao lado de nosso líder em direção às trilhas ardentes de sol. Conforme entrávamos na mata selvagem, a paisagem se tornava cada vez mais bonita. A vegetação era rica, diversificada e parecia que algumas plantas tinham o poder de se movimentar! Álvaro e eu conversamos muito a respeito de como éramos privilegiados por estarmos naquele lugar. Aos poucos, o otimismo venceu nosso cansaço e nem percebemos quanto tempo havia se passado entre a pousada e aquele ponto da floresta que não tivera muito contato com seres humanos.

De repente, vislumbramos uma torre branca que se erguia suntuosamente no meio da selva. Era a parte reservada do Templo do Sol!

Completamente maravilhada, perguntei para Álvaro se nós poderíamos chegar mais perto, no entanto, ele respondeu que aquele não era um momento propício para uma aproximação e que ninguém poderia entrar ali sem ser convidado. Para evitarmos conflitos com a cultura da região, deveríamos respeitar o calendário das celebrações locais, assim como faziam todos os outros turistas. Além de uma visita prevista para acontecer dentro de dois dias, nós teríamos outras duas oportunidades para conhecer alguns moradores do Templo: o Dia da Escolha de um Mestre e, de uma maneira menos íntima, a Festa das Joias Raras.

Sem abrir mão de suas numerosas advertências, o bom rapaz ressaltou mais uma vez a importância de evitarmos passeios solitários pelas redondezas e de mantermos distância daquele lado do Templo.

– Nossa agência se responsabiliza pela segurança dos clientes! – disse ele, enquanto tentava driblar minha curiosidade em relação à sua estadia no Templo do Sol.

Desde o primeiro dia, percebi que qualquer pergunta em relação ao passado de Álvaro em Serkong Trin encontrava apenas o silêncio como resposta. Geralmente ele procurava mudar de assunto ou encerrar a conversa com alguma desculpa esfarrapada. Com o passar do tempo, todo mundo da excursão acabou aceitando que nosso querido guia era, enfim, uma pessoa extremamente escorregadia em relação àquele período de sua vida.

Sem tocarmos mais em assuntos invasivos, chegamos em uma clareira da floresta repleta de flores lilases e, não muito longe dali, vimos uma pequena propriedade atrás de um muro de pedras. Tão logo abrimos o portão de madeira, os donos da casa vieram nos receber com alegria.

Para minha sorte, havia um quarto que o casal não usava e que se encontrava em boas condições para uma hóspede de última hora. Álvaro cuidou dos acertos para a minha estadia e recusou-se a fazer o pagamento adiantado, já que não sabíamos se eu iria ou não me adaptar àquele ponto remoto do planeta.

Apesar de considerar a prudência adequada, sinceramente não vi motivos para tanta cautela. Assim que olhei para o senhor e para a senhora Sungso, tive a certeza de que era ali mesmo que eu queria ficar!

Em tempo recorde, Álvaro e eu ficamos satisfeitos com o desfecho da situação. Além de a distância entre os dois pontos ser relativamente pequena, eu poderia contar sempre com a presteza dos meus anfitriões para me acompanharem até a pousada, local de partida para todos os passeios programados. Na manhã seguinte, por exemplo, já teríamos novidade: uma visita ao vilarejo do outro lado do rio para compras e caminhadas ao ar livre. Antes de ir embora, o bom rapaz pediu-me desculpas e garantiu que a agência faria questão de me oferecer alguns bônus para uma próxima viagem.

Quando ele fechou o portão que separava aquele quintal singelo e organizado da mata fechada, comecei a ficar preocupada. Como desconhecia o idioma e não sabia me comunicar, imaginei que poderia passar por algumas dificuldades.

Entretanto, aquele pressentimento ruim perdeu força. Tão logo perceberam meu jeito inseguro, os bondosos anfitriões trataram de me acalmar e ofereceram-me um delicioso pedaço de bolo, receita exclusiva da família. Em seguida, os dois velhinhos me apresentaram a propriedade e me diverti muito quando a senhora Sungso mostrou com o maior orgulho uma espécie de chuveiro que ela mesma tinha inventado.

O casal Sungso impressionava pela simpatia. Ele era um homem de estatura baixa que esbanjava disposição para o trabalho e para longas caminhadas. A mulher, ainda menor do que o marido, tinha um semblante confiável e receptivo. Jamais vou me esquecer do carinho demonstrado por eles durante todo o tempo em que estive em sua companhia. Nos dias de maiores complexidades, digamos assim, dias futuros e bem diferentes da tarde bucólica em que cheguei às terras do Templo do Sol, foram eles que me proporcionaram proteção. Basta dizer que sua amizade marcou minha vida e que levarei para sempre sua imagem no coração!

Voltando à minha tarde de iniciação em Serkong Trin, fui conduzida pela senhora Sungso para um quarto limpo e arejado. Adorei a possibilidade de ter um lugar só meu e fiquei ainda mais feliz porque não existiam no teto furos ou rombos. O descanso estaria garantido!

Depois que a senhora Sungso saiu, respirei fundo e fiquei pela primeira vez sozinha ao lado da minha nova vida. Ao abrir uma bucólica janela de madeira, vi que a luz da tarde descortinou os detalhes do quarto. As paredes cor de laranja se acenderam e de repente nem parecia que eu estava no fim do mundo. Uma mesinha, dois banquinhos, uma cama de solteiro e um guarda-roupa pareciam estar à minha espera por longos anos. Na parede oposta à porta, havia uma lareira extinta que me causou estranheza, já que Serkong Trin estava em uma das regiões mais quentes do mundo! Ao lado dela, encontrava-se um aparador de madeira com uma jarra e um copo.

"*Nunca vou tomar esta água!*", pensei, como se alguém do Ministério da Saúde estivesse por ali para me tomar a lição.

Por sorte, ainda havia algumas garrafinhas de água mineral guardadas com esmero no meio da bagagem. Por um instante, senti falta do meu velho amigo agitado, meu telefone celular, mas logo experimentei a felicidade rara de estar completamente incomunicável com o restante da humanidade. A antiga história composta por Carlos e por nossos aplicadíssimos amigos começou a se desmanchar lentamente como uma pintura sob a chuva.

E por falar em quadros, existiam obras notáveis penduradas ao longo do meu novo quarto, mas infelizmente sua autoria era desconhecida. Os traços elegantes e a presença de cores muito vivas criavam um conjunto único que revelava o estilo do autor.

– Só em Serkong Trin encontramos este tipo de coisa! – sussurrei, esquecendo-me da água e de todos os possíveis perigos daquela aventura.

Os temas dos quadros também me agradavam. Naquelas pinturas amistosas e, por vezes, intrigantes, um mesmo casal aparecia em diferentes situações. Em uma cena, os noivos estavam cercados por dançarinas em um casamento celebrado em meio à natureza. Um pouco adiante, os convidados da festa – pessoas, animais e seres fantasmagóricos – pareciam felizes por fazer parte daquelas idílicas esferas. Em outra gravura, o homem e a mulher vestiam roupas azuis e estavam sujeitos a uma série de intempéries que os deixavam assustados. Ao lado deles, de uma forma um tanto quanto sombria, um mestre com vestes brancas indicava o caminho que poderia levá-los ao luar.

Achei tudo aquilo tão poético que prometi fazer uma descrição mais detalhada daquelas imagens em meu caderninho de anotações. Enquanto deixava a tarefa para a manhã seguinte, ficava me perguntando se a estrada celestial designada pelo mestre apontava de fato para a Lua ou para algum outro lugar.

Mesmo depois de tanta beleza, as condições insípidas do *samsara* subjugaram-me a ponto de transformar as luzes em minhas piores inimigas. Tive de fechar os olhos e fazer uma careta para expressar as dores que sentia nos pés. Assim que tirei os sapatos, retomei a consciência de que precisava descansar, afinal, meu corpo era um invólucro terreno e frágil que precisava de cuidados.

A noite chegou à floresta e os sons do mundo tomaram outra ordem, outro ritmo e outra cadência. Cigarras, grilos e animais desconhecidos habitavam a vida como se ela não fosse tão passageira. A nova música estava em toda parte e vinha de todos os lugares, inclusive das batidas fortes de certos corações que, assim como o meu, eram forasteiros e não entendiam bem a liberdade.

Fiquei imersa naquela rede de sensações até saciar-me por completo. Quando chegou a hora de voltar para a existência comum, conhecida vulgarmente como o "aqui e agora", decidi que era hora de agir e de fazer algo diferente da simples contemplação. Depois de um banho atrapalhado com aquele chuveiro que apelidei de "geringonça da senhora Sungso", tentei dormir, mas minha mente estava inquieta. Lembrei-me da torre branca do Templo do Sol emergindo no meio da selva como um milagre e fiquei imaginando coisas íntimas a seu respeito, coisas que eu ainda não conhecia. Como seria seu interior, sua decoração e a vista descortinada por suas janelas em forma de arcos? Como seriam os mestres e os outros habitantes?

No meio de tantas perguntas que eu fazia em silêncio, o trepidar dos galhos em uma árvore próxima e o barulho insistente do vento deixaram-me um tanto quanto sobressaltada. Em meio à confusão que existia, sobretudo, dentro de mim mesma, uma dúvida bastante terrena me passou pela cabeça: se houvesse uma chuva forte, o telhado daquela casinha iria resistir ou seria lançado ao longe como o teto da pousada?

Naquele instante, pensei em meus colegas de excursão e não sabia se eles estavam dormindo ou tão acordados quanto eu. Minha única certeza era a de que todos nós queríamos a mesma coisa, ou seja, dar início à nossa programação excitante!

Particularmente, eu estava muito ansiosa para conhecer o Templo do Sol. Quem poderia ser meu mestre no Dia da Escolha? Os homens do Templo seriam sábios de verdade ou pessoas sinistras que se escondiam atrás das tradições?

Já que eu tinha me revirado muitas vezes sobre a cama, desisti de ficar deitada. Acendi uma lamparina e fiquei por algum tempo mexendo em meus poucos pertences. Meu diário de viagem era um caderninho cheio de pretensões em que não escrevi uma única palavra. Em suas folhas vazias, eu tinha feito rabiscos e figuras toscas que muito traduziram as tensões por que passei antes de chegar a Serkong Trin. Bem no fundo da mochila estava um pequeno mapa das imediações, verdadeiro tesouro com que os donos da pousada me compensaram pela falta de hospedagem. Ao lado dele, encontrei minha carteira, meu passaporte e um papel com a tal senha do cofre onde meu telefone e meu brinquinho de ouro, únicos objetos de contravenção que eu possuía, descansavam calmamente à espera do resgate.

De repente, resolvi tomar toda a água que estava na jarra, sem pensar novamente em doenças. Em seguida, talvez por causa daquele ímpeto, uma dúvida resolveu me importunar:

"Não seria melhor voltar para o Brasil amanhã mesmo? Você não é uma prisioneira".

Tudo aquilo era tão absurdo que acabei rindo de mim mesma e de meu estado de espírito movediço. Como não consegui fechar os olhos, fiquei reparando no incenso colocado em um pratinho ao lado da cama para que os mosquitos não me importunassem. Achei aquilo curioso, já que a única presença que não me deixava em paz naquela noite era a do meu monstro interior. Mesmo assim, enquanto olhava as brasas do incenso se transformando em fumaças bailarinas, mantive o foco dos pensamentos no passeio da manhã.

Levando em conta algumas condições adversas, tais como estar hospedada a poucos metros de um Templo que não gostava de turistas, desconhecer o idioma do país e ter de dormir no meio de um território selvagem, até que consegui levar bem aquela madrugada adiante.

***

***Quinto dia:** manhã livre para compras no vilarejo. Tarde: "Preparação para as Práticas Meditativas" — palestra com Álvaro M. Tsampa (guia de viagens). Noite livre.*

Fiquei contente por ter dormido, mas logo depois do despertar ocorreu-me mais uma daquelas perguntas inquietantes: será que eu já tinha acordado naquele mesmo lugar e naquela mesma manhã outras vezes?

Sem que eu soubesse o porquê, passagens amarguradas do passado surgiram na memória como relâmpagos anunciando a tempestade. Felizmente, tinha aprendido a deixar as forças negras seguirem seu curso sem impor obstáculos à sua passagem. Quando menosprezadas pelo orgulho ou pelo apego, aquelas agruras enfurecidas geralmente se represavam, cresciam e depois quebravam os diques. Para evitar o desastre, experiência cada vez mais rara depois que atingi a maturidade, permiti que elas chegassem e que, de maneira tranquila, fossem embora.

Assim, naquela manhã de renovações em Serkong Trin, reuni o meu otimismo e fui me arrumar. Estava previsto um passeio de cunho consumista até o vilarejo e eu duvidava sobre o que poderíamos comprar naqueles confins. Não me lembrava de ter visto uma única loja depois que tínhamos deixado a capital e, por isso, o programa do dia me pareceu um tanto quanto equivocado.

Por outro lado, se existisse de fato alguma atividade comercial na outra margem do Grande Rio, eu estava disposta a procurar por itens de grande necessidade, como água mineral, sabonetes e qualquer tipo de creme protetor para os lábios. Além daqueles produtos extremamente úteis, pretendia gastar parte do meu dinheiro em quinquilharias apenas para exercitar meu lado esbanjador, um lado que eu não queria desenganar, mas que, de fato, já agonizava há anos no leito de morte.

Antes de sair, coloquei uma considerável quantia dentro da bolsa e tive o cuidado de levar apenas a cópia de um documento. Depois de me despedir da querida senhora Sungso, parti com seu esposo em direção à pousada onde Álvaro e os outros me aguardavam com seus sorrisos e com suas birras.

Enquanto andávamos com certa urgência, o senhor Sungso fez questão de se colocar a minha frente, como se houvesse algo muito perigoso ali para uma turista novata. Do meu ponto de vista, não conseguia compreender o motivo para tantos cuidados, já que o cenário era calmo. Minha convicção era tão grande que comecei a considerar seriamente a hipótese de fazer um passeio solitário pelas redondezas assim que fosse possível.

De repente, o senhor Sungso tentou me dizer alguma coisa e só depois de um tempo é que compreendi o significado dos seus gestos incisivos, para não dizer espalhafatosos. Ele queria que eu o acompanhasse em uma nova trilha, bem diferente daquela em que Álvaro e eu havíamos caminhado na tarde anterior.

Aos poucos, o senhor Sungso foi me conduzindo para um lugar pitoresco da região, um lugar que poderia agradar e encantar uma visitante brasileira.

Em instantes chegamos a uma bifurcação que, pela forma inusitada com que despontou diante de nós, pareceu-me um tanto quanto irreal. As sombras das árvores mais altas ocultavam vários trechos do caminho e, quando o sol conseguia iluminar algumas flores, elas pareciam saltar por trás das folhagens.

O senhor Sungso, então, tomou a trilha à nossa direita e em seguida deparamos com uma clareira na mata onde várias barracas abandonadas criavam um panorama de desalento. Garrafas de plástico, lanternas e até roupas pareciam esquecidos ali há muito tempo, embora tivessem a aparência bastante preservada. A maneira da qual tudo estava intacto indicava que os visitantes foram surpreendidos por alguma coisa ou por alguém e que tiveram de fugir com pressa.

Durante nossa longa jornada até aquelas terras, Álvaro tinha nos contado várias lendas a respeito dos guardiões e de outros seres da natureza que protegiam os bens da floresta e as portas do Templo do Sol. Posteriormente às histórias, ficávamos absolutamente intrigados, mas o rapaz nos dizia que tudo aquilo não passava de boatos inventados e reinventados por pessoas supersticiosas da região.

Ainda que eu precisasse manter a razão, o clima em torno daqueles vestígios lúgubres fez com que minha imaginação voasse para longe. Não só me lembrei das misteriosas narrativas de Álvaro, como também da extensa descrição que dona Vanessa tinha orquestrado acerca dos mitos de Serkong Trin.

Como eu não podia me comunicar com o senhor Sungso, fiquei com uma série de perguntas sem respostas. O que teria causado a fuga dos turistas? Por que ninguém falou a respeito daquilo na pousada?

O senhor Sungso, por sua vez, não parecia nem um pouco chocado com aquele quadro desolador e desviava tranquilamente dos refugos como se tudo, inclusive os elementos mais caóticos, estivesse em ordem.

Após uma curva à direita, deparamos com uma cachoeira rodeada por plantas nativas, borboletas e pássaros! As espumas cristalinas da queda brilhavam incessantemente por cerca de três metros e depois se desmanchavam sobre as pedras do leito. Um pequeno lago de águas límpidas, último destino daqueles saltos, refletia fielmente as copas das árvores e o movimento de algumas ondas na superfície nos ajudavam a entender que aquilo tudo, enfim, era água e não um espelho.

Fiquei extasiada com tanta beleza e o senhor Sungso parecia contente por ter me levado até lá. Depois que lavou o rosto de maneira prazerosa, convidou-me a colocar as mãos na água, mas, antes mesmo que eu pudesse me aproximar, alguma coisa indefinida pousou em mim!

Apavorada, chacoalhei os cabelos até que aquela coisa se afastasse para longe. Eu não sabia o que era aquilo, mas deduzi que fosse uma libélula ou um inseto bem pesado, talvez um besouro. Imediatamente perdi a tranquilidade e lamentei o fato de ter me esquecido do boné e da única blusa de mangas compridas que havia na minha bagagem.

Quando o senhor Sungso resolveu partir, concordei logo com sua decisão, não só porque estava tarde, mas principalmente porque tinha medo de que aquele inseto voltasse e que trouxesse com ele seus companheiros de espécie.

Antes de deixarmos a cachoeira, tive a impressão de que alguém estava nos observando entre as folhagens. Aquela cisma fez com que eu apressasse meus passos e, quando chegamos novamente ao acampamento deserto, escutei um sussurro estranho. Instintivamente, dei um pulo para trás e olhei para o senhor Sungso, mas ele não tinha percebido nada e continuava andando há alguns metros, afastando com as mãos as plantas e os galhos que estavam à frente do caminho.

Aos poucos, senti um mal-estar indefinido. Como não havia tomado o desjejum, meu estômago parecia uma bola murchando dentro do abdômen. Por causa da fome e do calor, perambulei por ali de maneira desatenta e tropecei duas vezes nas raízes protuberantes das árvores.

De uma hora para outra, os sussurros enigmáticos voltaram e, daquela segunda vez, fiquei atenta para ver se conseguia identificar o que estava acontecendo. Quando olhei para o lado, vi um tipo diferente de bicho, um vagalume grande pousado em meu ombro esquerdo. Meu primeiro ímpeto foi espantá-lo com as mãos, mas ele foi mais rápido e sumiu instantaneamente no meio da mata.

Por um tempo relativamente longo, fiquei na expectativa de que a pequena luz reaparecesse em outro lugar, entretanto, ela desintegrou-se em pleno ar! Sem perceber que tinha me deixado para trás, o extremamente ágil senhor Sungso havia se afastado e já estava bem longe do acampamento.

"*Bem que o Álvaro falou para não andar sozinha!*", pensei, enquanto me apressava para alcançar o idoso.

À minha volta, o camping fantasma tomava todos os caminhos com o obstáculo do seu silêncio. A visão daquele lugar esquecido causou-me uma apreensão desconexa e persistente, da qual tentei me livrar por meio da distração. No entanto, todos os pensamentos aos quais eu recorria para fugir do presente transformavam-se em novas fontes de preocupações e de aborrecimentos.

De repente, um barulho abafado fez com que eu me arrepiasse dos pés à cabeça! Uma das barracas abandonadas estava se mexendo! Parecia que alguma coisa tentava escapar daquele lugar e, então, fiquei estarrecida ao imaginar que alguma fera estivesse em apuros e que, portanto, pudesse me atacar.

No entanto, bastou observar a cena com mais atenção para perceber que eu estava enganada! O que pairava no ar, o que alcançava meus ouvidos e me enchia de pavor não era o barulho de um animal, mas, sim, o som de uma voz, uma voz quase humana!

Compreendi que estava lidando com algo completamente diferente do que tinha imaginado. Aquela voz, multiplicada por ecos ácidos que nasciam sem explicação, não pertencia à natureza das coisas que eu entendia! Aqueles sons eram cheios de novidades, eram irreconhecíveis em seus timbres, volumes e ritmos. Eu não conseguia decifrar aqueles códigos e a cada segundo eu me sentia mais e mais perdida.

E quando o zíper da barraca começou a se abrir bem diante dos meus olhos, juro, minha primeira reação foi tentar sair dali o mais rápido possível, mas meus músculos estavam pesados e desobedientes. Minha cabeça entrou em erupção e era como se os líquidos do corpo borbulhassem em pleno vapor!

O tempo parou, os ventos pararam, o sol parou... Os risos e as conversas? Bem, eles também cessaram, mas, em seu lugar, passos lentos se arrastavam sobre a relva e se aproximavam cada vez mais do meu corpo falido.

Subitamente, a criatura, ou o que fosse, parou bem atrás de mim! Eu sentia sua presença, eu sentia sua respiração.

Eu não sabia o que fazer. Cheguei a pensar que aqueles passos eram do senhor Sungso, mas tinha certeza de que o idoso já se afastara do acampamento há muito tempo. Até hoje não sei contar direito o que me aconteceu, se foi excesso de medo ou de coragem, mas resolvi olhar para trás e o que vi foi surpreendente! Apertei os olhos, mas a cena não mudou. Não consegui acreditar naquilo que estava bem ali, há poucos centímetros do meu coração acelerado!

Em pé, com as mãos entrelaçadas e os cabelos esvoaçantes, uma menina com cerca de sete ou oito anos me observava sem qualquer apreensão. Ela seria uma garota comum e igual a qualquer outra da mesma idade, caso não tivesse a pele tão dourada quanto o Sol! Ela irradiava uma luz tão forte que eu mal conseguia vê-la em todos os seus detalhes. Mesmo assim, o que eu era capaz de apreender enchia-me de perplexidade! Espirais de fumaça amarela rodopiavam em torno de seus cabelos e se dissipavam vagarosamente em direção ao céu!

Eu estava encantada e poderia ficar por ali por muito tempo, mas, quando a menina decidiu fazer um ínfimo movimento com os pés na iminência de caminhar, dei meia-volta e saí em disparada!

Assim como o lago transparente tinha espelhado o mundo à nossa volta e, de forma igualmente verídica, revelado as areias e as pedras de seu leito, mostrei tudo que estava sentindo tão logo encontrei o senhor Sungso na estrada.

Imediatamente, o idoso percebeu que alguma coisa tinha acontecido. Desesperado, ele andou pelos arredores para certificar-se de que estávamos seguros e logo voltou com as feições consternadas. O senhor Sungso, enfim, não encontrou nada de suspeito por ali.

Após uma breve caminhada, paramos para descansar aos pés de uma árvore e o bondoso senhor fez um gesto para que eu me acalmasse. Em seguida, ele aproveitou para me oferecer água e tirou do bolso um pedaço de pão embrulhado com todo cuidado por sua zelosa esposa.

Não sei o que ocorreu comigo, mas bebi toda a água em um só gole e arranquei o pão de suas mãos como uma selvagem. A partir de então, já não dava para saber qual situação era a mais estranha, porque para ambas não existiam explicações: a experiência insólita que tive na floresta ou minha reação diante de um simples pedaço de pão.

Fiquei com vergonha, claro, mas algo me impelia a continuar. Depois que a visão da menina dourada tinha dado um tiro na minha razão, acho que eu queria e precisava arrancar algum proveito do tempo, roubar um pouco de vida da nossa finitude, colher qualquer fruto da planta.

O senhor Sungso, coitado, ainda disse alguma coisa, mas não adiantou falar nada. Eu era um filhote sugando a última gota de leite da mãe abatida, eu era um bicho banido se acalmando com as sobras da matilha...

***

Chegamos tarde à pousada e Álvaro já tinha saído à minha procura. Assim que ele voltou, o senhor Sungso tentou se desculpar pelo nosso atraso, mas o grupo todo não quis saber de explicações. Após muitas caras feias e respostas mal-educadas às minhas perguntas, confirmei a hipótese de que os brasileiros não tinham dormido bem, caso contrário, por que ficariam tão bravos? Não tínhamos uma caça ao tesouro pela frente nem qualquer outro tipo de compromisso inadiável. Apenas pegaríamos um barco para fazer compras em barraquinhas de artesanato.

Depois que os últimos disfarces caíram, as ofensas surgiram com força total. Meus companheiros de viagem endereçaram-me severas críticas, dizendo que eu era dispersiva, folgada e que não usava relógio pelo prazer de esnobar o tempo, os compromissos e as pessoas. Alguém ainda falou que eu tinha o espírito arrogante de uma burguesa falida, mais especificamente, o espírito de uma pobretona metida a besta e tantos outros insultos que, sinceramente, já nem lembro mais.

Não fiquei nem um pouco abalada com aqueles comentários, afinal de contas, minhas prioridades eram outras. O que eu mais queria era ter uma conversa reservada com nosso guia de viagem, um rapaz que conhecia o Templo do Sol e toda a região como ninguém. Ele poderia me acolher com sua experiência e enxergar em mim uma pessoa idealista à procura daquilo que os mapas não mostravam.

Para minha tristeza, porém, no mesmo instante em que começamos a conversar, vieram os desapontamentos. Quando ficamos isolados do restante do grupo, perguntei ao nosso líder o que ele pensava sobre os mistérios de Serkong Trin e fiquei aguardando por uma resposta bem detalhada, rica em comentários e notas de rodapés. Como ele apenas olhou para o céu e sorriu, achei que ainda estava com raiva por causa do atraso.

Por precisar muito falar sobre a visão da menina dourada e compartilhar meus sentimentos a respeito de todos aqueles acontecimentos, tentei percorrer outro caminho:

– Álvaro, qual o significado dos sonhos e das visões extraordinárias nestas terras sagradas?

Ele deu de ombros:

– Pesadelos são horríveis em qualquer lugar do mundo e dizem respeito aos nossos medos e desejos. Os dois são a mesma coisa!

Pesadelos? Eu apenas disse "sonhos".

– É bom que todos entendam uma coisa: apesar da aura misteriosa deste lugar, o povo fala muitas bobagens e os visitantes acabam se sentindo inseguros.

Em seguida, Álvaro enrugou a testa e ficou ainda mais parecido com um espadachim. Era bem fácil imaginá-lo vencendo um inimigo com sua espada.

– Viu? Você quis ficar longe dos outros e agora está com medo! O que dizem por aí não são verdades. Várias pessoas mentem, aumentam histórias, tomam drogas... Morei no Templo do Sol durante um tempo e nunca vi nada estranho por aqui. Agora, já estou na quinta visita a estas terras e, graças aos céus, sempre deu tudo certo comigo e com todos os grupos de turistas sob minha responsabilidade.

Bravo! Era a primeira vez que ele se referia ao seu passado no Templo do Sol.

Insisti em aprofundar nossa conversa, pois a esperança era grande. Tomando um ponto de partida mais concreto e repleto de elementos irrefutáveis, fui direto ao assunto:

– Álvaro, o que dizer do acampamento nos arredores da cachoeira? Eu mesma o vi! Algumas barracas foram abandonadas intactas pelos turistas, como se algo os tivesse apavorado. Eles nem recolheram seus pertences!

Em absoluto silêncio, chegamos ao Grande Rio. Álvaro ajudou-me a embarcar e reparei que aquela era a mesma balsa mal-cheirosa que nos trouxera para aquelas terras há exatos dois dias.

Sentada em um daqueles banquinhos absurdos, vi o rio correndo na mesma direção do tempo. De repente, como se já não houvesse mais para onde olhar, notei uma bandeirinha de pano pendurada perto dos controles da embarcação. Logo abaixo de uma frase escrita com pincel e tinta vermelha, aparecia o nome da autora: "Anitya".

De maneira educada, Álvaro percebeu meu interesse.

– "É impossível atravessar o mesmo rio duas vezes. Anitya!"

Assim que Álvaro traduziu a frase da bandeirinha, reparei que ele havia pronunciado o nome da autora com certa formalidade. Achei linda aquela mensagem escrita em vermelho sob o tecido dourado e fiquei realmente tocada por seu significado. O pequeno ornamento parecia um presente que a tal Anitya havia deixado para o barqueiro. Era correto deduzir que ele tinha apego pela bandeirinha, já que a colocara em um lugar de destaque onde todos pudessem ver.

A balsa se afastava cada vez mais da terra firme e o vento acertava em cheio os semblantes carrancudos dos passageiros. Aquela gente não combinava com o tom sublime daquela máxima tão sábia. Por isso, imaginei uma fábula em torno da espetacular Anitya e do barqueiro. A historinha tinha certa sofisticação e ainda hoje me lembro do enredo:

"Anitya era uma bela turista tibetana que, como todos nós, veio para Serkong Trin à procura de um mestre. Ela queria participar dos rituais sagrados do Templo do Sol e, após dez dias, retornaria à sua terra natal no meio dos Himalaias. Quando o barqueiro olhou para ela, apaixonou-se imediatamente! Ele ficou disposto a esperar pela jovem durante dez dias, ou ainda mais tempo, se fosse necessário, mas, logo na manhã seguinte, a moça já estava de volta!

– O único mestre que encontrei nestas terras foi você, barqueiro dedicado, um homem capaz de guiar-me pelas águas deste rio e, quem sabe, por tantos outros lugares.

O tonto não foi capaz de dizer coisa alguma (como Álvaro diante das minhas perguntas) e a moça teve de falar mais e mais. Ela fez um gesto solene, apontou para a correnteza e confessou:

– Cada vez que subo neste barco, tudo está diferente, ainda que a viagem seja a mesma, ainda que nós dois tenhamos o mesmo sentimento!

O barqueiro, que naquele dia (e tão somente naquele dia) estava cheiroso e bem vestido, abraçou a jovem e ambos se beijaram com ternura. Durante aquele beijo, o amor de ambos foi crescendo até tornar-se maior do que o Grande Rio. A paixão que eles sentiam era duradoura, eterna e incandescente, justamente porque o adeus os aguardava de maneira decisiva em qualquer uma daquelas margens.

Assim, Anitya foi embora para o Tibete, mas, antes de partir, tirou da bolsa um pano dourado, um pincel e um vidrinho de tinta vermelha. Depois, aos prantos, escreveu uma frase:

É impossível atravessar o mesmo rio duas vezes!

A partir daquele adeus, o barqueiro transformou-se em um sujeito odiável e totalmente mal-educado. Em vez de correr atrás de Anitya, resgatando-a das paragens intocáveis do Tibete, ele simplesmente pendurou a bandeirinha no barco e levou sua vida adiante.

E como aquele não era um filme de Hollywood, mas apenas uma aventura que eu tinha imaginado, a história chegou ao fim.

***

Ao longe, o vilarejo pareceu tão simpático quanto na manhã em que chegamos.

Desviando meu olhar para as águas do Grande Rio, cheguei a acreditar que a correnteza tinha mudado de direção! Fiquei assustada, mas disfarcei os sentimentos para que Álvaro não se inquietasse. Depois de uns segundos, coloquei na minha cabeça que aquela impressão havia sido causada pelo calor e nada mais.

Assim, resolvi voltar minha atenção para enigmas de natureza mais amena e perguntei para Álvaro se ele conhecia alguma coisa a respeito de Anitya. De certa forma, eu achava que minha fábula imaginativa tinha algo de verdade e que aquela moça possivelmente havia sido muito importante na vida do homem que conduzia a nossa balsa.

Como de costume, ele caiu na risada:

– Com certeza, Anitya foi e sempre será alguém muito importante na vida deste barqueiro! – disse Álvaro, sem esconder o prazer que minha ignorância lhe proporcionava.

Quando chegamos perto da outra margem, o barqueiro tocou um sino estridente avisando que logo iríamos desembarcar. Enquanto guardava o troco da passagem na bolsa, pensei que seria muito bom se Álvaro ao menos perguntasse por que eu estava tão interessada em conversar sobre o acampamento-fantasma.

Em vez disso, ele sentou-se ao meu lado para me dar uma lição:

– Só posso afirmar que tudo são especulações e nada mais. O pessoal se assusta fácil. Nunca fui até essa tal cachoeira. Eu gosto de cachoeiras, veja bem, mas nunca fui neste lugar que você mencionou. De qualquer forma, vou falar para o senhor Sungso ficar atento e ter mais cuidado com você!

Foi assim que nossa conversa, que sequer tinha começado, terminou.

Resolvi sepultar meus segredos, ainda que aquela atitude me custasse muitos momentos de tensão e de dúvidas em relação ao futuro.

Enquanto tentava tocar na água com as pontas dos dedos, fiquei pensando em Álvaro e em sua cética visão de mundo. Ele teria um árduo trabalho pela frente: continuar fascinado por Serkong Trin sem jamais entender a essência misteriosa daquelas terras.

***

As horas foram passando e o passeio pelo vilarejo transcorreu sem problemas.

Algumas pessoas montavam barracas de relíquias religiosas nas proximidades da praça em que seria realizada a Festa das Joias Raras, a cerimônia mais importante da região. Com a proximidade do evento, os moradores estavam enfeitando as ruas e as casas para demonstrar sua alegria em receber o próximo líder do Templo do Sol.

Diferente do que planejara, não precisei comprar as garrafas de água mineral, pois minha anfitriã tinha o salutar hábito de ferver toda a água que conseguia extrair do poço existente em seu quintal. Quanto aos sabonetes, outro sonho de consumo, foram adquiridos aos montes para que não faltassem.

Comprei uma blusa para a senhora Sungso, um canivete para seu esposo e ainda arrisquei levar uma garrafinha daquela famosa bebida típica da região que, segundo Álvaro, era feita de arroz e de "nuvens". Imaginei que, talvez, meus anfitriões e eu pudéssemos abri-la em um momento especial, tal como em uma tarde de festa ou no nosso último jantar antes do meu retorno ao Brasil.

Depois das compras, fizemos uma boa refeição à beira do Grande Rio e retornamos para a pousada. Naquela tarde, Álvaro conduziria uma palestra interessante, cheia de dicas e de reflexões importantes quanto ao grande Dia da Escolha de Um Mestre!

Com a ajuda de um quadro branco, ele desenvolveu o assunto com bastante competência. Ele era uma pessoa que falava muito bem e os participantes estavam atentos e, ao mesmo tempo, descontraídos. Eu, por outro lado, sentia-me insatisfeita por causa de sua conduta pela manhã e pensei seriamente em fazer-lhe alguma represália, como tecer um comentário negativo sobre a exposição, bocejar ou simplesmente ir embora.

Com o passar do tempo, porém, o desejo de vingança perdeu força e logo fiquei concentrada no importante assunto da palestra.

Por mais artificial que parecesse à primeira vista, a Escolha de Um Mestre era a proposta mais sublime da nossa programação e tinha capturado meu coração desde o primeiro instante. A oportunidade de meditar com um guru bem qualificado era uma circunstância maravilhosa! Embora ninguém do nosso grupo tivesse uma ideia exata do que iríamos encontrar, eu sentia que algo excepcional aconteceria conosco a partir daquela experiência.

Álvaro explicou que, na manhã seguinte, uma manhã livre de programações, nós poderíamos nos inscrever para os passeios promovidos pelos donos da pousada ou para aulas de ioga ministradas por um professor nativo com exercícios muito interessantes para esvaziar nossas mentes e preparar-nos para uma meditação mais profunda.

Logo após o almoço, teríamos nossa primeira visita ao Templo do Sol e, na tarde do outro dia, finalmente participaríamos daquela rara ocasião em Serkong Trin. O Dia da Escolha de Um Mestre poderia resumir-se da seguinte forma: nos jardins do Templo do Sol, após uma breve aparição pública dos mestres, teríamos a chance de observá-los para verificar com qual deles nos sentiríamos imantados. Preferencialmente, aquela identificação deveria surgir de maneira rápida, com pouca ou nenhuma racionalização, para que os aspectos mais inacessíveis da mente pudessem participar da escolha. Quanto menos utilizássemos a razão, maior seria a influência do destino em nossa decisão.

O mestre, por sua vez, nunca poderia rechaçar o discípulo. Naquelas lonjuras, acreditava-se que um encontro jamais acontecia por acaso e que os laços entre mestre e aprendiz já estavam previstos há tempos. Segundo Álvaro, ocorreram apenas duas ocasiões em que os sábios se negaram a conduzir as experiências meditativas dos seus pretendentes e, por isso, foram imediatamente banidos do Templo. Segundo a crença, a vergonha maior coube aos mestres, pois não souberam inverter a roda da vida e mudar seus elos cármicos. Para os aspirantes renegados, só restou o retorno de cada um deles ao seu país de origem.

Só havia um quadro pior do que aquele: ser escolhido em vez de escolher. Se o visitante ficasse titubeante por um tempo além do previsto, um mestre poderia chamá-lo antes da escolha. Seria o mesmo que tropeçar e cair no colo ambivalente da sorte e, na alternativa ruim, ser obrigado a meditar com alguém ranzinza, indiferente ou até mesmo orgulhoso. Se aquilo ocorresse, o aspirante não deveria nunca, jamais, em hipótese alguma, recusar o convite do sábio que se dispôs a guiá-lo.

Álvaro contou-nos histórias de pessoas que não deram ouvidos aos convites de seus pretensos mestres e que, por isso, tiveram de embarcar às pressas para o outro lado do rio. Estando no vilarejo, aqueles pobres coitados acabaram perdendo seus pertences e passaram por momentos de grande dificuldade.

De tanto que me impressionei com o relato daquelas situações embaraçosas, fiquei presa entre dois sentimentos opostos, sem saber qual deles predominava. O primeiro era um otimismo forte em relação ao grande dia. Não via a hora de encontrar, dentre tantos, o meu mestre. Como seria sua aparência? O que ele pensaria sobre mim? O que diria sobre o mundo Ocidental? Caso fosse aceita, e aquilo seria bem provável, como eu deveria agir? De qualquer forma, ficava feliz ao imaginar que um sábio, pela sua experiência e bondade, poderia me conduzir pelo tão esperado caminho das múltiplas vivências.

Ao mesmo tempo que me alegrava com aquelas perspectivas sublimes, dúvidas ruins me deixavam insegura. E se eu não encontrasse um mestre? E se outro turista escolhesse o mesmo sábio que eu? E se eu fosse escolhida por alguém detestável?

– Calma, pessoal! Estou contanto tudo isso para que vocês entendam os códigos deste lugar e não tenho intenção de apavorar ninguém! Estou dando exemplos de situações extremas para que todos possam comportar-se de acordo. No mais, tenho certeza de que vocês são pessoas especiais e que voltarão ao Brasil com muitas histórias para contar!

Com aqueles últimos pontos, Álvaro, o visionário, o reticente, o adivinhador de pensamentos, encerrou sua apresentação.

***

Assim que a palestra "Preparação para Práticas Meditativas" terminou, aplaudimos o ilustre palestrante e fomos tomar chá na varanda. O pessoal da excursão estava entusiasmado e até a senhora Uva-Passa retratou-se com seu marido, dizendo que aquelas aventuras valiam mais do que qualquer cirurgia para tirar rugas.

Eu já estava me despedindo quando Álvaro se aproximou. Por volta das vinte horas, haveria uma festa na pousada, grande novidade em Serkong Trin que nunca tivera vida noturna. Ele e outros turistas organizaram um encontro com músicas de violão, tambores, flautas e muita descontração. A contribuição financeira proposta aos participantes seria irrisória, apenas suficiente para os comes e bebes, e só era necessária porque a ideia fugia da programação básica tão bem elaborada pela senhora Vanessíssima.

Claro que minha primeira reação foi declinar o convite, mas respondi que pensaria com carinho no assunto caso Álvaro providenciasse um lugar para que eu passasse a noite na pousada. Mesmo com meus recentes acessos de valentia, de forma alguma eu voltaria para a casa do senhor Sungso em plena madrugada e muito menos ficaria sem dormir até a manhã seguinte.

Como o rapaz concordou com tudo, acrescentei mais um pedido à lista de condições:

– Álvaro, eu só vou nesta festa se você prometer que não vamos brincar de comparar pessoas às frutas!

– Claro que não! Fique tranquila. Desta vez, vamos comparar todo mundo com legumes!

***

Deitada naquele quarto aprazível e seguro, achei que seria prudente não sair mais de casa. O cheirinho da sopa da senhora Sungso estava por toda parte e parecia que o jantar seria delicioso! Enquanto ela cozinhava, eu podia ouvir sua voz entoando um canto nostálgico e fiquei imaginando se aquela canção era da sua infância. Era estranho imaginar o casal Sungso em qualquer outra fase da existência que não fosse a velhice, dado ao fato de que viviam intensamente o presente, como se nada lhes faltasse ou afligisse.

Quando anoiteceu, minha preguiça foi embora. A fabulosa lua cor de laranja de Serkong Trin deixou-me tão animada que resolvi sair para me divertir um pouco. O senhor Sungso, uma graça de pessoa, adquiriu ares formais e me levou até a pousada como se eu fosse uma debutante. Em seu idioma incompreensível, recomendou-me um milhão de cuidados e ainda fuzilou todos os rapazes da festa, reprovando invariavelmente cada um deles com o olhar.

Eu, por outro lado, não estava nem um pouco interessada em paqueras. "Gente à procura de gente" era coisa de cruzeiros caros. Ali, minhas preocupações eram outras...

Assim que cheguei, a primeira coisa que fiz foi conversar com os donos da pousada para saber se havia mesmo ali uma cama reservada. Eles informaram que tudo tinha sido providenciado pelo Álvaro, "aquele brasileiro tão simpático". Em seguida, os dois proprietários me conduziram para o dormitório que não estava mais em reforma, mas que, mesmo assim, sofria com a poeira dos consertos feitos ao lado.

Achei que estava destinada a dormir em um pano sobre o chão, porém, um turista adoeceu e foi embora, deixando para trás uma cama só para mim! Inclusive, eu poderia finalmente ficar hospedada com os outros, mas não queria deixar a casa do senhor Sungso.

Após andar um pouco pelo quarto, escolhi a cama de cima de um beliche razoavelmente seguro e bem menos bamba do que a primeira opção que me ofereceram. Os lençóis estavam limpos e aparentemente sem formigas, constatação que me deixou muito aliviada. Tive o cuidado extremo (para não dizer "obsessivo") de providenciar um bilhete sobre o colchão avisando que o lugar estava reservado e que nenhum espertinho ou bêbado tomaria meu reino. Era o famoso "xixi no poste" usado para demarcar territórios e para manter longe todos os demais pretendentes ao conforto.

Depois daquele acerto, e tão somente depois, fui para a sala onde a festa já estava em pleno vapor. Achei muito bonita a iluminação feita por velas e por raríssimos lampiões a gás. Lá fora, algumas lanternas estavam penduradas no teto da varanda e o luar permitia que avistássemos a floresta ao longe. A silhueta escura e ondulante das árvores contrastava com as estrelas do céu e logo os dois mundos se fundiram em uma ilusão sem horizontes.

Ao toque de uma música suave de violão, lembrei-me de que ainda era jovem o bastante para sonhar. Estando em plena mata de Serkong Trin, fiquei disposta a impedir que os maus pensamentos estragassem a minha diversão. O clima era agradável e minha intuição dizia que a boa sorte estava no ar. Quando passei em frente a um espelho, estava tão contente que gostei do que vi. Tinha prendido os cabelos e meus olhos reluzentes iluminavam meu rosto.

Até que eu podia me considerar bonita naquela noite! Estava com um batom vermelho que foi salvo das intempéries da viagem à custa da minha própria vida, e com um vestido adquirido no primeiro dia em que desembarcamos na capital.

Como toda mulher, carregava um segredo no coração, embora não fosse capaz de identificá-lo, e outros dois em minha bolsa: uma camisola cuidadosamente enrolada para não fazer volume e um sprayzinho de loção repelente contra insetos, precaução essencial em matas selvagens como aquelas. Em meus pés, sem tanto segredo assim, duas galochas pretas que foram esquecidas no quintal do senhor Sungso por um hóspede faziam minha segurança contra os peçonhentos da noite e sem elas eu não saía de casa por nada no mundo.

Gente tensa é assim: vai para a balada de galochas, cheirando a repelente e pensando em como, quando e onde vai dormir!

E não demorou muito para que alguém soltasse um grito apavorado. Se eu fosse vidente, não teria acertado tanto!

"*Muito bem!*", pensei, em revanche silenciosa. "*Como é bom ter experiência de vida!*"

E o que tinha acontecido em nossa festa? Nada mais, nada menos do que o aparecimento de uma cobra bem no meio da sala! Eu, que estava devidamente protegida, fiquei tranquila. O restante, salvo um ou dois convidados completamente embriagados, correu e pulou sobre os móveis em completo desespero.

Álvaro, que já tinha morado naquelas bandas, prontificou-se a resolver o problema.

– Calma, gente!

Alguém ainda tentou ajudar oferecendo ao herói um facão, mas ele recusou-o veementemente:

– Aqui não é permitido matar os seres da floresta. Deixem comigo e resolverei a questão. Por favor, não tenham medo, voltem para seus lugares e, principalmente, parem de gritar.

Essa última solicitação foi acompanhada de uma careta.

Assim, Álvaro salvou as pessoas, a cobra e os nossos tímpanos. Com a habilidade digna de um apresentador do Animal Planet, nosso amigo capturou o animal com as próprias mãos e colocou-o de volta à natureza. No fim de tudo, aquela bravura lhe rendeu aplausos, drinks extras e muitas, muitíssimas garotas bonitas ao seu redor!

Depois do alvoroço, tudo voltou ao normal e a festa prosseguiu com mais animação: os que não tinham bebido passaram a beber; os que não estavam com fome, viram seus apetites voltarem e os que não encontravam assunto para as conversas puderam recorrer aos infinitos comentários sobre o episódio com a cobra.

Eu, da minha parte, fui relaxando por ali, deixando o tempo passar, ouvindo músicas, beliscando comidinhas e aproveitando uma quase felicidade proporcionada por um vazio atípico da mente.

De repente, aconteceu outro fato para tumultuar minha vida. Depois de certa relutância, notei que alguém estava me observando com interesse. Não demorou muito, um homem maduro e elegante sentou-se ao meu lado.

Tao Wong era educado e tinha um sorriso caloroso. Turista veterano em Serkong Trin, ele havia chegado há mais de duas semanas e estava muito animado. Nasceu e viveu a maior parte da vida na Tailândia, onde os pais idosos ainda viviam bem e com bastante saúde. Depois de um casamento arruinado por motivos não revelados, Tao Wong resolveu expandir seus negócios pelo mundo e acabou virando um viajante inveterado. Dono de uma promissora rede de hotéis e de pousadas, cuja fama aumentava a cada dia, ele estava de volta a Serkong Trin por dois grandes motivos: queria reencontrar o mestre com quem tivera uma experiência intimista fabulosa no Templo do Sol há cerca de três anos e, como segunda e mais importante razão, pretendia abrir uma nova pousada naquelas terras, desde que fosse do outro lado do rio ou ainda mais longe, pois aquela parte da floresta era uma *very crazy jungle*, de acordo com suas palavras.

Além daquele projeto progressista, Tao Wong tinha interesse em investir em outro lugar, uma cidade cravada nas montanhas ao leste chamada Metha, onde os telhados eram coloridos e de formatos inusitados. Era fácil chegar até lá viajando a noite toda em um trem leito e isso poderia atrair curiosos que estivessem visitando o Templo do Sol. Diferente de Serkong Trin, floresta sisuda e de aspecto impenetrável, Metha era uma região próspera e simpática. Na estação ferroviária da cidade ficavam duas estátuas pitorescas, antiquíssimas e bonitas, representando um dragão e uma serpente. O lugar tinha um grande potencial turístico, com uma infraestrutura crescente e maravilhosas paisagens naturais.

Tao Wong convidou-me para conhecê-la e lamentou que isso não fosse possível logo no dia seguinte.

– Não quero perder a Escolha de Um Mestre que acontecerá em poucos dias e, se formos para Metha, não voltaríamos a tempo – ponderei, com a liberdade de dirigir-me ao moço como "nós".

Assim, fui me sentindo cada vez mais à vontade ao lado daquele homem próspero e até fiquei com vontade de contar-lhe sobre minha estranha visão próxima à cachoeira, mas achei melhor mudar de assunto. Eu tinha ainda um interesse genuíno em saber sobre sua experiência com um dos mestres do Templo, mas nossa conversa foi interrompida pelo som de violões e de vários outros instrumentos, todos em harmonia duvidosa e levando o espetáculo à categoria de pura improvisação.

Enquanto fingia que a comunicação entre nós não se perdera, fazendo gestos afirmativos com a cabeça para tudo que o tailandês falava ou, de maneira mais arriscada ainda, para o que me perguntava, vi que Álvaro se divertia à custa do meu encontro. O aventureiro das feras estava mergulhado até o pescoço em um harém de tietes, o que poderia proporcionar-lhe um pouco de paz e até mesmo de consideração para com os menos afortunados, porém, ele não perdeu a oportunidade para me zombar. Mandou-me uma piscadinha, deu um jeito de dizer que eu estava "mandando bem" e depois soletrou a palavra mais tosca do mundo para explicar meu estado febril:

"D-e-s-e-n-c-a-l-h-a-n-d-o"

Fiquei extremamente envergonhada e pedi licença ao meu pretendente para levantar-me e ir ao banheiro. Depois de enfrentar uma boa fila, na qual achei que todas as garotas eram muito mais bonitas do que eu, fiquei diante do espelho para ajeitar meu penteado. Nada seria melhor do que alguns pequenos retoques nas condições adversas (coque caindo, batom saindo, sutiã despencando) para reencontrar a autoestima. Assim, em frente ao meu reflexo sorridente, percebi que estava ficando cada vez mais animada e contente. Tinha um novo amigo e ele era bem-sucedido, bronzeado, maduro e aceitava minhas brincadeiras. Além disso, apontava-se como importante qualidade o fato de gostar de Serkong Trin tanto quanto eu... Enquanto tirava o excesso de batom, tentei evitar pensamentos sobre o futuro, entretanto, como toda pessoa carente, em centésimos de segundos eu já havia imaginado nosso casamento em meio à floresta, com os sinos do Templo do Sol tocando em nossa homenagem e um monte de pássaros selvagens (lá não existiam pombos) sobrevoando os céus no exato instante do primeiro beijo entre marido e mulher!

Larguei aquele espelho para trás e voltei correndo para meu príncipe da Tailândia! Aquilo sim é que era uma mulher de atitude! Aquela era a correta e única palavra que Álvaro devia ter soletrado para mim: a-t-i-t-u-d-e!

E a coragem não terminava por ali! Nenhum sotaque tosco, nenhuma timidez e nenhum violão (fosse um daqueles instrumentos desafinados ou o corpo perfeito de uma daquelas Alvaretes) poderiam impedir que eu enfrentasse nossos desafios linguísticos com mais afinco e boa vontade. Acima disso, eu também estava totalmente disposta a continuar trabalhando no garimpo de afinidades em que eu e Tao Wong estávamos imersos por quase duas horas, sem pensar em coisas tristes ou em finais trágicos.

Imbuída daquele espírito, fui conquistando a sala passo a passo, como uma rainha cheia de confiança e graciosidade. Para coroar o triunfo, Tao Wong me convidou para dançar como um perfeito cavalheiro.

Então, tudo mudou...

Assim que levantamos do sofá, olhei para baixo. Nossas evidentes diferenças ficaram ainda mais acentuadas! Levei um susto, porém, consegui manter a fleuma com muita oração, ácidos gástricos e sei lá mais o quê.

No meio da sala, ao som de violões e de gritos de incentivo, protagonizamos um espetáculo que eu chamaria de "inclusão das diversidades". Como ele lamentavelmente não conseguiu conduzir-me pela pista, rodopiei sozinha mesmo e inverti os papéis da nossa dança para ampliar ainda mais o clima de descontração. Acabei me empolgando além do imaginado e levantei Tao Wong do chão, empurrei-o ao longe e puxei-o de volta até que a plateia entrou em êxtase e aplaudiu com loucura!

A experiência foi, no mínimo, inesquecível.

Em seguida, como era de se esperar, o bom cavalheiro me levou para a varanda. Fiquei lisonjeada com o convite, mas, conforme caminhávamos lado a lado (modo de dizer), um desconforto sem igual parecia crescer dentro de mim. Em outras palavras, eu me sentia paralisada e totalmente impedida de enveredar pelos intrincados caminhos da atração.

Na romântica varanda ao luar, o compasso desatinado das nossas ações e reações previa o fracasso. Ainda tentei prosseguir com aquilo, permitindo que o tailandês chegasse mais perto, retribuindo seus carinhos e até mesmo compartilhando beijinhos tolos, porém, nada verdadeiro estava acontecendo em meu coração. O toque de sua pele em minhas mãos aumentava uma complicada sensação de estranhamento sem que eu tivesse controle. Uma frase brotava em meus ouvidos, quase como um alerta: "Isto é um erro!". Eu poderia fingir que estava tudo bem e dar uma chance ao destino, afinal, era uma pessoa solitária e precisava acreditar na boa intuição que havia me acompanhado desde o início da festa, mas, em um determinado momento, tudo veio a baixo!

Com as faces ruborizadas e os olhinhos marotos, Tao Wong confessou-me que queria afundar (mas que raios de verbo era aquele?) seu rosto entre meus seios, bastando para isso que eu o abraçasse e nada mais. Como eu era alta, ele nem precisaria ficar de joelhos, o que seria prático, ótimo e muito sexy, segundo sua própria e única opinião.

Lembrei-me de uma querida amiga, Rosana V., uma modelo muitíssimo famosa que tinha se casado com um rapaz um pouco mais alto do que o senhor Sungso. O casal nem ligava para suas diferenças e viviam apaixonados. Quando brincavam com eles, eles brincavam de volta e o bom humor era o segredo do sucesso! Para fazer graça, a Rosana dizia que eles seriam contratados como garotos-propagandas, pois ilustravam muito bem duas qualidades que toda loja deveria ter: preço baixo e qualidade.

E como a última coisa que eu queria na *very crazy jungle* era brincar de preço e de qualidade, tratei de inventar uma desculpa e de partir sozinha para o mundo mágico dos beliches.

***

"Olhe para mim, Carlos, e não vá embora! Este é um pedido direto que estou fazendo para você... Veja que estou doente e debilitada por uma infecção e não posso cuidar de mim mesma. Então, fique. Por favor! Prometo que vou mudar, vou chamar nossos amigos de volta, vou recontratar nossos empregados porque sei que você gostava muito de todos eles. Vou tentar ter um filho seu, acho que posso engravidar, ainda dá tempo, eu sei me cuidar. Bom, eu não sei me cuidar tanto assim, por isso estou pedindo para você ficar, mas é claro que não é só por isso. Acho que você ainda me ama! Quando eu saí com outras pessoas? Não! Não foi nada sério, não aconteceu nada de mais, eu juro. Foram apenas fugas em estradas vazias, distâncias percorridas sem destino algum, só para provar que o melhor era sempre o ponto de partida e nada mais. Eles, os outros, foram apenas os outros, uma categoria indistinta, sem liga e sem cola. Eram homens difíceis, tão difíceis quanto você, porque estavam sempre querendo algo de mim, coisas que eu não podia dar, coisas carregadas de expectativas impossíveis de realizar. Sim, porque, quando estamos ocos por dentro, não reconhecemos em nós qualquer elemento que possamos compartilhar. Então, Carlos, que diferença faz? Para que continuar fazendo as malas, se no final de tudo você vai ficar aqui? Sei que tem consideração por mim e que é um bom homem, então, por que está pegando a blusa que te dei quando ainda éramos felizes? Por que quer levá-la com você e arrancar todas as coisas boas desta casa, até que não sobre absolutamente nada de nós em minhas mãos?"

***

Sexto dia: manhã: Visita ao Templo do Sol (setor não interditado). Tarde livre (verifique passeios opcionais)

Levantei bem cedo antes que uma fila se formasse na porta do banheiro. Com toda desenvoltura, lavei o rosto com um dos meus inúmeros sabonetes adquiridos no vilarejo, escovei os dentes e coloquei de volta meu vestido novo que, àquela altura, estava amassado e já não parecia tão novo assim. Guardei a camisola dentro da bolsa e peguei tudo quanto podia para ir embora, elementos concretos e subjetivos, meus objetos e minha coragem.

As músicas do amanhecer, tais como os cantos dos pássaros e dos grilos, entravam pelas frestas e avançavam pelos ambientes da hospedaria. Ao mesmo tempo que uma luz tímida invadia cada centímetro dos aposentos, meus passos mergulhavam em penumbras.

Com cautela para não fazer barulho e para não tropeçar naqueles que dormiam esparramados sobre os tapetes, abri a porta corrediça da sala e olhei para o céu. Pelos meus cálculos, já passavam das cinco horas da manhã.

Minha intenção era retornar o quanto antes para a casa do senhor Sungso e dormir mais um pouco. Apesar do colchão limpo e dos lençóis macios, a noite tinha sido péssima, cheia de sonhos inquietantes e de barulhos infernais, de modo que entrei em uma encruzilhada terrível em que não suportava dormir e tampouco ficar acordada.

Além do cansaço, existiam outros motivos para partir. Queria a todo custo evitar um reencontro constrangedor com Tao Wong em pleno café da manhã e não estava nem um pouco preparada para arranjar novas desculpas que servissem de apoio para o término do nosso brevíssimo envolvimento.

Andando pela varanda em pleno nascer do dia, não sabia de fato que rumo tomar. Na verdade, eu não conseguia decidir o que fazer. Então, como se fosse um milagre, o senhor Sungso chegou para me buscar.

Ele abraçou-me como se não me visse há séculos e logo seguimos para sua casa. Fui prestando muita atenção nas trilhas por onde andamos e pretendia o quanto antes ficar livre dos medos que me aprisionavam. Gostaria de me sentir segura naquelas terras para conquistar sozinha os caminhos de idas e vindas em meio à floresta. Seriam os meus primeiros passos rumo à autonomia.

Gradativamente, comecei a superar alguns limites físicos e emocionais que tanto haviam me prejudicado no início da viagem. Eu faria de tudo para melhorar minhas condições e para cuidar da saúde.

Pensando em tudo aquilo, o caminho percorrido pareceu-me curto e fácil. Em pouco tempo, estávamos de volta à casa, e a senhora Sungso, só de olhar para mim, soube que eu estava muito bem. Sem perguntar-me nada, trouxe-me um pedaço de pão e uma boa xícara de chá quente, após o que ficamos desfrutando a companhia uma da outra.

Mais tarde, quando estava pronta para ir à primeira visita ao Templo do Sol, fiz tudo para que o adorável senhor Sungso me deixasse caminhar sozinha pelas trilhas e, após muitas batalhas por meio de gestos e sorrisos, consegui convencer a ele e a sua esposa de que eu, menina acima dos doze anos, saberia cuidar de mim. De qualquer forma, o consentimento deles foi tão resistente que nossa despedida adquiriu os contornos apreensivos de um adeus.

Andando pela floresta ao som do vento, pensava na experiência extraordinária que tivera em meu segundo dia naquelas matas. A menina dourada, que tanto havia me assustado, pareceu-me um leve sonho que poderia esvanecer-se facilmente com o passar do tempo. O aspecto sombrio da aparição se desfez e sua imagem esplendorosa assentou-se na dimensão mais calma da minha mente.

Aquelas sensações prosseguiram, avolumaram-se e, em seguida, perderam força e importância sem que eu tivesse qualquer ascendência sobre elas. Meu coração encheu-se de satisfação quando percebi que a tão esperada visita ao Templo do Sol estava para se tornar realidade. Nutria grandes expectativas a respeito, superadas apenas pelo desejo de participar da Escolha de Um Mestre. No mais, o Templo do Sol consistia em um segredo que eu teria o maior prazer em desvendar.

Apesar de sentir e de pensar em tantas coisas boas, Álvaro não titubeou em me repreender assim que nos encontramos. Prometi a ele que nunca mais caminharia sozinha por Serkong Trin. Em seguida, partimos para nossa primeira visita ao Templo do Sol.

***

Os jardins em frente à entrada principal eram bonitos e suas árvores tinham idades incalculáveis. Enquanto passeávamos por suas veredas, outros estrangeiros foram se aglomerando por ali e pareciam tão entusiasmados para conhecer o Templo quanto nós.

Bem no meio de um caminho de pedriscos, uma delicada fonte parecia dar-nos as boas-vindas. Aquele cenário de plantas ornamentais e de flores bem cuidadas criava um verdadeiro contraste à mata obscura que ficavam do outro lado do muro.

Andando pelo corredor que se seguia à porta de entrada, tivemos a sensação de que estávamos dentro de um organismo vivo. Pétalas de rosas e pequenos cristais espalhados ao longo do caminho pareciam desaparecer ao simples contato dos nossos pés! Ao final de outra passagem, enxergamos uma luz oscilante, provavelmente a luz de uma lamparina, e começamos a ouvir mantras sagrados vindos de longe.

Como era fabuloso aquele lugar! Não conseguíamos parar de comentar a respeito de suas belezas e Álvaro recomendou que ficássemos calados.

De repente, entramos em um imenso salão onde dezenas de homens meditavam em posição de lótus. Eles tinham os cabelos raspados e mantinham os olhos bem fechados enquanto recitavam poemas transcendentais. Suas roupas eram difíceis de descrever e variavam entre cores discretas e tons enlouquecidos.

Nenhuma escola no Ocidente, nem mesmo a universidade que eu tinha sonhado em cursar, seria capaz de ensinar a fazer roupas como aquelas! A inquietação estética e a prioridade nos movimentos dos tecidos eram características levadas ao extremo naquele peculiar senso de moda. Os trajes dos sábios pareciam criaturas vivas que se enrolavam nos corpos por vontade própria. Era como se a carne e a seda, a pele e o pano, o organismo e o invólucro fossem um só!

Além das roupas, o ambiente também era fascinante. A atmosfera densa, opressiva e, por isso mesmo, sagrada do Templo do Sol era capaz de transportar a mente para outro plano. O perfume dos incensários, as velas contornadas por raios vagarosos, os tecidos esvoaçantes que cobriam as janelas, as paredes ornamentadas por figuras de deidades, as faíscas dramáticas que saltavam de uma lareira, as flores de lótus que flutuavam em pequenas fontes próximas ao altar... Tudo aquilo era o auge das maravilhas que todos havíamos procurado, não só durante a viagem, mas ao longo de nossas vidas.

Até hoje, aqueles detalhes surgem com clareza diante dos meus olhos, mas nem as palavras nem os pensamentos conseguem ilustrar sua perfeição. Apenas o paraíso ou as terras puras de um Buda fariam jus ao Templo do Sol.

***

Naquela tarde, imersa no mosteiro de Serkong Trin, acreditei que estava vivendo o melhor momento da minha existência. As tristezas do passado ficaram no passado, os problemas do Brasil ficaram no Brasil.

Tudo parecia tranquilo quando, inesperadamente, um daqueles notáveis senhores ergueu o rosto e olhou em minha direção. Alguma coisa naquele homem não combinava com os elementos comuns da realidade. Ele era diferente. O semblante severo, a pele madura e olhos tão faiscantes quanto as lâminas de uma espada transformavam-no em um ser mítico.

Em um primeiro instante, achei que o sábio estivesse curioso ou incomodado com a algazarra que nosso grupo continuava fazendo a despeito das broncas de Álvaro, no entanto, percebi que seu interesse era bem específico. Era notória sua atenção para comigo, sua persistência em acompanhar meus mínimos gestos ou reações e fiquei até com a sisma de que, ultrapassando os limites do nosso mundo, ele estivesse pronto para ler meus pensamentos.

Não só fiquei sem jeito, como também muito preocupada. Será que eu tinha aumentado a voz ou quebrado involuntariamente alguma regra? Pior do que tudo aquilo: será que minhas roupas estavam inadequadas? Enquanto os outros visitantes estavam bem arrumados, meu vestido surrado mostrava que eu, na verdade, só tinha escolhido com dedicação aquilo que iria calçar. Olhei para baixo e lá estavam elas: minhas galochas pretas continuavam grandonas, firmes e fortes!

Logo, porém, outra cena interessante conseguiu desviar meus pensamentos daquele ilustre desconhecido: à direita de um altar com objetos estranhos, havia uma porta tão estreita em que somente uma pessoa seria capaz de entrar. Ao sabor do vento, um vento que, de fato, não existia, a porta se abriu e uma luz muito parecida com aquela que eu tinha visto na cachoeira começou a rodopiar e a atrair-me para ela.

Sem saber o motivo, fiquei torcendo para que a criança das névoas douradas reaparecesse bem na minha frente, no entanto, tudo que vi foi a luzinha fazendo seus movimentos circulares em torno da porta. Fiquei me perguntando o que seria aquilo, mas meus palpites eram tolos demais para explicar o inexplicável. As únicas certezas que tive (e eu as repeti pausadamente para mim mesma, como uma lista de itens que precisavam ser checados) foram em relação ao que aquela luz não era: ela não era uma lanterna, ela não era uma ilusão de ótica e ela não era um vagalume.

Irresistivelmente encantada, afastei-me do grupo e fui em direção à pequena miragem da qual apreendia a beleza lúdica, mas desconhecia completamente as intenções. Eu já não me importava com o sábio que me observava de maneira tão carrancuda e, sem olhar para trás, caminhei pela lateral do salão em direção à passagem estreita por onde a luz tinha desaparecido.

De repente, entrei em um corredor inundado pela fumaça dos incensos. O lugar era bastante claustrofóbico e a falta de luminosidade dificultava meu avanço. Depois de pouco tempo, escutei passos apressados vindo em minha direção, mas a escuridão impedia que eu identificasse quem se aproximava. Meu medo foi crescendo a tal ponto que me lembrei das terríveis crises de pânico que tive no passado.

E, em um momento como aquele (quem diria?), uma recordação da infância surgiu sem explicações e abalou ainda mais minhas emoções já suficientemente alteradas pelas circunstâncias.

Foi um fato ocorrido após a morte do meu padrasto, o senhor Alécio. Com minha mãe cada vez mais doente, eu não tinha espaço para divertimentos e alegrias. Portanto, quando uma das minhas raras amiguinhas, Celina, aparecia em minha casa depois da escola, resolvíamos sair pelas redondezas para fazer diabruras. Não sei por que não ficávamos brincando de pular cordas em vez de nos entregarmos àquelas traquinagens um tanto quanto perigosas. Nós víamos graça em abrir as torneiras dos quintais vizinhos, tocar campainhas, roubar flores dos jardins, bater palmas e sair correndo. Em um determinado dia, eu e minha amiga entramos em um quintal cuja casa parecia vazia. Enquanto ela jogava pedrinhas minúsculas em uma das janelas, fui arrancando os botões da jardineira para fazer um buquê. Como demorei muito para amarrar as rosas com o cadarço do meu tênis, a moradora chegou e pegou-nos em flagrante! A Celina, bem mais ágil e escorregadia, conseguiu subir a rua íngreme, mas eu não tive forças para vencer a enorme ladeira à minha frente. A dona da casa, então, agarrou-me pelos cabelos e me deu uma bela surra. Para proteger o rosto enquanto apanhava, levantei os braços e meu buquê foi se desmanchando lentamente. Uma após outra, as flores foram caindo até que todas ficaram espalhadas pelo chão.

***

Aquelas imagens amarguraram meu coração e, como velas sem brilho, desvitalizaram meu espírito. Incapaz de fazer conexões entre aquela passagem dolorosa do passado com a apreensão do momento presente, fiquei sem qualquer reação à espera de quem tentava me alcançar no meio da escuridão.

De repente, mãos frias seguraram-me pelo braço e uma voz bem conhecida levou o medo para longe.

– Está louca? Não pode entrar nesta parte do Templo! A cerimônia já acabou e você ficou o tempo todo aqui dentro.

Enquanto Álvaro me conduzia em direção à saída do labirinto, senti vergonha por ter sido tão inoportuna. Eu não tive a intenção de ser desrespeitosa.

Quando retornamos ao grande salão, os mestres do Templo e os turistas já tinham se retirado. Meu amigo e eu pegamos a direção da saída, mas, antes que conseguíssemos alcançar o lado de fora, fomos detidos.

Era ele! Ali estava o mesmo homem que havia me observado durante a cerimônia dos cânticos sagrados. Eram os mesmos olhos brilhantes, as mesmas feições carrancudas.

Seria ele um guardião?

Claro que não! Os guardiões eram apenas lendas. Álvaro já tinha me avisado. Aquele homem era só um homem e, se eu soubesse falar sua língua, se eu não tentasse capturar luzes fugidias pelos corredores do Templo e se eu não ficasse muda cada vez que sentia medo, pediria desculpas e iria embora.

E, por mais que eu usasse a razão, minha mente formulava mil frases em que a palavra "guardião" ocupava o centro de todos os significados. "Desculpe-me, senhor guardião" ou "Com licença, senhor guardião".

No fundo, eu sabia que não seria capaz de brincar com coisa tão séria. Eu era uma pessoa sensível e estava afinadíssima com as crenças de Serkong Trin. Talvez, aquele sujeito misterioso fosse mesmo um protetor do lugar. Durante os poucos dias em que me aventurei naquele mundo, notei que os moradores se mostravam arredios e um pouco perdidos com a presença de tantos turistas. Os visitantes se aglomeravam em torno do monumento histórico de maneira, no mínimo, barulhenta. Como o povo daquele país era extremamente pacífico, tendo como exemplo o casal Sungso, de que maneira ele poderia impedir a destruição trazida por tantos baderneiros?

Homens como aquele à minha frente não permitiriam atitudes desrespeitosas. Os segredos de Serkong Trin deviam ficar guardados em um local seguro. Aviltar aqueles mistérios em troca de benefícios mundanos como dinheiro, poder ou fama, certamente resultaria em penúrias cármicas. A grande lei de causa e efeito, da ação e da reação, do plantio e da colheita refletia o caráter incorruptível da população. E se ninguém poderia comprar ingressos para entrar no mosteiro, ninguém deveria acampar em locais próximos à cachoeira.

Lembrei-me de uma frase que vi em uma minúscula loja de alimentos no vilarejo:

"Não há oceano, montanha ou caverna em que alguém possa esconder-se da lei do carma".

Fiquei impressionada com aquela frase escrita corretamente em um lugar tão distante do meu país e Álvaro aproveitou o momento para se gabar um pouco:

– Todos os visitantes de língua portuguesa que se aventuraram nestas terras, inclusive os que moram fora do Brasil, foram trazidos por mim! Um deles escreveu estes dizeres de sabedoria budista no dia em que estávamos partindo para a capital.

Pensava em tudo aquilo quando me dei conta de que o homem sisudo ainda estava observando cada milímetro do meu rosto. Como não podia fazer mais nada, fiquei olhando-o de volta e percebi certos detalhes que antes passaram despercebidos. Tal como as árvores do jardim do Templo, era impossível deduzir sua idade. Apesar de ser maduro, aparentava disposição e seus músculos eram rijos e bem formados. Sua fisionomia forte combinava com a cabeça totalmente sem cabelos, mas os lábios peculiarmente rosados contrastavam com os demais traços. Seu corpo não estava mais envolvido pelo manto colorido que vestia enquanto entoava mantras. Naquele momento, ele trajava roupas esquisitas e bárbaras que deixavam parte de seu peito desnudo. Embaixo do colete feito com peles de animais, detalhe muito intrigante para um povo vegetariano e incapaz de fazer mal a qualquer criatura selvagem, pude notar alguns ornamentos de metais pouco precisos e que não se expunham o suficiente para que se pudesse apreender suas formas e utilidades. O mesmo acontecia com seus anéis e braceletes que brilhavam como ouro e todo aquele conjunto trazia uma mensagem estética muito clara: "Atenção: este ser não é decifrável".

Quanto ao seu caráter, eu podia supor que ele era corajoso e que possuía muita honra em seu coração. Por outro lado, quando estava ansioso ou se sentia contrariado, emanava uma apreensão capaz de magoar até mesmo as pessoas mais amadas.

De repente, meu querido anfitrião, que não tinha me acompanhado naquele dia, aproximou-se para ajudar. Acho que o bondoso velhinho adivinhou que eu ainda não estava totalmente pronta para as surpresas do Templo do Sol. Depois de uma mesura respeitosa, o senhor Sungso iniciou um diálogo tenso com aquele homem enquanto eu esperava que Álvaro pudesse me contar a respeito do que os dois falavam. Apesar do meu espanto, Álvaro limitou-se a ficar calado e desviou o olhar. Enquanto isso, eu só pensava em voltar para o meu quarto de hóspedes e passar o resto do dia longe de confusões.

Após o que pareceu ser um acordo entre cavalheiros, o desconhecido ficou mais calmo. Como um educado senhor de Serkong Trin, ele decidiu melhorar os laços entre nós e quase (eu disse *quase*) sorriu. Então, sem que eu esperasse, estendeu-me a mão e se apresentou com uma incrível voz de trovão:

– Nigma!

Retribui seu cumprimento com a frouxidão daqueles que são covardes ou muito falsos para permitirem um bom contato inicial com outra pessoa e, embora eu não fosse uma coisa nem outra, o guardião ressentiu-se disso.

"Viu? Agora ele ficou bravo de novo".

Pensei em consertar tudo com a promessa de que nunca mais voltaria sem ser convidada, mas eu não tinha repertório linguístico para ir além de um "olá". Então, sem que eu esperasse, Nigma afastou-se e nos deixou partir.

Caminhando pela floresta com Álvaro ao meu lado e com o senhor Sungso à minha frente, tentei falar sobre o incidente, mas eles pareciam sérios demais para conversar. Sem a ajuda do meu guia de viagens, jamais saberia o que Nigma havia dito. Então, tive de remoer as lembranças e tirar delas minhas próprias conclusões.

Pelas expressões faciais do guardião, presumi que ele tinha zombado das minhas desculpas e, principalmente, da minha promessa.

Hoje, depois que tudo passou, reconheço que minha intuição estava certa e que Nigma já sabia de algo que eu não podia suspeitar: em um futuro não muito distante, eu estaria de volta ao Templo do Sol! Com todas as minhas forças! Eu abriria suas portas imponentes e andaria pelos seus corredores sem dúvidas e sem medo. Em minhas mãos, poucos pertences. Em meu coração, um sentimento inesperado...

***

A fumaça na pequena chaminé dos Sungsos anunciava as boas-vindas. A querida senhora estava terminando o jantar e o cardápio especial daquela noite foi feito em minha homenagem. A senhora Sungso me adorava e me considerava "uma moça bonita", coisa que ela me dizia quase todos os dias em um inglês incrivelmente reinventado.

Álvaro acompanhou-nos e voltou à pousada assim que terminamos a sobremesa. Durante todo o jantar, percebi que o senhor Sungso estava chateado. Fiquei preocupada porque a última coisa que eu queria era causar qualquer tipo de inquietação para aquelas pessoas.

Mais uma vez, tentei me desculpar, porém o clima não mudou. A senhora Sungso, por outro lado, estava feliz. Depois que retirou a mesa, abraçou-me e foi dormir.

Quando o senhor Sungso também se retirou, fiquei um tempo no quintal para pensar e para ficar comigo mesma. Como estava em um lugar de grande beleza, deixei-me levar pela paisagem e permiti que meus sentimentos aflorassem com leveza e liberdade.

Naquele momento, percebi que queria conversar com alguém sobre Nigma e a profunda impressão que ele havia me causado. Ainda com mais urgência, precisava desabafar a respeito da visão que tivera na floresta, mas ninguém se mostrava disposto a ajudar.

Tão logo voltei para o quarto, a lembrança do guardião surgiu mais uma vez. Mesmo sem saber por quê, gostava de ocupar-me com aquele assunto, pensando em seus contrastes e outros enigmas. O sábio parecia um guerreio mesmo quando estava trajando as vestes suaves de um iogue. Era possível enxergar nele muitas energias e grandes capacidades voltadas para a ação. De forma curiosa, suas maneiras rudes eram permeadas por uma estranha nobreza.

"*Morro de medo e não gostaria de topar com ele de novo*", pensei enquanto brigava com o travesseiro.

Como não conseguia dormir e o fogão a lenha da senhora Sungso ainda estava quente, fervi água para tomar mais tarde e também separei um pouco para um banho. Ao deitar-me novamente, tive vontade de retornar para minha casa na cidade e para o conforto da civilização. Talvez não fosse tão ruim a ideia de partir na manhã seguinte. Com todas aquelas apreensões que acenavam para mim com suas trevas e saudades, eu escurecia cada vez mais minha alma e minhas experiências de viajante.

Quando aquelas imagens, palavras e pensamentos foram embora, fiquei tranquila. Adormeci e tive um sonho extremamente claro, cujos detalhes permaneceram nítidos após meu despertar. Eu estava em um lugar diferente daquele em que me encontrava, mas, de certa forma, era o mesmo quarto de hóspedes do senhor Sungso. A lareira, há tempos extinta e cravada na parede sem qualquer utilidade, borbulhava em chamas e suas luzes emprestavam uma existência trêmula aos objetos que nos circundavam. De costas para mim, Nigma alimentava o fogo e de vez em quando se esquivava das faíscas que pulavam incandescentes em sua direção. Para meu espanto, ele aparentava ser mais jovem do que era na vida real e eu, de maneira oposta e infeliz, parecia muitos anos mais velha! Toquei em meus cabelos brancos e as mechas se esparramavam sobre minhas roupas de idosa quase como se fossem cair. Meu corpo era débil, meus dedos estavam desfigurados e meu coração se perdia em fiapos negros de luto.

Durante todo o tempo, o guardião não se mexeu e continuou na mesma posição. Sua postura ereta, seus braços musculosos e sua pele bronzeada tornavam sua figura voluptuosa. Não sei por que, mas quase toquei em seus ombros e senti uma vontade absurda de beijá-lo. Enquanto minha admiração aumentava, comecei a ter uma terrificante sensação de que ele, talvez, não tivesse um rosto.

Então, um trovão veio do céu e atingiu-me com uma sonoridade poderosa, uma experiência que jamais tive naquela ou em qualquer outra vida. Era a inigualável voz de Nigma!

– Não tenho um rosto!

Apavorada, tentei sair daquele pesadelo, porém, não havia para onde fugir. Assim que abri a porta, tive de fechá-la imediatamente e fiquei estarrecida com a visão da neve caindo sobre a floresta de Serkong Trin! Uma nevasca era a última coisa que eu esperava encontrar e aquela contradição me fez lembrar que, afinal, aquilo tudo não passava de um sonho.

De repente, escutei o choro de uma criança. Em um canto qualquer do quarto, havia um berço enfeitado com laços vermelhos e dourados. Decidi chegar mais perto para acalentar o bebê, mas ele já tinha se acalmado. Como aquela criança era adorável! E enquanto acariciava o rosto do bebê, cheguei a desejar que aquela fosse a minha vida real e que aquele momento de ternura durasse para sempre. Sim, apenas naquele momento pensei que talvez...

– Yangsi!

Fiquei tensa com a volta do trovão. Tirei as mãos da criança, temendo ter feito alguma coisa errada. Nigma disse aquela palavra com a mesma grandiosidade de sempre e não se deu ao trabalho de me fornecer qualquer explicação. Eu não sabia o que significava "Yangsi" e tampouco tinha ouvido algo parecido em Serkong Trin.

Completamente alheio ao que eu sentia, Nigma jogou alguma coisa na lareira para aumentar as chamas e logo o cômodo ficou todo iluminado. O guardião, então, revelou-se. Para meu completo alívio, ele não só tinha um rosto, com também possuía uma beleza viril e ainda mais assertiva do que no mundo da vigília!

Nem consegui aproveitar a boa surpresa, pois uma visão desoladora tornou-me envergonhada. Na parede oposta, um objeto de metal parecido com uma bandeja de cobre refletia minha imagem. Assim como uma vela que chegou ao fim, transformando-se em cera esparramada pelo castiçal, eu era apenas a sombra da jovem que tinha sido um dia. As rugas em minhas mãos seguiam fundas e eram fendas feridas galopando na finitude de todas as coisas. Naquele mar de "efes", vendavais feitos da mesma letra que se esboçava como morte, os longos anseios de amor, atração, poder e juventude perdiam força e, tragicamente, forma.

Esquecendo-se do fogo e da voracidade com que costumeiramente impunha suas verdades ao mundo, Nigma segurou-me pelo ombro e tentou me abraçar com ternura. No entanto, assim que ele colocou os braços sobre mim, senti um rancor repentino e me afastei. Depois, arrependida e tão perdida quanto havia me sentido durante a maior parte da vida, puxei-o de volta para que ficássemos juntos, mas foi sua vez de ignorar meu carinho. Seguimos com aquele ritual estranho feito de proximidades e de esquivas até que as paredes começaram a derreter e então eu soube que o sonho estava chegando ao fim.

Antes que aquele mundo tão particular se apagasse, o guardião ainda teve tempo para uma pergunta:

– Imagens! Não se cansa desta prisão?

Em seguida, Nigma voltou-se para o fogo e desapareceu.

***

Acordei muito impressionada e tive de esperar para levantar da cama. Abri a janela e respirei profundamente. O cheiro de terra molhada era delicioso, mas achei o fato pitoresco, já que não tinha chovido desde nossa chegada a Serkong Trin. Os assuntos quanto ao clima da região me interessavam muito e acabei me tornando particularmente atenta a eles. Tinha receio de que as chuvas destruíssem o telhado da casa do senhor Sungso da mesma forma que havia acontecido com o teto da pousada. Porém, bastou olhar para o maravilhoso céu daquela manhã para compreender que o calor e o tempo ameno continuariam reinando por ali.

Decidi lavar o rosto e um pequeno deslocamento da realidade acabou acontecendo quando fechei os olhos! Durante aquele segundo, as paredes do quarto ficaram envolvidas por labaredas que logo se retraíram e desapareceram. Tive o pressentimento de ver Nigma junto do fogo e, quando prestei mais atenção, deparei com seu rosto bem próximo ao meu. Sua presença não era doce, mas também não era repugnante. Ele me observava em silêncio e, de certa forma, não havia aflição alguma em seu olhar.

Depois que abri os olhos, certifiquei-me de que o mundo à minha volta era o mundo comum, o mundo real, mas a formidável aparência daquelas impressões me causou grande inquietação.

Eu precisava fazer alguma coisa, sair, andar, correr, nadar, qualquer coisa, caso contrário, poderia enlouquecer. Como meus anfitriões estavam dormindo e eu não queria lhes causar aborrecimentos, decidi que era hora de respirar fundo e de retomar a calma sem recorrer à ajuda de outras pessoas. Assim, esvaziei minha mochila, dobrei minhas roupas, arrumei os cabelos e resolvi desafiar os conselhos de Álvaro antes que o senhor Sungso acordasse.

Sem fazer barulho, abri a porta e mergulhei nas entranhas da floresta. Ainda estava escuro quando cheguei àquela bifurcação misteriosa que levava à cachoeira e pensei que ela não só dividia as trilhas de terra, como também os destinos dos viajantes. Por um instante, tive o ímpeto de ir ao Templo do Sol, mas a simples possibilidade de espiar Nigma ou de encontrá-lo de novo inibiu minhas intenções.

Para afastar qualquer chance de pegar o rumo do Templo, ou seja, para garantir que eu não trairia a mim mesma, avancei pelo caminho à direita. Quando estava perto do local onde tinha visto a menina dourada, senti um arrepio percorrendo todo o meu corpo, mas, mesmo assim, segui em frente.

Enquanto caminhava, tocava de vez em quando nos galhos das árvores ou em algumas flores para ter certeza de que, afinal, Serkong Trin não era um sonho onde moravam crianças com cabelos de ouro ou pessoas que envelheciam em um passe de mágica. Por outro lado, lembrei-me com certa saudade daquela vivência interessante que me tumultuou a madrugada, o pesadelo nítido em que eu estava em uma sala aquecida por dois ardores: o que vinha da lareira e o que morava nos olhos de um guardião...

De repente, um pensamento surgiu e me deixou preocupada, embora eu não quisesse nem pudesse reconhecer seu completo significado. Ele não impediu que eu continuasse andando sobre os caminhos incertos da mata, mas atordoou meus passos. Aquela ideia absurda não tinha época, não morava no passado nem estava acontecendo no presente. Meu maior receio era de que ela pudesse se assentar em meu futuro como uma profecia cheia de morte e miséria. De certa forma, eu sentia que aquilo poderia acontecer. A verdade era que o tal pensamento, sem que eu ainda entendesse como ou quando, seria transformado em realidade em um determinado lugar no tempo e no espaço. Naquela forma diferente de existência, eu estaria mais completa e mais dilacerada do que nunca...

O pensamento dizia respeito ao meu casamento com Nigma.

***

O senhor Sungso, um verdadeiro anjo da guarda, alcançou-me como um raio. Como ele se mostrava alegre, concluí que não estava mais decepcionado comigo. Para demonstrar que estava tudo bem, o bom senhor me trouxe frutas e um agasalho, embora o dia, como já haviam demonstrado os sinais da aurora, começasse quente.

Eu ainda sentia o impacto do sonho e dos pressentimentos em relação a Nigma, mas procurava manter o coração tranquilo. O sol já estava alto quando achei que seria melhor encontrar meu grupo para uma manhã de passeios inofensivos e de conversas amenas. Àquela altura, já tínhamos quase superado os azedumes proporcionados pelos meus atrasos e pelas frutas estragadas com as quais havíamos nos ofendido mutuamente. Poucos dias mais tarde, porém, eu teria o desprazer de descobrir que minhas deduções foram ingênuas e que as animosidades continuavam.

Naquela manhã, ainda protegida em um "não saber" salutar e providencial, tinha quase certeza de que Álvaro havia preparado alguma programação especial para o nosso dia livre. No entanto, quase chegando à pousada, vi um panorama que não me agradou: deitado em uma rede na varanda e com um belo copo de suco nas mãos, Tao Wong desfrutava as belezas do amanhecer! Imediatamente, pedi ao senhor Sungso que me levasse de volta e nem liguei para sua relutância e indagações.

O maior trabalho de todos foi explicar para o idoso que eu não queria ir com ele para o vilarejo comprar mantimentos. Após muito tempo, quando se certificou de que eu já conhecia perfeitamente o trajeto daquele ponto em que estávamos até a sua casa, o bondoso senhor despediu-se e não sossegou até que garanti, por meio de sorrisos e de gestos circenses, que não iria me perder na floresta.

Depois que o senhor Sungso me deu aquele voto de confiança e partiu, lembrei-me da bobagem que tinha feito na minha primeira visita ao Templo do Sol. Além daquela recordação, pensei nas coisas catastróficas que Álvaro nos dizia sobre o destino dos viajantes confiantes, teimosos e desgarrados de seus guias. Apesar de tudo, comecei a sentir uma intimidade cada vez maior com aqueles caminhos.

Imbuída daquele espírito aventureiro, decidi visitar a cachoeira que havia conhecido em meu segundo dia em Serkong Trin. Ainda era cedo e seria bom tomar um banho refrescante naquelas águas puras. Quanto aos agouros que me assolaram quando estive próxima às barracas abandonadas, eu só podia desejar que não voltassem nunca mais e que todos os seres enigmáticos da natureza me deixassem em paz.

Estando sozinha, respirei o ar puro que emanava de todas as plantas, do solo, das pedras. De repente, uma flor balançou ao meu lado e cheguei a pensar que um pássaro tinha se assustado com minha presença. Logo em seguida, outra flor se moveu, mas daquela vez meu olhar foi mais esperto. Era ela! A luz misteriosa!

Seguindo as pistas deixadas pela luz, deparei-me com uma rocha que até então estava escondida pela vegetação. Fiquei maravilhada com a beleza do lugar e com o aspecto daquela enorme pedra cravada no meio de um segredo. Sua imponência vinha do tamanho e da cor, um branco formado por cristais brilhantes.

O sol já estava forte e resolvi me sentar um pouco. Depois de comer a maçã que o senhor Sungso tinha me dado, achei que seria melhor retomar o caminho da cachoeira antes que ficasse tarde.

Assim que me levantei, uma inesperada rajada de vento deixou-me em alerta. Parecia que havia alguma coisa diferente no lugar!

Comecei a caminhar, mas tive vontade de olhar mais uma vez para trás e tudo que pude ver foi aquela linda cena! Sentada sobre a pedra, com os cabelos desalinhados e o rosto angelical, a menina dourada estava à minha espera! O mesmo rosto, o mesmo olhar e as mesmas névoas emergiam de seu corpo como uma neblina em plena manhã.

A menina estava nua e, talvez por isso, pareceu-me frágil e insegura. Menos assustada do que eu, ela se levantou e continuou me observando. De repente, antes que eu pudesse ter qualquer reação, a garota começou a andar e senti meu coração pulando a toda velocidade.

A cada passo que a aparição dava ao meu encontro, o ar ficava imbuído de cores translúcidas como nuvens caindo do céu em uma festa de purpurinas.

Então, de um jeito banal e comum, ela simplesmente parou à minha frente e sorriu.

– Olá, eu sou Ismênia!

Claro! Aquele já era nosso segundo encontro!

Eu queria ser educada, queria retribuir a simpatia ou ser capaz de dizer algumas palavras, mas minha voz estava retida em algum lugar cheio de armaduras.

A garota afastou-se e ficou à procura de alguma coisa no meio das plantas. Como não encontrou o que estava buscando, voltou a olhar para mim e tentou afastar a franja da frente dos seus olhos.

– A senhora é muito bonita!

"*Puxa! Você também é linda! Parece que nasceu do espírito do carnaval, parece que acabou de descer de um carro alegórico*".

– Queria pedir desculpas por ter assustado a senhora naquele dia! Eu estava na barraca brincando com uma amiga. Eu falava com uma latinha na boca, para ver como ficava a minha voz.

Em seguida, a menina torceu o nariz:

– Mas que cheiro é este?

"Loção repelente contra insetos."

– Tudo bem, não tem importância. Eu continuo gostando da senhora.

Ela deu mais um passo à frente.

– Geralmente eu não gosto das pessoas. Elas me olham de um jeito estranho...

A criança aproximou-se ainda mais e recuei instintivamente. Ela não pareceu incomodada com minha reação e continuou se apresentando:

– Como já disse, eu sou Ismênia, uma Pequena Deusa. Meu nome completo é Ismênia, a Pequena Deusa da Felicidade e... Espera aí! Acho que é do Amor e da Felicidade, não me recordo muito bem.

Acabei rindo e não pude evitar o desejo de abraçá-la, ampará-la e beijá-la, embora não tivesse certeza de que ela era, de fato, "abraçável" ou não. Antes que eu pudesse me decidir sobre o que fazer, Ismênia tomou a iniciativa e ofereceu-me a mão. Sem pensar muito, aceitei seu cumprimento.

Não sei por quê, mas fiquei extremamente feliz ao perceber que ela era de carne e osso e que tinha a mãozinha quente como qualquer criança. Acabei me empolgando e fiz um carinho em seus cabelos. Fiquei encantada com a névoa suspensa no alto de sua cabeça e tentei tocar naqueles brilhos com as pontas dos meus dedos, mas eles eram etéreos e sumiam diante dos olhos. Aproveitei a coragem e perguntei:

– Onde estão os seus pais, Ismênia?

Ela apontou em direção a uma planta onde um pontinho de luz piscava sem parar.

– Somos apenas ela e eu.

A luzinha encantada alçou voo e chegou mais perto. Quando pousou nas franjas de Ismênia, suas asas pareciam enormes!

– Esta é a fada que mora nos meus cabelos. Ela me faz penteados.

***

Sétimo Dia: manhã livre. Tarde: "A Escolha de Um Mestre" (oportunidade única para entrar em contato com os reclusos do Templo e, em seguida, ter uma profunda meditação nos jardins do mosteiro).

Deus fez o mundo em sete dias. Não. Ele construiu tudo antes e descansou no sétimo dia. Será?

Fosse como fosse, o sete estava envolvido na criação do universo e eu só sabia dos usos mais banais, por exemplo, a sete palmos, a sete chaves, os sete anões. Não podemos nos esquecer também dos famosos "sete pecados capitais", e a gula ocupava um lugar de destaque naquela promissora manhã em Serkong Trin. A fome era grande e eu não via a hora de descobrir o que tanto a senhora Sungso batia, triturava e cozinhava para o desjejum.

Naquele sétimo dia de excursão, palavras inúteis povoavam meus pensamentos e se revestiam de um invólucro aparentemente racional que retirava delas seu tom de loucura e de total perda de tempo.

Essas recordações me fazem pensar ainda hoje o quanto nós, pessoas simples e pouco habilitadas ao progresso espiritual, podemos ser estreitas. O que assombra no espírito humano é sua capacidade para voltar às cavernas toda vez que isso for conveniente e, em certa medida, necessário. Por medo ou preguiça, a mente dá uma volta no parafuso da futilidade sem o menor constrangimento.

Prova disso era a minha situação no dia seguinte ao meu encontro com Ismênia. Mesmo depois de ter experimentado muitas emoções elevadas ao lado de uma verdadeira divindade, uma deusa feita de amor e pureza, eu acordei naquela manhã com o cérebro cheio de ideias bobas.

Em vez de imaginar como faria para ser digna de encontrar um mestre, fiquei presa em dúvidas muito relevantes que envolviam os três tempos fundamentais da existência humana: o passado (o que eu deveria ter dito para Tao Wong), o presente (o que a senhora Sungso tinha feito para o café da manhã) e o futuro (qual roupa eu deveria usar na Escolha de Um Mestre). Tudo entre parênteses e sem ponto de interrogação.

Aliás, a última questão era de longe a mais urgente. Depois do que tinha se passado na primeira visita ao Templo do Sol, nada mais justo do que escolher com mais cuidado aquilo que usaria no evento da tarde. As opções não eram muitas: um vestidinho indiano ou uma bermuda com camiseta do The Who. Como provavelmente os amigos de excursão estranhariam a figura daqueles roqueiros descabelados, ou ainda, como algum ignorante poderia perguntar se aquela era a foto dos meus irmãos (coisa que, por incrível que pareça, já tinha acontecido no Brasil!), resolvi ficar com o primeiro item e pôr um ponto final no dilema.

Depois de um banho quente, fiquei pensando por que motivo a grande Escolha de um Mestre havia ficado para o sétimo dia da nossa viagem. Será que a coincidência tinha algum significado oculto?

Eu precisava me concentrar novamente na ideia de conhecer alguém especial com quem eu pudesse aprender lições significativas e, por conseguinte, parar de pensar em números e de tirar conclusões frouxas sobre eles. Mais uma vez, lembrei-me de Ismênia. Eu estava decidida a procurar por ela assim que voltasse do Templo do Sol para lhe contar sobre minhas experiências meditativas ao lado de um grande sábio.

Na tarde anterior, logo após ter chegado atrasada, tive de enfrentar duas batalhas antes de dormir: a primeira foi a árdua tarefa de acalmar meus anfitriões por meio de gestos e da entrega antecipada dos mimos que havia comprado para eles no vilarejo. A outra foi vencer as barreiras do tempo e desenhar um modelo de vestido para a Pequena Deusa.

De algum modo, o encontro com aquela menina tinha me inspirado. Descobri que o antigo sonho ainda ardia dentro de mim e eu queria agradecer a Ismênia por ter me mostrado tudo aquilo. Se eu conseguisse fazer uma roupa para ela, poderia realizar a virtude da oferenda máxima onde quem recebe a dádiva, o gesto de doação e o próprio presente se completam e se confundem até a total indistinção.

Aos poucos, a qualidade dos meus pensamentos melhorou e a manhã foi avançando em sol e em promessas de boas realizações. Fiquei até a hora do almoço acrescentando detalhes nos desenhos para Ismênia, retirando enfeites excessivos, pensando e repensando nas cores dos tecidos etc.

Por volta das treze horas, preparei-me para ir ao Templo do Sol. Minha intenção era jogar com a sorte e caminhar sozinha para rever Ismênia, mas não pude despistar o senhor Sungso. O bom senhor já não confiava em meu bom senso e com toda razão. Além do lamentável episódio envolvendo Nigma, eu havia chegado tarde no dia anterior, causando muita preocupação para ele e sua esposa.

Como de costume, partimos lado a lado e logo chegamos ao Templo sem qualquer dificuldade. Em frente à entrada principal, muitas pessoas se aglomeravam e falavam alto. Procurei por Álvaro, mas era muito difícil caminhar no meio de tantos turistas. Acabei me acomodando em um lugar qualquer, tentando de vez em quando enxergar alguma coisa entre a multidão.

De repente, a porta do Templo abriu-se e vários homens com trajes de cerimônias foram ocupando parte do jardim até pararem sob a sombra de uma árvore. Um orador disse algumas palavras, cujo sentido apenas Álvaro poderia me dizer caso estivesse ao meu lado. Em seguida, eles tocaram tambores e cantaram em homenagem aos visitantes.

Na medida do possível, tentei me acalmar para observar com a máxima cautela as feições daqueles notáveis senhores. Por pura distração, fiz de conta que já tinha escolhido meu mestre. Comecei meu jogo silencioso olhando fixamente para um dos sábios, até que seus olhos ficaram atraídos pelos meus. Em seguida, desviei propositalmente a atenção para outra pessoa e fui agindo daquela maneira vezes sem fim, incapaz de confiar em qualquer uma das minhas opções.

Minha mente ainda estava apreensiva e comecei a contar os monges de sete em sete (novamente o número sete!), agrupando-os de acordo com a idade, tipo de vestimentas etc. Como de costume, eu me entregava às brincadeiras mais inúteis do mundo porque, no fundo, estava morrendo de ansiedade. Meu maior receio era ser escolhida por um mestre que me causasse aversão ou simples indiferença.

De repente, alguém se destacou no meio da multidão. Finalmente eu parecia ter encontrado uma figura relevante. Um senhor de feições asiáticas e rosto enrugado estava sorrindo para mim. Ele usava um chapéu com miçangas penduradas que se moviam de um lado para outro enquanto ele andava. Sua roupa, um robe amarelo cítrico, fascinou-me desde o primeiro instante, não só pela cor, mas também pelos inusitados elementos decorativos. Ele estava tocando um instrumento de sopro com o formato de concha, o que me fez lembrar do Grande Rio.

"*Pode ser um sinal!*", pensei, enquanto esperava que o sábio se voltasse para mim.

Durante um instante, ele me observou e piscou os olhos. Eu não sabia decifrar o código e, sem Álvaro ao meu lado, fiquei perdida. Procurei ficar atenta para, quem sabe, compreender outro sinal que pudesse autorizar minha aproximação.

Apesar de todo empenho, o tempo foi passando e nada aconteceu.

Reparei, então, em um detalhe impressionante na aparência daquele monge, algo enigmático. Suas mãos eram jovens demais para um homem tão velho, como se existissem naquele corpo duas pessoas ao mesmo tempo!

De repente, tive a sensação de que Nigma estava por perto, analisando cada um dos meus passos, descobrindo cada um dos meus segredos.

Comecei a suar frio e pedi licença para sair. Era hora de voltar para casa.

***

Quando a tarde chegou, percebi que teria de fazer alguma coisa para levar adiante aquele dia, aquela viagem e, finalmente, a minha vida. Tomei bastante água e procurei concentrar-me na respiração, lembrando assim as aulas de ioga para as quais eu pretendia voltar o quanto antes.

Depois daquela imersão em meu quarto, estava refeita e me sentia bem. Quando acabei de fazer algumas correções nos moldes de Ismênia, decidi procurar por ela para passearmos juntas. Seria bom se pudéssemos ir até aquela cachoeira de águas tão puras e cristalinas.

Como meu anfitrião não tinha voltado do ritual no Templo, expliquei para a senhora Sungso que eu pretendia fazer uma caminhada e que ela não precisava se preocupar.

A pedra branca foi o primeiro local que me ocorreu para procurar pela Pequena Deusa, no entanto, o lugar estava completamente vazio. Durante todo o trajeto até a cachoeira, chamei pela menina dourada, mas não fui capaz de encontrá-la.

Quando cheguei ao meu destino, sentei-me na beira da água e fiquei pensativa. Ao ouvir o som das cascatas, fechei os olhos com uma incrível sensação de bem-estar. Tirei os calçados e ergui um pouco o vestido para entrar na água. A temperatura estava fria, porém, na medida certa.

Em um determinado momento, percebi que alguém se aproximava. Fiquei animada ao pensar que Ismênia talvez estivesse por perto, no entanto, não vi qualquer sinal de suas névoas brilhantes.

Seria o senhor Sungso, ou algum turista interessado em fotografar o local? Enquanto os passos se aproximavam mais e mais, fiquei apreensiva ao pensar que Nigma estivesse à minha espreita.

Nos espaços existentes entre as folhagens, vi uma figura que felizmente não era a do guardião. Reparei melhor e notei que um homem caminhava por ali carregando nas costas uma enxada, um rastelo e uma pá. Em sua cabeça, um chapéu artesanal estilo vietnamita não deixava que seu rosto ficasse à mostra e tudo que eu podia ver era a parte inferior dos seus lábios.

Fiquei aliviada! Era apenas um trabalhador das redondezas.

Assim que ele chegou, falou alguma coisa e sorriu para mim, um sorriso um tanto quanto maroto. Tratei logo de responder-lhe um "oi" bem seco, bem rápido e bem português, só para deixar claro que eu não queria saber de conversa.

O desconhecido continuou sorrindo e parecia despreocupado. Depois que ajeitou suas ferramentas em uma pedra, acenou com toda simpatia, o que me fez lembrar o inabalável jeito hospitaleiro do senhor Sungso.

Sorri de volta e fiquei pensando a que distância eu deveria ter viajado para encontrar um pouco de paz. Estava do outro lado do mundo e até aquele instante só tinha conseguido privacidade dentro do meu quarto de hóspedes. Com certeza, eu era como Ismênia: não gostava da companhia das pessoas e achava que elas também me olhavam de um jeito esquisito.

O camponês, por outro lado, estava à vontade. Sem a menor pressa, tirou a camisa suja de terra e dobrou as barras das calças até a altura dos joelhos. Enquanto ajeitava suas roupas, começou a cantar uma música da região e sua voz era muito afinada para um simples trabalhador braçal.

Bem, com afinação ou não, aquela foi minha deixa para ir embora. Atrás de uma pessoa, sempre tem mais. Eis um tipo de lógica que tinha me ajudado na arte da esquiva. Eu era capaz de ver aquela cachoeira abarrotada de gente, gente de todo tipo, gente boa, gente ruim, gente grande, gente pequena e, principalmente, gente desencontrada e querendo um par.

Em poucas horas, tudo que eu havia planejado para aquele grande dia tinha se transformado em três sonhos desfeitos, ou, melhor dizendo, em três tremendos fiascos: meu reencontro com Ismênia, a Escolha de Um Mestre e um banho solitário de cachoeira.

Além da decepção, uma incipiente dor nas costas anunciava que seria melhor partir. Mesmo com pressa, vi-me cercada por várias condições desfavoráveis e, então, não deveria fazer movimentos bruscos, caso contrário, poderia escorregar e cair. Apesar de ser uma criatura antissocial e uma chata de galochas (vocês bem sabem o quanto isso é verdade), não queria abrir mão do charme. Eu era mulher, puxa vida!

Calculei muito bem de que forma conseguiria me locomover naquelas águas sem parecer um robô de vestidinho indiano e, após um mísero segundo, decidi que a melhor opção seria andar vagarosamente até a margem oposta.

Segui meu plano. Com muita concentração para não sofrer um acidente, procurei transformar a lentidão em leveza e a dor, em graciosidade. Eu seria a estrela principal, eu seria a bailarina do Lago dos Cisnes!

Porém, uma pedra escorregadia fez com que meus pés patinassem e, de repente, afundei. Com a água chegando um pouco acima dos joelhos, consegui escapar da morte e subi para a superfície tão assustada quanto um náufrago!

Foi assim que, em plena tarde de verão, aprendi três importantíssimas lições: somos quem somos em qualquer lugar do mundo; a lei da gravidade é tão imperativa quanto a lei do carma, e, em terceiro lugar, mulheres atrapalhadas não dançam O Lago dos Cisnes, mas, sim, O Lago das Patonas.

E tão logo meus olhos pararam de arder, dei-me conta de que o camponês estava bem ao meu lado. Como ele tinha chegado tão rápido? Ainda procurei pelo seu rosto escondido na sombra do chapéu, mas não dava para ver nada além de suas gargalhadas.

Fiquei uma fera:

– Que bom divertir as pessoas!

Bem que o moço procurou disfarçar, afinal de contas, não era educado fazer pouco de quem tinha se afogado em um copo d'água. Porém, como uma coisa alimenta a outra, quanto mais ele procurava conter suas risadas, mais elas ganhavam força. Mesmo assim, o rapaz ainda tentava fazer alguma coisa para que eu não caísse de novo, mas não conseguia aproximar-se porque estava em pleno ataque de risos. Suas mãos queriam segurar em meu braço e fiquei com vontade de dar uns tapas naqueles dedinhos irritantes.

E pensar que antigamente eu era uma pessoa equilibrada... E nos dois sentidos!

Enquanto tudo aquilo acontecia, acessei velozmente o arquivo de opções. Só me restava voltar para a casa do senhor Sungso, tomar um banho morno e procurar alguma coisa interessante para fazer da vida, como desmaiar até o dia seguinte. Para isso, eu teria de me colocar mais uma vez em movimento. Infelizmente, o vestido grudou no meu corpo e eu não conseguia andar sem abrir as pernas. Em meio a muitos barulhos de tchibuns, fui me arrastando como pude em direção à margem, tarefa muito difícil para nós, sanduíches a vácuo.

No meio do caminho, senti duas mãos detendo-me delicadamente. O desconhecido fez um gesto para que eu ficasse em silêncio e me levou para uma parte rasa, onde as águas mal cobriam os tornozelos. Minhas aflições sumiram e me senti fascinada por algo que não podia entender. O fundo do lago era um universo a parte, com areias brancas, plantas e pedras de várias formas e de vários tamanhos.

Enquanto eu observava o sol brilhando nas costas do camponês, ele dobrou os joelhos e curvou-se, como se estivesse procurando alguma coisa. Em seguida, juntou as mãos e bateu palmas três vezes. O barulho me assustou e não entendi por que motivo o jovem tinha feito aquilo. Em pouco tempo, veio a resposta. Por todos os lados, surgiram peixes nadando por toda a extensão das águas. De repente, estávamos cercados por muitas carpas coloridas (brancas, vermelhas, alaranjadas, cinzas) que não demonstravam o menor medo ao se aproximarem dos nossos pés.

O homem, então, tocou nos peixes como se eles fossem amigos de longa data. Depois daquilo, seguiu-se um fato extraordinário. As carpas deram meia-volta e foram para a outra extremidade do lago. Pensei que tinham retornado para suas vidas comuns e para suas rotinas de liberdade longe dos seres humanos, mas elas subitamente se voltaram e nadaram em nossa direção. Em um rápido movimento, comportamento inimaginável para aquele tipo de animal, as carpas pularam como golfinhos nas mãos do camponês!

– Que maravilha! Como você consegue fazer isso?

O rapaz apontou para as quedas e demonstrou a intenção de ir até lá. Tirou o chapéu e lançou-o em direção a uma pedra próxima, mas o impulso foi insuficiente e o acessório Nón Lá acabou caindo em uma parte mais funda. Antes que o chapéu fosse levado pela correnteza, o jovem tentou resgatá-lo das águas, mas seu corpo se desequilibrou.

Instintivamente segurei o camponês pelo braço e entendi que a típica lei do carma tinha entrado em ação. Naquele momento, era ele quem precisava da minha ajuda.

Apesar do alívio, o moço ainda procurava pegar seu chapéu que boiava como um barquinho à deriva. Quando tentei ajudá-lo, ele puxou-me pela cintura e ficamos embaixo das quedas por alguns instantes.

A força das águas parecia revigorante. Conforme sentia a energia da natureza sobre mim, fechava os olhos para aproveitar aquelas sensações.

Saímos debaixo da cachoeira pouco tempo depois, mas tivemos de nos apoiar mutuamente para continuarmos de pé. Para segurar-se melhor, o rapaz me abraçou e, daquela maneira próxima demais para dois estranhos, conseguimos nos estabilizar. Eu estava a ponto de fazer algum comentário tolo como "Tome cuidado" ou "Veja como o dia está quente" quando, sem o menor aviso, fui capturada por um fenômeno para o qual eu não estava preparada!

Aconteceu muito rápido... O mundo inteiro ficou em silêncio, embora tudo se movimentasse como sempre. As cascatas continuavam batendo nas pedras e as folhas das árvores balançavam com o vento.

Antes de entrar em desespero, bati em meus ouvidos supondo que os tímpanos estivessem cheios de água. No entanto, fui capaz de ouvir um pássaro grunhindo ao longe, enquanto cortava o céu com as asas abertas. Fui capaz de ouvir o som longínquo das suas penas contra as nuvens, de sua respiração acima da terra e de seu coração batendo nas alturas.

Então, as árvores tremeram como algas gigantes e a floresta se dividiu em duas esferas enormes que flutuavam acima do solo. Eram os olhos verdes da minha mãe!

Enquanto eles me fitavam com profundidade, sua voz emergiu das águas, alcançando-me com clareza divina e com muitos ecos oriundos das distâncias mágicas nas quais se originaram.

– *Filha! Prestes muita atenção! Neste exato momento, estás diante da maior beleza de tua vida!*

Então, olhei para o rosto do homem que me abraçava.

Aquele rosto era doce! Ele estava cheio de gotas d'água e elas desciam pela face até onde era possível notar. As gotas de água eram doces, porque o lago era formado por água doce, claro. Todas estavam ali, puras, roliças, saudáveis, passeando sobre aquele rosto sereno, convidando-me a compreendê-las, zombando de mim e desafiando-me não sei por quê, já que eu nunca tinha feito mal a elas. As gotas de água corriam livremente naquela pele branca, jovem, sem demonstrarem a menor preocupação com meus sentidos, sem a mínima cautela para que eu não me perdesse daquele jeito; em outras palavras, elas não estavam nem aí comigo. Seguiam em frente, uma após outra, de um jeito despudorado, contornando as feições amendoadas, os lábios carnudos, o pescoço forte e caíam rumo ao resto do corpo com seus jeitos brilhantes de diamantes aquosos. Elas obedeciam às leis da física, submetiam-se às tortuosidades daqueles rumos sem volta, caminhos que, por natureza e forma, eram cheios de curvas insinuantes, belas, e eu seguia hipnotizada por elas sem poder livrar-me de suas loucas trajetórias.

Os olhos dele, ainda mais escorregadios do que as águas, eram perdidos, algo que não se consegue expressar por palavras. Não estavam apenas me observando; estavam dispostos a me segurar para sempre em suas retinas de mel, grudando nelas o pouco que restava de mim, chamando de volta o que eu já tinha perdido e criando partes do meu ser que só poderiam existir no futuro.

E, antes mesmo que eu pudesse me soltar, todos os sons do mundo voltaram ao normal, tão simultâneos e caóticos como costumavam ser. No meio deles, a voz apreensiva do senhor Sungso me chamou ao longe, trazendo a aconchegante ruptura pela qual eu tanto esperava para libertar meu coração daquelas mandalas giratórias que me tragavam inteira para dentro de seus rodamoinhos.

Corri então para o abrigo das formas seguras, as formas que não nos capturam e que não se movimentam por vontade própria e cheguei às trilhas que eram capazes de me conduzir de volta à terra firme.

Ele, um homem simples da lavoura, ficou ali mesmo com os joelhos imersos naquelas águas de claras intenções, olhando meus passos apressados em direção à floresta. Quando começou a dizer algo, arrisquei-me a espiá-lo sob os ombros, tentando compreender por que me chamava tanto.

Então, com um gesto tão puro quanto sua brincadeira com as carpas, ele colocou a mão na altura do coração e se apresentou:

– Kalyan Dharmaraj!

***

Oitavo dia: Manhã livre.

Quando o senhor Sungso me viu com as roupas ensopadas e tremendo de frio, adiantou-se para chegar rapidamente em casa, instruindo sua esposa sobre o que fazer para me ajudar. Diferente das minhas parcas previsões, o tempo ficou nublado e era bem provável que eu pegasse um resfriado. Tão logo entrei pelo portão, a prestativa senhora Sungso veio ao meu encontro com uma toalha e um agasalho.

Depois de uma ventania gelada e de alguns chuviscos, o calor voltou ainda mais forte. Quando a noite chegou, o habitual luar alaranjado de Serkong Trin derramou uma claridade muito bonita sobre o ingênuo quintal daquela casa.

Fui para a cama cedo, incrivelmente indisposta e abatida. Calafrios surgiam e açoitavam meu corpo sem defesa e, por mais que eu tentasse, não conseguia dormir. Aquele estado febril e, em certa medida, inebriante propiciou o surgimento de pensamentos desconexos e persistentes oriundos das minhas lembranças mais recentes. Ao fechar os olhos, via a figura do jovem camponês saindo das águas de um riacho, das chamas de uma fogueira ou revelando-se nos espaços azuis entre relâmpagos. Daquela maneira, os cenários se erguiam, desmoronavam e se reerguiam novamente com velocidade onírica, deixando-me na expectativa de uma visão continuada de Kalyan cada vez mais rica em detalhes.

Lembrei-me de uma frase grafitada em um muro próximo à minha casa no Brasil, cujo significado sempre foi importante para mim:

"*Antes de morrer, quero voltar a falar com o teto do meu quarto.*"

Anos mais tarde e a quilômetros de distância daquele cenário urbano, eu tinha os mesmos sentimentos. Eu adoraria que o teto do meu quarto conversasse comigo! Estava confusa e poderia, então, perguntar a ele se Kalyan e Nigma eram reais ou apenas seres mágicos da floresta (com todo respeito à Ismênia).

Ainda não tinha amanhecido quando minha querida anfitriã apareceu ao meu lado para certificar-se de meu estado geral. Assim que percebeu que meu corpo queimava por inteiro, afastou-se alarmada e foi conversar com o marido.

Por um vão existente na janela, vi quando o senhor Sungso saiu rumo às trilhas escuras, provavelmente para ir até a pousada em busca de Álvaro e de sua maleta de primeiros socorros. Deduzi que eles levariam cerca de quarenta minutos para estarem de volta, considerando o tempo gasto pelo trajeto e para que Álvaro conseguisse acordar e se arrumar.

Através daquelas pequenas aberturas na madeira, fiquei observando as últimas estrelas se despedindo da noite. Era um adeus de faz de conta. As estrelas sempre estiveram e sempre estariam ali. Deixarem-se engolir pela claridade do dia não era um fato para as estrelas; era apenas uma condição passageira.

Enquanto pensava na singularidade de tudo que era eterno, desejei profundamente que a mesma segurança das estrelas acalmasse meu espírito.

De repente, ouvi um barulho vindo do lado de fora. Fiquei imaginando quem poderia ser àquela hora da madrugada e, para minha surpresa, vi o senhor Sungso cortando o quintal com aquele seu jeito característico de andar. Ele, que praticamente tinha acabado de sair, já estava de volta trazendo umas sacolas cheias de frutas e tomates!

Ao seu lado, ninguém mais, ninguém menos do que Kalyan e seu belo rosto permeado por imprecisões! Ainda tive sangue frio para acompanhar seus passos com os olhos, mas, por dentro, meu corpo se agitava ainda mais febril. O jovem carregava nos ombros algumas ferramentas e segurava seu chapéu como se fosse um cesto. Dentro do chapéu existiam coisas estranhas, umas lascas de troncos e alguns gravetos de cores vibrantes.

Como meus cabelos estavam horríveis e eu não tinha nenhuma fada que desse jeito naqueles pavores, tratei de me cobrir da cabeça aos pés. Logo Kalyan estaria bem ali e, em resposta às minhas dúvidas, estaria presente em carne e osso como qualquer criatura normal.

Enquanto fingia dormir, percebi que o disfarce não duraria muito tempo. Era impossível respirar embaixo daquele cobertor.

Como eu havia previsto, em segundos, os dois homens estavam à minha cabeceira. Eles mexiam em alguns objetos e cochichavam com o máximo de cuidado. Pouco tempo depois, abandonaram o que estavam fazendo e foram até a cozinha conversar com a senhora Sungso. Em seguida, os três ficaram por lá esperando que alguma coisa cozinhasse.

Quando a tal coisa ficou pronta, todos se reaproximaram do meu vulcânico leito de morte e alguém teve a brilhante ideia de abrir a janela.

Em instantes, as primeiras luzes do dia ultrapassaram as barreiras frágeis dos fios do cobertor e acenderam meu casulo como um abajur, dentro do qual eu seguia desesperada e com muita dificuldade para respirar. Procurei me acalmar, mas não via a hora de ficar sozinha para curtir e decifrar as mensagens enviadas pelas minhas doenças.

Quando todos foram embora, um silêncio maravilhoso voltou a reinar por toda a casa. Com a maior pressa do mundo, libertei minha alma da manta opressiva que me esquentava para além do necessário, mas antes mesmo que meus olhos fizessem a transição entre a escuridão e a claridade, a figura de Kalyan apareceu diante de mim tão inesperadamente quanto nos meus sonhos!

Ele estava sentado em um banquinho aos pés da cama, segurando um copo cheio daqueles gravetos coloridos. Apesar de serem bizarros, os gravetos pareciam inofensivos e estavam imersos em um líquido fumegante.

Levantei de repente e bati com a cabeça na parede. Sem perder a pose, dei um jeito de me sentar com as costas na cabeceira e ainda arrumei o travesseiro para ficar mais confortável. Depois que as boas ideias terminaram, fiquei à espera do que fazer e, mais do que isso, do que dizer.

Como de costume, o moço estava morrendo de rir, mas daquela vez não fiquei incomodada. Quando ele se recompôs, fez um gesto nobre em minha direção, repertório muito peculiar para um simples homem do campo.

Com a mesma delicadeza do gesto anterior, o jovem me ofereceu a bebida que o casal Sungso e ele haviam preparado e fiquei muito agradecida com toda aquela atenção. Logo no primeiro gole, senti um gosto exótico que misturava laranja, canela e anis.

Enquanto eu soprava as fumaças que saíam do copo, Kalyan levantou-se para observar as pinturas penduradas nas paredes. Tanto quanto ele, eu procurei por alguma coisa interessante para distrair a mente, mas já conhecia cada detalhe das obras de arte que enfeitavam meu quarto. Então, inventei uma espécie de jogo que nada mais era do que um passatempo relacionado aos nossos evidentes e tão lamentáveis contrastes:

"*Ele é oriental, eu sou ocidental. Ele é descontraído, eu sou rígida. Ele está no auge, eu estou na decadência. Ele é feliz, eu sou amargurada. Ele é jovem e eu já tive meus dias de glória.*"

Fui prosseguindo com aquilo, sem nem mesmo saber como ou onde iria parar. O jogo dos contrastes não estava me divertindo e, pelo contrário, parecia desperdiçar minhas poucas energias. Se Kalyan pudesse ler minha mente, saberia o quanto eu era fútil.

Enquanto eu tentava me concentrar no sabor da infusão de ervas e cascas preparada para mim tão generosamente, Kalyan segurou os desenhos que eu havia feito para Ismênia e seus lábios se desmancharam em um sorriso distante, algo saudosista, um verdadeiro enigma que ficou martelando na minha cabeça.

Depois de colocar os papéis com todo cuidado em uma mesa ao lado da minha mochila, o jovem deteve-se nas pinturas míticas do casal na floresta. Embora suas feições fossem idênticas às que eu tinha retido na memória, sua estatura era bem maior do que parecia ser quando estava mergulhado até os joelhos nas águas do lago.

Mesmo com dificuldade para manter a concentração, fui capaz de compor para ele um visual exclusivo, belo e, principalmente, funcional. Da mesma forma como havia feito o desenho do vestido para a Pequena Deusa, eu nem precisava tirar as medidas de Kalyan para imaginar o efeito do traje novo em seu corpo e com os mínimos detalhes! Seria algo mais ou menos assim:

"Inspirada nas roupas que ele estava usando, ou seja, uma calça larga e confortável e uma camisa de algodão cru, cujos botões ele tinha se esquecido de fechar, pensei em um estilo singelo e, ao mesmo tempo, arrojado e prático, com raízes temáticas relacionadas à terra, à mata e à liberdade, sem obviedades e repetições. A ideia inicial, que deveria ser lapidada até a perfeição, seria um macacão feito em tecido agradável, cujo caimento garantisse leveza e elegância. A parte de cima poderia ser destacada rapidamente, abrindo dois grandes botões laterais ligados à cintura, o que facilitaria os banhos de cachoeira do jovem. Na parte frontal do macacão, mais especificamente no peito, haveria gravuras monocromáticas de Krishna, Buda e de vários outros seres sagrados, remetendo à ideia de que uma fonte de espiritualidade residia no coração. As calças poderiam ter duas alturas, sem a necessidade de compor barras em tamanhos diferentes, bastando que se prendessem às laterais em velcros fixados nos bolsos. Estes bolsos, um tanto quanto futuristas, teriam a forma de dois triângulos invertidos com as pontas chegando até os joelhos, dentro dos quais Kalyan poderia carregar tudo que quisesse, sem ocupar as mãos. Como seu trabalho exigia constantes movimentos dos braços, idealizei um acessório para proteger os pulsos, um belo par de munhequeiras em couro biológico, feito com a borracha das seringueiras brasileiras (que saudade!). As extremidades seriam unidas com cadarços naturais feitos com fios de bananeiras e palhas secas, com o mesmo material sendo empregado em sandálias de solado grosso, fechadas na frente para segurança e, ainda assim, superconfortáveis! Finalmente, para um contraste inesperado na composição ecológica, eu substituiria o chapéu vietnamita de Kalyan por um boné de abas largas ou uma boina em tecido trançado com poucos fios prateados perceptíveis apenas ao sol e ponto final".

Para pensar em tudo aquilo, tive de me concentrar nele com exclusividade quase absoluta, chegando à conclusão de que, de qualquer forma e em qualquer ângulo, Kalyan era para mim um verdadeiro indutor de sonhos, um esquema sem esquema, uma devoção sem ideologias, cujas estradas me inspiravam ao perigo sem qualquer esforço e sem nenhuma garantia.

De repente, fiquei envergonhada. Eu estava encarando o rapaz de um jeito um tanto quanto indiscreto. Entretanto, não podia evitar a curiosidade que sua presença me despertava e, mais uma vez, fiquei analisando-o com atenção. O que eu poderia fazer? Kalyan estava bem ali, na minha frente. Era o chá, o chão ou ele.

Era, sem dúvida, bem melhor ficar olhando para ele. Era bem mais agradável reparar no seu jeito adorável de andar com aquele corpo maleável e com a pele devidamente amparada por músculos irrepreensíveis e sem exageros. Quando ele parava de andar para ater-se aos detalhes dos quadros, fazia poses charmosas e espontâneas, completamente alheio ao fascínio que sua presença era capaz de causar. Não seria por acaso que, em um futuro próximo, eu iria compará-lo a um gato selvagem totalmente livre, passeando solto pelas matas de Serkong Trin!

E assim era Kalyan Dharmaraj: uma aparência enlouquecedora aliada a uma bondade desconcertante, tudo muito misturado, sem conflitos e sem elementos excludentes, o que deixava meus sentidos virados e revirados do avesso.

Nesta altura, é bom que eu diga uma coisa: aquelas impressões não eram desvarios ou privilégios meus. Nem pensem nisso. Diante dele, qualquer um ficaria exposto aos mesmos sentimentos, aos mesmos assombros daquela beleza. Como tarefa complementar, a pessoa enfeitiçada ainda teria de recorrer a uma força extra para encarar suas próprias obscuridades, suas próprias sombras, aquela parte que, negada e empurrada para baixo do tapete da civilização, faz parte de todo o circuito da luxúria e do mundo das segundas intenções. E não adianta ter ciúmes ou querer prender com as mãos. Aquilo tudo, Kalyan, o Dharmaraj, o belo, o simples, não era gente: era um patrimônio da humanidade.

***

Ajeitei os cabelos e tentei iniciar uma conversa:

– Tudo bem? Como passou de ontem para hoje? Vai fazer um sol bonito mais tarde, né? Você tem namorada? Casado você não deve ser... Certo? Você não é casado, é?

Lá fora, o céu tomava contato com as incipientes cores do dia e tudo acontecia muito lentamente, com bastante preguiça para amanhecer. Com a mesma letargia, nascimentos e finitudes seguiam seus cursos naturais, com os primeiros pássaros começando a cantar e as últimas cigarras acabando de morrer.

Aqueles extremos trouxeram de novo para minha mente o extenuante jogo dos contrastes com o qual eu havia afirmado e reafirmado continuamente para mim mesma e, de maneira mais contundente, para o resto do mundo a impossibilidade de uma aproximação efetiva entre nós dois. Naquele jogo, em que fingia não me importar com as verdades, eu era sempre a única e solitária perdedora.

De repente, resolvi fazer alguma coisa para mudar o rumo daquela história. Não sei como, mas criei coragem e fui ao encontro de Kalyan! Ele, claro, não esperava que eu fosse tão impetuosa. Assim que levantei da cama, ele me olhou de um jeito indefeso e, por isso mesmo, irresistivelmente sedutor!

– Aposto que você mora aqui perto com seus pais e um monte de irmãozinhos mais novos, todos alegrinhos e sorridentes como você, mas é uma pena que comigo tudo seja diferente. Sou filha única e moro longe, em um país muito, muitíssimo avançado, cheio de tecnologias, você nem imagina as coisas fantásticas que existem no Ocidente, e lá nós usamos um método muito melhor para medir a febre das pessoas...

Toquei em seu braço e imediatamente me lembrei do nosso encontro no dia anterior. Um dia! Parecia que eu conhecia aquela pele há tanto tempo...

E quando sua mão finalmente tremeu dentro do meu decote, senti aquele arrepio visceral e excitante que só entende quem já corrompeu alguma coisa. Em seguida, respondendo àquela inversão natural de papéis em que eu podia fazer quase tudo, seus olhos meigos encheram-se de fogo, um ardor invejável, uma tempestade de areias vermelhas.

– Escute aqui, Dharmaraj, preste atenção: vá até aquela cozinha e mande-os embora. Faça com que busquem um médico no vilarejo. Esse chazinho fraco que você trouxe não adiantou nada. Preciso de um remédio bom, um remédio de verdade.

Quando vi os donos da casa correndo pelo quintal, a pobre senhora Sungso chorando com as mãos na cabeça, até que senti um pouco de remorso, mas bastou Kalyan escancarar a porta do meu quarto com a respiração ofegante e com os desejos em carne viva para que meu coração se esquecesse de todo o medo e de toda a culpa.

A partir daquele momento, tudo aconteceu de um jeito tão fácil que, se eu soubesse, não tinha sofrido tanto!

Sem qualquer receio, corri para Kalyan com a aura cheia de luz e com a sensação de que estava voltando para casa depois da guerra. Ele, de um jeito muito rápido, tinha percebido não só "quem" eu era, mas também, e principalmente, "o quê". E, afinal, "o que" eu era? Eu era uma fruta encharcada de caldas doces que a febre havia cozinhado para ele durante toda a madrugada. Eu era uma coisinha que poderia movimentar-se bastante, mas que preferia ficar parada como uma presa nas garras da fera, só para aumentar o suspense e dar mais vida à situação. Eu era um sonho ao alcance do tempo, um tempo ao alcance dos sonhos e, acima de tudo, um presente a ser desfrutado naquela aurora sem ventos.

Por isso, Kalyan não teve dúvidas e recebeu-me com os braços abertos! Apesar da doçura impregnada na alma e dos beijos macios que me acertavam em qualquer parte, ele, o gato selvagem, enroscou-se de um jeito complicado em meu corpo, envolvendo-o com força de todas as formas possíveis e imagináveis – oh! Sobretudo as imagináveis! – e aquilo tudo era muito bom, muito interessante e bonito, não fosse o simples fato de ser apenas um sonho, um devaneio... Eu continuava com os cabelos desgrenhados, sentada em minha caminha de palha, tomando chá de anis.

"Oh, céus! Preciso enxergar um ponto negativo neste homem, um ponto decepcionante, um defeito qualquer que me sirva de refúgio todas as vezes que esses pensamentos surgirem de novo. Por favor, que eu me concentre nisso! Que eu consiga ver esse outro lado. Ah, sim! Consegui! Olhe só, bem ali! Veja! Aqueles pés descalços, meio descuidados, sujos de barro. Eu detesto gente com as unhas cheias de terra, embora essas unhas não sejam assim tão feias, mas deve ter mais alguma coisa... Ah, claro, ele deve cheirar mal, ele trabalha o dia todo em uma plantação e... e..."

...e quando ele colocou a mão em minha testa, juro, o único cheiro que senti foi o vapor almiscarado que escapava de seus poros para além das roupas sumárias, um aroma de incenso místico, um perfume de lavanda com hortelã...

Fiquei paralisada, fingindo-me de morta para que meu coração parasse de bater e me deixasse em paz, mas não adiantou. Assim que ele fechou a porta, eu já estava completamente apaixonada!

Ainda tentei adivinhar para onde tinha ido o chão do quarto enquanto um frio amargurado congelava tudo em mim, a ponto de não sentir meus dedos queimando ao contato ininterrupto com o copo quente.

"Ele está indo embora! Embora para sempre!"

Corri, mas, quando abri a janela, já era tarde. Os poucos vestígios dele estavam sumindo na floresta, assim como nuvens sem apego se desmancham no céu.

Kalyan, uma miragem entre as folhas (aquelas e estas) continuava andando com suas roupas leves, seu chapéu vietnamita e suas ferramentas de lavoura.

***

Oitavo Dia: Final da tarde: "Festa das Joias Raras", no vilarejo próximo (homenagem a um mestre que receberá o mesmo título e honras) – muita música, comidas típicas, celebrações e um belo espetáculo de lanternas acesas boiando sob o Grande Rio.

Desaparecer... Eu queria desaparecer.

Estava cansada de mim mesma, do meu cinismo, das minhas piadas, do meu ridículo senso de realidade. Mesmo doente, aquele chá de gravetos foi a coisa mais poderosa do mundo e às seis em ponto eu já estava dolorosamente ressuscitada.

Depois que o jovem camponês foi embora, fiquei durante séculos olhando através da janela. Minha alma parecia uma brisa engolida por um vendaval muito bem anunciado, um cataclismo que não tinha nada de surpreendente. Em outras palavras, eu já sabia que iria sofrer.

Enquanto observava a senhora Sungso lavando uma infinidade de roupas ao lado do poço, eu puxava meus cabelos para trás a fim de ajeitar alguma coisa que, com toda certeza, não estava do lado de fora da minha cabeça. Com muito sacrifício, procurei planejar de que maneira conseguiria levar aquele dia adiante.

O sol estava alto quando Álvaro e alguns dos meus companheiros de viagem chegaram para uma visita. Por meio do senhor Sungso, eles souberam que eu tinha passado mal durante a noite. Por via das dúvidas, a maletinha de primeiros socorros estava a postos, mas não houve a necessidade de recorrermos aos medicamentos.

Naquele momento, a presença alegre dos amigos e suas conversas despreocupadas confortaram meu espírito e todos ficaram satisfeitos quando me viram de pé. Para comemorar a boa novidade, meus anfitriões providenciaram uma delícia especial para todos e aquele cardápio ficou bem gravado na memória: arroz com legumes, salada de beterraba com molho picante e bolo de mel com frutas. Depois do almoço, ficamos tomando chá no quintal e conversamos a respeito dos acontecimentos inusitados que se passaram com eles na tarde anterior.

Foi assim que eu soube que o grande Dia da Escolha de Um Mestre não passou de uma lamentável sucessão de enganos, mal-entendidos e discórdias que beiraram à tragicomédia.

O problema, segundo Álvaro, foi que a maioria dos mestres não tinha comparecido ao ritual porque eles estavam se preparando para a festa seguinte, a Festa das Joias Raras. Assim, o número de discípulos ultrapassou o número de mestres e as pessoas começaram a disputar os poucos sábios disponíveis como se eles fossem uma mercadoria. Em pouco tempo, a discórdia avançou em direção ao caos, sem nenhuma iluminação.

Para agravar a situação, alguns visitantes desavisados convidaram para mestres pessoas absolutamente comuns, como Álvaro, que foi escolhido por uma jovem turista alemã.

O senhor Oldfitness teve sorte ainda pior! Depois de tentar aplacar uma briga entre senhoras, um idoso tomou-o pelo braço e disse algo incompreensível. Ele era um monge com cerca de cem anos que mal conseguia caminhar. Foi quando o pobre homem entendeu que o ancião queria que ele fosse seu discípulo. A ocasião deveria ser festejada, uma vez que havia escassez de mestres por ali, mas o sábio não conseguia ficar mais do que cinco minutos acordado! Ele teve de ser carregado até o Templo, pois pegou no sono em plena meditação. Disseram que os roncos não foram apenas inconvenientes, como também terríveis, e consistiram em um verdadeiro obstáculo para os que tentavam entrar em alfa embaixo das árvores!

Rimos tanto de tais absurdos que, em pouco tempo, fiquei convencida de que poderia participar dos festejos previstos para o final da tarde sem maiores prejuízos à minha saúde.

Depois que os brasileiros foram embora, ajudei o casal Sungso a se arrumar, pois eles queriam ir à Festa das Joias Raras com seus melhores trajes.

Prontifiquei-me a fazer alguns ajustes nas roupas da senhora Sungso, pois ela tinha escolhido um vestido de caimento pavoroso. Para minha felicidade, acabou dando tudo certo.

Eu queria demonstrar para eles o quanto me sentia agradecida. No fundo, estava me preparando para nossa inevitável despedida. Aqueles dias voaram rápido demais e, antes mesmo da partida, eu já sentia saudades!

No final da tarde, nós três partimos com alegria rumo ao outro lado do Grande Rio. Em meu coração, alguns sentimentos conturbados se agitavam, mas não deixei que os bons amigos percebessem. Durante todo o trajeto, pensei em minha vida como algo que poderia ser dividido em duas épocas: antes e depois de Serkong Trin.

***

As praças tinham outra aparência e os sorrisos estavam mais vibrantes. Bandeirinhas e balões tinham se unido à paisagem, da mesma forma que as guirlandas nas portas pareciam ter nascido junto com as casas e com seus moradores.

Aquela agitação trazia bons presságios. Pessoas corriam de um lado para outro, algumas terminando de arrumar as barraquinhas de comidas típicas, outras levando consigo instrumentos musicais extremamente pesados, cujos sons eram exóticos.

Em uma determinada rua, deparei com uma espécie de feira de produtos locais onde comprei alguns presentes, uns colares graciosos feitos com pedras e conchas de água doce, uma calça para o senhor Sungso e um cachecol de seda para sua esposa. Para minha satisfação, achei umas lojinhas de tecidos onde escolhi um pano maravilhoso para Ismênia, com um fundo rosado e estampas lilases que ficaria ótimo em sua pele cor de ouro. Mesmo sabendo que não teria tempo para costurar naquela noite, consolou-me o fato de ter comprado um tecido só para ela e de imaginá-la enrolando-se nele, assim como os monges em seus mantos coloridos no Templo do Sol!

Com uma sorte ainda maior, consegui encontrar outros utensílios importantes como agulhas e uma tesoura muito pesada, péssima para cortar tecidos, porém bem melhor do que a faca com a qual tive de fazer os improvisados ajustes nas roupas da senhora Sungso. Aqueles artigos, assim como os outros presentes, seriam entregues aos meus anfitriões na manhã seguinte em retribuição à sua maravilhosa hospitalidade.

Como toda pessoa consumista, eu estava eufórica e quase em êxtase com a posse dos meus bens recém-adquiridos, sorrindo e segurando minhas comprinhas com todo cuidado, quando, de repente, algo surgiu para estragar tudo.

Alguns camponeses estavam caminhando por ali, batendo palmas e cantando em homenagem à festa. Aquela visão inquietou-me por inteiro e, a partir daquele instante, fiquei apreensiva. Tentei encontrar no meio dos jovens o meu querido Xangô do Oriente, mas não fui bem-sucedida. Comecei a procurá-lo por toda parte e, embora fizesse aquilo da maneira discreta, fiquei me sentindo uma idiota e, acima de tudo, uma predadora.

"Deixe isso para lá! Você vai embora amanhã".

Apesar de todas as estratégias para retomar a tranquilidade e fingir que estava apenas andando de um lado para outro porque aquilo era casual, ficava mais nervosa a cada segundo. Depois de um tempo, tudo que consegui encontrar foi uma terrível dor nas pernas e a face sorridente de Álvaro bem à minha frente, com seu ar confiante e sua infalível vontade de solucionar tudo para todos.

– Tá procurando alguém?

Perguntei a ele sobre os outros e logo fiquei sabendo que os brasileiros estavam aproveitando as lojas para engrossar suas listas de presentes.

– Vejo que você já se adiantou! – disse ele, olhando para minhas aquisições.

Em seguida, Álvaro fez uma brincadeira tola sobre Tao Wong, sem a qual eu passaria minha tarde bem melhor:

– O Tao Wong foi resolver uns negócios na cidade de Metha, mas acho que o rapaz foi embora mesmo porque você cortou o coração dele!

Como não manifestei nenhuma reação, o querido Álvaro resolveu mudar de assunto:

– Ainda bem que nos encontramos. Quero te explicar os detalhes desta festa, seu simbolismo e todo o significado exuberante deste folclore que ocorre somente a cada dois anos. E olhe ali: já vai começar!

A multidão inquietou-se e abriu espaço para que as ruas recebessem o imponente desfile que se iniciava. Homens vestidos com trajes marrons de seda dirigiram-se até a praça principal onde havia uma árvore de aparência pré-histórica. Embaixo dela, um palanque de madeira e um trono aguardavam o grande homenageado da noite. Era impossível verificar com as próprias mãos, mas eu poderia jurar que os bordados do trono eram feitos com fios de ouro e pedras preciosas.

De repente, uma balsa cheia de lanternas acesas aproximou-se da margem, trazendo para aquele lado do rio os mestres do Templo do Sol. Eram por eles que todos estavam esperando! Aqueles nobres senhores usavam roupas claras e menos suntuosas dos que os que estavam perto do palanque e usavam chapéus exóticos com franjas verdes que lhes cobriam os rostos. Quando desembarcaram, os músicos tocaram em sua homenagem.

Para minha surpresa, vi o jovem Kalyan jogando pétalas de flores sobre os pretendentes ao título de Joia Rara. Fiquei arrepiada como uma adolescente! Queria muito conversar com ele, mesmo sabendo que seria nossa última vez juntos. Bastaria um gesto, um sorriso ou um simples aceno para que eu fosse correndo ao seu encontro.

– Agora os candidatos estão chegando.

Álvaro puxou-me pelo braço. Ele queria que eu aproveitasse a ocasião e que entendesse tudo nos mínimos detalhes.

Então, as pessoas que estavam desfilando iniciaram um canto religioso que alcançou em cheio a plateia. Álvaro chegou perto dos meus ouvidos e observou:

– Vamos torcer para que o amigo do senhor Sungso seja o grande homenageado. Só que eu já aconselhei o bondoso senhor a não ter muitas expectativas, pois esses processos são imprevisíveis, sobretudo neste lugar de costumes tão fechados.

Por coincidência, naquele exato momento meus anfitriões nos encontraram e o senhor Sungso segurou em nossas mãos. Ele estava na torcida.

Eu, de minha parte, queria apenas que o jovem camponês olhasse para trás ou que me procurasse para aproveitarmos a festa juntos, para conversarmos e para comermos alguma coisa. Álvaro disse que havia uns doces típicos muito bons que poderiam ser comprados por ali. No entanto, tudo que eu conseguia enxergar era uma multidão de cabeças interessadas, uma árvore e um trono.

Enquanto estava na minha aflição, o som dos tambores marcou a chegada do momento mais importante da celebração. Um dos homens que trajavam os robes marrons subiu ao palco e, após um gesto compassivo solicitando aos presentes que se acalmassem, começou a falar de forma pausada. As músicas cessaram e as vozes que entoavam mantras silenciaram-se respeitosamente.

Pedi a Álvaro que traduzisse para mim o discurso solene.

– Ele está falando que, desta vez, a escolha levou em conta a capacidade iluminada que os candidatos apresentaram em direção à compaixão, tanto para com as pessoas, como para com todos os seres vivos, visíveis e invisíveis, do nosso universo e de todos os outros. Disse também que o novo detentor do título de Joia Rara deverá zelar pelo Templo do Sol e arredores com toda força de seu coração. Pela primeira vez na história, um candidato foi escolhido por unanimidade e... agora... ele está dizendo o nome do vencedor! Ah, que legal!

Com os aplausos, eu não conseguia escutar quase nada que Álvaro me dizia. Minha cabeça estava doendo e todos aqueles barulhos me deixavam um pouco perdida. Além dos gritos e dos sons dos tambores, o senhor Sungso fazia a maior algazarra bem nos meus ouvidos. Pelo que eu entendi, seu candidato tinha recebido as grandes honras!

De repente, o moço das flores surgiu bem ao meu lado!

Com certo espanto, talvez porque eu o estivesse encarando insistentemente, o rapaz colocou em minhas mãos um pouco daquelas pétalas brancas que segurava com devoção. Agradeci seu gesto e tive de me aproximar para tentar decifrar o que ele procurava me dizer.

Quando entendi o seu pedido, tirei algumas moedas da bolsa e o jovem as escondeu em suas vestes para que os outros não percebessem. Talvez fosse vergonhoso para um devoto ficar esmolando durante a festa. Feliz ou infelizmente, aquele rapaz não era quem eu imaginava. Minha percepção estava equivocada e tudo que restou foi a esperança de voltar logo para o outro lado do mundo, para o Brasil de sempre, um lugar bem longe de todos aqueles sofrimentos orientais.

Como não havia mais nada que me distraísse, olhei novamente para o palco, o grande centro das atenções. O vencedor da noite sentou-se no trono e foi muito aplaudido. Em seguida, o mestre recebeu do orador uma faixa de seda bordada com dizeres incompreensíveis e uma série de aparatos luxuosos como cintos, braceletes e até mesmo um colar para pendurar em seu pescoço. Logo após, dois idosos de maior hierarquia no Templo do Sol retiraram o chapéu de franjas verdes que cobria o rosto do novo senhor, substituindo-o por uma coroa fabulosa!

Minhas mãos tremeram e minhas sacolas caíram no chão.

Álvaro me ajudou a recolher as compras e, com uma excitação fora do comum, anunciou.

– O venerável senhor vai discursar!

O homenageado estava visivelmente comovido. Com certa dificuldade, ele começou a falar com firmeza e, ao mesmo tempo, modéstia. Suas palavras misteriosas alcançavam os confins daquelas terras, o Grande Rio e até mesmo as florestas que capturaram meu coração. O som de sua voz fazia nascer em mim um progressivo desespero e foi com dificuldade que tentei prestar atenção ao que Álvaro conseguia traduzir do discurso:

– Ele está agradecendo o título honroso e disse que vai trabalhar muito para a manutenção da harmonia do Templo do Sol, lugar que tem sido seu lar desde a infância...

A partir daquele instante, não consegui ouvir mais nada. Mais uma vez, fui embora de maneira impulsiva e sem dizer nada aos outros. Enquanto andava, comecei a fazer um apanhado geral de todas as minhas fugas, ou, pelo menos, daquelas que eu era capaz de admitir. Minha lista era razoável: fugi do restaurante brasileiro, fugi da pousada, fugi do acampamento abandonado, fugi de Tao Wong, fugi da Escolha de um Mestre, fugi da cachoeira e agora estava fugindo mais uma vez. Isso sem contar as outras maneiras covardes com que boicotei vários projetos na vida.

Durante aqueles passos incertos e sem direção, as dores nas pernas aumentaram e todo meu corpo foi tomado pelo desânimo. Mesmo assim, avancei pelos espaços das ruas e caminhei entre a multidão.

Sem perceber como tinha andado tanto, parei ao lado das margens escuras do Grande Rio. Como as vozes e as músicas estavam muito distantes, notei que tinha me afastado demais do vilarejo. Pelas horas que avançaram rapidamente, presumi que a festa já estava chegando ao final. Se houvesse modernidades em Serkong Trin, aquele seria o momento dos fogos de artifício.

De onde eu estava, dava para ter uma visão privilegiada de outro espetáculo que ocorria com menos barulho do que as celebrações da Joia Rara. Muitas pessoas faziam orações e colocavam lanterninhas coloridas sobre o rio em homenagem ao novo mestre. Os reflexos na água das primeiras estrelas se confundiam com as luzes que trilhavam os libertos rumos que conduziam à outra margem. Conforme as lanternas se distanciavam, senti meu ser afastando-se com elas como se meus sentimentos estivessem estilhaçados em mil pedaços.

De repente, alguns turistas embriagados me cercaram. Sem a menor timidez e bom senso, decidi amortecer o espírito contra os abismos que me machucavam antes mesmo que eu caísse de suas alturas. Eu precisava beber e fugir. Eu precisava mais fugir do que beber, mas para onde eu iria?

Caminhei ao lado dos desconhecidos até que paramos em um local ermo. Como em toda comunhão, seja para o bem ou para o mal, em que as partes envolvidas têm afinidades que se completam sem palavras, os baderneiros não me questionaram e logo compartilharam os seus venenos. Em pouco tempo, eu já estava fora de mim, mas não o suficiente para esquecer que o "mim" e o "fora" não tinham fronteiras.

Tudo que consegui, no final das contas, foi uma azia que me deixou enjoada. Quando os bêbados perceberam que eu estava passando mal, foram embora e não demonstraram a menor preocupação em me largarem ali sozinha.

Com muita dificuldade, procurei respirar. Bem distante do lugar em que eu estava, nuvens passageiras se avolumavam e deixavam o céu sem estrelas.

Por que eu tinha de me importar com tudo aquilo? Por quê? Já que voltaria para casa no dia seguinte, por que sofria daquele jeito?

Fiquei imaginando as feições dos meus amigos no Brasil, caso soubessem das minhas histórias. Eles zombariam de mim, não de uma forma franca, mas com olhares reprovadores e discretos, como as malícias mais silenciosas costumam se manifestar. E eles estariam certos... Que tola viajaria o mundo para se perder no meio de uma armadilha?

Após tantas perguntas, lavei o rosto e molhei os cabelos na tentativa de retomar o prumo. Porém, bastou que eu olhasse à minha volta para perceber que estava perdida! Além daquela constatação nada fácil para uma pessoa alcoolizada, senti que não estava sozinha.

Com esforço para não cair na água, peguei uma lanterna que boiava nas proximidades e, então, pude ver várias serpentes rastejando em minha direção. Elas saíam das águas do rio, por trás das pedras e das plantas. Dei um salto para trás e fiquei apavorada!

As víboras ficaram imóveis por um tempo e seus olhos brilhavam como minúsculas bolas de vidro. Em uma fração de segundo, tive de pensar em minhas opções: se eu corresse ou se fizesse algum movimento abrupto, seria atacada. Por outro lado, se ficasse bem quieta, talvez tivesse uma chance de sobreviver. Apesar da situação limite, o pavor inicial foi diminuindo e senti um doloroso alívio na presença do perigo.

Abracei com toda força meus pacotes de presentes. De um jeito bem vagaroso para não atiçar as serpentes, sentei na lama e assoprei a lanterna. Logo, não haveria mais dor e, se houvesse, não seria maior do que aquela que me arrastava por inteiro para dentro da solidão. Em uma fração de segundo, vi minha vida como um filme desventurado, um fracasso de bilheteria que nem eu mesma queria assistir. No entanto, longe da autopiedade, fiquei esperançosa. Em breve, meu corpo estaria misturado às terras abençoadas de Serkong Trin e eu teria a chance de renascer em paz, como sempre havia sonhado.

Na completa escuridão da noite, o passado ficou para trás e pude rever as imagens recentes daquela inesquecível festa no vilarejo. A multidão gritando "Dharmaraj, Dharmaraj" parecia uma canção de ninar. O sorriso de Kalyan, então, reapareceu em minha mente no exato momento em que retirou aquele chapéu de franjas verdes para receber sua coroa; seu olhar emocionado e suas palavras corajosas diante do título que acabara de receber eram imagens que refutavam minhas chances de felicidade. Ele era a Joia Rara de Serkong Trin, e não um simples camponês como eu havia imaginado.

***

De repente, identifiquei um som diferente. Eram passos fortes que se moviam com precisão.

Abri os olhos e a figura de Nigma surgiu ao meu lado com intensa dramaticidade! Antes de qualquer reação da minha parte, o guerreiro proferiu estranhas palavras na cadência ritmada de um poema e as serpentes afastaram-se em direção ao rio. Em seguida, ele ajudou-me a levantar e fez um gesto para que eu o seguisse.

Enquanto avançávamos pelos estreitos caminhos à beira da água, procurei expressar-lhe meus agradecimentos, mas, no fundo, eu me sentia decepcionada com o desfecho da noite. A partir daquele instante, eu estava sã e salva e teria de voltar para o mundo dos vivos com as calças cheias de lama, um sentimento opressivo amargurando o peito e, no estômago, uma acidez provocada pelo pior vinho de todos os tempos.

Quando chegamos à balsa, suspirei sem saber de fato o que sentia. A bandeira com a frase de Anitya ressurgiu aos meus olhos de maneira maravilhosamente acolhedora. A noção de que a angústia causada por amores impossíveis não era privilégio meu acalmou meu coração.

Enquanto tentava ajeitar meu pobre corpo em um daqueles bancos, o barqueiro fez um gesto grosseiro pedindo o dinheiro da passagem. Na mesma hora, revirei os bolsos e percebi que não tinha uma única moeda. O moço das pétalas brancas tinha levado meus últimos centavos e os turistas embriagados fizeram o favor de me roubar. Nigma, então, pagou o barqueiro e ajeitou os presentes em meu colo como se eles fossem meus filhos.

Antes que eu pudesse agradecer, ele se esquivou e disse alguma coisa que compreendi completamente. Eu podia jurar que Nigma tinha falado em português!

A balsa foi ganhando velocidade. No meio do trajeto, o sino tocou de maneira nostálgica. Olhei ao meu redor e fiquei aliviada por não ter encontrado Álvaro, o casal Sungso ou qualquer pessoa conhecida. Por sorte, o vento da noite ajudou a me recompor e, em poucos minutos, fiquei sóbria. Consegui ver as estrelas e, abaixo delas, as lanternas que ainda boiavam em cima das ondas. Foi assim que as águas do Grande Rio recuperaram meu corpo, embora meu coração ainda sofresse.

Quando saí do rudimentar chuveiro da senhora Sungso, a frase de Nigma voltou à lembrança. Eu tinha certeza, eu tinha certeza... Aquelas palavras foram reais.

– Ser infernal! – disse ele, antes de desaparecer no caminho escuro das margens.

***

Nono dia: partida para a capital

Na manhã seguinte (quantas manhãs seguintes em Serkong Trin!), comecei a arrumar a mochila e fiz tudo de um jeito automático e inexpressivo. Estava certa de que sentiria falta de cada detalhe daquele quarto, principalmente dos quadros, dos cantos indefinidos cheios de mistérios, da lareira extinta e petrificada pelo tempo e da janela através da qual olhei e me entreguei àquele mundo.

Pensei no novo Senhor do Templo do Sol. Como acontece com quase todas as pessoas que padecem do mesmo mal, eu acreditava que a distância seria um ótimo remédio e já me imaginava aceitando os tais encontros arranjados pelos meus amigos do Brasil ou qualquer outro convite obtido por meio dos sempre obscuros sites de relacionamentos.

A vida solitária, no entanto, configurava-se como uma opção mais realista. Sim, porque várias imagens de Kalyan acabaram rompendo minha visão, enquanto a razão dizia que era ridículo sentir tantas coisas por uma pessoa tão pouco conhecida. Mesmo assim, deixei a saudade chegar e uma faísca acendeu a chama na qual o sorriso dele, e tão somente dele, emanava dentro de mim promessas cheias de ardor.

Para aliviar o coração, lembrei-me de Ismênia, a Pequena Deusa do

Amor e da Felicidade. A presença daquela criança me fazia feliz e, se fosse possível, daria a ela muitos presentes de despedida. Infelizmente, não havia mais tempo para desfrutar aquelas terras e tudo que eu podia fazer era olhar com carinho o desenho do vestido que havia feito para a menina.

Quando terminei de arrumar meus pertences, fui até a cozinha para me despedir. O momento difícil do adeus tinha chegado. Depois de um brinde com a bebida forte que eu havia comprado no vilarejo, meus anfitriões me abraçaram e fizeram questão de me acompanhar até a pousada onde todos esperavam por mim.

Assim que cheguei, Álvaro quis saber por que eu havia sumido durante a Festa das Joias Raras. Inventei uma desculpa qualquer e logo ele retomou seu foco na organização dos últimos detalhes da nossa partida.

Ao pegarem de volta seus aparelhos eletrônicos que, até então, estiveram guardados no cofre da recepção, os companheiros de viagem pareciam pais desesperados cujos filhos tinham acabado de sair do cativeiro. Apesar de os celulares estarem provisoriamente desligados, foram tratados pelos seus donos com beijinhos e outras declarações de amor antes de serem colocados nas bagagens. Depois que joguei o telefone na mochila, resolvi dar meus brincos de ouro para a recepcionista da pousada, uma mocinha muito atenciosa e simpática.

Quanto aos brasileiros, era evidente que estavam satisfeitos com a partida. Nem todos tinham se divertido e alguns se mostravam ansiosos para retornar ao conforto das grandes cidades. Apesar da vontade de ir embora, eles temiam os infortúnios que certamente seriam enfrentados durante o caminho de volta.

Para abrandar aquelas torturas, Álvaro tinha contratado uma carona razoavelmente confortável com um comerciante do vilarejo, a quem conhecera durante a Festa das Joias Raras. O homem tinha um micro-ônibus movido a gás e, com aquela estratégia, o grupo seria poupado de muitas agruras até a chegada à capital.

Quando o barqueiro troglodita autorizou nosso embarque, a senhora Sungso se pôs a chorar. O casal agradeceu-me a companhia e os presentes e Álvaro aproveitou para comentar que o senhor Sungso estava dizendo que guardaria aquele canivete como um verdadeiro tesouro. Em seguida, o idoso também se comoveu e começou a chorar tanto quanto sua esposa.

Todos já estavam acomodados na balsa quando, de repente, fui tomada por um sentimento de completo desamparo. Álvaro ofereceu-me ajuda para embarcar, mas acabei me afastando.

– Não, Álvaro. Eu não vou.

De início, ele achou que fosse brincadeira. Depois de um tempo, ficou preocupado e começou a olhar para mim como se eu tivesse perdido o juízo. Por último, procurou refúgio na paisagem e tentou me persuadir a entrar na balsa.

Apesar de tudo, aquelas reações só serviram para aumentar minha convicção.

– E então? O que devo fazer?

Eu estava com pressa. Sabia muito bem o quanto ele era devotado às normas da agência e, portanto, eu queria resolver rapidamente o assunto para fugir das conversas de longa duração e de todos os argumentos que poderiam ser usados contra a minha vontade. Tratei de ir direto aos pontos relevantes, perguntando sobre os trâmites práticos da situação.

– Para o bem de todos que já embarcaram e para evitar atrasos, fale logo, Álvaro! Quais são as minhas opções?

Pensei que ele daria início a um longo discurso sobre as responsabilidades da empresa em relação à permanência de seus clientes em terras estrangeiras e sobre toda confusão que aquilo representava. Achei que Álvaro iria criticar-me dizendo que o fato era inadmissível e que, no fim das contas, eu que juntasse dinheiro e que voltasse com um novo grupo de brasileiros dali dois anos, no entanto, o desfecho da história foi bem diferente. O rapaz ficou sério e até mesmo tranquilo. Abriu a bagagem, pegou sua eficiente mala de primeiros socorros, uma boa quantia em dinheiro e colocou tudo aquilo em minhas mãos.

– Este é o dinheiro do seguro e é um direito seu.

– Seguro? – perguntei, sem ter tempo para pensar.

Álvaro foi em frente com suas orientações e virou de costas para que os outros não o ouvissem.

– Dê uma parte deste dinheiro para o casal Sungso e guarde o restante para qualquer eventualidade. Dentro de cinco dias, estarei aqui para buscar você. Não vou para o Brasil com eles. Acompanharei o pessoal até o aeroporto e depois vou tratar de alguns interesses pessoais na capital.

Interesses pessoais? Álvaro? Suas palavras me surpreenderam, pois era pró-atividade e esperteza demais para um "funcionário do mês"! Entendi que ele estava cochichando para preservar as suas revelações e não as minhas. Já pensaram se aquilo fosse parar nos ouvidos da senhora Síssima?

– Conheço vários brasileiros que moram na capital e que gostariam de conhecer o Templo do Sol. Uma espécie de trabalho paralelo, entende? Mas preste atenção: você não terá nem um dia a mais, caso contrário, enfrentaremos problemas.

Cinco dias? Era mais do que estava sonhando!

Álvaro entregou-me alguns papéis timbrados com o nome da empresa e pediu que eu declarasse por escrito a decisão de permanecer voluntariamente naquele país durante cinco dias além do pacote turístico que havia contratado. Tive também de escrever uma carta resumida para meus entes queridos, comunicando que estava adiando meu retorno ao Brasil por livre e espontânea vontade, e que me encontrava com saúde e em completa segurança. A agência de turismo ficaria encarregada de entregar-lhes aquele comunicado, embora eu acreditasse que eles sequer sentiriam minha falta.

Enquanto estava em frente à balsa com toda aquela papelada, procurei me livrar dela com rapidez e só caprichei nas assinaturas porque talvez a agência precisasse comprovar a veracidade dos documentos. Mesmo assim, o processo todo levou um determinado tempo e o pessoal começou a se inquietar.

Os Oldfitness, que tentavam compensar a idade por meio de roupas esportivas, estavam mais fitness do que nunca. Quando ambos se aproximaram, muito carrancudos por sinal, entendi prontamente que estavam aborrecidos. Aquilo era a representação viva dos infernos do *samsara*: ele, usando uma fita de Rambo na cabeça; ela, espremida em uma calça que imitava a pele de um animal mutante (onça, cobra, zebra, tudo junto). Antes de prestar atenção às suas broncas, fiquei com tontura diante do conjunto da obra, um negócio cheio de estampas malucas que causavam ilusão de ótica e, por conseguinte, náusea.

– De novo trazendo problemas para os outros? – perguntou a esposa.

– Sobe logo neste barco e vamos embora!

Mesmo correndo riscos ao desobedecer às ordens do Rambo em pessoa, sorri e fiz de conta que não entendi a provocação. De repente, todos se deram conta da situação e constataram que de fato eu ficaria em Serkong Trin! Isso gerou enorme balbúrdia e até mesmo o barqueiro começou a ficar impaciente. As opiniões se dividiram e ninguém teve o menor cuidado para ser discreto. Acabei ouvindo tudo que disseram ao meu respeito e tive de abaixar a cabeça enquanto assinava minhas cartinhas de alforria.

– Esse lugar não tem lei? Política de imigração? Que bagunça!

– Esta floresta tinha mesmo é que pegar fogo!

– Quem não tem o que fazer na vida pode se dar ao luxo!

– Que inveja! Se eu não tivesse a padaria para cuidar, ficaria aqui também!

– É, mas quando as dores nas costas voltarem, essa senhora vai querer ir embora daqui rapidinho, rapidinho...

– Ela é mais doida do que parece!

– Mutcho lôca!

E pensar que aquelas terras eram notórias em promover mudanças em seus visitantes! Já houve quem doasse toda sua fortuna, quem enriquecesse repentinamente, quem enlouquecesse e quem encontrasse a sanidade. Já ocorreram desfechos milagrosos em direção à iluminação e finais controversos sobre derrotas incompreensíveis. Para meu desgosto, meus colegas de excursão permaneceram impermeáveis às influências de Serkong Trin.

Quando o sino da embarcação anunciou a partida, lamentei o fato de que, com exceção de Álvaro, ninguém se preocupou em ao menos dizer-me adeus. Em terra firme, por outro lado, o casal Sungso comemorava as boas novas e me abraçava sem parar.

Antes que eu seguisse com eles de volta para casa, Álvaro aproveitou a última oportunidade de aproximação entre nós para me confessar um segredo. Na verdade, o que ele cochichou em meus ouvidos parecia mais um trunfo, uma carta escondida em suas mangas.

– Preste muita atenção: eu já vi isso acontecer *outras vezes*!

Tão logo a balsa alcançou as primeiras ondas do Grande Rio e a distância entre nós ficou consolidada, ele abriu um sorriso e sua face iluminou-se com um brilho diferente. Até hoje penso em suas palavras como algo a ser interpretado com cuidado, pois elas tinham a enigmática concordância dos duplos significados. Álvaro já tinha visto aquilo acontecer outras vezes com outros viajantes ou comigo?

E foi assim que vi o bom e estudioso Álvaro pela última vez.

Com o seu jeito de rapaz eficiente e compenetrado, ele havia zelado por todos nós naquela estranha excursão pelas brechas do tempo. Hoje, tenho outra interpretação de seu caráter e de sua conduta. Penso que ele se mantinha distante das magias do Templo do Sol, não por medo do desconhecido, mas por receio de perder-se nelas e de nos deixar desamparados.

Naquela manhã de despedidas, eu e ele ficamos movidos pela esperança do próximo encontro previsto para acontecer dali a cinco dias.

De repente, o céu começou a escurecer e uma tempestade formou-se no horizonte. Álvaro foi sumindo lentamente por entre as brumas, em uma metáfora viva do que poderia acontecer a todos nós.

Ele ainda teve tempo de acenar e, com a alegria efusiva de uma comemoração, gritou ao longe:

– Boa sorte, amiga! Boa sorte!

***

As rajadas de vento chegaram rapidamente e foi com grande dificuldade que conseguimos nos esconder embaixo de uma velha árvore. Porém, quando vimos os raios cortando o céu e caindo sobre as selvas após ensurdecedores trovões, percebemos que não tínhamos escolhido um abrigo seguro.

O casal Sungso e eu procuramos nos abrigar entre duas rochas próximas às trilhas da floresta, mas, antes mesmo de alcançá-las, gritos vindos de um lugar indeterminado chamaram nossa atenção. Os sons foram abafados pela distância e pelos barulhos dos trovões e não conseguimos decifrar suas mensagens.

As águas do rio estavam escuras e suas ondas açoitavam as margens sem trégua. Logo, tudo à nossa volta foi tomado pela água e as plantas ficaram submersas. Por uma fração de segundo, tive medo de que as serpentes voltassem para me atacar, mas as únicas sombras que emergiam do rio eram as longínquas badaladas de um sino perdido na tempestade.

Com as mãos trêmulas, o senhor Sungso fez um gesto para que nós evitássemos chegar perto da beirada. Ao mesmo tempo, os sinos do mosteiro de Serkong Trin começaram a tocar e ficamos aflitos sem saber o que fazer. Era um estado de alerta!

Imaginei que árvores tinham caído, que cachoeiras tinham inundando a floresta ou que um desabamento tinha destruído parte das encostas dos morros. Entretanto, a resposta mais óbvia estava bem à nossa frente!

O senhor Sungso fez menção de entrar no rio, mas sua esposa o deteve. Enquanto os dois se abraçavam, fragilizados e cambaleantes, meu coração partia-se em mil pedaços. Em minhas fantasias românticas envolvendo aquele lugar, não havia espaço para as dores que se seguiram.

Com coragem, os moradores das redondezas avançaram contra as águas. Minha mente criou uma parede ilusória através da qual eu só enxergava o senhor e a senhora Sungso.

Aos poucos, a tempestade ficou branda e foi embora. O Grande Rio rosnou mais um pouco e voltou a dormir, como um felino depois da caça. Nada restou em sua superfície a não ser as névoas e os que nadavam à procura de sobreviventes.

Com o fim da chuva e das badaladas dos sinos, pudemos ouvir os gritos e lamentos vindos da outra margem, uma tenebrosa canção anunciando o final dos dias felizes para aquelas terras.

***

As nuvens continuavam escuras e novas tempestades se aproximavam. O vento gelado castigava a todos e seria muito bom irmos embora para trocar nossas roupas molhadas, não fosse a perplexidade que nos prendia ao chão.

Até mesmo agora é muito penoso reviver o particular estado em que fiquei após o naufrágio no Grande Rio. Tanto quanto consigo me lembrar, estava em um torpor misturado a uma onda quente de vitalidade que, devido à sua natureza contraditória e complexa, poderia ter devorado minha razão. Só pude compreender aquele tipo de inquietação dias mais tarde. Aquela era uma parte minha que estava exultante com a situação.

Antes de mencioná-la, queria detalhar um pouco mais minhas primeiras experiências após aquele desastre que abalou a manhã.

Com os pés praticamente afundados na lama, eu me sentia perdida e com medo de ficar cega, já que uma mancha branca cobriu-me parcialmente a visão sem que eu tivesse forças para controlar o fenômeno. Assim, desesperos de diferentes origens entorpeceram-me a ponto de não conseguir falar, agir e nem mesmo pensar.

Tudo que restava dos meus sentidos era a sensação tátil do abraço da senhora Sungso e a capacidade de ouvir vozes entrecortadas que pareciam bem próximas.

Um monge, de quem eu percebia apenas o vulto, começou a fazer gestos para que todos se afastassem. Em seguida, ele foi até a margem do rio e pediu aos ribeirinhos que avançassem com seus barcos para ajudar os heróis que já estavam nas águas.

Logo em seguida, alguns mestres do Templo do Sol apareceram para nos prestar sua solidariedade, ajudando-nos e confortando-nos tanto quanto possível. Eu não sabia dizer se Kalyan estava entre eles, mas a simples lembrança do jovem aliada à profunda tristeza que me invadia fez com que meus olhos se enchessem de lágrimas. Depois que chorei, a visão voltou ao normal e tentei me recompor para amparar a senhora Sungso.

Pude ver quando os últimos turistas de Serkong Trin chegaram até nós e, conforme se certificaram dos acontecimentos, desesperaram-se por completo. Com o fim dos eventos festivos do lugar, sobretudo a Festa das Joias Raras, a maioria dos visitantes já tinha partido. Aqueles que restaram, embora com as malas feitas, não poderiam voltar para suas casas devido às péssimas condições do tempo.

Ninguém esperava por uma tempestade como aquela. Todos os dias em que ficamos em Serkong Trin, o céu azul e as noites estreladas indicaram um tempo seguro, no entanto, nuvens carregadas se formaram rapidamente naquela manhã e todas as condições climáticas propícias para o desastre concluíram-se de maneira sorrateira.

Depois de um bom tempo em que ficamos atônitos, resolvemos juntar nossas forças para retomar a estrada. Mais tarde, fomos alcançados pelos bravos que arriscaram as próprias vidas na intenção de resgatar vítimas das águas. Porém, suas feições desoladas foram suficientes para que compreendêssemos que havia acontecido o pior: os dez brasileiros, incluindo Álvaro, o barqueiro carrancudo e um animal de grande porte estavam mortos! Soubemos ainda que dois moradores da região também não sobreviveram à tempestade, porque seus barquinhos viraram de encontro às ondas. Ao menos, diferente dos outros que estavam na balsa e que desapareceram, seus corpos foram encontrados e levados ao vilarejo.

Diante de tantas revelações trágicas, ficamos em silêncio. Éramos cerca de vinte pessoas andando por uma trilha completamente escorregadia e íngreme. A senhora Sungso e eu levamos alguns tombos, mas não nos machucamos com gravidade.

Assim que chegamos à pousada, os donos nos receberam com toda solidariedade. Oferecerem-nos água, alimentos e roupas secas, além de tentarem a comunicação com a capital por meio de um velho rádio amador. Meus anfitriões estavam tão trêmulos e assustados, que fiquei com o coração apertado. Procurei me concentrar no que era urgente e ajudei no que pude, conversando com as pessoas e fazendo um chá quente para todos.

Olhando a paisagem através da varanda de madeira, senti o vento frio que saía da mata para encontrar diretamente minhas aflições, saltando das plantas molhadas e dos troncos sombrios até atingirem meu rosto. Era horrível perceber aquela outra face da floresta, sempre tão cheia de calor e brilho durante os dias de sol. Juntar as peças, reconhecer a múltipla natureza e fazer a integração dos vários lados de Serkong Trin era uma tarefa para a qual eu ainda não tinha habilidade.

Àquela altura, os moradores das redondezas e os mestres do Templo do Sol já tinham ido embora. O restante de nós via-se em uma situação deplorável.

Parecíamos retirantes de guerra, sentados no chão da pousada ou andando de um lado para outro, sem saber para onde ir. Os turistas que desejavam partir sentiam-se desesperados. Além de estarem com medo, pois qualquer um poderia estar a bordo daquela balsa, encontravam-se em um impasse bastante penoso: como voltar para casa?

Eu, de forma totalmente diferente, não pensava em ir embora, mas, sim, em como poderia ficar. Não tinha explicações para aquele desejo e só sabia que a decisão de não ter embarcado com os brasileiros havia sido correta. Ao mesmo tempo, incomodava-me o pressentimento de que, mais cedo ou mais tarde, deveria me despedir de tudo e voltar para o Brasil.

Aos poucos, meus receios foram se transformando em cinismo e, por conseguinte, em proteção. Reparando no comportamento dos outros turistas, eu me sentia cada vez mais confortável. Mantinha em relação a eles um distanciamento prudente e, em certa medida, frívolo, o que favorecia uma visão panorâmica da situação. Era agradável assumir a posição de observadora para burlar o fato de que estava, obviamente, incluída naquele grupo. A descompostura daquelas pessoas, suas choradeiras e outras reações eram feitas da mesma matéria que compunha a súbita cegueira que tanto havia me fragilizado após o naufrágio. Era a matéria da fuga, da couraça, do deslocamento da dor para outro lugar.

De repente, ao contrário do que se esperava, surgiu uma esperança. Os donos da pousada receberam uma resposta à solicitação de ajuda que tinham enviado há cerca de uma hora para a capital. A embaixada da Índia se prontificou a avisar o mundo sobre o acontecimento trágico e enfatizou que o socorro chegaria o mais rapidamente possível. Em breve, todas as pessoas ilhadas em Serkong Trin e nas proximidades seriam resgatadas.

Um arrepio passou-me pela espinha. Suas causas eram explícitas, mas eu não queria dar ouvidos à intuição. Tudo estava claro, menos para mim, a estranha mulher que havia mergulhado em um oceano de autodesculpas. De fato, a mensagem recebida pelo rádio amador não representou apenas esperança e ajuda aos turistas, mas significou também o primeiro passo para a decadência de Serkong Trin.

***

Um helicóptero começou a sobrevoar os céus e seu barulho afugentou os animais selvagens. Em um sobressalto, quis acreditar que aquilo era apenas uma ilusão da mente, algo que ouvi equivocadamente durante o peculiar momento que antecede o sono. Tinha me recolhido mais cedo para dormir e, durante alguns instantes, pensei em desistir da ideia e ficar andando por ali, não fosse o fato de que meu sonambulismo em vigília poderia acordar o pobre e tão sofrido casal Sungso.

Na primeira noite após a catástrofe que havia devorado treze vidas humanas, eu queria despistar meus íntimos pesares e me concentrar no delicioso gosto da vitória: a vida e, mais especificamente, a morte tinham sido justas comigo! Eu queria decifrar os códigos do acaso e conseguir soluções para desvendar todos os enigmas da sorte, controlando o dia seguinte e, quem sabe, os anos seguintes. Gostaria muito que fosse possível explicar tudo por meio de teorias de causa e efeito, contanto que fossem rápidas e que não me dessem trabalho. Bastava crer no sexto sentido para fugir das tragédias, assim como eu havia feito ao não subir naquela balsa. Bastava ser discreto e calado para que o universo não se revelasse arredio e assim por diante.

E quando a ilusão da onipotência se instala daquela maneira, podemos esquecer a nossa própria finitude para descermos a âncora nos mares da mesquinhez humana, sem qualquer arrependimento.

Resolvi ficar ao sabor do tempo, esperando que os olhos se fechassem por vontade própria. Deitada em meu quarto de hóspedes, após um bom banho quente e uma sopa especial na qual, tal como uma feiticeira, a senhora Sungso havia colocado ingredientes milagrosos, eu me sentia bem. Tão bem, que alguns pensamentos ficaram entre meu coração e meus sentidos. Eram pensamentos duros à primeira vista, mas nem tanto, se fosse possível escutá-los com o mesmo espírito dos que assaltam os ricos para dar aos pobres. Uma boa dose de coragem seria necessária para que eu pudesse encarar aqueles arroubos, puxa vida, incessantes! No entanto, aquelas ideias eram traduzidas em palavras. Palavras e mais palavras, dentro das quais eu tinha de colocar elementos de sonho para fugir e me esquivar. Só que aquela artimanha, aquele último plano fadado ao fracasso, colocava-me sempre sob as garras metálicas da verdade de um modo que não seria fácil enfeitar ou esconder: era meu lado feio, um lado que não era povoado por virtudes, um avesso que eu não queria enxergar.

Ai de mim! Isso tudo não cabe embaixo do tapete e, por isso, não consigo pular ou ocultar essa parte. Além de querer ser honesta comigo mesma nessas confissões, não nego o fascínio que a lembrança daquele lado (este lado, pois ainda o tenho) exerce sobre mim.

Naquela madrugada insone, aproveitei o silêncio para entrar em contato com aquela parte secreta do meu íntimo, um lugar cheio de cinismo e de desejos de vingança. Era um limbo pegajoso e anterior à vergonha de ter escapado da morte. Estando naquele limbo, tanto quanto estava mergulhada na escuridão da noite, eu podia desfazer minhas rugas de preocupação e rir de todas as ironias do destino.

Ao pensar nas primeiras cenas da manhã, enquanto me sentia incrivelmente confortável na cama, minha mente ficou satisfeita e, até mesmo, feliz: era a segunda natureza dos meus sentimentos...

Naquela instância do meu ser, existia a convicção de que meus companheiros de viagem tinham recebido um belo castigo! Seu final foi uma prova de justiça. Eles plantaram o que colheram e pagaram por toda crítica negativa, todo comentário maldoso e todo escárnio dirigido à minha pessoa. Eles eram cidadãos medíocres que não tinham enxergado a verdadeira Serkong Trin, a *minha* Serkong Trin, e que, portanto, não mereciam estar naquelas terras, nem beber das suas águas, nem comer seus alimentos ou desfrutar suas paisagens. Toda a maldade daquelas pessoas, frutas podres que eu deveria ter insultado sem dó durante nossa tola dinâmica de integração, tinha afundado nas águas barrentas do Grande Rio e estava irremediavelmente enterrada no leito. Dentro da lama. Todos eles. Para sempre!

O barqueiro carrancudo, de forma semelhante, não faria falta alguma e poderia ser substituído por uma pessoa mais profissional e, digamos assim, dada à simpatia e cordialidade. Ainda bem que Anitya, a hipotética moça do Tibete, partiu para longe antes de se casar, escapando assim do vexame de não conseguir esconder a própria felicidade diante da viuvez.

Quanto aos canoeiros, bem, eu nada tinha a lhes dizer a não ser adeus. Alguns coitados sempre acabam pagando pelos erros dos outros e coisas assim simplesmente acontecem. Claro que aqueles dois pobres moradores mortos formavam um quadro de verdadeiro desperdício e, então, eu bem que gostaria de colocar no lugar deles outras pessoas, cuja eliminação seria muito mais conveniente ao mundo. Nesse caso, os inimigos de Carlos, os homens que abusaram da minha mãe, e tantas outras pessoas poderiam se encaixar perfeitamente à situação. Dona Vanessa, por exemplo, ficaria ótima no papel de cadáver desaparecido, com direito a enterro simbólico e tudo.

Depois que concluí meu raciocínio, consegui dormir e tive um bom sonho, mas infelizmente não consegui acessá-lo, nem naquela época e tampouco agora. Tenho a impressão de que se tratava de algo místico e sensual, mas seria inferência demais lançar algumas impressões sobre ele. Só sei que, depois do tal sonho, fiquei contente.

O dia estava nascendo lá fora e eu estava viva.

***

Andando pela floresta, trabalhando na horta ou estando dentro de casa, podia ouvir os sinos do mosteiro tocando pontualmente em homenagem às vítimas do Grande Rio. Catorze vezes, uma para cada vítima, treze pessoas e um animal! Catorze longas e intermináveis badaladas.

Durante os oito dias que se sucederam ao naufrágio, exatamente às nove e meia da manhã, fui obrigada a cair nas crateras dos meus sentimentos, tão incrivelmente excêntricas e preenchidas por contradições. Apesar da satisfação de viver em Serkong Trin, eu percebia o surgimento de algumas preocupações rondando meu cerne como lobos em volta de um viajante ferido.

Para mim, o que significou driblar a morte? Certamente, uma expressão de justiça. Porém, com o passar do tempo, aquele sabor de vitória foi desaparecendo e o contexto todo me pareceu duvidoso. Quem sobrevive às tragédias pode se considerar um herói ou alguém com uma boa estrela, mas, no meu caso, aquelas certezas foram embora em poucos dias. Uma espécie de vergonha apoderou-se de mim e eu não sabia por que nem como tinha enganado a morte. A sensação predominante era a de que a mesma sorte que sorriu para mim zombara dos que haviam morrido. Era como se eu participasse ativamente do esquema injusto do destino.

"Era para você estar naquela balsa, senhora! Agora, vai ter de levar uma vida cheia de culpa, caso contrário, como vai pagar aos céus pelo favor de ter poupado sua existência?"

Aquilo era um labirinto e eu oscilava entre duas esferas: a dos sofrimentos advindos da culpa (a sensação de vitória sobre os mortos, com pesar) e a dos sentimentos relatados anteriormente (a sensação de vitória sobre os mortos, com triunfo).

Só me restava ocupar os dias com tarefas básicas do cotidiano. Ao menos, eram atividades honrosas. Enquanto colhia legumes na horta do senhor Sungso ou carregava baldes com água para dentro da cozinha, pensava em como poderia voltar para o Brasil para, quem sabe, acabar com meus dilemas. Além das inquietações, eu ficava apreensiva com os aspectos mais concretos da existência, especificamente, com os de ordem financeira. Não podia negar que eu ainda tinha muitos apegos e preocupações com minha antiga vida. Eu deveria encontrar um meio de contar aos meus amigos do Brasil que estava viva e em segurança, para que se acalmassem e para evitar a perda de meus bens. Eu tinha uma casa própria, algumas joias e um pouco de dinheiro na conta bancária.

E quanto mais pensava em voltar para casa, mais me sentia apavorada. A notícia de que havia uma brasileira viva em Serkong Trin seria de grande repercussão. Eu, a única sobrevivente! Tudo que eu mais temia no mundo era virar a celebridade da semana em um programa de televisão. Podia imaginar minhas fotos nos jornais e já me via diante de um tribunal testemunhando contra a agência de turismo em um processo coletivo para indenizações.

Tudo aquilo congelava minha alma e fazia meu corpo suar frio em plena luz do dia.

Durante aqueles dias, o tempo continuou ruim. As chuvas às vezes davam uma pequena trégua e, então, eu aproveitava para passear pelas redondezas. Cheguei a pensar na possibilidade de visitar o Templo do Sol, mas a perspectiva de ficar diante de quem eu mais temia no mundo (Nigma), ou de quem eu mais desejava (Kalyan), mudava os rumos das minhas intenções e detinha meus passos.

Mal sabia que aqueles opostos jamais existiram! Mal sabia que um doce sonho habita o mesmo universo dos pesadelos e que desejos podem andar de mãos dadas com o pavor. Kalyan e Nigma, de uma maneira muito particular, formavam a vidraça transparente através da qual todo meu ser poderia ver o reino das sombras e, ao mesmo tempo, o mundo das infinitas revelações. Como disse Álvaro, medos e desejos eram um só. No entanto, tudo aquilo ainda era um mistério e, apesar do meu potencial para desvendá-lo, seguia em frente com uma cegueira decrépita e, às vezes, propositada.

Eu não era a única pessoa a ficar extremamente abalada com os acontecimentos em Serkong Trin. Devido às fortes emoções dos últimos dias, o senhor e a senhora Sungso adoeceram e eu tive muito prazer em cuidar deles, procurando retribuir tudo que haviam feito por mim. Ao final de dois dias, eles ficaram completamente restabelecidos e, então, foi minha vez de afundar o corpo nos caldeirões infernais das febres sem etiologias.

Durante aquelas noites, olhava através da janela e imaginava Kalyan vindo me visitar, chegando de mansinho com seu chapéu vietnamita cheio de gravetos medicinais, mas aquilo nunca mais aconteceu. Quem trazia uma xícara de chá restaurador à minha cabeceira era invariavelmente a senhora Sungso e, após seu falecimento anos depois, essa cena rondou minhas tristezas, fixando suas fortes raízes em um processo de luto muito doloroso.

Em outros daqueles momentos encharcados por minhas insones despedidas da felicidade, via uma luz distante rondando os muros da casa de meus anfitriões e, quando conseguia firmar o olhar, identificava a silhueta de uma criança andando de um lado ao outro, com uma minúscula fada em seus cabelos. Eu tentava acenar para dizer-lhe que estava tudo bem, no entanto, Ismênia não entendia meus gestos e voltava cabisbaixa para as trilhas da noite.

Do lado de fora da casinha de madeira, tudo parecia bem diferente do que eu havia encontrado semanas atrás. Muitos forasteiros apareceram em busca de informações sobre a morte dos turistas brasileiros. Embora a maioria se concentrasse no vilarejo, alguns atravessavam o rio na tentativa de aproximarem-se do Templo do Sol. Aquelas travessias feitas nos precários barcos dos moradores da região eram muito arriscadas.

De repente, Serkong Trin caiu nas graças da mídia. Depois que fiquei curada, a casa do senhor Sungso transformou-se em um concorrido ponto de parada para a imprensa internacional e, felizmente, aquela situação durou pouco tempo. Quando alguém se aproximava, eu escapava pela janela da cozinha e corria para o refúgio da mata, onde passava muitas horas agradáveis ao lado de Ismênia.

É verdade que, em um ou dois daqueles secretos passeios, quase fomos descobertas. No último episódio, um fotógrafo tentou capturar a imagem da Pequena Deusa, mas conseguimos correr e nos embrenhar no meio das árvores. Se não me falha a memória, parece que Ismênia e eu ouvimos o grito apavorado do fotógrafo antes que ele fugisse para longe, situação semelhante à vivida pelos campistas que outrora abandonaram suas barracas próximas à cachoeira. Parecia que Nigma e os outros guardiões estavam velando por nós.

***

Logo nas primeiras horas daquela manhã, percebi que alguma coisa estava diferente em Serkong Trin e corri para a beira das águas a fim de me certificar de que, daquela vez, eu não estava sonhando: era mesmo um helicóptero.

O povo do lugar, inclusive o casal Sungso, olhava para o alto de maneira disfarçada, tomando cuidado para não parecer ignorante diante dos turistas e jornalistas que vieram, como nós, até a margem do Grande Rio.

Semanas após o naufrágio, finalmente o socorro havia chegado. Até aquele momento, cada um foi levando a vida de acordo com suas próprias condições, alguns se desesperando mais, outros menos, mas todos com a esperança de retornar aos seus lares. Além da saudade, a ameaça de novas tempestades tornava premente que os turistas fossem embora o mais rápido possível.

Aquela era uma ótima oportunidade para decidir sobre meu retorno ao Brasil. O senhor Sungso fitou-me como se quisesse entender o que eu faria, mas eu ainda estava confusa. Sua esposa, mais sensível, resolveu buscar o conselho de pessoas que poderiam me ajudar na decisão e fomos diretamente para a pousada.

Os proprietários me acolheram assim que cheguei e me orientaram quanto à melhor forma de partir. No dia seguinte, eles poderiam me acompanhar até o outro lado do rio e, assim, prestariam um grande favor ao casal Sungso, muito idoso para enfrentar aqueles altos e baixos das ondas. As águas ainda estavam revoltas e o tempo demonstrava que novas chuvas poderiam acontecer a qualquer instante.

Era muito estranho o jeito com que se comunicavam comigo, entreolhando-se como se não quisessem dizer aquilo ou como se estivessem ocultando alguma coisa.

A euforia dos estrangeiros para voltar aos seus países de origem acabou me contagiando, de forma que resolvi partir na manhã seguinte.

Enquanto caminhava de volta à casa do senhor Sungso para a última noite em sua companhia, parecia que minha vida não era minha. Parecia que eu estava equivocada no tocante ao meu passado, que eu não era quem de fato acreditava ser e que estava ali apenas para servir a outra pessoa.

Ao arrumar as malas, decidi retomar o projeto de fazer uma roupa para Ismênia. Daquela vez, eu precisava dar a ela um presente de despedida. O tecido que havia comprado no dia da Festa das Joias Raras ainda estava esperando por mim dentro de um saco de papel e, com ele, o desenho do vestido mais lindo do mundo!

Não sei quanto tempo levei para acertar os moldes, cortar o pano e costurar. Até hoje não entendo como fiz tudo tão rapidamente. Só me recordo de que era fim de tarde quando terminei a tarefa e que me senti muito cansada. Meus anfitriões foram deitar após o almoço, dado o fato de que se encontravam muito tristes com a minha partida na manhã seguinte.

O céu parecia calmo e minha mochila já estava pronta sobre a cama.

Olhando para o vestido que acabara de fazer, ocorreu-me que a vida valia a pena e que eu tinha cumprido uma missão. Embora satisfeita com o acabamento da roupa, tive de improvisar bastante para que o produto final não parecesse tosco. Costurar no meio da floresta foi uma proeza e tanto.

Achei que estava faltando algum detalhe na roupa e resolvi bordar um sol dourado abaixo do decote em homenagem ao brilho de ouro que emanava da Pequena Deusa. Feito com algumas miçangas amarelas que a senhora Sungso havia retirado de uma almofada, o bordado ficou incrível e eu não via a hora de reencontrar minha amiguinha. Fazendo aquele vestido para Ismênia, imaginando suas medidas e seu corpinho perfeito, estava finalmente resgatando bons sentimentos. Antes de partir, eu precisava muito dizer-lhe adeus.

***

– Ah, Ismênia! Vamos brincar de desfile de moda?

O penteado que a fada tinha acabado de fazer na menina, uma trança perfeita e dourada, combinou perfeitamente com o vestido novo! Ismênia agradeceu-me com muitos beijos, mas disse que não sabia brincar de desfile. Quando ela perguntou o que eram "desenvoltura, passarela e plateia", comecei a pensar que deveríamos fazer outra coisa.

De repente, ela teve uma ideia.

– Vamos ver o mar na beira do abismo?

Mar? Em Serkong Trin?

Ismênia tomou minhas mãos e me conduziu até um ponto da floresta bastante ensimesmado e sombrio. Após subirmos por um caminho íngreme, chegamos a um lugar perigoso que eu nunca tinha visto antes. O vento soprava forte e parecia que iríamos cair se não tomássemos cuidado. Ao longe, os topos das árvores cobriam o mundo como um tapete gigante e, mais adiante, o azul do oceano confundia-se com a cor do horizonte. Eu jamais poderia acreditar que o mar estivesse tão próximo! Aquilo não fazia o menor sentido.

– Que lugar lindo, Ismênia! – disse eu, enquanto tocava em seus ombros. Vou ficar com muitas saudades de você. Amanhã pela manhã, vou para minha casa, no Brasil.

Ela apertou minha mão e apontou ao longe.

– Não falei que dava para ver o mar?

(Ah, Ismênia! Se nós pudéssemos voar...)

Aos poucos, um barulho insistente foi chamando nossa atenção e, de repente, ficamos preocupadas porque alguém estava chegando ali, no alto do monte. A Pequena Deusa me abraçou e eu podia ouvir seu coração batendo forte como as primeiras trovoadas que surgiam na imensidão.

– Acho que vai chover de novo! – sussurrou a criança, como se quisesse me alertar sobre um novo perigo.

Olhei para o alto. Se os sinais do céu estivessem falando a verdade, o Grande Rio voltaria a ficar intransitável. Meu esquema de viagem para a manhã seguinte já estava traçado, mas novas chuvas poderiam colocar tudo a perder. Nas primeiras horas do dia, eu encontraria os donos da pousada para partirmos rumo ao vilarejo. Estando ali, as autoridades poderiam me ajudar a embarcar em um daqueles helicópteros rumo à capital.

Todos os detalhes daquele roteiro me assustavam tanto quanto a lembrança do que havia acontecido com os brasileiros. Então, percebi que era meu próprio coração que batia forte....

Subitamente, os passos cessaram. Era quase certeza que havia alguém atrás de nós.

Pensei no fotógrafo que queria capturar a imagem de Ismênia e imediatamente tentei protegê-la. Ao mesmo tempo, tinha consciência de que não poderíamos fugir. Ao nosso lado, árvores de troncos enormes obstruiriam a passagem, e a trilha pela qual chegamos se encontrava atrás do intruso. À nossa frente, havia apenas aquele abismo ancestral, o umbigo da floresta, um ninho que embalava nuvens rasteiras e ventos.

Tentei rezar e pensar em alguma solução. Ismênia continuava emanando aqueles adoráveis vapores de purpurina enquanto tentava espiar por cima dos meus ombros. De repente, ela se desvencilhou dos meus braços e correu.

De maneira um tanto quanto sinistra, esperei que os fantasmas dos brasileiros viessem me buscar, arrastando meu ser pelos mesmos corredores por onde vagavam sem direção, o que seria justo, correto e até mesmo libertador. Porém, o mundo à minha volta não era um cenário de vingança, mas, sim, um lugar que emanava paz, um lugar em que eu podia ouvir os risos de uma criança.

A tempestade que havia devorado a vida dos meus companheiros estava, mais uma vez, dentro de mim. Eram apenas lembranças e nada mais.

Aquelas fumaças, como todas as outras, fossem sonhos, recordações ou visões, eram bailarinas e seus movimentos estavam distorcidos pelas emoções. Seu destino era sempre a completa dissolução, como qualquer outro destino que se acaba. Aquela verdade tranquilizou meu coração e pude, então, esquecer um pouco o passado e abrir os olhos para ver o presente. Percebi que a pura realidade (ou a velha sombra dela refletida em uma parede...) era o único momento que existia de fato.

Foi assim que a visão de Ismênia nos braços de Kalyan salvou-me de mim mesma, desde o exato instante que consegui olhar para trás, até os dias de hoje em que, sentada em uma cama, escrevo estas palavras.

Engoli o riso, a lágrima e até a indiferença. Engoli a saliva, engoli o nó na garganta.

Ele, um príncipe, vestia os mesmos trajes que tinha usado na Festa das Joias Raras. Depois de um sorriso desconcertado, saudou-me com elegância.

Eu não sabia o que dizer. A presença do nobre mestre me deixou sem jeito.. Ismênia, por sua vez, parecia muito à vontade. Sentada no colo de Kalyan, ela abraçava seu rosto e beijava-o carinhosamente.

– Ah, Ismênia! – observei. – Eu não sabia que vocês se conheciam!

Kalyan fitou-me com aqueles inesquecíveis olhos de diamantes dúbios, dentro dos quais a sensualidade e a doçura se confundiam de maneira estonteante.

– Ele disse que estou muito bonita hoje e eu respondi que este vestido foi um presente da senhora. Ele ficou orgulhoso do seu trabalho!

A fada, que não era nem um pouco boba, ajeitou-se no ombro do rapaz e tentou fazer de tudo para chamar-lhe a atenção. Como Kalyan era muito cavalheiro e dividia conosco suas amabilidades, ela irritou-se pela falta de exclusividade e beliscou a bochecha do jovem de maneira incisiva. Depois disso, a criaturinha emburrou e nós caímos na gargalhada.

Finalmente, as primeiras estrelas despontaram no véu da tarde e as nuvens escuras, que antes se chocavam em trovoadas, partiram para longe. Os pássaros procuraram se abrigar e cantaram de maneira estridente. As árvores balançaram com vigor e suas folhas adquiriram vários tons, como um pisca-pisca de Natal.

A Pequena Deusa veio ao meu encontro e contou-me que Kalyan sentia muito pela perda dos meus amigos brasileiros. Ele queria que eu soubesse o quanto se importava com o que havia acontecido e que era por isso que os sinos do Templo tocavam diariamente em homenagem às vítimas. Ultimamente, os sinos tocavam uma badalada a menos e eu quis saber o motivo.

Minha querida menina, então, explicou que Kalyan trouxera uma notícia incrível: os sinos do Templo passaram a tocar treze vezes porque um sobrevivente do naufrágio foi encontrado! O felizardo era um boizinho, único animal que estava na embarcação. Arrastado pelas correntezas, ele ficou preso no tronco de uma árvore e foi resgatado há quilômetros de distância na cidade de Metha, por um tailandês chamado Tao Wong. Dizem que a vida de Tao Wong ficou abençoada depois daquela atitude de compaixão e que ele se tornou um homem muito mais feliz.

Tao Wong? Quem diria!

Lembrei-me com carinho do meu amigo tailandês e desejei sinceramente que ele encontrasse muitas alegrias na vida.

Enquanto pensava em tudo aquilo, Kalyan se aproximou. Eu não esperava que ele chegasse tão perto, nem estava pronta para sentir sua mão na minha. A fada de repente pulou nos cabelos de Ismênia e acomodou-se em um coque cheio de estilo, algo à moda antiga.

Antes mesmo que eu soubesse como conter uma tosse nervosa e outras reações que me traíam, a Joia Rara de Serkong Trin disse alguma coisa, algo que apenas Ismênia sabia.

– Kalyan veio até aqui para dizer uma coisa muito importante. Uma, não: são três coisas muito importantes!

Meu corpo flutuou para o alto, o alto sobre nós, o azul-escuro, o alto reverso de uma manhã que podia revelar-se noite, sem receio ou pressa. O alto recebeu meu corpo, o corpo que flutuou tal como tudo que se parece com um balão, um balão que chegou perto do sol e retornou à Terra preso por um fio tênue, um fio seguro que nunca deixou nada se perder no infinito. Ao mesmo tempo, meus pés estavam fincados no solo fértil de Serkong Trin, a floresta magnífica, o Mundo Verde. A vastidão daqueles espaços me libertava, capturava tudo de volta e prendia o que mais importava no fundo do coração.

E quando Ismênia me abraçou, levantou três dedinhos para não correr o risco de se atrapalhar ou de se esquecer de algum detalhe.

– Kalyan disse três coisas importantes: que estava procurando pela senhora, que ele quer ser seu mestre e que vocês devem partir agora mesmo.

***

Capítulo Três

Mundo Azul

O Mundo Azul não é algo para se ater. O Mundo Azul não é um lugar para se demorar.

O Mundo Azul é uma afronta e, ao mesmo tempo, uma força da natureza.

Seus sopros e imagens batem em nossas faces e balançam nossos cabelos. O susto é grande, o olhar se fecha...

É assim que aquelas astúcias se revelam e se condensam até um estado sólido inqualificável, onde leis de outra ordem subjugam tudo, ressentidas que são pela existência de outras realidades. E quando digo "estado sólido", não se enganem: aquele mundo não é um cristal de claras emanações, mas, sim, um jogo de espelhos que se movem eternamente.

Jamais pensei que passaria por tantos martírios causados pelo pior inimigo de todos: eu mesma...

Tudo isso parece mero chavão literário, mas posso garantir que situações assim são perfeitamente possíveis e que esta é uma das formas com que o destino nos surpreende com suas brincadeiras de mau gosto. Quando se prova na pele esse tipo de amargura, ou seja, quando você é o tal protagonista que deve vencer e ser vencido por si mesmo, fica fácil compreender por que essa frase faz tanto sentido para milhares de pessoas e persiste em nossa coletividade inconsciente há séculos e mais séculos.

Sim! O maior inimigo mora em nosso íntimo e é muito difícil aceitar tal fato. É ainda mais curioso notar que revelações dessa natureza, por serem possibilidades compartilhadas por todos, geram aversão e até mesmo ódio nas pessoas. Quanto aos meus erros, sei que já fui perdoada por Kalyan e pelos outros, mas temo que meu coração adoeça pelo simples fato de me lembrar de tudo que fui capaz de fazer durante minha estadia no universo azulado.

Por outro lado, mesmo querendo pular esta parte para ir diretamente ao capítulo quatro, não consigo trocar a ordem dos fatos e muito menos colocar as misérias dentro de uma gaveta.

Vocês entendem, não é? Não posso fingir que nada aconteceu.

Eu fui tocada... Tocada para sempre pela mão assertiva de Serkong Trin e, desde então, todos os amores e conseguintes dádivas de puro sofrimento que conheci têm empurrado meu rosto para dentro de um oceano ou, melhor dizendo, para dentro de uma bacia cheia até a borda com coisas que quero e não quero admitir. Hoje, aprendi que é melhor prender o fôlego, reconquistar a calma e não se debater. Quanto mais abro os olhos, mais vejo que aquilo é só uma bacia e que não vou me afogar.

Sendo assim, vou em frente e começo agora a narrativa deste terceiro aglomerado de eventos. Para que tudo fique completo, pretendo relatar algumas experiências no Templo do Sol, lugar para onde Kalyan, Ismênia e eu rumamos durante aquele magnífico pôr do sol.

***

A cada passo, uma realidade, um sonho!

As luzes do dia estavam desaparecendo, opacas e trêmulas como minhas mãos. As primeiras sombras se derramavam sobre os picos mais altos das montanhas e, tal como aves de rapina que já nascem corajosas, elas se sentiam confiantes para saltarem sobre o mundo. Muito abaixo daquelas alturas e daquele céu, os mesmos espectros indefiníveis se esgueiravam por entre as árvores, escurecendo gradativamente os matizes da floresta. Em breve, tudo ficaria negro e nuvens carregadas, embora longínquas, prometiam chuvas vigorosas para as próximas horas.

Por isso, nós três abandonamos rapidamente aquele penhasco emoldurado por lindas paisagens, sobretudo, a visão do mar ao longe, para iniciarmos nossa jornada. E aquela não era uma jornada comum: era a aventura proposta pelo meu mestre!

Eu me recordo muito bem daquele momento. Ismênia acabara de me dizer sobre as intenções do jovem senhor ao meu respeito e nem pensei duas vezes para aceitar o convite. Assim, dei as costas para o abismo verde e segui meus dois companheiros.

Parece que estou ouvindo agora mesmo os cantos dos pássaros que sobrevoaram nossas cabeças com sua balbúrdia e sua sinfonia feita de confusão! Abaixo deles, no mundo da Terra, eu continuava embevecida e com muitas esperanças.

Kalyan andava ao lado de Ismênia pelas estreitas veredas da selva e ambos pareciam irreais. O farfalhar das folhas abaixo dos seus pés e a visão dos dois juntos me causaram uma doce comoção.

Enquanto eu seguia logo atrás, cantarolava baixinho e fingia que uma questão me inquietava: para onde iríamos? Aquela pergunta silenciosa parecia tola e a dúvida, claro, era apenas charmosa. Eu sabia muito bem a resposta e, mesmo sem conseguir colocá-la em palavras, estava feliz com ela! As evidências apontavam para um rumo ideal e aqueles eram os caminhos mais abençoados do mundo.

Antes de chegar às portas da minha nova vida, porém, eu deveria pegar meus pertences na casa do senhor Sungso e dizer adeus aos meus anfitriões.

Assim que chegamos ao gramado de ternas lembranças que circundava a casinha deles, eu soube que jamais esqueceria aquele lugar. As emoções que experimentei durante minha permanência ali foram rapidamente retratadas nestas páginas, porém, com muito menos intensidade do que mereciam. Meus sentimentos escaparam e continuam escapando das palavras...

E quando os idosos vieram me receber com os braços abertos, uma sensação quase física de dor e perda começou a machucar minha alma. Depois que nós três ficamos inexoravelmente unidos como uma família, rosto no rosto, feições enternecidas e afagos nos cabelos, o senhor Sungso soltou minhas mãos e fez uma menção honrosa para Kalyan à moda dos gestos respeitosos com que todos se dirigiam ao Nobre Senhor do Templo. Entretanto, antes mesmo que completasse a reverência, o jovem puxou o amigo para si e eles se abraçaram com carinho.

Quanto mais o tempo passava, mais aquele abraço parecia resistente ao adeus que em breve cruzaria nossos destinos. Naquele instante, o senhor Sungso e Kalyan deixaram de ser quem sempre foram e deram um salto sobre os ilusórios muros das aparências: o velho morador da floresta e o mestre iluminado de Serkong Trin se transformaram em amigos inseparáveis e em pai e filho, em um laço eterno capaz de desafiar a razão.

Um pouco mais adiante, experimentando emoções bem diferentes, Ismênia se mostrava muito tímida porque não tinha o costume de conviver com outras pessoas. Para complicar ainda mais seu humor, a Pequena Deusa se queixava de sono e de muito cansaço. Por isso, escondia o rosto atrás de mim e puxava o tecido da minha saia como se quisesse desaparecer.

– Está tudo bem, querida! Eles são nossos amigos – dizia eu.

A senhora Sungso percebeu o desconforto de Ismênia e ofereceu uns doces para a menina e tudo ficou calmo outra vez. O comportamento retraído de Ismênia acabou divertindo a todos e Kalyan achou graça quando ela bocejou em seu colo.

Enquanto todos riam e conversavam no quintal, olhei para as nuvens e me lembrei do tempo e da nossa partida. Por isso, pedi licença e entrei correndo para arrumar minha mochila. Pela última vez, olhei os móveis modestos, a lareira extinta e tudo mais que havia naquele antigo berço de sonhos. Fiquei ainda mais emocionada quando vi meus pertences arrumados e uma foto minha enfeitando a cabeceira da cama como se aquele quarto pudesse ser meu para sempre.

Quando retornei para perto de Kalyan e dos outros, deixei a tristeza de lado e tentei me concentrar nos planos para o futuro. Como não havia de fato plano algum, provei o gosto excitante das faltas de expectativas e do cotidiano sem roteiros. Por sorte, a minha última aventura pormenorizada por uma programação prévia foi a excursão da senhora Vanessa. Ainda que os dias organizados por ela fossem previsíveis, a vida demonstrou que as surpresas surgem mesmo dentro das rotinas mais tacanhas.

E, enfim, chegou o momento de deixar meus queridos anfitriões.

As despedidas entre nós foram calorosas, porém muito rápidas para que uma possível chuva não dificultasse nosso caminho até o mosteiro. De um jeito diferente de quando me disseram adeus pela primeira vez à beira do Grande Rio, o senhor e a senhora Sungso estavam felizes e acenavam para nós.

Depois de certo tempo, claro, perdemo-nos de vista e aquela cena assentou-se em meu íntimo como o prenúncio de uma grande perda. Tive a horrível sensação de que não veria o casal Sungso de novo e somente a imagem de Kalyan com Ismênia adormecida em seu colo conseguiu diminuir parte das minhas angústias.

Quanto mais me concentrava no jovem mestre, mais gostava de sua presença. Eu, comum e servil às limitações da condição humana, que eram bem conhecidas e confortáveis para mim, sustentava minhas esperanças naquelas belezas sutis e continuava caminhando com felicidade.

Kalyan estava magnífico naquela tarde! Com suas vestes de gala, o Senhor do Templo movia-se pela floresta com astúcia (de gato selvagem), mas eu... Bem, para continuar falando sobre felinos, eu era apenas uma leoa cansada e ofegante, totalmente incapaz de avançar com tanta leveza quanto ele. Minha outra companheira de caminhada, a Pequena Deusa, dormia como um anjo e sua pele tinha um tom dourado além do Sol. Nós formávamos um trio fantástico no meio da natureza.

Depois que nos embrenhamos nas partes mais profundas da mata, Kalyan teve de me ajudar, tarefa muito difícil para ele que já carregava uma criança nos braços. Estávamos em um terreno íngreme e escorregadio, de modo que a mínima falta de atenção poderia causar uma queda muito perigosa.

Assim, subimos em algumas pedras, atravessamos alguns riachinhos e não pude precisar quanto tempo transcorreu desde as despedidas na casa do senhor Sungso até avistarmos o lado proibido do mosteiro. Quando estive passando por ali na companhia de Álvaro semanas atrás, pareceu-me que a distância percorrida entre os dois pontos tinha sido infinitamente menor. Apesar da constatação inquietante, eu sabia que Serkong Trin era um lugar instável e que, portanto, aquela sensação de estranheza seria logo esquecida. O que prevalecia mais uma vez era a confiança de que eu teria uma ótima vida no Templo do Sol.

Tão logo chegamos aos jardins misteriosos, lembrei-me de Nigma e da promessa que não pude cumprir. Lá estava eu de volta ao Templo do Sol e, naquele instante, meu otimismo consolidou-se de maneira clara e precisa. Em seguida, alcançamos os terrenos ao fundo do Templo e atravessamos uma plantação abundante que terminava na floresta. Ao longe, cerca de dez homens com os cabelos raspados tiravam água de um poço e outros tantos carregavam cestos grandes cheios de frutas. Ainda mais distante, em frente a um muro branco, alguns monges empilhavam pedras para uma nova construção, algo que parecia ser um anexo ao lado da torre principal. Tão logo eles nos viram, abandonaram o que estavam fazendo e vieram correndo para nos cumprimentar.

A noite chegou e eu mal podia acreditar em minha boa sorte. Finalmente, eu estava prestes a fazer parte daquele magnífico lugar!

Dentro do salão de cerimônias, Kalyan esgueirou-se para pegar uma lamparina esquecida aos pés de uma porta e, abrindo-a, convidou-me a entrar. Antes mesmo de dar o primeiro passo naquela direção, um idoso apareceu e fez uma reverência ao Senhor do Templo. O olhar do homem, iluminado pela chama dúbia de nossa lamparina, parecia um tanto quanto malicioso. Depois, com todo cuidado, ele tomou a menina adormecida dos braços de Kalyan e a carregou para longe.

Depois daquilo, uma repentina dúvida encobriu minha tranquilidade: para onde levaram Ismênia?

Eu não tinha gostado daquele senhor antipático, mas Kalyan, por outro lado, não se mostrou nem um pouco preocupado. Sendo assim, continuei ao seu lado, tentando enxergar através da ínfima luz que nos guiava.

Enquanto andávamos por um corredor de teto ovalado, tive o desejo de ser abraçada pelas paredes do mosteiro. No mesmo instante, a recordação da primeira vez que estive naquele lugar, dia marcante, trouxe de volta alguns velhos sentimentos em relação à figura de Nigma. Eu sabia que o guardião pertencia ao Templo do Sol e um novo encontro entre nós parecia inevitável. Com uma sensação quase física, eu sentia sua presença e podia jurar que ele estava tão perto de mim quanto Kalyan.

Enquanto pensava em tudo aquilo, chegamos aos pés de uma escada tão grande que parecia não levar a lugar algum. E, ao final de uma subida cheia de esforços e de muitas dores nos joelhos, chegamos ao meu quarto.

Aquele cômodo era modesto, pequeno e com poucas mobílias. Uma mesinha de madeira e uma esteira no chão eram tudo que existia ali. Na parede oposta à entrada, havia uma janela com os ângulos arredondados através da qual era possível ter uma vista bastante generosa das plantações e da floresta ao longe.

Kalyan colocou a lamparina sobre a mesa e sorriu. Em seguida, retirou gentilmente a mochila das minhas costas e olhou para minhas mãos como se estivesse à procura de alguma coisa. Demorei um tempo para perceber que aqueles gestos e olhares em outra direção eram apenas sinais de sua timidez e eu, mais restrita ainda nos caminhos das emoções, apenas sorri de volta e esperei. Antes que o jovem pudesse se sentar ao meu lado, o mesmo homem velho que havia tomado a Pequena Deusa dos seus braços surgiu à porta. Ele abaixou a cabeça e me ofereceu uma tigela de sopa e um pedaço de pão. Assim que coloquei a refeição sobre a mesinha, os dois homens fizeram uma delicada reverência em minha direção e foram embora.

Tão logo eles saíram, um estranho vazio tomou conta de mim. Para fugir dele, fiquei imaginando que Kalyan poderia voltar em breve para ficar comigo. Os segundos, então, arrastaram-se como milênios e nada mais pude fazer além de suportar o gelado aperto da solidão.

Após tomar a sopa com restrições, pois tinha o gosto e o aspecto de um pântano, fui à janela para me surpreender com as belezas da noite. Diante do silêncio, fiquei pensando na diferença entre o eterno e o volúvel. A Lua, perpétua em sua claridade e em sua poesia, deixava Serkong Trin alaranjada sob um céu de estrelas. De maneira oposta, tanto nas cidades grandes quanto naquele lugar remoto, as inquietações mundanas debatiam-se abaixo do infinito como se não fossem passageiras, pequeninas e insignificantes.

Assim, diante daquela paisagem, meu medo da solidão se tornou um gigante e, ao mesmo tempo, uma bolinha de sabão solta no espaço. Entre o que era importante ou escasso de valor, meu coração tentava se posicionar para, enfim, acender um farol.

***

Após alguns minutos presa naqueles pensamentos, algo menos filosófico e romântico se fez premente e tudo que eu mais queria na vida era sair do quarto e encontrar um banheiro.

Na verdade, eu estava me sentindo desconfortável desde que chegara e os apuros daquela natureza me faziam ter saudades do conforto da civilização. Então, resolvi sair e deixar os receios de lado.

Em poucos minutos, de forma absolutamente acidental, encontrei uma passagem no primeiro andar da torre que me conduziu a uma sala espetacular! Dentro dela, havia uma verdadeira fortuna em objetos valiosos, tais como livros raros, cálices de prata e algumas obras de arte. Além disso, estavam ali a inesquecível coroa de Kalyan e o trono cravado de pedras preciosas onde, em uma festa de contornos dramáticos para mim, ele sentou-se para receber o título de Joia Rara.

Como meus olhos brilharam muito mais pelos livros do que pelas outras riquezas, tive a ousadia de arrancar um deles da estante para me aventurar em suas páginas. As maravilhas eram tantas que até me esqueci do banheiro! Fiquei saboreando as extraordinárias gravuras daqueles livros e algumas folhas me causaram até medo devido à energia ancestral que emanavam. Mais uma vez, as representações do que era eterno ou efêmero estavam diante de mim.

Poucos dias mais tarde, por meio de um sonho especial, entendi que as riquezas de Serkong Trin eram muito mais vulneráveis do que aparentavam. Entretanto, naquela noite de descobertas, nada parecia mais poderoso do que aqueles tesouros.

Subitamente, a lembrança de Álvaro e de suas constantes advertências assaltaram meu espírito, de modo que resolvi colocar tudo no lugar e partir. Deu muito trabalho largar os tais livros, pois eu não queria me desfazer deles de jeito algum. Vencida a relutância, consegui finalmente fechar a porta e sair.

Depois de um tempo, tive um estranho pressentimento: "Acho que estou andando em círculos!". De fato, os corredores mergulhados em penumbras pareciam idênticos e acabei perdendo o caminho de volta.

Para aumentar ainda mais o sentimento de que estava em apuros, não conseguia ouvir nada além da minha respiração. O silêncio era pesado e irreversível. Atrás de cada porta existia um enigma e não dava para saber se havia alguém naqueles quartos ou se eu estava absolutamente sozinha no meio do labirinto.

Apesar de ser uma pessoa prevenida que sempre andava com uma série de aparatos pela floresta, justamente naquela noite tinha sido descuidada e, ao sair do quarto, acabei levando comigo apenas uma lamparina. Como era de se esperar, sua pequena chama se tornou fraca e se apagou por completo ao final de poucos minutos. Assim, as sombras me alcançaram e tudo que eu conseguia perceber era o suor escorrendo pela face. À minha frente, a escuridão dava a entender que poderia ser tocada pelos meus dedos e, atrás de mim, o eco dos meus passos ganhava vida suficiente para me confundir ainda mais.

Depois de ouvir um ruído estranho, fiquei parada no meio do corredor. Chamei por Kalyan, mas não houve resposta. Tive novamente aquela sensação ambivalente sobre o tempo e parecia que o Templo do Sol estava flutuando do outro lado da vida. Apesar de todos aqueles elementos irreais, passos verdadeiros começaram a se aproximar cada vez mais rapidamente.

– Ismênia, é você?

Claro que não! Se a Pequena Deusa estivesse ali, com sua pureza e com seus cabelos radiantes, tudo seria diferente. Perto dela, não haveria medo e muito menos corredores umbrosos para serem transpostos às cegas!

Naquele momento, eu sabia que estava na companhia de um estranho.

De repente, uma breve chama girou no ar e a luz de uma vela revelou um rosto desconhecido ao meu lado.

– Ainda bem que trouxe estes fósforos comigo! – disse um homem ruivo, de aspecto orgulhoso.

Seus cabelos desalinhados pareciam ressaltar suas intenções igualmente desalinhadas e ele não parecia uma boa pessoa. Em nenhum momento pediu desculpas por ter me assustado e se apresentou de maneira rude. Juro que agora não consigo me lembrar do seu nome, mas basta fechar os olhos para ver sua imagem e, sinceramente, não gosto dela.

O ladrão era tagarela e foi dizendo que veio da Inglaterra e morava clandestinamente ali há exatos três dias. O motivo de sua viagem não foi nada espiritual e ele estava à procura dos tesouros escondidos no mosteiro. Confessou que tinha uma estranha obsessão pela coroa do mestre e que não descansaria enquanto não a encontrasse.

Por meio daquele personagem, cuja presença foi insuportável, percebi que o Templo do Sol corria perigo. Imediatamente, entendi por que Serkong Trin se mantinha tão fechada às outras culturas e por que, naquele ano, os sábios não apareceram nos jardins do mosteiro para se encontrarem com os turistas no dia da Escolha de Um Mestre.

Mesmo sem armas, o invasor parecia perigoso e, por isso, não ofereci resistência quando ele ordenou que eu o acompanhasse. Ele queria minha ajuda para abrir as infinitas portas à nossa volta até encontrar as relíquias que estava procurando. Enquanto caminhava ao seu lado, tentava manter a calma, mas, de repente, ele ficou agressivo e segurou em meu braço:

– Escute bem! Quero saber por que você está aqui, já que nem todo mundo consegue meditar com os mestres hoje em dia...

Naquele instante, tive vontade de gritar, mas não havia ninguém por perto. Respirei fundo e, como um milagre, percebi que havíamos parado bem em frente do meu quarto.

Antes que o ladrão dissesse mais alguma coisa, escapei de suas mãos e tentei fechar a porta, entretanto, constatei horrorizada que não existiam trancas nem fechaduras ali!

De repente, um tumulto vindo do lado de fora fez com que meus nervos saltassem através da pele. Debilmente, empurrei a pequena mesa de madeira para obstruir a entrada do quarto, mas aquilo não era mais necessário: o intruso tinha fugido. Ouvi outros passos pelo corredor e vários homens gritando ao mesmo tempo. Claro que eu não entendia o que falavam, mas conseguia perceber um clima de grande revolta entre eles!

Quando os ruídos cessaram, corri para abrir a janela. As plantações lá embaixo pareciam tranquilas, mas logo um alvoroço vindo do jardim quebrou o silêncio. Tentei me esgueirar para observar melhor o que estava acontecendo, no entanto, como a altura era considerável, fiquei com medo de cair. Mesmo assim, consegui ver as tochas dos guardiões desaparecendo ao longe, enquanto o ladrão tentava se libertar dos braços que o subjugavam.

Cinco homens fortes o arrastavam para fora dos portões do Templo e um deles me chamou a atenção. Sua cabeça estava raspada e uma trança negra caía da nuca até a cintura. Reconheci Nigma trajando suas tradicionais roupas de guerreiro, com tecidos grossos, cintos estranhos e um colete feito de pele, tal como eu o havia encontrado pela primeira vez.

Depois daquilo, a paz voltou e a Lua continuou brilhando como se nada tivesse acontecido.

***

O dia sequer tinha começado quando o som vigoroso de um sino despertou todo o mosteiro. Um sábio de aparência abnegada surgiu em minha porta e rumamos tranquilamente para a nossa primeira refeição.

Após uma noite insone, na qual fui atropelada por pesadelos constantes a respeito de novos ladrões invadindo o Templo do Sol, fiquei feliz ao ver tantas pessoas no refeitório. Aquela aglomeração dava um ar de família grande e de proteção.

Enquanto me alimentava polidamente e com certa timidez, olhava para os lados à procura de Kalyan e da Pequena Deusa, mas eles não estavam em parte alguma. Decidi perguntar por eles a um daqueles veneráveis senhores, arriscando até umas mímicas para tentar vencer o abismo linguístico entre nós, mas os resultados foram um desastre:

– Kalyan? Menina? Dono Templo?

É claro que o monge ao meu lado nem ligou para minhas macaquices e continuou apreciando seu mingau em silêncio.

Depois que todos terminaram o desjejum, alguém me conduziu para a execução de uma infinidade de tarefas, todas elas supervisionadas por uma senhora de olhar calmo, porém vigilante.

Lavei a louça, varri os vastos corredores revestidos de pedra, descasquei uma tonelada de batatas, fervi ervas para o chá, alimentei o fogo, enchi os tonéis com água e tantas outras atividades que nem consigo descrever.

Quando terminei todas as tarefas, já havia anoitecido. O cansaço foi tão grande que, daquela vez, adormeci sem problemas. Acho que aquela era uma estratégia para que os novatos não perdessem o sono...

Durante a madrugada, tive um sonho importante que, de maneira especial, dava sequência ao lamentável episódio do meu encontro com o ladrão inglês.

O sonho foi mais ou menos assim:

Kalyan estava alegre e entregou de bom grado sua coroa ao intruso. Em seguida, libertou o ladrão das mãos dos guardiões e ajudou-o a partir sem que encontrasse resistência. Vendo aquilo, fiquei furiosa! Então, critiquei o jovem mestre com veemência e nós dois protagonizamos um diálogo ferrenho, sabe-se lá em que língua, cuja tônica e veracidade foram impressionantes:

– Kalyan, por que fez isto? Por acaso não é um grande mestre?

– Eu não sou o Mestre da Destruição, mas alguém que tenta ser mestre em tempos de destruição...

– Você não tinha o direito. Aquela coroa foi forjada pelos antepassados e pertencia ao Templo do Sol!

– Não! Ela pertence aos que precisam dela!

– Mas aquele homem não precisa de nada. Ele é apenas uma pessoa gananciosa!

– Ele não precisa da coroa?

– Não.

– Mas ele acha que precisa?

– Sim.

– Então, é a mesma coisa!

– Kalyan, não entende que novos ladrões virão por causa disso? Você fez papel de tolo!

– E também um novo amigo.

– E os guardiões? Eles não pensam como você...

– Os guardiões ficaram enfurecidos porque o homem agrediu você, e não porque ele queria pegar a coroa!

– Sua obrigação como Joia Rara era cuidar da herança deixada pelos antigos sábios.

– Mas foi exatamente o que fiz: cuidei da nossa herança! A herança é a bondade e o amor.

– Não! Você entregou os tesouros do Templo para um ladrão.

– Os tesouros que importam são aqueles que os ladrões não podem roubar.

– Ei, essa frase não é sua!

– Sim, mas a verdade empresta bocas pelo mundo.

– Kalyan, com todo respeito, você não percebe que este será o fim de Serkong Trin?

– Você acha mesmo que construir muros altos ou colocar guardiões em frente das portas seja algo realmente capaz de impedir a ruína? Civilizações inteiras desapareceram. Desde o corpo que envelhece até o fruto que cai da árvore, não há neste mundo o que não possa ser derrubado e nem aquilo que não consiga se reerguer!

***

Depois de tantas frases profundas, o que esperar? Como aquele nobre conteúdo poderia ter surgido dentro da minha cabeça? Aquela experiência foi quase uma visão e ilustrava um caminho de sabedoria.

No entanto, a primeira coisa que fiz ao acordar foi lamentar o fato de que tudo aquilo tinha sido apenas um sonho. Kalyan e eu não entendíamos a língua um do outro, não havíamos conversado de verdade e essas constatações aumentaram ainda mais meu péssimo humor. Além da desilusão, minhas costas estavam quebradas e um novo dia de trabalho aguardava por mim!

– Não há o que não consiga se reerguer? Então diga isso para os meus seios! – dizia eu com meus ridículos botões enquanto tentava colocar o sutiã.

Claro que, depois de um tempo, minha mente voltou ao lugar certo e pude reconhecer toda a força da minha aventura onírica. Com toda aquela inspiração, interpretei que Kalyan e eu talvez pudéssemos aprender uma nova forma de comunicação.

Assim, tentei encontrá-lo por toda a lavoura, lugar em que provavelmente deveria estar naquela hora do dia. Entretanto, como todos pareciam usar as mesmas roupas e os mesmos chapéus do mestre, aquela empreitada não durou muito e tudo ficou mais difícil do que achar uma agulha em um palheiro.

Quando voltei ao meu quarto, percebi a necessidade de ter alguém por perto para dialogar e interagir. Há mais de um dia eu estava em completo silêncio e aquilo era algo muito difícil, mesmo para uma pessoal tão reservada quanto eu.. Então, lembrei-me de Ismênia e de como seria bom ter sua companhia novamente.

Porém, muitos dias se passaram sem que eu tivesse notícias da menina dourada. Por mais que eu procurasse por ela, meus esforços terminavam no vazio.

Além disso, outras duas perturbações me inquietavam de vez em quando. A primeira dizia respeito à minha vida no Brasil. Como estariam meus amigos após minha suposta morte? E Carlos? Algum remorso? Por último, de um jeito ainda mais duradouro, preocupavam-me as mudanças repentinas pelas quais passava Serkong Trin. A mais evidente era o número crescente de forasteiros na terra e de helicópteros no céu. Cada vez mais comuns desde a notícia do naufrágio, aqueles ruídos ensurdecedores me assustavam e eu ficava muito aliviada quando eles iam embora.

Em minhas fantasias movidas pela culpa, jornalistas cruéis conduziriam minha história de acordo com sua conveniência e, uma vez de volta ao Ocidente, seria julgada e condenada por falsidade ideológica. Será que aquilo fazia algum sentido? Bem, de qualquer forma, detestava ver os sinais de progresso se aproximando do *meu* paraíso.

Com exceção daquelas angústias, os dias no Templo transcorriam com simplicidade e harmonia. Eu não incomodava ninguém e trabalhava quase que ininterruptamente. Mesmo exausta, compreendia que o trabalho não era privilégio meu, mas algo que todos compartilhavam. Os moradores já tinham se acostumado com minha presença e eu adorava ajudar a todos, sobretudo, os jovens estudiosos que tanto se pareciam com Álvaro.

Apesar do aspecto rotineiro, a vida naquele lugar não era monótona. Existiam algumas curiosidades, é claro, que tiravam a gente da rotina e as situações mais pitorescas ficavam por conta das nossas mascotes, seres que emprestavam um toque surreal ao dia a dia.

A fauna do Templo era diversificada e mereceria um capítulo à parte.

Muitos animais passavam o dia todo conosco, mas, à noite, voltavam para suas tocas. Aquela era a lei.

Havia um macaquinho que gostava muito de mim, mas ele era tão pequenino e agitado que dava até aflição. O pestinha ficava sempre na janela enquanto eu lavava os pratos e, se eu o ignorasse por muito tempo, jogava um monte de louças no chão!

– Saia daí e vá procurar por Ismênia! Ache uma criança para você brincar.

Não adiantava dar broncas. O negócio dele era comigo!

Certo dia, o macaquinho não apareceu e comecei a ficar apreensiva. Quando a noite chegou, contrariando as normas do lugar, ele surgiu em minha porta e percebi que viera me buscar. Ele queria me mostrar alguma coisa...

Sem fazer barulho, atravessamos as plantações e ganhamos a mata virgem. Quando chegamos aos pés de uma grande goiabeira, entendi por que meu amiguinho havia me chamado. Em um dos galhos mais altos, camuflada pelas folhas, uma fêmea estava abraçada aos seus filhotes e, embora estressada com a luz da minha lamparina, não correu nem se afastou. Então, era aquilo! O simpático animalzinho queria me mostrar sua família!

Eu me recordo muito bem daquela noite. Fiquei tão contente que, na manhã seguinte, coloquei um monte de frutinhas perto daquela árvore.

Assim, eu seguia minha jornada no Templo do Sol junto às pessoas e aos animais, encarando tudo como um aprendizado e ficando cada vez mais desapegada das minhas galochas. Por sorte, os únicos peçonhentos do lugar eram os escorpiões e eles ficavam o tempo todo seguindo uma monja de vestes vermelhas, que conversava com eles como se fossem seus alunos. Era comum que os escorpiões subissem em sua cabeça ou que ficassem ao seu lado enquanto ela lia um livro ou cantava um mantra. Aquelas cenas na biblioteca, embora bizarras, carregavam um quê estético interessante.

***

Por alguma razão que eu não conseguia compreender, nunca era convidada a participar das atividades de meditação ou de ioga que aconteciam diariamente. Só em ocasiões especiais e raríssimas, assistia às celebrações nas quais podia observar Kalyan conduzindo as práticas milenares necessárias para o alcance do *samadhi*, trabalho que ele fazia com muita dedicação e esforço. Devido às dimensões do salão de cerimônias, a distância entre nós era tão grande que eu mal podia ver os traços de seu rosto. Porém, só de ouvir sua voz, eu ficava muito feliz.

Aquelas oportunidades de encontro à distância, com sua alegria unilateral entranhada na natureza do amor utópico, sempre me colocavam na qualidade de fã sem ingresso para o show. Mesmo assim, eu procurava por elas constantemente, inclusive, através da janela do meu quarto. Era assim que podia observar o jovem com seu tradicional chapéu trabalhando na plantação ou na construção do anexo da grande torre. Naqueles momentos, ficava imaginando como seria bom se o senhor e a senhora Sungso viessem nos visitar! Apesar de residirem muito perto, eles se mantinham respeitosamente distantes.

Em uma bela noite, fui convidada a entrar no salão vermelho localizado no andar térreo, para assistir a uma cerimônia em homenagem ao eclipse previsto para o final do verão. Era o mesmo lugar em que, estando pela primeira vez no Templo do Sol, eu havia sentido tantas emoções. Fiquei mais uma vez impressionada com sua vastidão, suas cores vibrantes e seus misteriosos cantos escuros onde as luzes das velas não conseguiam alcançar. Daquela vez, eu não era uma visitante indesejada, mas uma ilustre convidada (o "ilustre" foi por minha conta).

Daquela vez, Kalyan apareceu para as tarefas da noite usando umas vestes complicadas e um chapéu com fitas amarelas em toda volta. Ele estava com um semblante incrivelmente tranquilo e nem parecia o mesmo homem que, horas atrás, estava derretendo sob o sol da lavoura. Mesmo exercendo o cargo de maior hierarquia em Serkong Trin, Kalyan continuava o mesmo e trabalhava tanto ou mais que os outros.

Quando estava prestes a encerrar as atividades, o jovem interrompeu um poema musical e começou a fazer um discurso em tom grave, cujo assunto pareceu ser muito sério. De repente, uma discussão começou ali e fiquei atônita com a situação atípica, pois estávamos em um ambiente em que prevaleciam a paciência e a introspecção. Alguns se mostraram contrariados pelo que o mestre dizia e, pelos seus gestos, percebi que a polêmica girava em torno da coroa da Joia Rara!

Será que meu sonho profetizou alguma coisa?

Tempos depois, por meio de notícias trazidas por um grande amigo, eu soube que sim. Naquela mesma noite, Kalyan havia dado sua coroa para dois bandidos que surgiram sorrateiramente na plantação do mosteiro, sem que os monges ou os outros moradores pudessem testemunhar. Ao confundirem o jovem com um trabalhador comum, os ladrões confessaram sua intenção de invadir o Templo e Kalyan resolveu entregar a joia para não comprometer a paz.

Mesmo sem saber daqueles detalhes na época, eu intuí que o jovem mestre havia feito algo importante. Então, de maneira diferente dos sábios que o criticavam naquela cerimônia, permaneci serena e fiquei contente com isso.

***

O dia seguinte foi marcado por trabalhos repetitivos e, sinceramente, invencíveis. Todos nós cumprimos tarefas que, embora necessárias, deixaram-nos perplexos pela forma misteriosa com que se multiplicaram. Uma ventania derrubou as roupas do varal, pratos e mais pratos brotaram das pias, milhares de folhas entraram pelas portas e, pior do que tudo, panelas foram esquecidas no fogo e o almoço acabou queimando! Parecia que o demônio não queria que as coisas ficassem no lugar. Bastava limpar um cômodo para que outro se sujasse e até mesmo a roldana do poço encrencou, deixando-nos sem água durante horas.

Apesar de todas aquelas rebeldias do mundo inanimado, a calma voltou ao mosteiro e não houve entre os sábios qualquer resquício das desavenças ocorridas na noite anterior.

Quando estava pronta para dormir, tive uma grande surpresa. Kalyan veio conversar e minha alma cintilou como um pássaro liberto da gaiola.

Seu rosto tinha um frescor diferente como se fosse de manhã e trazia nas mãos dois pães recheados com amoras silvestres. Assim que nos cumprimentamos, convidei-o a entrar. Como não havia cadeiras no meu quarto, ficamos em pé apreciando nossos lanches e sorrindo amavelmente um para o outro.

Em seguida, saímos de mãos dadas por umas passagens pouco iluminadas até chegarmos ao último andar de uma das torres. Depois, entramos em uma pequena sala extremamente limpa, organizada e com um acabamento impecável. A decoração era simples e bela. Nos aparadores encostados às janelas, velas ardiam ao lado de incensos perfumados e, no chão, muitas almofadas vermelhas deixavam o ambiente ainda mais aconchegante. Nas paredes, gravuras em tecidos mostravam cenas aprazíveis contendo templos budistas e deidades.

Fiquei muito impressionada com tudo aquilo, ainda mais se tratando de um mosteiro antiquíssimo no meio de uma floresta remota!

Havia uma passagem de acesso a outro compartimento, que logo percebi tratar-se de um quarto para banho, com uma estranha banheira de pedra lisa, toalhas penduradas em ganchos e uma prateleira contendo muitos vidrinhos cheios de líquidos coloridos e enigmáticos.

"*Queria que este fosse meu quarto!*", pensei, imaginando como seria bom se eu pudesse desfrutar todo aquele conforto.

Mesmo não entendendo exatamente o que iria acontecer, sabia que não estava ali por acaso. A partir daquele momento, eu tinha conquistado outro patamar naquele lugar sagrado. Finalmente, depois de muito trabalho pesado e solidão, eu poderia me dedicar às tarefas intelectuais e intuitivas.

Com um gesto delicado, Kalyan pediu-me que entrasse e aproveitei o momento de proximidade para fazer uma pergunta premente que estava me intrigando há dias:

– Onde está Ismênia?

Eu sabia perfeitamente que o mestre entendera a pergunta. Em resposta, no entanto, ele apenas sorriu. Por meio de sua atitude tranquila, concluí que a menina estava bem e que, talvez, tivesse voltado para a floresta em companhia de sua fada. Fiquei triste com aquela dedução e ondas de calor nauseantes queimaram minha face tanto quanto o sol que exauriu as lavouras naquele incrível dia de trabalho!

Vendo que minha pele estava vermelha como um pimentão, Kalyan ofereceu-me um lenço umedecido para refrescar meu rosto e também um copo de água. Em seguida, queimou a ponta de dois incensos em uma vela e dispôs alguns objetos prateados ao lado deles. Assim, um sino e uma taça completaram o pequeno altar abaixo da janela e meus olhos ficaram fascinados com aqueles gestos delicados e cheios de ritualística.

Com a mesma elegância, o jovem segurou dois pires de metal acobreado sobre os quais imaginei duas saborosas xícaras de chá sendo servidas para nós. Quando finalmente percebi que aqueles pires tão reluzentes não eram utensílios de cozinha, mas, sim, pratos sonoros, fiquei na expectativa de descobrir o que o mestre faria com eles. Kalyan segurou-os um de frente para o outro e sentou-se à minha frente na tradicional posição de lótus.

Desde que eu havia entrado pelas portas Templo do Sol naquela segunda oportunidade, tinha encontrado muita paz e alegria. No entanto, longe das práticas de ioga, de alongamento e das caminhadas que fazia na floresta, estava com um péssimo condicionamento físico. Por isso, minhas articulações ficaram rígidas e, quando tentei copiar a postura do mestre, por pouco não tombei para trás feito elefante de circo!

Aqueles desequilíbrios patéticos, em que meu corpo e meu sorriso tolo já não me obedeciam, apenas revelavam minha peculiar condição de peixe fora d'água frente aos sentimentos mais fortes. Foi assim na cachoeira das carpas e foi assim naquela noite no Templo.

Só me restou, então, olhar para ele e pedir desculpas. Naquela altura da vida, minha prioridade era evitar outros constrangimentos, asfixiando ao máximo as evidências da minha paixão. Por isso, corrigindo a postura e procurando esquecer a falta de graciosidade com que investi meus quadris naquelas pobres almofadas, assumi uma expressão muito séria e fechei os olhos.

***

Foi exatamente a perspectiva de treinar a mente que me fez cair na conversa da dona Vanessa, deixando para trás um belo cruzeiro para as Bahamas. Assim, meses depois da minha chegada a Serkong Trin, encontrava-me eufórica diante da oportunidade de meditar sob as orientações de um sábio. Naquele momento, estava prestes a realizar meu grande sonho, ainda que o caminho percorrido até ali tivesse sido, no mínimo, incomum. Ao mesmo tempo, era difícil não me distrair com a irresistível felicidade de estar ao lado de quem eu tanto adorava.

Assim, fiquei imponderavelmente dividida entre a serenidade do plano meditativo e o desejo de pegar nas mãos do jovem mestre, estivessem elas segurando pratos sonoros ou não... Uma parte de mim queria o mundo místico do Templo, e a outra, o calor místico de outro templo, o mundo dos ardores emanados pelo sol de Kalyan!

Claro que, ao fechar os olhos, eu não conseguia encontrar a paz e muitas imagens cotidianas me invadiram sem trégua. Meu cérebro parecia um cavalo selvagem que saltava de um lado para outro sem obedecer às rédeas da vontade consciente. Ele ignorava, daquela forma, que a liberdade só seria possível na total entrega de si mesmo ao estado pleno do "não querer"!

Então, eu tinha de relaxar e nada mais. Eu tinha de relaxar, eu tinha de relaxar...

Kalyan, com a maior paciência do mundo, não ligava para meus tiques, fossem com as pernas, braços e até mesmo com as pálpebras. Ele ainda tinha esperanças de que sua aluna pudesse se concentrar e progredir para além dos sentidos. Apesar da sua fé e boa vontade, eu continuava me debatendo no meio do nada. Tudo que eu via, ou melhor, tudo que eu queria ver eram seus traços perfeitos, o seu rosto adorável com aqueles lábios que...

"Plainnnn!"

Minha Nossa! O que foi aquilo?

Olhei assustada para todas as direções e não encontrei nada para me socorrer! Kalyan tinha batido um pratinho contra o outro para evitar que meus devaneios atrapalhassem a concentração. Só posso dizer que os tais pratinhos eram pequenos, mas o estrago que fizeram foi grande! Eles simplesmente machucaram meus ouvidos e sua intenção, com estilo e rima, foi muito clara: "Apazigua tua mente ou serei estridente!".

Aquele som de reverberação ininterrupta fez com que meu corpo ficasse ainda mais desajeitado sobre as almofadas. Não pude conter minha reação estúpida e nem mesmo o sorriso benevolente de Kalyan fez com que eu me sentisse melhor.

Para recuperar a concentração, procurei descansar na aparência convidativa dos incensos que queimavam à nossa frente, mas, de repente, os mantras que o mestre entoava ficaram tão inexplicavelmente perturbadores que tive de recorrer à lembrança de uma música diferente, uma cantiga de roda, para não me concentrar neles. Como toda a canção destinada às crianças, aquela recordação trazia conteúdos amedrontadores, ótimos para me manterem distraída dos sentimentos ocultos. Mas, para além deles, acima e entre cada verso que eu imaginava, havia outra voz preenchendo o espaço com seu timbre de ouro, com sua graça e musicalidade, uma voz cheia de leveza e adornos que me transportavam para um lago cheio de carpas e...

"Plainnnnnnn! Plainnnnnn!"

Oh, céus! Os pratos novamente!

Fiquei esperando algum tipo de represália por parte do mestre, mas tudo que ouvi foram os risos que ele sequer conseguiu disfarçar. E bastou que meus olhos se abrissem de novo para que eu quisesse fechá-los... de vergonha!

Era o fim.

Já podia imaginar o que me aguardava: eu voltaria para a rotina do mosteiro e, após duas ou três semanas de trabalho braçal, quem sabe Kalyan poderia me considerar pronta para recomeçar nossa aventura mística. E se eu falhasse de novo... Bem, aí meus tímpanos pagariam pelo fracasso.

Diante daquelas perspectivas nem um pouco otimistas, já tinha dado a noite por encerrada quando o Senhor do Templo decidiu que tentaríamos mais uma vez.

Ele fechou os olhos e ficou tão lívido quanto um cadáver. Só não fiquei muito aflita porque notei que o mestre respirava normalmente. Mesmo assim, parecia que sua alma, sua consciência e seu cerne tinham partido para um lugar muito distante.

"Onde será que ele está agora? O que devo fazer?"

Como efeito colateral daquelas dúvidas, fiquei ainda mais tensa e temerosa, condições opostas para que eu atingisse o ponto necessário para a completa entrega da mente. Meus pensamentos corriam tão agitados quanto antes e nada mais me restou do que ficar por ali aguardando pelo tal "vazio".

Os minutos passaram com velocidade imponderável e as lamparinas derramavam uma aura estonteante sobre todas as coisas. Subitamente uma pintura chamou-me a atenção: um homem cavalgava acima das montanhas, voando sob os picos gelados como alguém prestes a conquistar o espaço. Foi curioso notar que eu havia, há poucos momentos, comparado minha mente a um cavalo selvagem.

Fiquei muito atenta para ver se alguma coisa estava diferente, se algum objeto tinha se movido, ou se meu peito tinha parado de arder. Apesar das minhas inquietações e expectativas, o mundo parecia exatamente da mesma forma e do mesmo jeito.

Pouco tempo depois, minhas pálpebras ficaram pesadas e fui capturada pelo inefável momento do adormecer. Fiz de tudo para ficar acordada e até estiquei os braços para movimentar o corpo, mas bastou observar de novo a figura do cavaleiro destemido para que meus olhos voltassem a se resignar perante o sono. Meu corpo estava tenso e relaxado, leve e pesado, tão cheio de opostos quanto à vida.

Então, uma luz tímida e azulada começou a se aproximar. Ela não tinha pressa, nem forma, nem vaidade. De repente, após um clarão, a luz estendeu-se sobre nós.

Era o início do Mundo Azul!

***

Era incrível sentir as pétalas caindo em meu rosto. Sua textura macia apaziguava meu espírito. Aquelas flores, embora dessem a impressão de que tinham se desgarrado das nuvens, vinham de todos os lados e eram atiradas sobre mim. Os aplausos me diziam isso, os sons dos festejos me contavam. Era uma tarde de alegria, uma comemoração!

Procurei ampliar minha percepção para além daquela chuva de flores e a segunda coisa que vi foi um céu límpido, algo como uma pintura monocromática. Embora não me sentisse capaz de decifrar racionalmente aquela bela qualidade, percebia sua existência e não podia negar o quanto ela me afetava. Eu estava, mais uma vez, fascinada por tanta beleza!

De fato, não era apenas a atmosfera que estava daquela maneira: tudo tinha o mesmo tom, como se houvesse uma película anilada sobre as grandes lentes do universo. Assim, as árvores, a estrada de terra, os desconhecidos que sorriam para mim, tudo era tão azul quanto o firmamento. Embora novas nuances daquela cor surgissem de vez em quando, meus olhos capturavam sempre a mesma fonte vibratória: o azul intenso e absoluto de um mundo diferente.

De um jeito natural e gradativo, meus outros sentidos ganharam força e minha pele foi capaz de sentir o calor do dia, minha língua conseguiu umedecer os lábios, meu olfato assimilou os aromas da floresta e meus ouvidos começaram a perceber vários sons interessantes como chocalhos, tambores, flautas e cantos. De maneira semelhante, ouvi o relinchar de um cavalo e conversas proferidas em um idioma estranho, porém compreensível.

Quando finalmente pude me concentrar um pouco mais no momento presente, percebi que estava sentada em uma charrete que seguia devagar à beira de um rio. Apesar da temperatura alta, o rio estava congelado e aquilo me deixou perplexa. Ao meu lado, pessoas desconhecidas acompanhavam a charrete e eram elas que jogavam flores sobre mim.

De repente, como se tivesse levado uma sacudida, lembrei-me de que tinha um corpo e que deveria checar meu estado geral. Imediatamente estiquei os pés, braços e mãos e fiquei muito feliz quando constatei, tal como as parturientes que se certificam da integridade física dos bebês, que não me faltava membro algum!

Foi então que prestei atenção à minha nova aparência. Eu estava mais jovem, bonita e meus cabelos longos balançavam com a brisa. Meu vestido (claro!) era azul e meus apetrechos de celebridade me colocavam à altura de uma Rainha do Mar!

"*Que tecido lindo!*", pensei, enquanto minhas mãos deslizavam pela saia.

Depois, senti uma leve pressão nas têmporas e retirei dos cabelos uma incrível tiara de safiras, cujo brilho quase cegou meus olhos.

Repentinamente, como se tivesse vida própria, a tiara escorregou entre meus dedos e por pouco não caiu ao longe. Pulei do meu assento na intenção de agarrar a joia, mas um homem elegante sentado ao meu lado me deteve com um gesto rápido:

– Calma, aqui está sua tiara.

Em seguida, ele colocou o braço sobre mim e começou a roçar em meus ombros com a ponta do polegar sem qualquer timidez. Era intimidade demais para o meu gosto, ainda mais naquelas condições. Ao contato de seus dedos em minha pele, supus que nossa história tinha começado antes daquele momento, mas, sinceramente, eu não sabia se aquilo era bom ou ruim.

Quando olhei para o homem, uma frase escapou-me dos lábios tão incontrolavelmente quanto a tiara que havia saltado das minhas mãos:

– Mas... o que você está fazendo aqui?

Completamente decepcionada, senti uma careta desmontando meu rosto. Aquele casamento não fazia parte dos meus planos e muito menos dos meus sonhos!

Para agravar ainda mais a situação, as pessoas que nos acompanhavam aparentavam tanta satisfação que eu mal sabia como me comportar. O que eu poderia fazer? Correr? Beliscar meu braço? Os festejos, assim, seguiam em frente e todos gritavam com animação:

– Viva!

– Saúde para Nigma e Aishi Dora!

– Viva os noivos!

"Aishi" o quê? Fiquei procurando por mais alguma pessoa na charrete, mas, é claro, éramos só nós dois, os noivos!

Os olhos fortes e convictos do guardião respaldavam muitos receios que eu carregava sobre meu mundo inconsciente e, da mesma forma, impunham várias dúvidas às minhas poucas certezas. A mais contundente insegurança era originada dos elementos surpreendentes daquela meditação, que pareciam ter vida alheia à minha vontade. Em outras palavras, eu ainda não tinha conseguido relaxar a ponto de negligenciar minha necessidade de controle sobre tudo e sobre todos.

A mente parecia confusa, a razão estava sufocada por nuvens escuras e, por fim, tive de apertar meu braço para saber se estava viva ou não. Apesar de o beliscão ter causado uma dor aguda, tive o pressentimento (para não dizer a esperança) de que tudo aquilo não era tão verdadeiro quanto parecia.

Decidi, então, confiar em Kalyan e permitir que aquelas vivências avançassem e seguissem seu curso normalmente, pois em breve poderia recuperar o controle da situação. Pelo menos, era naquilo que eu acreditava...

Porém, a cada instante, ficava cada vez mais claro que eu não possuía qualquer ascendência sobre aquelas pessoas, cenários e sentimentos, de modo que fiquei muito apreensiva.

Olhei novamente para Nigma. Ele estava mais jovem e muito sedutor em seus trajes de festa. Ao ver que ele se sentia alegre e confiante, meu coração, pela primeira vez, desejou sinceramente sua felicidade. Por isso, ocultei meus sentimentos e procurei sorrir para todos que nos desejavam boa sorte.

Depois de muitos acenos e músicas, nossos convidados ficaram para trás e a charrete prosseguiu por um caminho bucólico e florido. Aquela floresta era muito rica e, claro, decisivamente azul. Sua vegetação era um verdadeiro desafio para qualquer naturalista devido à mistura inviável de suas espécies: pinheiros, abacateiros, seringueiras, coqueiros, cactos. Todos em tons marinhos!

– Este lugar é muito bonito, mas com certeza não é a floresta de Serkong Trin – disse eu, tentando iniciar um diálogo.

A língua com a qual me expressei era muito peculiar e nem mesmo no Templo do Sol as pessoas falavam daquela maneira. Da mesma forma, neste exato momento em que escrevo estas lembranças, sou incapaz de me lembrar de uma única palavra daquele idioma. Não me sinto à vontade em arriscar palpites a respeito de sua gênese e, então, deixemos as coisas como estão e vamos em frente.

Após o meu comentário sobre o lugar, o guardião observou meu rosto como quem se arrisca a decifrar um enigma e, em seguida, voltou-se para o sol.

– Não acha que tivemos muita sorte? Chegaremos antes da neve!

De repente, entramos por uma bela passagem abaixo das árvores, uma alameda romântica adornada por cipós e orquídeas. Em seguida, paramos em frente a uma casa feita de pedras.

– Bem-vinda ao seu novo lar! – disse Nigma, enquanto me ajudava a lidar com o vestido, o degrau da charrete e o medo, três variáveis difíceis para serem manejadas de uma só vez.

Assim que entramos na casa, um sopro misterioso arrepiou minha nuca e meus cabelos ficaram elétricos. O fenômeno foi tão forte que tive de colocar novamente a tiara de safiras para que os fios se ajeitassem. Comecei a reparar melhor em tudo que existia por ali. Aquela casa era simples, mas coberta por uma aura de honra inexplicável que só poderia ser originada pela própria energia de Nigma.

A sala era aconchegante e alguns móveis rústicos criavam um ambiente intrigante. O único quarto ficava à direita e, na parede oposta, havia uma lareira semelhante à que existia em meus aposentos de hóspedes em Serkong Trin. Na verdade, era a mesma lareira!

– Que bucólico! – disse eu, enquanto Nigma ajeitava as lenhas sobre o fogo.

– Sabe, Aishi Dora, talvez você não consiga entender, mas eu esperei muito por este momento.

Mesmo apertando a boca com uma das mãos, a risada escapou por entre os meus dedos e não consegui engolir aqueles pequenos espasmos guturais que pareciam brotar das amídalas. Como Nigma continuava sério, tentei controlar meu humor com mais empenho e, exagerando no controle, fiquei carrancuda também. A partir de então, tive vontade de lhe dizer que eu não era sua esposa, que Aishi Dora não era meu nome e que não fazia a menor ideia sobre o que ele estava fazendo dentro da *minha* meditação.

Apesar de tudo, resolvi ficar calada em respeito a ele. É claro que aquele não era o tipo de respeito que normalmente sentimos por uma pessoa real. Era apenas um tipo de cuidado, um simples silêncio em homenagem às diversas partes do meu "eu". Pelo menos, era naquilo que eu acreditava no início das minhas aventuras no Mundo Azul...

Depois de uns minutos, achei que aquele silêncio estava pesado demais e procurei algumas palavras amigáveis para conversar. Um frio incipiente nos alcançou com o fim da tarde e, por sorte, a lareira estava começando a aquecer o ambiente. Aquela coisa toda sobre o calor do fogo poderia ser um ótimo assunto para nós, mas, de repente, Nigma simplesmente se aproximou e perguntou se eu gostaria de me deitar com ele!

Minhas mãos ficaram suadas e geladas ao mesmo tempo.

– Você está agindo de um jeito tão estranho hoje, querida.

"Querida"?

Enquanto tentava entender meus sentimentos, desejava acima de tudo não sentir coisa alguma. Aquela situação estava me deixando sem fôlego. Procurei recorrer aos artifícios que sempre me acudiam quando tinha um pesadelo, tais como manter a mente ocupada com uma oração ou pensamento positivo, entretanto, a realidade azul estava se tornando cada vez mais forte.

Calma! Você deve se concentrar! Logo, acordará no mosteiro e tudo voltará ao normal! – disse para mim mesma.

A sensação de angústia se tornou ainda maior quando o guardião me conduziu até a porta do nosso quarto. Vejam bem: do *nosso* quarto!

Ao lado da cama, havia um vaso com rosas que pareciam de mentira... Sua cor branca saltava aos olhos e tive de tocá-las para saber se de fato existiam.

Elas eram um presente de casamento. Nigma contou-me que aquelas flores raras foram cultivadas e colhidas por ele com toda dedicação e estavam ali para mostrarem a beleza da nossa união. Disse ainda que, no começo, ficou chateado por eu enxergá-lo daquela forma mítica, ou seja, como um guardião de roupas tolas, mas que, naquele momento, já não se importava mais com meus enganos.

Eu ainda estava olhando para o vaso, quando ele parou de falar. De repente, seus braços enlaçaram-me a cintura e, em uma fração de segundo, Nigma já estava deitado sobre mim com beijos ardentes prontos para serem correspondidos!

Eu não sabia o que fazer.

Em resposta, virei o rosto para congelar os sentidos, mas seus lábios eram capazes de derrubar muralhas e se derretiam inteiros em minha nuca e em meus ouvidos! Senti, então, o ar coberto por um cheiro de almíscar tão bom, que meus olhos se fecharam e me levaram diretamente para os jardins das pétalas abertas... Ainda assim, sussurrei que aquilo tudo não era real e que não estava acontecendo de verdade, como se aquelas palavras carregassem uma senha ou fossem mágicas o suficiente para desobstruírem as rotas de fuga.

Cansado da minha frieza, Nigma levantou-se e começou a vestir sua camisa. Apesar de tudo, ele estava bem humorado e procurou ser compreensivo com sua esposa nada bombástica de vestido blindado.

– Você deve estar preocupada com Yangsi, não é? Quer que eu vá buscá-lo? Mesmo estando na casa de Shafarti? Claro que quer! Então, irei agora mesmo!

Por que será que existem pessoas (ou parte de pessoas) que fazem perguntas aos outros, mas não querem ouvir as respostas?

Antes que eu dissesse uma única sílaba, ou, ainda, antes que entendesse como os trincos daquela porta funcionavam, o guardião foi até o gramado, acendeu uma tocha e saiu em seu cavalo.

***

Até que Nigma voltasse, fiquei observando cada detalhe daquela casa. Eu era leiga em interpretações de sonhos, mas tinha uma vaga ideia sobre o valor dos símbolos para a mente humana. Sabia, por exemplo, que as casas normalmente eram ícones representativos do self. Dessa forma, procurei conectar meus múltiplos mundos nos objetos e nas paredes daquele novo lar, no entanto, não consegui me reconhecer em quase nada por ali. As coisas pareciam estranhas e não tinham intersecções comigo. Depois de um tempo, desisti de toda aquela tentativa de achar explicações e sistemas racionais para tudo.

"Muito bem, chega, já estou satisfeita *desta brincadeira. Eu já fui casada antes e não deu certo! Está ouvindo, Senhor Inconsciente? Não deu certo!!! Então, vamos parar com isso e conhecer um lugar de cores mais quentes, por favor? Hein?"*

"...antes que ele volte!" era o que eu queria dizer no final, mas não tive coragem.

Claro que não adiantou nada gritar daquele jeito e, tão logo me vi sozinha com meus fantasmas, fiquei tão chateada que não consegui ânimo nem para afrouxar aquela apertada roupa de festa.

Quando escureceu, o grande Nigma retornou tão entusiasmado quanto antes. Assim que ele desceu do cavalo, tirou da cela muitas coisas que lhe pertenciam e veio se equilibrando com todas elas nos braços. Quando se aproximou um pouco mais, percebi que carregava um cesto de vime ovalado, uma bolsa cheia de roupas e um monte de cobertores.

Na paisagem, uma surpresa: a neve! Embora não fizesse frio naquela noite, uma fina camada de gelo começou a deitar-se sobre tudo e a Lua, uma bola turquesa presa ao céu, iluminou os caminhos de Nigma até a casa.

Assim que o guardião entrou e colocou suas inúmeras coisas espalhadas pela sala, encontrei acidentalmente minha imagem refletida em um objeto sob a lareira. Embora a pele e os cabelos estivessem levemente azulados, eu estava mais bonita do que nunca! Minhas mãos tinham o viço de outrora e meus olhos cintilavam como estrelas. Quando tentei chegar mais perto da imagem, Nigma segurou-me pelos ombros e, à semelhança de Álvaro, começou a fazer diversos comentários sobre os perigos do mundo lá fora. Disse que não seria prudente sair sozinha pela floresta, principalmente porque eu estava apresentando uma espécie de amnésia bastante inconsequente nos últimos dias. Aquela observação me deixou aborrecida porque dava a entender que Nigma era a única pessoa responsável naquela casa. Depois, ele falou algo sobre mortes e guerras, mas, sinceramente, não prestei a mínima atenção.

De repente, quando nada poderia ficar pior, um choro angustiante tomou conta da sala. Olhei para todos os lados e fiquei apavorada quando o guardião retirou do cesto um bebezinho e colocou-o em meus braços!

– Pronto, aqui está Yangsi! Agora todos nós ficaremos mais tranquilos! – disse ele sorrindo e ajudando-me a sentar em uma cadeira.

Como ainda estava com meu vestido de noiva, Nigma teve certa dificuldade para abrir aqueles inúmeros botões perolados em forma de coração e, sem que eu tivesse chance de me esquivar, o bom guerreiro aninhou a criança em meu seio como se fosse algo natural e corriqueiro.

Puxa, aquilo doeu muito! Só não me levantei e saí correndo porque o orgulho foi maior do que a dor. Além do mais, Nigma tinha dito tantas coisas negativas a meu respeito que eu não queria dar a ele a impressão de ser covarde.

Para não lembrar que meus mamilos ardiam em chamas, aguentei firme a nobre missão do aleitamento e contei carneirinhos, vaquinhas e coelhos até que enchessem uns mil zoológicos! Depois daquela eternidade, o bebê parou de mamar e entreguei-o de volta para Nigma com a pressa de quem se livra de um fardo. Tão logo abotoei a maioria dos mil corações daquele vestido, fui embora e Nigma só teve tempo de um breve olhar antes que eu fechasse a porta.

Quando senti a neve no rosto, tentei literalmente esfriar a cabeça. Os pequenos flocos não eram úmidos ou gelados, o que significava um problema a menos para ser resolvido. Ao segurá-los na palma da mão, pensei na magia daquelas sensações tão delicadas, ainda que se apresentassem para mim como uma grande incógnita.

Pensando e repensando sobre todos os acontecimentos recentes, eu procurava decifrar o enigma do Mundo Azul, mas, a cada vez que formulava teorias a respeito dele, a verdade ficava ainda mais distante. Como exemplo das minhas justificativas racionais e, portanto, insuficientes, estava a crença de que aquelas vivências queriam compensar meus problemas com Carlos, sobretudo, a frustração de não ter dado a ele o filho tão desejado.

Apesar do teor bastante razoável daquelas explicações, algo escapava de mim e continuava sem sentido. No fundo, a única crença que me acalentava era a de que, em última instância, eu estava sentada em uma sala cheia de incensos perfumados e nada mais...

Foi por isso que, ao chegar inesperadamente à beira de um abismo próximo à casa de Nigma, não tive medo. Será que eu teria mesmo coragem de pular? Se tudo realmente fosse um devaneio, o que eu teria a perder?

Assim, fechei os olhos diante daquele vasto portal de liberdade e abri os braços...

No entanto, antes mesmo do primeiro passo, uma voz surgiu dentro de mim e boicotou minhas intenções como um freio de mão puxado às pressas:

"Isto tudo não é sobre você!"

Mais uma vez, tive o pressentimento de que eu não era eu e de que minha vida estava a serviço de outra pessoa.

Apertando as mãos uma contra a outra, um gesto ansioso para destruir o desabrigo, chamei por Kalyan e pelo Templo do Sol, mas tudo que restou para mim foi a solidão de uma paisagem invernal...

Então, sem ter para onde ir ou a quem recorrer, decidi recompor meu coração e voltar para me aquecer junto à lareira.

***

Quando abri a porta, estava convicta de que Nigma, o destemido guardião do mosteiro de Serkong Trin, soubesse o caminho de volta para o Mundo Verde, mas bastou que nosso diálogo começasse para que ele mudasse de humor. O guardião negou-se a atender minhas inquietações e disse que eu estava agindo e pensando de maneira equivocada.

Como estava decepcionada o bastante para não pensar em mais nada além de mim mesma, anunciei sem rodeios que dormiria na sala ao lado de Yangsi e que ele ficaria sozinho no quarto de casal.

Em determinado momento, pensei que Nigma apertaria meu braço ou que iria atirar-me contra a parede, mas ele apenas golpeou a mesa com seus punhos de aço! Em seguida, agachou-se em frente à lareira e ficou ali por um bom tempo, como se as chamas indomáveis tivessem a capacidade de acalentar seu comportamento intempestivo.

Lá fora, o vento continuava forte e os uivos de um lobo perdido soavam sinistros e ameaçadores.

Minutos depois, sem que eu soubesse o porquê, o guardião decidiu responder às minhas perguntas. Então, começou a falar pausadamente e com muito cuidado, como se estivesse contido e enjaulado pelas várias expressões da minha ignorância.

– Encontrei você na floresta azul, caída ao lado do recém-nascido... Mesmo doente, seu rosto brilhava e você estava tão linda! Quando acordou, falou coisas estranhas sobre outro mundo e desmaiou novamente.

Sob a luz do fogo, Nigma parecia um lendário contador de histórias e eu, no silêncio perplexo em que procurava dominar meus questionamentos, seguia com cautela e respeito pelas trilhas de suas palavras. Depois do assombro, um vazio instalou-se em meu coração e, em seguida, transformou-se em calma e aceitação.

– Em um primeiro instante, fiquei com raiva por você ter engravidado de outro homem, mas bastou segurar Yangsi nos braços para saber que jamais o abandonaria. Foi assim que concordamos em nos casar.

Quando as chamas ficaram volumosas, Nigma sentou-se no chão, ainda de costas para mim. Seu corpo era perfeito e seus músculos fronteiriços empurravam para longe os obstáculos da vida. Eram os braços mais fortes do mundo, as fortalezas de um guardião!

Em seguida, como se fosse um assunto corriqueiro, ele me contou sobre a Tribo dos Lobos, um povo feroz que estava em nosso encalço. Eles tinham poucas armas, mas treinavam lobos selvagens para matarem seus inimigos. Por causa das batalhas, Nigma tornou-se um grande guerreiro e defensor daquelas terras.

No mesmo instante em que ouvia sobre a guerra, procurei acessar as memórias que me faltavam, mas tudo que consegui foi a lembrança de um sonho distante, ocorrido em minhas primeiras noites na casa do senhor Sungso. Naquele sonho, o guerreiro estava de costas remexendo as brasas de uma lareira e meu maior medo era que ele não tivesse um rosto.

De repente, como se lesse meus pensamentos, Nigma, o guerreiro, aquele Nigma, o último Nigma, tão azul quanto o céu, atingiu-me em cheio com sua antiga voz de trovão e, tal como no pesadelo, sequer olhou em meus olhos para dizer:

– Não, Aishi Dora! Não tenho um rosto. Entenda isso como quiser!

***

Depois da minha acidentada noite de núpcias sem núpcias, adormeci com a esperança de que abriria os olhos em Serkong Trin, mas aquilo não aconteceu. Da mesma forma, nas manhãs seguintes, esperava acordar nas almofadas vermelhas do mosteiro, porém, tudo o que eu via com o nascer do sol eram seus raios azulados caindo sobre mim como uma maldição.

Mesmo com a esperança de que, mais cedo ou mais tarde, minha vida pudesse voltar ao normal, busquei vários caminhos para transcender aquela nova realidade. De início, tentei sair daquele lugar por meio das estratégias mais absurdas como subir no alto das montanhas para invocar e barganhar com os fantasmas dos brasileiros, espalhar pedidos de socorro pela floresta, tentar me comunicar com os pombos (vai que um deles era um sábio disfarçado!), beber chás esquisitos para dormir o dia inteiro, fazer greve de fome, negar-me a abrir os olhos pela manhã etc. Depois, com um pouco mais de nobreza de caráter, procurei manter o foco nos bons pensamentos, na contemplação da natureza e na meditação, tudo isso resultando em nada, tal como as ações estapafúrdias da primeira lista.

O tempo passava depressa e eu continuava buscando uma solução. Quando passeava por algum vilarejo próximo, por exemplo, esperava que Nigma se afastasse para perguntar às pessoas sobre o Templo do Sol, mas elas invariavelmente respondiam que não conheciam aquele lugar ou simplesmente ficavam quietas e faziam caretas de significado indefinido.

Dia após dia, noite após noite, meus receios prosseguiam e se revestiam de vazio, tristeza e vários outros pesares que ilustravam o quanto o abandono era capaz de enfraquecer o espírito humano, estivesse onde estivesse.

Nos momentos mais difíceis, sobretudo com a chegada do inverno, eu olhava a nevasca através da janela e chegava ao cúmulo de acreditar que o jovem mestre iria aparecer montado em um cavalo, dizendo que era o verdadeiro pai de Yangsi. No fundo, eu ainda esperava ser salva do dragão, naquela patética ânsia em que as não princesas fingem desconhecer a realidade impenetrável de suas torres. No fim das contas, não havia torre alguma, dragão algum e, se havia uma história, ela estava apenas dentro da minha cabeça.

Assim, após uma infinita espera marcada pela impotência, meu coração encheu-se de ressentimentos e passei a odiar Kalyan com todas as minhas forças! Tentei evitar sua lembrança apagando da mente os traços de seu rosto e apunhalando dentro do coração os bons momentos que passamos juntos. Depois de tudo, ainda sentia raiva de mim mesma por ser tão fraca, já que o oposto do amor, como todos sabem, é a indiferença, e não o ódio.

Mesmo contra a minha vontade, tive de me adaptar àquela nova vida, cheia de tarefas repetitivas e penosas. A sobrevivência ali exigia esforço e uma sucessão incrível de superações emocionais. Aos poucos, com a lentidão do tempo eternamente passando diante dos meus olhos, o Mundo Azul sobrepujou o Mundo Verde de tal forma que já não era mais possível saber onde morava a ilusão e onde vivia a realidade.

Meu marido, evasivo como sempre, não era a pessoa mais indicada para elucidar minhas dúvidas, mas ele era tudo que eu tinha. Em uma de nossas conversas, coloquei o guerreiro contra a parede e o que eu disse, embora fosse rude e um tanto quanto afetado, jogou sobre ele o peso de um dilema:

– Nigma, nós temos duas opções: ou você é uma parte minha que, tal como acontece nos planos profundos, não tem existência intrínseca e apenas vive na órbita do sonhador, ou estamos de fato vivendo juntos em outro mundo e você se transformou na pessoa mais cínica do universo!

Como ele não me respondeu nada, nem naquele dia e nem em qualquer outro, aprendi a calar minhas dores até que elas ficassem escondidas de tudo e de todos.

Apesar de tudo, havia um bom motivo para ser forte e evitar pensamentos tenebrosos a respeito de saltar de um abismo... O sorriso do meu filho acalentava meus dias e todas as vezes que minha mente beirava as esferas mais doentias da alma, bastava olhar para ele para sentir que a esperança estava de volta. Foi assim que senti a ternura e a beleza de estarmos sempre juntos!

Nigma também era muito apegado a Yangsi! Sempre que levantava o bebê ao alto, dizia que faria dele um grande guerreiro! Quando eu via aquela cena, ficava emocionada, mas, subitamente, uma questão apagava minha alegria: o que Nigma estava fazendo por ali se, afinal de contas, ele não era o pai de Yangsi? Como todas as outras interrogações, aquela dúvida acabou adormecendo no fundo do mar.

Compartilhar tais assuntos com Nigma era apenas adentrar no sofrido circuito onde nossos desentendimentos estavam enraizados para sempre. Suas preocupações eram nobres e eu sabia disso. A guerra e a nossa proteção moviam seus principais interesses, mas ainda assim ele desejava outras coisas. No âmbito doméstico, onde convivíamos sem qualquer tipo de envolvimento e intimidade, ele queria que eu me tornasse, de fato, sua esposa.

É claro que eu tinha por aquele homem mítico sincera admiração, mas meus sentimentos não progrediam em direção a outro patamar, o que era decepcionante para ambos. Eu agia como se houvesse um vulto ao meu lado ou, mais especificamente, como a viúva de uma sombra invisível que, no fundo, todos sentiam a presença...

Naquele silêncio estranho com o qual Nigma e eu construímos nosso relacionamento, naquele universo infinito que havia no meio de cada palavra proferida, naquele limbo estreito entre o dito e o não dito, naquele espaço em que não se encontrava nada além de fugazes ocultamentos da verdade, ali, naquele exato lugar, existiam as três frases que nenhum de nós era capaz de dizer: eu não pertencia àquele mundo, eu não queria estar ali e eu daria um jeito de ir embora para sempre!

E depois de algumas tentativas frustradas de proximidade, cujas formas variaram entre beijos incompletos e abraços interrompidos, Nigma simplesmente desistiu de mim e concentrou-se em seus objetivos de guerreiro. Apesar de ser um pai amoroso e um bom provedor para a família, ele ficou cada vez mais frio e distante.

Por alguma razão especial, que só hoje posso entender, eu conseguia captar cada angústia que escapava de seus olhos, fosse por meio de lágrimas, fosse por olhares discretos e, por vezes, indecentes. Era assim que suas retinas me seguiam e falavam de amor, sob o brilho de inúmeras centelhas de ira.

***

E quando tudo parecia consolidado entre nós, fatos decisivos aconteceram com a chegada do verão, uma semana antes que Yangsi completasse um ano de vida.

O primeiro deles ocorreu em uma noite escura, repleta de nuvens fugidias que impediam o luar. Como de costume, Nigma saiu de casa sem se despedir e sumiu cavalgando pela mata como se nunca fosse voltar.

Em situações como aquela, eu não conseguia dormir e ficava andando de um lado ao outro da cozinha. Daquela vez, meu coração ficou mais apertado do que de costume. Um pressentimento ruim sussurrava pavores em meus ouvidos e fazia com que as paredes da casa se estreitassem a cada segundo.

Quando finalmente Nigma voltou, resolvi abrir a porta para, talvez, ganhar um abraço de boas-vindas. Para minha surpresa, apesar da claridade tímida da Lua, consegui distinguir dois vultos na escuridão. Sabendo que seu melhor amigo, Shafarti, continuava em uma missão de guerra em outra cidade, tirei-o das minhas opções e tentei adivinhar quem mais estaria por ali. Em uma fração de segundo, imaginei que o guerreiro, cansado de lutar contra fatos consumados, havia rendido suas armas perante o espectro triunfante e impassível de Kalyan. Assim, naqueles caminhos azuis e perdidos, Nigma, o selvagem, teria capturado e conduzido seu elevado rival até mim.

Ao olhar com mais atenção, porém, percebi que não era Kalyan quem estava em sua companhia. Uma mulher de silhueta formosa e de cabelos longos é quem vinha conduzindo o cavalo pela estradinha de terra. Quando os dois desceram e caminharam em minha direção, pude notar que Nigma não parecia bem e que precisava ser amparado pela misteriosa amazona.

– Ele está ferido? – perguntei assustada.

Quando a desconhecida respondeu que ele apenas tinha se excedido em uma festa regada a muita *mahadharsha* (uma espécie de bebida alcoólica produzida na região das praias), eu comecei a fazer vários julgamentos sobre os dois e principalmente sobre a vida daquela jovem. Ela beirava os trinta anos e se portava de maneira sensual. Como quase nada lhe cobria os seios e sua saia não passava de umas faixas presas a um cinto frouxo, tive a impressão de que ficaria nua caso andasse um pouco mais depressa. Concluí que aquela atrevida devia ser muito assediada pelos homens e que Nigma, afortunada ou desafortunadamente, tinha sido o último inseto a cair em sua teia.

Continuando com meu jogo de deduções apressadas, cheguei até a entender o tipo de desgosto que possivelmente tinha levado meu marido a embriagar-se daquela forma, afinal de contas, era o mesmo sentimento que me fizera beber durante a Festa das Joias Raras. Mesmo assim, no momento presente, eu estava presa em uma posição muito longe da empatia e cegava-me a raiva trazida pela beleza e pela desenvoltura da minha oponente.

Nigma, por outro lado, parecia preocupado em estabilizar o eixo da Terra, pois o planeta inteiro girava rápido demais. Àquela altura, ele havia perdido a compostura e colocava as mãos na testa como se sua cabeça pudesse flutuar caso não a segurasse com força. Como era um homem forte, tive de socorrer a jovem, caso contrário, ambos cairiam antes que chegassem ao quarto. Para minha decepção, no entanto, bastou que eu me aproximasse para que o guerreiro recusasse minha ajuda, afastando meu braço com brutalidade. Se não me falha a memória, acho até que ele chegou a gritar comigo também.

Por fim, quando meu marido despencou sobre a cama, sua bela acompanhante começou a ajeitar o travesseiro e os lençóis como se aquela casa e aquelas roupas não pertencessem a ninguém. Não fosse o orgulho e um claustrofóbico silêncio que impediam minhas palavras, eu teria protestado.

Como em uma peça de teatro sem plateia, a moça continuou com seu roteiro, agindo como se eu não estivesse por ali. Com toda facilidade, ela tirou as botas de Nigma, abriu-lhe a camisa e depois beijou sua testa como faria qualquer amiga desinteressada, ou pior, uma simples e boa irmã... Aquele escândalo cheio de intimidade me incomodou e, mais do que cortar meu coração, umedeceu meus olhos a ponto de uma lágrima se formar.

A partir de então, o pior aconteceu!

Deitado como um rei, Nigma aproximou-se sensualmente da jovem e a segurou pela nuca com certo ardor. Ela, iluminada pela serenidade de uma vela, encantou-se e deixou-se levar, como quem se entrega a um companheiro de valsa...

Enquanto eles se beijavam loucamente diante dos meus olhos, senti o coração bater feito um tambor. No intuito de pegar Yangsi no colo para fugirmos, corri até a sala e parei perto de seu rostinho adormecido.

Com um nó na garganta e o bebê em meus braços, tentei tomar uma decisão. O que eu deveria fazer? Sair com a criança no meio da noite poderia ser muito perigoso e qualquer outra coisa que eu fizesse ou dissesse para Nigma seria, no mínimo, humilhante. Então, ajeitei meu filho de novo no berço e resolvi suportar com dignidade o encontro dos dois em minha própria casa, afinal de contas, eu tinha uma parcela de culpa na situação.

Em poucos segundos, porém, tudo mudou. Tão logo cobri Yangsi com uma manta, a desconhecida veio ao meu encontro e pediu que eu lhe abrisse a porta.

– Adeus, senhora Aishi Dora!

"*Pobre Nigma!*", pensei com desdém. "*Sua linda acompanhante vai partir!*"

Ela percebeu o desprezo com que olhei para o quarto e fez um comentário tendencioso que não escondia seus sentimentos:

– Engana-se sobre Nigma. Ele tem nobreza e é o maior protetor do nosso tempo!

Quando a linda morena colocou seu xale e fez menção de sair, a neve corriqueira do Mundo Azul iniciou seu espetáculo de todas as noites. Logo, a floresta, a casa e todo gramado ficariam cobertos por ela. Como não havia mais nada a ser dito e o silêncio entre nós estava pesadíssimo, a moça olhou para mim e, logo em seguida, não deixei que fosse embora.

– Não seja tola! Não vê que começou a nevar? Além disso, não é seguro para uma jovem caminhar pela floresta durante a madrugada.

Com um gesto respeitoso, ela aceitou meu conselho e tirou das costas aquele xale muito bonito feito de linha azul celeste. Enquanto ela andava pela sala, vi o quanto sua beleza era inacreditável!

Até hoje, Anitya é um ser de difícil descrição... Lembro-me muito bem de certos detalhes que transformavam o belo em sublime e o exótico em algo inesquecível! Em seu pescoço, por exemplo, havia alguns colares feitos de conchas e de pequenas folhas petrificadas que intrigavam pela técnica inédita de artesanato. Suas roupas não passavam de intenções sumárias que cobriam apenas o essencial e seus cabelos, para minha surpresa, eram rebeldes e não se submetiam aos tons daquele mundo. Eram negros e brilhantes como a mais bela noite.

Fiquei envergonhada quando ela percebeu meu fascínio e, então, voltei-me para o fogão e procurei prestar atenção ao que estava fazendo. De maneira muito tranquila, a amiga de Nigma se aproximou do berço de Yangsi.

– Eis um belo menino! – disse ela, de forma um tanto quanto sonhadora.

"*Nigma não é o pai desta criança*", falei para mim mesma, enquanto não tirava meus olhos da água fervente.

Naquele instante, uma dúvida horrível assombrou meu espírito. E se a desconhecida soubesse alguma coisa sobre o verdadeiro pai de Yangsi? Eu poderia confiar nela? E se ela tivesse algum conhecimento sobre as partes da minha vida que simplesmente sumiram da memória, como se algo tivesse roubado uma considerável parte do meu passado?

Completamente alheia aos meus conflitos, a moça se apresentou:

– Meu nome é Anitya e moro nas terras à beira do mar, não muito longe daqui.

Imediatamente aquele nome me pareceu familiar. Imagens remotas de Serkong Trin voltaram aos meus olhos e as cenas daqueles dias pareceram tão distantes quanto os vestígios da infância. Ao mesmo tempo, elas estavam cravadas em minha memória e em cada célula do meu corpo: o casal Sungso, o Grande Rio, a embarcação que fazia as travessias antes do naufrágio, o rosto sorridente de Álvaro me desejando boa sorte...

Ah! Senti saudades de tantas coisas! Senti saudades dos outros e de mim mesma. Senti falta dos seres viventes que fizeram parte da minha antiga existência e também daquilo que não era propriamente um organismo vivo: a minha pátria! A pátria que eu queria ter nas mãos naquele instante não era uma terra limitada por fronteiras, encaixada em territórios, representada pelos mapas. Era a minha língua, a mãe-língua, a língua portuguesa! Suas palavras encantadoras e dignas da poesia... Suas possibilidades de rimas, de descobertas e de enganos. Que vontade de falar, que vontade de ouvir!

"Sabe, Anitya, uma vez, em outra era, em outra vida, eu imaginei que você fosse a namorada de um barqueiro, uma noiva que escrevia frases bonitas em uma bandeirinha."

Quando voltei minha atenção para o presente, a água do chá já estava fervendo no bule de ferro, um objeto pelo qual eu tinha estranho apego. Já era hora de colocar dentro dele as ervas aromáticas que eu guardava apenas para ocasiões especiais. A partir daquele momento, tive de parar com os sonhos e fazer o papel de boa anfitriã, qualidade que a senhora Sungso havia me ensinado tão bem. Desembrulhei o pão, lavei algumas frutas e pedi à convidada que se acomodasse à mesa, mas ela apenas continuou ao lado do menino adormecido.

– Você é a mãe dele? – perguntou-me de maneira misteriosa.

O tom de sua voz estava diferente, mas não era possível explicar em que medida suas palavras me soaram tortuosas. Havia uma ambiguidade oculta na maneira como a jovem dissimulou algumas entonações e, daquela forma, não compreendi se aquilo tinha sido uma pergunta comum ou uma charada.

Estava pensando em tudo aquilo quando, de repente, voltei da cozinha e deixei as nossas xícaras despencarem no chão! Na verdade, tudo que estava em minhas mãos escorregou e foi embora como se eu parasse de existir. O susto foi tão grande, que mal pude reagir... Só não gritei porque sabia que não havia a quem pedir ajuda.

Quando instintivamente dei um passo em direção à porta, Anitya tirou os olhos das xícaras quebradas e olhou mais uma vez para Yangsi.

***

Nigma continuava desacordado e eu não tinha a quem pedir ajuda. A bruxa estava próxima ao berço e, assim, eu não ousaria fugir sem meu filho. Quanto mais o tempo passava, maior ficava minha aflição. Qualquer passo em falso poderia ser perigoso!

Tentei compreender o que estava acontecendo, mas não pude decifrar o segredo.

Anitya, por sua vez, estava tranquila como sempre. O fenômeno que tinha acabado de acontecer lhe pareceu algo sem importância e ela deu de ombros quando percebeu meu profundo terror.

– O que foi, senhora Aishi Dora? Não gosta de mudanças?

Tratando-me como uma menina desastrada, Anitya assumiu o controle da situação e decidiu arrumar toda aquela bagunça. Pegou um pano e começou a secar o piso da cozinha. Depois, recolheu os cacos de vidro espalhados pela sala e seguiu em suas tarefas de maneira calma e delicada. Enquanto ela fazia tudo aquilo, eu só pensava em como poderia fugir com Yangsi.

Assim como meus pés pareciam fincados ao chão, meus olhos estavam presos àquela estranha mulher, cujos cabelos negros tinham se modificado em um piscar de olhos! Seus cachos ruivos e ardentes como o fogo brilhavam diante das chamas da lareira sem que nada pudesse explicar-lhes a existência.

Anitya, esperando que eu voltasse ao normal, permaneceu ao meu lado sem dizer nada. Assim que me acalmei, observei durante um bom tempo sua aparência com receio de que algo mudasse novamente. No entanto, a jovem continuava ruiva e parecia bem à vontade com a novidade. Na realidade, ela estava tão bem que serviu o chá para nós.

De uma maneira tímida no início e entusiasmada depois, começamos a conversar. Durante as longas horas daquela madrugada, falamos sobre o vilarejo onde a misteriosa jovem morava. Embora fosse uma viajante destemida, Anitya estava vivendo atualmente com o Povo da Praia, um lugar que, segundo ela, era bem diferente de todo o resto. Existiam duas maneiras básicas para se chegar ao litoral, sendo o caminho mais longo o mais procurado por viajantes a cavalo ou por caravanas que migravam para terras distantes. Para quem tinha pressa ou caminhava a pé, a segunda opção, um atalho escorregadio, era bem melhor. O problema residia nos perigos da trilha, uma tortuosa serpente de lama no entorno das serras.

Certa vez, Nigma me contou histórias interessantes sobre o Povo da Praia. Aquelas pessoas eram fascinadas por música, festas e viviam em harmonia. Suas terras eram sagradas e permaneciam imunes à guerra.

Após uma pequena pausa, tentei escolher outros assuntos para continuarmos nossas conversas, mas não fui capaz de fugir do óbvio. Embora eu não tivesse a intenção de ser rude e, acima de tudo, ainda temesse que o tal feitiço dos cabelos mutantes voltasse, quis logo saber se Anitya era ou não amante de Nigma.

Enquanto minha pergunta foi direta e ligeira como uma flecha, a resposta caminhou em círculos até ficar dissolvida no teto da sala.

– Não! Eu diria apenas que ele tem o dom de me aceitar como sou. E isso não é fácil.

Naquele momento, Yangsi acordou e só então percebi que já estava amanhecendo.

Olhei pensativa em direção à lareira. As últimas labaredas se rendiam ao sol que acabava de nascer. Com o novo dia chegando, os caminhos ao redor da casa ficaram mais seguros e floridos.

– Venha nos visitar na praia qualquer hora! – disse Anitya antes de partir.

Em um rápido movimento, ela segurou sua bolsa amarrada ao cinto e tirou dela um vidrinho de tinta e um pincel. Em seguida, com um gesto brusco e um tanto quanto artístico, Anitya arrancou uma das faixas que compunham sua saia.

– Deste jeito você acabará nua! – brinquei.

Então, algo inesperado aconteceu. Como se tivesse adivinhado meus profundos sentimentos, ela escreveu uma frase que acertou em cheio o núcleo secreto das minhas saudades...

"Tudo é Perfeito!"

Ali estava a língua portuguesa! Era mais uma das bandeirinhas de Anitya!

Na mesma hora, fiquei comovida e pendurei o enfeite com todo cuidado em um ganchinho acima da porta. Depois disso, a jovem saiu.

***

Seguindo a rota de acontecimentos decisivos que marcaram nossas vidas em um período muito curto de tempo, houve aquela lendária situação envolvendo Yangsi, horas após Anitya ter deixado nossa casa.

Para qualquer mãe, a primeira palavra de um filho seria motivo de orgulho e de alegria, um marco a ser festejado com carinho. Para mim, no entanto, a conquista da palavra por parte de Yangsi acabou com minha tranquilidade e levou meu espírito de volta ao rancor.

Aquele tinha sido um dia estranho, nascido de uma madrugada estranha e que seguiu daquela mesma forma até o final...

Logo pela manhã, Nigma acordou absolutamente envergonhado por ter se embriagado na noite anterior e, depois de pedir desculpas, ficamos de bom humor e não dissemos mais nada sobre o assunto.

De um jeito inexplicável, a conversa com Anitya removeu a barreira criada por minha indiferença e eu passei a me sentir emocionalmente mais próxima do guerreiro. No transcorrer daquele dia, tentei ser amorosa e nos transformamos quase em um casal de verdade.

Nigma ficou surpreso com minha nova atitude e estava sorridente como havia estado somente no dia em que nos casamos. Antes do jantar, eu o abracei e poderia até beijá-lo mais tarde, não fosse o fato surpreendente que aconteceu pouco tempo depois.

Era quase noite quando Yangsi e o pai voltaram de uma tarde de brincadeiras em nosso gramado. Eu preparava uma refeição especial em homenagem ao nosso recomeço e também ao primeiro aniversário de Yangsi, que seria naquela semana. De repente, o fogo em que eu cozinhava enfraqueceu e Nigma prontificou-se a buscar as lenhas que costumávamos estocar no fundo do quintal.

Enquanto eu colocava a mesa, o bebê puxou a barra da minha saia e disse sua primeira palavra. Como toda mãe orgulhosa, fiquei encantada e estava decidida a chamar Nigma para compartilhar com ele aquela felicidade. No entanto, quando Yangsi repetiu o que tinha acabado de dizer, meu sorriso desapareceu e um emaranhado de mágoas cobriu meu rosto.

Aquela odiosa palavra era absolutamente proibida para mim!

Coloquei Yangsi no berço com modos rudes e observei seu rosto. Devido à brutalidade do meu gesto, o menino se assustou, mas pegou seu cobertorzinho favorito e começou a brincar de esconder o rosto. Obviamente, ele estava ficando com sono, mas eu não estava disposta a deixá-lo dormir. Como fiquei irritada com a brincadeira, joguei o cobertor longe e repeti várias vezes a mesma pergunta:

– O que você disse, Yangsi? O que você disse?

Depois de tanta insistência, o menino chorou e apontou para a porta, como se tivesse visto alguém no gramado além de Nigma. Em seguida, de maneira muito clara e correta, ele repetiu com toda a simplicidade o nome de Kalyan.

Na mesma hora, corri para o quintal e, no exato instante em que cruzei a porta da frente, Nigma estava chegando com as lenhas nas mãos. Nós nos trombamos tão desajeitadamente que as madeiras caíram por toda parte!

– Onde está ele? Onde?

– Ele quem?

– Não minta para mim!

Nigma ficou lívido e não conseguia decidir-se entre pegar as lenhas, impedir minha fuga ou acudir Yangsi que gritava a plenos pulmões.

Sem me importar com qualquer outra coisa que não fosse o canto da sereia, aquela música inefável que me iludia para além do bem e do mal, ganhei o gramado e, por fim, a mata selvagem.

Em meu peito e em minha mente, sentimentos caóticos giravam sem parar e todos eles me causavam raiva. Raiva por ainda pensar, raiva por ainda querer...

Com a alma encarcerada por muitas mentiras e verdades que eu era incapaz de diferenciar, corri cada vez mais rápido até entrar em uma parte obscura da floresta. As árvores altas deixavam a paisagem tenebrosa e, para piorar o cenário de pura desolação, a típica neve daquele mundo começou a cair.

Em um determinado instante, dois olhos brilhantes surgiram entre os troncos dos pinheiros e tentei desvendar quem estaria à espreita.

– É você?... – sussurrei com o otimismo dos tolos e a credulidade dos ingênuos.

O vento e o vazio, ambos uma moldura para minha espera, aguardavam o tempo certo para uma grande revelação. De repente, percebi que muitas criaturas começaram a se movimentar de um lado ao outro e o perigo espalhou-se por todo o lugar! Respirei fundo e prossegui pela selva, na esperança de encontrar um lugar seguro para me esconder. Todavia, minha confiança estava tão cambaleante quanto meus passos no escuro.

Silhuetas assustadoras continuavam se esgueirando por entre as trevas até que conquistei uma clareira. Então, pude ver o que me aguardava. A armadilha estava posta e os seres da noite haviam me encurralado!

Quando os monstros finalmente se lançaram sobre mim, saltei do alto de uma colina e consegui escapar. No entanto, a caçada estava longe do final. Continuei fugindo o mais rápido que pude e em vários momentos senti o pavor impedindo meus avanços.

Em pouco tempo, lobos enormes me alcançaram e eles tinham os dentes mais afiados do mundo!

Tentei enfrentar a situação com toda coragem, mas, como era de se esperar, tropecei em uma raiz protuberante e caí de maneira estrondosa sobre pedras e plantas. Os machucados e arranhões doeram muito e, pela primeira vez no Mundo Azul, a visão do sangue vermelho contrastando com a neve me causou grande angústia!

Já estava prestes a gritar, quando uma lâmina brilhou ao luar e riscou a escuridão com suas faíscas reluzentes. No desenho da noite, uma caneta de fagulhas traçou uma linha fugidia e, em um céu sem contornos, uma estrela cadente veio de encontro aos meus olhos! Era Nigma! Sem medo, ele se jogou sobre as feras com sua faca em punho até que todas recuaram e foram embora.

Em meio ao desespero, ainda tive tempo de notar que um dos lobos olhava para mim em plena fuga. Diferente dos outros que corriam amedrontados, ele se afastava calmamente por entre as árvores. Suas intenções eram claras e, talvez por isso, tinham o dom de transmitir a tranquilidade. Aos poucos, fui me rendendo àquela estranha visão. Minha mente, hipnotizada pela criatura, só pensava na cor maravilhosa de sua pelagem. Aquele era um dos seres mais belos de toda a natureza e, apesar de nunca ter visto nada parecido em toda a minha vida, sua aparência não me causou medo. Olhando para dentro dos meus olhos, ele simplesmente transmitiu-me paz e partiu como uma miragem!

– Você está bem? Está ferida?

Aos poucos, a voz de Nigma tornou-se presente. Apenas minhas mãos estavam machucadas e os ferimentos não pareciam graves. O que me angustiava era a respiração ruidosa e uma dor de cabeça que me deixou aturdida. Mesmo assim, consegui ficar em pé e corri ao lado do guerreiro, até atingirmos um local com luminosidade suficiente para procurarmos por uma saída. Longe da mata fechada e de suas sombras, nossos pensamentos ganharam lucidez e conseguimos encontrar o caminho de volta.

De repente, olhei para Nigma e dei-me conta de que Yangsi tinha ficado sozinho!

Como se tivesse lido meus pensamentos, o guerreiro puxou-me pelo braço e começamos a correr no meio da floresta. Ao encontrarmos o caminho de volta, nosso desespero aumentou ainda mais porque vimos fumaça surgindo na direção de nossa casa.

– Yangsi! – gritei.

Enquanto o bravo voava acima da vegetação como se não houvesse gravidade, fiquei para trás sem ter como acompanhar seus passos.

Naquele instante, fui capaz de me lembrar da visão que se destacou da alcateia. Foi naquela noite que vi o grande Lobo pela primeira vez. Ele era um animal belíssimo, puro e tão branco quanto as tristes rosas de Nigma...

***

Decerto, o amor pode ser algo aprendido. Decerto, há muitos sentimentos que se transformam em paixão.

Enquanto ele me abraçava, eu podia sentir seu coração batendo tanto quanto o meu. Aquele era um coração nobre, o peito de um guerreiro virtuoso, cujo amor estava bem ali, ao meu alcance. Eu deveria, então, entregar-me e aceitar o gosto fiel de sua escolha, já que ele era a única pessoa que não havia me abandonado. Eu deveria esquecer tanto os sonhos vazios quanto os meus azedumes sobre Serkong Trin e sossegar meus braços dormentes em seus ombros...

Sim, eu deveria escolher a estrada certa e seria tão fácil decidir enquanto nós estávamos ali, unidos pela alegria de encontrar Yangsi são e salvo, enquanto agradecíamos aos céus por nossa vida, enquanto eu me enroscava nos braços de Nigma e me sentia tão bem.

Entretanto, apesar de gestar aquelas considerações em prol do meu casamento, ainda me encontrava em uma dimensão fronteiriça onde se debatiam os prisioneiros de outras eras.

Por isso, não tive como acalmar minhas ansiedades e tomar decisões. Tudo que me restava naquele instante era sentir o ar entrando nos pulmões e realmente aproveitar minha alegria. Aquele regozijo, claro, nasceu no momento em que vi Yangsi no colo do meu grande salvador assim que cheguei ao nosso gramado. O alívio foi tão grande que me joguei sobre eles como se não me restasse mais nada no mundo além do nosso reencontro.

Felizmente, não houve um incêndio em nossa propriedade. As fumaças que tínhamos visto minutos antes vieram das tochas trazidas pelos guerreiros dos povos vizinhos, os grandes aliados de Nigma. Eles estavam ali para trazerem notícias importantes sobre a guerra, e em pouco tempo uma pequena multidão ocupou nosso quintal.

– Quando encontramos a porta aberta e a criança sozinha em casa, pensamos que o pior tinha acontecido! – disse um dos heróis para Nigma.

Tão logo todos se certificaram de que nós estávamos bem, iniciaram um relato afoito sobre os últimos acontecimentos envolvendo a batalha contra a Tribo dos Lobos. A paz tinha terminado e o inimigo estava prestes a investir contra nós. Os povos amigos precisavam se posicionar o quanto antes para evitar uma tragédia maior.

– Os facínoras estão chegando e invadiram o vilarejo de Shafarti!

– Devemos nos proteger e lutar! Hoje minha esposa foi atacada pelos lobos em um local bem próximo – disse Nigma.

Depois daquela informação, os guerreiros se revoltaram ainda mais e começaram a discutir a respeito das novas estratégias de batalha.

Shafarti, o homem cujo vilarejo tinha sido alvo de ataques recentes, era o melhor amigo de Nigma. Por causa do seu caráter extremamente corajoso e leal, senti por ele grande simpatia desde o primeiro instante em que nos conhecemos. Sua família vivia nas proximidades de nossas terras e, naquela última situação, tinha escapado da morte por um verdadeiro milagre.

No meio daquela alvoroçada reunião em minha casa, Shafarti foi o primeiro a apoiar o grande líder em sua decisão:

– Sim, Nigma! Vamos pegar nossas armas e acabar de vez com esta guerra!

Assim, os outros gritaram em apoio ao contra-ataque e levantaram suas espadas e lanças ao alto.

Ainda que o momento não fosse propício para ponderações, Nigma acabou alertando os bravos sobre a necessidade de uma fuga em massa antes da batalha.

– Vocês devem alertar os outros povos para que se salvem!

Os homens contestaram. Não haveria tempo suficiente para organizar a retirada de tantas pessoas... Alguns fatalmente ficariam expostos às investidas do inimigo. Só restava a esperança de que os mensageiros enviados pelos guerreiros tivessem êxito e voltassem na companhia do maior número possível de pessoas.

Dito isso, os heróis acenderam uma fogueira e sentinelas rumaram em direção aos pontos mais altos da floresta, na tentativa de preservarem-nos durante a noite.

As horas foram passando e a madrugada trouxe consigo uma expectativa negra e pesada. Em pouco tempo, nossa casa em meio à Floresta Fria ficou cercada por retirantes dos vilarejos vizinhos, aguardando o amanhecer para que seus destinos se cumprissem. Os indefesos iriam para um lugar seguro e os soldados, para a batalha. Eu procurava acolher as crianças e as senhoras que chegavam a todo instante e logo nosso quintal tornou-se pequeno demais para tanta gente. Como a maioria estava com fome e frio, preparei bebidas quentes para todos e nossos desgastados guerreiros ficaram muito agradecidos.

Quebrando o silêncio angustiante que reinava por toda parte, os destemidos estudaram suas estratégias da luta e, com as feições desconsoladas, fizeram suas promessas mútuas de honra e fidelidade até a morte.

Enquanto olhava para a bandeirinha pendurada em cima da porta, cheguei à conclusão de que nada daquilo era "perfeito". Talvez, Anitya não soubesse dos terríveis caminhos da guerra quando me deu aquele presente...

Nigma tirou-me dos meus vãos pensamentos e acariciou meus cabelos.

– Você precisa descansar, Aishi Dora! Hoje foi um dia difícil para todos nós.

***

Logo nas primeiras horas do dia, um pequeno exército somou-se aos que ficaram em vigília ao redor da fogueira. Além dos principais guerreiros daquele mundo, chegaram ali muitos homens que não conheciam Nigma, mas que admiravam sua reputação.

Pouco tempo depois, as sentinelas voltaram com os olhos arregalados.

– Fale logo com sua esposa, Nigma, para que ela possa se juntar às nossas mulheres e crianças em retirada às terras do litoral – aconselhou Shafarti.

De fato, muitas pessoas já estavam se preparando para deixar nossas terras.

Nigma ficou relutante em relatar-me suas óbvias constatações a respeito da batalha e do futuro e resolveu se calar para não me assustar ainda mais.

– Vamos, nobre senhor! Não temos mais tempo! – disse novamente o bom amigo.

Instintivamente, cobri Yangsi com uma manta e Nigma veio ao meu encontro. Naquele instante, seu silêncio deveria abrir espaço para o que era urgente. Seu rosto parecia enrijecido e o corpo, igualmente tenso, preparava-se para a hora das grandes decisões.

– Você deve pegar Yangsi e ir para o Povo da Praia. Encontrarei vocês assim que for possível. Lembre-se: o caminho das serras é o mais rápido!

Eu me recusei a partir, mas meu gesto precipitado, um simples "não" com a cabeça, não pôde disfarçar meu olhar em chamas. Com esse olhar repleto de desolação, minhas forças se renderam.

– Inimigos se aproximam, Aishi Dora!

Depois daquele alerta, Nigma voltou-se para os outros:

– Não vamos nos render!

– Honra e glória! – gritaram todos.

À nossa volta, mulheres, idosos e crianças caminhavam em direção ao sul, rumo às serras que conduziam ao litoral distante. Aquela estranha procissão orquestrada às pressas aumentou ainda mais meus instintos de sobrevivência e, então, tratei de arrumar os pertences de Yangsi para partirmos o quanto antes.

Shafarti ficou com a incumbência de zelar pela minha segurança e, por isso, seu rosto estava ainda mais tenso. Para ele, mais importante do que lutar ao lado de Nigma era ajudar a família do bom amigo a encontrar um lugar seguro. Aquela era sua nobre missão.

Com toda rapidez, peguei Yangsi no colo e, quando já estava de saída, percebi que um desespero ainda maior havia tomado conta de todos. A confusão era grande e a única coisa que consegui enxergar com clareza foi o atropelo com que as pessoas corriam de um lado para o outro.

Imediatamente, Sharfati pegou sua espada e segurou em minha mão. Quando já estávamos prestes a ir embora, gritos ao redor congelaram nossos corações! Yangsi começou a chorar e se debateu em meu colo como se já soubesse do nosso destino... Sem que qualquer um de nós desconfiasse, o inimigo aguardou pelos retirantes em plena floresta, justamente no caminho que todos consideravam seguro. Foi uma emboscada!

Os que tinham fugido por ali encontraram a morte e os guerreiros não puderam salvá-los. Só nos restava mudar rapidamente para a rota do Leste, porém, antes mesmo que Nigma nos entregasse um cavalo, flechas incandescentes atravessaram os céus e vieram ao nosso encontro.

Por um segundo, fechei os olhos na esperança de que tudo fosse uma ilusão ou um pesadelo, mas o fogo continuava chegando de todos os lados e as misérias que suas labaredas espalhavam eram verdadeiras. Eu não podia arriscar a vida de Yangsi só para tentar provar, mais uma vez e sem sucesso, que aquele momento não era real. Pesadelo ou não, os ataques prosseguiram e procurei me esquivar do perigo de todas as maneiras possíveis.

Após a letal chuva de flechas sobre nós, homens com vestes bárbaras e rostos cobertos por uma tinta negra surgiram de todos os lados, como se tivessem brotado da terra ou dos troncos das árvores. Com gritos de guerra apavorantes, eles investiram contra todos sem a menor piedade. Suas lanças certeiras abateram os inocentes até que cada um deles caiu em uma imensa poça de sangue!

De novo, o vermelho. O tom impressionante em contraste com o azul, a dimensão do terror e da ferida bem na frente dos meus olhos...

De repente, Nigma caiu em plena batalha!

Shafarti tentou impedir de todas as formas que eu me aproximasse do guerreiro, mas não consegui entender seus gestos nem ouvir suas palavras. Tudo que eu via era o corpo de Nigma estendido ao lado de seu cavalo e só saí do choque quando uma flecha certeira veio em minha direção.

– Corra, senhora! Entre na mata e proteja seu filho!

Como um tigre, o nobre amigo atirou-se à minha frente e se interpôs entre meu peito ofegante e a morte. Então, sem que dissesse uma única palavra, Shafarti tombou lentamente até que seus olhos se fecharam para sempre!

– Shafarti! Nigma! – gritei, enquanto a aflição parecia consumir minha voz.

Passando por mim como um raio, uma mulher carregava sua filha nos braços até que encontrou uma muralha de carne e osso que a deteve com brutalidade. O inimigo, cujo rosto se escondia atrás de uma pintura feita com carvão, apertou a garganta da moça até que ela perdesse os sentidos. Em seguida, a menina conseguiu fugir e se escondeu atrás de algumas pedras.

Vendo tudo aquilo, recuperei o fôlego e finalmente comecei a correr...

Atrás de mim os gritos do massacre e o estalar da casa em chamas me deixaram com tanta força que meus pés criaram asas! Mergulhei na terra, pulei obstáculos e conquistei colinas como se a floresta azul fosse minha.

Duas fortes razões moviam meus passos, uma distante e outra encostada em meu coração. Ao longe, os fantasmas da batalha me diziam para continuar e em meu colo, agarrando-se com toda força, Yangsi queria sobreviver.

***

Depois que os sons da guerra desapareceram, percebi que me encontrava em um lugar distante e seguro. Com alívio, caminhei até uma fenda entre duas rocha, o que me pareceu um esconderijo razoavelmente adequado para passar a noite.

Por um momento, respirei aliviada e olhei à minha volta. Já não era possível ver a fumaça do incêndio encobrindo o céu e a natureza parecia distante dos sofrimentos causados pelos seres humanos. Quando tudo também ficou tranquilo dentro de mim, resolvi descansar para recuperar o fôlego. Arrisquei um "olá" para ver se algum outro sobrevivente estava escondido por ali, mas não

houve resposta. Então, no silêncio da mata, sentei-me embaixo de uma árvore e procurei me concentrar no momento presente. Só então percebi que alguma coisa estava errada e que havia uma mancha vermelha em minhas roupas.

Mais uma vez, o sangue...

De início, meus olhos seguiram fascinados as evoluções daquelas gotas sobre o tecido, pois o contraste entre as cores e o efeito ilusório que elas causavam pareciam hipnóticos. Logo depois, o torpor deu lugar ao medo e fui invadida por uma dúvida pavorosa: de quem seria aquele sangue? Meu ou de Yangsi? Com as mãos trêmulas, retirei a manta que protegia meu filho e observei cada centímetro do seu corpo. Para meu alívio, não encontrei nada além de alguns arranhões.

Mesmo assim, aquilo era um sinal de perigo. Se Yangsi estava bem, a mancha de sangue em minhas roupas só podia significar que o problema estava comigo! Com um pouco mais de atenção, achei um corte profundo em minha perna e fiquei surpresa por não tê-lo notado antes, já que me causava muita dor. Imediatamente, com a mesma presença de espírito com que escapei da guerra, rasguei meu vestido e fiz um torniquete capaz de estancar a hemorragia durante algum tempo.

Como apenas a saúde de Yangsi importava para mim, não me preocupei mais com aquilo e decidi sair em busca de ajuda e, se possível, de uma fonte de água potável. Embora arrasada pela perda de Shafarti e muito preocupada com Nigma, tinha grandes esperanças de que tudo acabaria bem. Com certeza, o grande guerreiro e seus homens viriam nos resgatar antes mesmo do anoitecer. Nas batalhas do bem contra o mal, certamente haveria justiça e glória para os virtuosos! Ao menos, era naquilo que eu confiava.

Enquanto formulava aquelas reflexões sobre a guerra, andava em círculos e não fazia a menor ideia se havia ou não mais algum fugitivo por ali. O sol alto continuava castigando a floresta e as horas passavam rápido demais. Com as chances de encontrar socorro diminuindo a cada instante, concentrei minhas forças para conseguir água e voltar à fenda segura onde poderia amamentar meu filho. Infelizmente, depois de um bom tempo, percebi que estava perdida. Quanto mais eu seguia em frente, mais tinha a impressão de que voltava ao início da jornada.

Como aquilo seria possível? A Floresta Fria era traiçoeira, mas eu nunca tinha imaginado que ela poderia ser um beco sem saída! Pior do que aquilo, a natureza ativa daquela selva havia transformado minha própria mente em um labirinto, um cerne rodeado pelos muros intransponíveis das prisões.

Decidi recorrer à razão, algo imprescindível para manter a sobrevivência em um ambiente hostil. Mudei de direção e fui para o Sul, talvez, um rumo de maior sorte. Àquela altura, a sede castigava meu corpo e Yangsi estava praticamente desmaiado em meus braços. O calor forte daquele trágico dia azul deixou meus lábios secos e rachados.

Enquanto engolia uma saliva grossa, salgada e horrível, procurei observar com mais atenção os sinais do ambiente para, quem sabe, encontrar um riacho ou uma pequena fonte escondida no meio da vegetação. Naquela busca premente pela vida, os mínimos detalhes do caminho se tornaram importantes: a umidade do solo, o tipo de plantas e até mesmo a direção em que os pássaros voavam poderiam indicar a proximidade de uma nascente.

Mesmo depois de tanto empenho, não tive êxito. Aqueles desafios eram grandes demais. O tempo foi passando e Yangsi começou a chorar. Tentei me apoiar no tronco de uma árvore para amamentar o bebê, mas ele recusou o seio. Meu coração cortou-se em mil pedaços quando percebi que seus braços estavam cheios de picadas de insetos e ficou ainda mais apertado quando tive que enrolar seu corpinho com uma manta em pleno calor.

– Não chore, amor! Logo vamos sair daqui!

Com a fé conduzindo minhas ações e o bom senso contendo as reações, segurei meu filho e voltei a caminhar.

Depois de alguns instantes, quando a dor ficou insuportável, parei para me recompor. Enquanto a fome e o cansaço tomavam conta de nós, minha cabeça ardia como brasa e foi assim que eu soube que estava com febre.

***

Como a personificação dos meus maiores medos, a noite chegou sorrateira e deitou-se sobre o mundo como uma nuvem carregada de angústia. A escuridão em uma selva azul era algo assustador!

Meu maior medo era que os lobos gigantes nos encontrassem antes que os guerreiros de Nigma viessem nos regatar. Por causa disso, meus olhos pareciam feitos de vidro e eu tinha receio até mesmo de piscar. Ao menor ruído, meu corpo estremecia e se sobressaltava de tal forma que o bebê adormecido em meus braços acabava acordando.

Eu não tinha fogo, armas e nem alimentos! Só me restava manter a esperança.

Como a fenda entre as rochas tinha ficado para trás, acomodei-me entre as extensas raízes de uma árvore para que Yangsi e eu passássemos a noite. Ainda que não houvesse conforto ali, senti que aquela antiga seringueira estava nos acolhendo com carinho...

As criaturas noturnas, por sua vez, não nos queriam por perto. Éramos estranhos, éramos intrusos. Embora não nos importunassem de fato, bastava um pouco mais de proximidade para que aqueles seres me arrancassem gritos de pavor. Depois de um tempo, Yangsi se acostumou com aquelas condições e passou a achar minhas reações engraçadas. Vendo que o menino sorria, percebi que eu ainda era capaz de confiar na vida e na bondade do destino.

A todo instante, olhava ao redor na expectativa de ver as tochas acesas dos homens de Nigma chegando para nos salvar, no entanto, apenas as estrelas iluminavam um pouco aquela madrugada. Como sempre, os flocos de neve começaram a cair e aquela terna visão me trouxe saudades.

"Nigma... Onde está você?"

Horas mais tarde, sem que eu tivesse ao menos cochilado, ouvi um som apavorante! O que eu mais temia estava acontecendo. Os lobos haviam nos encontrado no meio da noite. Sabendo que as feras eram mais velozes, decidi não correr. Coloquei Yangsi em um galho alto da seringueira e fiquei aguardando pelo pior.

Por sorte, os lobos passaram bem perto, mas não perceberam nossa presença. Apesar de se afastarem cada vez mais, senti que meu filho e eu não estávamos sozinhos...

Subitamente, os olhos do Lobo Branco caíram sobre mim como um pêndulo capaz de carregar meu espírito para outro plano de existência. Ao mesmo tempo em que aquele olhar tinha algo glacial, emanava uma espécie de calor dificilmente explicável por meio da razão.

A discrepância entre sua pelagem branca e a imensidão azul criou em mim o desejo absurdo de me aproximar, no entanto, antes mesmo que eu reconhecesse a origem dos meus sentimentos, sua figura mergulhou nos espaços desolados entre as outras seringueiras e desapareceu.

Quando peguei Yangsi no colo e tentei adormecer, a visão da neve cobrindo todas as coisas foi adquirindo um leve contorno de sonho. Sem que eu soubesse explicar como ou por que, meu amigo espectral voltou e deitou-se ao nosso lado.

As horas seguintes correram calmamente e foi assim que o Lobo Branco, um anjo interessante, cuidou de mim e de Yangsi durante aquela noite.

***

Quando a manhã cinza-azulada chegou, estávamos sozinhos novamente. O bebê, que tinha aprendido a andar, estava a poucos metros brincando com pedrinhas e gravetos.

– Onde está o nosso amigo, filhinho?

Com o novo dia cheio de sol, passei a acreditar mais uma vez que encontraria uma saída rápida para nossa situação. Naquele instante, seria sensato me acalmar e refletir sobre minhas opções. Por isso, peguei Yangsi e voltei a caminhar para, quem sabe, encontrar o vilarejo de Shafarti ou o que havia sobrado dele. Quem sabe algum sobrevivente poderia nos oferecer abrigo e alimentos.

Apesar dos ânimos renovados, um problema adicional estava me deixando muito preocupada: desde a noite anterior ao ataque do inimigo, Yangsi mostrava-se inquieto e se recusava a comer. Nem mesmo o leite materno lhe parecia agradável e o menino dava a entender que algo o incomodava muito mais do que a fome.

Em poucas horas, o clima ameno da manhãzinha deu lugar a um sol escaldante que voltou a nos castigar. Mosquitos de aparência bizarra nos atacaram de todos os lados e os bracinhos frágeis do bebê ficaram inchados e doloridos. Apenas naquele momento, percebi que não havia mais nada para cobrir Yangsi, pois eu tinha perdido sua manta pelo caminho.

Mais do que nunca, precisava encontrar água e cobrir nossos corpos com lama para afastar os insetos atraídos pelo cheiro do sangue. O torniquete há muito se desfizera e todos os meus ferimentos queimavam de um jeito infernal.

– Não se preocupe, Yangsi! Logo voltaremos para casa! – disse eu, sem que minhas certezas tivessem as mesmas forças que tinham pela manhã.

Apesar de toda aflição, acabei encontrando aquilo de que mais precisava. A visão parecia um milagre e fiquei radiante pelo achado de sorte!

Porém, bastou um rápido segundo para que o encanto inicial fosse substituído por uma sensação de estranheza.

A queda d'água recém-descoberta até que era bonita, mas o laguinho logo abaixo parecia duvidoso e tão desconfiado de mim tanto quanto eu dele. As águas turvas do laguinho tinham aura enigmática e não era possível saber a respeito de sua profundidade. A vegetação ao redor, agourenta e imprecisa, balançava de maneira mecânica, como se um motorzinho promovesse aqueles movimentos trêmulos e artificiais.

Nem de longe o cenário se assemelhava ao bucólico lugar em que eu havia conhecido Kalyan. Naquele momento, como em nenhum outro, pensar no jovem mestre ou em qualquer fato ligado a ele parecia um verdadeiro sacrilégio. Para mim, Serkong Trin passou a ser um pesadelo ainda maior do que as torturas da minha vida azul, algo para ser sufocado por meio do ódio. Quem nunca provou os céus, não tem vontade de voar e quem jamais sorriu, não sente falta da felicidade. Era assim que eu seguia em frente, dia a dia, noite após noite, com minhas infundadas teorias a respeito dos meus dois mundos. Todas aquelas ideias me machucavam e eu só tinha certeza de uma coisa: a lembrança de um paraíso só torna o inferno mais insuportável.

Deixei de lado aqueles pensamentos dolorosos para decidir os próximos passos. A primeira coisa que fiz foi checar a qualidade daquela água. Embora o aspecto do lago fosse insalubre, a fonte que jorrava entre as pedras era muito cristalina.

Depois de cuidar de Yangsi e de aliviar nossa sede, minhas forças voltaram e decidi lavar meu vestido. Assim que pendurei as roupas em um galho para secarem, as águas me chamaram. Tão logo mergulhei, senti a dor de um punhal penetrando em minha perna e só então lembrei que estava ferida. Apesar disso, a sensação de leveza foi razoavelmente agradável, ainda que a constituição da água fosse aborrecida, opaca e lodosa. Como eu suspeitava, a profundidade era grande e meus pés não conseguiam tocar no leito.

Assim que voltei para a margem, tentei adivinhar quanto tempo teríamos antes do anoitecer. Uma sombra tênue da Lua já despontava no céu, mas ainda seria possível agradar a Yangsi com um bom banho. Apesar de acreditar que aquilo o animaria, fiquei chateada porque ele sentiu dor. Ao contato com a água, as picadas e os arranhões que estavam em todo corpo começaram a ficar com aspecto avermelhado. No entanto, em poucos segundos o desconforto passou e o bebê voltou a ficar tranquilo.

Ele gostava daqueles mergulhos e erguia os braços quando eu o levantava em direção ao sol. Ficamos brincando com a água até quase nos esquecermos da nossa real situação. Não parecia que estávamos soterrados pelo pânico, não parecia que tínhamos fugido da guerra.

Então, houve um instante em que a redoma onírica que nos embalava e protegia acabou se rompendo e a fome voltou a nos torturar. Como não havia nada a ser feito, cobri nossos corpos com lama e adormecemos como duas estátuas à beira do lago.

***

Quando acordei, a nudez me deixou ainda mais desprotegia. Não fui capaz de esperar que minhas roupas secassem e coloquei o vestido depressa, com a impressão absurda de que alguém pudesse aparecer. Vestida novamente, o desconforto aumentou. O contato do meu corpo com o tecido molhado me causou tanta infelicidade que fiquei com vontade de gritar.

De repente, anoiteceu. Daquela vez, a neve estava gelada e pela segunda vez lamentei profundamente o fato de ter perdido a manta que protegia Yangsi. Além da fraqueza e do cansaço, também teríamos de lutar contra o frio.

Passar a madrugada na beira do lago não seria adequado, mas eu não podia sair daquele lugar nem mesmo para procurar alimentos. A perspectiva de ficar sem água de novo era desesperadora e cada vez que pensava em me afastar, uma ansiedade enorme fazia com que eu voltasse para trás.

Durante os dias seguintes, meu pequeno filho e eu ficamos entregues à própria sorte, jogados naquela lama como pedras esquecidas pelo tempo. Nem mesmo o Lobo Branco voltou para nos fazer companhia. Ainda assim, eu conseguia escutar seus uivos ao longe e por diversas vezes pensei em como seria bom se ele estivesse conosco.

Quantas noites iguais àquela se passaram? Até hoje, não consigo ter certeza. Apenas sei que, naquele desespero todo, o destino demonstrou que eu havia chegado ao ponto final. Nada parecia ser pior do que os sofrimentos aos quais eu estava exposta, porém, um fato ainda mais destrutivo estava prestes a acontecer.

***

Foi em uma manhã chuvosa que meu mundo desmoronou para sempre.

Qual mundo? Todos, eu diria.

Meu coração está apertado e o que vou relatar a seguir é algo sem pretensões nem vaidade. A dor que sinto agora é feita de contrastes tão fortes quanto os cabelos de Anitya sobre as estreitas nuances daquela realidade. A dor, então, vira uma constatação e a constatação é esta: a de que minha vida já não pode ser a mesma depois do que fiz na floresta azul. Mesmo salva, não estou salva. Mesmo reclusa, estou exposta. Ainda que eu viva confortavelmente na penumbra, nenhum lugar consegue me esconder, incluindo as sombras inacessíveis do meu quarto. O que me exaspera não são as trevas, mas a luz, a eterna luz da verdade. Sob seus raios insidiosos, tudo em mim se revela, e é assim que, sem poder fugir de ninguém e muito menos de mim mesma, volto para aquela manhã chuvosa repetidas vezes.

Tudo começou com um temporal que caiu no final da madrugada. A neve subitamente tinha desaparecido e em seu lugar uma chuva torrencial acabou alagando boa parte da floresta. O volume do lago à beira do qual ficávamos aumentou e suas águas lamacentas inundaram tudo ao redor. Despertei de um sono leve e, com muita dificuldade, arrastei-me para segurar Yangsi no colo antes que a enxurrada o levasse para longe. Àquela altura, ele estava magro e seu corpo parecia tão leve quanto uma pluma.

De maneira inexplicável, aquela chuva havia depositado algo muito ruim dentro do meu espírito. Algo que não se percebia, que não se mexia, que não tinha voz, mas que ainda assim sufocava meus últimos suspiros de sanidade. Minha mente, então, ficou tão escura quanto o céu e, como era de se esperar, pensei em Serkong Trin e na tempestade que havia transformado o Grande Rio em um portal para a próxima vida.

Por causa daquela recordação, uma força sinistra apoderou-se de mim, sem que eu soubesse como ou por quê. Mesmo quando tudo ficou mais calmo e o sol voltou a brilhar, não me senti melhor e ainda tive de suportar Yangsi se debatendo em meu colo como se minha pele tivesse espinhos. Ele esperneava, dava tapas em meu rosto e lutava para que eu o colocasse de volta ao chão. Um brilho duvidoso animava seus olhos e ele parecia estar fora de si tanto quanto eu.

– Pare de chorar! Pare de chorar!

O pobre menino estava exasperado e meus gritos só pioravam o seu estado.

Um emaranhado de palavras surgiu em meu íntimo, e tão logo pude raciocinar com mais clareza, entendi que se tratava de uma pergunta: "O que me prendia ao Mundo Azul?".

O pior lado da minha mente já sabia a resposta e procurou por uma saída com a avidez de uma fera faminta. Aliás, era aquilo que eu era, um ser destroçado, uma coisa que não comia e não dormia durante muitos dias.

Como se tivesse voltado de uma viagem mágica, dei-me conta de que não estava sozinha e de que carregava um grande peso nos ombros. Olhei mais uma vez para o bebê. Ele estava sufocado pelo próprio choro e tive de bater em suas costas para que seus pulmões se abrissem. Ele tossiu e voltou a respirar, mas estava muito fraco para continuar acordado.

Com Yangsi desmaiado em meu colo, comecei a observar o lago de uma maneira diferente de todas as outras desde que havia chegado àquele lugar. As águas sujas por causa da chuva pareciam uma mancha escura na selva, um espelho enegrecido no qual ninguém gostaria de se admirar. No entanto, foi exatamente naquele espelho que pude ver a imagem de um mestre sorrindo e sua beleza era como um punhal capaz de machucar meus olhos. Uma saudade insuportável abriu espaço para um desejo de vingança tão grande, que eu poderia esmagar o rosto de Kalyan com minhas próprias mãos...

Cheguei a fazer um gesto tosco em sua direção, mas, de repente, a miragem sumiu e tudo que restou ao meu alcance foi uma criança desacordada e infeliz.

Olhando apenas para o vazio do meu rancor, comecei a soltar lentamente Yangsi dos meus braços, até que ele iniciou uma queda vagarosa, macia e irrefreável de encontro às profundezas. Até onde os raios de sol me permitiam enxergar através da água, vi que o menino dormia em seu novo berço, sem que parecesse incomodado ou temeroso. A canção dos pássaros contrastava com a brutalidade dos meus atos e, enquanto eu assistia aos últimos reflexos vivos de Yangsi rumo ao leito, esperava desesperadamente que ele nadasse para se salvar ou que flutuasse sozinho até a margem oposta...

Após seu completo desaparecimento, senti uma voz esganiçada nascendo dentro de mim, um som gutural ao qual me faltam analogias para descrevê-lo. Aquele barulho aterrorizante, aprisionado em meu íntimo, tentava escapar das entranhas para a garganta, sua miserável rota de fuga. Entretanto, algo o puxava de volta e ele retornava para os cantos mais obscuros da alma. Aqueles movimentos de idas e vindas me provocaram tamanha náusea, que tive quase a certeza de que uma serpente viva estava se remexendo dentro do meu esôfago. Quando vomitei, o som finalmente conseguiu se libertar e eu gritei! Gritei o mais alto que pude...

Aquilo era um terremoto saindo da garrafa, um urro que espantou os pássaros, um grito que nenhum homem ou monstro jamais foi capaz de soltar.

***

Tombei na beira do lago e meu desmaio, ao contrário do que eu gostaria, não me trouxe paz e nem foi capaz de desligar minhas emoções. A partir do instante em que perdi os sentidos, os fatos que se seguiram pareceram borrões vindos tanto da loucura quanto da sanidade. Assim, percebi quando alguém trouxe alguns alimentos para mim, lavou meu rosto e colocou uma raiz amarga em minha boca. Da mesma forma, tive a nítida impressão de que fui arrastada pela lama enquanto Yangsi estava deitado em minhas costas. Depois de alguns pesadelos com relógios e velas, uma luz clara se aproximou e acariciou meus cabelos. De vez em quando, tinha um pressentimento estranho de que muitas pessoas se movimentavam por ali e que meu ser, embora distante, recebia com bom grado os sons de preces e de canções. Apesar de tentar me comunicar com aqueles visitantes para pedir que salvassem Yangsi, eu estava tão doente que não conseguia reagir.

Quando acordei, um trapézio invisível suspendeu meu corpo com um solavanco comparável a um choque de mil volts! Meus olhos ainda procuraram por Yangsi, mas tudo que encontrei a minha frente foram as águas traiçoeiras e o seu silêncio.

Em uma reação impensada, mergulhei com toda coragem e amor, mas, infelizmente, nenhuma daquelas forças foi capaz de trazer meu filho de volta.

A partir daquele momento, decidi que ficaria deitada para sempre e, se tivesse de acordar, que fosse no inferno!

Quando desmaiei pela segunda vez, vi a imagem de um túnel escuro esculpido entre as estrelas. Depois, tudo desapareceu e iniciei misteriosamente meu caminho de volta à vida.

Não sei quanto tempo se passou, mas, quando abri os olhos, a primeira coisa que vi foi o céu de uma noite azulada, cheia de esplendor. As labaredas do corpo em busca da sobrevivência foram mais fortes do que as chamas da culpa e voltei a respirar com facilidade e consegui me sentar.

Quando coloquei a mão em minha perna, vi que o ferimento estava completamente curado! Aquilo era um milagre, uma bênção que eu não merecia...

Com dificuldade, ensaiei os primeiros passos até conseguir me equilibrar com confiança. Depois, comecei a caminhar de um lado para o outro até sentir meus pés firmes no chão.

Assim, em pouco tempo, virei uma andarilha. Já não me importava com a guerra ou com o fato de que alguém pudesse me resgatar. Quando eu chegava a algum vilarejo que não tinha sido destruído pela Tribo dos Lobos, não solicitava nada aos outros e não incomodava a ninguém. Simplesmente passava pelo lugar, caminhando sempre. Se os moradores me dessem algum alimento, eu aceitava, mesmo quando se tratava de restos jogados aos cachorros. Depois, voltava para a floresta e deixava os elementos me açoitarem conforme sua vontade. Não procurava um abrigo para a chuva e tampouco para o sol e minha saúde, talvez, em razão daquilo, continuava teimosa e resistente. Por mais que eu ensaiasse um destino rumo à deterioração, meu corpo ficava cada vez mais potente, e o sofrimento, como castigo, transformou a selva em um mundo sem fim. Diferente do que aconteceu no início das minhas aventuras, os abismos perderam o fascínio e não me convidavam mais para saltos suicidas. Da mesma forma, os perigos não me ameaçavam e a morte não me queria.

Muitos dias se passaram até que, em mais uma madrugada de insônia, vi luzes surgindo por entre as árvores. Da forma como se movimentavam cada vez mais decididas em minha direção, compreendi que finalmente os heróis haviam me encontrado.

Mesmo sem merecer qualquer tipo de alegria, imaginei por um segundo a satisfação que eu teria ao ver Nigma ao lado dos seus guerreiros, trazendo suas tochas acesas e suas histórias de bravura.

Por um tempo ainda menor do que aquele segundo, na mísera mira do meu amor, os olhos do jovem mestre pousaram em minhas lembranças apenas para voarem de volta ao limbo, ao eterno ardor daquilo que nunca se cumpriu... Depois daquela voracidade da chama, a chama brincalhona que ilumina os sentimentos que não cabem, meu estado de alerta retornou com força total para mostrar que eu ainda tinha sangue correndo nas veias e que o resgate estava chegando.

Sim! A partir daquele instante, eu realmente estava salva, mas não da maneira como havia imaginado.

***

Bem perto do meu rosto, um sorriso surgiu em toda sua beleza. Seu brilho era tão grande que eu mal conseguia abrir os olhos, tamanho tempo que passei na penumbra. O Mundo Azul não suportava tanta luz...

Com muito esforço, tentei balbuciar algumas palavras.

– Se você soubesse quem eu sou de verdade... Se você soubesse o que eu fiz...

Voltei-me para o lago e pensei no temporal. Coincidência ou não, os piores momentos da minha vida jamais se passaram diante do sol. Minhas lembranças mais terríveis sempre vinham escondidas por cortinas de chuvas e brumas, além de um sentimento quase físico de frio e de desproteção.

A menina, então, acariciou meu rosto e sentou-se mais perto. Uma centelha tão pequena quanto a ponta de uma varinha saltou entre as flores, pulou de uma pedra para outra e aninhou-se nos cachos dourados que pendiam sobre os ombros. De repente, a fada suspendeu todos aqueles fios, trançou algumas mechas e Ismênia ficou com a aparência de uma princesa!

– Tão linda! Você é tão linda! O que veio fazer neste mundo?

A Pequena Deusa levantou-se e começou a me puxar com urgência pela mata, com as mãozinhas trêmulas e suadas.

– Vamos embora! Eu mesma vi! Eu mesma vi!

Enquanto dizia aquilo, Ismênia me empurrava de qualquer jeito para cima das plantas na intenção de me levar a um lugar longe dali. Apesar da sua pressa, tive de conter a menina porque não poderíamos ir a parte alguma naquela escuridão. Não havia Lua no céu e a floresta adormecia de um jeito carregado. Qualquer inimigo, mesmo distante, veria a luz dourada de Ismênia e por isso pedi a ela que se acalmasse.

Quando encontramos um esconderijo no meio da mata, beijei a testa da criança e pedi a ela que fosse embora. Aquele lugar não era digno de uma deusa.

Em resposta, a menina dourada disse que não iria a parte alguma até que me contasse tudo que sabia a respeito de Yangsi.

Suas palavras corriam contra o tempo e eu não conseguia entendê-las. Mais uma vez, pedi a ela que se tranquilizasse e só depois suas revelações começaram a fazer algum sentido.

Em primeiro lugar, Ismênia me abraçou e disse que ficou muito feliz em saber que eu estava viva! Em seguida, sua narrativa tornou-se mais coerente e compreensível.

A Pequena Deusa contou que estava há tempos procurando por mim e não sabia como tinha chegado àquele lugar tão azul e sombrio. Na manhã chuvosa em que tudo aconteceu, ela ouviu um grito ecoando pela floresta e correu na mesma direção. Quando chegou ao lago escuro, deparou com uma cena muito triste: eu estava caída e parecia doente. Embora quisesse me socorrer, Ismênia não podia se aproximar porque um lobo grande e branco andava ao meu redor. A menina dourada pensou em gritar para afugentar o animal, porém, quando olhou com mais atenção, percebeu que ele não era perigoso. Então, sem que ela esperasse, o lobo mergulhou nas águas e logo voltou para a margem trazendo uma criança desacordada, a quem segurava pelas roupas com todo cuidado.

Ismênia não acreditou em seus próprios olhos quando viu a criatura deitando Yangsi em minhas costas. Ela já tinha visto animais resgatando pessoas, mas não daquela maneira!

Assim que o lobo foi embora, Ismênia aproveitou a oportunidade para nos ajudar e ficou aliviada quando viu que eu e o bebê estávamos respirando. Como se percebesse a presença da menina, Yangsi tossiu e virou o rostinho para ela. Imediatamente, a Pequena Deusa bateu em suas costas até que ele se livrou de toda a água que havia engolido. Em seguida, ela me chamou várias vezes, mas eu continuava sem sentidos. Depois de pouco tempo, passos apressados na mata fizeram com que Ismênia subisse em uma árvore para se esconder.

Ao mesmo tempo em que eu precisava muito ouvir o testemunho de Ismênia, fiquei preocupada com suas emoções cada vez mais descontroladas. Aquele estado aflitivo cortou-me o coração e tive de abraçá-la repetidas vezes para que se sentisse mais segura.

Depois daquilo, a Pequena Deusa continuou com sua narrativa.

Assim que ela subiu em uma árvore, procurou o ponto mais alto para que sua luz não chamasse a atenção dos estranhos que tinham acabado de chegar. O grande lobo reapareceu e, daquela vez, não estava sozinho. Encontrando-se em um ponto de pouca visibilidade, Ismênia não conseguia enxergar muito bem o que estava acontecendo e quase caiu quando tentou se esgueirar sobre os galhos. Seu medo aumentou quando notou que os desconhecidos estavam levando Yangsi com eles e, assim, pediu à fada que os seguisse e que não os perdesse de vista.

Então... a fada sabia onde Yangsi estava!

Eu mal podia acreditar! Eu teria uma segunda chance!

Tão logo chegou o amanhecer, Ismênia e eu pedimos à pequena amiguinha que nos mostrasse o paradeiro do meu filho. Imediatamente, alcançamos as trilhas a Oeste e começamos a correr contra o tempo.

Enquanto caminhávamos, a Pequena Deusa lembrou-se de novos detalhes sobre o que havia acontecido e, daquela forma, fiquei sabendo que foi ela que cuidou de mim enquanto eu ainda estava desmaiada. A querida criança arrumou raízes medicinais que puderam me nutrir e estancar o sangramento da minha perna. Além de tudo aquilo, ela ainda fez todas as preces que sabia para que eu me curasse.

Em um determinado dia, ao voltar da floresta com suas raízes poderosas, Ismênia deparou com o lugar vazio e não sabia se ficava feliz pelo fato de que eu havia me recuperado ou triste por ter me perdido de novo!

***

Depois daquelas revelações extraordinárias trazidas pela amada Ismênia, tudo aconteceu de um jeito muito rápido.

Não me recordo agora como conseguimos chegar até um local pavoroso, uma espécie de lamaçal atrás de uma sucessão de rochedos perigosíssimos onde lobos gigantes eram mantidos presos a correntes cheias de protuberâncias pontiagudas. Quando se debatiam por fome, raiva ou medo, aqueles espinhos metálicos perfuravam seus corpos e eles ficavam imóveis para evitar mais sofrimentos.

Comecei a suspeitar que os lobos não estavam mais participando das batalhas. No dia em que a Tribo dos Lobos atacou nossas terras, apenas os bárbaros investiram contra nós. Aquilo tudo me deixou perplexa e eu não conseguia compreender por que os animais não apareceram para lutar.

Enquanto andávamos, escondi os olhos de Ismênia para que ela não visse tamanha violência! Apesar do desejo que tínhamos de ajudar os lobos, os guerreiros das faces negras estavam por toda parte e não poderíamos arriscar nossas vidas sem antes encontrarmos Yangsi. Eu e a menina, então, fizemos de tudo para ficarmos em silêncio e conseguimos nos esconder habilmente atrás de tudo que pudesse nos ocultar.

Com o sol cada vez mais alto, ficamos mais confiantes para caminhar e em pouco tempo chegamos aos pés de uma cachoeira estrondosa, lugar em que a fada, rodopiando no ar, indicou ser o final do nosso percurso.

Olhei para todos os lados com medo de que os inimigos pudessem nos descobrir, mas não havia ninguém por perto. Atrás das quedas, as trepadeiras e os cipós floridos escondiam uma cavidade interessante na rocha, algo que logo me chamou a atenção. Aquilo era a entrada de uma caverna. Antes de seguir em frente, pedi a Ismênia que esperasse do lado de fora e que fizesse algum sinal caso alguém se aproximasse. Eu não tinha ideia de quantos perigos poderiam existir naquele lugar e segui em frente com um nó na garganta.

Quando entrei pela passagem, a luz da fada me guiou pela escuridão. Enquanto eu avançava rumo ao desconhecido, uma grande insegurança aprisionou meus passos e pensei em desistir de tudo. Percebendo minha insegurança, a pequenina puxou algumas mechas dos meus cabelos e, resoluta como apenas as fadas conseguem ser, continuou me conduzindo para as profundezas da caverna. Eu não sabia o que me aguardava, nem como faria para reaver Yangsi, mas tinha certeza de que era preciso consertar meus erros.

Depois de me arrastar por galerias estreitas e claustrofóbicas, cheguei a uma espécie de salão natural com uma nascente subterrânea, cujo teto perdia-se de vista e parecia mergulhado em breu. Abaixo, o lugar estava iluminado por uma fogueira e algumas pessoas se aqueciam diante do fogo. Quando perceberam minha presença, elas ficaram titubeantes, mas depois decidiram verificar quem estava invadindo seu esconderijo.

Ao ver seus rostos enegrecidos por sombras de carvão, tive o ímpeto de correr, no entanto, seus olhos emanavam uma energia que me pareceu bem familiar. Ao mesmo tempo, por meio dos efeitos oscilantes criados pelas chamas da fogueira, aquelas faces se transformaram em algo sobressalente ao corpo, um baile de máscaras flutuantes.

Quanto mais olhava para elas, mais acreditava que estava no lugar certo e que era ali que deveria ficar. Por serem apenas crianças ou por estarem mais intrigadas pela fada do que pela minha presença, a impressão fantasmagórica inicial cedeu lugar a um grande alívio e resolvi fazer um sinal para que chegassem mais perto.

A maioria não tinha alcançado a puberdade e o mais velho deles, o líder, teve a coragem de estender-me a mão e sorrir. Em minha mente, escutei a voz do menino com perfeição dizendo-me seu nome, sem que movesse os lábios uma única vez. Logo em seguida, da mesma forma misteriosa, ele pediu licença e se afastou.

Depois de uma grande espera, na qual mal suportei a expectativa, o garoto voltou e trouxe com ele a pessoa mais importante da minha vida.

Assim que me viu, Yangsi jogou-se em meus braços. Quando finalmente apertei seu corpo contra o meu, o mundo girou em todas as direções!

***

– As terras são de Anitya. É lá que provavelmente Nigma espera pelo pequeno Yangsi e é para lá que devo ir o quanto antes.

Assim que eu disse o nome do guerreiro, as crianças da caverna se entreolharam, pois Nigma era o maior herói daquele tempo. Anitya já tinha me avisado sobre seu prestígio e, naquele instante, eu me senti envergonhada por ter tratado meu casamento com tanta futilidade. No fundo, não sabia se o guerreiro ainda estava vivo e a cena da batalha em que o vi caindo ao lado de seu cavalo voltou como uma terrível lembrança. No entanto, faltava-me coragem para compartilhar minhas dúvidas e resolvi não comentar nada a respeito.

O garoto que se comunicava comigo telepaticamente pediu que eu ficasse mais um pouco. Aqueles meninos tinham uma história para contar. Era preciso que Nigma, e tão somente ele, soubesse de tudo que as crianças estavam prestes a dizer e aquilo seria capaz de mudar os rumos do Mundo Azul.

Apesar de estar preocupada com Ismênia e de querer chegar às serras antes do anoitecer, não podia negar nada àquelas crianças. A gratidão que sentia por elas era imensa e resolvi me sentar para prestar atenção às suas mensagens.

Com toda leveza, suas palavras avançaram dentro de mim como uma poesia e várias imagens surgiram diante dos olhos intuitivos da mente até que tudo terminou em uma névoa serena.

Assim, chegou a hora do adeus. Yangsi parecia contente em meu colo e fiquei sinceramente emocionada quando uma menina entregou-nos um cantil com água, frutas e uma manta, doações valiosas que certamente fariam falta para o grupo durante a noite.

Apesar da aparência sofrida e um pouco abandonada, as crianças da caverna pareciam felizes e tão sábias quanto os mestres. Através da luz temperamental do meu coração, percebi sua alegria e o quanto elas estavam torcendo por minha felicidade.

A compaixão foi a maneira especial com que os pequenos caras pintadas me conduziram ao seu mundo. Sem questionamentos e sem um único juízo de valor, eles me perdoaram e me devolveram o tesouro perdido. Antes de ir embora, sem saber se era certo ou errado, puxei aqueles meninos e meninas para mim e abracei tantos quanto pude.

Ao sair da caverna, um longo caminho cheio de desafios aguardava por mim.

***

– Ismênia, já comeu a frutinha? Já? Quer mais água? Veja se ele quer... Então, vou fechar tudo isso... Pronto! Agora, minha querida, que estamos aqui à beira das serras, devemos agradecer à fada e seguir antes que fique escuro. Está vendo como o mar fica lá longe?

– Sim, está lá em baixo!

– Então, deixe que eu segure Yangsi e vamos começar a descer.

– Não! Ele é fofinho! Ele gosta de ficar no meu colo.

– Sim, mas agora devemos ir embora, Ismênia!

– Para onde?

– Vamos lá para aquela praia, está vendo? Acho que Nigma está esperando por nós...

– É lá que vive aquela sua amiga de cabelos mágicos?

– Sim, Anitya mora com o Povo da Praia.

– E o que vai acontecer com a gente?

(o que vai acontecer comigo, pouco importa)

– Vamos ficar juntos e brincaremos nas ondas, Ismênia. Você será feliz e Yangsi também.

– Até mesmo nossa fada?

– Até mesmo nossa fada.

– E a senhora poderia repetir aquela história que as crianças da caverna contaram? Ah! Por favor...

– Mas de novo? Já contei três vezes!

– Sim, mas vai ajudar a gente a esquecer do tempo.

– Isso é bem verdade. O caminho até aqui foi bem mais rápido graças às nossas conversas! Então, vou começar da parte em que os animais não queriam ir embora e...

– Ah, não! A gente quer desde aquela parte da árvore!

– Jura?

– Sim, e Yangsi também quer ouvir tudo de novo, desde o começo.

– Quer mesmo, Yangsi?

– "Qué".

– Tá bom, tá bom... Mas se agarrem em mim com força porque a trilha pode ser perigosa! Esta encosta parece muito escorregadia!

***

Era uma vez, nos primórdios do Mundo Azul, uma linda árvore que cresceu à beira de um abismo. Ela era diferente de todas as outras, pois suas flores nasciam rosadas e ficavam cada vez mais lindas e coloridas. Era a primeira vez que os seres daquele universo ficavam diante de cores diferentes do azul. Ninguém sabia como a árvore havia sobrevivido em um lugar tão inóspito e ela já era frondosa e antiga quando foi descoberta pelo ser humano.

Os primeiros homens a se alimentarem das dádivas daquela árvore foram os habitantes mais próximos, pessoas pacíficas e meigas, que logo descobriram serem suas folhas e sementes extremamente benéficas para a saúde. Das flores rosadas, cresciam bolinhas negras cujo sumo era usado pelas crianças para fazer desenhos e pinturas. De maneira curiosa, assim que as bolinhas eram extraídas, a árvore perdia por algum tempo o seu dom de cura.

Logo a fama da árvore alcançou lugares distantes e outros povos vieram em busca daquelas maravilhas. Assim, como era de se esperar, em pouco tempo a árvore ficou rodeada por multidões em busca de alívio para seus sofrimentos.

Como ninguém cuidava da árvore, a constante investida do ser humano contra seus galhos e frutos comprometeu sua vida, a ponto de ficar com a aparência maltratada.

Assim que a pobre criatura secou, os forasteiros foram embora e apenas as pessoas que a haviam encontrado pela primeira vez prestaram-lhe socorro. Durante todos os dias, os jovens, as mulheres e até mesmo as crianças daquele povo se dedicaram à tarefa de salvar a árvore, até que, por milagre, ela renasceu em toda sua beleza!

Para evitar que a notícia se espalhasse e que a história se repetisse, aqueles homens bondosos abriram mão dos benefícios daquele ser milagroso e resolveram retirar sistematicamente as bolinhas negras que nasciam com as flores, sem as quais o poder de cura e a fama da árvore terminavam. Então, em respeito à promessa que tinham feito, eles passaram a pintar seus rostos com aquela tinta negra para mostrar ao mundo que a árvore extraordinária tinha se tornado apenas uma árvore comum.

Foi assim que nasceu a tribo chamada Faces Negras. Além de cuidar das plantas, aquele povo tinha incrível sensibilidade para com os animais. Eles se identificavam principalmente com os lobos gigantes, criaturas poderosas e muito inteligentes que andavam livremente pelas florestas do Mundo Azul.

Naquela época remota, homens e feras desenvolveram a telepatia e fizeram um vínculo tão forte que já não era possível encontrar um sem que o outro estivesse por perto. Assim, em homenagem aos seus amigos lobos, aquele povo passou a ser conhecido como a Tribo dos Lobos.

Em um determinado inverno, uma nevasca inesperada assolou o Mundo Azul. A escassez de alimentos e o desespero chegaram àquelas terras. Os povos que viviam nas redondezas tinham se organizado de maneira diferente e desenvolveram recursos para enfrentar as intempéries. No entanto, os amigos dos lobos não possuíam as mesmas habilidades de seus vizinhos. Tudo que eles tinham era o domínio das artes místicas e pouco ou nada sabiam sobre a sobrevivência em tempos de ruína.

Até mesmo a árvore sagrada deixou de dar frutos e apenas um galho com folhas verdes indicava que ela ainda não tinha morrido.

Sem alternativas, os homens das faces pintadas resolveram pedir ajuda, mas invariavelmente encontravam uma resposta negativa para suas súplicas. Seus líderes eram tratados com desrespeito e até mesmo os mais idosos, xamãs de grande erudição, sequer conseguiam falar com os chefes das outras tribos.

As pessoas da Tribo dos Lobos não sabiam se os outros povos ainda se ressentiam por causa da árvore sagrada, ou se era a presença dos lobos que lhes causava tanta falta de compaixão.

Em pouco tempo, elas tiveram a resposta.

Os dois fatores, aliados à falta de alimentos, estavam criando verdadeiros inimigos onde antes reinava a paz. Dentre todas as justificativas possíveis para aquela falta de solidariedade, a presença dos animais gigantes era o que mais causava a ira das tribos vizinhas. Embora nunca tivesse ocorrido qualquer incidente entre lobos e homens, os outros líderes acreditavam que a alcateia faminta seria capaz de destruir povoados e de atacar pessoas.

Assim, a Tribo dos Lobos acabou amaldiçoada e seus membros foram expulsos daquelas terras com extrema violência.

Sem a ajuda de ninguém, a fome e a miséria arrastaram aquele povo para a barbárie! Irmãos lutaram contra irmãos e a discórdia chegou ao ponto máximo. Quando já não restava mais esperança, ocorreu um fato totalmente inesperado envolvendo os lobos, que jamais abandonaram a tribo.

Os animais, por fidelidade ou simplesmente porque não sabiam como ajudar, deixaram-se dominar por seus amigos humanos. A primeira vez que alguém os chicoteou sem que reagissem foi o marco de uma era cheia de sombras.

Mesmo com a chegada do verão e o fim da miséria, a Tribo dos Lobos decidiu ampliar seus domínios. Como ainda não eram capazes de fazer as próprias armas, os novos líderes começaram a transformar a alcateia em uma verdadeira máquina de guerra e criaram, dessa forma, um exército praticamente invencível de feras submissas às suas ordens.

Apesar do poder e das riquezas conquistadas para além de suas fronteiras, os guerreiros pagaram um preço alto por suas ações: o dom sagrado da comunicação com os lobos desapareceu. Os mais velhos e algumas crianças especiais ainda preservaram os poderes sutis, mas todos eles foram perseguidos e mortos.

Sem o entendimento mútuo, já não era possível compreender a sensibilidade escondida sob a aparência feroz dos animais e, então, métodos cada vez mais cruéis foram adotados para que se mantivesse "a ordem".

Com o passar dos anos, aqueles valores cheios de desonra prevaleceram e, nos dias atuais, a Tribo dos Lobos continua sendo um povo violento, astuto e incapaz de superar o passado.

Entretanto, como em toda a história da humanidade, apareceram os rebeldes. Eles não queriam a guerra e desejavam voltar aos tempos em que a árvore milagrosa e toda a natureza viviam em harmonia com sua gente... Como eram muito jovens e ainda não sabiam o que fazer com seus dons iluminados, a conquista da paz teria de esperar um pouco mais...

Sob os cuidados vigilantes de seu guardião, o lendário Lobo Branco, as crianças da caverna, os verdadeiros rebeldes da Tribo dos Lobos, aguardam até hoje a chegada dos heróis capazes de libertar o seu mundo da violência. Um daqueles heróis era Nigma!

***

Assim que pisamos na areia, minhas pernas já não me obedeciam como antes. Há algum tempo, eu havia amarrado Yangsi em meu peito, o que facilitou muito nossa caminhada, mas, mesmo assim, o cansaço me venceu e nem foi possível ficar muito animada com o som das ondas e com a bela aparição da Lua.

O que me deixou muito feliz e com uma sensação de vitória foram as fogueiras ao longe, indicando que não estávamos mais sozinhos e que logo receberíamos ajuda. E tão logo o brilho de Ismênia atraiu os moradores da praia, eles vieram correndo para nos buscar.

– Vejam! Aquela mulher pode ser a esposa de Nigma! – disseram eles, enquanto desciam dos cavalos.

Mal chegamos às tendas onde se abrigavam, algumas moças se prontificaram a cuidar de Yangsi e, assim que o levaram consigo, perdi os sentidos.

Na manhã seguinte, minha primeira preocupação foi saber a respeito de Nigma. Eu estava muito enfraquecida para andar, mas, até onde conseguia enxergar, meu marido não estava em parte alguma.

Quando Yangsi voltou bem alimentado e vestindo roupas novas, aproveitei para brincar um pouco com ele e comecei a prestar mais atenção às pessoas que me cercavam. Os homens tinham cabelos longos e quase todos usavam colares e ornamentos brilhantes nos braços. Pareciam exageradamente preocupados em ensaiar músicas ou em carregar seus instrumentos musicais de um lado para o outro, como se o mundo fosse apenas um imenso palco para concertos. Os velhos, as crianças e os mais jovens pareciam entrosados e se ajudavam mutuamente. As mulheres eram belíssimas e, embora algumas se parecessem muito com Anitya, felizmente não mudavam a cor e o formato dos cabelos a cada cinco minutos.

Nos meus primeiros instantes naquele novo lugar, as emoções estavam tumultuadas, prevalecendo a sensação de ter honrado minha palavra. Honra e desonra eram temas constantes em minha cabeça, entretanto, minha condição de recém-chegada fazia florescer muitas esperanças.

Fisicamente, as coisas caminhavam de um jeito diferente. Eu estava ardendo em febre e tive de tomar um remédio de gosto indescritível, porém muito eficiente. Depois que consegui me alimentar pela manhã, procurei entender melhor o motivo de um reboliço que acontecia do lado de fora da tenda.

– Agora que amanheceu, peguem seus cavalos e tentem achar Nigma. Digam que sua família está conosco!

Aquelas orientações urgentes foram dadas por um ancião e os três rapazes destinados ao cumprimento da nobre missão saíram em disparada e desapareceram entre os rochedos distantes.

De fato, o guerreiro não estava por ali. Então, onde ele estaria?

Novamente, o receio de que estivesse doente ou ferido deixou meu coração pesado. O barulho estrondoso das ondas quebrando na praia embalou uma profunda saudade daquilo que, na época, eu não sabia reconhecer e nem dar valor.

Apesar de tudo, a hospitalidade e o aroma de boa comida invadindo nossa tenda abrandaram minhas aflições. Em um piscar de olhos, o mundo pareceu mergulhar de novo nas águas dos bons presságios e sonhar com um final feliz para nossa família não parecia mais um absurdo. Ao menos, naquele sagrado instante...

***

O beliscão doloroso de Ismênia em meu braço concluiu a aterrissagem do meu espírito sob o corpo. Ela estava aborrecida porque muitos curiosos, sobretudo as crianças do lugar, aglomeravam-se para ver a fada e os brilhos dourados de seus cabelos. Os mais ousados tocavam em suas mãos e em seus cachos sedosos, como se a menina não fosse de verdade.

– Mas por que todo mundo fica olhando para mim? – perguntou ela, enquanto escondia o rosto em meu colo.

Conforme as pessoas ficavam admiradas e sorriam para a Pequena Deusa, os efeitos de purpurina mágicos de sua pele saltavam para o alto, como se fossem estrelinhas.

– Ah, Ismênia, é porque você tem uma fada em seus cabelos! É só por isso. A segunda noite na praia foi ótima e dormi como um anjo. Quando amanheceu, já me sentia bem e minha saúde melhorou bastante!

Depois de uma semana, os cavaleiros que foram ao encontro de Nigma ainda não tinham retornado. Apesar da demora, eu estava tranquila e tinha esperança de que o herói não havia morrido na guerra. A todo instante, ficava ensaiando o que diria a ele quando chegasse, mas nenhuma frase ou gesto pareciam adequados, nem mesmo na imaginação. A única certeza que eu carregava era a de que deveria fazer ao guerreiro duas grandes revelações (na verdade, só a primeira era grande e tinha relevância): a existência das crianças da caverna e, em segundo lugar, necessitando de muito mais esforço e coragem para falar, o desejo que eu tinha de reatar nosso casamento.

A insegurança sobre o futuro não era minha única preocupação. O passado incomodava muito mais.

Apesar do Sol e das amenidades espalhadas por toda a extensão daquele litoral, existiam muitos momentos de fraqueza e muitas formas de desilusão que apanhavam minha alma de surpresa e a carregavam até um espaço escuro onde já não era possível alcançar as boas forças. Ali, naquela redoma negra, os sublimes entendimentos como o bom senso, a capacidade para o perdão e a visão integrada de que todos nós somos feitos de dualidades e contradições, simplesmente desapareciam e eram substituídos por concepções chapadas da realidade que dividiam pessoas, sentimentos e situações em dois grupos opostos e sem nuances: os bons (só bons) e os ruins (só ruins). Geralmente, quando meu seletor interno engripava naqueles dois polos, eu ficava procurando os culpados pelos meus erros e invariavelmente chegava sem respostas ao ponto de partida. As areias frias dentro das tendas do Povo da Praia eram minhas confidentes e, enquanto remexia nelas com os dedos dos pés, via e revia o que tinha feito com Yangsi na floresta...

Em um daqueles momentos, alguém se aproximou e disse que eu deveria ficar mais sossegada comigo mesma e com o mundo. A voz era a mesma, tão quente e enigmática quanto da primeira vez. A nuca à mostra parecia singela e fiquei impressionada como os raios da manhã atingiam sua cabeça desnuda, ampliados pelo despojamento com que aquela estranha amiga caminhava pelo mundo.

– Anitya! Já estou aqui há dias e só agora você veio falar comigo? O que aconteceu com os seus cabelos?

Ela nem se deu ao trabalho de me responder e sorriu. Mesmo calva, Anitya era a mulher mais linda do mundo! Sua saia de tiras esvoaçantes e seus olhos convictos faziam dela uma figura inesquecível.

Do lado de fora, os risos das crianças à beira do mar eram graciosos e ternos. O dia estava quente e muitas pessoas se divertiam na água. O oceano, lente do planeta, carregava fagulhas de fogo, brilhos e espumas até nós, transbordando vida para todos os lados. Aquelas abundâncias vinham ao nosso encontro sem pedir licença e suas taças estavam prontas para o brinde. Aquela era uma manhã maravilhosa!

Talvez por tudo aquilo, Anitya sentiu-se mais próxima e tocou em meus ombros.

– Escute bem, Aishi Dora: já é hora de superar o que aconteceu. O tempo corre rápido e você está perdendo a chance de ficar ao lado deles...

Ao longe, Ismênia e Yangsi pulavam de mãos dadas e, ao vê-los daquela maneira, entendi exatamente o que Anitya quis dizer. Deixei a tristeza para trás e cada passo em direção a eles se tornou um degrau a mais para o céu. Avançando sempre, não demorou muito para que as águas salgadas tocassem meus pés e, quando cheguei ainda mais perto, as duas crianças pularam sobre mim!

Rolamos abraçados sobre a areia molhada, uma seda úmida com cheiro de mar, e deixamos que as ondas e o Sol competissem por nós.

***

Rapidamente, aquelas nuvens ficaram volumosas e o ar abafado se transformou em uma ventania. Decidi que era hora de levar as crianças para a parte rasa da praia e depois sentamos para apreciar as vagas morrendo fraquinhas.

Exatamente naquele instante de descontração, em que Ismênia se distraía fazendo tranças em meus cabelos, vimos alguma coisa diferente ao longe. Pelos caminhos que beiravam a vasta orla daquelas terras, cerca de sete cavaleiros se aproximavam com velocidade. Os banhistas se surpreenderam com a movimentação e foram se afastando da água para descobrir quem seriam aqueles visitantes tão afoitos.

Quando os cavaleiros passaram por nós, tivemos a impressão de que trovões impetuosos despencaram sobre a praia. Yangsi escondeu os olhos entre as mãos, mas como elas estavam cheias de areia, tive de entrar de novo no mar para lavar seu rosto. Isso fez com que ficássemos para trás e procurei ter paciência até que ele se acalmasse. O pobrezinho abraçou-me com força e seu coração pulava como um tambor!

Segurando a Pequena Deusa pela mão e Yangsi no colo, caminhei em direção às tendas, perto das quais muitas pessoas se aglomeravam em torno dos recém-chegados. Conforme fui percebendo o que se passava, meus passos ficaram cada vez mais largos em direção a Nigma, até que ele nos viu e correu ao nosso encontro.

– Aishi Dora! Yangsi!

Quando nos desabamos nos braços um do outro, o universo voltou a ser um lugar seguro e repleto de satisfação. Enquanto ele apertava meu corpo contra o seu, senti em suas costas a protuberância de uma cicatriz, provavelmente causada pela espada do inimigo. Imediatamente, o rosto ensanguentado de Shafarti replicou-se mil vezes dentro da minha mente e, pela primeira vez, percebi que deveria fazer-lhe uma oração.

O grande guerreiro, então, leu meus pensamentos e levantou sua lança para o alto:

– Sim, vamos chorar nossos mortos! Entretanto, não choraremos para sempre!

Todos os homens e mulheres o aplaudiram e gritaram seu nome, até que minha alma se dissolvesse dentro do grupo. Durante um breve tempo, meus issos e aquilos passaram a não existir e tudo que me importava era a alegria do Povo da Praia!

Por me sentir daquela forma e por estar imbuída de emoções tão fortes, propus que fizéssemos uma festa em homenagem aos cavaleiros, ideia prontamente aceita por todos.

Antes que Nigma e os outros se retirassem para descansar, pedimos notícias sobre as batalhas. Pelo que os heróis disseram, muitas vidas se perderam e a Tribo dos Lobos teve de recuar porque as feras, como eu havia deduzido, negaram-se a participar dos ataques.

Naquele ponto do relato, senti muita compaixão pelos animais e me lembrei de tudo que sabia a respeito dos lobos. Mais tarde, Nigma conheceria toda a verdade e, quem sabe, o desfecho da guerra seria diferente.

Enquanto os soldados se refaziam da viagem, eu e os irmãos da praia fizemos homenagens aos mortos e começamos os preparativos para a festa, sem saber exatamente onde terminava uma coisa e começava a outra. Enquanto alguém arrumava um arranjo de flores, outra pessoa fazia uma prece. Da mesma forma, lágrimas de saudade surgiam em um lugar, enquanto as águas de uma nascente levavam vida para outra parte. Assim, luto e esperança caminharam juntos durante toda aquela tarde.

***

Olhando para o céu, Anitya advertiu-nos sobre a chegada de uma tempestade de ventos antes mesmo do amanhecer. Segundo a moça, não haveria chuva, mas o mar ficaria agitado e a ventania seria muito forte. Por isso, tomamos algumas providências em prol da nossa segurança, sem esquecer o entusiasmo pela festa. Assim, enquanto muitos enfeitavam a praia com adornos e lenços, outros tantos reforçavam as tendas com cordas e levavam os cavalos para um abrigo seguro.

Quando a noite caiu e as fogueiras foram acesas, os músicos trouxeram suas preciosidades e se posicionaram perto do fogo. Ao sinal de um tambor, começaram a tocar uma música intrigante e de forte apelo ancestral.

Ismênia, que já estava perfeitamente adaptada ao lugar e não tinha mais receio das pessoas, arriscava alguns passos de dança com as outras crianças e ficava muito feliz quando fazia tudo certo. Para a menina, o bom humor e os pequenos desafios alegravam seu coração, desde que contasse com o apoio daqueles a quem amava. Yangsi, por sua vez, não saía de perto do pai e todos estavam se divertindo muito!

O retorno dos guerreiros em segurança e a realização dos rituais sagrados durante a tarde foram tão tranquilizadores para mim, que pude dedicar algumas horas daquele dia às preocupações femininas, coisas que certamente me serviram de distração. Além de enfeitarmos cuidadosamente os pratos que seriam servidos na festa e de tomarmos difíceis decisões em relação ao cardápio da noite, minhas amigas e eu criamos rugas nas testas para aperfeiçoarmos meu visual, até que encontramos um vestido bonito que me deixou deslumbrante!

Tanto foi verdade que, assim que me aproximei dos convidados, os olhos de Nigma percorreram meu corpo com uma admiração tão discreta, que apenas uma mulher apaixonada seria capaz de perceber aquele sumo desejo.

As horas foram passando e depois de muita música, dança e *mahadharsha*, nós tivemos uma surpresa: Anitya e outras mulheres arrumaram uma tenda especial para que meu marido e eu comemorássemos nosso reencontro. Os enfeites que elas nos prepararam estavam lindos, com muitas flores, conchas e perfumes espalhados por toda parte.

Fiquei radiante com o presente! Uma lua de mel era tudo que eu precisava para conquistar novamente meu lugar ao sol.

Nigma tomou minhas mãos, levou-me para perto da fogueira e reuniu as pessoas à nossa volta. Depois, pediu a todos que prestassem atenção, pois tinha coisas importantes a dizer:

– Neste momento, quero comunicar a vocês que ficarei morando com minha família e com meus guerreiros nestas terras. Seremos felizes e nos ajudaremos mutuamente. Antes de tudo, gostaria de pedir aplausos para Aishi Dora, uma mulher de grande força!

Quando os aplausos começaram, senti que minhas bochechas ficaram vermelhas como uma adolescente. Enquanto as pessoas me abraçavam, eu não conseguia parar de sorrir. Nada poderia ser melhor do que tudo aquilo! As felicitações que me chegavam eram cheias de entusiasmo, carinho e palavras amistosas. Parecia minha festa de aniversário!

Nigma estava orgulhoso da minha beleza e, tão logo as palmas cessaram, ele continuou seu discurso muito emocionado:

– Minha esposa sofreu com a guerra, mas nunca perdeu a coragem!

Em seguida, o guerreiro levantou Yangsi para que todos o vissem:

– Meu maior tesouro está de volta! Vejam! Yangsi está aqui porque Aishi Dora o salvou!

– Viva! Viva! – gritavam os outros, muito inflamados.

Naquele instante, meu sorriso desapareceu e vocês podem muito bem imaginar a razão!

Aqueles rostos alegres, de repente, misturaram-se à terrível insensatez da fogueira e se transformaram na imagem viva de tudo que eu queria esconder.

Somente os olhos de Yangsi sabiam da verdade e me seguiam de um lado ao outro como se quisessem descobrir o que, de fato, eu faria. Aos poucos, aqueles olhos me soltaram, mas a liberdade que veio depois não me libertou de mim mesma. Eu não fugi, não corri para o mar nem deixei que as ondas me levassem para longe. Apenas aguentei tudo em silêncio e disfarcei meus sentimentos até quase o amanhecer.

***

Depois que a festa chegou ao fim e a última fogueira se apagou, procurei pelas crianças para me certificar de que estavam bem. Ismênia e meu filho dormiam tranquilamente em uma tenda destinada aos pequenos e aproveitei o momento para cobrir os dois, pois os fortes ventos profetizados por Anitya tinham, finalmente, chegado.

Com os passos trêmulos e o coração apertado, fui à tenda nupcial encontrar meu marido e, assim que entrei, percebi o contraste entre aquele lugar tranquilo e a praia lá fora, totalmente entregue às reviravoltas do tempo.

– Que bom que você chegou, Aishi Dora! – disse ele, convidando-me a sentar.

Assim que me aproximei, seu jeito másculo e solto arrancou-me da pele um arrepio que quase arruinou meu disfarce. Seu rosto estava reluzente e, pela primeira vez, achei suas vestes bárbaras lindas e escorregadias. Era o seu estilo! Um estilo selvagem aperfeiçoado por anos e anos de intensidade arquetípica. Naquele momento, sua beleza pareceu-me tão óbvia, que eu quis abraçá-lo.

– Espero que a guerra não tenha arrancado algo de você!

(agora não lembro qual de nós disse aquela frase...)

Desistindo de abraçá-lo, apenas me sentei e baixei os olhos. Com um sorriso amarelo, segurei o copo que ele me ofereceu, não porque queria beber *mahadharsha* ou comemorar alguma coisa, mas apenas em sinal de respeito. Então, depois do primeiro gole, comecei a dizer tudo que estivera guardando por tanto tempo. Contei ao guerreiro sobre as crianças da caverna e, principalmente, sobre o Lobo Branco, verdadeiro e único salvador de Yangsi!

O barulho do mar, dizendo-me o quanto a natureza era forte e indomável, trouxe para dentro do peito um gosto amargo de derrota e, diante das minhas revelações, aquela amargura acabou atingindo o semblante de Nigma, até que seu olhar ficou revestido de uma emoção titubeante. Ainda assim, ele chegou mais perto e deitou minha cabeça em seu colo.

Embora eu não quisesse uma fuga covarde por meio do sono, isso acabou acontecendo e adormeci em seus braços sem ao menos lhe desejar um boa-noite. Em um segundo, já estava no mundo dos sonhos e todos eles tinham cores extraordinárias, prolíferas e mais profundas do que o azul.

***

Acordei com um sobressalto e minha respiração já estava tensa antes mesmo de saber o que me aguardava. No fundo (e também na superfície), estava muito envergonhada por ter pegado no sono justamente quando ainda não tinha consertado meus erros. Olhei à minha volta para falar com Nigma, mas ele não estava por ali.

Apesar de estar cambaleante e meio fora de órbita, percebi que já tinha amanhecido. O dia invadia a tenda através das pequenas aberturas da lona e, então, solitária e entregue àquelas parcas luzes de outono, meu vestido de festa e os enfeites românticos ao redor me pareceram tristes e obsoletos.

Subitamente, um dos guerreiros veio ao meu encontro e puxou-me pelo braço com urgência.

– Rápido, senhora! Nigma está partindo com a criança!

Em um piscar de olhos, saí correndo e nem tive como pedir socorro aos outros, pois era muito cedo e todos estavam dormindo. Assim que ganhei a praia, o frio inesperado da manhã cortou meu rosto e ressecou meus lábios. Eu não me importava com nada daquilo, mas uma fina garoa atrapalhou a visão, de maneira que não era possível enxergar sem esfregar os olhos. Mesmo assim, pude ver os cavalos ao longe e, mais distante ainda, as ondas tornando-se gigantes. Bem ali, na beira do mar, Nigma estava com mais quatro cavaleiros prontos para partir.

De repente, eu não via mais nenhum obstáculo à minha frente e meu corpo era um trem-bala correndo até Yangsi, em um túnel imenso e escuro. Ao final do túnel, meu filho já estava em uma cadeirinha presa ao cavalo e nem sei como tive forças para arrancá-lo de lá em um só movimento!

– Devolva o menino, Aishi Dora! Eu não quero tomá-lo dos seus braços! – ordenou Nigma com sua voz de trovão.

Enquanto me afastava do guerreiro e esperava o melhor momento para correr, os outros cavaleiros se puseram em meu caminho e, em um instante, fiquei acuada como um animal!

– Afastem-se e me deixem em paz!

Conforme aqueles homens se aproximavam, maior era a sensação de estar presa e, portanto, maior era a minha coragem.

A raiva tornou-se minha grande amiga e eu poderia enfrentar qualquer pessoa, mesmo alguém tão forte quanto Nigma. Por isso, quando ele chegou mais perto, meus punhos estavam erguidos e meus braços eram capazes de golpear qualquer inimigo!

Nossa tragédia deu início a uma cadeia de ações e respostas que se desenrolaram como a sequência planejada de um roteiro: eu gritei, eles tentaram me acalmar. Eu ameacei, eles não acreditaram. Eu tentei correr, eles me cercaram. Eu corri, eles me pegaram, e assim por diante.

Depois de tudo, não pude ignorar o quanto minha luta insana tinha afetado Yangsi. Há algum tempo, ele estava chorando e se debatendo em meus braços, tal como no dia em que ficamos às margens do lago escuro... Então, entendi que deveria abrir mão de mim mesma, abrir mão do que eu queria e até do que eu sentia para pensar exclusivamente no que seria melhor para meu filho, algo que na época da guerra, eu não tinha sido capaz de fazer.

***

Quando Nigma finalmente terminou de amarrar seus pertences à sela, ajeitei o menino na cadeirinha e coloquei sobre ele todos os cobertores e agasalhos disponíveis para que ficasse protegido do temporal.

Depois, tomei coragem para perguntar ao guerreiro sobre seus planos. Sem voltar os olhos para mim, tal como no sonho que tivera com ele em Serkong Trin, Nigma respondeu com convicção que iria reconstruir sua casa, cuidar de Yangsi e defender a paz com as crianças da caverna!

Enquanto ouvia suas pretensões, fiquei pensativa e, claro, arrasada. Dentre os meus maiores desejos, o perdão de Nigma era o mais importante. Portanto, não compreendi quando ele disse que me perdoava, pois, para mim, a única forma de perdão possível seria sua permanência ao meu lado.

Àquela altura, o Povo da Praia já estava de pé e muitos, embora chateados pela partida dos guerreiros, ajudavam a trazer provisões para a viagem. Depois, as despedidas entre amigos, amantes e namorados foram corajosas e todos prometeram se reencontrar em breve.

Em meu coração, as coisas se passavam de um jeito diferente. As dúvidas eram muitas e eu sequer sabia se veria a minha família de novo.

Os cavaleiros de Nigma, silenciosos e consternados, fizeram uma saudação respeitosa em minha direção e partiram. Até o instante em que Nigma montou em seu cavalo, eu estava forte.

Depois, tudo mudou.

– Por favor, escute! Não prossiga com isso! Sei que não sou digna de morar no mesmo teto que vocês, mas deixe-me ficar ao seu lado. Serei a sombra de Yangsi! Viverei na floresta *(eu sei viver na floresta, eu já fiz isso antes)*, ficarei escondida de todos e o menino nunca saberá da minha existência... Como um fantasma, entende? Não vou atrapalhar sua vida *(você pode se casar de novo, e de novo, e de novo)* e tudo que eu quero é ver Yangsi crescer, tudo que eu quero...

Então, os ventos se tornaram mais fortes. A partida de Nigma, naquele instante, transformou-se em uma questão de vida ou morte. As serras ficaram escondidas atrás da neblina e o céu estava entrando em ebulição. Tornados em alto mar ganhavam força e nuvens pareciam despencar sobre nós. Ao mesmo tempo, bastava olhar mais atentamente para perceber que as intempéries se dissipavam antes mesmo de nos atingir.

Apesar de segurar suas mãos e de lhe entregar toda a luminosidade dos meus olhos, o grande guerreiro não mudou sua decisão.

– Não entende, Aishi Dora? Não estou partindo por causa do que aconteceu na floresta. Vou embora porque não quero estar aqui quando você voltar ao mosteiro! Este lado meu é difícil de compreender... É difícil até mesmo para mim...

Naquele momento, a única coisa que eu queria era ficar no Mundo Azul... Eu jamais abandonaria minhas esperanças de felicidade naquele reino e, se o fizesse, seria em um futuro muito distante. Entretanto, o guerreiro continuava falando com convicção e resolvi me calar para ouvir suas palavras poderosas...

– Eu vi nos seus sonhos desta noite. Você vai voltar para Serkong Trin... Não era o que você queria, afinal?

Claro que não! Aquela pergunta estava carregada de mágoa e desesperança e de nada adiantaria prometer a ele que tudo seria diferente. Desde que cheguei ao Mundo Azul, sempre deixei claro que desejava partir, como então meu marido poderia contentar-se com as desculpas de uma pessoa tão volúvel? Até aquele instante, meus enganos toscos e persistentes tinham criado raízes em Nigma e elas pareciam invencíveis.

Sem que eu esperasse, o nobre herói apertou ainda mais minhas mãos. Pensei que ele iria descer do cavalo, que iria tomar-me em seus braços e me apertar até que nos tornássemos uma só pessoa... Entretanto, o som do vento foi mais forte e Nigma lembrou-se de que havia uma estrada perigosa pela frente.

– Adeus, Aishi Dora! Eu... Esta parte minha ficará aqui para sempre, cuidando de Yangsi conforme prometi... Por você, querida, por você...

E, assim, ele acenou para os outros e foi embora.

Abandonada ali na beira do mar, entendi que tudo que passei ao lado de Nigma, até mesmo os momentos mais difíceis, adquiriu grande importância para mim. Segundos após ter perdido seu amor para sempre, cada palavra que saiu de seus lábios se tornou muito valorosa.

"Eu não tenho um rosto, Aishi Dora! Entenda como quiser!"

Fiquei entregue a mim mesma até que uma linda loira segurou em meus ombros. Seus cabelos amarelos e cheios de vida estavam tão rebeldes quanto o tempo.

– Vamos sair daqui, Aishi Dora! Devemos procurar abrigo nas tendas. Os ventos estão aumentando!

As ondas, antes tranquilas e cristalinas, caíam perto de mim em estrondosos desmoronamentos.

Eu não queria me abrigar. Estava devastada, amputada. Então, sem saber para onde ir e de que maneira poderia lutar, procurei refúgio no único lugar que eu conhecia:

– Anitya, sempre tive medo de fazer a você uma pergunta, mas agora chegou o momento. Você conhece meu mestre, Kalyan Dharmaraj?

Antes que ela respondesse, um arrepio percorreu todo meu corpo. À nossa volta, os irmãos da praia se apressavam em pegar suas crianças e voltar para as tendas.

– Vamos, gente! Saiam de perto da água!

As lembranças de Nigma e de seu último adeus ecoaram em muitas imagens e recordações que ganharam vida própria e começaram a voar dentro da mente de uma maneira bem diferente, cheias de mistério, cheias de revelações. Ele estava na minha vida, ele estava nos meus sonhos, ele remexia o fogo da lareira e não se voltava para mim...

"Não, eu não tenho um rosto, Aishi Dora!"

Pela primeira vez, os olhos de Anitya, sempre tão sagazes, ficaram molhados de compaixão. Também, pudera! Eu era a jovem que os sonhos não queriam, eu era a viajante da excursão naufragada, a menina faminta que falava com bonecas...

"Entenda como quiser..."

A voz de Nigma continuava dentro de mim como uma canção, um refrão, um poema...

"Eu não tenho um rosto, Aishi Dora! Eu não tenho *um* rosto... Eu tenho vários..."

O barulho dos cavalos em disparada ainda estava lá, mas o som dos cascos sobre a areia era inexistente como um sopro. Um leve sopro em meus ouvidos...

"Vários rostos. Tenho vários rostos..."

Anitya, então, apontou para os rochedos distantes. As nuvens continuavam girando acima de nós e a manhã ficou quase tão escura quanto a noite.

– Sim! Eu conheço seu mestre Kalyan. Ele esteve ao seu lado durante todo esse tempo, Aishi Dora! Durante cada segundo...

Meu corpo, meu coração, tudo estava ali, esperando que ela me mostrasse, que ela me dissesse...

– E onde ele está agora, Anitya? Onde?

– Ali, naquele cavalo, levando Yangsi para longe.

***

Enquanto meus pés afundavam na areia, parecia que a caminhada difícil representava o que acontecia com meu raciocínio. Eu estava confusa e, ao mesmo tempo, com as ideias incrivelmente no lugar.

De braços dados comigo, minha amiga mantinha-se firme no propósito de me amparar até um local seguro. Quando chegamos para nos abrigar, muitas crianças corriam ao redor das tendas na tentativa de agarrarem os lenços que se desprendiam dos varais por causa do vento. Os enfeites eram alçados para o alto como se fossem pássaros de seda.

– Deixem isso para lá! – disse Anitya à molecada.

Alheias ao temporal e aos conselhos de Anitya, as crianças não desistiam de sua caçada e se divertiam quando os lenços rodopiavam e caíam de qualquer jeito sobre as coisas. Quando os tecidos acertavam os cavalos ou quando aterrissavam na cabeça de alguém, elas riam mais ainda!

De fato, todas as crianças estavam se divertindo... Menos uma!

Anitya segurou em meus ombros e disse com certo pesar:

– Passe suas últimas horas ao lado de Ismênia. Você deve isso a ela.

Na entrada de uma tenda erguida próxima à relva, a menina dourada estava sentada com o rosto escondido entre os joelhos. Sua luz continuava forte e, por causa disso, fiquei comovida ao me aproximar.

– Minha querida, quer brincar? Quer fazer um castelinho com estas areias?

Ela respondeu que não e resolvi me deitar ao seu lado. Enquanto abraçava Ismênia, a fada acomodou-se em meus ombros e dormiu. De repente, tive a impressão de que, se fechasse os olhos também, acordaria em outro lugar!

O meu tempo no Mundo Azul estava chegando ao fim.

"*Que mundo horrível é este que chegamos sem saber como e vamos embora contra a nossa vontade? Que lugar triste é o Mundo Azul! Um mundo cheio de guerras, maldades, amores desfeitos e tempos que escorregam das nossas mãos*".

Em meu íntimo, aqueles espinhos se agitavam, mas, no fundo, não havia motivo para tantas indagações. Desde o dia do meu nascimento, na primordial condição iluminada em que todos aparecemos nesta vida, eu já sabia as respostas: todos os mundos, azuis, verdes, roxos, redondos ou quadrados, eram exatamente iguais...

E, naquilo em que poderiam ser diferentes, naquilo em que eram capazes de nos ajudar a ter sentimentos mais benevolentes, estavam os mistérios que podíamos acessar de vez em quando, como aquele em que mergulhei ao lado do meu mestre.

Lembrei-me de Kalyan e de Nigma. Um, com um sorriso doce e, o outro, dando a vida para que eu encontrasse meu próprio caminho! Finalmente compreendi que eles eram e sempre foram a mesma pessoa, até mesmo em Serkong Trin. Por algum motivo muito distante da razão, eu podia ver, eu podia tocar... Nigma! O lado destemido e visceral de Kalyan... Todo o seu ser, todo seu amor e coragem ao alcance das minhas mãos, embora com a precisão fugidia de uma estrela cadente!

Como narrei nas primeiras folhas destas memórias, naquela época eu ainda não sabia que alguém poderia ser duas pessoas ao mesmo tempo e que, enfim, aquelas e tantas outras maravilhas eram coisas do Templo do Sol! Um dia, quem sabe, seria possível entender melhor tantas dádivas...

E em meus últimos minutos no Mundo Azul, tudo que eu mais queria era ter o sorriso de Ismênia de volta. Apesar das minhas expectativas e desejos, ela sabia da minha partida e estava triste.

– Ismênia! Vou dar um jeito de encontrar você de novo! Eu prometo...

Não pude terminar a frase. Eu não podia prometer nada...

Para onde eu iria? Um medo profundo se alojou em minha mente e meu corpo estremeceu diante do desconhecido. Meu momento estava chegando leve, constante, impositivo. Será que a morte também era assim?

– Não chore, Ismênia!

Enquanto eu me agarrava desesperadamente àquela forma de vida, apertava contra o peito uma das pessoas a quem mais amava no mundo.

Uma parte de mim confiava no destino. Eu tinha que confiar. A outra, no entanto, lutava contra tudo e não queria dizer adeus... Anitya era boa em despedidas, mas eu não.

Aprendi a amar aquele universo, aquelas aventuras e aqueles seres maravilhosos mais do que qualquer outra lembrança alojada na memória. Aprendi, também, que qualquer apego carrega consigo a implícita lição de que devemos nos libertar... Mas o que é a liberdade?

De repente, uma rajada de vento mais forte lançou um punhado de areia sobre meu rosto e meus olhos finalmente se fecharam.

Lentamente, uma nova realidade começou a se formar.

Ao longe, eu ainda ouvia os sons vindos da praia e as vozes de Anitya e do vento tornaram-se uma só.

– Deixem isso para lá, crianças! Deixem os lenços voarem livres.

***

Capítulo Quatro

MUNDO FLUORESCENTE

Ainda que não estivesse dormindo e soubesse que a consciência estava mais desperta do que nunca, tive a sensação de que acordava após um longo período de ausência. A primeira coisa que vi foi seu rosto perfeito e seus olhos abertos observando os meus. A intuição me dizia que aquele era o Templo do Sol e bastava olhar para os detalhes daquela sala para ter certeza de que havia chegado sã e salva ao ponto de partida. Ali estava a janela ensolarada, o quadro do cavaleiro destemido, os mesmos incensos e, sobretudo, as inúmeras cores da realidade. Aquele era o mundo comum, o mundo da vigília.

Quanto tempo havia se passado? Eu ainda era a mesma?

Olhei para os braços e estiquei as mãos. Tudo parecia estar no lugar certo, minha pele não era mais azul e minha aparência voltou a ser de uma mulher madura.

Enquanto o corpo saía do torpor, emoções intensas giravam em uma roda viva sem fim e minha mente ainda estava sob o forte impacto das perdas sofridas no Mundo Azul. O cheiro das ondas parecia impregnado nas narinas e as areias quentes ainda ardiam embaixo dos meus pés. A falta de Nigma e das crianças criava uma sensação quase real de estar chamando por eles diante do mar.

Era curioso notar que aquelas lembranças pulsavam as experiências do Mundo Azul com dramaticidade e que, ao mesmo tempo, não existiam indícios de que eu pudesse dispor para acessar o que aconteceu logo depois na meditação cor-de-rosa. Apenas mais tarde e de maneira gradativa, as vivências do Mundo Rosa voltariam à minha memória graças à ajuda inestimável de uma nova amiga.

Enquanto aquilo não acontecia, a incógnita intrigava e parecia indecifrável naquela manhã de aterrissagem em Serkong Trin. Kalyan, sem desconfiar da minha amnésia, continuava sentado à minha frente esperando pacientemente que meus sentidos voltassem ao normal.

Mais uma vez, tive uma incontrolável necessidade de cair inteira nos braços do meu salvador, porém, entendia que Nigma, tal como eu havia visto, estava vivendo em outra parte. Já não tinha certeza se ele era o lado guerreiro de Kalyan ou se Kalyan apenas o guardava dentro de si para abrandá-lo com sua mansidão. De qualquer forma, bastaria que eu segurasse nas mãos do jovem para o completo reconhecimento do território seguro onde estava, mas, no mesmo instante, percebi que não conseguia movimentar os braços, as mãos e sequer os lábios. Meu corpo não obedecia aos comandos.

Fiquei assustada e uma vertigem colocou meus nervos à prova. Percebendo minha situação, o mestre foi buscar ajuda e logo voltou na companhia de um moço de aspecto sisudo que usava óculos de aros pesados.

Quando os dois tentaram me levantar, dei uma olhada rápida pelo quarto e finalmente resolvi um mistério que me intrigou logo após o despertar: as mesmas velas acesas antes das meditações estavam bem ali, no mesmo móvel de madeira e tinham queimado apenas até a metade! Poucas horas haviam se passado em Serkong Trin a despeito de ter ficado mais de um ano no outro mundo, acompanhando o crescimento de Yangsi!

Enquanto ficava atônita com minhas próprias deduções, os dois homens me levaram com todo cuidado até um quarto contíguo, onde uma banheira cheia de espumas aguardava por mim. O rapaz de óculos soltou meu braço e, quando viu que eu podia ficar em pé sem desmaiar, colocou dentro da água umas pedras bizarras, das quais saíam fumaças e faíscas. Não fosse pelo empenho com que tentava manter a razão, podia jurar que aquelas pedras estavam acesas e que vieram do fundo da Terra!

Depois que Kalyan verificou a temperatura da água, solicitou ao colega que o acompanhasse e ambos saíram após uma mesura respeitosa.

Tão logo me vi nua e envolvida pelo acalento daquele berço, uma insuportável saudade de Yangsi assolou minha alma, não só porque me sentia incrivelmente só, como também porque não conseguia esquecer o crime que eu havia cometido na floresta azul.

Naquele momento em que estava completamente agoniada, cheguei ao cúmulo de desejar que o Templo do Sol fosse novamente invadido por bandidos, só para ouvir a voz de Nigma ecoando pelos corredores atrás da porta.

Depois de muito tempo, abracei meus joelhos e tentei aceitar o fato de que minha vida estava diferente e que o tempo não voltaria atrás.

Quando a água ficou quase fria, vesti uma espécie de camisão de seda muito bonito e meu estado emocional melhorou. Consegui vencer a náusea bebendo um pouco de chá e experimentando timidamente as frutas que foram arrumadas com esmero em uma bandeja.

Deitada nas almofadas espalhadas pelo chão, tentei prever o que aconteceria comigo daquele dia em diante. Deduzi que logo voltaria para a velha rotina no Templo do Sol, com muitas tarefas exaustivas e, quem sabe, alguns momentos para estudar.

Entretanto, os dias e noites seguintes avançaram rapidamente e não me recordo de ter feito mais nada naquela época além de dormir, acordar, tomar água, dormir de novo, e assim por diante.

Apenas depois de algumas semanas, Kalyan veio me visitar. A partir de então, as coisas mudaram um pouco. Ele e o moço de óculos apareciam pelas manhãs para fazer a higiene do ambiente e para trazer roupas e alimentos. Kalyan procurava cuidar de tudo da melhor forma possível e ficava sempre muito atento para que não me faltasse nada. Além de água, passei a beber chá e a comer uma pasta feita de folhas trituradas, tubérculos em forma de monstrinhos e pitadas de terra que, isolados, consistiam em elementos extremamente nojentos, mas que juntos, tinham o poder de ressuscitar os mortos. Durante as tardes, tomava longos banhos para diminuir a febre e passava o resto do dia aproveitando a luz natural para tentar compreender o que diziam os livros deixados sobre a mesa.

Depois do completo restabelecimento da minha saúde, senti que as forças voltaram. Daquela forma, eu poderia retornar ao trabalho e seria capaz de limpar e de arrumar o mosteiro todo sozinha. Assim, fiquei muitos dias esperando que alguém viesse destrancar a porta do meu novo quarto, mas eis que, em uma bela manhã, deparei com ela totalmente escancarada e com minha mochila prontinha aguardando por mim na soleira!

O que aquilo significava?

A cena sem legendas, taxativa e soberana em sua mensagem irreversível chegou a ser ofensiva. Relutei muito até compreender que meu tempo no mosteiro tinha chegado ao fim! Minha estadia ali havia acabado e eu deveria me conformar. Era necessário que eu compreendesse a lei e começasse a andar.

"*Então, isso é tudo!*", pensei desolada, enquanto tentava adivinhar qual seria a melhor forma de lidar mais uma vez com a dor da perda.

Sem ter a menor chance para me rebelar, mesmo porque não havia ninguém por perto para considerar minhas contestações, vesti meu único jeans e saí para me despedir dos demais. Qual não foi minha surpresa, tudo estava desabitado! Até o refeitório, lugar onde comumente todos estariam àquela hora da manhã, parecia abandonado e esquecido à própria sorte.

"*Eles sempre fazem isso! Eles sempre se escondem!*"

Cada vez mais incomodada com o vazio daqueles ambientes, atravessei a biblioteca e o grande salão de cerimônias, mas no primeiro lugar só encontrei livros jogados sobre as mesas e, no segundo, meros penduricalhos balançando em frente às janelas.

De repente, ouvi vozes e risos vindos do lado de fora! Em um rápido instante, cruzei o jardim, corri em direção às plantações e, lá chegando, matei a charada! Todos os moradores do Templo estavam se divertindo a valer com uma espécie de esguicho movido a pedal, uma engenhoca que borrifava água sobre plantas, pássaros e homens.

Kalyan era o primeiro a aproveitar a festa, mas, assim que me viu, largou tudo e veio correndo ao meu encontro.

Pelo seu semblante um pouco preocupado, pensei que ele aproveitaria a oportunidade para retratar-se pela enorme grosseria de ter me despachado sem aviso prévio, no entanto, o silêncio pesaroso que desmoronou entre nós mostrou que, afinal, não havia mais nada a ser dito.

Em seguida, sem qualquer motivo aparente, o jovem deu um passo titubeante em minha direção e aproximou-se a ponto de me fazer sentir o calor de sua presença.

Sem querer aquele contato e, pior do que isso, sem fazer o menor esforço para me afastar de suas mãos, deixei-me levar por aquela proximidade até que seu hálito de hortelã, um vento morno soprado a esmo, invadisse meus sentidos e anunciasse a tempestade...

"*Por favor, não me toque...*"

Os dedos de Kalyan escorregaram pelos meus cabelos e ajeitaram algumas mechas atrás das orelhas, como se eu fosse uma garota abandonada na porta da escola. Enquanto isso, seu sorriso continuou apontando para o céu, para dentro de mim e para todas as outras direções em que meu corpo queria caminhar, mas não podia...

Como se tudo aquilo já não fosse difícil o bastante, ele simplesmente roçou meus lábios com a ponta do polegar e quase, quase mesmo, abri a boca para envolver o que me era oferecido, para molhar aquelas unhas cheias de terra, para lamber do tempo e do espaço, numa esquiva sonhadora, todas as chances do adeus.

Entretanto, antes de trair a mim mesma, fui salva pelos bons amigos do Templo que vieram para as despedidas.

Recebendo os cumprimentos daqueles senhores tão ensimesmados, porém, respeitosos, desci do voo panorâmico e apertei as alças da minha mochila como as de um paraquedas. Com os pés de volta ao chão, comecei a entender de forma mais profunda que não havia mais nada para mim naquele lugar.

Subitamente, o macaquinho incontrolável que adorava jogar louças no chão pulou sobre mim como um maníaco ao ataque! Levei o maior susto e, depois das represálias de mãe, entreguei ao danado uma ameixa madura, algo que eu tinha guardado especialmente para ele naquela manhã.

Pouco tempo depois, comecei a ouvir o som do vento me chamando para a floresta. A protelação da minha partida estava ficando insustentável e resolvi criar coragem.

Assim, como em todo o enterro decente, chegou o momento final. Era o momento que sempre chegava, o momento que não tinha pena de ninguém e que, apesar de todo o desespero, trazia consigo a capacidade assustadora da superação. Era o instante decisivo em que os mortos precisavam desaparecer e os vivos, estivessem arrasados, indiferentes ou aliviados, tinham de seguir em frente com suas vidas.

Olhando o jovem mestre se afastando em direção aos que despejavam água num tonel, ainda tive a última esperança de que minha partida fosse um mal-entendido e que, de repente, sua voz fluísse acima das lavouras me pedindo para ficar.

Porém, depois que ele puxou um balde cheio de água fresca e, em seguida, mais dois, percebi que Kalyan não seria capaz de me dar nada diferente do que tinha me dado há poucos segundos: um aceno simpático, um olhar rápido, uma formalidade que empurrou minha fé para dentro daquele poço.

***

Movimentando os pés com relutância e depois com rapidez, caminhei em direção à saída do jardim sem olhar para trás.

Com a mesma determinação que me fez sobreviver ao Mundo Azul, ultrapassei os muros altos do Templo e entrei de novo no Mundo Verde, lugar que eu tanto amava! Tudo ali era maravilhoso! Como se nunca tivesse visto nada igual, toquei as folhas e flores que achei pelo caminho como verdadeiras relíquias.

Tão logo reencontrei as trilhas que eu conhecia tão bem, fiquei pensando em Anitya e em seus prováveis comentários a respeito daquela situação. Ela era sábia e conhecia algo sobre o futuro. No entanto, a belíssima vivia em outra esfera e ninguém do Templo do Sol estava ao meu lado. Naquela manhã, apenas o macaquinho de gênio indomável teve a dignidade de me acompanhar até a floresta.

Mais ágil do que a fada de Ismênia, o bichinho pulou para o galho de uma árvore e foi embora, não só porque tinha fêmea e filhotes para cuidar, mas também porque não havia nada de irritante por ali que pudesse distraí-lo de si mesmo. Enquanto ele saltava para longe, percebi que sentiria muita falta daquele vultozinho elétrico sobre meus ombros!

Quando voltei a ficar sozinha, minha saudade agigantou-se de maneira insuportável. Por isso, rumei para os pontos mais fabulosos de Serkong Trin à procura de alguém muito especial, mas tudo que encontrei foram os ecos vazios da minha própria voz:

– Ismênia! Ismênia!

Cabisbaixa e decepcionada, saí em busca de abrigo no lugar mais óbvio do mundo, mas o casal Sungso não estava em sua propriedade. Fiquei decepcionada, ainda mais porque a casinha, sempre tão viçosa, parecia abandonada.

Meu primeiro pensamento foi sair em busca dos velhinhos pelas redondezas ou ir à pousada de Serkong Trin para pedir ajuda, mas, ao mesmo tempo, estava muito desanimada para continuar andando. Toda a energia acumulada pelos chás e mingaus milagrosos do Templo do Sol tinha desaparecido com o calor.

Felizmente, a senhora Sungso era uma mulher precavida e tinha deixado um balde em cima do poço com muita água fresca à espera dos viajantes de última hora.

Após matar a sede, molhei o rosto e os cabelos com a ajuda de uma canequinha. Em seguida, para aliviar todos os suores da espera, decidi virar o balde todo sobre mim e sentei-me nos degraus em frente à porta para reunir de novo as forças. Acabei cochilando, mas o som de um helicóptero em voo rasante me arrancou do sono.

Com o coração na mão, ainda temi que o gigante voltasse, mas aquilo felizmente não aconteceu. Tudo ficou calmo e o céu passou a ser de novo dos pássaros e do infinito.

Embora a temperatura estivesse muito elevada, o vento forte trazia alívio. Diferente da floresta azul, Serkong Trin era uma cadeira de balanço em que eu podia descansar. A redenção morava em toda parte e os elementos da natureza estavam ao meu favor.

Tudo parecia bem, até que a contemplação se transformou em ansiedade. A partir de então, percebi que deveria tomar alguma atitude antes que fosse tarde. O casal Sungso ainda não tinha voltado para casa e eu não conseguiria caminhar até a pousada depois do anoitecer.

Já estava quase me levantando para ir embora quando alguém parou ao lado do portão.

Como a visão toda foi demais para mim, tive de esfregar bem os olhos para não perder nenhum detalhe daquelas belezas intranquilas.

Reparei que ele trazia uma bolsa de pano a tira colo e um cantil pendurado no pescoço. Apesar da respiração ofegante, sua pele estava renovada e ninguém poderia suspeitar que ele havia passado a manhã toda em uma lavoura!

Estando de branco contra o verde da floresta, Kalyan parecia envolvido pelas correntezas submersas de um oceano híbrido e, quando a brisa soprava mais forte, sua figura boiava sobre um lago de perfumes e ondas transparentes.

Sua roupa, coisa incrível, era de difícil descrição, com os panos enrolados em torno de si mesmos e com umas tiras soltas que voavam ao sabor da manhã. Ao redor do corpo, como as chamas de Shiva, aquelas faixas esvoaçantes tinham vida própria!

Quando o jovem veio em minha direção, deslizando acima do gramado como o mágico que, de fato, ele era, Kalyan provou que se desmedir da gravidade e dos ditames da nossa dimensão significava amor e generosidade.

E quando ele chegou ainda mais perto, senti inveja, mas muita inveja mesmo do gênio que idealizou, cortou e costurou aquela obra de arte, aquelas vestes soltas, livres, flutuantes...

"Oh! Deixe-me tocar nestes nós, nestes laços, saliências, texturas..."

Envergonhado e confuso, Kalyan deu um passo para trás, pois não pôde evitar ou esconder o que meus toques haviam lhe causado.

Se houvesse em seus olhos qualquer resquício de permissividade e se sua mente soubesse ao menos um pouco do que seu corpo já sabia, juro, eu teria cedido, eu teria ajudado! Eu, que não tinha para onde ir, que já estava sentada ali na altura certa e que daria tudo para que meu sorriso fosse esmagado por sua virilha, teria acolhido prontamente aquela chama e beijado seus entornos e contornos até que Kalyan gemesse e esfregasse algo borbulhante na cara da minha felicidade...

Entretanto, como nossa relação estava pautada em uma das mais sagradas e interditas hierarquias do planeta, em que ele era um mestre de meditações e eu, uma aspirante, não tive forças para quebrar a maldição e resolvi partir.

Enquanto meus olhos fingiam interesse por um galho partido, por uma águia ao longe ou por uma nuvem fugidia, o cavalheiro pegou minha mochila, ajudou-me a levantar e fomos embora como se nada tivesse acontecido.

***

A partir daquele episódio, a completa falta de apaziguamento entre meus valores pessoais e desejos foi capaz de bagunçar meu mundo e de promover montanhas-russas nos lugares mais comuns.

Até que tudo chegasse ao auge e antes que o tempo me levasse para o maior de todos os deleites, várias situações ocorreram e estruturaram a potência incrível de um encontro que arrebatou meu coração.

Muitos daqueles eventos não dependeram da minha vontade e, dentre os que eu fui capaz de controlar, confesso que poderia ter me esforçado mais para não perder momentos preciosos com bobagens. Se eu tivesse a chance de mudar alguma coisa, seria exatamente isto: não desperdiçar a vida com melodramas sem importância e sem espírito. Dizem que ficamos mais sábios a cada dia, mas confesso que meus cabelos brancos não me serviram para a conquista da coragem. Assim, vários parênteses se abriram e não mais se fecharam durante todo o percurso, o que acarretou em adiamentos e conflitos acima da média.

Tudo começou, então, com os primeiros passos daquela nova etapa da jornada.

Kalyan e eu, um casal tão improvável que dava até pena, saímos da propriedade singela do senhor Sungso e fomos ao encontro da mata virgem. Sem dizermos uma única palavra, andamos lado a lado até atingirmos uma parte de Serkong Trin que eu não conhecia.

Quando as trilhas aprazíveis e floridas ficaram para trás, entramos em um local taciturno cheio de insetos estrambólicos, arbustos espinhentos e cipós ameaçadores. Era como se a natureza nos dissesse: "Cuidado, sou volúvel e não quero vocês por aqui", de maneira que respeitamos muito aquelas qualidades e seguimos adiante bem depressa.

De repente, atravessamos um mar de samambaias gigantes entrelaçadas por teias tão cintilantes quanto o orvalho sob o Sol e fiquei pensando na reação do mundo civilizado diante de um lugar tão magnífico!

Logo depois, passamos às margens de uma antiga civilização, cujas ruínas parcialmente cobertas por trepadeiras, circundavam as estátuas de um Buda sorridente e de uma deusa com oito braços. Centenas de macacos que viviam ali ficaram transtornados com a nossa presença e, ao menor ruído dos nossos pés, fugiram para outra dimensão. Longe das árvores mais altas e das copas que ocultavam o céu, ficamos novamente banhados pela luz do dia e, mais do que isso, pela impressão daquela luz. De repente, dei-me conta de que a cálida sombra de Kalyan projetada em uma muralha parecia uma ilusão que eu tentava alcançar sem jamais conseguir...

Após uma caminhada extenuante, durante a qual paramos apenas para colher frutas e para enchermos os cantis, descemos de mãos dadas por uma encosta íngreme e perigosa, com o solo coberto por folhas que se desprendiam das árvores a todo instante. Ao final da descida, chegamos a uma margem do Grande Rio que eu nunca tinha visto.

Naquele lugar, um homem sentado em um barco de madeira se distraía jogando pedrinhas na água. Assim que reconheceu o mestre de Serkong Trin, ele prontificou-se em nos levar e fez questão de não cobrar nem um centavo pela travessia.

Antes de subir no barco, tive uma sensação horripilante de que o rio queria me engolir, isso porque, no dia da grande tempestade, eu havia escapado de suas profundezas por pura sorte. Entretanto, o rosto tranquilo de Kalyan me encorajou a embarcar e senti que ao seu lado não havia nada a temer.

Assim que avançamos pelo Grande Rio, recuperei a confiança e pude apreciar suas belezas. As águas cristalinas reproduziam a paisagem com todos os detalhes. Enquanto a tarde corria sem medo para os precipícios da noite, parecíamos voar sobre um mundo invertido, onde as nuvens e os raios de sol estavam do lado oposto da vida, bem abaixo de nós.

Fiquei comovida quando os dois homens começaram a entoar um canto da região, sabe-se lá em qual dialeto, que foi capaz de conduzir minha intuição para outro patamar. Algo saudosista e impossível instalou-se em meu coração e, naquela Veneza tão particular onde meu ser estava por inteiro, deixei-me levar pelo canto ancestral de Kalyan e pelo significado oculto de suas palavras.

***

Depois de muitas músicas sagradas, lirismo e imagens edificantes, a realidade não tardou a chegar com seu jeito nada sutil de arrancar as pessoas do enlevo. Do belo ao tosco e do límpido ao sujo, bastou uma única piscadela do destino para que eu provasse os últimos polos.

As paragens em que fomos atracar eram bem diferentes do vilarejo simpático onde Kalyan foi homenageado. Tão logo saltamos do barco, atravessamos um lamaçal de aparência insondável com flora teimando acima do barro e fauna que não parava quieta dentro das tocas. A cada movimento daquelas criaturas próximo aos meus pés, eu soltava um grito apavorado.

Pena que minhas galochas não existiam mais. Elas seriam muito úteis naquele esquete de terror!

Kalyan, cujas roupas continuavam lindas, mas não tão brancas quanto eram antes, suspendeu as calças até a altura dos joelhos e fez um gesto para que eu andasse mais devagar, de modo a não incomodar os bichos. Entretanto, eu não estava nem um pouco preocupada com eles e minha prioridade era sair rápido daquele purgatório. Por isso, achei mais sensato me equilibrar nas pontas dos pés e correr, o que resultou em tombos e outros vexames. Por duas vezes, Kalyan foi obrigado a desencalhar meus tornozelos da lama e morri de vergonha. Sem dúvida, meu desempenho em lugares apocalípticos não era dos melhores.

Aquilo sim é que era uma metáfora viva da espiritualidade, da terna busca humana pela iluminação! Os sábios nos mostram a direção e, principalmente, como devemos trilhar cada um daqueles caminhos. No final das contas, teimamos e fazemos apenas o que queremos. Como resultado, colhemos dores e muitos tombos. Encalhamos também, é bem verdade, e não conseguimos levantar para seguir em frente. Ficamos com a sensação de que alguém nos abandonou no meio do nada e sentimos medo de tudo que está ao redor. Então, mais uma vez, nossos bondosos e pacientes mestres voltam para trás, seguram nossos braços e nos ajudam a sair do lodo...

Assim, após uma travessia poética sobre as águas do Grande Rio e outra totalmente acidentada sobre o barreiro, eu e meu querido acompanhante ficamos à beira de uma estrada de terra que cortava uma grande planície, cenário surpreendente dentro das condições ondulantes de Serkong Trin.

Olhando para o horizonte trêmulo de calor, ficamos em pé aguardando pelo milagre de uma carona, que foi materializado muito tempo depois e da pior maneira possível.

Uma caminhonete, ou o que havia sobrado dela, transportava bambus e caixas de frutas do nada para o final do mundo. O condutor, um homem gordo com ares de investigador de polícia, parou ao primeiro sinal de Kalyan e nos acomodou ao seu lado da cabine, ótima chance para ter alguém atento às suas aventuras de viagens.

Além do barulho insuportável, a caixa mágica tinha o dom de fazer as árvores, os pedestres, os bois e até mesmo o céu chacoalharem sem piedade! Aquele caleidoscópio ambulante, virado e revirado do avesso por um lunático ao volante, jogava tudo que havia atrás de suas janelas para o alto, como se os passageiros não tivessem eixo, estômagos, cérebros etc.

Kalyan ria de toda a confusão e parecia se divertir com as histórias do nosso motorista, coisa de que fui poupada por não entender o idioma da conversa. Enquanto me segurava como podia, fiquei imaginando por que, afinal de contas, tinha abandonado minha vida no Brasil para tibungar num liquidificador.

De repente, o que já era ruim ficou ainda pior. Depois de passar sobre uma cratera lunar, o pneu dianteiro furou.

Enquanto os rapazes faziam o possível e o impossível para resolver o problema, saltei da caminhonete e ensaiei uns passos para ver se iria ou não desmaiar. Quando constatei que meu labirinto não tinha implodido, fui me afastando rapidamente da estrada, ainda que não houvesse qualquer perigo de ser atropelada. Éramos apenas nós, os forasteiros do além, ou melhor dizendo, os forasteiros "no" além...

Perto da estrada, tudo parecia mais simples e menos esburacado. A vegetação ao lado do acostamento era aprazível e os arvoredos projetavam uma sombra convidativa sobre o capim. Então, na quietude da paisagem distante, pude reencontrar o equilíbrio e respirar melhor. Daquela forma, dei-me conta de que estava me sentindo desconfortável há horas e precisava urgentemente trocar aqueles jeans pegajosos e sujos de lama. Depois que coloquei um vestido seco, decidi aproveitar o momento solitário para resolver algo mais íntimo, um mísero xixizinho humano, mas logo fui cercada por um monte de galinhas selvagens que corriam de um lado para o outro sem rumo e sem objetivo na vida.

"*Isto se parece comigo*", pensei, enquanto tentava achar uma saída para a situação.

Como todos sabem, o isolamento excessivo causa estragos de que até Deus duvida. Quando uma pessoa fica impossibilitada de falar com outra durante muito tempo, acaba falando sozinha para não enlouquecer. Isso até já virou enredo de filme trágico e vocês devem se lembrar muito bem daquele tal de Wilson na ilha deserta. Pois bem. Como eu não tinha uma bola de vôlei, conversei com minha calça jeans mesmo, já que ela estava enrolada e se parecia com o Wilson:

– Minha filha do céu, que raio é isso aí?

– Sei lá! Galinhas selvagens.

– Isso existe?

– Bem na sua frente...

– Sei lá! Esses olhinhos, essas unhonas... Não gosto!

– Calma! Elas não fazem nada.

– Não fazem nada, não fazem nada, não fazem nada... (um mantra)

– Isso, querida. Não fazem nada.

– Socorro! Socorro!

Tao logo me viram fugindo com as mãos na cabeça, as aves voaram atrás de mim e os dois homens tiveram de largar a caminhonete na estrada para me socorrer. O jovem mestre resolveu fazer minha segurança pessoalmente e só aceitei o despropósito porque estava muito apertada e não queria usar a latinha do motorista!

Com a ajuda de um galho seco, Kalyan, um charmoso jogador de críquete, levou décadas para espantar aquelas galinhas infernais e eu, por desespero e saudade, queria mesmo que Nigma estivesse por ali com sua objetividade de guerreiro, resolvendo tudo com boas machadadas e ponto final.

***

Kalyan gostou muito do motorista da caminhonete e, por isso, convidou-o para nos fazer companhia assim que chegamos ao nosso destino.

Sem pressa, colhemos frutas silvestres à beira de uma inusitada estrada de ferro no meio do nada até que, minutos depois, algo diferente aconteceu. Ao longe, a floresta balançou e ouvimos um barulho estranho que assustou os pássaros. Logo, avistamos uma fumaça branca se erguendo da mata rumo às nuvens e vimos um trem de carga avançando como uma ilusão de ótica surgindo entre as árvores. Aos poucos, o trem foi perdendo velocidade e parou de repente com um solavanco que me fez lembrar da caminhonete cheia de bambus que, largada à beira dos trilhos, parecia ainda mais capenga.

Imediatamente, percebi que não estávamos tão sozinhos quanto parecia. Juntando-se a nós, alguns trabalhadores aproximaram-se para uma carona. Aquelas pessoas tinham a aparência do desânimo. Estavam muito cansadas e pareciam conformadas com a viagem que teriam pela frente, a mesma viagem que eu e Kalyan faríamos logo mais.

Com um puxão na porta de ferro, Kalyan e o motorista da caminhonete abriram um dos vagões para que pudéssemos embarcar, entretanto, tivemos de procurar por um lugar mais vazio, porque a carga de algodão desfiado ocupava quase todos os espaços.

Tão logo encontramos um vagão melhor, acenamos para nosso amigo e nos acomodamos de maneira improvisada ao lado de doze viajantes com rostos desolados.

Quando a composição partiu, senti o olhar de Kalyan sobre mim. A persistência daquele ímã arrancou minhas roupas, minhas máscaras e segredos. Poucos minutos depois, o mundo se apagou e eu e o trem entramos em lugares igualmente escuros, com a diferença de que o túnel da viagem acabaria a qualquer momento e o poço dos meus desejos, um umbral sem volta, era totalmente sem saída.

Talvez porque estava encostada em toneladas de algodão desfiado ou porque os movimentos do vagão eram, em certa medida, delicados como o balanço de um berço, meu coração encheu-se de sensibilidade e comecei a imaginar uma série de destinos interessantes para aquele pequeno percurso.

Apesar das minhas paupérrimas exigências de entretenimento, o titubeante rapaz à minha frente não tinha iniciativa alguma. Mesmo assim, torci para que ele deixasse o bom senso de lado e mergulhasse comigo naquele rápido universo protegido pela escuridão, já que tudo que teríamos pela frente eram breves segundos antes que o túnel terminasse...

Então, como um anjo sem asas, não voei. Apenas deixei que meu

corpo escorregasse sobre aquelas nuvens enclausuradas pelo aço, um céu íntimo e completamente meu, e passei a acreditar que ganharia um beijo, um beijo longo, um beijo quente, um beijo apaziguado pela loucura de um amor sem reservas.

Entretanto, tão logo a luz da tarde nos atingiu com todas as suas revelações, nenhum daqueles pensamentos tornou-se realidade. Tudo que ganhei foi um chacoalhão quando o trem atingiu um ponto acidentado da ferrovia.

Com a porta de ferro destravada aos trancos, nosso rumo foi traçado naquele ponto de chegada. Kalyan desceu e ajeitou alguns caixotes no chão para que todos nós pudéssemos desembarcar.

Daquela forma repentina, abandonei meu ninho aconchegante e cheio de ilusões para saltar em um espaço inóspito com pedregulhos.

***

Andamos por alguns metros ao lado dos trilhos e, em um determinado ponto do trajeto, encontramos senhoras amáveis que distribuíam água e alimentos para os viajantes. Aquilo foi tão maravilhoso, que até hoje me lembro daquelas mulheres com muita gratidão!

Seguimos em frente até alcançarmos uma plataforma de madeira que se parecia com uma estação. Um guichê rudimentar e um banheiro ao lado confirmaram a suspeita: a viagem não tinha terminado.

Em poucos segundos, uma fila avolumou-se por ali e Kalyan comprou nossas passagens com muito carinho. Em suas mãos, aqueles papeizinhos ganharam vida e fiquei muito impressionada com a cor vibrante das palavras impressas. Aqueles poderiam ser os meus tão sonhados ingressos para a liberdade.

Quando nos preparamos para embarcar, fiquei animada! Como se destinava exclusivamente ao transporte de passageiros, aquele novo trem oferecia conforto e condições dignas de viagem.

Após entregarmos nossas passagens para um conferente, apreciamos uma refeição leve e finalmente conseguimos descansar. Olhando ao redor, achei tudo bonito e elegante. Movida à vapor e feita de madeira, aquela composição nostálgica me trouxe uma velha recordação da infância. Foi um momento de alegria quando minha mãe me levou para dar uma volta de Maria-Fumaça até o litoral paulista. Naquela época, achei intrigante o fato de que um trem tão grande pudesse ter detalhes tão delicados em cada vagão. Desde os bancos dispostos ao lado das janelas até as mesas envernizadas do vagão-restaurante, tudo encantava e parecia construído para o passeio perfeito.

Anos depois, maduríssima e perdida nos confins do Oriente, aquelas mesmas impressões alimentavam minha fascinação por trens de madeira. À imagem bucólica que eu tinha do passado, vários atrativos do presente se somaram para deixar tudo ainda melhor, dentre eles, minha recente predileção por príncipes de Shambala jovens e bonitos...

Naquela nova etapa, nada poderia ser mais agradável do que triunfar sobre minha própria história e ser feliz. Nada de excepcional estava acontecendo, mas eu guardava dentro do peito uma euforia crescente que me fazia muito bem.

Durante todo o percurso, o jovem mestre sentou-se à minha frente. Ao nosso lado, de maneira quase irreal, uma janela enorme expunha o que havia sobrado da tarde. Por causa da velocidade do trem, as paisagens fugidias transformaram-se em borrões, como num filme mudo à espera de um enredo e de um final.

De repente, a noite engoliu tudo e o filme se apagou.

Quando acenderam alguns lampiões nos corredores de acesso, não pude deixar de notar o reflexo de Kalyan no vidro da janela. Aos olhos da minha mente, aquela imagem duplicada e bela reproduziu-se como o negativo de uma foto.

***

O trem andou por quase uma hora até chegarmos a uma cidade revigorante!

Quando vi a estação ferroviária, imediatamente me lembrei de Tao Wong, o empresário tailandês que eu havia conhecido na pousada de Serkong Trin. Aquele lugar era exatamente como ele havia descrito. As grandes estátuas de serpente e de dragão davam as boas-vindas para os recém-chegados e os telhados das casas eram coloridos e cheios de magia!

A poucas horas das terras do Templo do Sol, Metha era conhecida por receber todos os visitantes com os braços abertos. Embora a cidade não fosse tão misteriosa ou intrigante quanto Serkong Trin, tinha o mesmo charme cauteloso dos que ainda preservavam os dons antigos. De maneira semelhante à sua vizinha mais famosa, Metha não dispunha de energia elétrica, mas, ainda assim, os moradores e turistas desfrutavam regalias e sofisticação.

Para meu espanto, bastaram poucos metros para que deparássemos com uma movimentada vida noturna! Embora a cidade fosse muito antiga, seu espírito era jovem e moderno.

Como tínhamos nos alimentado pouco durante toda a viagem, resolvemos jantar em um daqueles restaurantes, mas tudo estava absolutamente lotado. Mesmo assim, tivemos a sorte de encontrar mesas disponíveis num lugar próximo à uma esquina tranquila.

Depois de um tempo sem que ninguém viesse nos servir, passei a acreditar que a culpa era do ambiente escuro e da localização da nossa mesa, muito distante das demais. Entretanto, não demorou para que eu percebesse que era a nossa aparência que espantava os garçons. De fato, Kalyan e eu parecíamos dois indigentes!

Por sugestão minha, ajeitamos as roupas e lavamos as mãos para que todos entendessem que éramos clientes capazes de honrar qualquer compromisso, inclusive o de pagar a conta. No entanto, ao retornarmos para o nosso lugar, encontramos a mesa ocupada por outras pessoas.

Já estávamos quase de saída quando o dono do restaurante, um homem grisalho com aparência de raposa, colocou as mãos na cabeça e fez um escândalo. Reconhecendo Kalyan como o grande mestre de Serkong Trin, veio ao nosso encontro e pediu mil desculpas. Com toda presteza, ele nos acomodou no melhor ponto da casa e garantiu que o convidado ilustre não pagaria nada pelo jantar.

Minutos depois, o chef serviu sua sugestão da noite, um prato cheio de massas que boiavam no caldo, coisa que eu não comeria por nada deste mundo. Aqueles espaguetes anêmicos e fininhos pareciam seres vivos clamando por ajuda. Até mesmo a sopa de pântano do Templo do Sol tinha um aspecto mais apetitoso.

Apesar de tudo, fiz um esforço imenso para não parecer ingrata, mas não precisei mentir por muito tempo; Kalyan também não gostou do macarrão e só bebeu o caldinho porque a fome era grande.

Então, aconteceu justamente o que eu não queria. Não sei se foi o ambiente romântico ou a florzinha que se apresentava feliz num vaso sobre a mesa, mas algo me deixou sensível e acabei chorando.

– Você sabe há quanto tempo eu não saio com alguém para jantar?

Kalyan, então, enxugou meu rosto e disse várias coisas carinhosas, embora eu não entendesse suas palavras. Depois, saímos abraçados e fiquei chateada por ter estragado o nosso momento de lazer.

Além de me amparar em seus braços, o pobre rapaz ainda teve de carregar um embrulho com nosso jantar intacto, outro com a sobremesa, umas pedras bonitas que eu tinha achado pelo caminho, sua bolsa, minha mochila, uma blusa, dois cantis, meus sapatos (ele havia me emprestado os dele), uma sacola com roupas sujas e um monte de flores com que o dono do restaurante insistiu em nos presentear.

***

Conforme caminhávamos, muitas pessoas reconheceram Kalyan e ele foi obrigado a parar várias vezes para receber os cumprimentos. Era curioso notar que aqueles simpatizantes se dirigiam ao jovem de maneiras diferentes, ora como se ele fosse o grande Senhor do Templo do Sol, ora como um garoto que tinha acabado de voltar das férias.

Depois de algum tempo, passamos perto de uma colina com piscinas naturais de água quente. Aquelas paisagens, aos pés do famoso Monte Sihari, eram bonitas e misteriosas.

Em seguida, chegamos a um lugar extremamente diferente do bairro boêmio onde tínhamos feito nossa tentativa de jantar. Ali era a parte rica da cidade, um nicho residencial com praças alegres e árvores frondosas.

De repente, paramos diante de uma propriedade toda cercada por muros altos e suntuosos. Mesmo do lado de fora, era possível ver parte de uma casa bem cuidada que pertencia a alguém de muitas posses. Com toda facilidade, Kalyan empurrou o portão vermelho à nossa frente e entramos em um jardim maravilhoso com duas fontes de água límpida que brilhava ao luar.

Depois de um minuto, uma mulher de aparência simples abriu a porta principal e em seguida gritou o nome do mestre com incrível felicidade. Imediatamente outras pessoas se aproximaram e o alvoroço só chegou ao fim quando um senhor com ares de rei foi à varanda para ver o que se passava. Assim que o nobre colocou os olhos em Kalyan, sua comoção foi tão grande que ele precisou ser amparado.

Kalyan não se conteve e foi correndo ao encontro do idoso. Aquele abraço inesquecível arrancou lágrimas até mesmo dos empregados da mansão e, tão logo as emoções se abrandaram, o anfitrião veio se apresentar.

– Seja bem-vinda, minha querida senhora! As brasileiras são mulheres muito lindas mesmo! Fico feliz que esteja com meu amado neto Kalyan.

Eu mal pude acreditar! Parecia um sonho que alguém pudesse falar tão bom o português em um lugar tão distante como aquele. Tive de conter o espanto para não parecer rude, mas a discrição não durou muito tempo.

– Estou impressionada! O senhor se expressa perfeitamente bem e quase sem sotaque!

Vendo minha perplexidade, o avô de Kalyan pegou em minhas mãos e se desculpou:

– Peço perdão por ter causado tanto espanto. Eu deveria ter preparado a senhora primeiro. É que adoro conversar em português e quase não tenho essa oportunidade. Turistas de países de língua portuguesa são raros por aqui, porém, quando tenho uma chance, gosto de hospedá-los em minha casa para praticar.

Em seguida, confessou:

– E, claro, existe um motivo ainda mais forte para essa preferência...

Enquanto caminhávamos pelo jardim em direção à casa, o senhor Govinda explicou que "o motivo" se chamava Helena, uma brasileira muito bonita por quem ele tinha se apaixonado à primeira vista.

– Nosso casamento foi celebrado aqui mesmo, neste jardim! – disse ele com ares saudosistas.

Já estava entusiasmada para conhecer a bela conterrânea, quando o nobre senhor confessou:

– Estou com tantas saudades. Ela me faz muita falta!

Em meu íntimo, dei graças aos céus por não ter feito qualquer comentário a respeito do paradeiro da excelentíssima Helena. Cheguei a pensar que o senhor Govinda era viúvo, no entanto, ele logo explicou que ela morava atualmente no Rio de Janeiro com os filhos deles, os gêmeos Paulo e Guilherme. Por razões ainda desconhecidas, sua esposa tinha parado de responder às cartas que o senhor Govinda escrevia com tanto amor.

– Não sei por que ela não volta. Os meninos já têm dezoito anos e ainda bem que me escrevem, caso contrário, eu ficaria muito preocupado.

Quando perguntei se ele pensava em viver no Brasil para morar com a família, o ilustre senhor disse que jamais abandonaria Metha. Depois, olhando para Kalyan tão feliz ao lado dos empregados, o senhor Govinda ficou com a voz embargada:

– Ele também é minha família!

***

O senhor Govinda era especial.

Apesar da idade avançada, emanava grande disposição para com a vida. Assim que coloquei os olhos em sua figura interessante e antes mesmo que me dirigisse à palavra pela primeira vez, senti por ele uma afinidade tão especial que parecíamos amigos de longa data!

Por causa daquilo, fiquei extremamente à vontade em sua casa, mesmo com a ostentação que havia por toda parte. Parecia que o lugar me pertencia e desde o início o anfitrião deixou claro que faria tudo para que eu me sentisse bem.

Depois que atravessamos um ambiente cheio de objetos de arte e de tapetes muito caros, entramos em uma sala de jantar onde uma boa refeição já aguardava por nós.

Quando eu disse que não queríamos dar trabalho àquela hora da noite e que poderíamos comer o que tínhamos trazido do restaurante, a cozinheira se ofendeu e tivemos de nos sentar imediatamente à mesa.

Após um jantar caprichado, foi a vez de tomar um banho no meu quarto de hóspedes e nem precisou de muito tempo para que eu, feliz como nunca, pegasse no sono.

***

Em minha primeira manhã em Metha, despertei com disposição e alegria.

Depois do desjejum, passeamos vagarosamente pelos jardins da mansão e atravessamos toda a extensão da varanda até alcançarmos a porta da biblioteca, um lugar organizado e banhado pela luz do Sol.

O acervo era interessante e existiam ali várias poltronas à disposição dos leitores ávidos. Quando o senhor Govinda e eu nos sentamos confortavelmente próximos à janela, Kalyan retirou um exemplar da estante e acomodou-se nas almofadas sobre o chão. Com certa curiosidade, tentei espiar as páginas que detinham sua atenção, mas logo me contive porque se tratavam de desenhos luxuriosos e explícitos de casais em pleno encontro. Pela aparência envelhecida daquelas páginas, o livro parecia uma versão menos conhecida do Kama Sutra e vê-lo em posse do jovem daquela maneira tão banal causou-me calafrios.

Minha mãos ficaram suadas e corei na hora, mas o senhor Govinda nada percebeu. Por sorte, Kalyan logo abandonou aquele exemplar inquietante e pegou outro que não continha qualquer cena tórrida. Os únicos desenhos que ilustravam o novo texto eram círculos, cubos e triângulos inofensivos.

Enquanto o anfitrião e eu conversávamos sobre amenidades (e aquilo era tudo que eu mais queria no mundo), vi em uma mesa um retrato que me chamou a atenção. Nele, Kalyan era adolescente e estava com vestes semelhantes às que normalmente usava em Serkong Trin. Ao seu lado, uma garota de idade equivalente sorria para a câmera. Apesar do contexto que se pretendia alegre, os olhos da mocinha estavam cristalizados por sentimentos confusos de tristeza e de raiva, ambiguidade magistralmente capturada pelo fotógrafo.

"*Quem seria aquela jovem?*", pensei, enquanto o dono do acervo falava sobre seus livros maravilhosos.

Percebendo meu interesse pela foto, o senhor Govinda desviou o olhar das estantes e observou:

– Esta foto rara não foi tirada em Metha, mas em uma localidade próxima onde máquinas fotográficas às vezes podiam funcionar.

Depois, ressaltou:

– Eu disse só às vezes.

Tempos mais tarde, o nobre anfitrião saciaria minha curiosidade com detalhes muito importantes a respeito da impressionante história de sua família. Naquele primeiro encontro, fiquei satisfeita com o simples fato de que poderia conversar com alguém sem recorrer a mímicas, desenhos e outros desesperos que geravam mais dificuldades e problemas de comunicação.

Minha única preocupação era evitar especulações sobre meu passado e sobre minha permanência naquelas terras. Não estava preparada para contar o que tinha acontecido comigo e com meus amigos de excursão.

Apesar daqueles receios, não havia com que me preocupar. O senhor Govinda possuía uma qualidade notória que, aos poucos, fui conhecendo e aprendendo a confiar: a sensatez de falar coisas sábias nos momentos certos e de manter-se calado quando necessário.

Nossas primeiras conversas giraram em torno das histórias de seus breves amigos estrangeiros e de outras curiosidades sem importância, mas em pouquíssimo tempo, tornei-me sua confidente e ele, meu conselheiro.

Até hoje gosto de me lembrar do sábio pedindo que eu ficasse para sempre em sua casa. Aquele temperamento curioso e altruísta era o que eu mais admirava no senhor Govinda. Ficava fácil perceber a cada dia por que Kalyan havia desenvolvido um caráter tão radiante!

***

Antes do almoço, uma criada de aspecto abnegado preparou-me um banho relaxante. Kalyan, que tinha feito um rápido passeio, voltou para casa todo satisfeito, trazendo alegrias e roupas novas para mim. Fiquei muito agradecida pelo seu gesto, mas, infelizmente, nada do que ele trouxe me serviu. As peças que fecharam em cima não couberam embaixo, as que vestiram com conforto ficaram curtas demais e assim por diante. A criada, então, vasculhou a casa em busca de algo que me entrasse além da camisola com que passei a noite.

Olhando com desânimo para o que ela estendeu sobre a cama, entendi que um pequeno desafio me aguardava. Enquanto as roupas da minha mochila não ficassem secas, eu teria a tarefa de passar, dobrar e guardar bem direitinho a autoestima dentro dos bolsos daquelas ridículas opções.

Roupas improvisadas de um lado, luxo do outro. Deitada em uma banheira com água morna até o pescoço, compreendi que minha estadia naquela casa seria proveitosa. Diferente do Templo do Sol, cujas instalações não correspondiam sequer às suas pretensões pré-feudais, minha nova realidade prometia dias de muita comodidade. Metha e, por conseguinte, a residência do senhor

Govinda, carregavam em si as sementes do progresso, ainda que, por motivos nebulosos e difíceis de entender, não pudessem se beneficiar da tecnologia.

Aquele isolamento em relação ao resto do mundo representava um imenso alívio para mim, uma quase fugitiva. Não sentia falta alguma dos aparatos tecnológicos e fiquei imaginando que seria muito bom viver sem eles até o fim dos meus dias.

Pensava em tudo aquilo quando, de repente, escutei gritos eufóricos vindos do jardim. Como minha sacada tinha uma vista privilegiada dos arredores, fui até lá e vi uma mulher com os passos apressados atravessando os caminhos floridos até chegar à varanda. Não pude ver seu rosto, mas os cabelos negros e longos demonstravam que era jovem e provavelmente bonita.

Não contive a curiosidade e dei outra uma espiada na cena. Aquela era a garota do retrato! Antes que eu pudesse entender melhor o que ela fazia em carne e osso na varanda do senhor Govinda, a moça lançou-se sobre Kalyan e encheu seu rosto de beijos, como se ele lhe pertencesse e como se qualquer outra coisa ou pessoa no mundo não tivessem a menor importância!

Fiquei tão chocada com a demonstração de intimidade que comecei a duvidar se seria capaz de sair do quarto para almoçar. Não seria melhor me hospedar em outro lugar?

Enquanto tentava esquecer o que tinha visto, olhei para o vaso de flores cuidadosamente colocado à cabeceira da minha cama. Aquele quarto era harmonioso e muito amplo. A cama tinha os lençóis mais macios do universo e aqueles detalhes contavam muito para uma mulher que vivera de maneira rudimentar durante meses. Mais do que isso, aqueles mimos demonstravam o quanto o senhor Govinda gostava de mim!

Por isso, juntei forças para não decepcionar meu querido amigo. O sábio senhor Govinda não merecia que eu me ausentasse durante o almoço e muito menos que eu fosse embora de sua casa. Levantei a cabeça, coloquei uma daquelas roupas desconjuntadas e decidi ir até a sala enfrentar os leões (naquele caso, a leoa).

A refeição já estava servida quando o casalzinho entrou na sala e jogou-se no sofá feito duas crianças. Depois de muitos risos e cócegas mútuas, os jovens se aproximaram da mesa e Kalyan beijou minha mão como um homem à moda antiga. Vendo aquilo, a moça misteriosa agiu de modo corriqueiro, mas não demorou para que olhasse em minha direção com desagrado.

Quando a situação ficou óbvia demais, o senhor Govinda teve de intervir:

– Por favor, Jin! Dirija-se à senhora Aishi Dora em português. Boa ocasião para você praticar a língua de sua madrinha!

Depois que os dois discutiram rapidamente, a jovem acomodou-se à minha frente e pude notar que os anos lhe fizeram bem. Ela estava ainda mais bonita do que na foto da adolescência. Seus cílios enormes emolduravam olhos vivos e brilhantes como as águas de uma fonte. Sua voz, meio de menina, meio de mulher, tinha uma rouquidão sensual e uma musicalidade exótica muito interessante, qualidades que não prevaleceram quando ela falou comigo pela primeira vez:

– Olá, senhora! Vejo Kalyan achou velha. Amiga. Cuidados dele? – comentou ela em um português muito pior do que o do senhor Govinda, mas suficientemente compreensível para mim.

O anfitrião não gostou nada daquelas palavras e só não pediu a ela que se retratasse porque sorri e avancei sobre o meu prato como se estivesse com ótimo apetite.

Não digo que fiquei ofendida, mas a alfinetada da moça tocou em um dos pontos mais sensíveis da minha vaidade. Embora motivada por ciúme, aquela frase não era vazia de significado e estava correta... Crueldade é isto: dizer a verdade acima de qualquer coisa, de qualquer jeito, a qualquer hora, em qualquer lugar. E, por ser verdade, por ser tão simples como uma maldição e por carregar em si a potência de uma flecha certeira, fiquei em silêncio, perdoei Jin e engoli tudo que ela disse junto com o almoço.

***

Naquela segunda noite em Metha, deitada em meu quarto de rainha, trocaria todo aquele luxo para estar em uma barraca com Nigma, a parte vigorosa de Kalyan que deixava bem claro o que queria e desejava.

Virando de um lado para o outro da cama, fiquei pensando em como poderia retomar as rédeas do sono. Nem os sorrisos de Kalyan endereçados a mim foram suficientes para que o dia tivesse um desfecho mais agradável. Jin foi embora cedo e levou com ela minha coragem e minha força. Dei aos outros uma desculpa qualquer e fui me deitar horas antes que de costume. Então, em plena madrugada, percebi que minhas emoções não me deixariam em paz e, em vez de dormir, fiquei mais acesa do que nunca.

Completamente acordada e, bem mais do que isso, ansiosa, resolvi andar um pouco pelo jardim. Tentei não fazer barulho, mas, assim que abri a porta do quarto, fui atraída pela luz de uma vela que queimava na sala. Quando dei por mim, já estava sentada no sofá ao lado de outro insone muito ilustre.

O senhor Govinda pegou em minha mão e sorriu como um bom pai. Fiquei feliz e por pouco não me emocionei além da conta, pois aquele carinho me fez lembrar o senhor Alécio, meu falecido padrasto, e também o senhor Sungso.

Depois de perguntar se eu estava bem, o avô de Kalyan foi logo se desculpando pelo comportamento de sua protegida Jin e achou que aquele seria um bom momento para que eu soubesse um pouco da história da família.

Como a casa inteira parecia tranquila e eu estava extremamente curiosa, aceitei o convite e tratei de me cobrir com uma manta que estava disponível sobre o sofá, pois a madrugada seria longa!

Com um semblante sério e até mesmo pesaroso, o sábio acendeu mais uma vela para que eu pudesse ver melhor o que descansava sobre a mesa. Pouco a pouco, retratos ainda mais antigos do que aquele em que Kalyan sorria ao lado de Jin foram ganhando vida diante das chamas e o senhor Govinda admirou-os com gratidão e respeito.

– Senhora Aishi Dora, não pense que sou um homem apegado ao passado. Mais do que lamentar, prefiro aproveitar o momento presente, pois nele reside beleza e aprendizagem. No entanto, existe a necessidade de cuidarmos das nossas raízes.

Dizendo aquilo, o ancião colocou em minhas mãos uma foto de Kalyan quando era criança. Pronta para viajar no tempo, perguntei ao senhor Govinda se a vocação do jovem por uma vida reclusa no Templo do Sol correspondia às expectativas dele ou da sua família.

– As grandes mudanças que passamos nesta casa começaram muito antes da partida do meu neto para Serkong Trin.

A história do senhor Govinda misturava-se à saga dos lendários Yudishis, antigos sábios que dominavam como ninguém a maioria das artes marciais e vários segredos da natureza.

– Embora eu não consiga mais levitar, Kalyan pode fazer isso com a maior facilidade! A senhora já teve o prazer de ver?

– Sim, na floresta, antes de virmos para cá.

– Achou belo?

– Nada é mais belo!

– Então, conhecerá agora, querida amiga, o berço de todas essas qualidades.

***

Em tempos remotos, quando ainda não existia a cidade de Metha nem mesmo o mosteiro de Serkong Trin, dois grandes guerreiros de nomes desconhecidos se enfrentaram para a conquista daquelas terras. Após a batalha em que não houve vencedor, um acordo de paz foi feito entre os dois heróis e dele nasceu um novo clã de homens excepcionalmente nobres do qual descenderam os Govindas.

Os poderes incríveis daqueles bravos foram cultivados de geração em geração, mas muitos deles se perderam com o passar dos séculos. Embora a incredulidade e outras armadilhas da ignorância humana fizessem seus estragos, alguns descendentes dos Govindas preservaram seus costumes e mantiveram a força do seu legado.

O tempo foi passando e uma família Yudishi muito importante mudou-se para Metha. Os pais do senhor Govinda se conheceram na cidade e se casaram muito cedo. Sua mãe, a descendente do clã, era uma mulher diferente de todas as outras. Mesmo desejando ser uma esposa comum e dedicada ao lar, ela trazia no sangue o poder da espada. Quando seu único filho nasceu, a jovem resolveu partir sozinha para as montanhas, ao que todos se opuseram dizendo que uma mulher honrada não poderia abandonar a própria família.

No entanto, a destemida mãe do senhor Govinda disse que era pelo bem de seu filho que estava partindo. Queria deixar para a criança o exemplo de que não se pode fugir dos brilhos internos e de que o ser deve contemplar-se a si mesmo para provar o que é mais elevado no mundo. Ela era uma guerreira Yudishi e Govinda, seu filho, precisava saber disso.

Anos mais tarde, a guerreira Yudishi voltou ao lar, vestida como uma mestra e carregando a espada mais cobiçada de todas. Ela não tinha a intenção de se estabelecer na cidade e só aceitou passar a noite em Metha porque seu cavalo estava debilitado e não conseguia prosseguir viagem. Porém, quando pôs os olhos em seu querido Govinda, ela jogou a espada longe e abdicou de seu poder. Nada era mais importante do que seu amado filho.

– Foi assim que minha mãe acabou encontrando a verdade, a verdade "dela", ainda que ninguém compreendesse porque sua jornada tinha terminado exatamente no início do caminho. Depois, ao lado do meu pai, ela sossegou sua alma de guerreira e viveu em paz até chegar à velhice!

Tempos depois, foi a vez de o jovem Govinda abandonar a casa dos pais para viver suas próprias aventuras.

Ele era muito novo quando conheceu uma mulher das campinas que não tinha família e que levava uma vida solitária. Depois que os dois se casaram, o rapaz pensou que nada poderia estragar os idílios de sua nova vida. Porém, sua esposa faleceu imediatamente ao dar à luz e o viúvo, inconformado com a tragédia, foi embora para terras distantes, deixando o recém-nascido em Metha aos cuidados de um amigo.

Durante muito tempo, o sábio Govinda viveu nas cavernas existentes nas montanhas do Norte, as mesmas que haviam acolhido sua mãe quando ele ainda era um menino. Naqueles tempos, o destemido aproveitou a solidão para aprofundar seus conhecimentos Yudishis e, ao mesmo tempo, para se esquecer da cruel sina de sua esposa.

Com o passar dos anos, cansado de viver em condições tão austeras, ele resolveu seguir viagem sem destino certo.

Na Índia, o jovem Govinda conheceu o herdeiro de um reinado distante que estava de passagem por aquelas terras à procura de sabedoria. Seu palácio ficava em um país árido e de cultura hermética que não era capaz de lhe proporcionar o tipo de conhecimento de que tanto ansiava. Por isso, ficou impressionado quando viu as qualidades que o nobre Yudishi possuía. Então, o rei lhe prometeu um bom pagamento em troca de que lhe ensinasse a arte das espadas lendárias. Quando a primavera chegou e o aprendiz não alcançou os méritos exigidos para se tornar um Yudishi, o grande sábio da espada explicou ao governante que ele deveria desistir daqueles anseios e passar a cuidar mais do seu povo e dos seus negócios. O rei, então, em vez de sentir-se ofendido pelas duras palavras do mestre, respondeu que aquela sinceridade era um tesouro muito raro e edificante. O jovem Govinda tinha dons especiais e, por isso, receberia do rei uma quantia em ouro ainda maior.

O sábio aceitou o generoso presente, mas com a condição de que o rei continuasse treinando as artes da espada e aplicando em sua vida tudo que havia aprendido. Quando o mestre decidiu partir, foi se despedir de seu amigo rei, mas a história dos dois nobres ainda não tinha terminado.

Antes de sair da Índia, o ilustre Govinda ficou comovido com a situação paupérrima das pessoas que o rodeavam na saída da cidade e, sem pensar nas consequências, entregou tudo que possuía para os desafortunados. As únicas coisas que lhe restaram foram as roupas do corpo, sua fiel espada e, ainda mais fiel do que ela, seu cavalo.

Vendo aquilo, o grande rei proclamou:

– Grande amigo, sua coragem é ainda maior do que eu acreditava. Em minhas andanças pelo mundo, conheci homens talentosos e muito sábios, mas nenhum tinha o seu caráter! Não é apenas com a espada e com as artes marciais que você é um grande mestre. Seu coração é puro e cheio de bondade. Por isso, eu, o rei, que não tenho um herdeiro e nem uma família honrosa que mereça meu trono, entrego a você todo o meu reino!

Sendo assim, o rei tornou-se um eremita e o senhor Govinda, um homem ainda mais rico!

Estando há pouco tempo nas terras estrangeiras onde foi proclamado rei, o sábio Yudishi conheceu várias beldades da realeza muito interessadas em ter com ele um romance sério, mas nenhuma daquelas jovens foi capaz de despertar seus sentimentos. Então, o coração do sábio encheu-se de saudade e de arrependimento por ter deixado seu filho há tantos anos em outro lugar. Por isso, desfez-se novamente de toda a sua fortuna para que seu discípulo mais honrado, mestre Padma Lan, governasse aquele povo longínquo com bondade e justiça.

Depois daquilo, tesouros e riquezas inesgotáveis passaram a perseguir ainda mais os caminhos do nobre Govinda. Por onde quer que ele andasse, sempre encontrava homens poderosos dispostos a retribuir sua generosidade com ouro, terras e muito dinheiro! E quanto mais ele doava os seus bens, mais atraía para si aquele tipo de poder.

Assim, quando o riquíssimo sábio voltou para Metha no intuito de reaver seu filho, chocou-se ao saber que o tempo tinha voado. Ele encontrou-o adulto, casado e bem estabelecido na cidade. A nora do senhor Govinda, a senhora Núbia, era encantadora e conseguia se comunicar com os pássaros e com os cavalos.

Após expressar suas mágoas em relação ao pai, o filho do senhor Govinda acabou se rendendo ao poder do perdão e a família passou a ser unida e mais próspera a cada dia. Assim que Kalyan nasceu, todos viveram os momentos mais felizes de suas vidas!

Sinceramente arrependido por ter se ausentado durante tantos anos, nos quais seu filho foi obrigado a crescer sem a presença do pai, o senhor Govinda jurou solenemente que jamais abandonaria Metha e que Kalyan, seu neto adorado, ficaria para sempre sob seus cuidados e sob sua proteção.

O tempo passava e aquela bela criança crescia com toda saúde. As bênçãos pareciam acompanhar o menino e, desde cedo, ele mostrou sinais de que era alguém especial. Seus pais não percebiam nada, mas o olhar vigilante do avô captava tudo o que acontecia. O senhor Govinda, então, não sabia se ficava orgulhoso ou com medo. Ele entendia muito bem que o legado do clã Yudishi significava uma vida incomum e, por vezes, distante.

De repente, uma epidemia misteriosa se alastrou pela cidade e por toda a região. O povo de Metha costumava dizer que aquela era uma febre trazida pelos estrangeiros. Até que a enfermidade fosse embora tão repentinamente quanto havia aparecido, muitas vidas preciosas se perderam, dentre elas, a dos pais de Kalyan, que adoeceram e faleceram sem que o dinheiro do senhor Govinda pudesse salvá-los.

Por sorte, Kalyan tinha escapado da mesma sina e o senhor Govinda apegou-se ainda mais ao neto. Sem saber o que fazer para proteger seu bem mais precioso, o nobre senhor decidiu fugir daquelas terras e fixar residência em outro lugar com melhores condições de vida. Entretanto, quando estava prestes a organizar a partida, Kalyan aproximou-se dele e aconselhou:

– Não fuja. Abra esta casa para os necessitados – disse o iluminado, aos impressionantes dois anos de idade!

Reconhecendo aquelas palavras como um feito milagroso, o senhor Govinda providenciou tudo para que o pedido do neto fosse atendido. Em pouco tempo, abriu os portões de sua casa para as famílias devastadas pela epidemia, oferecendo-lhes moradia, alimentos, remédios e até mesmo dinheiro para que recomeçassem suas vidas.

A residência da família, antes tão suntuosa quanto um palácio, transformou-se em um abrigo para os enfermos, onde muitos médicos e amigos faziam o possível e o impossível para salvar vidas.

Foi assim que o senhor Govinda conheceu sua segunda esposa, Helena. Como tantos outros, ela era uma turista nascida no Brasil que viera à procura de Serkong Trin e do Templo do Sol. Entretanto, bastou um único olhar para que seus destinos mudassem para sempre! Os dois se apaixonaram desde o primeiro dia em que a brasileira, uma enfermeira muito competente, ofereceu-se como voluntária para trabalhar naquela casa.

– Ah! O amor não escolhe muita coisa, nem época, nem lugar. Pode demorar, mas, quando chega, vem de uma vez! Não é mesmo, senhora Aishi Dora?

***

Quando já estava amanhecendo, uma das inúmeras ajudantes surgiu preocupadíssima conosco e ficou inconformada por não ter percebido que o dono da casa já tinha se levantado antes dela. Como fazia muito calor, a prestativa senhora nos ofereceu uns panos embebidos em óleo para que ficássemos protegidos contra os insetos e nos serviu um ótimo desjejum.

Em seguida, meu amigo e eu fomos caminhar um pouco pelo jardim para espairecer e ficamos admirados com o tom lilás do céu.

– Como Metha é uma cidade linda, senhor Govinda!

– Sim, e melhor agora com vocês em minha casa!

Depois de andarmos bastante, decidimos nos sentar em um banco de madeira próximo a umas das fontes. Àquela hora, Kalyan estava meditando à sombra de uma árvore. Sua silhueta contra as luzes da manhã elevou meus sentidos até aquele tão frequente êxtase estético que ele proporcionava sem qualquer dificuldade.

Apesar daquela linda imagem, eu tinha passado a noite em claro e meus olhos começaram a ficar pesados. Não pude disfarçar nem conter uns bocejos antes que meu querido anfitrião me aconselhasse a descansar em meu quarto, mas, sinceramente, eu estava mais interessada em ouvir os fatos antigos daquela família do que em colocar o sono em dia.

Com um sorriso franco e um suspiro profundo, o nobre amigo recomeçou a sua história.

***

A paixão entre o senhor Govinda e a linda Helena foi fulminante e eles não conseguiam passar um único dia longe um do outro. Assim que se casaram em uma cerimônia simples realizada no jardim, os últimos pacientes acometidos pela febre dos estrangeiros se recuperaram e foram embora.

As famílias que encontraram ali uma segunda chance começaram a deixar a mansão para tentar uma nova caminhada, daquela vez, sem miséria e sem doenças. Era muito comum naquela época ver os jardins do senhor Govinda cheios de pessoas fortemente emocionadas à espera do adeus. Uma enorme fila se estendia do portão à varanda, onde os donos da casa eram abraçados e beijados com toda devoção. Antes de partirem, alguns ainda tiveram o cuidado de devolver àquele lugar parte do que havia sido destruído pela força de suas necessidades. Então, eles reconstruíram as fontes, consertaram os móveis, pintaram as paredes e arrumaram tudo com o maior carinho até que a propriedade ficasse tão linda quanto era antes. Depois do trabalho finalizado, alguns daqueles homens, mulheres e crianças, cujos corações foram capturados para sempre pelo amor do senhor Govinda, jamais puderam partir como os demais. Eram eles que, nos dias atuais, trabalhavam em sua casa com tanto empenho e dedicação!

Tão logo a epidemia desapareceu e as viagens recomeçaram sem que significassem risco de morte, a fama de que os nobres de Metha eram pessoas boníssimas se alastrou por muitas regiões. Foi naqueles dias que uma viúva muito pobre veio até a mansão em busca de emprego. Prestes a dar à luz, Shaya não tinha mais ninguém no mundo a quem pudesse recorrer.

Sem precisar de muito tempo para pensar, a senhora Helena prontificou-se a ajudar aquela mulher e não deixou que ela trabalhasse na casa enquanto estivesse grávida. Até que a criança nascesse, Shaya deveria apenas cuidar de sua saúde e do enxoval do bebê. Na época, Kalyan ainda era muito pequeno e a gestante sonhadora gostava de passar horas ao seu lado dizendo que seu filho seria tão bonito e forte quanto ele.

Porém, quando Jin veio ao mundo, Shaya não ficou nada feliz:

– Eu queria um menino.

Assim que a senhora Helena veio ver a criança, Shaya começou a chorar e confessou ter mentido para a família quando veio pedir socorro. Ela não era viúva e o pai daquela menina foi um oficial do exército japonês que estava de passagem quando a conheceu. O rapaz voltou para o Japão e não se comprometeu com a namorada, mesmo depois que soube da gravidez. Entendendo que seus pais não a acolheriam naquelas condições, Shaya fugiu de casa e veio até Metha em busca do casal Govinda.

– E, como castigo, esta menina infeliz tem os olhos puxados como os do pai! É uma mestiça.

Completamente chocada pelas palavras daquela estranha mulher, a senhora Helena ainda expressou o desejo de ser a madrinha da criança. Em resposta, a mãe deu de ombros e logo depois o senhor Govinda e Kalyan chegaram para ver a recém-nascida.

– Parabéns, Shaya!

Bastou ver o neto do senhor Govinda para que os olhos de Shaya ficassem brilhantes:

– Ela não é como você, Kalyan! Não é como você...

Entendendo que ela só podia estar delirando depois de um parto difícil, a senhora Helena pediu aos empregados que chamassem um médico na cidade. Quando ele chegou e levou Shaya para ser examinada em outro quarto, o senhor Govinda pegou Kalyan no colo para que ele visse a menininha no berço.

– Veja, Kalyan! Que bonita é sua irmãzinha!

***

Desde então, Jin e Kalyan tornaram-se inseparáveis! Eles corriam de mãos dadas pelos jardins e ficavam aborrecidos quando tinham de interromper suas brincadeiras. Até mesmo a ida de Jin para a Escola Feminina de Metha foi motivo de protestos, já que significava menos tempo de convivência com seu melhor amigo.

Tudo parecia bem, mas alguns problemas começaram a surgir.

Depois que Jin completou dois anos, Shaya mudou de comportamento. Já não queria ajudar nos afazeres da casa e a todo instante falava coisas ofensivas aos outros empregados. Além de ser rude com os trabalhadores da mansão, ela insinuava para os comerciantes da cidade que a senhora Helena era oportunista e que tinha se casado com o senhor Govinda, um homem muito mais velho, apenas por dinheiro.

– Eu teria feito a mesma coisa! – dizia ela, sem a menor compaixão.

Em um determinado inverno, Shaya começou a passar várias noites fora de casa, deixando todos muito preocupados. A senhora Helena, preservando a união das duas famílias, decidiu não confrontar a moça, acreditando que logo tudo voltaria ao normal.

No entanto, Shaya continuava ansiosa e agressiva. Quando a mãe de Jin não aguentou mais esconder seu descontentamento, disse aos donos da mansão que não queria desperdiçar a vida sendo mais uma empregada do senhor Govinda. Como era jovem, estava decidida a encontrar um marido com quem pudesse viver e criar sua filha.

Ao ouvir aquelas palavras, a primeira reação da senhora Helena foi negativa. Para ela, era praticamente impossível imaginar a vida naquela casa sem a presença de Jin. Como tinha verdadeira consideração por Shaya e não acreditava que ela fosse capaz de maldizer as pessoas que tinham lhe estendido a mão com tanto carinho, a bondosa esposa do senhor Govinda decidiu que não prenderia o destino dela como um pássaro na gaiola. Imediatamente, conversou com seu marido e os dois providenciaram dinheiro e tudo mais para que Shaya e a filha tivessem uma vida independente.

Em pouco tempo, a mãe de Jin encontrou um novo companheiro e a família se mudou para um bairro modesto muito próximo à mansão.

***

Naquele exato instante, Kalyan e Jin passaram por nós como um raio, abriram o portão e saíram de mãos dadas sem dizer nada a ninguém.

– Vamos seguir aqueles dois! – sugeriu o senhor Govinda, enquanto sorria e me tomava pelo braço.

Em um segundo, ganhamos as ruas da cidade, mas, quanto mais tentávamos alcançar os jovens, mais distantes eles ficavam. Os passos tranquilos do meu acompanhante, um sábio que não tinha mais pressa na vida, impediam que chegássemos perto.

– Ah! Minha casa se encheu de felicidade desde que meu neto voltou!

De repente, como se fosse um pequeno castigo que eu tinha de suportar, o casal desapareceu após uma curva e, de um jeito ainda mais infantil do que o comportamento saltitante dos dois, fiquei com o rosto vermelho.

– Por que a senhora não pergunta ao meu neto por que ele voltou para Metha?

Aquela pergunta congelou meus nervos e não havia tempo para inventar uma resposta. Eu tive de falar a verdade:

– Nós não nos falamos... Quero dizer, não entendemos a língua um do outro. Tudo que Kalyan e eu temos são sorrisos, gestos, olhares e, de vez em quando, uma série de mal-entendidos.

– Calma, senhora Aishi Dora. As palavras nem sempre são boas para expressar ideias e muito menos sentimentos!

Uma chama iluminou meu caminho, mas eu não ousei seguir sua luz. Decidi que prestaria atenção nela mais tarde e que, naquele instante, eu precisava ficar um pouco mais em silêncio até que soubesse o que dizer.

Assim, de braços dados com o senhor Govinda, seguimos pelas alamedas cercadas por paisagens interessantes até chegarmos a um bairro bem movimentado e não muito distante. Acima de nós, um azul límpido remeteu meus pensamentos às manhãs do Mundo Azul e, de repente, senti uma enorme vontade de viver.

– Veja! Esta é a Escola de Metha, onde Jin estudou quando era criança! – disse o senhor Govinda apontando para uma construção de médio porte, com paredes brancas e portas robustas.

A única escola da cidade só admitia garotas. Os meninos podiam estudar em casa, desde que tivessem um sábio disposto a ensiná-los, ou, então, recebiam educação formal nos mosteiros espalhados pelo país. Era comum também que os filhos dos ricos fossem enviados para as escolas da capital.

No ponto em que estávamos, era possível ouvir as crianças conversando e cantando atrás das janelas. Por causa daquelas vozes meio irreais, tentei adivinhar como seria Jin quando era pequena. Um vislumbre de sua adolescência eu já tivera graças à foto exposta na biblioteca do senhor Govinda, mas, no momento presente, aquela adulta de charme exótico empurrava para longe qualquer reminiscência de infância.

Sem que minha imaginação pudesse compor a imagem daquela menininha, deixamos a antiga escola de Jin para trás e chegamos a uma feira fervilhante com muitas pessoas se divertindo e fazendo compras. Quando finalmente alcançamos os fujões, o senhor Govinda explicou que estávamos em uma das áreas comerciais mais importantes de Metha, onde os curiosos e os consumistas mais exigentes podiam encontrar de tudo, desde objetos artesanais e comidas típicas, até relíquias de inestimável valor histórico. Por isso, muitos colecionadores se dirigiam para Metha ávidos por garimparem preciosidades naquele famoso mercado ao ar livre.

Comparada àquilo tudo, a feirinha do vilarejo de Serkong Trin parecia brincadeira de criança!

Enquanto saboreávamos um bolo recheado com mel e coberto de especiarias, Jin me puxou para perto de uma barraca e olhou em direção ao meu corpo.

– Kalyan quis trocar presentes, roupas da senhora, mas não! Tamanhos pequenos. Gente normal!

Depois, a cinturinha de pilão remexeu em umas blusas que, esticadas ao máximo, poderiam cobrir um pneu de caminhão, no entanto, foram desprezados pela moça como se não fossem me servir.

Deus do céu! Aquelas peças eram pavorosas. Se eu tivesse costurado aquilo, teria amputado minhas próprias mãos e fugido para as famosas montanhas do Norte!

Com feições enfadonhas, nossa querida Jin abriu uns lençóis que estavam em oferta e acrescentou:

– Fazer vestidos. Grandes, bom.

Assim que ouvi aquilo, a minha terceira (vejam só: terceira!) fatia de bolo gigante começou a enroscar dentro da boca e fui obrigada à jogar discretamente o último pedaço fora para não passar mal. Depois, fingi que estava com pressa para comprar sei lá o quê, mas, como não possuía um único tostão – mesmo porque todo o dinheiro que Álvaro tinha me dado estava com o casal Sungso –, a desculpa não colou e fui obrigada a acompanhar os outros em suas visitas intermináveis às barracas destinadas aos magros e aos "normais".

De repente, algo me chamou a atenção. Bem ao nosso lado, uma pequena plateia batia palmas para um animal que balançava o corpo de um lado para o outro tentando fazer graça. Ele tinha uma carinha tão alegre, que parecia ter saído daquelas pinturas sagradas em que Krishna sorria ao lado de um boizinho.

– Que boizinho bonito! – disse eu, tentando tocar nas fitas penduradas em suas orelhas.

Ao lado da atração pitoresca, um homem bem vestido distribuía folhetos para a divulgação de um empreendimento imobiliário com inauguração prevista para breve.

– Pode reparar que estas fitas têm as mesmas cores dos folhetos! – disse o senhor Govinda com seu refinado tino para marketing.

De repente, uma voz conhecida sobressaiu-se às outras.

Mesmo sem entender uma única palavra em tailandês, apenas deixei que o homem dos folhetos expressasse livremente sua alegria e, depois, correspondi ao seu abraço com toda empolgação. E como o inglês dele era ruim e o meu, pior ainda, conseguimos nos entender muito bem.

Tao Wong estava do mesmo jeito: alegre, bem-disposto e lançando olhares interessados para mim. Um pouco da minha vida residia nele e por um breve instante voltei para aquela festa na pousada de Serkong Trin onde havíamos conversado pela primeira vez. E pensar que, naquela ocasião mais antiga, meus companheiros de viagem estavam juntos, sem a menor desconfiança do que o futuro tinha reservado para eles! De certa forma, aquele reencontro na feira de Metha significava que o naufrágio, apesar de trágico, tinha desaparecido no nevoeiro do passado.

Depois de milhões de exclamações mútuas a respeito da coincidência, Tao Wong demonstrou felicidade ao constatar que eu estava viva e não entre os que haviam desaparecido no Grande Rio. Galanteador e um tanto quanto inconveniente, o tailandês ainda disse que seria um desperdício para o mundo que uma bela mulher como eu tivesse morrido de repente!

Em seguida, com uma expressão de fascínio no olhar, Tao Wong esqueceu-se da paquera e me conduziu solenemente pela mão até chegarmos perto do centro das atenções de todo transeunte que passava por ali. De maneira emocionadíssima, o bom amigo contou que aquele era o animal que ele havia resgatado num rio próximo à Metha. O boizinho cheio de fitas nas orelhas era o outro sobrevivente do naufrágio!

No mesmo instante, lembrei-me da história que o jovem mestre havia contado no dia em que veio me levar ao Templo do Sol! Graças à ajuda de Ismênia, fiquei sabendo naquele inesquecível pôr do sol que um empresário bondoso tinha conseguido resgatar das águas um ocupante muito especial que estava na balsa com os brasileiros.

Imediatamente, pedi ao senhor Govinda que explicasse a coincidência para Kalyan e todos acharam nossa história maravilhosa.

– Este boizinho é resistente e corajoso como eu! – brinquei.

– A senhora Aishi Dora e este ser têm um elo muito forte! – observou o senhor Govinda.

Jin, então, sorriu de maneira maliciosa e concluiu:

– Elo com boi? Justo.

Quando dei por mim, entendi que algumas analogias no Oriente podiam ser tão ofensivas quanto em qualquer outro lugar no mundo, mas, antes que o clima piorasse, Tao Wong resolveu mudar de assunto e salvar a tarde.

Assim, abandonamos aquela feira movimentada e fomos conhecer as obras da pousada que ficavam em um local não muito longe. As futuras instalações seriam finalizadas em pouco tempo e já dava para perceber que o projeto faria um grande sucesso na cidade.

Além do interesse profissional, Tao Wong queria fixar residência naquelas terras, pois simplesmente adorava o dinamismo e a fluidez de Metha. Ali, afinal, não era a *very crazy jungle*.

Tao Wong nos explicou que, naquela manhã de brisas mornas, ele estava aproveitando a feira para fazer propaganda dos seus negócios, uma maravilha próxima às colinas, cujos quartos teriam vista privilegiada das cadeias de montanhas e principalmente do Monte Sihari.

– Free, my friends, no pay! – prometeu ele, para enfatizar que nós, os amigos, seríamos seus convidados de honra.

Antes das despedidas com mais abraços e mais mãos bobas escorregando um pouquinho abaixo da minha cintura, Tao Wong piscou e disse que já estava ansioso pelo nosso reencontro na noite seguinte. De fato, o senhor Govinda fez questão de convidar o tailandês e o filho dele, Philip, para uma cerimônia pública em sua casa em homenagem a Kalyan, visto que ele era uma importante celebridade na região.

Já estávamos indo embora quando Tao Wong fez um convite que me deixou extremamente angustiada. Com a maior ingenuidade do mundo, ele se ofereceu para me acompanhar ao Brasil quando eu quisesse. Ele estava acostumado a viajar e tinha vários negócios espalhados pelo mundo, de modo que não lhe custaria nada levar uma amiga de volta para casa.

Com aquelas palavras martelando em minha cabeça, dei início a um mecanismo de fuga que iria desenvolver-se com toda força mais tarde. Naquele momento, porém, só me restava voltar para a mansão sem dar vexames diante da ótima disposição do Senhor Govinda, um octogenário em plena forma.

Enquanto minhas pernas doíam e as veias se rebelavam como minhocas em um vidro, fiz um esforço enorme para não mancar e, assim, esconder de Jin novos elementos com que suas frases econômicas e tão verdadeiras pudessem me ferir.

***

Depois do passeio, almoçamos juntos e Kalyan fez questão de me fazer companhia pelo resto do dia. Decidi ficar em casa até a hora de dormir, pois a última coisa que eu queria era sair com ele de novo para repetir a saga das roupas sem troca.

Jin foi embora só porque tinha um compromisso com sua mãe e, ao se despedir, disse daquele jeito diretivo que eu deveria comprar os lençóis da feira para fazer vestidos, caso não quisesse ficar com o armário vazio.

Aquilo era a lei do retorno! Quem mandou desprezar os trajes dos pobres Oldfitness? Quem mandou prestar tanta atenção aos assuntos da moda?

Assim, com as emoções à flor da pele, passei a tarde conhecendo os vários ambientes da casa mais linda e deslumbrante de Metha.

De vez em quando, a nebulosa sugestão do senhor Govinda para que eu questionasse Kalyan sobre seus sentimentos, deixava minha boca prestes a fazer-lhe a pergunta, mas, logo após a ameaça, lembrava com alívio que não éramos capazes de conversar.

Apesar do conforto que o silêncio entre nós proporcionava, eu não via a hora de ouvir Kalyan falando em público na noite seguinte. Pela primeira vez, alguém poderia me ajudar a entender os propósitos das suas explanações. No

Templo do Sol, tinha de usar a imaginação ou a intuição para apreender um pouco o significado de suas palavras, porém, naquela nova oportunidade, o senhor Govinda estaria perto para conduzir meus passos em toda e qualquer escuridão linguística em que eu pudesse me encontrar.

Enquanto aquilo não acontecia, continuava meu passeio vespertino pela mansão tentando controlar as expectativas e as ansiedades. Kalyan me mostrou muitos lugares interessantes e fiquei radiante quando chegamos a uma velha sala, onde uma máquina de costuras muito antiga e bem preservada parecia estar à minha espera.

– Minha nossa! É uma máquina de costuras movida a pedal! – disse eu, enquanto tentava decifrar a lógica de seu funcionamento.

Quando mais tarde perguntei ao senhor Govinda pela antiguidade, ele explicou que o raro objeto foi uma herança da bisavó da senhora Núbia. Embora a mãe de Kalyan tivesse muito apreço aos seus antepassados, jamais usou aquela máquina. Anos depois, quando o senhor Govinda descobriu que uma das suas ajudantes tinha uma grande habilidade para fazer roupas, a engenhoca centenária ganhou vida, mas, repentinamente, aquela desafortunada senhora foi acometida pela febre dos estrangeiros e morreu. Desde então, a sala de costuras e a máquina a pedal foram esquecidas.

Tão logo fechamos a porta, Kalyan fez questão de me levar ao salão nobre onde era possível viajar no tempo e imaginar o sábio Yudishi praticando com sua espada. Na noite seguinte, seria exatamente naquele lugar que o jovem mestre subiria em um palco improvisado para falar diante de um público cada vez mais fiel de devotos e de admiradores. Como os empregados estavam por ali iniciando os preparativos para o evento, decidimos sair rapidamente para não causarmos transtornos.

Sempre de braços dados, andamos pelos corredores iluminados do jardim e, estando de volta à sala principal, contemplamos as pinturas e as esculturas que embelezavam toda parte. Depois, sem que nenhum de nós dissesse uma única palavra, Kalyan me levou até a varanda para ver o anoitecer.

***

Amanheceu e um novo dia começou.

As horas daquele terceiro dia em Metha correram por estranhas alamedas, sem que eu, Jin, o senhor Govinda e até mesmo os convidados da cerimônia em homenagem ao mestre desconfiássemos do que estava por vir.

A manhã e a tarde voaram sem novidades e todos estavam entregues às suas atividades corriqueiras.

Quando as primeiras estrelas surgiram acima dos vales, tudo indicava que a noite seria agradável e tranquila. No entanto, como se o mundo tivesse adivinhado os futuros acontecimentos, neblinas inesperadas encobriram o céu e um clima sinistro espalhou-se por toda a cidade. Mesmo assim, a notícia de que o Senhor do Templo do Sol conduziria um ritual aberto ao público correu por toda a região e muitos vieram de longe para prestigiar a ocasião.

O salão estava pronto, mas não era grande o suficiente para acomodar a todos, de modo que muitas pessoas não puderam se sentar. Os empregados foram pegar cadeiras e bancos extras, mas, ainda assim, o problema estava longe de ser resolvido.

Por causa daquele contratempo, o senhor Govinda decidiu fazer a abertura da solenidade o quanto antes. Depois que os idosos, as crianças e as pessoas mais fragilizadas foram acomodados nos assentos disponíveis, não sobrou espaço para mais ninguém. Com muita preocupação, o anfitrião prometeu que outro encontro seria organizado para atender os que tinham ficado do lado de fora.

Enquanto isso, ocupando respectivamente o primeiro e o segundo lugar em tietagem, Jin e sua mãe chegaram cedo e garantiram para si as cadeiras reservadas aos convidados de honra. Assim, o prefeito e o dono da casa tiveram de se arranjar de outra forma. O político sentou-se na beira do palco e o senhor Govinda, coitado, ficou em pé ao meu lado.

Exatamente no horário combinado, o sábio Yudishi cumprimentou os presentes e iniciou seu discurso em língua portuguesa para homenagear nossa amizade.

– Depois de tantos anos, tenho a alegria de receber em minha casa meu amado neto, a Joia Rara de Serkong Trin. Isso só foi possível graças à bondade de uma querida amiga do Brasil, a senhora Aishi Dora! Por seus próprios méritos, ela permaneceu durante um tempo no Templo do Sol e sabemos o quanto isso é raro e poderoso.

Após um gesto respeitoso, o senhor Govinda proferiu aquelas mesmas palavras em seu idioma natal e, em seguida, pediu aos convidados que recebessem o Muito Venerável Dharmaraj!

Sem demora e sem qualquer artimanha programada para criar suspense, Kalyan atravessou o salão e subiu ao palco com humildade e nobreza, qualidades tão elegantemente harmoniosas em sua figura.

Naquela noite, a plateia teve a oportunidade de escolher o assunto a ser discorrido pelo mestre e a maioria dos presentes optou pelo tema do arrependimento.

O senhor Govinda, que voltou ao meu lado, teve o cuidado de traduzir tudo que Kalyan dizia.

Em seu trabalho de conscientização da morte junto aos que estavam prestes a deixar este mundo, o jovem mestre disse que era raro encontrar pessoas dispostas a partir em paz devido ao fato de que se sentiam arrependidas por alguma coisa que fizeram ou, em sentido oposto, que não tiveram condições de realizar. Assim, era necessário que fizéssemos um esforço contínuo para não acumularmos arrependimentos durante nossa passagem pelo mundo, ainda que a missão parecesse irrealizável.

Segundo o senhor de Serkong Trin, os seres humanos têm uma ilusória sensação de que lhes resta muito tempo pela frente e que, por isso, podem desperdiçar seus dias com escolhas ruins ou distrações que não os levarão a parte alguma. Na verdade, não há outro tempo para agir que não seja o presente. Devemos viver significativamente levando em conta nossas aspirações e, com igual firmeza, aquilo que pode beneficiar os outros. Essas considerações ajudam a diminuir os arrependimentos ao longo da vida e, principalmente, no final dela. Por outro lado, quando uma pessoa acredita que nunca se arrependeu de nada, pode estar presa em uma armadilha do ego na qual a consciência perdeu a sensibilidade ou a capacidade de reconhecer os próprios erros. Não é sobre utopias que devemos nos concentrar. Todos nós erramos e podemos nos recuperar, fazendo melhor da próxima vez! O que vai marcar a qualidade da jornada não é a perfeição, mas o sentido que damos à nossa luta. A luta é a batalha que travamos diariamente entre as escolhas que podem nos levar à vitória ou à derrota, à plenitude ou ao vazio, à satisfação ou à amargura, extremos que não existem de fato, mas que criam ilusões aflitivas no momento derradeiro.

***

Ao final daquelas palavras, muitos estavam com as feições sonhadoras ou reflexivas. Até Tao Wong e o filho dele, Philip, ficaram emocionados.

Puxando para si as estrelas que cintilavam acima da neblina, Kalyan Dharmaraj protagonizou uma palestra de grande alcance para todos e, mais uma vez, compreendi por que ele era tão amado.

Antes do encerramento, o jovem mestre ainda leu alguns textos antiquíssimos sobre a forte conexão existente entre todos os seres vivos, respondeu às perguntas da plateia e depois convidou os presentes para meditarem a respeito da brevidade da existência humana na Terra.

Quando tudo parecia terminado, Kalyan disse algo que causou uma intensa reação em seus admiradores. Os convidados que já estavam andando em direção à porta, pararam no meio do caminho e olharam para trás abismados!

Jin levantou-se com indignação e saiu logo em seguida para não desabar em público. Então, percebi que algo mais sério estava acontecendo. Para meu desespero, não havia qualquer pessoa por perto que pudesse me ajudar. Tao Wong e o senhor Govinda tinham desaparecido e fiquei sozinha no meio do tumulto!

Kalyan, por sua vez, manteve a calma. Despediu-se de todos com doçura e deixou bem claro que estava feliz, apesar do desapontamento e do reboliço que suas últimas palavras causaram. Sem que ninguém conseguisse interferir em seu caminho, ele desceu do palco e foi se recolher em seu quarto.

Tão logo os convidados começaram a se retirar, alguns felizes e outros decepcionados, o senhor Govinda agradeceu a presença de todos e pediu aos empregados que abrissem os portões.

Com toda urgência, pedi ao querido amigo que me explicasse o que havia acontecido.

– Oh, senhora Aishi Dora! O que meu neto acabou de dizer, nem mesmo eu sabia!

Assim que todos partiram, o nobre senhor teve de tomar vários copos de água e só depois conseguiu terminar sua conversa comigo. E o que ele contou realmente era algo inexplicável...

Kalyan, perante todos os presentes, simplesmente abdicou de seu título de Joia Rara! Ele não queria mais ser o Senhor de Serkong Trin.

– Quando questionado sobre a senhora, bem, ele disse que não será mais o seu mestre e que almeja viver como um homem comum!

Dizendo aquilo, o semblante do senhor Govinda ficou iluminado...

***

Um pressentimento esquisito deixou meus cabelos ouriçados e percebi, com certa angústia, que passaria mais uma noite sem dormir. No fundo (e na superfície), estava com medo de que as imagens que passeavam diante dos meus olhos se tornassem tão reais quanto foram minhas aventuras no Mundo Azul e, de maneira menos contundente, no Mundo Rosa.

Aliás, aquele lapso de memória estava me importunando há tempos. Eu precisava e queria trazer à tona as recordações da minha última meditação no Templo do Sol, ou seja, a meditação cor-de-rosa, mas meus esforços nunca frutificaram. Só era capaz de me lembrar do exato instante em que, abraçando Ismênia na praia, luzes em tons rosados engoliram a realidade à minha volta. Logo após, um borrão escuro ocupou o lugar das minhas experiências e o sorriso do jovem mestre surgiu quando acordei.

"*Um dia eu retomarei os caminhos do Mundo Rosa*"

Quando me senti um pouco mais calma em relação àqueles bloqueios, pensei sobre o que o senhor Govinda tinha me contado horas antes e entrei em uma espécie de espiral feita de euforias, onde me via ao lado de Kalyan vivendo uma paixão sem limites.

A ousadia era grande, mas o quilate do diamante também!

Naquele momento de privacidade em um luxuoso quarto de hóspedes, oceanos distantes da minha antiga vida, cheguei à insensatez de acreditar que poderia, finalmente, desfrutar as alegrias provenientes dos meus absurdos...

Porém, antes mesmo que o otimismo se firmasse e criasse raízes, o que poderia ser muito bom começou a adquirir contornos duvidosos. O fato de que Kalyan em breve ficaria longe de suas obrigações era, na realidade, uma faca de dois gumes. Ele estaria livre para tudo, tudo mesmo, inclusive para ir embora ou para se apaixonar por alguém!

Pela primeira vez, a ideia de afastar o jovem do mundo externo me pareceu uma solução viável e, mais do que isso, justa. Se o ser amado é belo, tende a inspirar em nós certas vontades de difícil compreensão. Queremos aprisionar, destruir, cuidar, conter. Quem já sentiu algo parecido sabe do que estou falando.

Sendo assim, eu bem que poderia fazer a Kalyan uma promessa qualquer e, com isso, levá-lo comigo até o Brasil, lugar bem longe de Jin e de tudo mais que o deixasse confiante. Trancado em um apartamento minúsculo, ele aprenderia desde cedo que um moço puro jamais deveria sair sozinho pela cidade. Os países do Ocidente, sobretudo os tropicais, eram cheios de perigos que ele não conhecia, ainda mais os causados por mulheres jovens e bonitas. Então, eu, a tutora legal, teria a incumbência de proteger aquele apartamento e afastar de suas portas as visitas indesejadas e, das fechaduras, todas as chaves da liberdade.

Aquelas maldades nasciam em profusão dentro de mim e faziam mais do que me distrair: elas me mostravam o quanto o ciúme poderia corromper o espírito humano. Depois de tudo que eu havia aprendido sobre o arrependimento naquela cerimônia profunda, não entendia como minha mente era capaz de produzir tanto lixo!

De repente, alguém bateu em minha porta.

Já era tarde e supostamente todos estariam dormindo. Por isso, levei um susto tão grande que meu coração se transformou em um bumbo prestes a sair do peito.

Não demorou para que uma voz conhecida perguntasse por mim:

– Aishi Dora?

Ao prender a respiração, prendi também o medo de ser eu mesma. Deixando a porta bem trancada e não respondendo àquele chamado, aceitei meu lado negro como quem abraça o inimigo depois da luta. E se as escolhas reais importavam menos do que os sonhos, que eu sonhasse em paz naquela noite e que deixasse as decisões sérias para o dia seguinte.

"*Ah! Que venham os pensamentos ruins e outros desejos. Que venham e que partam depois*", pensei, enquanto os vagarosos passos de Kalyan desapareciam no final do corredor.

***

Quando amanheceu, nem precisei ir à cozinha para conseguir um bom desjejum. A bandeja estava me esperando na varanda em cima de uma mesinha com um vaso florido. A senhora que havia preparado tudo tinha uma aparência corriqueira e esquecível, mas eu me lembrava do seu rosto porque, desde o primeiro instante, ela protegia-se da minha proximidade por meio de um distanciamento sutil, porém, friamente propositado. Aquilo não me deixava chateada, dado ao fato de que a acolhida calorosa do senhor Govinda já era suficiente para minha satisfação. Aceitava de bom grado os serviços daquela criada como uma extensão do que o anfitrião gostaria de fazer para mim. Naquela manhã, ela encontrou-me na saída do quarto e me conduziu à cena de um feliz "bom dia" Depois, com uma formalidade quase britânica, recolheu a bandeja e me deixou novamente entregue aos primeiros tons do céu.

Era cedo e ninguém tinha se levantado, salvo os empregados, eu e uma visita que acabara de chegar. Com seus olhos negros e langorosos, ela subiu os degraus da varanda e nem se deu ao trabalho de me cumprimentar. De mesma forma que a criada de poucas palavras, Jin não me causava ódio algum. Pelo contrário! Por uma razão que eu não conseguia entender, a moça me inspirava cuidado, carinho e proteção, coisas estranhas para se sentir por alguém tão rude.

Resolvi iniciar uma conversa amigável. Os pensamentos imbecis sobre raptar Kalyan e escondê-lo da vida me mostraram que era hora de guardar as garras e usar o bom senso. Quem sabe, depois de tudo, poderia acabar de vez com o mal-entendido entre nós duas e deixar bem claro para Jin que eu, mais cedo ou mais tarde, entregaria os pontos para que o certo sobrepujasse o errado, para que o natural prevalecesse sobre o bizarro, para que Kalyan, enfim, ficasse com ela ou com qualquer outra moça da mesma idade.

Porém, antes mesmo que eu dissesse alguma coisa simpática, Jin resolveu quebrar o silêncio:

– Esperei pelo que ele falou ontem, sempre. Agora, prefiro ele voltar lá.

Da mesma forma que chegou, pisando firme e com a atenção inacessível, Jin deixou-me ali e foi para a sala encontrar-se com o senhor Govinda, que tinha acabado de acordar.

Depois que o sábio recebeu sua protegida com uma xícara de chá, pediu a ela que se acalmasse e, em seguida, caminhou em minha direção com os braços abertos.

– Bom dia, querida Aishi Dora! A senhora não acha que esta manhã está ainda mais especial? – disse ele com uma piscadinha.

Apesar do bom humor, eu era incapaz de me sentir bem enquanto Jin parecia tão transtornada. Para amenizar a indisposição da moça para comigo, o sábio me convidou para um passeio pelo jardim.

Em um determinado momento, o senhor Govinda disse que queria continuar me contando sobre a história da família. Daquela maneira, eu entenderia melhor muitos fatos a respeito de Jin.

– O senhor tinha parado a narrativa no momento em que a Shaya havia se casado pela segunda vez e se mudado para uma casa próxima da mansão.

– Sim, foi exatamente nesta parte. O início da revolta de Jin confunde-se com um dos momentos mais difíceis da minha vida!

***

Quando Shaya, a mãe de Jin, encontrou um novo companheiro, mudou-se com ele para uma casa nas proximidades. Mesmo com a mudança, Jin e Kalyan continuavam se encontrando todos os dias e estavam cada vez mais apegados. A menina acreditava que o neto do senhor Govinda estaria sempre ao seu lado e que nada conseguiria separar os dois.

De uma hora para outra, um sentimento diferente da pura amizade foi tomando forma e a garotinha permaneceu em silêncio até que compreendesse melhor o que acontecia com ela quando estava perto do amigo. Como ainda era criança, ficou assustada com aqueles frios repentinos na espinha e os tolos suspiros que soltava a todo instante. Quando não conseguiu mais guardar o segredo, Jin descobriu que as palavras tinham o estranho poder de trazer alívio para seu coração, ainda que a deixassem exposta perante as outras pessoas. Assim, ela começou a dizer para todo mundo que Kalyan seria seu marido!

Apesar de toda a graciosidade da situação, o assunto era muito sério para a menina. De vez em quando, ela ficava brava quando alguém ria dos seus planos futuros e acabam se trancando no banheiro para chorar.

O que ninguém desconfiava era que, naqueles tempos, a garota vivia um drama ainda maior. Com apenas cinco anos de idade, Jin já era esperta o suficiente para perceber a gradativa mudança de comportamento pela qual passava sua mãe. Desde que havia se casado, Shaya deu sinais de que não estava mais suportando a presença da filha na nova casa. O relacionamento delas, que antes era frio, porém adequado, tornou-se um martírio difícil de suportar. Shaya não achava mais graça em cuidar da menina e nunca mais a colocou no colo para apaziguar suas angústias e medos. A mulher ficava extremamente aborrecida quando não podia ficar a sós com o marido e bastava que Jin chegasse da escola para que seu humor se transformasse em algo indecifrável e, depois de algumas horas, feroz.

Quando Jin começou a ficar chorosa demais, a senhora Helena desconfiou que havia mais alguma coisa afetando suas emoções além de uma paixonite de criança. Então, bastou que levantasse o vestido da menina para ver que seu corpo estava cheio de hematomas!

Imediatamente, o senhor Govinda e a esposa resolveram intervir e Shaya foi advertida. A partir daquele momento, Jin passou a viver na mansão e só visitava a mãe na companhia de seus protetores.

A senhora Helena, que não tinha filhos, ficou ainda mais apegada àquela garotinha! Elas ficavam o dia todo juntas e Kalyan, feliz com a amiguinha morando em sua casa, ajudava até com as lições que ela trazia da escola.

Tudo corria bem até que um fato surpreendente mudou o destino de todas aquelas pessoas.

Foi na festa do sétimo aniversário de Kalyan que tudo aconteceu.

Naquela tarde de primavera, uma visita ilustre apareceu na cidade. Era uma autoridade do Templo do Sol que estava em uma delicada missão: encontrar a reencarnação do Venerável Serkong Trin que, segundo um sonho premonitório de um dos monges, ainda era criança e vivia entre os moradores mais abastados de Metha.

Quando o ilustre visitante e sua comitiva bateram no portão do senhor Govinda, sua esposa imediatamente pressentiu que alguma coisa estranha estava prestes a acontecer. Por via das dúvidas, ela tentou esconder o aniversariante, mas logo o que todos temiam virou realidade: Kalyan era mesmo a pessoa que aquele notável senhor estava procurando!

O senhor Govinda, acostumado a lidar com reis e pessoas de prestígio, tomou a frente da situação e reverenciou o visitante com humildade:

– É um prazer receber em minha casa todos vocês que vieram das terras sagradas!

– O prazer é nosso por estar diante de um grande Yudishi! – respondeu o sábio, abaixando os olhos em respeito ao senhor Govinda.

O diálogo entre os dois homens continuou daquela maneira respeitosa, mas, ainda assim, os convidados ficaram em silêncio devido à tensão opressiva que reinava por toda parte.

– Todos nós vimos e constatamos agora que o menino passou nos testes e reconheceu prontamente os objetos pertencentes ao Venerável Serkong Trin, mestre das águas e dos peixes, que há séculos construiu o Templo do Sol!

– Sim. Ao que tudo indica, meu neto reconheceu esses pertences...

– Isso quer dizer, grande sábio de Metha, que seu neto é o *tulku* do nosso mestre! Sabemos que os *tulkus* são grandes iluminados que decidiram reencarnar para ajudar os outros neste mundo aflitivo. Portanto, ele deverá nos acompanhar até o Templo do Sol, seu lugar de dever e de direito, onde receberá uma instrução árida, severa e digna de um *tulku*.

A senhora Helena, então, puxou o menino para si. O gestou chamou a atenção do iminente senhor que a olhou com austeridade:

– Devo advertir a todos vocês que demonstram apego excessivo a este menino que ninguém tem o poder de retirar um iluminado de nós! Nossos lendários guardiões, seres fronteiriços que travam batalhas heroicas em várias dimensões, assumem para si a guarda do Templo. Como nascem da força intrépida dos nossos próprios sábios e monges, eles estarão por toda parte defendendo as sagradas tradições!

Depois daquelas palavras, o senhor Govinda tentou intervir, propondo aos senhores do Templo que ele mesmo assumiria a educação e o treinamento de Kalyan.

– Terei esta nobre incumbência! Prometo ajudar meu neto a desenvolver as grandes qualidades Yudishis para que elas se somem aos méritos do

Venerável Serkong Trin. É verdade que Kalyan já nasceu prodigioso e que suas ações, suas palavras e até mesmo seu recato nos enchem de admiração. Mas também é verdade que ele aprimorou essas qualidades aqui em minha casa e tem sido assim até a data de hoje, dia de seu sétimo aniversário!

– Para que um sábio atinja pleno desenvolvimento, senhor Govinda, ele não precisa de dinheiro, de festas de aniversário e muito menos de senhoras ocidentais devotadas! – disse o visitante, olhando para a senhora Helena.

Em seguida, o homem trocou algumas palavras com os membros da sua comitiva e logo depois declarou:

– Oh, Grande senhor Govinda! Renomado homem de Metha e último herdeiro das tradições do clã das espadas lendárias! Em nosso país, assim como no Tibete, existe um ditado que diz: "O ouro e os *tulkus* devem ser maleados".

Naquele momento, a senhora Helena se desesperou e começou a chorar. Abraçando Kalyan com toda força, ela procurou amparo nos braços do marido, mas o senhor Govinda parecia o tronco de uma árvore seca que não podia acolher ninguém. Ele sabia o que as palavras do nobre queriam dizer, antes mesmo que ele chegasse ao final da sentença:

– O trabalho mais duro e a disciplina mais rígida são para os fortes... Isso significa que seu neto sofrerá mais, estudará mais, servirá mais, tudo para merecer a grande honra de orientar as pessoas. Se o sino do mosteiro tocar às quatro horas da manhã, Kalyan estará de pé às três; se um monge ficar doente, ele cuidará de suas feridas; se alguém estiver cansado, ele tomará o seu lugar. E isso tudo não vai esperar que se torne um adulto.

O senhor Govinda desmoronou. Com a cabeça baixa, postura insólita para um Yudishi, ele sentiu a alma afundando em um purgatório escuro e profético, no qual os olhos da senhora Helena escorregavam para outra parte, para outro mundo, para uma vida longe de seu marido.

Com a mesma força trágica, lembrou-se dos semblantes de sua nora e de seu filho, ambos mortos pela febre dos estrangeiros e ficou envergonhado por ter feito a eles a promessa de que protegeria Kalyan para sempre. O senhor Govinda entendeu que sua sabedoria, sua veneração aos antepassados, seus poderes místicos e sua fortuna jamais poderiam salvá-lo do que estava por vir.

E entre gritos de apoio de um lado e manifestações de revolta de outro, Kalyan foi tirado de sua família naquele exato momento sem que ninguém ousasse enfrentar a decisão dos nobres. De início, Jin não entendeu o que estava acontecendo e até achou bonito que tantos senhores importantes estivessem na festa. Apenas quando seu amiguinho cruzou os portões da mansão é que ela percebeu a dimensão daquele adeus e começou a gritar:

– Kalyan!

Sem que ninguém esperasse, Shaya aproximou-se da filha e desferiu em seu rosto um bofetão:

– Quem você pensa que é para me envergonhar na frente de pessoas tão importantes? Você está muito mimada e, por isso, de hoje em diante, voltará a morar comigo para ser corrigida como merece!

***

Os dias foram passando e um enorme vazio se instalou na mansão.

De repente, a felicidade da senhora Helena acabou! Em uma única tarde, ela havia perdido Kalyan e Jin, as duas crianças que tanto amava.

Após uma semana, a bondosa senhora implorou a Shaya que deixasse a garotinha passar as tardes em sua companhia. Depois de um suspense teatral, Shaya e o marido concordaram com o pedido, mas com a condição de que o casal Govinda assumisse as despesas da família.

– Essa menina dá muitos gastos para nós! – queixou-se o padrasto.

Firmados os devidos acertos, Jin e a senhora Helena começaram a se encontrar todos os dias. Quando a criança demorava a chegar, a madrinha corria até a escola para trazê-la pessoalmente até a mansão.

Diante da terrível perda que sofreram, as duas se uniram ainda mais e choravam abraçadas a falta de Kalyan. A esposa do senhor Govinda mimava a pequena de todas as formas, comprando-lhe presentes, mantendo-a no colo e ensinando-lhe a língua portuguesa. Por isso, Jin passou a chamar sua protetora de "madrinha" e era muito comum naquela época vê-las passeando de mãos dadas pelos jardins ensolarados.

Durante muito tempo, todos naquela casa acreditaram que os sábios do Templo tinham se enganado e que logo Kalyan seria mandado de volta para casa. Entretanto, o verão tornou-se inverno e logo todos compreenderam que as terras sagradas de Serkong Trin e seus misteriosos desígnios eram mais fortes do que qualquer esperança.

O sofrimento causado pela separação de Kalyan fez com que a senhora Helena ficasse temerosa e taciturna. Ela criticava a postura reticente do marido e dizia a todo instante que ele deveria ir até o mosteiro para resgatar o neto daquela selvagem tradição. Embora soubesse que sua mulher agia e pensava com o coração, o senhor Govinda se via impelido a aceitar os caminhos traçados pelos veneráveis senhores do Templo, pois eles esbarravam e se envolviam de alguma forma em sua herança de guerreiro, de yogue, espadachim e místico. Em outras palavras, em suas veias corriam a nobreza Yudishi e o acato incondicional às tramas do acaso. Aquilo tudo era mais forte do que sua tristeza!

E quanto mais o senhor Govinda tentava explicar seus sentimentos para a esposa, justamente porque as palavras não lhes faziam jus, mais notava que ela era incapaz de compreendê-los

Em uma repetição dos erros cometidos no passado, o senhor Govinda foi embora de casa. Para suprir a falta de Kalyan e para não ficar disponível aos confrontos da senhora Helena, o sábio viajou para os lugares mais inóspitos do planeta à procura de paz.

A senhora Helena, em certa ocasião, aproveitou a ausência do marido para tentar resolver o problema. No entanto, mesmo oferecendo dinheiro e recompensas para que alguém buscasse Kalyan no mosteiro, a desolada senhora não conseguiu encontrar quem ousasse desobedecer àquelas crenças antiquíssimas.

Diante de tantos obstáculos, ela mesma decidiu visitar os sábios para convencê-los de que Kalyan era só uma criança que precisava crescer junto à sua família, contudo, depois de uma viagem exaustiva e perigosíssima para uma mulher desacompanhada, os guardiões impediram sua entrada no Templo do Sol. A senhora Helena teve de voltar para Metha e ficou tão entristecida que chegou a adoecer. Outras tentativas também falharam, mas a corajosa senhora estava disposta a buscar o menino que, segundo sua interpretação ocidental, fora roubado pelos monges.

Mesmo com a determinação de jamais desistir de Kalyan, a esposa do senhor Govinda foi obrigada a desistir da luta, pois, durante suas ausências, Jin passou a sofrer maus-tratos ainda maiores em casa.

O senhor Govinda, por sua vez, intuía que algo errado estava se passando com sua protegida e resolveu voltar para Metha. Apesar da saudade e do reencontro apaixonado entre ele e a esposa, o nobre senhor não dormia mais em sua mansão, preferindo a solidão da pequena casa na colina, uma propriedade herdada de seus pais.

Como era de se esperar, o distanciamento do casal aumentou e tudo dava a entender que o casamento chegaria ao fim. Entretanto, em uma determinada tarde em que o marido estava em sua presença, a senhora Helena fez a ele uma grande revelação: mesmo em uma fase tão difícil para eles como aquela, a vida resolveu surpreender a todos e a bela senhora estava à espera de um bebê!

O senhor Govinda ficou tão emocionado que se ajoelhou diante da mulher. Ele foi invadido por uma felicidade sem igual e um intenso orgulho, afinal de contas, sendo um homem com mais de sessenta anos, não acreditava que ainda fosse capaz de ter filhos. Vendo sua esposa indefesa e infeliz em um momento em que ela deveria se sentir mais radiante do que nunca, um remorso enorme tomou conta do seu coração e ele prometeu que jamais abandonaria sua família novamente.

Então, a senhora Helena confessou que tinha algo ainda mais importante para dizer.

O senhor Govinda achou que ela pediria desculpas por ter viajado sozinha ao Templo do Sol, situação que seus empregados já tinham lhe contado no momento de sua chegada. Todavia, não era sobre aquele assunto que sua esposa se sentia aflita. Sua revelação dizia respeito ao futuro e não ao passado.

Era uma promessa em relação ao rumo de suas vidas. No exato instante em que descobriu a gravidez, ela fez um decisivo pacto com o destino: se a criança que estava em seu ventre fosse uma menina, a senhora Helena ficaria em Metha para sempre vivendo ao lado do marido, porém, nascendo um menino, ela partiria imediatamente com o bebê e com Jin para o Ocidente, onde jamais correria o risco de se separar do filho como havia acontecido com Kalyan.

Aquelas palavras insólitas deixaram o senhor Govinda paralisado. Ele, que sempre foi um sábio, um astuto conhecedor e competidor vitorioso das artes milenares, começou a ter medo de perder de novo os seus tesouros mais sagrados.

Quando finalmente os gêmeos Paulo e Guilherme vieram ao mundo com beleza e saúde, a determinada senhora manteve a palavra e foi embora. No dia anterior à viagem, foi buscar Jin na casa dos pais, pois tudo estava programado para que partissem juntas. No entanto, no último instante, Shaya resolveu que não abdicaria de sua filha, ainda que os Govinda lhe dessem mais dinheiro.

Antes de embarcar no trem rumo à capital, primeira etapa de uma longa jornada até o Brasil, a senhora Helena ainda implorou ao marido que deixasse Metha para trás, mas o senhor Govinda sabia que Kalyan tão tinha mais ninguém no mundo. Ainda que o menino vivesse preso em um mosteiro isolado e distante, a simples ideia de abandoná-lo naquelas terras era algo que o nobre senhor não conseguia suportar.

Naquele momento do relato, percebi que minhas mãos estavam frias e suadas. Mesmo assim, procurei amparar meu amigo para abrandar sua emoção. Ele, que era sempre tão altivo e corajoso, afundou o rosto no próprio peito e ficou tão envelhecido e frágil que me cortou o coração!

Ainda tentei dizer alguma coisa, mas desisti porque o instante exigia silêncio, respeito e introspecção.

Depois de poucos minutos, porém, o senhor Govinda levantou a cabeça e fez de novo aquilo que sabia fazer como ninguém: renasceu das sombras e sorriu para mim com confiança!

– Tome seu chá, querida Aishi Dora!

Assim, ficamos de braços dados enquanto o vento fazia livremente o que queria com as folhas soltas do jardim.

***

O chá estava ótimo e o senhor Govinda quis saber se eu me sentia cansada. Apesar de não ter dormido bem há várias noites, meus sentidos, minha cabeça e até mesmo minhas vísceras estavam ligadas na tomada, ainda que não houvesse energia elétrica na cidade.

No entanto, o bom amigo insistiu que eu fosse me deitar um pouco, pois

Kalyan havia programado um passeio comigo mais tarde. O jovem contou ao avô que queria me levar para conhecer um dos seus lugares favoritos na cidade, no qual passou bons momentos da infância e para onde se refugiava por algumas horas quando suas visitas à Metha chegavam ao fim.

Apesar de ter vivido em Serkong Trin até a vida adulta, Kalyan teve algumas oportunidades para rever o avô, sendo a primeira delas logo após a senhora Helena ter partido. Aquelas raras ocasiões tinham um preço alto para todos, com o senhor Govinda sempre cabisbaixo na hora do adeus e Jin, obviamente, chorando na plataforma da estação. Por isso, Kalyan preferia passar algum tempo na casinha da colina, refazendo seu espírito antes de voltar para o Templo do Sol. Como a casa era muito próxima à estação ferroviária, o jovem mestre só saía de lá quando o barulho do trem surgia no meio do vale.

Naquela nova oportunidade de reencontro com o avô, estando Kalyan com vinte e poucos anos e desejando não voltar mais para Serkong Trin, a situação era totalmente diferente. Não havia pressa para partir, nem ansiedade para ficar. Um novo tempo e uma nova fase anunciavam boas-novas para todos!

Após tantas emoções trazidas pelas lembranças do passado, o senhor Govinda tinha motivos de sobra para ficar exultante.

– Quero muito que a senhora conheça a casa da colina. Quem sabe, um dia, vocês poderão ficar com ela.

***

De repente, uma visita surpreendeu a todos e bastou que os empregados anunciassem quem tinha acabado de chegar para que eu intuísse que alguma coisa importante havia acontecido!

Kalyan, que tinha acabado de se levantar, foi o primeiro a sair da casa e a acudir o pobre homem que falava sem parar. Logo em seguida, o senhor Govinda correu na mesma direção e Jin, como uma menina assustada, aproximou-se e pegou em minha mão.

Apenas o senhor Sungso, o doce velhinho que tinha me hospedado na floresta de Serkong Trin, estava com o semblante mais desorientado do que os nossos. Sua aparência demonstrava que tinha passado por grandes sofrimentos, com o rosto abatido, as roupas rasgadas e os pés cheios de feridas. A fala do pobre senhor não conseguia acompanhar a urgência dos pensamentos e ele quase desmaiou.

Quando conseguiu nos contar o que havia acontecido, a reação de todos me deixou ainda mais exasperada.

Enquanto Kalyan assumiu uma expressão de forte pesar, o senhor Govinda pareceu imerso em um pesadelo antigo e sem volta. Jin, por sua vez, colocou as mãos na boca com um ar de incredulidade e sua mente, um tanto quanto confusa, procurou respostas em todo lugar.

– Por favor, o que está acontecendo? – perguntei para o senhor Govinda.

Sem que eu esperasse, o senhor Sungso veio rápido em minha direção e me abraçou em completo desalento. Tirou uma foto do bolso para colocá-la em minhas mãos, mas guardou-a logo em seguida já que não era capaz de se separar daquela imagem.

Mais do que presentes ou fotografias, eu precisava saber sobre o que o senhor Sungso falava e porque havia feito uma viagem tão difícil até Metha! O senhor Govinda, intérprete confiável, estava tão abatido que resolveu se retirar.

Como última opção, voltei-me para Jin, mas ela fechou os punhos e se omitiu. Enquanto seus olhos, duas cúpulas cheias d'água, acompanhavam os movimentos de Kalyan rumo à saída da mansão, ela só teve tempo de se virar do avesso e gritar, em uma versão mais moderna do próprio drama:

– Maldito Templo! Maldito lugar!

***

Ele ultrapassou os portões, ganhou rapidamente as ruas de Metha e sumiu nas distâncias inseguras do futuro. Meu coração, alterado e vacilante, pulou como uma bomba-relógio prestes a contar os últimos segundos antes da explosão. Embora a conclusão fosse óbvia até mesmo para uma criança, eu estava tão amedrontada que não sabia de fato para onde Kalyan tinha ido com tanta urgência.

Minhas mãos, grudadas naquele portão como se fossem suas dobradiças, impediam meus movimentos e eu não conseguia sair do lugar.

Com a presteza de sempre, a criada de aspecto fleumático que constantemente tinha um olhar vigilante sobre mim aproximou-se em meu socorro. Com cautela e até com um pouco de piedade, ela me conduziu até a sala, onde o senhor Govinda balançava a cabeça de um lado para o outro, inconformado com o que tinha visto e ouvido.

– Ele nem quis que meus homens o acompanhassem!

Enquanto o sábio tentava encontrar as melhores palavras para me explicar o que havia se passado com o senhor Sungso, Jin recolheu o choro e concentrou-se em sua xícara de chá, algo que se parecia exatamente com ela naquele momento: fria e esquecida pela metade.

Quando perguntei a ela se queria trocar sua bebida por outra mais quente, a moça me ignorou e continuou em silêncio.

Sem nada mais para fazer naquela sala, decidi procurar pelo senhor Sungso para saber se ele estava bem ou se precisava de alguma coisa. Logo que alcancei a passagem que levava aos quartos, vi uma porta aberta pela qual uma luz fraca escapava para o corredor. Ao me aproximar com o máximo de cuidado para não fazer barulho, encontrei o velhinho encolhido em uma cama como se fosse um feto na barriga da mãe. Sem dizer nada, resolvi me afastar para não incomodar seu sono, mas o senhor Govinda apareceu e quase soltei um grito!

– Desculpe. A senhora deve estar muito aflita para saber o que aconteceu!

Como o senhor Sungso continuava sem se mexer e parecia dormir, fiquei mais tranquila para ir embora.

Ali mesmo, as palavras do senhor Govinda me atingiram sem demora e me remeteram imediatamente para um antigo sonho que tive nas primeiras noites que passei no mosteiro. Naquele sonho, Kalyan fazia referências à inevitável ação do tempo sobre tudo e sobre todos. Lembrei-me também de que o mesmo sonho continha elementos de reconstrução, superação e fé, mas, naquela altura, o medo era maior do que a confiança!

Por isso, tive de procurar um lugar para me sentar quando soube que aquele pesadelo tinha se transformado em realidade e que Serkong Trin estava em perigo!

O senhor Sungso havia contado que o Templo do Sol foi desrespeitado, saqueado, roubado. Levaram até mesmo a coroa e o trono do grande mestre! Bastou Kalyan sair do mosteiro para que um grupo de forasteiros se aproximasse sorrateiramente. Os bandidos não abalaram apenas a sensação de segurança que habitava naqueles seculares corredores, mas, também, a ordem plena em que vivia toda a floresta.

O senhor Sungso, ao saber que os guardiões do Templo não conseguiram evitar a invasão, arriscou a própria vida em uma viagem dificílima até Metha em busca da única pessoa que poderia salvar aquelas terras. Ele conhecia Kalyan muito bem e deduziu que a casa do avô seria o único lugar onde o jovem mestre poderia estar.

No exato instante em que os lábios do senhor Govinda se calaram, percebi que as informações chegavam só até aquele ponto e nada mais. Muitas dúvidas ficaram sem respostas e não poderíamos fazer nada a respeito.

Fechei os olhos e chamei por um nome, um nome que me fazia sentido e que representava minha maior preocupação naquele instante. Um nome adorado, um nome que eu amava:

– Ismênia! – falei baixinho, enquanto cobria as lágrimas com as mãos.

***

Ficamos abandonados naquela casa enorme sem receber notícias de Serkong Trin durante muito tempo, o que nos causou tristezas e ansiedades.

Dias depois da fatídica manhã em que Kalyan teve de ir embora para salvar a floresta e o Templo, o senhor Govinda mandou um empregado de sua confiança em seu encalço, mas ele voltou no mesmo dia, todo descabelado e sujo, dizendo que tinha medo de prosseguir viagem e que nem sabia explicar o motivo.

– Se Kalyan decidiu ter a vida de um homem comum, assim deve ser! – insistiu o senhor Govinda, não só porque queria o neto de volta, mas também porque a sombra inquietante da senhora Helena travava batalhas imensas em sua consciência.

Então, para evitar novas confusões causadas por amadores, o nobre senhor resolveu contratar os serviços de um mensageiro muito qualificado na cidade, conhecido por seu empenho e por seus resultados eficientes.

Apesar das esperanças renovadas e da grande expectativa pela chegada de notícias ou pelo retorno de Kalyan à mansão, aquele mensageiro experiente partiu e nunca mais voltou.

Talvez vocês possam se surpreender, mas Serkong Trin e Metha, lugares próximos um do outro, ficaram incomunicáveis. O início da época das chuvas e uma série de incidentes tornaram os dois pontos tão distantes quanto a Terra da Lua.

Além dos nossos dois cavaleiros do Armagedon, o primeiro que voltou antes de ter partido e o segundo que desapareceu como fumaça, foram necessários mais dois mensageiros, um detetive, quatro tentativas de viagem feitas por Tao Wong, uma ferrovia com avarias e duas enchentes para que finalmente o senhor Govinda e todos nós percebêssemos que nossas armas e soldados não estavam à altura da batalha!

Apenas tempos mais tarde, um grande ato de bravura cometido pelo mais improvável dos heróis conseguiria vencer os desafios. Até que aqueles fatos acontecessem, minha vida em Metha teve de prosseguir.

***

No momento em que finalmente compreendemos que o mensageiro número dois não voltaria nunca mais, Jin disse alguma coisa mal-educada para mim e foi embora revoltada. Minhas tentativas de proximidade com ela sempre esbarraram em sua agressividade pouco disfarçada e, embora eu soubesse perfeitamente o porquê, nunca tive coragem para lhe dizer que aquilo tudo não era necessário, afinal de contas, o homem da vida dela era muito mais dela do que meu.

Como não achava educado tocar naqueles assuntos íntimos com o senhor Govinda, pelo menos tive a ideia de perguntar a ele o motivo pelo qual Jin odiava tanto o Templo do Sol. Após o jantar, meu querido anfitrião sentou-se ao meu lado e se dispôs a contar um pouco mais sobre a trajetória da família Govinda.

Na última vez em que falamos sobre o assunto, o sábio Yudishi tinha se emocionado demais. Por isso, fiquei preocupada em prosseguir com aquela conversa, mas ele insistiu em continuar o relato exatamente na parte em que a senhora Helena e os gêmeos tinham partido para o Brasil.

Com aquela nova separação, Jin ficou arrasada e teve de aprender sozinha a se proteger das iras de Shaya. No mesmo ano, quando Kalyan foi autorizado a visitar o avô, a garota voltou a sorrir e passou a acreditar que sua sorte seria diferente, porém, quando percebeu que aquela situação não duraria mais do que um dia, ela amaldiçoou Serkong Trin e o Templo do Sol.

Em seu coração angustiado, Jin acolheu todas aquelas derrotas sem que pudesse dar sentido a nenhuma delas. Em primeiro lugar, assistiu a Kalyan sendo arrastado pelas mãos de um destino inegociável. Tempos depois, viu sua querida madrinha partir para um mundo distante. E, antes mesmo daquelas duas agruras, Jin já tinha experimentado uma desgraça maior, pela qual se desestruturou cedo demais: a perda do carinho de sua própria mãe.

Os anos foram passando com rapidez e nem mesmo as descobertas da adolescência ou os encantos da juventude pouparam Jin daqueles longos caminhos de espera e, por conseguinte, de solidão.

Assim como da primeira vez, a moça sofreu horrores com as posteriores visitas do jovem mestre à mansão, pois todas culminaram em esperanças desfeitas e em derradeiros prantos na estação ferroviária de Metha. Embora soubesse que Kalyan a amava apenas como uma irmã e nada mais, a angustiada Jin sentia-se impelida a acreditar que eles ficariam juntos e que iriam se casar um dia. Por isso, após as dramáticas partidas do mestre, uma sensação delirante de que era viúva assolava seu espírito sem a menor piedade.

Recentemente, quando soube que Kalyan tinha recebido o título máximo de Joia Rara de Serkong Trin, a moça foi parar na beira de uma ponte e só não pulou porque a imagem do senhor Govinda entristecido pela perda da senhora Helena irrompeu suas lembranças com toda compaixão!

Naquele momento de desespero, maior do que qualquer outro que havia experimentado em sua triste vida, Jin foi tocada por uma rara percepção e ela acabou pensando mais nos outros do que em si mesma. Sendo assim, não queria causar mais agonias ao seu protetor.

Reconhecendo no senhor Govinda uma força sem igual, a jovem enxugou o rosto e resolveu voltar para casa. Afinal de contas, ela e o nobre senhor viviam dramas absolutamente parecidos e estavam fadados a conviver com a dor de um amor distante.

***

Para suportar aqueles dias difíceis, passei longas horas tentando decifrar a antiga máquina de costuras da senhora Núbia. Depois de muita teimosia, consegui ressuscitar a antiguidade. Quando as engrenagens foram lubrificadas gentilmente pelo senhor Sungso, passaram a funcionar muito bem.

A partir de então, comecei a usar vertiginosamente aquela máquina até que meus pés ficassem dormentes sob o pedal. Dentro de umas caixas de madeira empoeiradas, encontrei linhas, agulhas e tesouras, de modo que não tive dificuldades para trabalhar. Até um manequim de plástico assustador renasceu dos escombros de um armário e segui em frente com meus feitos mirabolantes.

Eu não era muito exigente e costurava com todo e qualquer pano que encontrava pela frente, mesmo que não fosse adequado ou bonito. Lençóis rasgados, toalhas aposentadas e até retalhos acabrunhados ganhavam novas formas e destinos em minhas mãos.

Como as palavras destas memórias, aqueles tecidos abandonados tinham vontade própria e escolhiam as roupas em que queriam se transformar. Aquelas peças, por sua vez, não nasciam da razão, mas de uma espontaneidade autônoma que as faziam existir antes mesmo de serem finalizadas e penduradas nos cabides.

Pelos céus, eu era uma artista, e todo artista deve cumprir o seu dever, custe o que custar! Mergulhar em águas tão rasas para discorrer sobre um assunto sublime como a arte chega a ser um sacrilégio, mas, mesmo assim, tenho de reconhecer que alcancei certo sucesso com o nascimento das minhas "obras"!

Até que chegasse àquele ponto, muitos resultados infelizes encontraram seu destino final no lixo e só não desisti de tudo porque não conseguia parar no meio do caminho. As maiores frustrações ficaram por conta das irrisórias tentativas de reproduzir as roupas excepcionais que Kalyan usava em Serkong Trin e, após muitas dores nas articulações, desisti da ousadia. Pelo menos, consegui fazer para ele o tal macacão vietnamita, projeto modesto, porém ao alcance do meu talento.

Para Nigma, o destemido, compus um visual dramático com peças reforçadas que poderiam resistir às guerras e às suas frequentes cavalgadas noturnas. Para minha enigmática amiga da praia, inventei uma saia longa com tiras largas que poderiam ser destacadas com facilidade, caso ela quisesse fazer aquelas suas tradicionais bandeirinhas. Até arrisquei escrever algumas frases de efeito nas faixas excedentes, mas eu não era tão boa em máximas como a bela Anitya.

A Pequena Deusa, claro, era minha maior inspiração e para ela costurei vestidos bonitos e emocionantes! Por fim, fiz várias peças para Álvaro, Yangsi e Shafarti, de modo que suas lembranças trouxeram alívio para minhas tristezas.

O tempo foi passando e muitas calças, blusas e túnicas foram confeccionadas por mim com rapidez inacreditável e, por que não dizer, beirando ao atordoamento. Apenas meu amado anfitrião não se assustava ao ver minha porta sempre fechada.

– Vamos ver os propósitos da senhora Aishi Dora! – ponderava o sábio, enquanto Jin, moça pragmática, espalhava pela cidade que eu tinha perdido o juízo.

Claro que eu não tinha propósito algum além de desenhar esboços, cortar moldes, juntar as partes soltas e depois transformar tudo em peças utilizadas por ilustres ninguéns!

Depois de tanta catarse, em que costurei para os mortos e para os ausentes, resolvi fazer alguma coisa para os vivos e a receptividade que minhas coleções conseguiram foi interessante. Lembro-me de ter elaborado uma série de roupas com umas cortinas fluorescentes desprezadas no porão da casa e os empregados foram os primeiros a adotar o despautério com a maior disposição.

Em seguida, foi a vez do senhor Govinda se entusiasmar com a ideia. Sem que eu soubesse de nada, ele mandou que reformassem um cômodo mais adequado para mim e pediu ao senhor Sungso que construísse uma bancada de madeira onde eu pudesse cortar os tecidos com facilidade. Assim que as velhas cortinas terminaram, o bom anfitrião ainda comprou vários tecidos em cores cítricas, verdadeira moda que pegou em Metha.

– Todo mundo quer vestir as peças luminosas da senhora Aishi Dora! – dizia ele com orgulho.

Além de tudo aquilo, o querido amigo providenciou agulhas, linhas, manequins de plástico vindos da capital e muitos artigos luxuosos provenientes da Índia. Cada vez que o trem de carga chegava à Metha, eu ficava na estação à espera dos meus presentinhos mágicos!

Ao ver tantas caixas pesadas e rolos enormes de tecidos abarrotando a sala de espera, o senhor Govinda ria e brincava:

– Vamos evitar com tudo isso que a senhora consuma as cortinas em uso!

Depois daquele primeiro período, meu trabalho e minha mente entraram em outra fase e decidi partir para desafios maiores.

Flertando com a sorte e quase sem garantia de sucesso, desenhei e pus em prática um guarda-roupa completo para Jin, já que eu não gostava da maneira sóbria como ela se vestia, sempre pronta para um velório.

Claro que era daquela forma que sua vida se comportava: como um inescapável velório, onde as esperanças ressuscitavam e morriam constantemente. Talvez por isso, ou pelo fato de que éramos iguais em tantas coisas, resolvi modificar a maneira com que Jin se apresentava ao mundo para que, afinal, ela pudesse mandar tudo e todos às favas como bem merecia! Como o senhor Govinda sempre nos dizia, nada é mais justo do que uma revanche em grande estilo.

Apesar de não precisar da ajuda de ninguém para colocar minhas imagens oníricas em prática, era terrível voar o tempo todo sem instrumentos, sem copiloto e sem coordenadas da torre.

– Oras, Jin! Ajudaria muito se você me deixasse tomar suas medidas!

De início, a protegida do senhor Govinda mostrou-se arredia e fez pouco-caso da situação. Depois, quando apareceu em meu ateliê para as primeiras provas e ajustes, seu sorriso descortinou uma nova pessoa diante do espelho.

– Obrigada, senhora Aishi Dora!

***

Alguns meses haviam se passado desde a partida de Kalyan quando o senhor Govinda encheu-se de coragem e mandou que um terceiro mensageiro fosse para Serkong Trin.

Antes disso, Tao Wong se ofereceu para tentar buscar o jovem mestre, mas as fortes chuvas fizeram-no voltar na metade do caminho.

A falta de informações abalava a todos nós e muitos rumores fantasiosos espalhados pelo povo nos deixavam ainda mais apreensivos. Alguns diziam que Kalyan estava feliz residindo na Índia onde, seguindo os passos do avô, ganhou uma fortuna e acabou se casando com uma princesa do Butão. Outros ainda juravam que o grande mestre tinha assumido a forma de um tigre branco que pairava sobre as rochas para assustar os estrangeiros e defender a floresta!

Segundo o senhor Govinda, não era prudente que acreditássemos naqueles boatos e o único jeito de não enlouquecermos seria aguardar a volta do terceiro mensageiro.

Diante de tantas dificuldades, nós nos tornamos uma família muito unida e tentamos dar conta das tristezas por meio do trabalho. A vida teve de seguir em frente e, com isso, tínhamos a impressão de que nossos dramas logo ficariam diluídos como um saquinho de chá no oceano.

Aos poucos, Jin e eu amadurecemos a ideia de montarmos uma escola gratuita de corte e costura. Na cidade, existiam pessoas vivendo em condições precárias e aquela seria uma boa oportunidade para que garantissem seu sustento sem recorrer à piedade alheia.

Além disso, as crianças da Escola Feminina de Metha precisavam de uniformes novos e eu poderia finalmente dar um destino digno para os muitos vestidos que tinha feito para Ismênia.

Cada vez que pensava na Pequena Deusa, chegava a adoecer de tanta preocupação. Ficava imaginando se ela estava precisando de mim, se estava correndo perigo ou se havia se escondido do progresso. De qualquer forma, apenas o amor conseguia alcançar as luzes da minha fé e, assim, eu via novamente minha querida criança dourada vivendo em paz e feliz. Quem sabe, Kalyan e ela estariam brincando juntos com as carpas do lago...

Enquanto eu e Jin nos ocupávamos com o novo projeto, o senhor Govinda resgatou alguns dons do passado e começou a ensinar artes marciais para os jovens da cidade. Ao mesmo tempo, viu-se inspirado a vencer seus medos e enviou cartas para o Brasil. Daquela vez, como não esperava nenhuma resposta da senhora Helena, o nobre senhor escreveu para ela apenas pelo prazer de compartilhar suas novidades, sem expectativas em relação ao futuro.

Da mesma forma, como se a beleza tivesse a capacidade de melhorar as pessoas, Jin estava desabrochando a cada dia. Sem sombras de dúvidas, ela era minha modelo favorita e os vestuários em seu corpo tinham um caimento perfeito!

Durante aquele período angustiante, um fato inesperado aconteceu: Jin, a belíssima, e o filho de Tao Wong, Philip, ficaram apaixonados!

O rapaz era íntegro e tinha mais duas qualidades que Jin prezava acima de qualquer coisa: ele a amava e não desaparecia de repente. O sentimento mútuo evoluiu com rapidez e os dois resolveram se casar.

Quando Tao Wong voltou para Metha após uma viagem de negócios, ficou muito feliz! Imediatamente, resolveu sair em busca de Kalyan, afinal de contas, estava acostumado a ir para Serkong Trin e a última coisa que ele queria era que houvesse algum desgosto diante de tão boas notícias.

Entretanto, antes que o tailandês pegasse o trem para as terras sagradas, o último mensageiro enviado pelo senhor Govinda retornou.

***

O senhor Sungso, que já era uma pessoa de poucas palavras, tornou-se cada vez mais sério. Sua figura sem forma e sem densidade escorregava silenciosamente pelos cômodos da casa e quase ninguém ouvia sua voz. Como o bom senhor não gostou nem um pouco das roupas que eu havia feito, ele continuou se vestindo como se ainda vivesse na selva. Eram os mesmos sapatos de lona, as mesmas camisas sem botões e os mesmos fiapos de calça. Para se proteger do Sol, ele costumava usar um chapéu de gnomo que lhe causava muitas dificuldades de relacionamento. Com exceção dos que moravam na mansão, ninguém em Metha dava muita atenção àquele homem estranho.

Durante muito tempo, confesso que não percebi o quanto o idoso estava sofrendo. A preocupação com o destino de Serkong Trin e o trabalho incessante para inaugurar a escola de costura acabaram preenchendo os espaços vagos da minha mente. De uma maneira automática, passei a fazer de conta que o senhor Sungso ainda estava em sua casinha na floresta vivendo ao lado da senhora Sungso.

Porém, no dia em que o terceiro mensageiro do senhor Govinda chegou, o senhor Sungso resolveu sair do silêncio. Ficamos todos de boca aberta quando o velhinho chacoalhou o homem e o obrigou a falar conosco.

– Mas o que o senhor Sungso está fazendo, Jin? – perguntei com os olhos arregalados.

A moça deu de ombros e ninguém conseguiu explicar o que estava acontecendo. De fato, a situação era desesperadora, não só para o senhor Sungso, mas para todos nós.

Com as vestes alaranjadas e bem menos vibrantes do que as minhas invenções em moda, o novo mensageiro havia se transformado em um devoto de Krishna e se negava a conversar conosco. Ele apenas escreveu um bilhete explicando que havia feito voto de silêncio e que voltou à mansão para receber seu dinheiro e nada mais.

Sem discutir o mérito daquela situação, o senhor Govinda achou por bem fazer o pagamento, ainda que a contratação daqueles préstimos não tivesse nos ajudado.

– Ele não merece o dinheiro! – observou Tao Wong, um prático homem de negócios.

– Meu Deus! – disse eu. – O primeiro homem que o senhor Govinda contratou enlouqueceu, o segundo sumiu e o terceiro está em pleno voto de silêncio! O que será de nós?

Mesmo decepcionado, o senhor Govinda acertou sua dívida e ainda acrescentou uma quantia extra ao valor combinado porque sabia que os devotos de Krishna dispunham de poucos recursos materiais para sobreviver.

Para nossa surpresa, tão logo o mensageiro pegou o dinheiro, devolveu-o imediatamente para as mãos do senhor Govinda e escreveu um novo bilhete:

"Não preciso mais. Hare! Hare!"

– Ei! Respeite o senhor Govinda! – gritou Tao Wong.

Sem achar qualquer justificativa para a recusa do mensageiro, o senhor Sungso ficou irritado e partiu para cima do devoto.

"*Ah! A ignorância é tão atrevida!*", pensei, enquanto observava o idoso tentando agir como se fosse um gigante. Sem exagero, o estranho tinha o tamanho e a força de quatro senhores Sungsos! Entretanto, em vez de reagir às agressões, tudo que o homem fez foi segurar seus pacotinhos de incensos e cantar o mantra mais popular do mundo.

Mais uma vez, tentamos segurar o querido velhinho para que a cena não se repetisse e aquele lamentável incidente beirou ao folhetim.

Depois que o ser alaranjado foi embora sem dizer uma única sílaba a respeito do Templo do Sol, ficamos entregues de novo às imensas lacunas que nos castigavam diariamente. Frustrados e tristes, esperamos pela chegada da noite quando, então, brindaríamos o noivado dos jovens.

***

Somente depois de toda aquela confusão é que comecei a prestar mais atenção ao meu querido senhor Sungso e entrei em contato com algo que eu já sabia, mas que não queria admitir.

Na noite em que festejamos a boa notícia trazida por Philip e Jin, o senhor Sungso, um pouco mais calmo, foi convidado a jantar conosco. Desde que Kalyan havia partido, o pobre ancião resolveu dedicar-se exclusivamente às plantas do senhor Govinda, como se aqueles jardins pudessem personificar a aura mediúnica da floresta.

Graças a tanta dedicação, tudo ali se transformou em uma obra de arte!

– Gostaria que nosso casamento fosse realizado neste jardim, assim como foi o casamento do senhor Govinda e da senhora Helena! – pediu Philip.

Após um jantar simples em família, fizemos alguns planos para o futuro.

Quando o senhor Sungso segurou sua taça, percebi o quanto estava magro e abatido. O nervosismo causado pelo incidente da tarde havia abalado ainda mais sua saúde. No entanto, com uma expressão satisfeita, ele felicitou os noivos e depois segurou em minhas mãos.

Eu deveria ter pedido desculpas a ele pelo meu descuido e pelo meu distanciamento, mas tudo que fiz foi levantar o copo para mais um brinde. O senhor Sungso, então, entregou-me o mesmo retrato que estava em seu poder desde o dia em que chegara àquela casa. Nele, a jovem senhora Sungso estava solteira e vivia em uma região em que as fotografias não eram proibidas.

Aquele era um verdadeiro tesouro do qual o senhor Sungso não devia se desfazer, mas bastou que eu recusasse o presente para que ele o recolocasse em minhas mãos.

Longe de querer saber sobre os detalhes da morte dela e sem a intenção de estragar o momento de alegria dos apaixonados, prendi a emoção e vi a imagem da senhora Sungso tal como eu a tinha visto pela última vez, acenando do quintal de sua casa enquanto eu partia ao lado de Kalyan. Mais do que tristeza e mais do que saudade, senti uma imensa gratidão por tê-la conhecido.

***

Depois daquele brinde de noivado, outras três importantes datas festivas marcaram para sempre minha estadia em Metha. A primeira envolveu toda a cidade, a segunda limitou-se aos assuntos íntimos da família e a terceira teve alcance celestial.

Após muito empenho, Tao Wong, Jin e eu terminamos nossos projetos! Já que eram praticamente vizinhas, a Escola de Costura Senhora Sungso e a grande Pousada de Metha tiveram suas festas de inauguração em conjunto, com direito a banda de música, bolo gigante e discurso animado, para o qual pedimos a ajuda do senhor Govinda, nosso nobre orador. Até mesmo o boizinho do Tao Wong estava todo enfeitado para a ocasião e tive de retirar de suas orelhas aquelas fitas publicitárias que o deixavam sem dignidade.

– Nada de fitinhas, não é, amiguinho?

Naquele dia tão alegre, as crianças corriam de um lado ao outro segurando balões coloridos e aquelas cores eram totalmente incapazes de competir com as tonalidades luminosas das roupas que estavam usando. Há tempos, minhas peças extravagantes circulavam pela região e, às vezes, eu mesma me surpreendia com a vivacidade dos modelos que havia criado.

– Esta cidade parece um aquário gigante cheio de peixinhos ornamentais! – brincou Philip.

– Que nada! Existe uma ilha que pertence à Índia onde as mulheres usam lenços e saias que acendem ao Sol, tais como estas roupas feitas pela senhora Aishi Dora! – respondeu Tao Wong, um cosmopolita.

Eu estava contente! Além da sensação de conquista pessoal, havia a satisfação de ter realizado um trabalho em equipe, no qual várias pessoas competentes e amigos queridos comprometeram-se até o final. Nossa escola, um marco de cidadania, estava maravilhosa! A casa, sede própria adquirida por nosso querido senhor Govinda, não era muito grande, mas tinha instalações simpáticas e até uma lojinha na parte da frente para a venda das roupas produzidas pelos alunos. Logo na entrada, o retrato da senhora Sungso em uma moldura muito bonita saudava os recém-chegados e aquele sorriso guardado para a eternidade deixou o senhor Sungso orgulhoso.

Além de financiar a obra e as máquinas de costuras, todos os outros materiais foram gentilmente providenciados pelo senhor Govinda, nosso principal investidor! Ninguém no mundo poderia ser melhor para nos ajudar. Como a região não dispunha de energia elétrica, o sábio teve um trabalho fenomenal para garimpar o maquinário de que precisávamos entre colecionadores do mundo todo. Quando as antiguidades chegavam com avarias, o que era bem frequente, o senhor Govinda fazia questão de contratar os serviços de um amigo especializado no conserto de máquinas movidas a pedal e, devido àquele cuidado, muitas delas foram salvas do ferro-velho.

Por isso eu estava agradecida, e Jin sentia-se contente com as novas perspectivas de futuro.

Naquele dia festivo, as horas voaram como nunca!

Quando a noite chegou, outra estrela começou a brilhar: a nova pousada de Metha tinha ficado linda e sua decoração estava impecável! Tao Wong e sua equipe se esmeraram para criar um encantamento sem precedentes na região.

Depois de muita badalação, bebidas exóticas e músicas românticas, as luzes de algumas velas não resistiram aos ventos da madrugada e o que sobrou à nossa volta foi uma espécie de balada escurinha para casais, uma versão oriental daquilo que poderíamos chamar de "uma noite para namorados".

Não sei se foi a aura envolvente do lugar, a iluminação sugestiva ou a falta dela que ajudou Tao Wong a se soltar com as outras garotas. Depois de alguns beijos sem graça e de caretas que ilustravam pura desconexão, ele simplesmente as abandonou e veio falar comigo. Enquanto segurava o copo de gin com ares de quem abriria a bolsa de Nova York, Tao Wong fez um movimento estranho com a garganta para engolir a bebida e, com ela, o décimo quarto convite para que eu passasse a noite em sua suíte.

– Até amanhã, Tao Wong!

***

A outra ocasião festiva muito marcante para mim naquela cidade aconteceu pouco tempo depois. A data importante chegou em um piscar de olhos e houve muita correria para não decepcionar os personagens de honra. Assim, a união de Philip e Jin foi celebrada no jardim do senhor Govinda com poucos convidados e muita ostentação.

Como presente de casamento, fiz o vestido da noiva. Tarefa das mais complicadas, aquele compromisso representou minha consideração pela família e, principalmente, o desejo de agradar a Jin, uma moça de biografia complexa.

Mesmo com tanta satisfação, eu não podia dizer que estava à vontade com tudo aquilo. Apesar da alegria causada pela proximidade do casamento, eu receava que Jin não tivesse superado os sentimentos em relação a Kalyan e que pudesse fugir do altar a qualquer momento.

Antes que Philip surgisse, o senhor Govinda costumava dizer que Jin ainda encontraria o verdadeiro amor. Mesmo assim, como alguém poderia esquecer uma paixão tão antiga e um sentimento desabrochado na infância?

Naquele instante em que a jovem estava prestes a realizar seu sonho matrimonial, eu ficava com muito medo de que sua felicidade não tivesse bases sólidas e que pudesse desmoronar repentinamente. Semanas antes do enlace, por exemplo, Jin tinha ficado inquieta quando Tao Wong decidiu tentar mais uma vez trazer Kalyan de volta.

Assim, em uma bela manhã de domingo, Tao Wong partiu em direção às terras mágicas, mas voltou no começo da noite com a cabeça baixa e muita decepção. A ferrovia estava completamente bloqueada devido a um desmoronamento e as avarias pareciam graves.

Depois que os trilhos foram liberados e os trens de passageiros retomaram suas rotas, o tailandês resolveu seguir viagem e conseguiu, assim, chegar às proximidades do Grande Rio. Entretanto, em plena época das chuvas e de muitas enchentes, as travessias até a outra margem ficaram suspensas e nosso amigo foi obrigado a voltar para Metha o quanto antes, caso contrário, perderia o casamento do próprio filho.

Quando as quatro tentativas de Tao Wong falharam, um desânimo ainda maior tomou conta de todos e, como último recurso, o senhor Govinda contratou um detetive da capital acostumado a andar por toda a região, porém, como tão bem explicou Tao Wong, o problema daquela vez eram os rompantes da natureza, não as qualificações de um mensageiro, detetive ou de qualquer outro profissional.

Mais uma vez, tivemos de lidar com os limites das nossas ações e dos nossos parcos recursos.

A tristeza do senhor Govinda afetava a todos, mas era com Jin que eu me preocupava ainda mais. Como não tinha coragem de tocar no assunto com a jovem, quase pedi a Tao Wong que conversasse com os noivos sobre o grande passo que estavam prestes a dar, no entanto, a reação emocionada de Jin na primeira prova do seu vestido de noiva acabou com minhas dúvidas.

Os bons presságios voltaram e fiquei novamente animada para costurar. Entre as três opções que criei, a noiva escolheu a mais complicada e luxuosa. Era um vestido com bastante volume e só os detalhes de rendas e bordados poderiam demorar meses para serem realizados, caso o senhor Govinda não tivesse chamado o reforço de duas exímias costureiras da capital.

Faltava apenas uma semana para o grande dia quando constatei que os bordados com as pedrarias tinham apenas começado! Deixei o orgulho de lado e aceitei o socorro de toda e qualquer pessoa disponível e, nos últimos dias, até os alunos da nossa escola de costura precisaram ajudar.

Fora o vestido que estava ficando muito bonito, eu era um desastre. Meus limitados conhecimentos na arte da alfaiataria culminaram em monstros irrecuperáveis e, como não havia mais tempo para novas tentativas, o senhor Govinda e o senhor Sungso tiveram de se unir ao noivo para encomendar seus trajes de gala em outra cidade. Por via das dúvidas, arrisquei fazer uma camisa para Kalyan e a guardei em segredo como um amuleto de boa sorte. Se ele viesse ao casamento, teria uma roupa especial para assistir à cerimônia ao lado do avô.

Quando a célebre data chegou, tudo estava pronto e os mínimos detalhes foram cuidadosamente preparados para contemplar as expectativas dos noivos. Decoração esmerada, toalhas de seda, vasos de cristal... Aquela noite tinha de ser inesquecível!

Jin estava a mais linda das mulheres e arrancou lágrimas do noivo quando apareceu na porta do salão!

A cerimônia, por vontade de Philip, seguiu os moldes ocidentais e foi breve, íntima e refinada. Os deslizes ficaram por conta dos dois maiores amigos do noivo que vieram de Paris. Os beberrões até que tentaram disfarçar suas tendências ao exagero no início da festa, mas não tiveram o mesmo êxito no final, rindo alto, contando piadas e pedindo ao senhor Govinda que lutasse com eles usando sua lendária espada Yudishi. Fora aqueles contratempos sem importância e resolvidos com bom humor, a maior gafe foi protagonizada por Shaya, que não desperdiçou a oportunidade para desprezar a filha. Além de chegar atrasada e de usar trajes inadequados para a ocasião, não ocupou seu lugar ao lado da noiva durante o jantar e saiu antes do brinde final, sem ao menos se despedir.

Jin ficou entristecida, mas logo segurou em meu braço:

– Obrigada, senhora Aishi Dora! Vestido lindo, tudo lindo!

Outra situação pitoresca causou uma rápida confusão diante da autoridade que viera para celebrar a união dos jovens.

Tudo começou quando o antipático padrasto de Jin se recusou a permanecer ao lado dela durante os votos. Então, o senhor Govinda resolveu ajudar e ficou muito charmoso no papel de pai da noiva! O caso parecia resolvido quando o senhor Sungso, coitadinho, não entendeu nada e deduziu que deveria fazer o mesmo. Às pressas, tive de pegar em sua mão e, assim, viramos padrinhos de última hora!

– Não há nada pior do que a viuvez! – disse o senhor Govinda aos meus ouvidos.

Depois de um segundo, uma sombra angustiada passou pelos seus olhos:

– Devo me corrigir, senhora Aishi Dora! Existe algo muitíssimo pior do que a viuvez...

Então, logo percebi que ele estava sentindo falta da senhora Helena.

– Se a sua esposa visse o senhor hoje assim tão lindo, nunca mais sairia da cidade! – disse eu, tentando fazer com que ele sorrisse novamente.

E não era apenas meu querido anfitrião que estava bonito naquela noite. Graças à ajuda de Jin, consegui arrumar as unhas e tingir os cabelos com um emplasto a base de um pó semelhante à hena que muito me agradou!

Modéstia a parte, minha aparência tinha melhorado bastante e, por Deus, cheguei a pensar que Jin jogou de propósito aquele buquê em meu colo, só para criar um ambiente favorável para seu sogro. Era espantosa a maneira como ela tinha absorvido tão rapidamente as novas tradições!

Apesar do clima descontraído e de todas as brincadeiras entre nós, sensações ambivalentes começaram a impregnar o ar como as fumaças dos cigarros que os amigos de Philip ostentavam como troféus.

Ninguém foi capaz de fazer qualquer comentário, mas todos sentiram a falta de Kalyan durante o casamento e se perguntaram silenciosamente onde e como ele estaria.

Outra dúvida que importunava as mentes mais inquietas dizia respeito ao meu papel dentro daquela casa. Quem era eu? Por que tinha ficado no Templo do Sol? Por que o jovem mestre largou Serkong Trin e foi embora em minha companhia?

Ao notarem que aquelas perguntas secretas se estatelaram no vazio, os convidados preferiram se distrair com outra coisa e elegeram o buquê de Jin em minhas mãos como novo alvo das atenções. Não só os amigos de Philip, mas também todos os outros sabiam muito bem o significado daquela convenção no Ocidente.

– Em breve teremos outra noiva! Viva!

Depois que os vivas e os aplausos foram desvitalizados pela minha reação, resolvi me retirar para uma sala mais reservada e Tao Wong me acompanhou com suas trêmulas taças de champanhe.

– Viva o pai do noivo! – disse eu, em um movimento brincalhão para que as bordas tilintassem suavemente.

Sem motivo aparente, Tao Wong ficou tão comovido que comecei a duvidar que estivesse sóbrio. No entanto, eu sabia muito bem que ele não tinha bebido nada durante a festa e confesso que fiquei impressionada com suas palavras.

Eu nunca tinha imaginado a extensão dos seus sentimentos. Se meu coração não estivesse ocupado e se eu fosse uma pessoa mais inteligente, daria uma chance a ele. E não pensem que o tailandês era de se jogar fora. Pelo contrário! Seu senso de humor, boa aparência e êxito nos negócios transformavam-no em um partido interessantíssimo e muitas mulheres estavam assediando-o em Metha!

Portanto, quando ele propôs que morássemos juntos em sua bela pousada, encolhi o espírito, enfiei o rosto no tapete da sala e fiquei pensando no que tinha acabado de ouvir até que tudo à minha volta ficasse tão distante quanto as reminiscências do passado...

E como se já soubesse a minha resposta, Tao Wong deixou o orgulho de lado e disse que faria qualquer coisa, qualquer coisa mesmo, para que ficássemos juntos, e que venderia aquela droga de pousada para vivermos no Brasil ou em qualquer outro lugar da galáxia!

Sem qualquer disfarce, pedi alguns dias para pensar, mas, antes que ele dançasse com a noiva e antes que dissesse mais alguma coisa, tive de falar a verdade...

As horas avançaram depressa. Dentro de mim havia uma tristeza muito grande por ter magoado um bom amigo. Do lado de fora do meu peito, os fatos seguiam seu curso e os sorrisos das pessoas diziam que a vida era mais forte do que qualquer perda, do que qualquer desencanto.

Assim, os últimos brindes foram oferecidos aos noivos e todos os abraços do mundo chegaram até eles com os mais sinceros votos de felicidade.

Enquanto percebia os olhos de Tao Wong despencando dentro da sua taça espumante, tive a sensação de que Kalyan abriria a porta naquele exato momento...

***

O ciclo das três festas que marcaram decisivamente minha existência estava chegando ao fim. Assim, as comemorações que envolveram toda a cidade foram as inaugurações da escola e da pousada, a festa íntima da família foi o casamento dos jovens e, por último, o grande evento que envolveu os céus de Metha, o Eclipse solar, aconteceu no final daquele verão.

O fenômeno incrível ocorreu muitos meses após as bodas de Jin e Philip e a ocasião implicou mudanças na cidade e, obviamente, na natureza. Embora tivessem um caráter provisório para as duas dimensões que citei, aquelas mudanças estabeleceram-se em minha vida como um marco extremamente importante e nunca mais fui a mesma depois de tudo aquilo.

Desde minha primeira e única conversa com a dona Vanessa há quase dois longínquos anos, tinha me impressionado com a notícia de que um grande Eclipse solar estava previsto para aquela data. Metha e toda a região seriam os lugares mais privilegiados do planeta para se prestigiar algo daquela magnitude. O céu límpido, as condições geográficas favoráveis e toda a cultura do país prometiam um espetáculo além das expectativas!

E entre o casamento de Jin e o Eclipse, alguns fatos evoluíram de maneira inesperada e a casa do senhor Govinda, aparentemente de volta à tranquilidade, foi palco para muitas emoções.

Longe da correria que antecedeu o enlace dos apaixonados e com a Escola de Costura Senhora Sungso caminhando praticamente com as próprias pernas, meus dias assumiram um ritmo mais vagaroso. Os aromas de canela e de hortelã que perfumavam aquele mundo deixavam todo o meu ser inebriado e confiante.

No entanto, sem que eu pudesse explicar a razão, alguma coisa estava acontecendo dentro de mim e minha existência tomaria novos rumos. Enquanto meus olhos permaneciam fechados para aqueles caminhos, continuava minha doce estadia na terra natal de Kalyan, amortecendo sempre que possível os pensamentos sobre o futuro.

Com Jin e Philip viajando pela Europa, o senhor Govinda tornou-se mais próximo do senhor Sungso e os dois passavam horas discorrendo sobre as qualidades problemáticas das plantas exóticas. Ali, por outro lado, o verde

não encontrava nenhuma dificuldade para proliferar e o jardim estendeu seus limites para outros hectares da mansão com a maior facilidade. Salvo o pomar e uma prodigiosa plantação de raízes medicinais, tudo estava se transformando no jardim do senhor Sungso.

Naquela época, Tao Wong e eu nos tornamos mais amigos. De um jeito inexplicável, nossa desastrosa conversa no casamento dos jovens deixou-nos incontrolavelmente unidos. A sinceridade entre nós era um ponto forte e, com exceção dos meus sentimentos amorosos por outra pessoa, não houve nada a meu respeito que Tao Wong não entendesse e apoiasse. Quanto à sua vida, eu pouco soube dado ao fato de que ele se expressava terrivelmente mal.

A falta de notícias a respeito de Serkong Trin continuava causando pesadelos e preocupações. O senhor Govinda costumava aconselhar a todos:

– Vamos manter a esperança. Agora que as chuvas terminaram, enviaremos outro mensageiro. Tudo no universo está conectado e os eventos acontecem quando têm de acontecer!

Em um belo dia, a apreensão inexplicável que nascia dentro de mim tomou uma proporção gigantesca e, então, acordei do meu idílio para tomar uma decisão que nem mesmo os aromas daquela casa puderam evitar...

Os motivos que me levaram a ela nem sempre foram grandiosos ou espirituais. Do medo à vaidade e da nobreza à vergonha, trilhei um caminho vertiginoso que não desviou do ciúme nem do orgulho ferido. Para cada uma daquelas etapas eu tinha várias explicações e todas pareciam ridículas quando confessadas diante do espelho.

Claro que, como os outros, eu queria que o jovem mestre voltasse à Metha, entretanto, o que seria de nós? O que seria de mim se não havia, de fato, um "nós" a ser considerado? E, ainda que houvesse, ainda que meus sonhos se realizassem e que o nobre rapaz transcendesse ao meu lado as parcas batalhas de meu corpo contra o tempo, o que fazer com minhas inseguranças totalmente destrutivas?

Sobre o medo e a vaidade, meu lado racional me fazia sempre as mesmas perguntas: quanto tempo Kalyan e eu ficaríamos juntos? O que seria do nosso amanhã depois de tantos trancos e barrancos? Mais de duas décadas de diferença na idade de qualquer casal fazem um estrago enorme! Dali uns anos, e nem precisava ir tão longe, eu provavelmente enfrentaria aqueles frequentes exames laboratoriais de natureza invasiva e seus respectivos diagnósticos desoladores. A partir de então, nossa aventura lírica seria descartada junto com o lixo hospitalar e as sobras ficariam tão minguadas quanto gotas de soro deslizando no equipo.

O futuro, diante da vasta lente da razão, era tão transparente quanto a mais pura água.

Como se aquilo tudo já não bastasse, eu ainda visitava os infernos temáticos do ciúme, do orgulho ferido e da vergonha. Quanto ao primeiro, nem preciso falar, haja vista minha delirante solução para o problema, isolando Kalyan em um apartamento sem chaves!

Às vezes, o senhor Govinda percebia meus desencantos, mas não conhecia suas origens verdadeiras. Mesmo assim, ele tentava me consolar:

– Senhora Aishi Dora! Não diga que acredita naqueles boatos impossíveis sobre casamentos com princesas!

Boatos à parte, eu sabia muito bem que apartamentos e outros cativeiros jamais conseguiriam abrandar o que eu sentia ao imaginar o jovem nos braços de outra pessoa. Eu morria de vergonha de tudo aquilo e tentava esconder os meus sentimentos dos outros e, de um modo ainda mais desgastante, de mim mesma.

Além do ciúme, outra força poderosa crescia sem rédeas. Por represar o incoercível e por negar as farpas doidas dos seus reinos viscosos, sofri barbaridades quando enfrentei uma fase lotada de fantasias eróticas, um período lascivo de proporções singulares que alimentava e era alimentado pela minha nova decisão.

Não adiantava lutar contra a correnteza e as cataratas me empurravam ao final previsível. Em outras palavras, as sublimações já tinham perdido eficácia e ações como costurar, andar pela cidade, tomar chá ou pensar em outra coisa eram arapucas que traziam mais e mais humilhação.

Assim, fui covardemente desarmada por ideias nada adaptáveis à realidade e tive de aguentar de cada uma delas o começo, o meio, os ajustes e o final, resultando sempre em ápices esmagadores que triunfavam sobre mim. Depois, sozinha em meu quarto, tentava arrumar forças para pegar meus caquinhos do chão, colar tudo de volta e continuar vivendo.

Alguns daqueles devaneios não passavam de tolices de menina e neles eu me via vestindo Kalyan com as roupas da minha coleção mais maluca ou tirando de Nigma os seus coletes intensos, ações que se configuravam aos meus olhos como sendo a mesmíssima coisa.

Em uma modalidade flagrante e mais diretiva, eu imaginava o jovem mestre aguardando por mim na varanda do senhor Govinda com uma tulipa sugestiva entre as mãos, flor vermelha que eu tinha de acariciar até que nossa razão entrasse em recesso. Em uma versão oposta e intimamente brasileira, eu lhe entregava uma vitória-régia bem molhada e completamente pronta para os divertimentos de verão...

Em certa ocasião, sonhei que Nigma e eu caminhávamos à beira do mar. A Lua, por meio da magia onírica, refletia minha feminilidade sobre as ondas e a praia em que estávamos era paradisíaca e diferente do cenário tenso do Mundo Azul. Em torno do meu pescoço, uma echarpe escandalosa voava contra o vento e, de repente, ela era tudo que eu estava usando... Então, com delicadeza, conduzi as mãos calejadas do guerreiro de encontro aos meus seios até que eles ficassem tão suculentos quanto duas peras túrgidas, frutas preciosas que todas nós, mulheres, carregamos o dia inteiro sem prestarmos a mínima atenção.

Estando naquelas condições (e tão somente naquelas condições), eu mergulhava em uma esfera consecutiva com o mesmo tema das peras encharcadas, em uma mistura de emoções que me deixavam ofegante e, depois, pensativa. Naquela nova indulgência da mente para com o corpo, pensava em Kalyan em um canavial sob o forte calor do meio-dia. Ali, as poeiras e as chamas do inferno se confundiam com as bênçãos do paraíso, interlocuções factíveis em sonhos intensos.

"*Amor, o que você está vendo?*"

Ah! Eu poderia me perder em tudo aquilo e seguir em frente sem muitos problemas, mas quando aquelas ilusões começaram a participar mais ativamente do meu cotidiano, ultrapassando os momentos de insônia para se atreverem em plena luz do dia, decidi que era hora de fazer alguma coisa.

Foi assim que criei coragem e resolvi dar uma chance para os refúgios da distância. Foi assim que decidi voltar o quanto antes para o meu país.

***

Além de todos aqueles motivos que eu não confessaria publicamente, claro que havia outra razão para ir embora de Metha, uma razão tão sincera quanto as outras e um pouco melhorzinha do ponto de vista da moral: a necessidade de consertar meus erros no Brasil.

Sim, eu ainda me importava com os que supostamente estavam chorando por mim. Mesmo depois de tanto tempo, minha omissão soava como um crime para a consciência.

Até mesmo o senhor Govinda achava que minhas culpas pesavam mais do que o necessário:

– Depois de tanto tempo, seus amigos já devem ter vencido a tristeza. A vida caminha para a frente e até mesmo nosso estimado senhor Sungso vai superar o luto um dia...

Apesar daquelas sábias palavras, outro lado da mesma moeda importunava minha paz. Não era mais possível conviver com o fato de ter traído as únicas pessoas da minha antiga vida que ainda me amavam. Aquela mentira horrível martelava em minha mente e assumia a forma de um culto ecumênico no qual as famílias dos desaparecidos reverenciavam dez retratos ao lado do meu, com muitas orações, velas, flores, discursos regados por lágrimas e, claro, a indignação que sempre acompanha as mortes coletivas.

Eu tinha certeza de que meus amigos se culpavam pelo que havia acontecido e era bem possível que estivessem deprimidos. Carlos estaria mais confortável em sua posição de ex-marido, embora houvesse a possibilidade de que se sentisse responsável de vez em quando. Quem mandou me encorajar a conhecer lugares distantes? Quem mandou querer me agradar?

Mesmo que aquelas considerações fossem rasteiras e mesmo que não soubesse de fato como todos estavam vivendo, eu precisava voltar. O mundo tinha de conhecer a história real, a história de uma pessoa que viveu clandestinamente em um país distante por quase dois anos! Portanto, a decisão já estava tomada e era irreversível.

Antes de revelar minhas intenções ao senhor Govinda e aos outros, quis me certificar de que Tao Wong cumpriria sua promessa. Depois de insistir ainda mais uma vez para que morássemos juntos, finalmente ele acabou concordando em me acompanhar até a Índia, onde a embaixada brasileira providenciaria minha extradição.

Antes que eu chegasse à capital, Tao Wong teria a chance de preparar o terreno para que minha jornada não fosse mais sofrida do que o esperado. Para cuidar dos trâmites legais, um advogado muito amigo do tailandês ajudaria em tudo que fosse necessário. A viagem até o Brasil seria longa e nós bem sabíamos que o dinheiro poderia facilitar muitas coisas, mas não todas.

Embora eu quisesse resolver a situação o mais rapidamente possível, Tao Wong pediu que esperássemos o grande Eclipse solar previsto para o mês seguinte, já que a pousada precisava ser preparada para receber o dobro de hóspedes.

Depois que conversamos sobre aqueles detalhes, percebi que poderia contar com meu bom amigo para seguir os novos rumos.

***

"Amor, o que você está vendo?"

...e eis que poeiras e chamas se fundem em uma só bênção... Sonhos importantes, devaneios secretos.

Kalyan está sentado em posição de lótus na clareira de um canavial. O calor deixa sua pele vermelha e molhada. Os mosquitos o incomodam e até o céu parece trincado pela aridez com que a terra se parte em mil rachaduras. Apesar de parecer tranquilo, ele não está meditando e nem contemplando a natureza. Pelo contrário. Kalyan se sente infeliz e angustiado por todas as coisas que não deram certo em sua vida.

O chão tórrido e os pedregulhos que machucam meus joelhos não impedem os progressos que faço por entre os pés de cana e continuo me rastejando em sua direção feito uma bruxa, um bicho do mato, uma coisa nua. Ao chegar, sento-me sobre ele e prendo seu corpo entre meus joelhos até que tudo se encaixe da maneira de que gosto. Assim, as peras encharcadas se avolumam e eu tenho de ordenar:

– Liberte-me das águas do meu corpo.

Sem questionar nada, Kalyan age com avidez e loucura até minha última gota de leite, de suor, de seiva. Em seguida, ele descarta meu corpo ressequido para o lado e fecha os olhos rumo ao lugar que o espera, o paraíso proporcionado e conquistado por toda aquela desconexão. E quanto a mim? Bem, eu sou apenas uma múmia, uma poeira morta num solo morto.

E então... vem a melhor parte.

Escondida neste pó, camuflada por estas brasas insolúveis do canavial, posso observar impunemente tudo que ele, almiscarado e com a mente distante, consegue fazer sem a minha ajuda. Se eu quisesse, claro, poderia beber tudo de volta, afinal de contas, aqueles líquidos todos, embora transformados em pérolas gotejantes sobre a terra, eram meus por direito e por dever. No entanto, tenho outros planos.

Ao ajustar minhas pálpebras contra a luz, ao driblar o intenso azul acima de nós com suas nuvens e verões sem precedentes, consigo ver a terna miragem que surge à minha frente: seu rosto adorável em direção ao vazio, suas feições derretendo-se em si mesmas, os olhos amendoados ficando mais imprecisos do que nunca e, acima de tudo, seus lábios semiabertos pedindo um beijo, um beijo sob o Sol do meio-dia. É o deleite de um anjo...

Então, consigo um impulso para me levantar e, ancorada em suas costas com toda força, ombro no ombro, pele com pele, seus cabelos em meu rosto, seu tórax em minhas mãos, meus sussurros em seus ouvidos, recobro a fé e me agarro segura:

"Amor, o que você está vendo? Se você está com os olhos fechados, é porque está vendo muitas coisas... Sei que voltou para o lugar do qual nunca deveria ter saído, o universo dos *bodhissatvas*, as terras eternas onde os seres bondosos encontram a ternura. Este é o reino que desejo para você, sempre! Então, em troca, deve me contar tudo... Diga-me: como são as cores, os detalhes e as belezas ao seu redor? Não me deixe aqui sozinha, não me esconda nada. Aproveite, Kalyan, e pergunte aos céus o que tanto querem de nós, pobres seres rastejantes? Quem sabe alguém possa nos dizer por que os enganos desta vida são tão encantadores? E, no meu caso e na minha visão particular, o maior deles é o apego... O apego distorce a razão, causa moléstias em minhas células (você bem sabe, olhe aqui, sinta o quanto sou apegada) e vai deixar em mim uma saudade louca, sofrida, aquela saudade que vem depois de tudo aquilo que nunca aconteceu, aquela chaga indefinida que rasga a alma e rouba sua forma. E, nas representações que fazemos da maior despedida de todas, a morte, não a vejo como um monstro de vestes negras ou como uma mulher sedutora, mas, sim, como uma trabalhadora rural usando um chapéu de palha e segurando um facão. Ela ceifa tudo à sua frente e corta todos nós, os pés de cana, sem piedade... Talvez, porque não nos veja como plantas que vão murchar, como folhas que vão morrer, como feixes de caules apartados de suas raízes, mas como potencialidades poderosas que carregam e que sempre carregarão o vir a ser: o álcool inflamável, o açúcar que adoça, o motivo de um dente quebrado, a rapadura nas mãos de uma criança. Então, Kalyan, de uma vez por todas, por que estamos fadados ao amor se todos nós vamos nos separar um dia, o amigo do amigo, a mãe do filho, o discípulo do mestre, o marido da esposa, e por que insistimos em nos conectar sempre do mesmo jeito e com a mesma coragem? Isso, sim, só pode ser uma brincadeira dos céus, uma grande brincadeira de mau gosto e, oh, veja, as águas voltaram, são lágrimas em meus olhos, você falhou comigo, Kalyan, e vai ter de começar tudo isso de novo".

***

No dia em que Jin e Philip voltaram de sua exuberante viagem de lua de mel, resolvi que todos deveriam saber sobre minha decisão.

Quando os dois entraram sorridentes na mansão, Jin estava diferente e sua aura irradiava algo especial. A mudança era tênue e apenas os que conheceram a paixão poderiam notar aquelas sutilezas. Jin não era mais uma menina à espera de um príncipe; era uma mulher! Fiquei feliz por ela, afinal de contas, suas tristezas foram enterradas para sempre.

Quando o jantar em família terminou, ficamos na sala para ouvir as aventuras dos jovens na França, onde o rapaz tinha estudado e vivido até a morte de sua mãe há cerca de três anos. Os amigos de Philip simplesmente adoraram sua jovem esposa oriental e insistiram para que o casal ficasse morando na cidade. Apesar da possibilidade de se mudar para Paris com o marido, Jin descartou aquele sonho porque era muito apegada ao senhor Govinda e, mais recentemente, à nossa escola de costura.

Depois de tantas alegrias e trocas de presentes, chegou o momento em que decidi tocar num assunto delicado. Pedi a Tao Wong que me ajudasse na tarefa de comunicar a todos sobre minhas intenções e, é claro, as reações foram de espanto e tristeza.

Os olhos de Jin encontraram os meus e entendi claramente que ela estava se sentindo abandonada de novo. A moça tentou se desculpar por ter sido injusta e agressiva comigo nos primeiros dias em que cheguei, como se minha despedida fosse uma mera retaliação aos seus comportamentos no passado. Fiz questão de lhe explicar que todos os meus motivos para viajar diziam respeito aos amigos que deixei no Brasil. Também tive o cuidado de prometer a Jin que ainda teríamos bons momentos ao lado uma da outra e que eu permaneceria na cidade até que fosse o momento oportuno para viajar.

Tao Wong argumentou em meu favor:

– Calma! Aishi Dora não partirá amanhã! Ela sairá de Metha no primeiro trem após o grande Eclipse, de modo que vocês ainda terão o mês inteiro para se divertirem!

Philip, ainda imbuído pelo espírito de que o amor é algo que sempre dá certo, abraçou o pai e quis saber se faríamos aquela viagem para o Ocidente juntos, ou seja, como um casal.

Depois que fiz um tremendo esforço para não corar e consegui esclarecer o mal-entendido, meu amigo tailandês ficou chateado. Para consertar o que havia dito, Philip explicou que só estava preocupado em saber por quanto tempo o pai pretendia se ausentar, já que a pousada exigia maior dedicação naquela época de festas. Em seguida, o recém-casado me fez jurar que passaria minhas próximas férias ali ou que voltaria a morar com eles tão logo resolvesse minhas pendências no Brasil.

Infelizmente, meu sorriso amarelo não escondeu a natureza utópica daquelas promessas e, ainda que eu não discordasse de nada, todos, inclusive Philip, entenderam muito bem que eu jamais retornaria à Metha.

De repente, o senhor Sungso pareceu transtornado e, carregando suas ferramentas de jardinagem com certa irritação, saiu sem dizer uma única palavra.

Olhei para meu querido anfitrião tentando me amparar em sua força e em sua indestrutível convicção no destino. Sem a mesma complacência com que tratava as ausências do neto, o senhor Govinda pediu-me que ao menos eu aguardasse o final do mandato de Kalyan antes de ir embora, algo previsto para acontecer dentro de poucos meses.

Poucos meses? Mal sabia o querido senhor Govinda que eu não estava partindo porque Kalyan estava ausente, mas, sim, porque ele poderia voltar!

Antes que a atmosfera daquela sala ficasse ainda mais insuportável, os empregados vieram me desejar boa sorte. Todos disseram que dobrariam seus esforços para que os meus desejos na mansão fossem satisfeitos. Qualquer comida, qualquer passeio, qualquer favor.

– Não preciso de mais nada! Adoro todo mundo! Diga para eles, senhor Govinda.

E, partindo para as considerações finais sobre o tema da minha partida, que acabou encobrindo irremediavelmente o assunto da viagem dos jovens, as emoções foram guardadas nos devidos lugares e prosseguimos nosso encontro de um jeito mais formal. Assim, eu e Tao Wong esclarecemos em detalhes como seria o itinerário do meu retorno ao Ocidente.

Com o filho de volta da lua de mel, Tao Wong estava bem mais tranquilo para viajar. Philip teria toda condição de cuidar da pousada durante sua ausência e, por isso, Tao Wong embarcaria na próxima semana para a capital, onde teria várias reuniões de negócios. Quando eu chegasse, partiríamos rumo à Índia e iríamos diretamente ao Consulado do Brasil naquele país. A etapa seguinte dependeria dos trâmites burocráticos e da comprovação da minha identidade. Por via das dúvidas, Tao Wong já tinha conversado com um amigo advogado para nos ajudar caso fosse necessário.

Assim que tudo ficasse pronto, solicitaríamos ao governo brasileiro um esquema de proteção para garantir minha privacidade e segurança durante e depois da viagem.

Ouvindo tudo aquilo, o semblante do senhor Govinda se alegrou! Quando contou para Jin o que tinha acabado de pensar, ela sorriu e jogou-se em meus braços quase com a mesma empolgação com que se atirava sobre Kalyan!

– Senhora Aishi Dora com a madrinha? Bom agora!

– Sim, senhora Aishi Dora! Quando chegar ao Brasil, não pense em ir para sua casa e deixar que a imprensa transforme sua vida em um inferno! Passe uns dias no Rio de Janeiro ao lado da minha queria esposa Helena!

***

No dia seguinte, Jin veio logo cedo me procurar, pois queria tratar de dois assuntos importantes. Ela tinha pensado muito e estava disposta a me fazer duas surpresas. A partir daquele instante, eu teria a principal suíte da pousada à minha total e inteira disposição! Tao Wong e Philip não só estavam de acordo com a ideia de Jin, como também ficaram com a incumbência de alojar os hóspedes que lá estavam em outro lugar. Além de toda pompa, aquele quarto tinha um terraço maravilhoso com vista panorâmica, lugar onde eu poderia ter um vislumbre magnífico das montanhas e, na véspera da minha saída do Oriente, do Eclipse!

– Unidas! – disse a jovem.

O roteiro do Jin para minha vida nos próximos trinta dias incluía saídas matinais pela cidade, almoços nos melhores restaurantes, banhos nas piscinas de águas quentes e, claro, muito trabalho na Escola de Costura Senhora Sungso!

Há tempos a nossa escola tinha ultrapassado as expectativas, tornando-se um projeto de relevância na vida de Metha. Por algum motivo que não conseguíamos entender, a escola alcançou uma dimensão inesperada na vida das pessoas. Existiam muitos casos pitorescos envolvendo nossas instalações, nossas roupas, nossos alunos. Mesmo com tão pouco tempo de funcionamento, a escola já tinha muitas histórias para contar. Jin e eu sempre nos lembrávamos de uma adolescente que havia fugido de casa porque não queria se casar por conveniência da família. Depois de viver escondida atrás de nossas máquinas de costura, a jovem só voltou para o lar quando seus pais concordaram em libertá-la do compromisso. Em outra situação, um rapaz que estava de passagem pela região resolveu participar de uma das aulas. Depois de um tempo, fixou residência na cidade e tornou-se nosso aluno mais talentoso, apesar de ser totalmente cego. Muitos outros exemplos de conquistas honraram aquelas paredes e, sinceramente, eu e minha amiga estávamos muito orgulhosas.

Jin era a alma do negócio! Além de ser competente na administração da escola, ela tinha uma maneira honesta de lidar com os problemas das pessoas, mostrando que a superação dos obstáculos era algo possível para todos.

Depois que nos divertimos muito relembrando aquelas situações magníficas, Jin contou que o segundo tópico a ser discutido naquela manhã dizia respeito ao meu presente de despedida. Daquela vez, a moça não estava se referindo a uma estadia confortável em um quarto soberbo, nem aos mimos que tinha comprado para mim em Paris. Jin decidiu-se por algo precioso e inesquecível, algo pelo qual meu coração saltaria de felicidade!

Aquela ideia tinha nascido de uma conversa que tivemos tempos atrás sobre dificuldades com o passado. Mesmo com nossos entraves de comunicação, tentei contar à moça sobre o Mundo Azul, do qual me lembrava em detalhes, e o Mundo Rosa, cujas vivências tinham desaparecido da mente.

Quando Jin se ofereceu para me ajudar a resgatar as imagens perdidas, senti na mesma hora que ela seria a pessoa ideal para estar comigo naquela jornada. Eu intuía que as cenas rosadas não escondiam segredos, mas que eu não as acessava porque não era capaz de me desprender da vida azul. Eu achava que, ao concentrar minha atenção no Mundo Rosa, a meditação anterior seria esquecida. E como eu poderia apagar Yangsi e os outros da minha vida?

Somente depois de muita reflexão é que concluí que as duas meditações faziam parte de mim mesma e que uma não tinha o poder de anular a outra. Assim, Jin e eu montamos nossas estratégias de encontro para facilitar minhas imersões naquela outra realidade.

Durante várias tardes, saímos da escola mais cedo e ficamos sentadas no terraço da minha suíte para iniciarmos nossas sessões de expansão da consciência. Jin estava disposta a ficar ao meu lado e sempre dizia que Kalyan havia lhe ensinado a meditar na companhia de outra pessoa. Ao contrário do que muitos podiam pensar, a meditação não era uma prática necessariamente solitária e a presença de amigos imbuídos da mesma dedicação potencializava a abertura da mente.

Nas primeiras tentativas, fiquei com sono e os bocejos acabaram boicotando o processo. Logo depois, foi a vez da preguiça e das milhões de desculpas que eu arrumava para protelar os exercícios e deixar tudo para o dia seguinte. Não faltaram dores nas costas, formigamentos nos braços e até mesmo uma estranhíssima conjuntivite que me deixou com aspecto demoníaco por vários dias.

Aquelas tentativas de proximidade com meu inconsciente apresentaram alguns efeitos colaterais que, embora não fossem ruins, incomodaram bastante. Um deles era a sensação quase real de que Nigma e os cavaleiros azuis iriam aparecer entre as montanhas do Norte para cavalgarem em direção à cidade. Quando eu tinha aquele tipo de premonição, o resto do dia ficava comprometido e eu não era capaz de realizar atividades que exigiam concentração.

Conforme fiquei mais assídua no compromisso de visitar o Mundo Rosa, aqueles inconvenientes desapareceram e consegui concentrar minha visão no exato instante em que, abraçando Ismênia pela última vez, luzes em tons rosados começaram a envolver uma nova realidade.

Com o tempo, as belíssimas imagens que eu havia perdido brilharam em uma tela harmoniosa e tudo reapareceu de uma só vez. A emoção foi grande e abracei minha querida amiga ao acordar. Finalmente, eu tinha revivido as dádivas do Mundo Rosa!

Porém, enquanto festejávamos a vitória, uma amnésia repentina desligou os interruptores e, em um piscar de olhos, minha mente bloqueou as mesmas esferas que havia libertado minutos atrás!

Apesar da surpresa negativa, decidimos que ainda não era hora de abandonarmos nossa expedição e resolvemos repetir aqueles mesmos caminhos no dia seguinte.

***

Assim que abri a porta, Jin contou que trouxe um aparelho diferente que poderia nos ajudar naquela nova sessão.

Por sorte, tivemos sucesso e o gravador de voz movido à luz solar, presente que um turista havia dado para o senhor Govinda há muitos anos, registrou tudo o que eu disse em estado inconsciente.

As boas-novas nos deixaram felizes, no entanto, assim que tentamos reproduzir a fita, não ouvimos nada além de chiados. Fizemos tudo para que o aparelho voltasse a funcionar, mas, a cada tentativa, o som parecia entrecortado e sumia de repente.

"*Coisas de Metha!*", pensei, enquanto girava o objeto nas mãos como um baralho que não servia para jogar.

Decepcionada, Jin tomou o gravador de volta e pediu desculpas pelo fracasso.

– Philip consertar!

Antes que a moça saísse, insisti para que me contasse o que tinha ouvido, mas ela não se sentia capaz de narrar os conteúdos das minhas lembranças de forma fidedigna. Só me restou, portanto, torcer para que Philip arrumasse o gravador ou, em última instância, esquecer de vez aquele assunto para que o tempo resolvesse o problema.

Depois da aventura intimista com final indefinido, eu e minha amiga achamos por bem aproveitar nossos dias com coisas de menor complexidade como, por exemplo, os cuidados para com o corpo. Voltei a praticar ioga e exercícios de relaxamento e minha disposição melhorou bastante. Ao mesmo tempo, Jin e eu gastamos horas para preparar cremes caseiros, aplicar tinturas naturais nos cabelos e tantas outras maluquices alquímicas que até os produtos consagrados que ela tinha comprado em Paris ficaram esquecidos.

Os dias seguintes foram tumultuados para todos nós. Metha estava cada vez mais lotada de turistas que aproveitaram o final das chuvas para conhecer a cidade. O senhor Govinda, acostumado a apreciar a companhia dos viajantes, acabou se divertindo com as novas amizades. O nobre senhor gostava tanto de conversar com estrangeiros que acabou convidando muitos deles para tomar chá em sua casa.

Faltava exatamente uma semana para o Eclipse.

A ocasião rara tinha um significado coletivo e, ao mesmo tempo, pessoal: seria o marco inesquecível, apoteótico e gigantesco dos meus últimos momentos no Oriente. Como a tristeza pela proximidade da partida não era suficiente para que eu desistisse dos meus planos, finalmente criei coragem e fiz minha mochila.

Fora do meu quarto, a cidade transbordava um entusiasmo contagiante. As praças estavam mais alegres e alguns palcos foram construídos para a apresentação de músicas sagradas. Misturados aos visitantes comuns, artistas famosos vindos do mundo todo desembarcavam diariamente na estação de Metha, demonstrando a mesma admiração que eu havia experimentado quando pisei naquelas terras pela primeira vez.

Além da badaladíssima pousada do Tao Wong, outro ponto turístico muito procurado era o Monte Sihari, um lugar cheio de piscinas de águas quentes e com vista privilegiada do horizonte.

Diante de tanta gente, Jin e eu resolvemos interromper por uma semana as atividades da escola de costura e, no último dia de aula, os alunos e as professoras fizeram uma homenagem para mim com flores, cartas e muita emoção!

Como Jin aproveitou os dias de folga para ajudar seu marido, decidi voltar para a casa do senhor Govinda. Além de prestigiar a companhia do meu grande amigo durante mais alguns dias, sabia que Philip estava com dificuldades para acomodar tantos hóspedes de última hora. Com minha saída da pousada, a suíte principal poderia ser ocupada pelos clientes.

***

No dia em que resolvi voltar para a casa do senhor Govinda, Philip pediu desculpas porque ele e a esposa estavam muito atarefados e não poderiam me levar à mansão. Para compensar a suposta indelicadeza, o rapaz destacou um funcionário para me acompanhar, mas recusei a gentileza porque a distância entre os dois locais não era longa e eu conhecia muito bem o caminho.

Como se tivesse adivinhado minhas pretensões, o senhor Govinda apareceu de repente para me buscar. Tão logo vi o nobre senhor em pé na recepção, percebi que alguma coisa tinha acontecido.

Talvez por causa daquela impressão, meus olhos puderam ver na cidade o que antes estava escondido sob a forma de risos e festejos. Mesmo com um clima eufórico, nem tudo estava bem com a alma de Metha. Algumas pessoas, incluindo os moradores, começaram a ter sentimentos ambivalentes em relação ao Eclipse que se aproximava. Os acontecimentos terríveis por que Serkong Trin havia passado contribuíram para o surgimento de superstições que relacionavam a data festiva ao fim do mundo.

– Se o mestre Kalyan não tivesse abandonado o Templo, se não tivesse saído de lá... – diziam alguns, deixando o senhor Govinda completamente agoniado.

Quando ele me contou sobre o que os fuxiqueiros falavam, fiquei com medo de que eles direcionassem sua maldade para nós. Então, pedi ao querido amigo que andássemos um pouco mais rápido.

– Vamos, senhora Aishi Dora! Não queremos que fique triste em sua última semana na cidade. Vamos dedicar estes poucos dias para planejar nossa festa em homenagem ao Eclipse! – disse amorosamente o senhor Govinda.

Apesar das palavras acolhedoras do sábio, eu ainda tinha dúvidas a respeito de seu estado emocional. A expressão aflita do seu olhar, algo nada comum em sua face sempre serena, demonstrou que a situação era preocupante.

Quando chegamos à mansão, o senhor Govinda teve coragem de contar a respeito daquilo que o importunava. Há dias, o nosso exímio jardineiro e amigo tinha desaparecido!

O comportamento do senhor Sungso havia mudado bastante depois que anunciei minha partida para o Brasil. Nos últimos tempos, sobretudo quando aceitei o convite de Jin para passar uns dias na pousada, ele começou a andar cabisbaixo pelos cantos. Os empregados notaram que as plantas do jardim ficaram abandonadas e o velhinho se esquivava até mesmo das conversas mais comuns. Todos ficaram preocupados, mas deduziram que ele estava passando por mais uma crise de viuvez.

Ninguém poderia supor que ele fugiria de casa!

Em uma manhã, o senhor Sungso simplesmente pegou seu chapéu de gnomo e saiu. Quando anoiteceu, o dono da mansão pediu a todos que os seus conhecidos tentassem localizar o idoso, pois não fazia parte de seu temperamento se ausentar por tantas horas. Apesar do empenho, os amigos do senhor Govinda não encontraram qualquer vestígio do senhor Sungso pela região. As buscas se estenderam até a casa da colina, mas era como se o viúvo tivesse evaporado em pleno ar.

Alguém, então, presumiu que o idoso poderia ter voltado para sua casinha em Serkong Trin, já que ele sempre demonstrava que sentia saudades da floresta.

Mais uma vez, o senhor Govinda pediu a alguns homens de sua confiança que fossem até o Grande Rio à procura de informações e, naquele exato momento, eles estavam de volta na companhia de três barqueiros cheios de novidades sobre o senhor Sungso, Kalyan e o Templo do Sol!

***

Após tantos meses de espera, a chance de receber notícias sobre Serkong Trin era algo que causava alegria e, com igual intensidade, medo.

Eu não estava preparada para tantas emoções. Tinha acabado de sair das amenidades idílicas vividas ao lado de Jin para cair em um tumulto intempestivo, sem que houvesse tempo para ajustar meu espírito àquela mudança.

Tão logo abrimos a porta da sala, um dos empregados nos conduziu à cozinha onde os três barqueiros do Grande Rio se alimentavam com sofreguidão. Assim que nos viram, levantaram-se e se afastaram da mesa como se estivessem envergonhados.

O senhor Govinda fez um gesto para que os rapazes se sentassem novamente, mas eles não puderam se acalmar antes de conversarem conosco.

– Estes senhores fizeram questão de nos acompanhar até Metha, pois têm informações importantes para o senhor! – explicou um dos mensageiros.

Por sorte, o senhor Govinda lembrou-se de traduzir para mim tudo que eles falavam.

Enquanto ouvia aquelas palavras, meus olhos observavam a aparência miserável daqueles pobres coitados e, quanto mais eu entendia o que estava acontecendo, mais eles personificavam o quadro do horror por que Serkong Trin passava.

As agruras dos últimos tempos vieram dos desequilíbrios da natureza e também da ignorância humana.

Pessoas demais, progresso demais, depredação, decadência... Os guardiões fizeram de tudo para preservar os tesouros daquelas terras, mas não conseguiram evitar que o mal se alastrasse. Como o senhor Sungso já havia nos avisado antes, o Templo do Sol sofreu várias investidas e foi saqueado, roubado e desrespeitado.

No cerne do Mundo Verde, as trilhas mágicas ficaram caóticas. Até mesmo a pequena hospedaria de Serkong Trin, lugar em que conheci Tao Wong, foi vendida para pessoas que toleravam a entrada de bebidas alcoólicas e de outras drogas. Ninguém tinha mais o cuidado de confiscar os aparelhos eletrônicos dos turistas e o estrago para os seres da natureza só não foi maior porque aqueles objetos simplesmente pararam de funcionar por conta própria.

Daquela forma, os lixos tecnológicos foram crescendo e a montanha de objetos obsoletos jogados no meio da natureza incluía também produtos de beleza, pilhas e até mesmo detritos químicos. Perto daquilo, pensei, o acampamento abandonado próximo ao lago das carpas parecia brincadeira de criança!

Depois que o mosteiro foi incendiado, as plantações ao redor sofreram grandes perdas e por pouco as chamas não se alastraram pela floresta, não fosse uma chuva milagrosa ter surgido de repente.

Naquele ponto do relato, pensei em Ismênia e fiquei desesperada. A quem eu poderia pedir ajuda? Será que Nigma tinha voltado do Mundo Azul para salvar a Pequena Deusa? Meu corpo e minha mente ficaram em frangalhos e, pior do que isso, minhas mãos estavam amarradas. De maneira semelhante à aflição incontrolável do senhor Sungso, fiquei com vontade de sair correndo, mas sabia muito bem que não havia lugar algum para ir...

Apesar de as chuvas terem evitado que o incêndio atingisse a mata, causaram duas enchentes que agravaram ainda mais a situação dos ribeirinhos. Foi naquela época que Tao Wong e os primeiros mensageiros enviados pelo senhor Govinda tiveram de voltar. Para os que viviam por ali, não havia como fugir. A fome e uma série de doenças começaram a castigar o vilarejo.

De repente, um fato inesperado aconteceu e todos que estavam próximos ao Grande Rio ficaram impactados.

A cena parecia inacreditável e os que narraram seus detalhes não escondiam a emoção. Surgindo lentamente por trás das névoas do rio, uma canoa feita de bambus foi se aproximando como uma aparição mística. Aos poucos, vários curiosos chegaram perto para ver quem enfrentava de maneira tão corajosa as correntezas bravias!

Quando o jovem mestre pisou em terra firme, foi prontamente reconhecido e todos vieram abraçar o herói. Em poucos minutos, outras canoas deslizaram até a margem e os moradores admirados começaram a gritar:

– Viva o Templo do Sol!

– Viva Dharmaraj!

Apesar das embarcações frágeis e estreitas, os bondosos homens de

Serkong Trin, sob o comando de Kalyan, conseguiram trazer alimentos, roupas e até medicamentos para os desafortunados.

Assim, os que testemunharam a chegada das canoas se ajoelharam e não conseguiram entender como as castigadas lavouras de Serkong Trin haviam produzido tanta fartura!

Logo, o fato espantoso espalhou-se pelas redondezas causando impacto e até incredulidade por parte de algumas pessoas. Entretanto, os que tinham presenciado tudo com os próprios olhos juraram que o milagre tinha mesmo acontecido.

***

Os três barqueiros estavam exauridos, mas decidiram que não continuariam almoçando e que nem mesmo tomariam água antes que tivessem terminado de falar. As palavras que nos diziam não eram apenas o compêndio dos relatos dos moradores ou dos turistas ilhados no vilarejo de Serkong Trin, mas, também, situações vividas por eles próprios naquela época de agruras.

E os sofrimentos não se restringiam às margens do Grande Rio.

O que predominava nas terras do Templo do Sol e arredores era um desejo imenso de poder e ganância! Os responsáveis pelos estragos formavam um grupo heterogêneo de pessoas que tinham diferentes motivações para suas maldades. Forasteiros, bandidos da região e até alguns moradores do Templo traíram as terras sagradas.

Desde que havia voltado, Kalyan lutou de todas as formas para manter a paz e preservar a união. Como não conseguiu que se elegesse um sucessor, arriscou a própria vida diante das intempéries e andou por muitos e muitos dias até chegar à capital. Lá, o jovem recebeu ajuda de alguns amigos e viajou para alguns países no intuito de pedir apoio internacional para a causa de Serkong Trin.

Por meio de seu trabalho árduo, a situação começou a mudar!

A imprensa do mundo todo, antes responsável pela divulgação sensacionalista daquelas maravilhas, passou a ter papel fundamental em uma exaustiva campanha de preservação do meio ambiente. Da mesma forma, algumas entidades humanitárias se organizaram para exigir dos órgãos competentes ações restritivas para o turismo local. Abaixo-assinados, entrevistas com historiadores e até um documentário em longa-metragem sobre o que havia acontecido em Serkong Trin acabaram sensibilizando as autoridades e conquistando o coração das pessoas.

E, de repente, todos os envolvidos receberam uma ótima notícia: Serkong Trin e o Templo do Sol seriam transformados em patrimônio da humanidade!

– Sim, nobre senhor de Metha! O seu neto é mesmo um grande homem! – disse um dos barqueiros para o senhor Govinda.

***

Quando o testemunho dos barqueiros chegou ao fim, eles retornaram à mesa e ficamos com pena ao vê-los se alimentando tão polidamente, apesar de famintos. Então, abracei o senhor Govinda com alegria.

Jin precisava saber de tudo aquilo o quanto antes, pois, tanto quanto eu, ela esperava ansiosamente por informações. Assim, decidi que iria procurar por ela imediatamente, porém precisava de mais algum tempo para acalmar os nervos e recuperar a razão.

Como não tinha compreendido algumas passagens daquela tensa narrativa, o senhor Govinda teve de me explicar os trechos que ficaram obscuros, mas, mesmo assim, muitas perguntas ficaram sem respostas: o jovem mestre tinha retornado da Índia? Quem tinha traído o Templo do Sol? Estaria o senhor Sungso correndo perigo?

Infelizmente, nem o senhor Govinda, nem os barqueiros puderam resolver aquelas incógnitas. A única coisa de que os ribeirinhos lembravam era que tinham visto um idoso com as características do senhor Sungso atravessando o rio em um barco ainda mais precário do que as canoas usadas pelos monges.

Sendo assim, só nos restava aguardar pelo tempo.

***

Antes de me acompanhar até a pousada para falarmos com Jin, o senhor Govinda recebeu uma correspondência. Pela ansiedade com que ele abriu o envelope, percebi que se tratava de algo muito importante.

Há poucos dias, o nobre senhor tinha enviado uma carta para sua esposa e a resposta estava em suas mãos! A senhora Helena informava que eu seria muito bem acolhida em sua casa no Rio de Janeiro e que ela iria pessoalmente esperar por mim no aeroporto.

– Veja, senhora Aishi Dora. Há uma foto dela com os meninos!

A senhora Helena era exatamente como eu havia imaginado: bonita, sorridente, cabelos negros. Quando vi os gêmeos, fiquei com lágrimas nos olhos! Eles eram jovens e se pareciam muito com o senhor Govinda.

– Mas que maravilhosa família o senhor tem!

Depois de muitos anos sem que tivesse se correspondido, o casal parecia pronto para se reconciliar.

– Não entendo por que ela nunca me respondeu antes – lamentou o sábio.

A outra parte da carta foi lida em segredo pelo senhor Govinda em seu jardim. Em pouco tempo, ele voltou com os olhos marejados e o coração pulando forte. Ainda que não tivesse me contado porque estava tão emocionado, achei que tudo aquilo deveria ser compartilhado com Jin e Philip.

Voltamos rapidamente para a pousada e, assim que nos viu, a moça veio correndo para nos receber. Quando soube que a senhora Helena havia escrito uma carta, Jin não conteve a felicidade e apertou o senhor Govinda nos braços.

Logo em seguida, porém, contamos a ela sobre o desaparecimento do senhor Sungso e sobre as últimas novidades a respeito do Templo do Sol. Em um misto de preocupação e de alívio, o olhar de Jin perdeu o brilho e temi que os velhos tempos voltassem. Não sei quantos segundos durou aquela impressão, mas a chegada de Philip trouxe a moça de volta à realidade.

– Vamos torcer para que Kalyan esteja bem, não é, Jin? – perguntei.

O senhor Govinda considerou:

– Pode ser que ele ainda esteja na Índia.

Apesar de tantas angústias, resolvemos manter a calma e retomamos nossos planos para o dia da festa.

***

Quando o grande dia do Eclipse chegou, o Sol nasceu radiante!

O fato de que Tao Wong havia embarcado para a capital há mais de duas semanas seguindo nossa programação, tinha me deixado com um frio na barriga como se meus planos de partida estivessem tomando forma. Entretanto, na véspera da minha viagem, tudo que eu queria era encontrar paz.

Assim que acordei, não pensei nas minhas inseguranças, nem que pegaria um trem na manhã seguinte. Apenas abri os olhos e procurei pela coragem no fundo do peito.

Com carinho, fiz uma longa carta de despedidas para Kalyan desejando que tivesse muita sorte em sua nova vida, mas, quando já estava no final, amassei o papel e joguei tudo fora, em uma das versões mais românticas e trágicas do ato de escrever.

De repente, queria que formas análogas de desabafo estivessem bem ali, à minha disposição. Se eu tivesse comprado uma caixa de bombons para Kalyan, teria devorado cada um deles até que não sobrassem nem mesmo seus papeizinhos enganosos e irritantemente felizes; se eu tivesse reservado para nós um bom vinho, teria puxado a rolha com os dentes e bebido a garrafa sozinha até que não ficasse nada em pé naquele quarto e, por fim, se tivéssemos um anel de noivado, teria feito com ele uma argola sonífera no meio da boca e enfiado seus encantos na garganta até que minha saudade sufocasse e morresse fora do aquário... Apesar do exagero, era exatamente aquilo que eu queria.

Nos tempos em que Kalyan ainda estava na mansão, tentei negar a realidade e ocultar tudo que meu coração dizia. Ainda assim, existiam momentos em que as defesas e o orgulho escorriam por entre os meus dedos e, naqueles instantes cruciais, dolorosos e solitários, eu esquecia os muros que escondiam minhas verdades e tudo voltava de maneira arrebatadora.

Sendo assim, o maior erro que cometi foi confiar na sensação de controle sobre o futuro. Como Kalyan tinha dito em sua palestra, eu acreditava que teríamos todo o tempo do mundo e jamais poderia suspeitar que a manhã em que ele partiu para salvar Serkong Trin seria nossa última vez.

Mesmo naqueles dias de convivência, as nuvens acima dos telhados de Metha sempre me mostraram que os rumos da vida eram tão incertos quanto os ventos! Eu nunca tinha prestado atenção àquelas lições. E se eu pudesse consertar meus erros, o que teria feito? Teria mudado alguma coisa?

Infelizmente, já não havia mais tempo para acertos e consertos e todos os meus pensamentos estavam fadados ao vazio.

Por uma fração de segundo, cenas do que Kalyan e eu tínhamos vivido se acenderam diante dos meus olhos e seu brilho ofuscou minhas desilusões. Desde o primeiro dia no lago das carpas, passando pelo Templo do Sol, pelo nosso casamento no Mundo Azul e, por último, pelos poucos dias que ficamos próximos na cidade de Metha, eu estava comovida e agradecida por nossa magnífica jornada!

Sem saber como mudar os caminhos do passado, decidi fechar aquelas imagens para viver, no tempo presente, meu grande dia de despedidas ao lado dos queridos amigos do Oriente.

***

A agenda para aquele dia já estava pronta, mas o senhor Govinda e eu ainda não tínhamos decidido se veríamos o Eclipse na pousada ou no Monte Sihari.

Eu estava na varanda e era bem cedo quando o sábio chegou com os olhos emocionados e as mãos trêmulas. Segurando com carinho um canudo de papel parecido com um pergaminho, ele me deu um abraço e entregou-me o presente.

– Philip consertou o gravador. Jin e eu transcrevemos a fita... E aqui está! Durante toda a semana, trabalhamos em segredo.

Eu mal podia acreditar! Ali, bem ao alcance dos meus dedos, as lembranças do Mundo Rosa descritas em um papel amarelo! Só de olhar para aquelas letras, só de imaginar o trabalho que todos tiveram para me agradar, fiquei extremamente comovida.

Como se tanta emoção já não bastasse, Jin e Philip de repente irromperam pelo jardim e chegaram animados:

– Surpresa! Viva a senhora Aishi Dora!

Meu coração não cabia de tanto contentamento! Se nós pudéssemos dispor de alguma tecnologia em Metha, aquele seria o momento das fotos.

Os trabalhadores da casa também não se esqueceram de demonstrar seu carinho. Em uma mesa cheia de flores, eles prepararam um café da manhã especial em minha homenagem e, após as felicitações e palavras de incentivo, foram embora para desfrutar o feriado ao lado de suas famílias.

– Mas que mimosos! – disse eu, enquanto saboreava biscoitos temáticos em forma de sóis, luas e estrelas.

– Foram feitos especialmente para a senhora! – disse o senhor Govinda.

Logo, Jin quis saber se eu havia gostado da transcrição da fita e pediu desculpas pelo fato de que teve de pedir ajuda para o senhor Govinda, caso contrário, não terminaria a tarefa.

– Língua difícil! – concluiu a moça.

– E a senhora pode ler a transcrição hoje mesmo lá na pousada, ou deixar para quando estiver no avião – sugeriu Philip.

Eu estava ansiosa e, até certo ponto, com receio da viagem. Por isso, quando Philip disse a palavra "avião" daquela maneira tão simples e banal, meu rosto ficou quente e fiz um esforço relativo para não parecer aflita. De fato, em breve, eu estaria em um avião rumo à Índia e, posteriormente, ao Brasil. Um medo arredio percorreu minhas veias e era como se eu tivesse de pagar uma dívida muito grande para continuar vivendo.

Quando terminamos nosso ótimo desjejum, fui para o quarto guardar meus valiosos presentes na mochila. Não queria deixar nada para trás, por isso, fiz questão de inspecionar mais uma vez a bagagem que aguardava por mim em cima da cama. Então, fiquei orgulhosa por não ter de carregar uma mala enorme para me sentir segura.

"*Acho que finalmente aprendi a viver com o essencial*", pensei, enquanto Jin me puxava pelo braço.

– Senhora Aishi Dora e Jin. Ficar juntas hoje!

Aquela era mais uma surpresa. O senhor Govinda, Jin e seu marido se uniram em um complô muito bem armado contra o Monte Sihari e já estava certo que nós quatro passaríamos a tarde na pousada.

– O Monte Sihari está lotado! – explicou Philip.

De repente, um barulho estrondoso nos assustou. Era natural que tivéssemos medo, pois, nas últimas semanas, pessoas agressivas tinham chegado à cidade depredando ruas e algumas casas. Além daquilo, as histórias terríveis narradas pelos três barqueiros a respeito de bandidos e de saqueadores ainda estavam aterrorizando nossas mentes.

Sem dizer nada, Jin procurou proteção nas mãos do marido e os dois se abraçaram. O barulho abrupto vinha do lado de fora e parecia que baderneiros tentavam quebrar as trancas do portão. Por um instante, pensei que a mansão do senhor Govinda seria invadida!

– Cuidado! – gritei, depois que a fechadura cedeu.

Inertes e desprotegidos, assistimos ao avanço de alguém pelo jardim.

– Pare! Esta é uma propriedade particular! – disse Philip.

Aquelas palavras de intimidação não disfarçavam nosso pavor e, embora não fosse possível enxergar com nitidez quem estava chegando, as roupas ensanguentadas do intruso tingiam de vermelho os espaços existentes entre as folhagens.

Apenas o senhor Govinda foi afetado por um tipo raro de intuição que colocou sua visão acima das nossas. Naquele instante, suas feições eram as de um mago prestes a desvendar a poção.

***

O desespero foi total e os pingos de sangue espalhados por toda parte nos deixaram desnorteados. Sem titubear, Philip saiu em busca de socorro e ficamos com medo de que ele não conseguisse encontrar um médico na cidade, pois as ruas davam a impressão de que o mundo todo havia saído para festejar.

Com cuidado, colocamos Kalyan na cama. Ele não reagia às nossas tentativas de reanimação, mas, como o pulso e a respiração estavam normais, ficamos mais aliviados. O senhor Govinda descobriu um ferimento na perna esquerda do jovem e verificou que o sangramento continuava.

– Veja se há sinais de infecção! – aconselhou Philip.

O querido sábio improvisou um torniquete e na hora me lembrei das cruéis aventuras pós-guerra que vivi no Mundo Azul. Mais uma vez, a visão do sangue paralisou meus sentidos e tive de respirar fundo para controlar a vertigem.

Como reação tardia, Jin começou a chorar e o senhor Govinda pediu a ela que se retirasse do quarto para não afetar ainda mais o estado delicado do doente. No entanto, mal a moça deu o primeiro passo em direção à porta, outra pessoa se interpôs em seu caminho.

Era o senhor Sungso!

Chegando daquela maneira, o viúvo acabou nos assustando tanto quanto Kalyan! Ele estava com a fisionomia de um zumbi e respirava com dificuldade.

O anfitrião imediatamente foi ao encontro do amigo:

– Senhor Sungso! O senhor está ferido?

Como o velhinho respondeu que não, Jin saiu para trazer-lhe um pouco de água.

Enquanto isso, a alguns quarteirões dali, Philip lembrou-se de que havia um médico hospedado na pousada e desistiu de andar a esmo pela cidade. O rapaz teve sorte e em pouco tempo já estava de volta na companhia do doutor.

Quando olhei para sua maleta de emergências, a figura de Álvaro imersa nas brumas do Grande Rio irrompeu meus pensamentos. Parecia que tinha sido um dia atrás que ele me entregou uma maleta semelhante e algum dinheiro para que eu ficasse em Serkong Trin... Quantas saudades!

Enquanto Kalyan recebia os primeiros cuidados, sentamos na sala para ouvir o que o senhor Sungso tinha a nos dizer.

Em primeiro lugar, ele queria pedir desculpas pela maneira repentina com que havia saído da mansão. Quando soube que eu voltaria para o Brasil, achou que era seu dever enfrentar qualquer obstáculo para avisar o jovem mestre a respeito da minha partida. Com receio de que fosse criticado por sua decisão, o viúvo resolveu seguir sozinho para Serkong Trin.

Apesar do tempo firme, apareceram muitas dificuldades durante o caminho. Por sorte, o idoso encontrou pessoas que, compadecidas de sua situação, ficaram dispostas a ajudar em tudo que estivesse ao seu alcance. Viajantes de bicicleta, homens a cavalo e um balseiro do Grande Rio fizeram com que o senhor Sungso finalmente chegasse à outra margem.

Quando ele conseguiu entrar no Templo do Sol, viu com alegria que a Joia Rara estava de volta! Assim que Kalyan ficou sabendo das notícias trazidas pelo velhinho, decidiu retornar para Metha a fim de seguir os planos de ter uma vida comum ao lado da família, com ou sem um substituto para seu nobre posto.

Como era de se esperar, recebeu duras críticas por parte dos anciãos. Um deles, famoso astrólogo que previa o futuro, disse que Kalyan já tinha se ausentado demais de Serkong Trin e que não poderia viajar nos próximos tempos. O vidente ainda advertiu que o jovem não deveria insistir na procura de um sucessor, dado ao fato de que, na eleição seguinte, ele seria de novo o ganhador do título de Joia Rara!

O senhor Sungso, que conhecia Kalyan desde que chegara ao Templo do Sol com sete anos de idade, disse que foi a primeira vez que o viu chorando. Por isso, o idoso lamentou a sina do amigo e se arrependeu por ter feito tanta torcida em favor de que ele ocupasse o trono durante a Festa das Joias Raras.

Imbuído de uma audácia fenomenal para alguém tão idoso, o senhor Sungso encorajou o jovem a seguir o coração e os dois saíram do mosteiro em plena luz do dia, mesmo sem o consentimento dos outros mestres.

Naquele instante do relato, a porta do quarto se abriu. Depois da luz, das dúvidas e do ar cheio de expectativas, conseguimos enxergar o rosto do médico. Sem demora, o médico disse que Kalyan estava enfraquecido, apresentava algumas escoriações pelo corpo e tinha sofrido uma perfuração na coxa esquerda. Apesar da febre, seu estado geral não parecia grave e o prognóstico era bom. O jovem levou alguns pontos na perna, já estava medicado e só precisava ficar em repouso para se recuperar.

Mal tivemos tempo para comemorar as boas-novas, o senhor Sungso começou a se sentir mal! Quando perdeu os sentidos, felizmente já estava nos braços do médico e só não ficamos ainda mais preocupados porque logo ele voltou ao normal.

Então, Jin, Philip e eu ficamos com receio de que o próximo a desmaiar fosse o senhor Govinda. O sábio estava lívido e não tirava os olhos do neto que continuava desacordado. Fiz um chá para que ele se tranquilizasse e, como eu havia errado na medida, acabou sobrando chá calmante para todo mundo.

Assim que o doutor foi embora, Jin decidiu ficar ao lado de Kalyan, provocando em Philip uma desconfiança comedida.

***

Quando o senhor Sungso voltou a falar, insistimos para que continuasse deitado e sentamos ao seu lado a fim de que se sentisse mais seguro. Ele deu um suspiro profundo e continuou contando a respeito da sua caminhada ao lado do mestre.

A situação nas terras sagradas estava mais calma e a viagem de volta à Metha seguiu sem grandes preocupações. Os maiores problemas, no entanto, ainda estavam por vir e ocorreram quase no final da jornada.

Tudo começou há cerca de alguns dias, quando Kalyan e o idoso desembarcaram na cidade. Assim que colocaram os pés para fora da estação, transformaram-se em alvo de zombarias e de intimidações. Alguns fanáticos que estavam nas imediações da estação reconheceram o Senhor do Templo e o culparam pelas desgraças ocorridas em Serkong Trin e pelo provável fim do mundo anunciado pelo Eclipse.

O senhor Sungso, que já vira muitas coisas em sua longa existência, nunca tinha presenciado nada parecido. Nem na época da febre dos estrangeiros seus olhos testemunharam tamanha maldade! Diante de uma sensação horrível de impotência, comparável somente àquela que enfrentou quando sua esposa faleceu, ele viu Kalyan ser espancado, esfaqueado e trancado em uma choupana abandonada nas montanhas.

No meio da confusão, o senhor Sungso conseguiu esquivar-se dos ataques e seguiu de forma sorrateira os bandidos até o local onde o jovem foi preso.

Os agressores tentaram atear fogo ao lugar, mas as madeiras da choupana estavam úmidas e eles resolveram ir embora.

– Agora veremos se este mestre é tão especial quanto dizem!

– Sim! Vamos ver se ele pode salvar a si mesmo! – disseram eles, enquanto desapareciam no meio da mata.

Sem sair do lado da choupana, o viúvo sobreviveu durante longos dias. Aquilo não era novidade para ele, mas cada vez que gritava o nome de Kalyan e não obtinha resposta, suas aflições ultrapassavam a mente e atingiam seu corpo. Quando o senhor Sungso percebeu que a vida do jovem mestre estava em suas mãos, juntou suas últimas forças e arrombou a porta do cativeiro!

Até que isso ocorresse, Kalyan ficou largado à própria sorte passando fome, sede e sofrendo com muitas dores. Apenas a prática da meditação e, posteriormente, a total perda da consciência evitaram que ele se desesperasse. Era como se o destino tivesse zombado dos seus atributos. Em um ritual de iniciação às avessas, o grande mestre estava se transformando em um homem qualquer...

E, naquela manhã de festas em que todas as atenções estavam voltadas ao Eclipse, os dois desafortunados se ampararam nos braços um do outro e desceram das montanhas até a cidade. Daquela vez, ninguém atacou os viajantes e a boa sorte sorriu para eles.

Deixando o senhor Sungso para trás, o jovem conseguiu se arrastar pelas ruas de Metha em direção à casa do senhor Govinda. Não havia mais um único minuto a perder.

***

Poucas horas depois daquela entrada dramática nos jardins da mansão, ele já tinha tomado banho e estava sentado à beira da cama. Com certa relutância, bebia um caldo quente que lhe arrancava muitas caretas e arrepios. Eu, uma boa observadora, via tudo aquilo atrás das fumaças inquietantes que subiam da sua tigela.

Como não havia mais ninguém na casa, Jin, Philip e o senhor Govinda rodeavam aquele leito ensolarado com muita alegria. Alguém teve o cuidado de abrir as janelas e o quarto ficou ainda mais aconchegante com a claridade do meio-dia.

Assim que me viu ao lado da porta, Kalyan sorriu e ficou esperando que eu me atirasse em seus braços como Jin costumava fazer. No entanto, seu rosto foi assumindo uma expressão de desalento diante da frieza com que meus passos avançaram em sua direção.

O senhor Govinda resolveu fazer as boas-vindas e disse que o neto estava me achando muito linda naquela manhã.

Olhei mais uma vez para a tigela fumegante. As pretensões daquelas fumaças eram exatamente iguais às minhas: diluir-se no oxigênio, fugir pela janela e ir ao encontro das nuvens. Da mesma forma, escapar do corpo de Kalyan, driblar as transformações previstas quando em contato com suas vísceras e fazer aquele movimento de união junto a tudo que compunha o céu eram os sonhos megalomaníacos daquele alimento. No entanto, o final mais provável era o final mais comum. O destino previsto para um caldo era deixar de ser o que ele era para se transformar em célula viva, edificada. Aquela segunda opção, menos apoteótica do que a primeira, tinha um sentido semelhante que resultava em vida. Nutrir o homem ou nutrir as nuvens significava a mesma coisa.

Diante do meu olhar perdido e dos pensamentos distantes, o senhor Govinda intercedeu em favor da retomada de uma conversa:

– Kalyan quer pedir desculpas por ter demorado tanto a voltar. Ele tentou nomear um sucessor, mas não conseguiu... Mesmo assim, ele quer deixar bem claro que não é mais o seu mestre e quer saber se a senhora entendeu isso. Na verdade, ele está inconformado com sua partida. Será que a senhora poderia ficar mais algum tempo conosco?

– Não.

Toda minha teoria sobre agarrar as boas oportunidades, ficar mais próxima da sabedoria e não perder tempo com inutilidades tinha ido por água abaixo! Eu estava distante e minhas mãos suavam sem parar. Quase fui embora e cheguei a lamentar em segredo o fato de que Jin estivesse casada.

– Kalyan lamenta muito por tudo e pergunta se pode acompanhar a senhora até o Brasil... Claro, nós sabemos que, nas atuais condições, isso seria impossível. Ainda que seja jovem e forte, vai demorar um tempo até que ele se recupere totalmente.

Os olhos do senhor Govinda perceberam as mensagens que eu lhe enviava por meio do silêncio. Minha partida não incluía um "até logo" ou um "quem sabe um dia". Era óbvio que Kalyan e eu pertencíamos a mundos irreconciliáveis e era óbvio que eu jamais deixaria Tao Wong como um tolo esperando por mim na capital.

Fiquei calada por um longo tempo e depois decidi me aproximar. Conforme cheguei mais perto, tive coragem de perguntar ao jovem algo que me afligia muito mais do que meus parcos dramas de adeus:

– E Ismênia?

Seus olhos brilharam ainda mais e sua voz parecia cheia de esperança. Ele fitou-me com seriedade e respondeu à pergunta detalhadamente. Assim que terminou de falar, o senhor Govinda explicou:

– Kalyan disse que Ismênia está bem! Ela ainda espera pela senhora e vive muito feliz com o Povo da Praia. Falei certo? Isso faz sentido?

Depois de se certificar de que a comunicação entre nós estava funcionando, o senhor Govinda continuou traduzindo as palavras do jovem:

– Ele quer que a senhora saiba que Nigma está cuidando de... Yangsi? É isso? Pois bem, e que ele está crescendo forte, corajoso... e honrado... Céus! Kalyan está fazendo tantos elogios! E diz que ele é mesmo o herói daquele tempo, a pessoa a quem as crianças da caverna tanto esperavam... E que não há um único dia... um único minuto em que Yangsi não se orgulhe da senhora... Oh! Há tanto o que dizer, tantas emoções! Até eu gostaria de conhecer esse notável rapaz chamado Yangsi! Quem é ele, senhora Aishi Dora?

Meu espírito foi para um lugar que eu não conhecia. Não pude dizer nada para o senhor Govinda... A ternura que me invadiu aliada à falta que eu sentia de Yangsi, meu menino, meu amor, fez com que meus lábios tremessem sem palavras. Tive de me sentar à beira do colchão e Kalyan, a única pessoa no universo que sabia o que eu estava sentindo, colocou as mãos em meus ombros para me consolar.

***

Jin disse que Kalyan tinha ficado feliz quando soube de seu casamento com Philip e que estava muito orgulhoso da nossa escola de corte e costura.

Depois daquele comentário inocente que a moça fizera durante a refeição, Philip ficou calado e não quis mais comer. Embora a esposa estivesse carinhosa com ele, o retorno daquele amor da infância deixou o rapaz inseguro. Eu não sabia o que dizer e fiquei desejando que o casamento deles não fosse abalado pelos fantasmas do passado.

Por aquela e por várias outras razões, nosso almoço improvisado tinha sido um fiasco e ninguém encontrou o próprio apetite, por mais que procurasse por ele nas travessas sobre a mesa.

Desistimos de buscar na cozinha os doces com os quais daríamos por encerrado aquele encontro e, tão logo começamos a retirar os pratos, notamos a presença de muitas pessoas se aglomerando do lado de fora da mansão. Elas estavam ansiosas pela oportunidade de visitar o neto do senhor Govinda e trouxeram-lhe flores, presentes e pequenos cartazes com palavras de encorajamento.

– Será que isso não é perigoso? Será que aqueles bandidos não estão entre essas pessoas? – perguntei ao senhor Govinda que, com a confiança típica dos que têm bom coração, começou a organizar a fila dos visitantes que já se estendia do jardim até a esquina.

– Não, senhora Aishi Dora! Quando o amor é grande, o medo desaparece!

Fiquei enternecida ao ver os bons sentimentos que Kalyan era capaz de despertar. Homens, mulheres, crianças... Todos ali deixaram suas casas e as festas da cidade para oferecer solidariedade e carinho.

Fui até o quarto de Kalyan para ver se estava tudo bem. Àquela altura, recebendo tantos abraços e mimos, ele estava radiante e sua saúde tinha melhorado a olhos vistos!

Logo depois, resolvi dar atenção especial a outro herói bem menos famoso, mas, ainda assim, igualmente importante. Eu mesma fiz um prato caprichado com o almoço do dia e fui ao encontro do senhor Sungso. Mesmo sabendo que ele não podia me entender, falei com toda sinceridade:

– Senhor Sungso, quero lhe agradecer por sua coragem! Todos nós achamos que sua partida para Serkong Trin tinha sido impulsiva e sem razão. Que nada! O senhor foi avisar Kalyan, não é? Arriscou sua vida só para que eu e ele pudéssemos nos reencontrar! Sabe, em outra realidade, em outro mundo, houve um grande amigo que fez o mesmo por mim... Shafarti deu o seu bem mais precioso, sua própria vida, para que eu tivesse uma nova chance! E é assim que eu vejo o senhor: um bravo homem, tão maravilhoso quanto Shafarti! Muito obrigada, senhor Sungso, de todo coração! Agora pare de chorar e coma um pouco de legumes. Quem sabe, ficará forte para sair desta cama e ver o Eclipse ao lado do senhor Govinda mais tarde.

***

A casa estava vazia e todos tinham saído para as ruas enfeitadas. Àquela hora, pensei, o festival de músicas sagradas já tinha começado.

À minha frente, o viço do jardim invadia os olhos com graciosidade. Parecia que as plantas tinham ficado mais bonitas com a volta do senhor Sungso. Dentro da mente, eu podia ver os sorrisos de cumplicidade entre o senhor Govinda e seu neto quando ele lhe entregou um objeto parecido com uma chave dourada. Do que sorriam? Que relíquia seria aquela que Kalyan guardou no bolso com tanto cuidado?

Sem dar nenhuma pista antes de sair da mansão, o senhor Govinda se despediu de modo enigmático, atitude que não combinava com seu caráter sempre franco:

– Até amanhã, senhora Aishi Dora!

Dizendo isso, o sábio tomou o braço do senhor Sungso e ambos foram embora junto com os recém-casados.

– O senhor vai dormir na pousada? – perguntei diante do portão fechado.

Desde que eu havia me prontificado a cuidar do convalescente para que o restante da família pudesse aproveitar o feriado, o senhor Govinda e o neto transformaram-se em dois seres cheios de segredos. Cheguei a pensar que estivessem constrangidos pelo fato de que eu ficaria em casa enquanto todos poderiam passear e se divertir. O que meus queridos amigos não conseguiam entender era que eu detestava lugares agitados e apinhados de gente. No dia seguinte, eu teria uma viagem cheia de imprevistos pela frente e nada seria melhor do que descansar.

Acima de todas aquelas razões pessoais, estavam as necessidades de Kalyan e dos outros. Como Philip e Jin não podiam se ausentar do trabalho naquele momento tão importante, convenci o senhor Govinda que esquecesse de vez o Monte Sihari e que ficasse com o casal na pousada, um bom lugar para acomodar o senhor Sungso.

Nosso querido jovem estava medicado e se recuperava bem, de modo que seria um prazer cuidar dele durante aquela tarde. Por via das dúvidas, coloquei uma cadeira a mais na varanda, caso nós dois decidíssemos ver o céu na hora do Eclipse.

Até mesmo o jantar seria facílimo de preparar. Queria aprender a usar o fogão à lenha, sempre tão inacessível por causa da presteza dos empregados. Ao mesmo tempo, estava curiosa para fazer o tal caldo medicinal que Kalyan tinha tomado pela manhã. Aquela sopa antiquíssima, receita de xamã, tinha de ser consumida imediatamente após o preparo, de modo que eu estava ansiosa para ir à cozinha na hora certa. Como ainda era cedo e Kalyan dormia tranquilamente há mais de uma hora, eu não precisava ficar tão preocupada.

Assim, decidi espairecer um pouco e desfrutar com preguiça o meu último dia em Metha. Depois das fortes emoções do dia, meu corpo estava relaxado e os únicos sons perceptíveis eram o farfalhar das folhas e as vozes dos festejos ao longe. Enquanto me esquecia do tempo em um dos ofurôs da mansão, pensei em Tao Wong e em como estariam os trâmites para meu retorno ao Brasil. Àquela altura, a notícia de que havia uma brasileira vivendo clandestinamente em um país distante já tinha se espalhando com rapidez, ainda mais porque a situação envolvia um acidente com vítimas fatais e um drama de comoção popular.

Ainda que tudo aquilo me atemorizasse, sentia que trilhava o caminho certo e nada seria capaz de modificar os meus planos. Por isso, estava decidida a conferir mais uma vez a minha bagagem (aquilo já tinha virado uma mania), quando fui obrigada a parar diante da porta. Em meu quarto, uma visita inesperada assustou-se assim que cheguei.

– O que está fazendo fora da sua cama, mocinho?

Como um menino pego com as mãos no pote de balas, Kalyan soltou meu travesseiro e cruzou os dedos fingindo espontaneidade. Em seguida, levantou-se e sorriu.

Antes que ele saísse, peguei o embrulho que estava à sua espera desde o casamento de Jin. Assim que Kalyan abriu o presente, ficou muito agradecido e fez menção de me abraçar, mas foi minha vez de fingir que estava à vontade quando, no fundo, sentia-me constrangida. Dei de ombros e segurei o papel enfeitado como se o abraço que nunca aconteceu tivesse, enfim, acontecido. A cor instigante da camisa, minha marca registrada, poderia ofuscar os olhos dos menos avisados, mas para o jovem acostumado às estridentes audácias de suas roupas em Serkong Trin, o tom do tecido não o incomodou e foi motivo de alegria.

De repente, ele se levantou e disse algo em meus ouvidos que, embora eu não soubesse o porquê, deixou-me toda desconcertada. Esforçando-se para não parecer doente, ele saiu do quarto e logo voltou com uma bolsa a tiracolo. Dentro dela, então, ele guardou uma carteira, uma calça branca e a camisa que tinha acabado de ganhar. Antes que eu pudesse entender suas intenções, Kalyan colocou minha mochila em seus ombros, tomou-me pela mão e me conduziu pelas ruas da cidade.

Enquanto andávamos, pensei nos caminhos que percorremos juntos em Serkong Trin. Era sempre daquela forma: ele um pouco à minha frente, conduzindo meus passos para um rumo desconhecido que, de qualquer maneira, eu confiava e queria. Foi assim no dia em que ele me levou para o Templo do Sol e era assim daquela vez!

***

Dentro do peito, sentia uma velha sensação de felicidade enquanto prosseguíamos por aquelas estradas incertas, porém, maravilhosas.

Primeiro, fomos até o Monte Sihari para ver a festa e os enfeites pendurados nas árvores. Ainda era cedo para o Eclipse, mas mesmo assim muitas pessoas já se organizavam por ali com suas famílias e amigos. Alguns trouxeram telescópios e ficamos com pena quando uma moça pediu para tirássemos uma foto ao lado das amigas. Como ela deu a entender que desconhecia o fato de que as câmeras e celulares não funcionavam em Metha, achamos melhor não destruirmos sua esperança e Kalyan acabou fingindo que tirou a foto.

Assim que saímos daquela bela paisagem, o jovem levou-me para uma praça onde vários músicos tocavam flautas, harpas e instrumentos de percussão. Sentamos para ver o espetáculo, mas infelizmente o festival já estava no fim. Para encerrar o evento, uma cantora lírica fez uma apresentação fantástica e todos nós aplaudimos emocionados.

A poucos metros daquela praça, as piscinas de águas quentes estavam convidativas e cheias de banhistas. Meu querido acompanhante resolveu dar um mergulho, mesmo depois que tentei lhe explicar que sua perna ainda não estava curada. Sem que pudesse fazer mais nada além de esperar que ele se divertisse, fiquei na beirada da piscina segurando nossas bagagens e tentando adivinhar qual seria o melhor caminho para nos levar até a pousada. Eu tinha certeza de que estávamos indo para lá e achei que o senhor Govinda ficaria muito feliz quando nos visse de repente!

Enquanto pensava em tudo aquilo, um grupo de religiosos cercou-me com seus cantos, sua aura mágica e sua alegria. Eles tocavam sinos, pandeiros e batiam palmas enquanto dançavam. Em seus olhos, pude ver aquela centelha expansiva que só podia ser conquistada depois que o coração ficasse anos longe do cinismo. Naquela claridade nascida da fé, toda a condição humana parecia mais fácil e toda agrura perdia o dom da eternidade. E se a razão precedia a fé, se a crença precedia a confiança, aqueles olhos sagrados precederam o rosto de Kalyan bem ao meu lado. Quando vi sua pele molhada em pleno Sol, lembrei-me do dia em que nos conhecemos na cachoeira...

Lirismo à parte, fiquei preocupada com sua saúde, ainda que a perna não estivesse sangrando. Como suas roupas estavam encharcadas, a febre poderia voltar e não tínhamos à nossa disposição nenhum remédio ou sopa feita por xamãs. Apesar das minhas angústias, o jovem parecia bem-disposto e cheio de vitalidade.

Andando calmamente e sem qualquer inquietação, encontramos uma alameda adornada por árvores frondosas e entramos em um restaurante modesto onde Kalyan fez questão de escolher uma mesa para nós. Enquanto ele saiu para trocar suas roupas, pedi ao atendente que nos trouxesse suco e qualquer outra coisa que tivesse sobrado depois daquela invasão de turistas.

Como o estabelecimento fecharia mais cedo, a comida chegou em um piscar de olhos e meu copo quase caiu quando Kalyan voltou para a nossa mesa! Céus! Ele ficou muito bonito com a camisa nova e era difícil dizer se aquele brilho todo vinha do tecido luminoso, do seu sorriso ou dos meus próprios olhos.

***

Pegamos a direção oposta à pousada de Tao Wong, mas Kalyan não me deu atenção quando tentei lhe mostrar que estávamos no caminho errado. O céu começou a escurecer e tomamos um atalho rumo aos montes em volta da cidade.

Os cantos sagrados, risos e aplausos ficaram cada vez mais longe. Após uma subida íngreme, chegamos ao topo de uma colina, onde uma casinha branca repousava no meio da natureza.

Lá de cima era possível ver os vales se perdendo ao longe e desaparecendo lentamente por trás das névoas. As copas das árvores se comportavam como um oceano de ondas verdes que balançavam com o vento. Os rios que atravessavam aquelas terras refletiam o céu e suas águas reluziam o mesmo tom prateado dos trilhos. A linha ferroviária cortava as montanhas, renascia da boca dos túneis e chegava à estação de Metha de maneira certeira e irremediável.

Quando paramos em frente à casinha, Kalyan tirou do bolso o mesmo objeto dourado que o senhor Govinda tinha lhe dado horas antes. Com um gesto rápido e certeiro, ele girou a maçaneta e convidou-me a entrar. Assim que meus pés tocaram o piso rústico da sala, Kalyan fechou a porta e a chave brilhante voltou para o seu bolso.

Eu sabia muito bem onde estávamos. Aquela era a casa da colina, o lugar onde Kalyan tinha passado os melhores momentos de sua infância! Era exatamente ali que ele se refugiava antes das dolorosas partidas para Serkong Trin e, mais recentemente, foi naquela casa que os homens do senhor Govinda tinham procurado pelo senhor Sungso quando ele desapareceu.

Apesar de isolada e quase perdida entre as árvores, a simpática casinha estava muito limpa e organizada. Algumas folhas secas se espalhavam pelo chão e uma fina camada de poeira deixava a madeira dos parapeitos levemente mais clara. Fora aquilo, os cômodos estavam arrumados e exalavam um perfume gostoso, o que me fez pensar que a família tratava o lugar com o mesmo carinho com que cuidava da mansão.

Como era de seu costume, o jovem pegou seu cantil e me ofereceu um pouco de água. Andamos pela sala e reparei em uma lareira muito bonita, algo que me fez lembrar o meu lar no Mundo Azul.

A cozinha era quase tão pequena quanto a de uma casa de bonecas e nela havia uma mesinha com dois banquinhos estreitos nos quais apenas uma criança poderia se sentar. Talvez aqueles fossem os lugares em que Kalyan e Jin costumavam ficar quando eram pequenos.

Na sala, havia uma porta corrediça para o terraço que Kalyan empurrou sem dificuldade. De repente, ficamos diante de uma vista ainda mais bela do que a que tínhamos visto do lado de fora.

– Que bonito! Vamos ver o Eclipse neste terraço?

Por um rápido momento, tive a impressão de que o senhor Govinda, o senhor Sungso, Jin e Philip sairiam de trás das cortinas, como aquelas clássicas cenas de festas surpresas! Entretanto, não havia mais ninguém naquela casa além de nós dois.

Então, puxei um daqueles minúsculos banquinhos para o terraço, quando já estava prestes a sentar, o jovem pediu que eu me afastasse e estendeu algumas esteiras de bambus sobre as janelas. Em seguida, foi até a cozinha de bonecas e acendeu a lareira e algumas velas.

De fato, precisaríamos de fogo, pois o céu estava escurecendo e as últimas gotas do dia ameaçavam nos abandonar em plena tarde. Era o início do Eclipse!

– Olhe, Kalyan, o fenômeno vai começar!

Sem ligar para minhas palavras, ele simplesmente me levou para um quarto com muitas almofadas (nossa história estava repleta delas!) e mostrou-me, por meio dos buraquinhos das esteiras sob as janelas, as montanhas mergulhadas em penumbras.

Deduzi que teríamos mais uma sessão de meditação ou que faríamos um ritual qualquer em homenagem à natureza, mas sabia muito bem que, àquela altura, ele não era mais meu mestre.

Com as transformações no céu chegando muito rápido, comecei a ficar aflita porque estávamos perdendo o espetáculo mais aguardado do planeta!

– Vamos para o terraço, Kalyan! Agora!

Corri para a janela e olhei para o alto. Eu não entendia por que Kalyan tinha colocado aquelas esteiras ali para atrapalhar tudo! Mesmo assim, consegui ver a sombra da Lua estampando o infinito com cores que eu jamais tinha visto. O Eclipse produziu no céu o efeito inesperado de uma aurora boreal. Aquilo era uma maravilha, um espetáculo eterno e, ao mesmo tempo, um breve relance de Deus.

Para aproveitar cada detalhe, tentei ir para o terraço, mas Kalyan segurou em meu braço e me olhou de um jeito sério. Como tinha o aspecto cansado e sofrido, ele estava mais sedutor do que nunca!

Antes que eu dissesse mais uma das minhas frases tolas, ele livrou-se de suas roupas e ficou totalmente belo sob os raios coloridos que o alcançavam através das frestas das esteiras. Sem desviar a atenção daqueles efeitos, fiquei reparando como as luzes e as sombras do mundo tocavam nele sem o menor pudor, sem a menor pressa, sem a menor dúvida.

As saliências e reentrâncias da sua nudez me causavam várias impressões, mas a principal era a de estar em pé diante de um vale vertical cheio de ondulações, sem contrastes, sem obstinações, apenas tons naturais de pele e nuances tênues estruturadas à beira de um abismo. Eram as areias da perdição, as dunas de um deserto...

"*Pare agora, Kalyan! Não vê que isso tudo vai nos magoar ainda mais? Eu vou embora amanhã e estes atos loucos não são para nós! Será que você não sabe que haverá sempre um depois, um terrível e longo depois capaz de nos devorar com as* fúrias *da saudade? E que o durante é uma flecha em direção à alma e não há mãos, sorte ou ventos que consigam mudar o seu caminho? Não entende que eu jamais serei uma namorada, que minhas retinas vão explodir e que não tenho perspectivas?*"

Em resposta aos meus pensamentos, ele simplesmente abriu meus botões e tirou meu vestido como se fosse de papel. Então, minha pele reagiu ao contato de seus dedos com um arrepio exagerado que eu quis, em vão, disfarçar. Movida pela mesma timidez, tentei esconder o que pude com as mãos, mas aquilo foi inútil e tive de aguentar aquela miserável vergonha dos que já não têm muito a oferecer.

No entanto, Kalyan não ficou nem um pouco comovido pelos meus dramas e seu olhar percorreu cada milímetro do meu corpo com volúpia, carinho e desejo. Quase que instintivamente, dei um passo para trás, mas ele me puxou para si com a mesma intensidade com que Nigma me prendia em suas intenções incandescentes.

Com uma força que não aparentava ter, ele ergueu-me em seus braços e sentou-me sobre o aparador embaixo da janela, onde a chama de uma vela solitária estremeceu levemente.

Depois, de um jeito que eu não esperava, seus olhos ficaram úmidos e ele lançou-se sobre mim em um abraço escurecido pelas inúmeras tormentas que haviam nos separado até aquela tarde.

Meu corpo, desacostumado às felicidades da vida, decodificou tudo errado e fui invadida por muitos calafrios fora de hora. Por isso, Kalyan me apertou ainda mais e ficamos daquele jeito, aconchegados por um longo tempo, à espera de que tudo se acalmasse dentro de mim.

Assim, encostei o rosto em seu coração e ouvi o único som que me importava. Lembrei-me das lanternas amarelas flutuando nas águas do Grande Rio após o virtuoso mestre receber as grandes honras de Serkong Trin. Em breve, pensei, eu estaria como elas, vagando ao longe à espera do destino.

Porém, ao abrir os olhos, não havia mais solidão e eu estava diante da luz! O sorriso daquele a quem eu amava era repleto de boas esperanças! No abraço apertado que me acolhia sem reservas, voltei a ser grande e, ao mesmo tempo, pequena, uma menina com o corpo encolhido e a alma tão expandida quanto o universo acima de nós.

***

A noite chegou e fui arrastada para dentro daquelas taças onde era possível beber os dons da eterna dissolução, algo que o amor propicia só de vez em quando na vida...

O Eclipse tinha passado e Kalyan estava tão solto quanto os desmandos do tempo lá fora.

Depois de acariciar minhas mãos sem qualquer ansiedade, levantou meus cabelos e avançou sobre minha nuca como se ali tivesse algo muito importante que precisava ser encontrado de qualquer maneira. Por isso, Kalyan beijou e sussurrou palavras indecifráveis em meu pescoço, tentando retirar da pele um mel que não saía de jeito algum. Então, foi procurar pelo tal mel nos lugares certos e tive de fechar os olhos para não morrer...

Ao deitar na cama cheia de tecidos esvoaçantes que não tinham nenhuma utilidade ou razão de existir, comecei a cair em um labirinto que eu bem sabia não teria volta. De repente, tive a grande sorte de perceber que minhas fantasias não chegavam nem perto da realidade, ainda que tudo aquilo tivesse a raíz inefável de um sonho.

E, enquanto fazia amor, havia em Kalyan algo diferente, um enigma capaz de ocupar o coração e a mente de uma mulher por séculos a fio.

É que seu corpo, as dunas do deserto, parecia dividido em duas partes aparentemente opostas, que seguiam unidas rumo a um objetivo em comum. Como elas se alimentavam uma da outra, eu não entendia por que se reviravam tanto sobre mim à procura de mais alguma coisa!

Assim, a parte de cima era meiga, humilde, serena. Beijava meu rosto com todo cuidado, afagava as mechas dos meus cabelos e implorava por atenção. Enquanto esparramava segredos e lágrimas em meus ouvidos, aquela parte dócil de Kalyan mostrava o quanto ele precisava dos meus lábios, do meu carinho, do meu olhar.

A outra, no entanto... A outra cortava tudo como uma faca, brilho do aço, lâmina ao Sol!

Era a parte que abria todas as portas, que não acreditava nos limites e que me conduzia para onde queria. Com a malícia de um vulcão esquecido, trazia consigo a essência remota das montanhas e de tudo aquilo que nunca se esconde, porém, espera. Por isso, ela avançava de todas as formas em mim, machucava, ardia e fazia arder com seus rios repletos de lavas contidas.

***

Capítulo Cinco

MUNDO ROSA

Ficamos abraçados durante muito tempo. Embora fosse imperceptível e se escondesse atrás dos meus olhos embevecidos, um desespero mudo foi crescendo e tomando conta de tudo que me habitava.

Enquanto o céu ficava cada vez mais claro e definido, contei silenciosamente os segundos na expectativa de que algum milagre atropelasse minha vida e, por pura piedade, parasse os ponteiros do relógio. No entanto, quando abrimos a porta da casinha branca, já tinha amanhecido e entendi que aquele anseio era apenas o último suspiro da minha esperança.

Com força equivalente, outra voz poderosa me dizia que já era hora de partir. A razão conduzia minhas certezas e, ao mesmo tempo, uma intuição aguçada e inexplicável caminhava ao meu lado.

Para os menos avisados, insistir em embarcar em um trem depois de tudo seria um ato de covardia. Quem, nos dias de hoje, poderia jogar fora uma paixão tão grande? No entanto, para mim, as coisas tinham um compasso diferente e vocês bem sabem o que afirmei logo no começo destas memórias. Minha verdade última, ou seja, aquela que foi espremida ao máximo até atingir seu extrato básico, aquele sumo indivisível em que a consciência e as ações não suportam ir além, poderia ser resumida na seguinte frase: eu não seria capaz de viver ao lado de um rapaz tão novo! Ponto. Simples assim.

Apesar de tudo, não havia preconceito algum na base dos meus sentimentos. O interesse indisfarçado de certas jovens pelo cinquentão Tao Wong e o amor do senhor Govinda pela senhora Helena, anos e anos mais jovem do que ele, eram inspiradores e completamente respeitáveis. Entretanto, a mesma fórmula não se aplicava à minha vida. Do mesmo jeito que eu não concebia a ideia de envelhecer ao lado de Kalyan, não via dignidade alguma em fazer parte das galeras expressivas da terceira idade, tais como o casal Oldfitness e suas aulas de não sei o quê, suas fórmulas para manter a saúde, a forma, a alegria. Eu fizera isso no passado, lembram-se? Gastei quase todo o meu dinheiro investindo em subterfúgios para retardar o inevitável rumo do meu corpo. Entretanto, depois de tudo que vivi e aprendi no Oriente, não aceitava mais aquele tipo de engano.

Prestes a deixar meu amor em um país distante, tudo que me restava era a coerência e a franqueza. Ambas eram tesouros que o tempo e as aparências não poderiam roubar.

Além daquelas joias, por vezes dificílimas de carregar, consegui aceitar a natureza efêmera de todos os fenômenos, inclusive os de completude e serenidade. Afinal de contas, o que era a minha vida além de uma sucessão de relâmpagos significativos, rápidos, luminosos e intercalados por uma escuridão que me deixava perdida e com saudades de suas luzes?

Ainda que eu estivesse arrasada naquela manhã rumo à estação de Metha, um sentimento muito bom alojou-se dentro de mim. Aquela espécie de paz nascida num momento tão triste era a porção de relâmpagos mágicos que os céus tinham me dado de presente.

***

Mais real do que as árvores da colina e mais sincero do que os pedidos de Kalyan para que eu ficasse ao seu lado, o cenário urbano e organizado de Metha surgiu como um atalho para a realidade. Era hora de acordar e seguir em frente.

Assim que reencontramos a cidade, senti que aquelas ruas agitadas contagiaram meu espírito com sua jovialidade e descompromisso. A maioria das pessoas não tinha dormido, nem desistido de empurrar o fim da festa para outro dia. De maneira oposta, os mais desesperançados estavam decepcionados com a nova manhã, pois o Eclipse não tinha colocado um ponto derradeiro no mundo.

Enquanto observava os telhados coloridos daquelas casas tão simpáticas, olhava com desconfiança em direção aos pequenos grupos que ainda cantavam no centro das praças. Por sorte, eu e o jovem parecíamos invisíveis. Era um grande alívio perceber que nem os fãs nem os agressores de Kalyan estavam por perto. No fundo, queria que apenas nós dois existíssemos.

De vez em quando, meus pés perdiam o chão e meu corpo era arrastado para um espaço sem gravidade. Durante aquela sensação leve e aflitiva demais para um íntimo apertado como o meu, Kalyan tornava-se minha referência e meus passos conseguiam avançar. Sua mão conduzia a minha como um arreio em miniatura, apertando os frouxos nervos do dorso quando estávamos em um declive qualquer, em um degrau inesperado ou num ponto escorregadio da rua e, de maneira oposta, soltando-os quando o caminho se mostrava seguro.

Aquelas impressões encantadoras eram capazes de estancar a hemorragia dos segundos, mas, mesmo assim, avistamos a plataforma da estação e percebemos que o tempo tinha passado. O Sol já estava alto e a manhã tinha voado depressa.

Por causa do atraso, chegamos esbaforidos e o senhor Govinda já aguardava por nós ao lado de dois homens que deveriam fazer minha segurança até a capital. Assim que nos viu, o sábio mostrou-se satisfeito e abriu os braços quando passamos pelas rudimentares catracas de ferro. Para ele, nossas preocupações não tinham relevância. Os ponteiros do relógio do senhor Govinda eram feitos de elástico e, em sua visão Yudishi, o momento pedia dimensões maiores para reflexão do que "este ou aquele" horário. De fato, minha viagem seria um marco, não importando de que lado do trem cada um estivesse na hora do adeus.

Logo depois que cumprimentamos o senhor Govinda, outros amigos vieram nos receber com muita emoção. Instintivamente, soltei as mãos de Kalyan quando Jin veio correndo ao meu encontro. Pensei que ela ficaria magoada com a indiscreta satisfação que emanava do meu sorriso, mas a moça não ligou para nada daquilo e jogou-se em meus braços com aquele seu jeito de criança.

– Viajar mesmo, senhora Aishi Dora?

– Sim, mas vou dar um jeito de fazer com que sua madrinha volte para você. Pense nisto!

Philip e o senhor Sungso, por sua vez, não me abraçaram e estavam um tanto quanto paralisados. Tão logo o senhor Sungso amarrou o boizinho do Tao Wong do outro lado da rua, percebi que aquele momento de despedida estava sendo difícil demais para ele.

Para quebrar o gelo, Philip ofereceu o braço para o idoso e ambos se aproximaram com belas flores de presente. Depois que causas previsíveis congelaram suas reações, eles subitamente pararam de conversar comigo e se limitaram a olhar para os trilhos que se perdiam ao longe.

– Caminhos novos. Mudanças! – comentou Philip.

Sem qualquer aviso, Kalyan afastou-se e foi para o último banco da plataforma.

Fui atrás dele e coloquei entre nós minha mochila como se precisasse de alguma barreira concreta para evitar sua proximidade. De soslaio, tentei controlar seu perfil, sua aura, seus pensamentos. Como era de costume, Kalyan estava tranquilo e docemente calado. Seus interesses perdiam-se na paisagem e sua alma parecia espreguiçar-se acima das montanhas. Até sua maneira de sentar-se era bonita, como uma daquelas alvas representações de Buda meditando sob a flor de lótus. Eu, de maneira oposta, tinha o corpo abandonado em uma postura horrível, as costas encurvadas e os braços tentando proteger algo na frente do corpo. O senhor Govinda, então, colocou umas moedas nas mãos do neto e depois o dispensou como se ele fosse um menino de recados.

– Minha querida Aishi Dora! Quer mesmo continuar com isto?

Sorri sem vontade de sorrir, falei sem vontade de falar e, depois de tudo, o sábio identificou em mim outros sinais que correspondiam àquele medo tão embargado que antecede as grandes despedidas.

O senhor Govinda ofereceu-me o braço como sempre costumava fazer enquanto conversávamos em seu jardim. Por fim, disse pensativo:

– Foi só uma questão de tempo para que a história se repetisse! É curioso observar como alguns destinos se tornam semelhantes. Eu e meu neto, por exemplo. Somos dois homens abandonados pelas brasileiras que amamos nesta mesma estação!

Meus olhos percorreram o mundo e logo encontraram Kalyan. Ele estava distribuindo doces para algumas crianças que mendigavam na estação e com o tempo a cena tornou-se poética. As crianças espalharam os papéis dos doces pela plataforma e Kalyan pediu a elas que os recolhessem. O vento estava forte e jogava tudo para o alto, para cima e para os lados. Como Kalyan era um moço meigo, a molecada não levou seus pedidos a sério e ele mesmo teve de recolher o lixo. Enquanto os papéis dançavam bem na sua frente, o pobre rapaz fez um esforço danado para agarrar o que podia, enquanto todas as crianças riam a valer.

Olhando para tudo aquilo, fiquei com medo da imensa saudade que estava por vir.

De uma maneira carinhosa, o querido senhor Govinda deu um jeito de chamar minha atenção para aquilo que meus dedos apertavam tão distraidamente. Eu segurava várias coisas diferentes e não prestava atenção a qualquer uma delas. Eram as minhas passagens, uns papéis com descrições minuciosas do trajeto, bilhetes contendo os endereços do amigos do sábio caso eu me perdesse de Tao Wong, pequenos presentes que eu deveria entregar para a senhora Helena e, por último, uma considerável quantia em dinheiro, pela qual senti grande constrangimento, mas "sem nenhuma chance de recusa", conforme suas palavras...

O trem estava atrasado, mas poucas pessoas aguardavam pelo embarque ao lado de suas bagagens. A maioria dos turistas ficaria durante mais tempo na cidade e o palpite de Tao Wong de que o primeiro trem após o Eclipse estaria vazio mostrou-se completamente correto.

Depois de olhar para os outros passageiros, tentei ajeitar melhor minha mochila para colocar dentro dela os pequenos presentes que o sábio tinha me confiado. Não tive dificuldade alguma em guardar todos eles, pois eram leves e não faziam volume.

– Dentro desses embrulhos estão pedrinhas, flores secas e outras relíquias. A senhora sabe que sou um homem de muitas posses, então, é possível que esteja intrigada com tudo isso.

– Oh! Senhor Govinda! O que posso dizer?

De fato, o nobre Yudishi poderia comprar para sua família tudo o que quisesse, no entanto, ele optou pelos objetos mais simples do mundo.

– Por que estou enviando para minha família estes presentes tão simples? – perguntou ele como se aquilo fosse uma charada.

– Porque geralmente os pequenos objetos guardam as maiores lembranças – respondi, orgulhosa da minha sabedoria.

O senhor Govinda foi mais longe.

– Por acaso, os presentes caros não têm o valor?

Quando percebi que realmente não sabia onde o nobre queria chegar, dei-me por vencida e pedi a ele que me explicasse suas considerações.

– A resposta é simples, senhora Aishi Dora! Os presentes singelos foram escolhidos por mim porque são pequenos e, sendo assim, não farão volume na sua mochila. Só por isso! Para mim, valem mais as lembranças enviadas pelas mãos de uma querida amiga do que qualquer outra coisa. Ah, senhora Aishi Dora, assim como a mensagem deve ser compatível com as qualidades do mensageiro, todo presente, para chegar ao seu destinatário, deve levar em conta as condições do entregador. Assim foram as meditações conduzidas por Kalyan. Elas tiveram o valor e o tamanho certos para o seu coração. Por que não consegue entender o que ele lhe deu e os muitos outros presentes que virão?

***

Tudo parecia tranquilo até que, inesperadamente, ouvimos alguns pedidos de socorro vindos das proximidades.

O tumulto começou na parte central da estação e só conseguimos ver as crianças que estavam ao redor de Kalyan pulando em seu colo para se protegerem de alguma coisa que ainda não sabíamos o que era. Ao mesmo tempo, algumas mães agarram os filhos de qualquer maneira e muitas pessoas iniciaram uma fuga desordenada rumo ao lado de fora.

Embaixo dos meus pés, o piso de madeira da plataforma começou a balançar e tive a sensação de que a terra tremeu. De repente, um barulho estridente fez com que o senhor Govinda e eu ficássemos em pé. Uma barra de ferro batia vertiginosamente contra as catracas e o alvoroço que já era grande ficou ainda maior.

Um funcionário apareceu para contornar a situação, mas nem ele nem a pessoa mais adequada para o desafio, o senhor Sungso, tiveram êxito. A correria, os gritos e até mesmo as estátuas da Serpente e do Dragão só serviram para aumentar o problema.

Um ser incontrolável estava disposto a me encontrar! O grandalhão continuava debatendo-se e lançando o corpo para o alto, tentando vencer a força da gravidade e o obstáculo imperioso a sua frente. A missão era impossível e só poderia ser perseguida por uma criatura com tremenda dificuldade para antever consequências.

– Cuidado! – gritaram alguns rapazes, enquanto tentavam impedir o avanço do desastre.

O animal, então, jogou-se para a frente e, em um impulso inesperado, conseguiu a proeza de elevar-se para além dos limites da sua própria anatomia. No entanto, ao estatelar-se na plataforma de madeira, machucou as patas, ficou grogue e começou a andar como se estivesse desorientado.

Só deu tempo de Jin colocar as mãos na cabeça:

– Senhora Aishi Dora! O boizinho!

Minha nossa! Eu tive de intervir.

– Escute aqui, amiguinho! Você não pode ir embora comigo. No lugar onde moro, existem açougues e matadouros horríveis capazes de assustar até os mais corajosos como você. É melhor viver aqui ao lado destas pessoas tão bondosas.

Depois daquelas palavras, o boizinho se acalmou e todos acharam graça.

***

O trem surgiu entre as montanhas e foi se aproximando lentamente. Quando parou e abriu as portas, meu corpo ficou tão pesado quanto aqueles vagões de aço. Talvez, por isso, meus braços não me obedeceram e tornou-se cada vez mais penoso colocar minha mochila nas costas, ainda que ela estivesse fácil de carregar, como o senhor Govinda havia ressaltado.

Momentos antes, o senhor Sungso decidiu levar o boizinho embora, com receio de que ele ficasse ainda mais agitado quando visse o trem. Da mesma forma, o jovem casal aproveitou a oportunidade e voltou para a pousada.

Sendo assim, no momento da minha partida, éramos apenas o senhor Govinda, Kalyan e eu. Nosso abraço foi intenso e silencioso.

Depois que Kalyan fez uma promessa, o senhor Govinda se emocionou e levantou as mãos para o céu:

– Aishi Dora e Dharmaraj! Lindos! Eternamente unidos! Porém, são como dois grãos de areia em uma ampulheta. Na maior parte do tempo estão separados, vivendo longe um do outro. No entanto, de tempos em tempos, a ampulheta faz um movimento rápido e os dois grãos se juntam de novo. E, quando isso acontece, meus amigos, tudo se enche de luz!

***

Enquanto o trem chacoalhava entre precipícios insondáveis, eu checava cada item de tudo aquilo que o senhor Govinda havia me dado. As passagens, os embrulhinhos, o dinheiro. Apesar do exagero e do cuidado desproporcional, era ótimo saber que alguém se preocupava tanto comigo.

O verde maravilhoso das paisagens trazia bons fluidos. Olhando para os detalhes das redondezas descortinados pela lentidão do trem, puxei uma considerável quantidade de ar para dentro dos pulmões e dei graças por não ter deparado com desmoronamentos e chuvas perigosas, tais como os que Tao Wong havia enfrentado durante suas tentativas de retorno ao Templo do Sol.

Daquela vez, o trajeto de Metha à capital foi tranquilo e bem diferente da minha traumática chegada à Serkong Trin há cerca de dois. Tudo estava tão calmo que os guarda-costas fortões destacados pelo senhor Govinda para ficarem ao meu lado se deram ao luxo de cochilar. A atmosfera amistosa criada pelos passageiros jovens que contavam e riam de suas aventuras atenuava a impressão assombrosa de que estávamos pairando sobre os abismos. Ainda bem, pois entre os nossos assentos e o nada existiam apenas algumas janelas de vidro...

Eu bem que poderia cochilar também, mas estava gostando de ficar acordada para lembrar os momentos que vivi naquela bela cidade. Algumas recordações eram mais amenas, outras mais inquietantes. De tudo aquilo, sobressaía a certeza de que me sentia abençoada.

De fato, aquelas imagens me acompanharam durante toda a viagem. Nem percebi quando, horas depois, paramos na estação da capital.

Tão logo chegamos, Tao Wong veio ao meu encontro e confesso que fiquei tão alegre quanto uma criança! Até aquele momento, não tinha certeza de que nosso plano daria certo. Muitas dúvidas passaram pela minha cabeça, principalmente porque eu não sabia o que de fato me aguardava até chegar à Índia e muito menos ao Brasil. Além daquilo tudo, confesso que cheguei a desconfiar da palavra de Tao Wong que, em última instância, era um homem de coração partido.

Não posso dizer a vocês que, durante minha estadia na capital, consegui manter distância do tailandês tanto quanto eu queria. O sentimento de gratidão logo se transformou em culpa e aquele tipo estranho de endividamento pressionou minhas ações para além dos jantares amigáveis...

Colocando os holofotes sobre Tao Wong, não pensem que fui fútil ou leviana. Girando as mesmas luzes para Kalyan, quero que jamais passe por suas mentes que fui infiel. Pelo contrário. Entre o certo e o errado, posições em que pressionamos nossas convicções para construir e manter o caráter, existem pontos de maleabilidade interessantes que nos permitem ir em frente sem causar muitos danos. É possível trancar coisas em uma caixa, abrir outra e depois guardar tudo em um único armário sem que seus conteúdos entrem em conflito.

Sendo assim, o que sobrou para o tailandês não se situava em extremos. Não havia um coração quebrado para resgatar nem uma mulher impassível lutando contra o passado. O que Tao Wong teve nos braços foi a parte ponderada do meu universo, o sim pelo sim, a concessão pela concessão, tudo de um jeito desalinhado e diferente da força estrondosa que levava as pessoas ao amor.

Durante um tempo, a obturação permitiu que nos alimentássemos daquele relacionamento sem maiores dificuldades, mas depois, devido ao fato de que seu material era poroso demais, a estrutura desmoronou.

Meu desempenho nada impetuoso repercutiu dentro de Tao Wong como um pesadelo que passou a ser compartilhado por dois cérebros teimosos, o meu e o dele. Meu coração ficava fora da jogada e era isso que o magoava. Eu era uma composição musical desafinada, uma sinfonia que ele deveria acabar, achar as notas que faltavam, incutir ritmo, valor, relevância. De maneira contrária ao previsto, minha frieza não trouxe para nossa convivência aquela famosa decepção que tão bem conhecemos quando não há sintonia entre os envolvidos e tudo que consegui foi um maestro cada vez mais apaixonado e disposto a me trazer de volta ao "concerto".

Quando estávamos na Índia, as prioridades do meu grande amigo se mostraram totalmente opostas às minhas. O exemplo mais claro ocorreu quando comparecemos ao Consulado Brasileiro para dar um basta à minha condição peculiar. Meu humor estava péssimo e eu tinha muita insegurança a respeito das entrevistas que deveria fazer e dos papéis que deveria assinar. Depois de esperar por quase uma hora em uma fila constrangedora para "imigrantes", posto que seções específicas para "pessoas que tiraram proveito de uma fatalidade ou falsos desaparecidos" não existiam por ali, tive de contar a mesma história umas seis vezes e mergulhar meus dedos nas almofadas de carimbos mais nojentas do mundo. Não sei o porquê, mas aquela tinta desgastada me lembrou dos rostos dos brasileiros, aquela gente morta que eu queria tanto, de fato, esquecer. Enquanto isso, meu amigo tailandês estava preocupado apenas se voltaríamos ou não a dividir a mesma cama.

Com menos habilidade do que Tao Wong para condensar os leques de preocupações em um único item, eu comecei a me sentir cada vez mais apreensiva e só sosseguei quando as autoridades me comunicaram oficialmente a data e o horário do voo para o Brasil.

Quando o grande dia chegou, tive muito trabalho para convencer Tao Wong de que nossos destinos, embora próximos, eram paralelos e que jamais poderiam se encontrar. Daquela maneira, preferi embarcar sozinha para o Rio de Janeiro. Quando o trem de pouso tocou o solo brasileiro, um aperto gigantesco estrangulou minhas amídalas até que eu ficasse com vontade de chorar.

***

As luzes do Galeão animavam meus olhos e traziam boas perspectivas ao meu semblante cansado. Como não tinha dormido um único minuto, a imagem lúgubre de Tao Wong me fez companhia durante todo o tempo. No

momento do adeus, ele jurou que ficaria aguardando por mim o tempo que fosse necessário. Aquela promessa foi sincera e não deixava espaço para outras interpretações... Por que Kalyan não tinha feito uma promessa como aquela? Por que suas palavras na hora do adeus deixaram tantas dúvidas?

Com a ajuda do setor de informações do aeroporto, fui até o posto da Polícia Federal para o último aval da minha entrada no país. Devido à frieza e à demora no atendimento, os oficiais não entenderam por que eu havia ficado tão emocionada na presença deles! Para mim, claro, aquela era uma situação única e eles eram os primeiros compatriotas com quem eu havia interagido depois de quase dois longos anos!

Silenciosamente, fiz uma oração para Álvaro e para todos que haviam falecido no Grande Rio. Naquele momento, realmente senti gratidão por estar viva.

Depois que fui liberada, o gosto da liberdade e a sensação de missão cumprida me arrancaram um sorriso indisfarçado. O que mais eu poderia desejar? Apesar de não querer mais nada, meus sentimentos ousaram outra resposta: sim, eu queria mais alguma coisa!

Em plena madrugada, não seria sensato procurar pela senhora Helena, nem mesmo telefonar para Carlos ou para meus amigos. Então, cansada demais para procurar um hotel, ajeitei-me em um banco qualquer e dormi abraçada na mochila.

***

Nada do que as lanchonetes do aeroporto vendiam parecia apetitoso. Além das fotos luminosas na parede que não correspondiam à realidade, alguns balcões expunham apenas modelos de plástico do que seriam os lanches de verdade. Os alimentos comestíveis eram preparados "lá atrás" e, quando migravam para as mãos dos clientes, pareciam tão endurecidos quanto suas réplicas. Como eu não queria colocar aquelas maquetes dentro do estômago, arrisquei uma saladinha de frutas inofensiva, mas, logo na primeira colherada, percebi que teria um longo caminho pela frente para readaptar meu paladar.

Depois de lavar o rosto e de ajeitar os cabelos, decidi ligar para a senhora Helena. Na verdade, eu já devia ter feito aquilo antes. O domingo tinha amanhecido e nada justificava aquela protelação.

Quando finalmente meus dedos escorregaram pelo teclado do telefone público, foi o número de Carlos que me surgiu na memória.

– Alô! – disse ele ao longe.

Depois que venci o medo e disse "oi", aconteceu algo que eu temia. O silêncio entre nós ficou cada vez mais pesado e só não desliguei porque estava perdida em um país que, de fato, já não era tão meu. O peixe e o aquário permaneciam iguais; o que tinha mudado era a água.

– Carlos, você ainda está aí? Será que alguém pode me buscar aqui no Galeão?

Os segundos mais vagarosos da minha vida deram passagem para os pensamentos mais rápidos do mundo, como se uma coisa tivesse que compensar a outra. Na minha mente, o rosto de Kalyan, as palavras do senhor Govinda, as lágrimas de Jin e o boizinho subindo na plataforma da estação encerraram o ciclo das imagens magnéticas de Metha. Logo depois, tudo que Tao Wong havia feito por mim surgiu como uma doce imagem e os meus sentimentos por ele ainda estavam no lugar certo.

Enquanto fazia um esforço grande para me concentrar nas instruções de Carlos ("não converse com ninguém, não peça nada antes de falar comigo, aguarde por mim em frente ao guichê número três e, principalmente, não se desespere!"), ficava imaginando como seria meu encontro com a esposa do senhor Govinda. Antes de embarcar para São Paulo, eu iria até a casa da família entregar os presentinhos que me foram confiados.

Depois que segui à risca os quatro mandamentos de Carlos, fiquei mais de duas horas em frente a um balcãozinho de cor deprimente e constatei que nenhum amigo viria me buscar. Em seu lugar, Carlos enviou o doutor Sandro, um advogado de aparência impecável e, ao mesmo tempo, fria. Depois de perguntar várias vezes para a funcionária do aeroporto se aquele era mesmo o guichê número três, ele estendeu-me a mão e me cumprimentou de maneira frouxa.

Tão logo mostrou suas credenciais, o doutor ligou para meu ex-marido a fim de provar para mim que ele era mesmo quem dizia ser. Em pouco tempo, Carlos confirmou que aquele rapaz era um amigo que morava no Rio e que foi "destacado" por ele para cuidar do "meu caso".

Ao tirar o seu celular das minhas mãos como se eu quisesse roubá-lo, o doutor me convidou para um café. Como seu terno era preto, achei curioso o fato de que seus sapatos, meias, mala, agenda e até a tinta da caneta eram da mesma cor!

Enquanto ele fazia um monte de anotações sobre sei lá o quê, disse que Carlos já estava providenciando o pagamento da minha parte sobre a venda da casa em que morávamos antes do divórcio e que tudo seria resolvido o quanto antes, afinal de contas, eu precisaria de dinheiro para viver como qualquer cidadã comum. Em seguida, o eficiente advogado ressaltou que eu teria outras possibilidades de garantir meu sustento, visto que a agência de turismo da dona Vanessa tinha ressarcido as outras famílias das vítimas do acidente. A empresa de seguros envolvida no caso era "dura na queda, mas não invencível", de acordo com a definição do doutor Sandro.

– A empresa achou que, no seu caso, não estava devendo nada, mas agora, com o seu retorno, eles terão uma surpresa! Vamos pedir um valor alto, pois o seu trauma foi maior!

Trauma? Como assim?

Em pouquíssimo tempo, percebi que a viagem de quarenta minutos até o aeroporto de Congonhas seria a mais longa da minha vida. Voltar dos confins do Oriente não foi tão penoso quanto o que estava por vir.

Antes de embarcar com o doutor Sandro, decidi pegar um táxi até a casa da senhora Helena, no Morro de Santa Tereza, para dar fim à nobre missão para a qual fui destinada pelo senhor Govinda.

Depois que saí triunfante da casa de câmbio, olhei para o ilustre amigo de Carlos. De fato, eu queria me livrar dele e até tentei sair debaixo de suas asas pretas, mas, infelizmente, não consegui.

– Nada de andar sozinha! Se vai pegar um táxi para ver sua amiga, vou junto. O doutor Carlos disse que era para te acompanhar o tempo todo. Depois de viver no meio do mato, voltar para a cidade é coisa difícil. Eu tinha um parente que...

***

A casa era bonita, as mangueiras ao redor estavam repletas de frutas maduras e os bondinhos nas ruas criavam o clima ideal para um sonho. Para mim, conhecer pessoalmente a senhora Helena tinha um sabor quase épico!

Para minha decepção, depois de ficar ziguezagueando pelas ruas do Morro de Santa Tereza ao lado do doutor Sandro, descobri que a senhora Helena não estava em casa. Assim que o táxi parou em frente ao portão, uma vizinha veio correndo para falar conosco. Depois de um tempo de conversa, ela finalmente entendeu quem eu era.

– A senhora é a amiga que chegou de viagem? Aishi Dora?

Tive um trabalho enorme para explicar a ela que meu documento estava em desacordo com o meu nome oriental. Assim que a mulher entendeu alguns rudimentos daquilo que eu estava dizendo, contou-me que a senhora Helena tinha me deixado a chave da sua casa e também uma carta.

Assim que abri o envelope, tive a certeza de que deveria ficar mais tempo no Rio de Janeiro.

– Pode avisar o Carlos que não vou para São Paulo agora.

O doutor Sandro fez uma careta e respondeu que tudo bem, afinal de contas, eu não era nenhuma incapaz e que toda aquela preocupação que Carlos tinha comigo só servia para criar encrencas em seu casamento, ainda que Vera Lúcia fosse a pessoa mais pacífica do mundo.

Quando me ofereci para pagar o táxi, ele fez uma careta e aceitou, o que achei de certo modo prático, porém, grosseiro, e em seguida se despediu com um sorriso amarelo, digno dos que não são bons amigos.

– Em breve você vai nadar no dinheiro, pode acreditar! Vamos arrasar aquela agência de viagens! A bolada vai ser grande!

Depois, de um jeito menos falso, ele começou a rir e disse que meu nome oriental tinha som de espirro.

– "Atchim", o quê?

Tão logo o táxi virou a esquina, consegui respirar com mais liberdade. A casa da senhora Helena esperava por mim.

Depois que me entendi com as quatro chaves da porta da frente, tomei um banho e tratei de me acomodar no escritório, uma salinha muito arejada e com tudo que eu precisava: um banheiro privativo, um armário e um sofá-cama.

Foi assim que fiquei morando no Morro de Santa Tereza. Tudo ali tinha um valor afetivo muito grande, todas as lembranças guardadas, todos os retratos espalhados pela casa, toda a alegria do pequeno jardim. A senhora Helena queria que eu tomasse conta do lugar e não tive nenhuma dúvida em aceitar o convite.

E na minha segunda noite de volta ao Brasil, procurei manter a tranquilidade e as inquietações ficariam para o dia seguinte.

Assim que a prestativa vizinha deixou uma sopa sob a mesa e foi embora, li mais uma vez a inspiradora carta que havia modificado meus planos. Infelizmente, ela se perdeu durante minha última mudança e nunca mais consegui encontrá-la. Por sorte, até hoje tenho lembranças muito vivas daquelas palavras e de todos os sentimentos que elas despertaram.

***

Desde o primeiro parágrafo, a senhora Helena deixou claro que já me considerava uma amiga, apesar de não me conhecer pessoalmente. Depois de tudo que o senhor Govinda tinha dito a meu respeito, ela estava disposta a abrir as portas da sua casa e também do seu coração. A bondosa senhora ressaltou que eu poderia morar ali o tempo que fosse necessário e que fazia questão de que não me faltasse nada. Para isso, eu teria a ajuda de sua diarista de confiança, uma senhora de cabelos brancos e de nome difícil (dona Amálcia), e também acesso irrestrito aos seus dois cartões de crédito, cujas senhas estavam no verso da carta.

Se por algum motivo eu reconsiderasse minha decisão e voltasse para Metha, sua felicidade seria ainda maior porque poderíamos viver todos juntos como uma grande família!

Naquele ponto da narrativa, fiquei sabendo que a esposa do senhor Govinda finalmente teve coragem de voltar para os braços do marido! Quanta alegria! Fiquei emocionada só de imaginar...

Ela confessou que minha história incomum trouxera inspiração à sua vida. Além daquilo, as notícias de que Jin havia se casado e de que Kalyan estava disposto a abandonar o Templo do Sol foram decisivas para que a senhora Helena viajasse o quanto antes.

Logo após aquelas palavras tão animadoras, a carta mergulhou em um terreno mais nebuloso. Fiquei impressionada com a sinceridade com que aquela mulher revelou fatos importantes de sua vida, fatos de que eu e o senhor Govinda não tínhamos conhecimento.

Tudo começou há dezoito anos, quando a senhora Helena voltou para a casa dos pais no Rio de Janeiro trazendo dois bebês muito pequenos no colo. As crianças tinham adoecido durante a terrível viagem do Oriente ao Brasil e por milagre escaparam da morte. Naquela época, ela até se lembrou da estranha "febre dos estrangeiros" que havia feito tantas vítimas em Metha antes que ela se casasse com o nobre Yudishi, pai dos meninos.

Até que os gêmeos se recuperassem, a senhora Helena se sentiu muito bem acolhida por sua família e, apesar da saudade que sentia pelo bondoso senhor Govinda, ela estava confiante e cheia de esperanças. Tão grande era sua força e determinação, que logo os seus filhos recuperaram plenamente a saúde!

Quando a cura maravilhosa aconteceu, a jovem mãe ficou ainda mais convencida de que havia tomado a decisão correta. Se estivesse no Oriente, talvez as crianças não teriam resistido àquela infecção tão forte.

Entretanto, bastou que tudo se acalmasse para que os pais da senhora Helena mostrassem suas verdadeiras intenções. Como eram incapazes de aceitar a nova realidade de sua única filha, para quem fizeram planos muito diferentes, impuseram sérias condições para que ela continuasse vivendo sob o mesmo teto.

Primeiramente, a moça teria de esquecer seu acidental casamento do Oriente e nunca mais mencionar o nome daquele viúvo velho e de origens misteriosas, Govinda, a quem ela insistia em chamar de "esposo". Em segundo lugar, ela deveria arrumar um novo companheiro, alguém de prestígio para honrar de novo o nome da família. E, como terceira imposição para sua permanência naquela casa, ela teria de abrir mão das crianças!

Completamente horrorizada pelas propostas indecentes que seus pais haviam feito, a pobre moça resolveu fugir no meio da noite. Ela, que havia abandonado o homem que amava por medo de perder os filhos, de repente viu-se diante do mesmo dilema no Brasil!

Como era enfermeira e tinha trabalhado em vários lugares antes de ter morado em Metha, a senhora Helena logo conseguiu um novo emprego e passou a viver na casa de amigos.

De vez em quando, ela escrevia longas cartas para o senhor Govinda, mas cada vez que se lembrava da forte convicção do marido em jamais abandonar Metha, um grande ressentimento fazia com que as destruísse antes mesmo de colocá-las no envelope.

Em pouco tempo, a moça se destacou no trabalho e foi transferida para um grande hospital do Rio. Ali, a senhora Helena conheceu um médico famoso, que logo ficou apaixonado por ela.

Apesar do empenho de ambos para que tudo desse certo, aquele relacionamento não progrediu porque a senhora Helena não conseguia esquecer o grande amor de sua vida. Depois que tudo terminou, ela nunca mais se envolveu com outra pessoa. Ainda assim, sentia-se culpada e a todo instante dizia para si mesma que havia traído o senhor Govinda da maneira mais cruel possível.

Seu desespero e decepção foram tão grandes que ela começou a ficar doente. Durante uma internação devido a uma forte crise emocional, a única de toda a sua vida, Helena começou a dizer para todos que seu marido era um sábio Yudishi, que ele morava no Oriente e que possuía uma espada lendária. Ouvindo todas aquelas coisas fantásticas, os médicos acreditaram que a paciente estava piorando e resolveram mantê-la dentro do hospital.

Quando os pais da senhora Helena apareceram para uma visita, ela entrou em pânico.

– Vocês não vão tirar as crianças de mim!

Por pouco, a senhora Helena não foi parar em um manicômio. Para superar o momento mais cruel de sua existência, contou com a ajuda de seus amigos, que não só cuidaram de Guilherme e de Paulo, como também auxiliaram a pobre moça em seus problemas financeiros.

O tempo foi passando e aquele pesadelo nunca mais a assombrou.

Quando seus pais faleceram, ela voltou para o Morro de Santa Tereza e foi morar na mesma casa em que eu estava lendo sua carta. Na época em que retornou, a senhora Helena ficou triste quando encontrou todas as cartas que o senhor Govinda havia mandado durante anos, escondidas no fundo falso de um cofre!

Ainda que quisesse desesperadamente voltar para o marido, pois os filhos estavam crescidos, os velhos sentimentos de culpa a subjugavam e a impediam de agir. Como encarar o senhor Govinda após tudo? Somente depois da última carta em que o nobre pediu abrigo para uma amiga, ela conseguiu reencontrar sua valentia.

Aquela virtude nunca tinha desaparecido... Ela era uma guerreira, uma guerreira casada com um Yudishi!

Assim, resgatando a si mesma com coragem e compaixão, a senhora Helena perdoou a si mesma e pôde realizar o maior sonho dos seus filhos, que era a vida ao lado do seu amado pai!

***

Então, finalmente chegou o grande dia da decisão judicial. A guerra entre a única sobrevivente do naufrágio de Serkong Trin, uma vítima indefesa e atarantada, e a agência de viagens, uma empresa irresponsável que não cuidava da segurança de seus clientes, estava prestes a terminar.

Claro que alguém achou aquilo muitíssimo interessante e resolveu dedurar minha sina para uma emissora de televisão. Depois que a entrevistadora prometeu mundos e fundos ao telefone, resolvi aparecer no portão, mas logo me arrependi e disse que a dona da casa tinha viajado para Foz do Iguaçu. Então, o anjo que estava em pé na calçada se transformou em um furacão com microfone na lapela.

– Mentira! Se você não quer falar com a gente, tudo bem, mas não pode fugir para sempre porque a decisão do tribunal será na semana que vem!

Confesso que o incidente foi bem menor do que eu tinha imaginado. Depois daquilo, ninguém mais me importunou, pelo menos durante os dias que antecederam o episódio com a justiça. Por uma ou duas vezes, fiquei apreensiva ao sair de casa, mas, como raramente andava pelo bairro, minha rotina voltou ao normal. Aliás, eu pouco aproveitei os pontos turísticos desta bela cidade e ainda hoje só fui à praia uma única vez.

Copacabana! Soberba!

Porém, como o cenário e as ondas robustas fizeram com que me lembrasse de Anitya e de seu povo, acabei ficando desanimada e nunca mais voltei. Eu, que habitava muito bem o espaço da solidão, daquela vez fiquei com vontade de dividir minha existência com outras pessoas.

Até então, não tinha me encontrado com os amigos por quem eu havia perdido tantas noites de sono em Serkong Trin e em Metha. Aquela situação era estranha, porque eu tinha voltado para o Brasil há algum tempo.

Muitas e muitas promessas se estatelaram contra o muro das desculpas esfarrapadas e eu sequer percebia a inconsistência de tantos argumentos emotivamente cativantes. Durante os meses em que fiquei hospedada na casa da senhora Helena, o telefone tocou sem parar e meus amigos de São Paulo não pouparam esforços para demonstrar o quanto estavam satisfeitos, emocionados, exultantes e até mesmo tresloucados diante da notícia de que eu já estava no país. Mandaram até rezar uma missa em meu nome, mas o padre não permitiu que a celebração ocorresse porque aquele tipo de homenagem era só para pessoas falecidas.

A despeito de tantas boas intenções, a prática dos meus amigos funcionava na mesma lógica do "fiado só amanhã". Eles me ligavam e prometiam de viriam na semana seguinte, e na seguinte, até que finalmente tiveram de admitir a impossibilidade de uma viagem assim tão de repente. A visita ficaria agendada para quando tirassem férias, direito trabalhista que havia se transformado em privilégio difícil de conseguir em tempos de recessão e falta de emprego. E os entraves para o nosso reencontro foram evoluindo de tal forma que até eu comecei a acreditar que o trajeto entre São Paulo e Rio era mesmo maior do que entre Brasil e Serkong Trin!

Carlos também se mostrava evasivo e não tinha gostado da minha decisão de ficar morando em Santa Teresa.

– Se era pra ficar longe de tudo e de todos, por que voltou? Que diferença faz o Rio ou o Oriente distante?

Depois daquela fase mais crítica, ele resolveu conter-se e voltou ao seu lugar de ex-marido discreto. Seus telefonemas no meio da noite giravam em torno do processo contra a empresa de viagens e mais nada, sempre acabando a ligação com um "desculpe pelo horário, fiquei no escritório até tarde".

Apesar de ter deixado meu passado esbanjador para trás, não podia negar que estava interessada em todas aquelas questões que envolviam dinheiro, afinal de contas, minhas reservas diminuíam a cada dia. Eu me negava a utilizar os cartões bancários da senhora Helena, e ainda achava muito comovente a maneira com que ela havia me deixado suas senhas anotadas no verso da carta.

"*Mas que pessoa mais bondosa e crédula!*", pensava eu, enquanto apagava aqueles números secretos e perigosos.

Daquela maneira, paguei todas as minhas despesas com meus próprios recursos e, para ser ainda mais econômica, tomei a iniciativa de cuidar eu mesma do jardim e de dispensar a preciosíssima senhora Amálcia. Mesmo assim, achei melhor oferecer à vizinhança meus préstimos de costureira e consegui poupar as últimas reservas. Aquela situação, embora lembrasse algumas agruras da infância, tinha um sabor alegre, uma sensação de ser independente.

Por isso, a perspectiva de conseguir uma indenização encorpada deixava minha mente mais tranquila diante do futuro.

Carlos e o doutor Sandro ajeitaram tudo para mim. Só tive o trabalho de assinar algumas procurações e ambos me representaram nas inúmeras reuniões e audiências. Minha presença só foi exigida naquela última ocasião e, com a causa praticamente ganha, aproveitei a viagem até São Paulo para rever os amigos.

Ao telefone, tudo parecia muito fácil.

– A gente não vê a hora de te encontrar! Você vai ficar rica! Vamos comemorar depois da audiência!

***

Quando deslizei para baixo, as escadas rolantes pareciam meio mágicas, uma passarela agraciada por lâmpadas no teto e por brisas de ar-condicionado. Eu adorava São Paulo, mesmo quando a cidade toda estava atrás das paredes do aeroporto.

No piso térreo, duas amigas já aguardavam por mim com cartazes cheios de corações e glitter, bem à moda de seus jeitões descontraídos.

– Puxa, que saudades! Mas onde estão os outros?

Trabalhando, correndo, procurando presentes para mim, deixando o carinho para a hora do nosso jantar. Inclusive, não havia ninguém que pudesse me levar até o escritório do Carlos, por isso o doutor Sandro e o seu traje monocromático já estavam a caminho. Caso ele se atrasasse, a melhor opção seria pegar um táxi e existiam muitos deles ali no terminal. Eu não teria dificuldade para cuidar dos meus negócios naquele dia tão importante!

Em questão de minutos, o reencontro emocionado com as amigas chegou ao fim. Para matar a saudade, eu deveria aguardar a noite para encontrar o resto da turma! As pizzas chegariam pontualmente às nove e meia no apartamento da "única que ainda não tinha se divorciado" e daria tempo para tudo antes, inclusive, descansar, fazer compras e ficar milionária com a decisão da juíza.

– É causa ganha! – disse mais uma vez o doutor Sandro.

***

De fato, quando a noite chegou, eu estava com a sensação de que a justiça fora feita. Aquela luz emanava dos poros como uma aura santificada e eu perguntava silenciosamente aos céus se minha mãe sentia orgulho das minhas atitudes e do meu sucesso.

O apartamento da minha amiga estava cheio de flores e de cartões com palavras carinhosas. Enquanto esperava pelo pessoal com meu vestido chique e um anel especial na mão direita, a anfitriã atualizou-me a respeito de tudo que havia acontecido com os outros durante aqueles tempos em que estive fora. Fiquei espantada com as surpresas que o destino havia preparado para alguns. Por exemplo, um solteirão inveterado havia se casado, o casal que não podia ter filhos esperava a chegada de trigêmeos e a melindrosa da turma tinha abandonado tudo para viver com um missionário grego ou algo parecido.

Quando ouvi a campainha, saí correndo para abrir a porta. Para minha decepção, as pizzas chegaram antes dos convidados. Nove e meia em ponto!

– Ah, estas pizzas entregues com hora marcada viraram moda! – comentou a dona da casa.

Desde que havia encontrado com as duas amigas no aeroporto até pouco tempo antes do entardecer, tive certo trabalho para convencer a todos de que nossa comemoração inesquecível não deveria ser feita na churrascaria Boi Vivo só porque de quinta-feira tinha desconto no rodízio. Além do nome infeliz, eu ficaria o tempo todo penalizada e pensando em um amiguinho especial (vocês sabem quem). Mas, como eu poderia expor um argumento como aquele? O que expliquei aos meus amigos foi que aquele restaurante certamente estaria lotado e que aquilo dificultaria muito nossas interessantes e longas conversas. Tínhamos dois anos de fofocas para colocarmos em dia, certo? E o fato de que eu era vegetariana há mais de uma década – detalhe ínfimo – também contava para que eu tivesse preferência por outro tipo de programa.

***

Os abraços foram imensos e eu estava, satisfeita com a chegada deles! Apenas um não pôde comparecer e, quando a campainha tocou novamente, cheguei a pensar que ele tinha dado um fim na reunião de última hora para jantar conosco.

As pizzas pontuais ainda estavam quentes quando os quatro filhinhos de Carlos se jogaram sobre mim! Da maneira como ficaram alegres ao me verem pela primeira vez em suas vidas, imediatamente percebi o que Vera Lúcia tinha feito. Durante todo aquele tempo, ela não havia incutido uma única gota de veneno em seus filhos, uma única mancha ou sombra de dúvida na alma deles. Como mãe e como mulher bondosa, Vera nunca dissera a eles palavras negativas ao meu respeito. Aquilo tudo tinha um valor muito grande para mim e a atitude de Vera demonstrava amor, amplitude de alma e de coração!

Enquanto as crianças continuavam se pendurando no meu pescoço, lembrei-me de Kalyan e dos meninos que mendigavam na estação. Eu jamais poderia esquecer daquela cena em que ele corria alegremente atrás dos papéis de doces.

De repente, fui acordada do sonho pelas mãos de Carlos em meus ombros:

– Puxa! Você está diferente! Mais nova!

Depois que nos sentamos à mesa, fiquei conversando com sua esposa durante um longo tempo. Embora falássemos sobre assuntos corriqueiros, senti que ela seria a única pessoa naquela sala para quem eu gostaria de contar tudo que havia acontecido no Oriente.

E, de fato, apenas Vera Lúcia manteve-se em silêncio quando os outros disseram coisas horríveis ao meu respeito, frases que ouvi sem querer quando fui ajudar a anfitriã a preparar o cafezinho no final do jantar.

– Será que ela foi mesmo viajar? Tudo que temos é seu nome na lista dos clientes da agência, mas não há outros indícios dessa viagem ao Oriente!

– Esperem um pouco! Isso já é loucura!

– Loucura? Loucura foi o que aconteceu hoje na audiência!

– Essa experiência toda mexeu com os nervos dela.

– E com os nossos nervos? Por acaso não estamos todos machucados com o que aconteceu? Dois anos, amigos! Ela se escondeu de nós durante dois anos!

– Vocês viram como está estranha? Não conversou muito e sequer tocou na comida!

– Não falei? A gente devia ter mandado ela para as Bahamas!

***

Segurando a bandeja, as xícaras e o bule, voltei para a sala de jantar. Assim que me viram, os convidados se ajeitaram e sorriram de maneira dissimulada. Apesar de Carlos se prontificar a retirar os pratos e a preencher com vinho as taças vazias, seu comportamento aparentemente descontraído não conseguiu aliviar a tensão que se estabeleceu entre nós. Com exceção das crianças que brincavam na sala, todos perceberam minha decepção e aí se deram conta de que as paredes daquele apartamento eram mais finas do que aparentavam.

– Alguém quer café?

Em meu peito, um desgosto semelhante ao que experimentei diante dos brasileiros antes que a balsa naufragasse alojou-se sem qualquer dúvida. As mesmas críticas, as mesmas intenções que machucavam sem saber.

Como eu já tinha passado por experiência tão significativa, tratei de aproveitar a comparação para abrandar meu coração e compreender que, no fundo, todos naquela sala de jantar estavam deslocados. Eu estava de volta e aquelas pessoas se sentiam emocionadas e, ao mesmo tempo, traídas pela minha presença.

Embora fosse verdadeiro, aquele exercício de empatia profunda terminou e achei outra explicação para os comentários ferinos que ouvi sem armaduras. Talvez, aquela indisfarçada indisposição para comigo tivesse uma base mais simples, uma raiz que adentrava os solos terrenos e nada mais. Como suas próprias palavras tinham revelado, meus amigos acharam que os acontecimentos no tribunal tinham sido uma "loucura". Embora eu tivesse de concordar com eles, aquela loucura me deixou muito feliz!

Em um rápido segundo diante dos advogados e da juíza, meu espírito deu um salto qualitativo e cinematográfico, embora meu corpo estivesse sentado há mais de uma hora em uma poltrona séria.

Aliás, o que aconteceu naquela tarde deixou a imprensa em polvorosa! Minha vida, minha saúde e meu regresso ao país não renderam tanto interesse quanto aquelas cifras milionárias que desprezei ao vento. Muitos, então, correram atrás de mim em busca de um furo extraordinário, mas consegui me salvar das câmeras e dos microfones fugindo pela famosíssima porta dos fundos.

De fato, durante aquela audiência tão cobiçada, deixei todo mundo boquiaberto quando retirei as queixas contra a agência de turismo da dona Vanessa. Eu tinha ficado no Oriente por livre e espontânea vontade, tinha escapado do naufrágio por sorte e, contrariando o que meu advogado dizia, estava de inteira posse das minhas faculdades mentais. Aliás, aqueles dois anos foram os mais felizes da minha vida e eu não mudaria um único detalhe daquela história. O importante era que todos soubessem a verdade: eu não queria indenização alguma, estava disposta a viver da maneira mais honesta possível e era por causa daquela convicção que eu tinha voltado para o Brasil!

Depois que saímos rapidamente do Fórum e despistamos os jornalistas, o doutor Sandro fingiu que estava conversando com alguém no celular e atravessou a rua sem olhar para mim. No mesmo instante, Carlos me ligou e por duas vezes não consegui atender ao chamado. Antes que ele tentasse contato pela terceira vez, eu mesma disquei seu número com a consciência de que não nos entenderíamos facilmente. Depois que quase me chamou de doida varrida, ele disse que daria instruções para que o doutor Sandro recorresse na justiça assim que eu recobrasse o juízo.

Assim, durante aquele encontro aparentemente festivo entre o futuro (a possiblidade de ganhar muito dinheiro) e o passado (as amizades congeladas antes de Serkong Trin), eu, a criatura do momento presente, não encontrava espaço para respirar e me fazer ouvir. Quando desenterrei as agruras escondidas embaixo da polidez, meus amigos não suportaram o peso do que haviam dito e resolveram se levantar.

Vera Lucia tratou de recolher sua prole e se dirigiu para a porta com os olhos compreensivos em minha direção. Quase pedi a ela que me chamasse de Aishi Dora...

***

O tempo foi passando e as coisas lentamente voltaram ao lugar-comum.

Depois daquele reencontro tão acidentado, as relações entre meus amigos e mim ficaram cada vez mais rarefeitas. Nunca mais voltei para São Paulo e tampouco eles vieram para o Rio.

Continuei vivendo no Morro de Santa Tereza. Dizem que ninguém consegue ir embora daquele lugar depois que se apaixona por ele! De fato, com a parte que me coube pela venda da mansão em que morava antes do divórcio, consegui comprar uma pequena propriedade próxima à residência da senhora Helena. Daquela forma, ficou fácil cuidar das duas casas.

Durante aqueles meses, algumas cartas chegaram do Oriente e muitas foram as novidades vindas de Metha. Jin estava grávida e, se tivesse uma menina, daria a ela o nome de Aishi Dora! Quando sua mãe ficou sabendo da gravidez, teve uma reação horrível e Jin finalmente a colocou para fora de sua vida. O senhor Govinda e a senhora Helena estavam radiantes e viviam o momento mais completo de suas existências. Até os jardins da mansão ficaram mais belos depois que a família se reuniu de novo. Guilherme, Paulo e o senhor Sungso tornaram-se amigos inseparáveis e os três adoravam se reunir na pousada para ouvir as aventuras de Tao Wong ao redor do planeta. Ele, por sua vez, continuava dizendo para todo mundo que eu era a mulher mais maravilhosa que tinha conhecido! Mais fiel a mim do que Tao Wong, somente o boizinho! Ele vivia rondando a estação de Metha e só ia embora depois que todos os passageiros desciam do trem. Nem as estátuas da Serpente e do Dragão o assustavam mais. Todos na cidade conheciam sua história e diziam que o animalzinho estava à minha espera! Por fim, Kalyan, o maior de todos os meus sonhos, voltou ao Templo do Sol para respeitar os compromissos assumidos por seu novo mandato. Quando foi visto pela última vez, parecia triste e desamparado, mas bastou que admirasse o pôr do sol ao longe para que seu olhar se enchesse novamente de esperança!

Depois de um tempo em que aquelas cartas passaram a deter os interesses absolutos de todos os meus dias e de todas as minhas noites, parei de abrir os envelopes novos que chegavam porque não mais suportava o que eles significavam.

Com ou sem cartas, havia dias em que ficava perdida dentro de mim mesma e a recordação de que uma parte importante do meu ser estava vivendo em outro lugar cortava meu espírito com mil espadas. Naquelas ocasiões, fechava os olhos e repassava na mente aquilo que Kalyan havia sussurrado em meus ouvidos momentos antes do adeus.

Como suas palavras pareciam derradeiras e necessárias, pedi ajuda ao senhor Govinda:

– Ele precisa dizer algo muito importante para a senhora, ainda que pareça estranho...

"*Que ele me ama?*"

O nobre senhor continuou falando pausadamente:

– Kalyan promete que fará tudo, qualquer coisa, o possível e o impossível para que a senhora reencontre seus filhos... Em qualquer tempo, em qualquer lugar. Ainda que ninguém entenda, ainda que ninguém veja.

***

Sinceramente, até hoje não compreendi o que Kalyan quis dizer com aquela promessa, mas aprendi a acolher os mistérios da vida sem tantos questionamentos. Se o tempo me trouxer respostas, muito bem, eu ficarei grata por isso. Caso contrário, terei de aceitar o quebra-cabeça conforme a vontade do destino, ainda que algumas peças não se encaixem ou simplesmente não existam.

Felizmente, já não sinto serpentes apertando-me a garganta. Não há mais nada me sufocando e aquela sensação terrível ficou perdida no começo desta longa narrativa. Hoje, estou mais segura e grande parte desta vitória deve-se a vocês, queridos leitores a quem nem conheço pessoalmente. Desta forma peculiar, viajamos juntos e nossos destinos estão entrelaçados.

Conselhos? Bem, o que eu poderia dizer? Amem-se, cuidem-se, tenham esperanças em seus objetivos e em suas verdades mais preciosas. Dentro de vocês, existem os caminhos certos para o encontro daquilo que mais importa na vida. Sigam essa estrela, nunca é tarde para isso!

Acho que todos ficarão orgulhosos ao saber que, nesta última semana, consegui um emprego razoável no centro da cidade, que vai me garantir uma vida simples e honesta. Entre um famoso ateliê de alta costura e uma deprimente instalação cheia de imigrantes escravizadas, existem inúmeras possibilidades, dentre elas, a empresa que me contratou. É bem verdade que não encontrarei espaço para ser tão criativa quanto fui em Metha, mas certamente vou sonhar e pensar em mil coisas enquanto estiver costurando. Vocês bem sabem o quanto sou boa em imaginações!

Então, vou parando por aqui...

Antes, há outro assunto para tratar com vocês, algo que não quero esconder e muito menos prolongar-me além do necessário. É que os médicos finalmente chegaram a um consenso! Depois de tantos meses, um diagnóstico difícil foi confirmado e eu não terei muitos anos pela frente. Sim, eu estou doente, mas e daí? Todos os rios e todas as águas correm para o mesmo oceano. Isso faz parte da vida e não quero que tristezas dessa ordem atrapalhem nossa fé.

Por isso, vou terminar tudo isso com a transcrição da fita do Mundo Rosa que o senhor Govinda e a querida Jin fizeram para mim. Vou grampear as folhas originais bem aqui e só posso dizer que os dois estão de parabéns! Poucos foram os erros que escaparam da revisão surpreendentemente primorosa do senhor Govinda e tive de corrigir apenas uma ou duas expressões para que ficassem de acordo com a norma culta.

Então, meus amigos, muito obrigada por tudo e que Deus os abençoe!

***

O Mundo Rosa

– Senhora Aishi Dora? Consegue falar?

– Sim, Jin.

– E o que está vendo?

– Tudo é um pouco confuso. Estou abraçando Ismênia, minha querida criança dourada, e ela é pura como a manhã mais bonita que você possa imaginar... Por isso, eu me sinto muito triste por ter de deixá-la aqui no universo azulado, para o qual não voltarei nunca mais. Sinto angústia porque meu marido, Nigma...

– Quem?

– Nigma, um guerreiro. Ele é meu porto seguro e meu lar... Tudo é estranho porque não se trata de alguém, mas de uma parte de alguém, entende? Bem, como pode entender se nem eu mesma consigo conduzir minha razão de maneira satisfatória nestas aventuras impossíveis? Só sei que Nigma acabou de ir embora e está levando meu filho para longe...

– Por quê?

– Porque ele não quer me ver partir.

– E para onde a senhora vai?

– Não sei, Jin. Ninguém sabe.

(silêncio)

– Ainda escuto muitas vozes vindas da praia, vozes que dizem para as crianças deixarem os lenços voarem para longe... De repente, fumaças em tons rosados começam a envolver tudo e abro novamente os olhos com a sensação de que não tenho olhos e nem rosto... Mesmo de um jeito esquisito, consigo me erguer em direção ao Sol, o simples e belo Sol da manhã!

– E ele também é cor-de-rosa?

– Sim. Tudo aqui é cor-de-rosa. E eu gosto muito dessa cor.

– Parece bonito! E como a senhora é agora?

– Sou pequena, sou frágil, estou cercada por seres gigantes, ainda que eu entenda que são formigas, larvas, micróbios... As plantas à minha volta têm a mesma sinergia e estamos crescendo à deriva do que sentimos e do que acreditamos. Agora não sou mais uma criatura tão minúscula. Cresço vertiginosamente em direção ao alto... Sou forte! Retiro do fundo do solo uma vitalidade inimaginável... Isso quer dizer que não preciso de nada e que, ao

mesmo tempo, preciso de tudo. É incrível como o universo envia para o mundo energias que os olhos humanos não conseguem ver. São mensagens, poesias luminosas e auras magníficas que descem dos céus diretamente para nós, árvores, e que se transformam em bênçãos para o planeta. Olho ao redor. Tenho frutos e muitas flores. O vasto espaço acima de mim é infinito, mas juro, Jin, este infinito pode ser tocado por suas mãos.

– Oh!

– A sensação de ter galhos é inebriante, meu alcance é extenso. Quando o vento me balança, sinto que posso ir longe, apesar de nunca sair do lugar. Embora eu esteja presa ao chão, jamais voei tão alto em toda a minha vida... Meu coração, se é que tenho um, está repleto de compaixão e de alegria por todas as coisas que existem no mundo. Exatamente, todas as coisas... Cada brisa, cada pássaro, cada ser abrigando-se em mim.

– É difícil entender. A senhora fala rápido e não sei sua língua assim tão bem...

– Ah, não consigo explicar tudo isso para você...

– Não importa. Estarei sempre aqui!

– Então, diante destas maravilhas, já que estou no topo de uma montanha tão deslumbrante, fico pensando nas minhas irmãs das cidades grandes, as heroicas espécies urbanas! Elas crescem e vivem no meio da fumaça, do cimento, do desprezo. Sua força está no silêncio, sua bondade está escondida no mundo sutil. Por isso, quase ninguém repara nelas...

– Vou reparar nas árvores, senhora Aishi Dora! Depois disso que a senhora está falando, vou até dizer a elas: "muito obrigada!"

– Algo está acontecendo agora... Parece que as coisas estão ficando diferentes por aqui... Tudo mudou, está mudando... Não existe mais um abismo à minha frente... As montanhas se foram, o oceano chegou, as águas partiram. É o tempo, Jin, o tempo passando em velocidade inimaginável...

– E o que mais? O que mais? Ontem a senhora disse que não viu mais nada...

– Mas estou vendo agora, Jin. É um gramado. Sim, não estou mais no topo de uma montanha, mas no quintal de uma casa. Ah! Estou tão alegre por ser a árvore de uma casa...

– Uma casa?

– Lá embaixo, há um gramado verde sob o sol. Estou no centro dele e minhas flores são muito vivas, rosadas... Encostada em meu tronco, uma mesa comprida de madeira está enfeitada com um vaso cheio de rosas brancas. A ocasião parece especial e por isso penduraram sinos de vento em meus galhos. Algumas pessoas estão tocando e cantando.

– Parece uma festa!

– Sim, é uma festa e tudo é tão lindo, tão cheio de vida... Algo muito bom está para acontecer... Eu sinto... E olhe! Veja! Bem ali!!!

– O quê?

– Uma luz! Uma luz clara como eu nunca tinha visto!

– Uma luz?

– Oh, meu Deus!

– Por favor, senhora Aishi Dora, não chore!

– Mas é de felicidade, Jin! É de felicidade.

***

Parte 2

Capítulo Seis

MUNDO CINZA

Esta é a parte que não consta no manuscrito original. É a parte sobressalente, a parte que veio depois.

Quando resolvi dar forma aos próximos capítulos, decisão difícil que levou em conta uma série de considerações, todo o restante já estava nas livrarias há mais de um ano!

Ao escrever estas últimas páginas, jamais tive a intenção de criar polêmica em torno de mim mesma e muito menos quis reeditar artificialmente o furor alcançado com *O Crime do Bigode*, um dos piores castigos que alguém como eu poderia ter. Pelo contrário! O que virá a seguir diz respeito aos setores mais restritos da minha vida e, portanto, eles ficariam muito bem alocados no plano da intimidade, não fosse meu desejo de expandir seus horizontes e, até quem sabe, seus efeitos.

Embora eu não seja capaz de identificar um divisor de águas plausível para esse "depois", ainda consigo situar alguns fatos inesperados dentro do tempo, lembrando que esse último se comporta em meu destino como tiras de papel soltas no ar. Acredito, por exemplo, que este exato momento é o presente e que meus próximos dias e anos serão maravilhosos, ainda que esse otimismo em relação ao futuro seja, como todos os outros, um palpite. Minha maior dificuldade refere-se ao passado e até hoje não sei dizer quando foi o início desta nova história. Será que foi na noite em que forças extraordinárias da natureza destruíram o Morro de São Vicente ou quando caminhei no tapete vermelho de uma grande livraria como se o mundo fosse meu?

Como não posso me decidir, costumo acrescentar outras hipóteses às anteriores, de maneira a aumentar ainda mais a confusão: será que tudo começou quando vi uma foto misteriosa em Madri ou quando reparei naquela presilhinha de fada contra a claridade de uma janela?

De qualquer forma, as impressões que tenho a respeito do ponto inaugural desta nova vida sempre flutuaram e continuarão oscilando de maneira coerente com a minha perplexidade. Creio, então, que a narrativa a seguir será marcada por incertezas...

Apesar dessas dúvidas que às vezes me incomodam, sei que a coerência nesses casos não tem tanta importância. O que é essencialmente significativo na minha história reside em um ponto inacessível à razão e ficarei grata se vocês chegarem ao final do processo acreditando que milagres existem e que eles são, por natureza, maravilhosamente inexplicáveis!

Sendo assim, preparem-se, pois tudo agora vai mudar! E ainda que a tripulação e o navio pareçam completamente diferentes, o oceano abaixo de nós continua o mesmo, refletindo o céu, misturando-se às nuvens, fazendo-as crescer...

***

Antes daquele arrebatamento criativo, eu encarava certas idealizações no campo da arte com um entusiasmo morno e não me afetava muito com este ou com aquele resultado. Porém, tão logo terminei *O Beijo do Sol,* um misto de sentimentos revolucionou meus dias de um jeito que eu não esperava.

Primeiro, veio a satisfação por ter completado um ciclo de sete trabalhos publicados. Na época, eu entendia minha alegria como a sensação de que o universo inteiro carregava um elixir doce que estava prestes a se esparramar sobre mim. Aquele mel aromático e inebriante era como uma magia que ficava comigo nos momentos de contemplação e também durante os afazeres mais corriqueiros do mundo. No trânsito, no trabalho, na hora do banho: todo instante era uma oportunidade para me empolgar e ser feliz. Cheguei a acreditar que algo surpreendente romperia o dique da monotonia, mas aquela expectativa irrealista foi perdendo força e meus argumentos de honra sucumbiram diante da realidade. O sétimo trabalho da minha autoria tinha chegado ao fim e, daquela vez, nada de novo havia acontecido. Eu, que esperava um vendaval de grandes mudanças, não senti uma única brisa sequer soprando sobre as peças imutáveis da minha vida. O tabuleiro estava exatamente onde sempre esteve e as mãos do jogador, caso houvesse algum, tremiam sem saber o que fazer.

Desde o início, percebi alguns sinais de que os caminhos não seriam promissores. O contrato com a editora me pareceu muito simplório e meu revisor analisou tudo com certa indiferença. A publicação do romance saiu depressa, mas a tiragem foi muito modesta e, pela primeira vez em minha curta carreira, não tive uma noite de autógrafos. Pouco tempo depois, aconteceu o que eu mais temia: o livro não alcançou o coração do público e aquilo me atingiu como uma bala perdida.

O Beijo do Sol não era uma obra qualquer! Aquelas fantasias embalaram meu coração durante anos e, de repente, foram embora para uma espécie de limbo onde ninguém se deu ao trabalho de segurá-las nos braços...

Assim como a maioria dos leitores e até dos meus amigos, a editora não teve o cuidado de perceber que *O Beijo do Sol* foi, de longe, meu trabalho mais importante! Aquelas páginas significaram muito para mim e durante três longos anos meus sentimentos foram expostos ali sem nenhuma proteção. Desde o começo a inspiração se mostrou algo urgente e fui inexplicavelmente impelida a escrever a partir do que vivi durante um breve passeio na Espanha. De volta ao Brasil, tive uma série de visões sobre um templo e uma floresta distante e aquelas aparições cinematográficas apareciam principalmente quando praticava meditação no Centro Dharmaraj de São Paulo, um lugar que me intrigou pela conexão espontânea e imediata com meus sonhos. No mais, o livro foi fruto de muita dedicação e de muitos esforços para superar limitações artísticas e pessoais.

À parte aquelas questões periféricas, meu mundo interno também reagiu à nova etapa com um tipo de apatia à qual me referi anteriormente. Quando terminei o último capítulo, por exemplo, fui para cama e dormi o final de semana inteiro! Acabei sentindo falta das noites maldormidas e do desânimo cada vez que os detalhes da trama se afiguravam diferentes. Sem que eu esperasse, aquela fase produtiva acabou e foi como se o vento tivesse levado minhas amadas confissões para longe. Eu me sentia temerosa com a perspectiva de perder o controle sobre o que havia criado e me angustiava ao imaginar que o livro poderia encontrar indiferença ou até mesmo repúdio (no caso, a indiferença foi bem pior). Pensei em curar tudo aquilo com um novo trabalho, mas a criatividade foi embora e comecei a enfrentar a famosa "crise do vazio", da qual tantos escritores sentem temor. A falta de inspiração para um novo livro significou, pelo menos em um primeiro momento, que a iluminação trazida pela jornada utópica nos braços de Kalyan tinha chegado ao fim.

Por outro lado, nem tudo foi ruim durante o desligamento entre o meu eu e a minha obra. Quando aquelas folhas saíram da minha tutela e foram para o mundo, senti que elas haviam encontrado as mãos alheias para as quais nasceram e pelas quais seriam conduzidas para uma espécie peculiar de imortalidade. E que maior satisfação eu poderia ter?

No sentido de algo que se preserva além da criação literária, posso dizer que tenho à minha disposição uma Serkong Trin e uma Metha particulares, e esses paraísos são refúgios confiáveis, para os quais eu conheço uma via de rápido acesso.

De maneira semelhante, Aishi Dora está mais viva do que nunca e até hoje mora em uma instância da minha mente embebida por fontes puríssimas. Como é certo que cada personagem serve aos propósitos do seu autor, Aishi Dora, minha protagonista favorita, estava correta ao presumir que sua vida não lhe pertencia e que, em última análise, sua trajetória estava a serviço de outra pessoa, no caso, eu! Longe de ser um trocadilho qualquer ou de uma brincadeira, essa associação entre nós duas tornou-se cada vez mais importante e evidente.

Ainda que representações psíquicas nobres como essas sejam verídicas e até mesmo compartilhadas por muitos, é possível que não encontrem reconhecimento por parte da maioria das pessoas. Por isso, depois de tantos heróis e de tanta ficção, suponho que muitos de vocês ficarão favoravelmente surpresos ao saberem que o notável Kalyan Dharmaraj existe de verdade e que ele é tudo aquilo que eu disse em meu livro e muito mais. Hoje, aos vinte e cinco anos de idade, o jovem indiano já recebeu duas indicações para o Prêmio Nobel da Paz e nós, os fãs, estamos torcendo para que ele receba o Prêmio dessa vez!

***

Essa admiração toda começou quando resolvi me dar de presente uma viagem para Madri. Isso foi exatamente há quatro anos, antes que *O Beijo do Sol* existisse.

Naqueles dias, eu enfrentava um luto terrível e estava a ponto de enlouquecer. No começo, recebi muita atenção por parte da família e dos amigos, mas chegou um momento em que não pude mais demonstrar minha tristeza. Todos ao meu redor já estavam cheios de tantas lágrimas e agiam como se o sofrimento, para ser adequado e não se tornar uma condição humilhante, tivesse hora certa para terminar. Tristeza por morte: um ano; tristeza pela perda de um emprego: cinco meses; tristeza por término de relacionamento: poucas semanas. Passados esses períodos, todo o resto era pura depressão! Como o que tinha acontecido comigo foi rápido demais, todo mundo considerou que não havia vínculo entre os envolvidos e, então, meu prazo de padecimento aceitável já tinha expirado há tempos. Coube ao meu corpo levantar-se da cama e ao meu intelecto aceitar os critérios autorreferentes daqueles que me aconselhavam.

Até o Flávio, um dos maiores interessados, vivia dizendo que eu deveria ser menos dramática e partir para uma visão mais otimista da situação. Se aquela perda aconteceu, era porque *tinha* de acontecer! Aquilo "foi coisa comum, sabedoria da natureza, só sangue". Porém, o que ele não sabia era que eu já tinha aprendido a amar o "só sangue" com toda a força do meu coração e que meus planos em relação ao futuro incluíam uma nova vida ao lado daquele filho. Cheguei a comprar um monte de roupinhas fofas das quais gostava muito, especialmente um casaquinho de lã verde, e coloquei tudo bem ajeitadinho em uma caixa com laço azul. Enquanto ainda estava naquele barco furado e completamente à deriva, teimei que o sonho era bom, mesmo sabendo que o sonho era só meu.

De repente, uma briga com Flávio, um copo de bebida, uma dor abdominal e fim! A médica ainda me explicou que incidentes como aquele eram bem mais frequentes do que se poderia imaginar, principalmente em casos de gestações tardias. Quem sabe, após um tratamento adequado, eu poderia esperar por resultados melhores em uma próxima vez. Enquanto a doutora falava com naturalidade, eu não parava de me culpar por ter destruído meu último projeto de felicidade em família.

Ainda me lembro como se fosse hoje que, ao chegar do hospital à noite, não via a hora de que Flávio voltasse para sua casa e que levasse com ele sua sabedoria científica e seu alívio indisfarçado para bem longe!

Na solidão do meu quarto, abri minha caixa enfeitada e segurei cada peça daquele enxoval com muito carinho. O cheirinho de amaciante envolveu meu mundo e parecia que todas as coisas ruins tinham ficado para trás.

Com o passar do tempo, aquela prática secreta se tornou diária e eu esperava ansiosamente por qualquer oportunidade para ter meus tesouros nas mãos. Eu abria a caixa enfeitada e minha imaginação voava aos céus.

Certo dia, alguém me pegou com a boca na botija. Minha vizinha do décimo quarto andar, dona Odete, apareceu em minha casa e não pude disfarçar os olhos vermelhos e inchados de tanto chorar. Assim que viu a caixa em cima do sofá, a bondosa senhora me abraçou. Por um segundo, o cheiro do amaciante cedeu ao aroma gostoso do bolo de chocolate que ela trouxera para me agradar.

– Isso tudo não faz bem a você. É melhor esquecer esta caixa e dar estas roupas de bebê para quem precisa...

As palavras da dona Odete, uma mulher caridosa que ajudava a cuidar de um asilo, não me incomodaram e nem me soaram vazias. Naquele dia, aceitei que alguém me dissesse o que fazer, mas, mesmo assim, não fui capaz de seguir aqueles caminhos.

Em vez de me desfazer dos meus bens tão preciosos, tratei de engolir o choro e de esconder tudo que dizia respeito ao meu coração dilacerado. Assim, coloquei a tal caixa de laço azul em uma parte inacessível do meu apartamento e nunca mais fui capaz de encontrá-la.

***

Depois que a licença médica terminou, voltei ao trabalho e continuei sendo uma funcionária dedicada. Religiosamente eu me levantava às cinco e vinte da manhã e enfrentava uma hora e meia de jornada até chegar ao laboratório. No meio do dia, viajava mais uns quarenta minutos até o escritório do senhor Albano e depois, às seis e meia da tarde, fazia todo o trajeto de volta.

Apesar de corresponder bem às exigências da vida comum, entrei em uma fase amorfa e assexuada. Eu não queria saber de nada e de ninguém. Para meu namorado, aquela frieza não lhe causou qualquer inconveniente. No fundo, ele não precisava mais de mim e quem precisava dele era eu, mesmo que fosse para manter viva a chama de um ideal distante. A vontade de construir um lar nunca existiu em outro lugar que não fosse dentro da minha própria cabeça. Naquele ponto, Flávio sempre fora honesto: primeiro a carreira dele, depois a empresa e nada mais. Eu não me encaixava em seus planos e só estávamos juntos por puro comodismo.

Aquelas constatações dificílimas só aconteceram depois que voltei do hospital. Até então, Flávio era um belo adormecido a quem eu tinha de cuidar e esperar pacientemente que acordasse daquele sono profundo, uma pane causada sabe-se lá pelo quê.

Sinceramente, daria tudo para ter um Carlos ou até mesmo um Tao Wong na minha vida, no entanto, tudo que me restava era um Flávio viciado em trabalho e resistente à ideia de se comprometer comigo.

Tão logo as férias chegaram, quis mostrar para ele que eu era moderna e que não precisava de um arranjo formal como um casamento e filhos para me sentir realizada. Assim, decidi passar duas semanas na Espanha, uma viagem solitária, econômica e feita às pressas. Avisei Flávio e meu pai com um único e-mail e fui embora sem dar satisfações a mais ninguém.

Quando desembarquei em Madri em pleno verão, não desconfiava das surpresas que me aguardavam por lá!

***

Enquanto caminhava pela avenida mais agitada da cidade, dava graças aos céus por estar livre dos disfarces. Ali, a quilômetros de distância do

Brasil, podia ser eu mesma. Como vocês podem imaginar, eu ainda não me sentia bem e estava sofrendo barbaridades com o que tinha acontecido. Com toda certeza, aquela era a fase mais turbulenta que eu já tinha enfrentado na vida e bastou uma rápida retrospectiva durante o voo para me certificar de que várias esferas da minha existência estavam fora do lugar.

Tudo merecia um arranjo novo, a começar pela profissão. Seria bom largar o laboratório e a rede de farmácias para me dedicar a outra área? De maneira contrária, eu deveria esquecer minhas utopias e investir na carreira de farmacêutica, que era responsável pelo meu sustento?

Durante anos, fiquei satisfeita com meus dois empregos e não sentia falta de mais nada. O laboratório que tinha me contratado desde que eu era recém-formada liderava o ramo de medicamentos de alto custo e era uma companhia sólida e estável. De outro lado, a rede de farmácias do senhor Albano, um amor de velhinho muito amigo do meu pai, era absolutamente cativante com seu jeito de empresa familiar e adepta dos bons costumes. Meus dias e interesses se resumiam àqueles dois mundos e eu me sentia muito bem. Com o passar do tempo, sobretudo quando me mudei para São Paulo, comecei a achar que ser farmacêutica foi uma escolha acidental tanto quanto meu namorado, minha casa e até mesmo minha incursão periférica pelo mundo literário.

Explicando um pouco mais cada um desses setores, posso dizer que Flávio e eu só nos envolvemos porque ele desistiu de sair com minha prima. Quando nos conhecemos, éramos pessoas jovens e bem-humoradas. Ficamos amigos imediatamente, mas só começamos a namorar depois que ele me cativou com seu jeito atencioso. Ele era a única pessoa no mundo que lia e comentava detalhadamente tudo o que eu escrevia. Meus rascunhos de poesias, minhas histórias pitorescas sobre a família e meus contos de terror receberam críticas positivas e severas daquele rapaz inteligente.

Anos atrás, quando meu primeiro livro foi publicado, festejamos e decidimos viver juntos. Antes daquele passo tão sério, recebi uma herança por parte de uma tia distante e ganhei um imóvel residencial em um dos lugares mais importantes de São Paulo.

O apartamento na Avenida Paulista era antigo, mas muito charmoso e fiquei muito esperançosa de que Flávio e eu pudéssemos finalmente seguir com nossos projetos em comum. Entretanto, assim que deixamos o interior, ele se mudou para uma quitinete e decidiu investir na carreira de executivo. Segundo sua convicção, a nova profissão só iria decolar se ele ficasse livre das amarras do casamento. Assim, fiquei aguardando por uma reviravolta do destino e aquela espera já estava durando quinze anos!

Quanto ao meu interesse pela escrita, posso dizer que me sinto eternamente debutando. Ao longo do tempo, alcancei um pouco de fama, algo movediço, um pântano de margens enganosas que nunca me trouxe satisfação.

Até que *O Beijo do Sol* surgisse, tinha medo de que minha verdade artística jamais chegasse a termo, tal como aconteceu com meu sonho de ser mãe.

***

De volta àquelas breves férias pela capital espanhola, lembro-me de que o clima eufórico da cidade não combinava em nada com meu estado de espírito taciturno.

Quando pensava em entrar em contato com alguém no Brasil para compartilhar meus infernos, imediatamente desistia da ideia, pois já sabia muito bem o que as pessoas poderiam me dizer. Comprar móveis planejados, fazer o doutorado ou frequentar uma igreja eram os temas que apareciam constantemente na fala dos amigos.

Nada melhor, então, do que aproveitar o verão espanhol em silêncio e ficar concentrada na organização dos meus pensamentos e nos novos planos para o futuro. Quem sabe, poderia surgir ali a inspiração para um novo livro ou ainda a vontade de fazer um curso de férias?

Depois de uma semana inteira comendo *tortillas* e dissolvendo minha ignorância no Museu do Prado, resolvi conhecer o lado menos famoso da cidade e parti para os passeios mais doidos, com a ajuda de um catálogo de atrações alternativas. Fiquei muito emocionada quando descobri pérolas artísticas nos lugares menos prováveis, como recitais de poesias em um castelo e ensaios de flamenco realizados em uma construção abandonada. O que mais me impressionou foi a apresentação noturna de um dueto de guitarras no cemitério! Até hoje, consigo ver as velas trêmulas e suas chamas dramáticas lutando contra o vento, como se estivessem dançando no ritmo da música!

Sem ideias para novos projetos literários e sem vontade para me matricular em qualquer curso de línguas, meus dias na Espanha foram passando tranquilamente até que um sentimento inesperado abalou minhas estruturas e firmou-se frente à razão como uma estranha realidade.

Foi em uma tarde de calor que tudo aconteceu...

Naquele dia, o mundo parecia um caldeirão prestes a pegar fogo. Depois de comprar um sorvete meio salgado e com gosto de açafrão, entrei por uma alameda cercada por árvores frondosas não muito distante da Gran Via. A despeito de toda movimentação, aquele novo lugar era calmo e os pássaros cantavam sem parar.

Um sobrado do outro lado da rua me chamou a atenção! Era uma construção antiga, uma espécie de casarão com um gramado na frente. No terraço existiam muitos vasos com flores e bandeirinhas penduradas que nos davam boas-vindas. As paredes do sobrado eram brancas e refletiam a luz do dia com toda intensidade.

"*Que lugar incomum!*", pensei, enquanto avançava pela calçada.

Antes mesmo de chegar do outro lado, vi aquele cartaz... Era um cartaz simples, sereno, pendurado em uma estrutura de ferro sob o jardim da casa. De início, gostei da sensação estética que o conjunto apresentava e achei intrigante a figura daquele homem corajoso cavalgando à beira do mar.

Porém, assim que cheguei perto, a figura se modificou como mágica! Uma ilusão de ótica provavelmente causada pelo calor enganou meus olhos. O guerreiro cavalgando perto das ondas tinha se transformado em um rosto maravilhoso, como acontece com aqueles testes de percepção em que vemos uma moça e uma velha em um único desenho.

Esfreguei o rosto e acertei a visão. Ali estava um jovem indiano sorrindo para o mundo e seus olhos, dois feitiços contra o tempo, davam permissão para que o passado, o presente e o futuro se misturassem sem qualquer medo.

Prestes a ir embora, olhei mais uma vez para a foto. De maneira contrária à célebre frase "Distraídos, venceremos!", percebi que eu, distraída e impotente, tinha me perdido completamente naquela situação...

***

A porta do sobrado se abriu e meu coração deu um salto. Da casa, algumas pessoas saíram sorridentes e despreocupadas, como se tivessem passado por alguma experiência de leveza ou de emancipação deste mundo. Quando passaram ao meu lado e atravessaram a rua, fiz cara de paisagem e decidi ir embora o quanto antes.

Depois do que aconteceu, fiquei irritada com tudo, principalmente com o sorvete de *paella* que derretia em minhas mãos. A casquinha estava pegajosa e o bilhete do metrô acabou grudando nos meus dedos.

Enquanto pegava o caminho de volta ao hotel, olhava para dentro de mim à procura de algo que fizesse sentido. Por mais que eu quisesse pensar em outra coisa, acabava de novo sendo impelida a usar as palavras certas para descrever os sentimentos "errados". Naquela tarde, não pude negar que algo indecente havia acontecido: eu tinha me apaixonado por uma foto!

Durante todo o tempo, fiquei pensativa. Não queria exagerar na preocupação, mas a descoberta tinha mexido com meus nervos. Além de ficar remoendo a beleza mutável daquela imagem, lembrava a todo instante que o cartaz trazia uma possibilidade real de aproximação com o modelo da foto por meio de um convite chamativo. Assim, imaginei como seria bom ver aquele rapaz pessoalmente e até quem sabe deixar um lugarzinho vago no meu cérebro para ouvir o que ele teria a dizer, afinal de contas, as duas palestras pareciam interessantes:

"*A Meditação Profunda como Ponte para o Sempre*" e "*O Encontro do*

Oriente com o Ocidente". Palestras com o mestre indiano Kalyan Dharmaraj, quarta-feira, dia tal, às vinte horas.

Fiz as contas. Faltavam dois longos dias para a quarta-feira. Por via das dúvidas, deixei o calendário de lado e resolvi ficar o resto do dia no quarto. Como era de se esperar, tentei encontrar informações sobre o nobre mestre pela internet, mas logo percebi o quanto estava sendo infantil e tratei de procurar algo mais interessante para fazer. Liguei o ar-condicionado, pedi uma comidinha especial, tomei banho de espuma.

À noite, quando as últimas armaduras cederam, apaguei as luzes e tive de enfrentar de novo as incongruências do meu coração.

"Ah! Que moço lindo! Quem seria ele de fato? Como seria sua vida?"

Depois dos elogios e da curiosidade, veio o arrependimento. Eu devia ter tomado mais cuidado. Aquele era um período tumultuado, um período ruim. As artes visuais, sobretudo as fotografias exuberantes, têm a capacidade de nos arrastar para longe. Eu devia ter me lembrado disso antes de me deixar levar pelo impacto da beleza... Mas de onde vinha aquela beleza? Do homem ou da foto?

Decerto que as cores, os contrastes e a excelente qualidade gráfica eram admiráveis, mas seriam suficientes para me arrebatarem daquela maneira? Por acaso, eu não tinha visto durante toda a semana as mais deslumbrantes obras-primas no Museu do Prado sem que me sentisse da mesma forma?

A jovialidade do modelo também não explicava muita coisa, afinal de contas, no quesito atração física, eu me conhecida muito bem. De louca, eu tinha um pouco, mas de loba, nunca tivera nada... O mestre era muito novinho e sempre tive pelos homens mais jovens um carinho respeitoso e nada mais. Sendo assim, o que me atraiu de fato?

Refletindo um pouco mais, surgiu a ideia de que o fascínio nascera de uma percepção muito aguçada em relação ao que estava subliminar naquela imagem. Primeiro, a presença contígua de um homem mais velho, um guerreiro, tão real quanto o rosto do mestre pacifista. Em segundo lugar, havia uma espécie de contradição sedutora na foto que eu desafortunadamente fui capaz de notar: o brilho de uma centelha de sabedoria ancestral perdida no meio de todo o resto, o aprisionamento de uma alma antiga, antiquíssima, em um invólucro imaturo e sem experiência!

E no meio de tantos questionamentos e de tantas conclusões perspicazes, fiquei cansada e resolvi parar de pensar. Então, alguns elementos de pura feminilidade apareceram do nada e fiquei desconcertada com a chegada daquilo que já havia partido há muito tempo! Como não tinha para onde fugir, fechei os olhos e emprestei vida à imagem de Dharmaraj até que ela veio ao encontro da minha estreita jornada entre os lençóis...

A partir de então, já não queria mais saber de fotos ou de telinhas iluminadas com o rosto do mestre... Interessava-me a existência quente, a carne, o osso e, claro, um pouquinho de tridimensionalidade. Assim, eu podia ter aqueles olhos nos meus olhos, aquele rosto em minhas mãos, aquele sorriso morrendo e renascendo entre meus beijos...

Depois que tudo passou, e foi a primeira vez na história da humanidade que o fogo nasceu das cinzas e não o contrário, respirei fundo e tentei compreender o que tinha acontecido.

Sentada na beira da cama, entregue a uma escuridão propositada e sem qualquer arandela para acender, a resposta veio fácil e sem rodeios: aquela viagem não estava me fazendo bem e já era hora de voltar para casa.

***

No dia seguinte, antecipei meu retorno ao Brasil, sem pensar muito nas consequências. Fui obrigada a arcar com alguns prejuízos de ordem financeira, mas aquilo me pareceu um transtorno pequeno se comparado a todo o resto.

Desembarcando em São Paulo dias antes do combinado, senti o gosto amargo do descaso. Por um motivo ou por outro, ninguém estava disponível para as boas-vindas no aeroporto e acho que, se não tivesse telefonado assim que entrei no apartamento, todos continuariam pensando que eu estava perambulando por Madri até hoje!

Naquele momento, senti na pele a solidão de Aishi Dora quando ela voltou do Oriente e percebeu que seus amigos não estavam à sua espera. Será que eu estava adivinhando que o mesmo aconteceria comigo na vida real?

Depois de um reencontro ameno com Flávio, fingimos que nosso relacionamento não tinha problemas e continuamos jantando fora como de costume, dia sim e dia não, na mesma cantina de sempre.

Com o término das minhas pequenas férias pela Europa, reassumi a rotina profissional com mais empenho do que nunca. Gostei de saber que alguém sentiu minha falta, mesmo que fossem apenas as pessoas do trabalho. O senhor Albano até me propôs um aumento e, diante das boas-novas, senti que a vida tinha retomado o prumo, ainda que de forma meio atarantada.

Apesar da aparente simetria entre os meus eixos, bastou pouco tempo em terra firme para que alguns sentimentos inoportunos reivindicassem sua parcela de atenção. A lembrança de Dharmaraj voltou a ocupar meu coração e dei um jeito de matar a saudade acompanhando sua vida por meio da imprensa.

Entrevistas, fotos, livros e muitas revelações instigantes faziam do jovem mestre uma figura cada vez mais atraente. Suas declarações polêmicas me causavam entusiasmo e eu adorava a maneira pela qual ele deixava todos em suspense quando respondia tudo e nada ao mesmo tempo. Por exemplo, quando questionado sobre sua vida sentimental, assunto de grande interesse das fãs, Kalyan explicava que "já era casado, embora sua esposa e filhos estivessem soltos no tempo e desencontrados no espaço". Em seguida, dizia que teria muito trabalho para juntar todo mundo e saía de cena com o sorriso mais divertido da face da Terra!

E quanto mais eu lia e descobria coisas sobre aquele enigmático jovem, mais interessante ele se tornava.

Embora tivesse uma residência fixa na Índia, mais precisamente na cidade em que nascera há tão pouco tempo sob o signo abençoado de aquário, Kalyan passava a maior parte do tempo viajando para divulgar suas ideias a respeito das múltiplas realidades da mente e das técnicas possíveis para acessá-las. Seus ensinamentos de vanguarda estavam ganhando adeptos no mundo todo e o mestre já liderava dez centros internacionais de meditação, os Centros de Meditação Dharmaraj, sendo um deles coincidentemente bem próximo à minha casa! Mundo pequeno, esferas minúsculas...

Os achados sobre Kalyan enterneciam meus dias, mesmos os mais tristes ou complicados. Cada registro da infância, cada passagem heroica tinha grande valor.

Em todas aquelas cenas, ou pelo menos em quase todas, eu era capaz de ver um personagem concomitante, o mesmo guerreiro audacioso com quem meus sentidos e minha razão tinham se confrontado na Espanha. Apesar do prazer e do orgulho causados pela descoberta daquele outro Kalyan, daquela outra imagem verídica em si mesma, tinha a sensação de que muitos mistérios sobre ele jamais seriam desvendados. Por isso, chamei aquele grande guerreiro de Nigma, um enigma a ser decifrado, um herói de compleição arquetípica e de olhar apaixonado...

***

Kalyan era mesmo um homem peculiar. Sua história era interessantíssima e não fugia ao que expus no quarto capítulo de *O Beijo do Sol*, embora a narrativa emotiva, claro, fosse transportada pelos brados fumegantes da minha admiração.

Sua família, diferente da minha, não tinha sucumbido aos problemas da vida comum e continuava unida e feliz. O avô de Kalyan casou-se de fato com uma brasileira chamada Helena e ele era mesmo o último sábio Yudishi do planeta. Até hoje, seus dois únicos livros publicados, obras raríssimas e de valor incomensurável, estão sempre à minha cabeceira, conversando comigo e ajudando-me nas horas difíceis. Tenho tanto envolvimento com a sabedoria do nobre senhor Govinda que até parece que somos bons amigos e que nos conhecemos de verdade!

Por causa do meu intenso envolvimento emocional com aqueles

personagens reais, acreditei durante um bom tempo que teria o privilégio de divulgar os fatos da vida do jovem mestre para o mundo, mas um estudioso do Canadá se adiantou e a biografia oficial do Venerável Dharmaraj chegou ao Ocidente em meados do ano passado de maneira asséptica, vaga e inconsistente, limitando-se a um aglomerado de manchetes do tipo "o ilustre cresceu ali, depois foi acolá, estudou com não sei quem e voltou para não sei onde".

Invejas à parte, minhas críticas procediam. O trabalho do canadense deixou muitos episódios significativos de fora, como os três atentados cometidos contra a vida do mestre por um grupo rebelde chamado RFP, os "Radicais contra Falsos Profetas". Apesar do tom ridículo do nome e daquela luta sem bandeira e sem causa, o RFP era assustador! Os criminosos agiam sempre do mesmo modo, usando motocicletas sem placas e capacetes escuros para dificultar a identificação. Eles tentavam acertar os alvos com artefatos explosivos feitos como amadorismo, que felizmente definhavam antes mesmo de tocarem o chão. Em uma recente nota à imprensa, Kalyan perdoou aos agressores e convidou a todos para uma meditação coletiva em favor da paz. Apesar do pedido de trégua feito pelo jovem mestre, o RFP disse que continuaria com seus ataques contra todos os que tinham a pretensão de estudar o poder da mente, fossem pessoas religiosas, sensitivas ou até mesmo dedicadas à ciência. No entendimento daqueles bandidos sonsos, entender o que não deve ser entendido desafia o Criador e enfraquece a onisciência do Ser Divino!

Portanto, como ocorre em qualquer tipo de existência, a jornada de Kalyan não era feita apenas de flores, badalações e fama. Além da violência imposta pelo RFP, havia boatos maldosos espalhados por todo canto, aquele tipo de fofoca que sempre aflige as pessoas públicas. Enquanto alguns consideravam o jovem indiano um estudioso sério e um místico respeitável, outros diziam que ele era apenas um charlatão de boa aparência.

De qualquer forma, aqueles comentários desmerecedores sempre perdiam a importância diante de tudo que Kalyan fazia pelo bem da humanidade!

Só para citar alguns de seus feitos, houve a libertação de centenas de pessoas escravizadas em uma região remota da Ásia e aquela situação desumana acontecia há anos, bem debaixo dos nossos narizes globalizados! O mais incrível foi a maneira pacífica com que os algozes se entregaram depois de uma simples conversa com Kalyan! Além de tudo aquilo, Dharmaraj tem uma série de trabalhos humanitários em vários países do mundo, inclusive no Brasil, que são financiados diretamente pela venda de seus livros e pelo dinheiro arrecadado com suas entrevistas e palestras.

No âmbito da erudição, o nobre rapaz fez uma releitura interessante do Livro Tibetano dos Mortos, o *Bardho Todol*, demonstrando inexplicável sabedoria para alguém tão jovem. Antes daquele trabalho, as pessoas doentes e prestes a deixarem esta vida eram frequentemente vistas como corpos a quem devíamos abreviar o sofrimento ou mentes desprovidas de capacidade de compreensão. Agora, no Ocidente, muitos cuidadores passaram a ler o novo *Bardho* na cabeceira dos moribundos, conduzindo-os bondosamente aos caminhos do outro lado.

***

Depois de tantas e tantas exclamações, talvez vocês tenham alcançado um entendimento maior dos motivos que me levaram a escrever *O Beijo do Sol*, após a minha volta da Espanha.

Se eu tivesse explicado aquelas mesmas razões para os editores, seria provável que eles tivessem reagido de forma diferente perante os originais. Na ocasião da publicação, eles se limitaram a dizer que aceitariam a empreitada só porque sabiam que eu, mais cedo ou mais tarde, faria a continuação de *O Crime do Bigode*. Era aquilo que meu público queria e era naquele tipo de trabalho que eu tinha de me concentrar! Com um pouquinho de autoanálise, quem sabe eu chegaria ao volume três para aportar meu talento em um lugar seguro e conhecido, bem distante dos mares nebulosos onde eu teimava navegar.

Aqueles argumentos só serviram para demonstrar o quanto todos estavam equivocados. O que meus editores não conseguiam entender era que *O Crime do Bigode*, um romance policial acéfalo, foi apenas uma brincadeira, um exercício de esperteza com as palavras. O Flávio quem deu a ideia depois que vimos um filme pouco famoso do Mazzaropi. Por diversão, juntei alhos com bugalhos e em pouco tempo a trama estava pronta.

Aquele livro, a que os críticos chamaram de "dupla revelação", uma alusão à minha estreia no mundo da fama e à suposta capacidade de predição do último capítulo, não significou nada para mim além de um passatempo. Foram quase trezentas páginas de correria, perseguição de carro e muitos diálogos toscos entre personagens tão rasos quanto uma ratoeira. E adivinhem quem ficou presa na ratoeira? Eu, claro!

Logo depois do lançamento, entrei em um período conturbado. Não havia um único dia em que não recebesse um convite para ir ao rádio ou à televisão para falar daquela baboseira. Cada vez que eu saía nas ruas, ouvia sempre a mesma frase com dicções e sentidos diferentes, capazes de deixar qualquer pessoa confusa: um sentido bom (puxa, você deve ser uma bruxa!) e um sentido ruim (puxa, você deve ser uma bruxa!).

Definitivamente, não fui feita para a vida pública. De maneira alguma me sentia bem com a fama e achava aquele sucesso algo suspeito e até mesmo injusto Meus trabalhos anteriores foram muito melhores, ainda que desconhecidos e sem expressão junto ao público. Uma publicação independente com minhas poesias, um livro de contos parcialmente patrocinado pelo senhor Albano, uma participação especial em uma coletânea de novos autores e mais dois romances ambientados na França pareciam bem mais interessantes do que a história malfadada de um esquisitão andando nas ruas do Bexiga com uma faca na mão.

Mesmo assim, as prateleiras ficaram vazias em tempo recorde e a história ficou ainda mais em evidência porque houve mesmo na época um assassino bigodudo em São Paulo que agia da mesma forma que o vilão do livro. Para piorar a situação, o desfecho do caso real aconteceu de maneira idêntica ao epílogo, com os investigadores descobrindo a relação entre o criminoso e um empresário de sucesso, com as principais pistas sendo reveladas por duas garotas de programa, uma do Paraíso e a outra do Bom Retiro (trocadilhos à parte) e, por último, com uma perseguição eletrizante de carros seguida pela morte do monstro. E tudo já estava naquelas folhas, antes mesmo de ter acontecido!

Juro que não sou vidente e que não tive nada a ver com o caso. Tenho uma intuição um pouco acima da média, é bem verdade, mas nada que chame a atenção. Nunca fui diferente das outras pessoas e até hoje não entendo nada de futuro. A estreitíssima relação entre *O Crime do Bigode* e a realidade foi pura obra do acaso e os que gostaram de toda a repercussão trazida pela coincidência foram os editores e, de forma mais veemente, o Flávio.

– Quem sabe agora vamos sair da lama e ganhar um bom dinheiro! – dizia ele, entre suas latas de cerveja.

De fato, cheguei a receber uma quantia razoável pela venda do livro, mas nada que conseguisse alforriar minhas finanças. Apesar de ter ficado muito decepcionada com a conta bancária, o que mais me angustiou naqueles tempos foi ter meu nome e sobrenome atrelados àqueles terríveis assassinatos que tanto abalaram as noites paulistanas.

Venhamos e convenhamos, não tenho a intenção de ser ingrata com as chances que a sorte me deu. Eu devia ter ficado satisfeita, afinal, é bem provável que eu não entre para o rol dos imortais. A verdade é que nunca fui e jamais serei um primor porque não posso me dedicar o bastante! Não sou bruxa. Sou uma mulher comum, tenho dois empregos e faço tudo para levar uma vida decente em meu apartamento de herança, onde sempre estive sozinha ao lado das minhas poucas pretensões. Pensando bem, até hoje não tenho certeza se sou uma farmacêutica que foge da rotina escrevendo livros ou se sou uma escritora que se esconde atrás de outra profissão...

***

Agora, vamos dar um salto no tempo para ir diretamente ao dia em que Kalyan e eu ficamos frente a frente! No mundo real, é claro.

Tudo começou com um simples telefonema do setor de divulgação da editora.

As informações eram extremamente sucintas: pela primeira vez, Dharmaraj viria ao Brasil e um evento literário seria realizado em sua homenagem. O renomado mestre ficaria hospedado em seu Centro de Meditação e teria de enfrentar uma agenda apertada para honrar todos os compromissos assumidos e também para conhecer os projetos assistenciais financiados por ele aqui no país. Uma semana antes de voltar para a Índia, o líder humanitário faria uma palestra em um lugar muito importante, o teatro da Livraria Cultural, situado no quarteirão mais nobre da Avenida Paulista, onde vários autores dedicados à sua vida e aos seus pensamentos estariam presentes para uma noite de autógrafos!

Assim, os títulos de Dharmaraj traduzidos para o português, os álbuns de fotos de seu país de origem e livros que narravam sua história de vida, incluindo a biografia do autor canadense, participariam da celebração. De maneira um tanto quanto exótica, *O Beijo do Sol* fora incluído naquele pacote, mas a decisão recebeu ressalvas por parte dos organizadores do evento, que o consideravam destoante do resto.

Meus editores estavam decididos a incrementar as vendas e insistiram na ideia.

"Da mesma autora do best seller *'O Crime do Bigode'* apresentamos *'O Beijo sei lá das quantas'*".

Em um primeiro momento, aquela jogada de Marketing me pareceu muito interessante, mas, quando a lisonja foi embora, fiquei chateada por ter de dividir minha tão esperada noite com ilustres desconhecidos. Como não podia me dar ao luxo de ficar melindrada já que o romance estava nas livrarias há cerca de seis ou sete meses, acabei aceitando o convite na base do "antes tarde do que nunca" e fiquei convencida de que era melhor ter uma festa na vala comum do que não ter festa alguma.

Assim, passados alguns dias daquele telefonema, compareci a uma reunião em que os detalhes do encontro foram discutidos com os interessados. Além da editora que publicou meus livros, estavam presentes as que lançaram as obras de Kalyan em língua portuguesa e muitas outras que buscavam inserção naquele nicho do mercado brasileiro. Compareceram do Canadá o biógrafo do mestre e mais dois grandes especialistas em mitos da atualidade.

Tão logo nos sentamos à mesa, o promotor de eventos da minha editora abriu a reunião e ficou com a incumbência de explicar mais uma vez os motivos pelos quais eu, uma autora de ficção, deveria fazer parte daquele grupo seleto.

Demorou um tempão para que as pessoas entendessem que meu livro também falava sobre Dharmaraj, ainda que a narrativa estivesse completamente subjugada pela ótica apaixonada de uma personagem. O argumento derradeiro ficou guardado em minhas mangas e deixei-o estrategicamente guardado para o final da conversa. O próprio Dharmaraj havia permitido o uso do seu nome no livro por acreditar que ele seria muito interessante. Na época da publicação, o mestre respondeu pessoalmente ao e-mail dos editores autorizando que eu fizesse alterações ficcionais a respeito de sua vida, bem como dos integrantes de sua família. Antes de assinar o documento, o ilustre disse que se sentia agraciado com a homenagem inédita e prometeu estudar a língua portuguesa para ter acesso à história.

Com as cópias daquele e-mail nas mãos dos presentes, as dúvidas chegaram ao fim. Depois que a reunião terminou, fomos convidados para um jantar de congraçamento oferecido pelo departamento de relações públicas da Livraria Cultural.

– A palestra de Dharmaraj no teatro da Livraria Cultural será uma ocasião de rara comoção e charme! – ressaltaram os anfitriões na hora do brinde.

Apesar do momento descontraído, aquele encontro foi árduo para mim. Então, durante o jantar, comecei a passar mal. Era melhor que eu tivesse partido ou reconhecido naquelas estranhezas um aviso para o que iria acontecer na minha grande noite com Dharmaraj.

Entretanto, a leitura das mensagens enviadas pelo destino é uma arte que nem sempre conseguimos dominar.

***

O tempo passou rápido e finalmente o dia da grande festa chegou!

Nunca vou esquecer aquele sábado de outono...

Era bem cedo quando resolvi tomar um chá na varanda, horas antes de autografar o livro mais importante da minha vida. Em época de frio, não gostava de ficar ali, mas a ocasião me tornara menos arredia para com o vento gelado e seus assovios. Então, peguei minha xícara, abri a porta envidraçada da sala e tomei conta daquele espaço tão aberto e diferente de todo o resto.

Na minha varanda, o sábado parecia mais sábado e a vida ganhava um frescor relaxante. As plantinhas mais altas balançavam em seus vasos e os ruídos vindos da avenida, tão frequentemente irritantes, não incomodavam. Justo naquele dia, uma passeata de ciclistas estava acontecendo lá embaixo e os sons de algumas buzinas impacientes se juntaram aos apitos usados pelos ativistas.

Alheio àquele mundo barulhento, o universo que eu costumava acessar em minha imaginação seguia um curso diferente. Nuvens cinzentas vagavam bem na direção dos meus olhos até sumirem nos cantos retos da última edição de espelhos do outro lado da rua.

De um jeito estranho, fiquei afeiçoada àquele vizinho de frente, mesmo quando ele não passava de um projeto ensimesmado. Há cerca de três anos, quando o antigo banco foi demolido, nós, os moradores do outro lado da Paulista, sofremos horrores com a poeira, com a sensação de terremoto causada pelos bate-estacas e, sobretudo, com a ansiedade sobre o que viria a seguir. Uma das minhas maiores preocupações dizia respeito à paisagem. Eu temia que o novo gigante ocultasse a vista generosa do meu décimo andar, porém, o que eu tinha foi substituído por uma interessante pirâmide revestida de vidro fumê, algo que duplicava tudo que havia acima de nós. Um avião transformava-se em dois, o luar parecia um anjo com duas cabeças e as estrelas se multiplicavam em tantas outras. Eu ficava encantada com aquele segundo céu e com aquela cópia tortinha do meu prédio há tão poucos metros da minha cadeira de vime! Eram oito pistas de asfalto, um canteiro com postes e duas calçadas entre a realidade e um filme de Tarkovsky.[1]

Na verdade, sempre tive aquela mania de descobrir outra cidade escondida nos detalhes da existência comum e faço isso até hoje ao lado da pessoa mais amada do mundo. Quando nós duas vamos almoçar na nossa lanchonete favorita, por exemplo, costumamos nos sentar em frente a uma parede envidraçada que oferece ampla visão da rua. Por causa da claridade, tudo que vemos naquele vidro limpíssimo é a vida do lado de fora e nada mais, com exceção de uma imagem curiosa: a reprodução do teto da lanchonete com suas dezenas de spots amarelos. O reflexo daquelas luzinhas, então, incide diretamente sobre as copas verdes e imprime às árvores da calçada um Natal estável e resistente a qualquer época do ano. É pura magia.

***

Terminei meu chá e não resisti ao pequeno desafio de me debruçar sobre a grade da varanda e olhar para baixo. Naquela época, o apartamento ainda não tinha redes de proteção e eu costumava de vez em quando fazer aquela bobagem para ver a calçada embaixo do meu prédio. Pelo vento que já estava forte desde as primeiras horas da manhã, percebi três coisas: que era mesmo perigoso debruçar ali, que o outono estava começando e que o vestido escolhido para a noite era decotado demais, esvoaçante demais e nada propício ao friozinho das dezenove horas!

Infelizmente, não havia tempo para comprar outra roupa e resolvi pensar em um casaquinho que pudesse combinar com o vestido.

Assim que voltei para a sala, olhei para o relógio pendurado na parede e conferi as horas no computador. Na tela, duas fotos em que Flávio e eu estávamos abraçados pareciam um folheto de venda de imóvel. Aquelas imagens estavam estacionadas em uma época em que eu ainda acreditava na nossa união e não desconfiava dos grandes problemas que nos aguardavam no

[1] Andrei Arsenyevich Tarkovsky foi um cineasta russo, nascido na então União Soviética.

futuro. Mesmo com aquela impressão ruim, voltei a olhar para as fotos quando terminei de colocar minha senha de acesso. No fundo, queria me certificar de que elas, as fotografias, ainda estavam no mesmo lugar.

Depois de checar uma lista de prioridades, procurei me concentrar para não esquecer nenhum detalhe que comprometesse minha maravilhosa noite de autógrafos. Enviei os e-mails que estavam abertos, respondi às mensagens de última hora e pedi a confirmação dos convidados. A grande surpresa ficou por conta de Flávio, que cancelou uma viagem de negócios para vir me prestigiar! A tiracolo, ele traria seu chefe, o senhor Ferreira, para que se conhecessem melhor fora dos muros da empresa. A vaga de gerente do departamento de vendas era tudo que Flávio queria depois de ter terminado a pós.

Aquilo mexeu com os meus velhos sonhos e aumentou ainda mais minha responsabilidade. Eu queria agradar e causar uma boa impressão, afinal de contas, para que serviam as "quase esposas"? Enquanto as esposas faziam jantares e recepcionavam os convidados ilustres dos maridos, as de categoria "quase" deveriam se sobressair ainda mais, caso contrário, seriam "quase" para sempre.

Assim, para que tudo ficasse perfeito, tomei mais chá calmante e conferi militarmente os itens destinados à aparência: vestido, sapatos, bolsa e, claro, uma tarde inteira no salão de beleza.

***

Quando a noite chegou, dei uma olhada em meu apartamento. Os gatinhos talhados em madeira perto da janela, as plantas na floreira da sacada, o espelho da sala refletindo meu vestido alaranjado... Tudo parecia no lugar e, ao mesmo tempo, fora dele. Eu amava minha casa e estava decidida a dar mais atenção a ela nos próximos tempos.

Antes de apagar todas as luzes, percebi que já tinha feito aquela promessa outras vezes e que, até aquele instante, não tivera condições de honrar o compromisso. A sala parecia em ordem, a cozinha tinha ficado linda com os móveis planejados, mas a lavanderia estava totalmente desarrumada! Caixas, baldes, dezenas de produtos de higiene usados até a metade, coisas que ganhei e que nunca usei. Não sei por qual razão aquele mundo obsoleto me aborreceu tanto naquela hora. Há tempos não conseguia pôr um fim na bagunça e até mesmo a dona Margarida, minha ajudante semanal, já tinha desistido de pegar naquele batente. Muitas coisas estavam amontoadas e somente eu poderia acabar com tantas desgraças. Junto à minha intenção de cuidar melhor da casa, dei ênfase à tarefa de colocar a lavanderia em ordem como ponto de honra, mas obviamente aquilo ficaria para outro dia. Dentro de poucos minutos, eu estaria em uma festa significativa pela qual tinha esperado por muito tempo!

Tranquei a porta da sala e, já no elevador, voltei rapidamente ao tema da lavanderia. Fiquei imaginando que em todas as residências deveriam existir cantos, gavetas e até mesmo cômodos inteiros nos quais reinavam a desordem em maior ou menor grau de dificuldade. Enquanto tirava o carro da garagem, pensei que aqueles espaços desprezados arrumavam uma maneira de se rebelarem contra os desleixados proprietários que os haviam abandonado, por exemplo, abduzindo objetos importantes para todo o sempre.

Pensando naquelas bobagens, fui me distraindo ao volante. O relógio digital do painel, àquela altura, era uma fonte de ansiedade. Cada piscadinha, cada segundo estampado de verde no quadradinho de fundo preto dava a impressão de que algo poderia dar errado.

Os autores deveriam chegar às dezenove horas e a palestra do mestre estava prevista para as vinte e uma horas. Ainda era cedo, mas qualquer semáforo fechado por mais de um minuto demorava um século e se tornava um novo obstáculo a ser vencido.

Quando os sinais ficavam verdes, a sensação era oposta à angústia precedente. Eu seguia em frente com a crença de que nunca mais os faróis da Paulista ficariam fechados para mim. Eu poderia seguir em frente por toda eternidade, sem olhar para trás... Ao deslizar meu carro pelo asfalto, fiquei alegre e agradeci o fato de que o trânsito fluía livremente naquela noite. Para comemorar, aumentei o volume da música e fui arrastando uma cantoria sofrível durante todo o trajeto.

Não só o espírito da Avenida Paulista me causava admiração. Sua configuração física me agradava muito, principalmente as calçadas largas e os ícones arquitetônicos ao redor. Aquelas muralhas nunca haviam me enganado: muita coisa bonita se escondia dentro delas! Apesar das lutas acirradas por dinheiro, das reuniões tensas e de tantas outras manifestações da voracidade humana, aquelas empresas demonstravam coragem, persistência, capacidade de organização... Eu, que não tinha perfil para os negócios, achava aquilo forte.

***

Assim que estacionei no subsolo, tirei a chave do contato com a força do meu próprio suspiro. Olhei para o relógio. Eram dezenove horas e trinta minutos, um atrasinho de praxe, coisa de noiva, uma ausência patrocinada pelo charme.

Enquanto esperava pelo elevador, fiquei pensando se Flávio havia buscado ou não o senhor Ferreira em casa. A inquietação ficou por conta da distância entre o bairro chique em que morava o chefe e a Livraria Cultural. Com a chuva do dia anterior, alguns semáforos distantes do centro da cidade não estavam funcionando

Outra pessoa com quem me preocupava era o meu pai. De acordo com suas nove ligações ao longo daquele dia, o carro estava quase saindo do mecânico e só faltava calibrar os pneus. Na última chamada, ele disse que estava chegando, mas queria uma dica de estacionamento mais barato. O pedido foi justo, porém suficiente para que eu me irritasse. Os estacionamentos mais em conta ficavam longe da livraria e tive ainda de insistir para que ele não parasse o carro na rua.

Quando as portas de aço se abriram, segui o conselho da placa e verifiquei se o elevador estava mesmo parado naquele andar. Sinceramente, nunca vi alguém se preocupar tanto com quedas em fossos escuros como eu naquele momento, sinal de que estava um pouco nervosa.

Enquanto subia para o próximo piso, dei uma última ajeitada no penteado. O coque, graças aos céus, ainda estava no lugar certo e a maquiagem já tinha diminuído alguns anos do meu rosto. Aliás, aquela tarde no salão de beleza foi uma experiência para lá de estranha! A começar pela cor do meu esmalte que mudou sozinha. O que era azul ficou verde e depois evoluiu rapidamente para uma tonalidade pitoresca de cinza, sem que qualquer pessoa se responsabilizasse pelo efeito surpresa. Além do esmalte, outros detalhes e acontecimentos causaram espanto. A moça que me atendeu, por exemplo, parecia divertir-se com uma espécie de pegadinha sem câmera que ela orquestrou contra mim sem qualquer constrangimento. Cada vez que se afastava para buscar o secador, tomar um cafezinho ou para falar com outro cliente, ela voltava ao meu lado com os cabelos completamente diferentes! "A gente tá promovendo hoje uma experimentação com tinturas novas entre os funcionários", explicou a beldade, sem que eu soubesse como e onde ela conseguia fazer todas aquelas modificações com tanta rapidez!

Em seguida, foi a vez do Dalai Lama assombrar minha tarde de embelezamento. Bem na parede atrás do caixa, ou seja, em um ponto em que todo mundo podia ver, a foto do ilustríssimo senhor parecia soberana e trazia a seguinte mensagem:

"O nosso corpo é formado pelos quatro elementos – terra, água, fogo e ar –, por isso, o destino dele é se deteriorar. Vocês, que cuidam da aparência com tanto cuidado, não se esqueçam: o corpo humano é volúvel, tem vida própria e um dia vai abandonar vocês".

Puxa vida, que dizeres terríveis para um salão de beleza!

Durante todo o tempo em que fiquei ali cuidando das unhas e dos cabelos, as palavras do Dalai Lama não me saíram da mente, embora eu soubesse que muitas máximas atribuídas ao grande líder do Tibete nunca foram ditas por ele. Hoje em dia o pessoal mistura tudo, inventa coisas e depois diz que fulano disse isso ou aquilo. O que existe de frases famosas creditadas a pessoas como Gandhi, John Lennon ou Freud, sem jamais terem saído de suas bocas, daria para fazer um livro inteiro sobre as verdades mais mentirosas do planeta!

(só para informar, descobri que a citação é verídica e encontra-se em um livro do Dalai Lama sobre a morte).

E, ocupando o primeiro lugar em aberrações, tivemos o comentário da gerente do salão em resposta ao meu educado convite para a noite de autógrafos.

– Aos sábados a gente não fecha antes das dez da noite, mas vou pensar no caso. Olhar o Dharmaraj de perto, aquele piteuzinho do Oriente, vale qualquer prejuízo! Olha ele lá na revista dos famosos...

***

Um suspiro saiu delicadamente pelos meus lábios e vi surgir no espelho do elevador um rosto sedutor. Eu estava bonita e aquela noite seria minha!

Assim que entrei pela porta principal da Livraria Cultural, reconheci alguns amigos e isso me trouxe grande conforto. Nas horas em que estamos em evidência, um pouco de amizade ajuda a acalmar as inseguranças. Caminhei, então, por uma passarela suntuosa de tapete vermelho até que alguém disse o meu nome e, pasmem, fui aplaudida como uma celebridade!

Enquanto pisava em plumas elegantes, percorri o ambiente com o olhar. Como eu tinha previsto, Flávio e meu pai não haviam chegado.

"*Espero que eles não estraguem a minha festa!*", pensei, enquanto agradecia os aplausos e sorria para todo mundo.

As pequenas luzes no teto brilhavam e perdiam-se de vista como em um céu de estrelas. Garçons com taças de vinho andavam de um lado ao outro e a cada instante chegavam mais e mais convidados. De maneira eficiente e até mesmo intimidadora, a imprensa e sua parafernália se preparavam para a cobertura do evento e todo mundo não resistia a dar uma olhadinha ao redor para ver se algum "vip" estava entre os presentes.

Nos dois lados da passarela, os outros protagonistas ocupavam seus postos. Alguns autores já estavam autografando e a mesa mais concorrida até aquele instante era a dos livros de fotos do jovem mestre caminhando pelas florestas de seu país de origem. Nas imediações, um grupo chamado Meditação & Metrópole distribuía panfletos e vendia camisetas com a estampa de um Buda segurando o logotipo da entidade. Ao lado deles, o Centro de Meditação Dharmaraj de São Paulo marcava presença com os mestres e alunos em trajes de gala e, seguindo em frente pelo tapete vermelho, alguns representantes de vendas ofereciam as publicações de Dharmaraj como se fossem frutas coloridas em uma bandeja.

Em último lugar, encostada na escada que dava acesso ao teatro no segundo piso, finalmente estava a minha mesa. A plaquinha com meu nome não deixava dúvida de que meu reino encantado era bem ali!

Ao lado da minha cadeira, um banner com a foto do livro me pareceu um gesto cuidadoso por parte da editora, afinal de contas, eles precisavam se redimir. Bem perto do banner, uma pequena estante expunha alguns exemplares dos meus livros publicados até então, de maneira que me senti orgulhosa (uau, sete livros!) e, em seguida, decepcionada (mas só sete?), sem que pudesse controlar a medida de relevância que poderia dar para cada um daqueles sentimentos.

Subitamente, tive uma desagradável surpresa... Como um castigo de que eu não conseguia me livrar, lá estava o título que me causava vergonha, o maior furo n'água da década bem ao alcance de qualquer olhar. *O Crime do Bigode* estava em evidência deixando todos os outros seis na penumbra, de maneira que dei um jeitinho de colocá-lo no último lugar da fila.

Não sei se por causa daquele contratempo, senti uma leve dor de cabeça e tive de respirar mais profundamente para recobrar a confiança. Então, reparei em mais um detalhe que me desagradou: a minha mesa era a única que não tinha um arranjo de flores! Por um instante até pensei que Flávio me traria as tais flores, mas logo a esperança se desfez. Aquele não era o perfil dele. Seria mais fácil que me trouxesse um monte de materiais promocionais da empresa ou até uma garrafa de vinho, mesmo sabendo que eu não bebia tanto assim.

Depois de um tempinho em que dei atenção aos colegas do trabalho, o representante da editora me achou.

– Puxa! Que bom! Está dando tudo certo, não é mesmo? Agora só falta o mestre!

Olhei para o relógio. Restava muito tempo para as vinte e uma horas.

Como as vendas estavam devagar, resolvi dar uma voltinha pela livraria. O prédio ocupava um quarteirão inteiro da Avenida Paulista e um respeitável acervo disposto em três andares aguardava pelos interessados de maneira solícita. De cada andar era possível ver o térreo e a porta principal. Na área de livros infantis, meu setor favorito, sofás e almofadas espalhadas dentro de uma escultura em forma de baleia convidavam os pequenos à leitura. Eu gostava tanto daquele lugar que até parei um pouco para ver o contador de histórias encerrando as aventuras do Urso Mashmelow.

Ao término da escada que levava ao segundo andar, um saguão com carpete verde dava acesso ao teatro em que Kalyan faria sua primeira palestra no Brasil. Aquele teatro não era dos maiores, mas muitos espetáculos importantes foram apresentados ali. Pela localidade e pelo histórico renomado daquele palco, apenas eventos de prestígio ganhavam espaço em sua agenda.

E por falar em prestígio, Kalyan era aguardado impacientemente pela mulherada. Nunca vi tanta gente madura e sofisticada tentando disfarçar uma ansiedade tão púbere! Meu Deus, não importa o que você pense, construa, derrube ou faça: para muita gente interessam apenas os atributos concretos do corpo, um corpo volúvel que um dia vai abandonar a todos nós. Foi o Dalai Lama quem falou! E após todos os feitos de Kalyan em sua vida fora do comum, o que sobrou dele foi a ideia de um "piteuzinho do Oriente" e nada mais.

Depois de um tempo dentro do meu tonel de ácido, tratei de olhar para o entrave dos meus olhos e não só para os ciscos alheios. Dedos em riste à parte, eu não era melhor do que aquelas senhoras incandescentes, afinal de contas, não foram elas quem escreveu mais de duzentas páginas sobre Kalyan e um amor platônico no Oriente! No mesmo instante, também me dei conta de que meu visual estava exagerado e que um tubinho preto, um batom discreto e os cabelos soltos já estariam de bom tamanho para uma autora séria receber os parabéns.

No final das contas, os únicos que não ligavam para a beleza do jovem indiano eram os rebeldes do RFP. Naquela noite na Livraria Cultural, certa aflição e murmurinhos se espalhavam no ar devido aos fatos ocorridos recentemente com o mestre. Durante a última semana, os motoqueiros malvados voltaram a atacá-lo na Índia quando ele estava a caminho do aeroporto internacional. Quase a visita de Kalyan ao Brasil foi cancelada, não fosse sua insistência para conhecer, segundo ele, "o melhor de todos os países".

***

Assim, o tempo avançou depressa. De vez em quando, autografava meus exemplares e recebia os abraços dos leitores e amigos, em outros momentos, ficava sozinha e não tinha com quem conversar.

Quando Flávio chegou, fiquei até com remorso. Em suas mãos, um arranjo de tulipas amarelas guardava um envelope e um cartão carinhoso.

– Parabéns! Espero que esta noite seja muito feliz para você! – disse ele com uma expressão incomum no olhar, como se alguém o estivesse observando.

Eu o abracei e repeti-lhe a mesma frase, fazendo alusão à tremenda oportunidade que aquilo tudo representava para galgar a chefia do departamento de vendas.

Como um balão de gás suspenso ao lado de uma criança, um rosto rechonchudo apareceu junto ao sorriso de Flávio.

– Muito prazer! A senhora deve ser a esposa...

O senhor Ferreira estava certo de que Flávio e eu éramos casados e achei muito estranho que desconhecesse tanto a vida de seu candidato à promoção. Como não tive coragem de corrigir o equívoco, Flávio tratou de ser sincero e explicou tudo. O chefe à moda antiga não gostou da explicação:

– Namorada? Ah, não, Flávio! Você já passou da época de namorar... Um homem casado emana maior respeitabilidade dentro de uma empresa!

O comentário do senhor Ferreira me deixou envergonhada. Se um homem casado "emana respeitabilidade na empresa", o que será que os meus chefes pensavam de mim?

Diante do meu silêncio, Flávio ficou um pouco nervoso. De repente, como se fosse o assunto mais corriqueiro do mundo, ele disse que concordava com o chefe e que já era hora de assumir certos compromissos. Em seguida, Flávio aproximou-se e me pediu em casamento!

Confesso que fiquei sem palavras...

De maneira contrária, o senhor Ferreira teve várias e efusivas reações. Primeiro, soltou uma gargalhada alta e depois me abraçou como se fôssemos grandes amigos. Em seguida, convidou-se para ser nosso padrinho e arrastou o noivo para a cafeteria sem se importar se eu ficaria ou não do lado de fora daquela comemoração. Com todas aquelas manifestações de euforia, até consegui imaginar o senhor Ferreira frequentando nossa casa nos almoços de domingo!

Só sei que não perdi mais tempo com imaginações e fui correndo dar a notícia para as minhas primas.

– Finalmente! O Flávio subiu no nosso conceito!

– Esta é a noite perfeita!

Só uma delas mostrou-se um tanto quanto decepcionada:

– Casar para quê? Vocês estão melhores assim...

Como ocorre quase sempre em festas badaladas, logo o pedido de casamento de Flávio caiu no esquecimento e minhas primas coquetes iniciaram uma implacável busca por gente famosa.

Quando elas foram embora, continuei sustentando minha animação e resolvi sair à procura do meu pai para lhe contar a novidade. No entanto, fiquei chateada com o que acabei encontrando. Depois da morte da minha mãe, éramos apenas ele e eu, éramos tudo o que tinha sobrado da família, "o time que jamais abandonaria o gramado", como costumávamos dizer... Então, por que ele continuava fazendo aquele tipo de coisa? Por que não tinha ido me cumprimentar em vez de ficar ali se derretendo todo para a funcionária do setor de embrulhos?

"Tomara que ela embrulhe esse velho para presente e que despache tudo para bem longe!"

***

Tão logo voltei ao meu lugar, uma mulher de rosto elétrico se aproximou com um microfone na mão. O rapaz ao seu lado ligou uma câmera e aquela luz forte me fez reagir com algumas caretas.

– Ah! A senhora não é a autora daquele livro policial que vai virar filme?

– Filme?

– É. O roteiro já está pronto.

– Pronto?

Depois que respondi a uma série de perguntas com outras perguntas, minhas declarações foram se tornando providencialmente enfadonhas até que a jornalista e o rapaz recolheram seu maquinário e foram embora.

Em seguida, uma celebridade qualquer, daquelas que são conhecidas só pelo nome de suas personagens na novela, tinha acabado de chegar. Tive a impressão de que já tinha visto aquela atriz no Centro Dharmaraj de São

Paulo, mas não podia jurar que era ela. De qualquer forma, os holofotes foram para outro lugar, deixando-me com uma agradável sensação de paz.

De súbito, senti uma vibração em cima da mesa e uma musiquinha pretensamente chique soou ao meu lado. Flávio nem tinha se lembrado de pegar seu celular quando foi comemorar nosso noivado com o senhor Ferreira na cafeteria. Àquelas horas, pensei, ele já deveria ser o novo gerente de vendas!

Durante uns segundos, tive dificuldade em ajustar a visão, pois o ambiente me pareceu drasticamente escuro depois que a luz da filmadora foi embora. Como o aparelho não parava de tocar, resolvi atender ao chamado, mas a ligação fora perdida. Então, na tela brilhante e decisiva, apareceu um recado apaixonado:

"Flávio, vamos jantar juntos? Te amo. Fernanda"

Logicamente, os erros de gramática e a absoluta ausência de pontuação foram corrigidos nesta sumária representação da realidade.

Quando coloquei o telefone de volta à mesa, senti uma vontade louca de tomar vinho. Não sei por quê, mas aqueles garçons estavam me evitando desde a hora em que tinha colocado os meus pés naquele lugar... Eles serviam todo mundo, recolhiam as taças vazias e atendiam a todos os pedidos dos convidados, mas, assim que se aproximavam da minha mesa, davam meia-volta e iam embora. Então, se eu quisesse tomar alguma coisa naquela noite, deveria me jogar em cima daquelas bandejas com bastante determinação!

Depois da segunda taça, lembrei-me de que não tinha comido nada durante todo o dia. Para que o álcool não causasse danos, e vale dizer que aquele vinho era mais forte do que eu tinha imaginado, resolvi comer alguma coisa, mas o tamanho da fila do caixa do Café era desanimador.

De longe, dei mais uma checada em minha mesa. Tudo estava tranquilo e daria tempo para ir ao banheiro.

Subitamente, o jardim nos fundos da cafeteria pareceu-me um lugar irresistivelmente convidativo. Como não havia mais nada para fazer, resolvi tomar um pouco de ar fresco.

Em um ritual que eu conhecia muito bem, um ritual coletivo e solitário ao mesmo tempo, alguns fumantes estavam entregues às distrações de seus cigarros. Com a ajuda de alguém prestativo, a fumante adormecida em mim há mais de dez anos voltou à vida! A fumaça azul envolvendo meu rosto e sumindo em direção ao céu era como a visita de uma velha amiga.

***

Os meus cabelos e meus dedos ficaram com um cheiro ruim. Parecia que eu tinha caído em uma grelha e virado carne defumada. Olhando para meu reflexo enquanto lavava as mãos no lavabo, vi uma imagem muito diferente daquela que estava no espelho da minha sala horas atrás. De fato, o cansaço tomou conta de mim e meu semblante se encontrava visivelmente abatido. O resquício de frescor e de beleza ficou por conta dos brincos novos e nada mais. O penteado estava estranho devido à ação do vento e eu espirrava muito depois de ter passado frio no umbral dos fumantes.

Como tinha esquecido minha bolsinha na cadeira, não podia retocar o batom e ajeitei o visual de maneira improvisada, arrumando os brincos, ajeitando os cabelos com as mãos e levantando as alças do vestido para arrumar o decote. Felizmente, a maquiagem parecia nova em folha e meus olhos estavam bonitos com aqueles cílios longos e totalmente naturais.

Tal como a heroína de Serkong Trin, fiquei pensando em minha mãe e no que ela diria se estivesse comigo.

Aquelas ideias me emocionaram e me encheram de coragem. Saí do *toillete* disposta a me cuidar e ser feliz. Daquele momento em diante, daria atenção especial à minha saúde, retomaria as sessões de meditação, faria atividade física e nunca mais fumaria para fugir da infelicidade!

No entanto, bastou que eu recolocasse os pés no corredor de acesso para que um novo pesadelo começasse. Flávio estava no setor dos clássicos e parecia que alguma coisa tinha dado errado, pois o senhor Ferreira já havia ido embora.

De uma maneira inexplicável, Flávio adivinhou o que eu tinha feito durante os minutos em que me ausentei. Assim que me viu parada entre o banheiro e a cafeteria, ele fez um gesto com as mãos como se estivesse fumando e seus olhos chegaram a ficar vermelhos enquanto me fitavam. Depois que puxou uma tragada para dentro dos pulmões, soltou aquela fumaça imaginária para o alto e depois sua mão assumiu a forma de um revólver apontado em minha direção. Então, sem que eu pudesse prever o que ele faria, Flávio puxou o gatilho e instintivamente dei um passo para trás...

***

Voltei correndo para o banheiro como uma menina assustada. Meu coração pulava com força e acabei tomando a água da torneira sem me preocupar se ela era ou não adequada ao consumo. Eu tinha que respirar, eu tinha que voltar ao normal...

Ainda estava olhando para o espelho quando escutei gritos vindos do lado de fora. O banheiro todo foi tomado pela mesma confusão e muitas meninas saíram depressa, algumas até sem lavar as mãos!

– É ele! É ele! – gritavam elas, enquanto se espremiam para passar pela porta.

Aos poucos, consegui ganhar algum espaço no meio daquela euforia, no entanto, fui incapaz de chegar à minha mesa porque o salão nobre estava lotado. Com a ponta dos pés, tentei me posicionar para enxergar alguma coisa, mas só pude ver tripés, filmadoras, holofotes, cabeças, e, de vez em quando, uns bonés sem graça que atrapalhavam ainda mais a visão.

Logo, a porta da livraria se abriu e o mundo inteiro se fundiu em um único aplauso! Finalmente, a pessoa mais esperada da festa tinha acabado de chegar!

Aos poucos, sua silhueta foi ganhando forma e distingui o jovem mestre no meio da multidão. Ele caminhava devagar e parava para atender a qualquer solicitação dos presentes.

Acenos, poses para fotos, autógrafos, abraços. Tudo aquilo transformou a passagem de Dharmaraj sobre aqueles quinze metros de tapete vermelho em uma jornada longa pelo deserto.

Depois de muito tempo, um sinal delicado interrompeu a música ambiente e os convidados ficaram em silêncio para prestarem atenção. Das caixas de som embutidas no teto surgiu uma proposta aveludada:

"*Senhores clientes, convidamos a todos para a palestra 'Subjetividades e Novos Caminhos da Índia Pós-Moderna', com o líder humanitário Kalyan Dharmaraj, no Teatro da Livraria Cultural, às vinte e uma horas e trinta minutos, com entrada franca e tradução simultânea de Adheva Avenish*".

Depois que o aviso foi repetido mais uma vez, o jovem mestre apressou os passos e subiu rapidamente a escada, seguido por sua legião de fãs.

"*Ele, subindo para os andares superiores e eu, sempre aqui embaixo, no andar térreo*", pensei, em uma alusão óbvia e pouco consciente dos nossos diferentes estágios espirituais.

Enquanto Kalyan avançava pelos degraus para chegar ao teatro, fiquei pensando de que maneira ele tinha encarado o meu reino. Gostaria de perguntar ao mestre se ele havia gostado da Avenida Paulista, do asfalto perfeito, dos edifícios. Queria tanto acreditar que ele tinha se empolgado com o mundo cinza, entendido aquilo que se escondia por trás das aparências e aprendido a amar o que eu amava, mesmo em noites incertas e chuvosas como aquela...

No entanto, sua figura inacessível e perdida entre tantas outras me fez recuar. Naquele momento, desejei que Kalyan ficasse encarcerado para sempre na prisão bidimensional de um cartaz e cheguei a pensar que eu era mais feliz quando ele não passava de uma foto.

***

Inesperadamente, fui puxada de volta à realidade pelas mãos de um homem com crachá. Ele me conduziu até a mesa, onde uma fila de leitores já aguardava por mim.

Depois de autografar alguns livros e de receber vários elogios por parte das pessoas que me admiravam e respeitavam, acabei me sentindo bem melhor. De vez em quando, o celular do Flávio se iluminava e continuava vibrando ao lado das tulipas amarelas, mas, sinceramente, não tive nem um pouco de curiosidade para saber o que a Fernanda queria com tanta insistência. Àquela altura, ela deveria estar muito brava!

Quando tudo ficou mais calmo, pedi aos garçons que me trouxessem uma garrafinha com água bem gelada e, depois de tomar tudo com três longos goles, comecei a fazer planos para o final da noite. Seria interessante aceitar o convite para jantar com o pessoal das outras editoras, uma boa ocasião para fazer novos contatos. Além disso, ficaria livre de qualquer compromisso com o meu pai e sobretudo com o Flávio, a quem não queria ver mais naquela noite em hipótese alguma!

O resto do tempo passou depressa e os organizadores se mostraram muito satisfeitos com a comemoração. Depois que o mestre chegou, as vendas de todos os itens expostos aumentaram consideravelmente e os planos de divulgação desta ou daquela marca foram um sucesso!

De súbito, um barulho estridente me chamou a atenção. As portas do teatro se abriram e levei um susto quando olhei para o relógio. Não tinha percebido que era tão tarde!

Enquanto falavam sobre a palestra, muitas pessoas começaram a descer para o andar térreo em direção à saída. Os comentários eram entusiasmados e os semblantes demonstravam boa disposição, ainda que estivéssemos próximos da meia-noite.

O ilustre homenageado, um dos últimos a descer, seguia os outros com passos despreocupados. Eu, aos pés daquela avalanche de gente e de vozes, tentava acompanhar o que se passava, mas os movimentos da cena eram espontâneos e sucessivos demais para uma autora tão cansada. Acabei perdendo alguns detalhes e, quando dei por mim, Kalyan já estava no primeiro degrau da escada.

Sem motivo aparente, os convidados ficaram em silêncio e se voltaram para ele.

Depois de ficar pensativo por um instante, ele esfregou as mãos em uma atitude que aparentava crescente emoção. Em seguida, deu alguns passos e se deteve a alguns metros da minha mesa.

Senti um frio pesado por todo o corpo e meu rosto se desmontou. Como não encontrei um sorriso ou qualquer outra expressão capaz de mostrar o que eu sentia, afastei-me da mesa e subi os olhos bem devagar.

O que eu vi foi algo comum e, por isso mesmo, impressionante! Sapatos de couro ecológico, calça de corte perfeito, camisa social. Nada parecido com os trajes mirabolantes de um mestre que levitava na floresta ou com roupas de inspiração vietnamita com as quais eu tanto o havia imaginado...

– Congratulations! – disse ele de um jeito másculo, poderoso.

Algo veloz passou em meu pensamento, algo que tinha uma ligação confusa com alguns dos meus personagens do Mundo Azul, as crianças da caverna.

Sem entender o motivo daquelas imagens, respondi ao cumprimento do sábio com uma reverência, um conjunto de gestos rápidos e estereotipados que eu nem sabia se eram adequados ou não. Para disfarçar uma possível gafe, segui um protocolo invisível de boa educação e tratei de pegar um exemplar do livro para autografá-lo para o mestre. Ali, de pé mesmo, segurei minha caneta dourada e fiquei sem saber o que escrever...

Ah! Tantas palavras me passaram pela cabeça! Quantas coisas poderiam ser escritas naquele pedacinho de página em branco...

"*Querido Kalyan, eu te vi na Espanha e sonhei.*"

E, de um jeito menos econômico, eu bem que seria capaz de confessar:

"*Eu jamais abandonaria alguém como você numa estação de trem perdida no Oriente*".

Apesar daquelas boas ideias construídas com sinceridade e até mesmo gratidão, tudo que consegui colocar na dedicatória de Kalyan foi uma frase sem graça, sem pontuação e sem letras maiúsculas: "*vida longa ao venerável dharmaraj*".

Quando tentei me aproximar para entregar o livro, ele foi mais rápido e em um segundo já estava à minha frente. Com delicadeza, o mestre tirou do bolso um objeto e colocou-o em minhas mãos. Era uma pedra lisa, daquelas que se encontram nos leitos dos rios e dos lagos. Surpreendentemente, a pedra cabia de maneira exata na minha palma direita e logo me lembrei da crença popular de que o coração humano tem aquele mesmo tamanho.

Estava prestes a lhe agradecer o presente quando ouvi sua voz bem próxima aos meus ouvidos. Ela estava levemente mudada e tinha a emoção dos sussurros e a cumplicidade dos segredos.

– Sabe de que lugar veio esta pedra, não é?

Levantei o rosto e encontrei seu olhar...

Atrás dos óculos de lentes imaculadas, duas mandalas negras aguardavam por mim. Seu sorriso sumiu por um momento, mas logo voltou, como o Sol que brilha mais forte depois que as nuvens vão embora.

– Do lago das carpas? – perguntei por impulso.

Ele tocou em meu ombro e continuou falando, mas seus lábios, assim como da primeira vez, não se moveram.

– Sim. É do lago em que nos conhecemos, querida Aishi Dora.

***

Ele escorregou das minhas mãos como um gato e saiu no mesmo instante em que as vozes da multidão e os sons da livraria voltaram ao normal.

Coloquei a pedra sobre a mesa e notei que algumas pessoas faziam comentários duvidosos a meu respeito.

Uma leve vertigem foi se agravando e só deu tempo de me amparar no gradil da escada para não cair. Minha noite de autógrafos, minha grande noite, minha festa... Para onde aqueles encantamentos tinham fugido?

Uma coisa quente e oleosa deslizou pelo meu rosto e fiquei apavorada quando vi aquela gota de petróleo entre os meus dedos. Quando outras lágrimas cheias de rímel destruíram o que havia sobrado da maquiagem, percebi que precisava ir embora antes que fosse tarde.

Percorri a livraria com o olhar, mas, quando encontrei Kalyan, ele já estava bem próximo à saída. Então, senti um desespero repentino, um desespero tão grande como nunca tinha sentido em toda a minha vida! Era como se arrancassem meu coração, era como se uma parte minha estivesse se perdendo...

"*Kalyan!*"

Antes de fechar os olhos, antes que aquela noite se apagasse, ainda tive tempo de ver sua imagem ao longe, seguindo em frente.

***

Capítulo Sete

LUZ CLARA

Na manhã seguinte, eu estava bem melhor. Ao acordar, abri a janela, afastei as cortinas e deixei o sol entrar.

Do lado de fora do meu quarto, o céu parecia tão calmo quanto todo o prédio. Nenhuma briga chacoalhava os apartamentos vizinhos e nenhum barulho de terremoto vinha do andar de cima, como era comum acontecer aos domingos. Da mesma forma, a avenida lá embaixo estava tranquila e o silêncio era tão intenso que cheguei a levar um susto quando a porta se abriu.

– Oi, filha! Adivinha o que eu fiz para você?

Um cheiro delicioso de café veio do corredor e reuni esperanças para começar um novo dia.

Quando meu pai se sentou ao meu lado, a mesa já estava pronta.

Fazia muito tempo que ele e eu não ficávamos juntos. De alguma forma, minha casa, minhas coisas e até mesmo minha presença traziam recordações dolorosas de sua antiga vida. Por isso, tantas vezes nós brigamos. Eu achava injusto ficar sem sua companhia só porque ele tinha dificuldades de lidar com a viuvez. Por acaso eu também não sofria com a perda da minha mãe?

No entanto, naquela manhã ensolarada, tudo parecia diferente. Percebi que ele tinha caprichado ao preparar o desjejum: café quentinho, leite fresco, o pão cortado em forma de barquinhos, como sempre fazia quando eu era criança.

Depois que terminamos de comer, olhei para minha bolsinha jogada em cima do sofá. A noite de autógrafos tinha terminado de maneira desastrosa e somente meu pai teve a capacidade de vir ao meu encontro. Ele me amparou e me socorreu, enquanto todos os outros, incluindo o Flávio, ficaram apenas observando o vexame de longe.

Meu pai teve o cuidado de me levar para casa. Ele nem se importou de ter deixado seu carro no estacionamento caríssimo da livraria e fez questão de dirigir bem devagar para não me causar enjoo.

Durante todo o trajeto, meu pai manteve-se calado e percebeu que eu precisava apenas de carinho e de um pouco de compreensão. Poupou-me de perguntas e, sendo absolutamente discreto, não fez qualquer comentário sobre o que havia acontecido. Sua única observação teve um significado de apoio e reconhecimento:

– Você faz tudo sozinha, trabalha demais e acho que se sente sobrecarregada.

Por isso, quando acordei no domingo, fiquei feliz que ele ainda estivesse em minha casa.

– Obrigada por tudo ontem, pai! O café da manhã está uma delícia!

– Ah! Coloquei tudo que era seu ali.

Ao lado do sofá, minha bolsinha, os sapatos novos e alguns livros que tinham sobrado pareciam objetos sem sentido e sem vida. Perto da porta da varanda, o arranjo de tulipas amarelas trazia uma triste recordação e só não joguei tudo fora porque, no fim das contas, fiquei com pena das flores.

Depois do almoço, meu pai fez o favor de interceptar todas as ligações do Flávio e tratou de colocar meu celular no modo silencioso. Antes de ir embora, ficou chateado porque queria que eu passasse o final de semana em sua casa no interior, mas ele já tinha marcado um compromisso com seus amigos aposentados.

***

Existem períodos que duram meses, anos ou eternidades inteiras sem que nada de novo aconteça. No entanto, de uma hora para outra, o mundo é capaz de dar cambalhotas e tudo pode mudar.

A partir do momento que tive meu primeiro encontro com Kalyan, as peças do tabuleiro começaram a ganhar vida e o jogo tomou rotas inusitadas. Assim, aquela segunda-feira deu início a uma semana decisiva!

Logo pela manhã, meus companheiros de trabalho e eu tivemos de enfrentar uma situação conflitante no laboratório. O emprego mais estável do mundo não era tão estável assim. Há algumas semanas, corria a notícia de que haveria uma fusão entre empresas e todos os departamentos seriam obrigados a passar por "adaptações", segundo a fala apaziguadora dos nossos imediatos. Claro que entendemos prontamente o que aquilo significava e, durante o cafezinho, tentamos adivinhar os critérios que seriam escolhidos para manter este ou aquele funcionário.

Antes mesmo do almoço, soubemos que os rumores eram verdadeiros e que o quadro era mais grave do que tínhamos imaginado. Nosso setor seria extinto e todos nós deveríamos nos "adaptar" ao desemprego.

Com absoluta sinceridade, fiquei chateada, mas não apavorada, pois tinha colocado metade dos meus ovos em outra cesta.

Enquanto dirigia para a rede de farmácias do senhor Albano, só pensava em como poderia desfrutar a indenização e o meu fundo de garantia. Eu era uma mulher livre, receberia um bom dinheiro e poderia fazer o que bem quisesse do futuro. Por isso, antes de chegar ao meu segundo emprego, passei em uma agência de turismo e comprei uma passagem interessante...

***

Desde o domingo, minhas primas e minhas amigas evitaram entrar em contato, não porque tinham esquecido os meus dramas, mas porque meu pai pediu a todo mundo que me deixasse em paz. Porém, quando a noite da terça-feira chegou, elas não se aguentaram e fizeram um bombardeio de perguntas: por que eu tinha chorado? Era de emoção? Eu estava grávida? Eu tinha surtado com o pedido de casamento do Flávio?

Claro que não fiquei ofendida com a curiosidade e dei para todas elas a justificativa perfeita: a culpa era do laboratório que estava ameaçando demitir todo mundo e logo na segunda-feira a empresa extinguiu meu setor!

Aliás, o clima no trabalho estava péssimo. Muita gente desesperada, chorando ou maldizendo a empresa. Fiquei chateada com a condição humilhante de alguns colegas que praticamente imploraram para serem absorvidos por outros departamentos.

À noite, quando cheguei do trabalho, minha cabeça parecia uma caldeira fervendo. Depois do jantar, cedi à tentação de olhar a agenda de Kalyan para saber o que ele faria em São Paulo durante o resto da semana, mas logo percebi o absurdo que estava fazendo e resolvi checar as mensagens em aberto. Por sorte, eu não era muito popular, pelo menos, não tão famosa quanto meu personagem bigodudo e assassino, de modo que a maioria das minhas pendências se referiam aos assuntos de negócios. Diretamente de Alfa Centauro, há anos-luz da Terra, meus editores me fizeram o favor de mandar parabéns pela "linda e inesquecível noite de autógrafos" e me elogiaram pela "excelente divulgação do meu trabalho". Em seguida, informaram que a venda do meu romance tinha triplicado depois do sábado e seria bom que eu entrasse em contato com a editora para marcarmos uma reunião.

Assim que desliguei o computador, recebi uma visita que não estava programada.

Tinha tirado os sapatos para tomar banho quando a porta da sala se abriu e ele entrou com seu terno alinhado e sua cara de preocupação.

Depois que comentamos alguma coisa idiota sobre o trânsito, perguntei se Flávio estava com fome, mas ele respondeu que tinha jantado com o senhor Ferreira.

– Eu queria te dar um presente. Um presente em homenagem aos anos que passamos juntos...

Eu sabia muito bem o que ele queria dizer. Aquilo era um adeus. Um adeus com uma boa dose de consciência pesada.

– Pode ser um acessório para o carro ou alguma coisa para o apartamento. Sei lá. Se você não pedir nada, vou deixar um cheque.

Pensei por uns minutos, mas não consegui imaginar nada que Flávio pudesse fazer para me agradar. Assim, falei qualquer coisa só para que ele parasse de me incomodar.

– Que tal colocar redes de proteção na varanda e nas janelas?

Quando ele me perguntou se aquilo era alguma brincadeira, confessei que não tinha pensado muito na resposta e que a sugestão fora puramente aleatória.

Depois de debochar das minhas palavras e de dizer que nenhum passarinho entraria pela sala, Flávio pensou melhor e ficou branco como cera:

– Não está pensando em pular do prédio, não é?

Em seguida, ele mudou de assunto e sentou-se no sofá com as costas impressionantemente eretas, uma postura estranha de quem estava em estado de alerta. Com um pouco de solenidade, abriu sua pasta executiva e puxou do emaranhado organizado de seus pertences um exemplar do meu livro. Com um suspiro meio teatral, meio verdadeiro, Flávio fez um movimento rápido com as folhas até encontrar uma página cheia de observações feitas a caneta.

"*Puxa vida, que saudades da época em que você era um mocinho que tocava violão e lia meus livros de outra maneira. Que falta sinto do tempo em que a gente ficava olhando as estrelas lá no interior, em busca de um cometa ou de qualquer outra coisa que nos elevasse do chão...*"

– Você poderia devolver as chaves do meu apartamento, Flávio?

Ele expressou uma contrariedade passiva frente ao meu pedido, mas depois colocou a cópia da chave sobre a mesinha da sala e olhou para o corredor que conduzia aos quartos.

O tempo lá fora começou a mudar. Já era possível ouvir o assovio do vento através das frestas e minha varanda, sempre tão pacífica, transformou-se em um habitat traiçoeiro para as plantinhas dos vasos mais altos.

– Você está sozinha?

– Sim, meu pai foi embora no domingo.

– Não é do seu pai que estou falando. É daquele cara...

Ele levantou-se e foi à cozinha. A maneira como caminhou livremente de um cômodo para o outro demonstrou uma intimidade que me desagradou. Sua figura não cabia mais em minha casa e aquele sentimento ficou ainda mais forte quando ele abriu a geladeira.

– Ah, sim, esqueci que você é uma natureba, uma natureba de merda que não gosta de cerveja...

Desejei que ele fosse embora e que nunca mais voltasse. Desejei também, com o passar lento dos segundos, que nossos caminhos jamais tivessem se encontrado.

Como não havia outra bebida no apartamento, Flávio pegou um copo e encheu-o até derrubar água gelada no chão.

– Já que você não tocou no assunto, vou dar as últimas informações! – ironizou ele depois de beber o copo inteiro em dois goles – O senhor Ferreira me deu o cargo e agora estou no comando do departamento de vendas.

Parabenizei o novo gerente e minhas felicitações foram verdadeiras! Eu dissera aquilo com o coração aberto e minha alegria era genuína. Flávio merecia o cargo, afinal de contas, ele tinha dedicado toda sua vida ao trabalho.

Mesmo diante da minha sinceridade, ele não abandonou as armas.

– Pena que não aconteceu o mesmo com você, não é? Soube que foi demitida ontem do laboratório.

Havia em seus olhos uma satisfação ferina que ele não conseguia ocultar. As notícias correram rapidamente e fiquei pensando de que maneira elas tinham chegado aos seus ouvidos. De qualquer forma, Flávio continuou falando sobre minha demissão como se o destino tivesse me dado uma bronca merecida:

– Bem feito! Vive com a cabeça no mundo da Lua...

(sim, aquela era minha especialidade)

– Ainda bem que não deu tempo para você estragar a minha carreira, ainda bem que o senhor Ferreira já tinha puxado o carro antes de ver aquele vexame lá na livraria... Mas agora eu entendi tudo, agora eu saquei, você deve ter transado com aquele cara lá na Espanha, aquele indiano desgraçado, eu vi como vocês se olharam, vocês se olharam de um jeito que nem sei explicar, eu me senti o maior corno do planeta!

Fiquei assustada. Nunca vi Flávio tão nervoso. Em nossos quinze anos, fui fiel a ele de todas as formas e jamais dei motivos para que me tratasse daquela maneira.

Apesar de ter ficado atarantada com tanta injustiça, tive tempo de notar uma faceta diferente daquela discussão e o ciúme de Flávio carregou em si um fio minúsculo de esperança. Se minha vida e meus desejos não lhe eram indiferentes, então, ele ainda sentia algo por mim. Por outro lado, seus sentimentos não tinham mais importância. Creio que muitas pessoas sabem quando chega o fim de uma relação, ainda que não consigam expressar aquela certeza por meio de palavras. É como se alguém ou alguma coisa simplesmente desligasse o plugue da tomada. E era assim que eu me sentia naquele momento.

– ...porque você é isto, aquilo e aquilo outro, porque você não tem jeito, porque eu preciso de uma mulher de verdade, uma mulher corajosa, alguém que tenha bom gosto, que saiba se arrumar...

(tipo uma Fernanda?)

– ...e depois que aconteceu aquilo, aquela situação...

– O nome é aborto, Flávio.

– Tá, depois que aconteceu o aborto, você também se abortou. Ficou fria, distante. Agora, chega de colocar a culpa em cima mim! Naquele dia, você bebeu porque quis!

– Mas foi só um copo...

– Um copo que mostrou quem você é de verdade! Sua cabeça te traiu! Você nunca quis aquele filho, nunca!

– Não, Flávio! Não!

– E você nem serve para a cama, se é que me entende! Tá tudo aqui nesse seu livro de merda!

Tive de dar um passo para trás, mas a fúria dele me alcançou.

– Para você transar com alguém, o cara tem que ser iluminado, tem que ter eclipse e o escambau, não é? Não é?

De repente, Flávio levantou *O Beijo do Sol* ao alto e investiu contra mim como se tivesse nas mãos uma bíblia pronta para espancar o demônio! Dei um grito e ele atirou o livro no chão com toda força. Meus olhos se encheram de lágrimas e fiquei muito magoada quando vi meu pássaro encantado caído e morto sobre o tapete.

***

Durante a madrugada, não consegui fechar os olhos. Duas, três, quatro horas da manhã.

Depois de um tempo, resolvi me levantar, pois às cinco e meia eu estaria de pé de qualquer forma. Aquela noite sem dormir acabou minando parte da minha saúde. Logo que entrei no carro, senti a cabeça explodindo e o nariz congestionado. Durante todo o trajeto, espirrei e pensei seriamente em voltar para casa, mas os colegas do departamento combinaram uma reunião antes do expediente para tentar um acordo com a empresa.

Achei melhor ir em frente e participar da reunião, apoiando o grupo com minha experiência e fazendo o "meio de campo" com a diretoria. No entanto, com aqueles cabelos horríveis, eu só iria prejudicar os amigos.

Durante os sinais vermelhos, tentei me arrumar e logo me lembrei daquela moça de aparência mutante que havia feito meu penteado no grande sábado de autógrafos.

"*Que coisa incrível! Não fosse a maneira aparentemente rasa de olhar para o mundo, ela daria uma boa Anitya na vida real*", pensei, enquanto dirigia antes do amanhecer.

Assim que cheguei à empresa, as peripécias do meu mundo imaginário foram embora e a dura realidade se fez presente. Os colegas já estavam reunidos em uma sala reservada e as contrapropostas a que chegaram após uma discussão angustiante me pareceram ingênuas e insuficientes para a grande luta que se avizinhava.

Por fim, os resultados da estratégia foram os piores possíveis e a primeira lista com os nomes dos funcionários demitidos veio parar em nossas mãos antes mesmo que o período da manhã terminasse. Em um piscar de olhos, um emprego em que me dediquei desde a mocidade tinha desaparecido! Tudo tão volúvel quanto os cabelos da nova Anitya...

Não sou e nunca fui desapegada às minhas conquistas, mas confesso que nem deu tempo de ficar aborrecida. As perspectivas de muitos amigos perante o desemprego eram tão desesperadoras, que passei o resto da manhã pensando mais neles do que em mim. Não fui uma heroína, mas amparei os outros como pude e de acordo com minhas limitadas possibilidades. Assim, conversei com os que choravam, aconselhei os mais jovens e prometi enviar os currículos de todo mundo para o senhor Albano.

Por último, ainda tive condições de agradecer aos diretores da empresa por tudo que tinham me ensinado e pelo voto de confiança em uma época em que eu não passava de uma jovem inexperiente.

No momento do adeus, percebi que eles também estavam emocionados, embora tentassem disfarçar.

***

Na quinta-feira, não fui trabalhar e não saí da toca.

Acrescentar um dia a mais ao feriado da sexta-feira não foi ideia minha, mas do próprio senhor Albano, que achou por bem que eu descansasse muito antes de assumir uma nova função na segunda-feira. Assim que o bondoso senhor soube o que havia acontecido no laboratório, tratou de me dar uma promoção e enviou um e-mail para a equipe me apresentando como a nova gerente!

Se o objetivo do senhor Albano com aquele dia de folga foi me proporcionar paz, a estratégia promoveu resultados contrários. Se eu tivesse ido ao trabalho, não teria de enfrentar tanta agitação como enfrentei em casa.

Naquela véspera de feriado, o interfone, a campainha, o celular e o telefone fixo não pararam de tocar.

Primeiro foi a dona Odete, minha prestativa vizinha do décimo quarto andar, querendo donativos para o asilo dos velhinhos. Qualquer coisa servia para ser vendida no bazar beneficente, desde que estivesse em bom estado. Fazia tempo que a instituição não precisava do bazar para sobreviver, mas aquilo era tradição e os idosos adoravam ajudar nas vendas. A dona Odete aproveitou a oportunidade e me convidou para a festa do sábado, ocasião em que os aniversariantes do mês seriam homenageados com bolo, música e muita alegria.

Depois que a dona Odete foi embora, foi a vez de meu pai ficar me ligando sem parar. O senhor Albano, que era muito seu amigo, tinha contado todas as minhas recentes agruras e vitórias profissionais, queda e ascensão mais rápidas que em uma montanha-russa. Acho que meu pai precisou fazer umas cinco ligações para entender que eu não estava chateada e que ele podia viajar à vontade com o pessoal da Associação dos Aposentados.

Em meio a todas aquelas chamadas aflitivas, a campainha ainda tocou umas mil vezes sem que houvesse alguém em minha porta! A molecada do prédio tinha pegado aquela mania e não adiantava colocar o assunto na pauta da reunião de condôminos, uma vez que as famílias com crianças e adolescentes negavam que seus filhos fossem capazes de tamanha traquinagem.

– A culpa deve ser do porteiro da noite. O senhor Raimundo parece cada vez mais esquisito!

Embora as brincadeiras ocorressem a qualquer hora do dia e o senhor Raimundo trabalhasse apenas à noite, a justificativa descabida acabou fazendo sentido e ninguém mais falou sobre o problema. A menos que os importunados moradores vissem efetivamente quem estava batendo em suas portas, a conversa estava encerrada.

Logo depois do almoço, foi a vez de o interfone marretar meus tímpanos e nocautear meus nervos! De uma hora para outra, meu oásis no deserto virou uma aglomeração só, com gente entrando e saindo da casa a todo instante. Uma encomenda feita pela internet da qual eu tinha até me esquecido, uma entrega equivocada de pizzas, o "homem da geleia caseira" que veio receber, dona Odete de novo, minhas primas que apareceram para um café e, por último, o pessoal da rede de proteção que o Flávio obrigou a instalar naquele mesmo dia.

No celular, um recado de voz com dezenas de "ois":

"Oi, oi. Oi! Sou eu. Já acertei com o pessoal da rede de proteção, já tá pago, oi? O nome da empresa é Ratec, pedi para instalar hoje, eles não queriam porque amanhã é feriado e sábado é emenda de feriado, mas como fiquei preocupado... Pedi pra eles virem hoje. Você não pensou em pular do prédio, né? Não, claro que não. Acho que está pensando em comprar um cachorro.

Pega um de raça pequena. Oi? Então... raça pequena. Vou viajar no feriado, não adianta telefonar."

No meio daquela parafernália toda, gritos, barulhos de furadeiras, restos de arames ao chão e poeira para todos os lados, minhas primas e eu ficamos encurraladas na cozinha com nossas xícaras de café solúvel. Ainda tentamos conversar, mas nosso encontro foi chato porque acabou da mesma forma de sempre, ou seja, com o assunto mal resolvido da herança e do porquê de minha tia ter deixado o apartamento para mim e não para elas, que eram suas filhas legítimas.

***

Quando todo mundo foi embora, decidi descansar. A rede de proteção foi colocada em todo o apartamento e, de acordo com minhas convicções, poderia valorizar o imóvel caso eu decidisse vendê-lo. A provocação das minhas primas estava passando dos limites, embora eu não levasse as palavras delas tão a sério. Sendo filha única, considerava aquelas ciumentas como verdadeiras irmãs e não gostava quando elas insinuavam que eu tinha lesado seus direitos.

Naquela noite, eu tive um sono muito agitado e acordei assustada enquanto ainda era madrugada. Minhas roupas estavam molhadas e minha garganta ardia como se tivesse comido pimenta com areia. Pior era aguentar aquele calor repentino em pleno outono. Tudo parecia abafado e não havia nenhum frescor entrando pelas frestas da janela. Além da rede de proteção, eu devia ter mandado instalar também aquelas telas contra insetos.

De qualquer forma, precisava voltar a dormir. Depois de virar de um lado para o outro, dei-me por vencida e resolvi tomar um banho. Os ponteiros do relógio formavam um ângulo reto e apontavam para um horário exato: três horas da manhã. Como eu não ouvia nenhum som vindo das ruas, fui até a varanda para observar a noite. A pirâmide de espelhos do outro lado da avenida mais uma vez duplicou a beleza das estrelas.

A briguinha com minhas primas e a discussão com Flávio na terça-feira deixaram sequelas. Sempre que ficava transtornada com alguma coisa, precisava beber água até me acalmar. Eu tinha o hábito de espalhar algumas garrafinhas plásticas com água mineral por toda a casa para facilitar minha vida de insone pré-diabética. Após beber várias delas naquela madrugada, comecei a me sentir um pouco melhor.

Para minha surpresa, assim que abri o chuveiro, nenhuma gota de água apareceu! Vesti uma roupa mais confortável, uma bermuda e uma camiseta velha, e pensei seriamente em desistir do sono para ver televisão.

Quando fui até a sala, ocorreu-me um pensamento estranho. Aquelas palavras pareciam ecos distantes nascidos da mente:

"Se você quer saber quem é Yangsi, procure em sua lavanderia!"

Estranhei a ideia incoerente e não dei mais ouvidos a ela. Com certeza, o sono atrasado e o cansaço poderiam causar um estado confuso.

No entanto, como aquele pensamento persistiu, resolvi dar uma averiguada na minha área de serviço. Passei pela cozinha, acendi a luz e caminhei cuidadosamente em direção à porta da lavanderia. Girei a maçaneta com algum esforço, pois estava emperrada há tempos e esperei. Um medo repentino atravessou-me a espinha e por isso decidi apertar imediatamente o interruptor ao meu lado. Quando o cômodo ficou claro, olhei-o com bastante atenção e lá estava o que eu já sabia: uma grande e incorrigível baderna. Daquela vez reparei nas coisas com mais cuidado e fui catalogando tudo que estava por ali: roupas espalhadas por todo lado, objetos que um dia foram valiosos, prateleiras instaladas na tentativa de evitar o completo caos que, tempos depois, consolidou-se sem esforço e mais uma infinidade de produtos de limpeza colecionados na intenção de que fizessem todo o trabalho sozinhos e por conta própria.

As sombras existentes entre aqueles elementos criavam esconderijos fantasmagóricos onde certamente criaturas imaginárias poderiam se ocultar. Aquelas impressões, aliadas à típica calmaria das altas horas, fizeram com

que eu me lembrasse de algumas histórias contadas pela minha avó quando eu e minhas primas éramos crianças. Enquanto ela nos servia chazinho com bolo, narrava os detalhes de suas vivências extraordinárias.

Hoje, entendo que minha avó era uma pessoa sensitiva, mas, como aquele conceito era sofisticado demais para a época, simplesmente ela dizia que Deus costumava lhe mandar mensagens por meio de imagens assustadoras. Exceto pela clarividência e pela capacidade de prever acidentes, a vida da minha avó era igual a vida de qualquer outro imigrante italiano.

Naqueles tempos, muitas pessoas deixaram a Europa e desembarcaram no Brasil na esperança de reconstruírem suas vidas após a Segunda Guerra. Na cidade de Santo André, onde a família da minha avó se estabelecera, as indústrias têxteis começaram a se firmar como uma importante fonte de trabalho para os que vinham de fora. Minha avó levava uma existência áspera e a mãe dela, minha bisavó, tinha uma personalidade ambígua e terrível. As refeições em família, que normalmente eram momentos de união e congraçamento nas outras casas, tornavam-se martírios para minha avó e para os irmãos dela, pois eles tinham de passar fome até que a matrona ficasse satisfeita e lhes delegasse os restos do seu prato. Aquilo não acontecia por falta de dinheiro ou de alimentos. Acontecia porque minha bisavó era uma pessoa ruim.

O tempo seguiu em frente, a pobre menina cresceu, casou-se e teve seis filhos, um par de gêmeos e quatro meninas. Apesar das condições precárias, tudo parecia tranquilo com a nova vida da minha avó, até que, em um belo dia, seu esposo simplesmente decidiu ir embora e não deixou pistas sobre seu paradeiro. Com seis crianças pequenas para cuidar sozinha, ela foi obrigada a arrumar um emprego em uma fábrica de fiação e e também passou a lavar roupas para fora durante os finais de semana para aumentar a renda da casa. Aquele mergulho infindável na labuta roubou todo o seu tempo junto aos filhos e eles, é claro, começaram a adoecer. Minha mãe era pequenininha quando uma nova tragédia assolou aquela família!

Os filhos mais velhos da minha avó, os gêmeos de quem ela tanto gostava, caíram na cama com muita febre e manchas pelo corpo. Durante o final de semana, minha avó não lavou as roupas e cuidou deles com todo carinho, mas, na segunda-feira, ela teve de voltar ao trabalho. Para que os meninos não ficassem sozinhos, minha avó levou as seis crianças para a casa de sua mãe e pediu a ela que zelasse pelos netos durante aquele dia. As recomendações foram rígidas, porém, muito simples: as meninas poderiam brincar no quintal, mas os meninos jamais deveriam sair de casa. Os dois ainda estavam fracos e a febre poderia voltar. Naquela época, o sarampo era uma doença muito perigosa.

Apesar de todas as recomendações explícitas, minha bisavó não alimentou e não cuidou dos garotos durante todo o tempo e, no final da tarde, eles resolveram sair embaixo de uma forte chuva para voltarem para casa.

– Se vocês querem tanto a sua mãe, podem ir atrás dela! – disse a maldosa mulher.

Pouco tempo depois, os gêmeos tiveram uma recaída e faleceram!

O desespero foi tão grande que minha avó adoeceu, mas, depois que se curou, acabou desenvolvendo vários dons com os quais podia se comunicar com o outro mundo. Um dia ela viu os filhos que tinham morrido brincando perto do portão. Mesmo com medo, alcançou-os com passos titubeantes e emocionados até que constatou da maneira mais insólita possível que aquilo não era uma miragem. Assim que perceberam a chegada da mãe, os dois meninos sorriram e disseram que todo sofrimento causado pela morte deles deveria acabar!

Após aquele episódio libertador, minha avó finalmente cortou laços com sua mãe megera, casou-se pela segunda vez e viveu o resto de sua vida em paz.

Aquela passagem corajosa da sua vida havia me inspirado na construção da personagem Jin. Em certa medida, minha avó e Jin eram as mesmas pessoas e tinham uma forma extremamente forte de superar a violência que sofreram por parte de suas mães. Até hoje eu me orgulho da minha avó e de toda sua dignidade.

Creio que uma vida menos rude, algum apoio e um pouquinho de conhecimento em artes marciais poderiam ter feito dela uma verdadeira guerreira Yudishi.

***

Nós sempre pedíamos a nossa querida avó que nos contasse sobre sua vida e ficávamos muito tristes quando chegávamos à conclusão de que jamais teríamos a chance de conhecer nossos tios gêmeos.

Fora os dramas da vida comum, nós gostávamos muito das suas histórias fantásticas, contadas como se fossem tão naturais quanto seus chazinhos de camomila. O episódio mais famoso era o do circo.

Minha avó foi levar as quatro filhas para ver o circo. Quando o espetáculo começou, ela teve uma visão na qual um dos trapezistas apareceu morto no meio do picadeiro e, desesperada com o horror daquela cena, tentou avisar um dos funcionários. Como ele a tratou feito uma louca, a pobre senhora resolveu voltar para casa antes que as crianças vissem o possível desfecho trágico do show. Daquela vez, porém, nada aconteceu. Uma semana depois, a premonição se concretizou e o trapezista mais experiente do circo sofreu uma queda mortal!

Apesar de todo suspense daquela história, o caso de que eu mais gostava era outro. Cada vez que minha avó narrava aquele fato, começava invariavelmente a nos dar conselhos sobre os perigos da noite. Enquanto nos servia bolo, ela dizia que as madrugadas eram habitadas por seres misteriosos que devíamos sempre evitar!

Tudo aconteceu há muitos anos em uma fria madrugada de junho. Naquela época, as pessoas ainda soltavam balões durante as festas juninas e minha avó achou o céu muito bonito, cheio daquelas luzes coloridas que se perdiam ao longe. Por ter se distraído com aquelas belezas, a zelosa senhora lembrou-se de que precisava voltar, pois suas meninas mais velhas estavam sozinhas em casa. Como era tarde, ela foi embora da quermesse segurando sua filhinha mais nova no colo, justamente aquela minha tia que, muitos anos depois, havia me deixado o apartamento como herança. Em um determinado momento, minha avó sentiu que alguém estava seguindo seus passos. Antigamente, as ruas de Santo André eram desertas e existiam poucas casas nas redondezas, de maneira que o cenário não era nada propício para uma mulher sozinha. Por isso, quando ela tentou andar mais rapidamente, ouviu um chamado estranho.

– Psiu, psiu!

Como a voz era insistente, minha avó resolveu olhar para trás. O que ela viu foi inexplicável! Como aquilo podia ser verdade? Bem atrás dela, uma mulher grotesca fazia sinal para que minha avó se aproximasse. A figura era estranha e desengonçada e o que mais assustava era seu tamanho... A mulher era tão alta quanto um poste!

Naquela parte, eu sempre ficava arrepiada. No desfecho da história, minha avó fazia uma oração e a mulher gigante desaparecia na escuridão, pulando com as duas pernas!

Aquilo não combinava com balões festivos. Aquilo não combinava com uma festa junina! Mesmo assim, minha avó nunca deixou de levar as filhas e, mais tarde, a gente para as quermesses da Igreja.

Depois que ficamos adultas e que a nossa querida avó faleceu, nós sempre nos lembrávamos de seus conselhos, principalmente os que diziam respeito à história da mulher grandona:

– Quando alguém chamar por vocês de madrugada, nunca olhem para trás. Façam uma oração e sigam sempre em frente!

***

Acho que foi por causa daquelas lembranças que fiquei apavorada quando, estando em frente à lavanderia às três horas da manhã, alguém bateu em minha porta!

Quem poderia ser àquela hora? Se alguém queria falar comigo, por que não tocou a campainha da entrada social?

Diante de tantas perguntas, fiquei sem ação. Com meus cabelos desalinhados e minha camiseta furadinha nas costas, senti pela milésima vez o desamparo da solidão. Eram dez passos curtos entre meu corpo gelado e a porta que separava meu apartamento do resto do mundo, de modo que meus pés, por pura precaução, ficaram grudados no chão com toda força.

"*Depois disto, vou dormir!*"

De repente, o mesmo barulho! Toc, toc, toc.

Daquela vez, meus pés reagiram e dei um salto para trás! Minhas pernas começaram a tremer e pensei seriamente em chamar a polícia, não fosse a distância enorme que havia entre minhas mãos e o telefone.

– Quem é? – ousei perguntar.

Como não houve resposta, criei coragem para dar uma espiada pelo olho mágico. Do outro lado, com exceção do elevador parado naquele andar, não havia mais nada.

"*Que estranho*", pensei, no mesmo instante em que ligava o interfone para falar com o porteiro da noite.

Apesar de tudo que fofocavam sobre o senhor Raimundo, ele era muito prestativo. Tão logo contei sobre o que estava acontecendo, ele respondeu que subiria imediatamente ao meu andar para averiguar a situação.

No entanto, o tempo foi passando e o senhor Raimundo não apareceu.

Com toda a impaciência do mundo, resolvi descer até a portaria antes que alguém voltasse a me importunar.

Assim que entrei no elevador e comecei a ouvir aquela musiquinha morna que o síndico tinha colocado para "humanizar o prédio", a impressão de que algo sobrenatural tinha acontecido pareceu-me exagerada.

No painel digital acima da porta, os números de cada andar decresciam categoricamente diante dos meus olhos, como fiéis indicadores de que a vida comum, cheia de letreiros digitais e luminosos, estava de volta. Meu corpo, alojado em segurança naquela caixa de aço, descia lentamente até chegar à conhecida sensação de enjoo que sempre nos acompanha quando estamos flutuando. Pela lateral espelhada, vi uma aparência em declínio, um visual que deixava a desejar. Que tipo de pessoa usaria uma camiseta com a propaganda de um sabão em pó, mesmo que fosse para dormir com a própria sombra? Não teria a própria sombra uma essência tão fundamental e verdadeira a ponto de ser considerada uma companhia? Não seria a nossa consciência, desde que em paz consigo mesma, uma amiga durante a reflexão, a meditação, os sonhos, ou, ainda, durante a passagem desta existência para outra?

Aquelas questões afetadas por uma espécie de existencialismo brasileiro fizeram com que eu me lembrasse de alguns filmes do Zé do Caixão. Com todo respeito, tinham passagens reflexivas em algumas cenas que se pareciam com aquelas minhas vãs filosofias. "Será a morte continuação da vida ou será a vida continuação da morte?". Minha nossa, como o Zé tinha feito tantos filmes geniais com tão pouco dinheiro? E, com bem menos brilhantismo, como eu conseguia pensar em assuntos tão sérios usando uma camiseta promocional de supermercado?

"Sabão Asas: a liberdade que sua roupa merece."

Se minha roupa merecia liberdade, quem diria a minha mente! Se fosse só a camiseta, tudo bem. Na verdade, todo o conjunto estava errado. Os cabelos, por exemplo, pareciam se conectar com a eletricidade dos infernos e meus chinelos de plástico compunham o detalhe que faltava para a descompostura total.

Tão logo cheguei ao andar térreo, percebi que a noite seria longa e bem doidona, estivesse a minha beleza em dia ou não.

Por alguma razão desconhecida, o senhor Raimundo parecia bravo. Será que ele estava brigando com a pessoa que tinha batido na minha porta? Os adolescentes do prédio estavam por trás da brincadeira de mau gosto?

Enquanto eu andava por entre os coqueiros do jardim até o portão principal, reparei que havia uma movimentação diferente por ali. O porteiro continuava praguejando ao tentar lavar a frente do prédio, mas não havia água na torneira da mesma forma que não havia água no meu chuveiro.

– Não dá mais! É toda hora bagunça na rua, passeata disso, manifestação daquilo, quebra-quebra, correria... Agora, inventaram esses desfiles com bicho e tudo... Olha o que deixaram aqui na frente!

Quando a água voltou, o pobre homem recomeçou a missão aparentemente impossível de afugentar um intruso parado bem no meio da nossa calçada.

Quando o jato frio acertou em cheio as pernas do cavalo, ele não saiu do lugar e olhou para nós com ares de quem tinha muita paciência para lidar com os seres humanos.

– Que cavalo lindo!

O animal agitou-se um pouco, mas seu aspecto era tão manso que nem tive medo de me aproximar. Ali estava um puro sangue, um campeão! A sela parecia nova e algumas medalhas estavam presas em um tecido que adornava seu pescoço. Aquelas medalhas homenageavam suas peripécias ao lado de algum nobre e, com muita curiosidade, tentei decifrar o que estava escrito em uma flâmula sobre o arreio.

"Cavalaria do Estado de São Paulo".

Apesar das palavras muito claras, a bandeirinha estampada na flâmula não era a do Estado nem mesmo da cidade. Que bandeira seria aquela? Eu nunca tinha visto algo parecido!

Perguntei para o porteiro, e ele respondeu:

– Acho que vai ter o desfile dessa cavalaria aí não sei das quantas, esse pessoal aí de farda.

Depois que o senhor Raimundo disse aquilo, um jovem oficial em traje de gala azul veio correndo ao nosso encontro e, assim que chegou, tirou o quepe em sinal de respeito. Aquele gesto foi tão honrado que o senhor Raimundo ficou sem jeito e mudou completamente de postura:

– Não, senhor oficial! Pode deixar o cavalo aí. Eu não sabia que ele era do senhor!

– Eu é que peço desculpas! Já estamos partindo!

Enquanto o jovem oficial puxava o cavalo para ir embora, reparei que outros homens fardados levavam seus animais em direção ao Museu de Arte de São Paulo, a alguns quarteirões de onde estávamos.

– Teremos um desfile pela manhã. Só trouxemos os cavalos e os cães farejadores mais cedo para que tivessem tempo de se acostumar com o lugar antes da agitação.

Para mostrar que falava a verdade, o rapaz deu um assovio em direção ao alto e das lonjuras retilíneas da avenida foi surgindo a figura de um cachorro tão branco quanto a neve. Quando chegou perto, ele jogou-se alegremente nos braços do seu dono!

– Este é o Lobo. Diga olá para minha amiga, Lobo!

Meu coração se enterneceu e de repente o nobre oficial de farda se transformou em um menino simples brincando ao lado de seu cachorro!

No entanto, já era tarde e eu precisava ir embora.

Tão logo dissemos adeus e dei os primeiros passos em direção à minha casa, o jovem me deteve para fazer um pedido inesperado:

– Acho que a senhora vai ter que me ajudar aqui com nosso amigo! Ele não tira os olhos da senhora!

De fato, o puro sangue estava empacado e me observava como se quisesse dizer alguma coisa. Fiz de conta que não estava ligando e comecei a andar em direção à esquina só para ver o jeito dele. O grandalhão relinchou e achei curiosos os barulhinhos dos cascos sobre o asfalto. Eles tinham o mesmo gracejo das castanholas que eu ouvira durante minhas férias em Madri.

Depois de tudo, os ânimos ficaram renovados! A brisa calma, os animais ao lado de seus donos, aquele jovem oficial... Todos eram elementos agradáveis numa noite quente. O senhor Raimundo voltou a sorrir e eu até desculpei os supostos malandrinhos do prédio que tinham me acordado em plena madrugada.

Por um segundo, fiquei chateada por estar vestida de maneira tão imprópria para andar ao lado de um oficial tão elegante, mas ele, o seu cavalo e até mesmo o seu cachorro estavam tão alegres, que todas as preocupações que vinham da vaidade pareciam sem importância.

Enquanto caminhávamos ao lado uns dos outros, fiquei admirando a beleza eletrizante da Avenida Paulista, com suas calçadas largas e suas vitrines cheias de vida atrás dos reflexos solitários dos neons. Um vento refrescante era tudo que tínhamos contra o calor e, graças a ele, a poluição tinha desaparecido para dar lugar a muitas estrelas.

– A que horas será o desfile amanhã? Eu gostaria de ver vocês novamente! – perguntei, tão logo chegamos à esquina.

O jovem rapaz não me respondeu nada e, no meio do silêncio, olhei para ele com mais atenção. Seus olhos estavam entristecidos e suas mãos tremiam quase que imperceptivelmente. Apesar da sutileza daqueles tremores, percebi que elas titubeavam entre pegar as rédeas do puro sangue, arrumar o quepe sobre a cabeça ou aceitar minha mão estendida para o adeus.

– Então, foi um prazer conhecer a senhora!

Por fim, o desconhecido fez uma leve reverência e foi embora.

Enquanto voltava para casa, olhei para trás e vi que o jovem continuava se afastando ao lado de seus companheiros fiéis. Com o passar do tempo, algumas pessoas se juntaram a eles e, por fim, eu não sabia distingui-los dos demais.

À minha frente, sem qualquer graciosidade, outra cena roubava alguns olhares e muitas atenções: um homem raivoso travava uma luta feroz contra uma fera de borracha! Com o retorno tempestivo da água, a mangueira que o senhor Raimundo tinha largado no portão criou vida própria e estava ziguezagueando pela calçada com força total. Por mais que o porteiro tentasse pegá-la, a criatura se rebelava e serpenteava para longe de suas mãos.

***

Várias noites em claro podem abalar o corpo e a mente de qualquer pessoa, ainda mais quando grandes emoções são enfrentadas em um período muito curto de tempo. A noite de autógrafos, o encontro com Kalyan, a demissão coletiva, o rompimento com Flávio: aquelas situações tinham o seu próprio valor e a cobrança de cada uma delas, feita por meio de títulos reais, implacáveis e abusivos, foi paga por mim com um pedacinho da minha saúde.

Daquela vez, a insônia só não tinha causado um estrago maior porque gostei de ter conhecido o jovem de farda, o seu cão e o seu cavalo. Não fosse aquilo, eu estaria com dor de cabeça, taquicardia, reações alérgicas e tantos outros quadros típicos de pessoas estressadas.

Depois do passeio pela avenida, eu me sentia mais calma e estava até disposta a dormir, mas bastou que eu descesse no meu andar para sentir que havia alguém à minha espera. A luz do hall subitamente se apagou e não houve nada a fazer a não ser confiar nos sentidos que restaram além da visão.

Eu já tinha colocado a chave na fechadura quando percebi mais fortemente aquela presença. O elevador havia partido e nenhum ruído tinha despertado o meu estado de alerta. Pelo contrário, foi o silêncio da madrugada que me ajudou a perceber que eu não estava mais sozinha naquele lugar.

Então, contrariando os conselhos da minha avó, virei-me com toda coragem e tudo que vi foi uma figura surgindo das sombras ocultas ao final do corredor! Quando ela se aproximou um pouco mais, metade de sua silhueta ficou visível como um pássaro que mostra suas asas antes do voo. Depois de um segundo, a figura deu mais um passo e parou embaixo de uma pequena janela onde as luzes artificiais da avenida e a claridade natural do luar se fundiram para tornar tudo possível aos meus olhos...

– Finalmente, minha querida...

Nigma estava envelhecido e tinha a aparência de quem havia passado muitos anos sob a força fustigante do Sol. Apesar disso, trazia uma beleza eterna e uma força jamais imaginada em tempo algum! As rugas de seu rosto eram as reentrâncias de um solo rochoso e primitivo em que minhas mãos queriam se perder, caso eu conseguisse me movimentar. Seus braços continuavam fortes, sua masculinidade exalava as promessas de muitos beijos e ele mantinha acesa a vivacidade de um grande guerreiro!

Diferente dos trajes bárbaros e do colete feito com peles de lobos com os quais eu tanto o havia imaginado, ele trajava as vestes pacíficas de um monge tibetano, um robe de tecido escuro sob uma camisa cor de açafrão, e trazia os pés evolvidos por uma rudimentar sandália de lona. Junto com aquelas roupas, alguns acessórios modernos deixavam tudo diferente e criavam um contraste bonito com as outras peças: um par de óculos de armação arrojada e um cachecol leve em torno do seu pescoço!

Quando ele chegou mais perto, vi o brilho de sua alma escapando por suas retinas ardentes e me senti louca para abraçá-lo, louca para tocá-lo e, de maneira ainda mais intensa, louca para reter eternamente a sua presença em minhas lembranças...

No entanto, em vez de recorrer aos gestos, fiquei observando cada detalhe de seus lábios enquanto faziam uma pergunta carinhosa:

– Gostou da surpresa?

Um peso obscuro afundou meus pés naquele chão, o chão estéril e gelado de um corredor de cimento, um chão em que eu havia escorregado e caído, um chão que sustentou meus passos durante tantos anos... Naquele mesmo instante, meus olhos ficaram marejados e consegui enxergar apenas o que era essencial em Nigma, ou seja, o movimento de suas mãos apontando para minha lavanderia e depois recuando em direção à janela.

"*Procure em sua lavanderia, procure em sua lavanderia*"

Então, como se aquele reencontro fosse uma ponte móvel prestes a se levantar, impossibilitando a travessia de nossos seres sobre a força dos tempos, Nigma disse suas últimas palavras antes de partir:

– O oficial de farda azul que estava na avenida andando ao lado do Lobo Branco... Eu o trouxe até você! Era Yangsi! Você acabou de se encontrar com Yangsi!

***

Meu corpo sacudiu com urgência e minhas roupas estavam desconexas e desconfortáveis. Meu quarto parecia um universo totalmente desabitado, sem galáxias e estrelas. Apenas os ponteiros do relógio brilhavam no escuro: eram exatamente três horas da manhã!

Contrariando todas as probabilidades de ter mais uma noite de insônia, pois a lembrança de Nigma tinha o brilho de mil chamas, ajeitei meu travesseiro e peguei novamente no sono.

Quando a manhã chegou, uma ensolarada manhã de feriado, minha cabeça acordou cheia de interrogações, porém eu me sentia bem-disposta. A paisagem clara atrás da varanda e das janelas me dizia que era hora de sair e de me divertir.

Minha primeira ideia foi ir ao cinema, mas os filmes em exibição não me chamaram a atenção. Por sorte, lembrei-me de que tinha ganhado uns ingressos para o teatro, no entanto eles não serviam para finais de semana e feriados. Resolvi que iria assim mesmo, mas a peça que tanto me chamara a atenção tinha saído de cartaz.

Persistindo na procura de um passeio agradável, acessei meu buscador favorito e vasculhei as possíveis dicas de um programa interessante, como uma exposição de arte ou algo parecido, mas logo meus dedos me traíram e digitaram no teclado palavras que eu não queria digitar...

A página oficial do Centro Dharmaraj de São Paulo era cheia de mandalas e de flores de lótus girando de um lado ao outro. Cliquei no ícone "programação especial da semana" e, para minha surpresa, a agenda de Kalyan para o feriado aparecia em branco. Sua palestra estava confirmada para o dia seguinte e o evento prometia muitas emoções, porque seria o último compromisso do jovem mestre em São Paulo antes de deixar o Brasil. Após a palestra, haveria um almoço vegetariano de confraternização no próprio Centro e, em seguida, Kalyan iria ao aeroporto internacional de Guarulhos para receber o adeus dos amigos e dos fãs. Seu voo para a Índia estava previsto para as vinte e duas horas do sábado.

Sem qualquer explicação, fui tomada por um vazio inquietante e resolvi ligar para todo mundo na intenção de encontrar alguém que quisesse almoçar comigo. Por incrível que pareça, não consegui uma única alma para me fazer companhia. A turma conhecida, incluindo o pessoal deprimido e desesperado por causa da demissão, tinha viajado para aproveitar os dias de calor. Meu pai mandou um recado avisando que faria outro passeio com os aposentados e minhas primas sumiram do mapa sem dar qualquer explicação. Somente o Flávio deixou uma mensagem de voz no celular, dizendo que estava arrependido, que não sabia viver sem mim e tantas outras coisas a que sequer prestei atenção porque apaguei a mensagem antes do final.

Concomitantemente àquela busca por um ombro amigo, passei a manhã toda tentado ignorar a frase enigmática que havia marcado meu sonho, mas mesmo assim o que eu olhava, ouvia ou lia – o reflexo no espelho da minha camiseta com a marca do sabão em pó Asas, a vizinha do apartamento ao lado gritando para o marido que aquele era o dia "de lavar a roupa suja" ou um folheto jogado em minha caixa de correspondências do tipo "lave cinco, pague quatro" – fazia com que eu me lembrasse do tema da lavanderia.

Quando chegou o começo da tarde, senti uma grande ansiedade e acabei me dando por vencida. Era melhor matar a charada do que fugir. No fundo, não fazia a menor ideia do que aquilo tudo significava e, mais uma vez, só me restava corresponder prontamente aos chamados da intuição.

Decidi, então, fazer tudo da melhor forma possível. Preparei uma comidinha para mais tarde (lasanha de legumes com cogumelos e uma saladinha), coloquei um avental e um tênis impermeável, liguei o som e resolvi encarar o desafio.

***

Abri a lavanderia de novo e deparei com a dura realidade. Era bem provável que eu levasse muitas horas para colocar tudo em ordem!

Depois de me conformar com a quantidade de trabalho que teria pela frente, fui separando em sacos grandes o que era para ser descartado e o que ainda dava para aproveitar. Em seguida, guardei nos lugares devidos os objetos que ainda tinham utilidade e coloquei em sacolas aquilo que poderia ser doado para o asilo da dona Odete. Fui limpando o chão, abrindo espaços, vencendo os obstáculos concretos e invisíveis, até que o desânimo e o cansaço foram embora.

Quando a fome chegou, respeitei meu corpo e decidi dar uma pausa no trabalho. Tirei meu avental, lavei bem as mãos e fiz um suco. Arrumei as travessas, o prato e os talheres com todo carinho e até coloquei um vasinho de flores sobre a toalha para enfeitar. Se fosse para almoçar comigo mesma, concluí com meus botões, que fosse um momento especial. Mal sabia eu que aquele seria meu último almoço solitário naquela casa!

Enquanto mastigava vagarosamente os alimentos, fiquei pensando em todas as coisas, circunstâncias e seres que estavam envolvidos direta ou indiretamente naquela refeição. Cada legume extraído do solo, cada gota de chuva que alimentou a lavoura, cada árvore que tinha dado aqueles frutos. Pensei também nos caminhoneiros que transportaram todos os produtos pelas estradas até que chegassem à minha mesa. Logo em seguida, lembrei-me da indústria que tinha fabricado aquela lasanha e de tudo que foi necessário para fazer a massa: o trigo, o fermento, os ovos. E por falar em ovos, imaginei o sofrimento das galinhas, pois normalmente são tratadas com crueldade na imensa maioria das granjas. As pobres aves são submetidas à claridade ininterrupta de lâmpadas fortíssimas que as estressam e as fazem comer e botar ovos sem parar. Talvez porque aquelas agruras estão longe do nosso olhar, nunca pensamos nas galinhas como seres merecedores da nossa compaixão. Ainda assim, foi por causa delas que me emocionei durante aquele almoço aparentemente solitário.

Enquanto continuava me alimentando, pensei no fogo e em todas as grandes descobertas do homem primitivo. Pensei no garfo que eu estava usando e em quem havia idealizado e usado pela primeira vez um artefato de metal. Lembrei-me do meu fogão, do meu gás e dos trabalhadores que carregaram aqueles botijões tão pesados nas costas. Lembrei-me das pessoas doentes e das que são felizes, da beleza do meu corpo e de sua capacidade para transformar cada um daqueles frutos abençoados em um combustível importante para as células.

Por fim, fechei os olhos para tomar um pouco de suco e não consegui traduzir em palavras a gratidão que senti por tudo e por todos que faziam parte do mundo. Aquele almoço foi realmente uma oração!

***

Finalmente, o trabalho de limpeza da minha lavanderia estava quase chegando ao fim. Ficaria perfeito se eu tivesse algumas caixas de plástico para organizar melhor alguns itens, mas aquilo poderia ser feito em outra ocasião.

No final da tarde, pedi ao zelador que levasse embora todas as coisas que eu não queria mais, com exceção das sacolas da dona Odete que seriam entregues por mim mais tarde. Ele ainda aproveitou a oportunidade para fixar na parede dois suportes para vassouras e para consertar a tampa da minha máquina de secar.

Era noite quando decidi limpar as duas prateleiras que faltavam. Não queria deixar nada para o dia seguinte. Com a ajuda de uma escada, fui retirando o que havia por ali e fiquei entusiasmada quando reencontrei objetos que poderiam ser muito úteis no dia a dia. Um ventilador, um ferro novo para passar roupas, ferramentas, alguns bibelôs que ficariam ótimos na varanda, uma blusa de malha que nunca usei e um balde de gelo feito de inox guardado para minha possível festa de noivado. Aliás, aquele balde de gelo iria rapidamente para a sacola das doações!

A boa surpresa ficou por conta de um álbum antigo de família, raridade perdida há tempos em cima daquela prateleira. Fotos dos meus pais quando eram jovens, cenas da infância, um retrato amarelado da minha querida tia ao lado da minha avó. Quantas recordações! Prometi a mim mesma que colocaria aquele álbum em um lugar especial da sala para que ficasse sempre à disposição do meu saudosismo e também das minhas primas quando viessem me visitar.

Por fim, uma sacola branca de plástico grosso era o último item a ser removido.

Desci da escada com todo cuidado, pois não sabia exatamente o que havia lá dentro. Poderia ser um vaso, um objeto delicado ou até mesmo aquele conjunto de copos de cristal que eu não tinha encontrado em parte alguma.

No entanto, bastou remover o nó das alças e espiar o que estava lá dentro para que tudo fizesse sentido!

Em um mundo onde o sangue pode congelar, resfriar-se, aquecer-se e ferver em um piscar de olhos, senti minha vida presa por um fio, uma sensação que sempre me acompanhava quando algo importante estava para acontecer. No meio de tantas incertezas, a verdade surgiu plena e segura!

Em um rápido segundo, o círculo se fechou e senti que meus braços estavam trêmulos enquanto segurava aquele último pacote. Lá dentro, a caixa de laço azul aguardava pacientemente pelas minhas mãos. O enxoval que eu havia comprado ainda estava lá: o casaquinho verde, o par de meias brancas, o ursinho de pano...

– Filho, você pode me ouvir?

Emocionada, caminhei até a sala e me sentei no sofá. Então eu chorei, chorei como nunca havia chorado em toda a minha vida! Uma coisa era certa: nem por mim nem por qualquer outra pessoa, eu teria vergonha dos meus sentimentos de novo!

Assim, fiz a prece que sempre quis fazer, a prece que me faltava e que até hoje me comove com suas palavras.

– Você pode me ouvir? Se puder, quero dizer que não me culpo mais pelo que aconteceu. No fundo, fiquei triste porque deixei a emoção de lado só por medo do que os outros iriam falar. Por causa disto, ou seja, da minha mania de querer agradar e ser aceita por todo mundo, inclusive pelo meu lado racional, esqueci de dar atenção a quem mais merecia, ou seja, ao meu coração. É lá que mora a minha verdade, é lá que moram meus anseios e é lá que você vive feliz! Agora chegou o momento de a gente se encontrar e, ao mesmo tempo, chegou o momento de seguir em frente...

De repente, no ar que eu respirava e em tudo ao redor, surgiu uma força e uma esperança que jamais estiveram ao meu lado, mesmo durante os dias mais desesperadores. Em meu peito, no espaço escancarado onde morava o que era mais sagrado e profundo da minha humanidade, as asas de um anjo nasceram para me ajudar.

Não era mais preciso pedir perdão, pois o perdão estava em mim e em todas as coisas do mundo.

Eu era Aishi Dora na floresta azul, mas não a Aishi Dora que perdia o filho para um lago de sofrimentos. Eu era a mãe que lutava, a mulher que retirava o seu bebê das águas escuras para ampará-lo em seus braços, sempre, eternamente...

– Eu te amo! E agora sei o seu nome, amado Yangsi.

***

Depois de tudo, chegou a hora do adeus. Aos poucos, as lágrimas foram embora e a paz acariciou a pele do meu rosto.

Minha aventura intimista, particular e, por vezes, incompreensível ao lado de um filho que nunca conheci, estava chegando ao fim! Aquilo não era bem um fim e abria muitas portas em vez de fechá-las. Por isso, ele estava longe de ser um ponto que encerrava a última página da minha história para transformar-se em uma vírgula pronta para dar passagem a tudo que ainda estava por vir...

Recoloquei, então, todas as peças de roupas dentro da caixa e criei coragem para fechar a tampa. Foi um momento muito difícil para mim!

Alisei a fita, ajeitei o laço. Na ponta dos meus dedos, a maciez do papelão me trouxe conforto e compaixão. Em tudo que eu fazia, cada gesto, cada respiração, cada olhar, havia um motivo solene que me levava à redenção.

Depois que me recompus, juntei todas as coisas que foram separadas para o bazar beneficente e subi até o décimo quarto andar para bater na porta da dona Odete. Por um instante, senti que poderia fraquejar, mas não havia mais nada a fazer a não ser continuar vivendo.

***

Quando a filha da dona Odete me atendeu, foi logo pedindo desculpas pela bagunça da casa. Daquela vez, o pessoal do prédio tinha caprichado nas doações e a quantidade arrecadada foi muito além da imaginada! Muitos objetos, caixas, roupas e brinquedos estavam por toda parte, dificultando nossos passos e interditando nossa passagem.

– Acho que isso tudo não vai caber no nosso "pois é"! – brincou a moça.

Assim que a dona Odete desligou o telefone e colocou os olhos em mim, largou tudo o que estava fazendo para me abraçar. Ela sabia perfeitamente o que a caixa em meus braços significava.

Tão logo nosso grande abraço se desfez, conversamos sobre a vida, tomamos chá e compartilhamos nossos conhecimentos sobre plantas ornamentais. Ela pediu para que eu autografasse um livro e disse que aquele exemplar seria colocado na biblioteca do asilo. Depois daqueles momentos tão agradáveis, eu estava me sentindo pronta para ir para casa, tomar um banho e dormir.

Antes de ir embora, desci até a garagem para ajudar minha amiga a colocar todos os donativos no porta-malas. O carro, que já não era grande, ficou absolutamente lotado e a dona Odete se mostrou muito feliz.

– Desta vez, vamos arrecadar um bom dinheiro no bazar de caridade! Aliás, a festa de amanhã será linda! Vamos ter música, bolo de chocolate... Por que você não vem para conhecer os velhinhos?

Diante de tanta insistência e, principalmente, depois de termos passado horas tão agradáveis juntas, aproveitei a oportunidade para lhe fazer uma confissão e, por conseguinte, um pedido:

– Sabe, dona Odete, não posso ir com a senhora na festa porque estou pensando em fazer uma viagem longa... Na verdade, eu não estou pensando, eu vou mesmo viajar. Já comprei até a passagem!

– Viajar? Quando?

– Amanhã à noite. Eu vou para a Índia.

– Onde? Assim tão longe?

– Será que a senhora poderia cuidar das minhas plantas enquanto eu estiver fora?

***

O dia seguinte, um sábado de sol, foi o dia mais importante da minha vida!

Minha agenda já estava completa: pela manhã, eu iria ao Centro Dharmaraj assistir à palestra do jovem mestre. Participaria do almoço de confraternização e aproveitaria a chance para lhe entregar o seu exemplar do livro que, no final das contas, tinha ficado sobre a minha mesa naquela noite de autógrafos. No meio da tarde, eu pegaria um táxi até o aeroporto e, se me desse na telha, pularia para dentro de um avião rumo à Índia!

Os passos que precederam àqueles planos um tanto quanto rígidos aconteceram no mesmo ritmo em que foram idealizados e, de maneira meio neurótica, seguiram uma ordem exata. Cada etapa, cada coisinha que eu fiz durante aquela manhã culminou para que o rio desembocasse onde tinha de desembocar.

Levantei bem cedo e fui tomar um banho. O cheirinho de casa arrumada e limpa estava maravilhoso! A lavanderia parecia nova e há tempos tinha me esquecido do quanto era espaçosa.

O astral da cidade também estava incrível! O dia começou da melhor forma, com um céu aberto e pássaros cantando. Quase ninguém sabia, mas durante os finais de semana era possível ouvir muitos passarinhos naquela parte da Paulista. As árvores do Parque Trianon ficavam repletas deles, quando não havia trânsito, percebíamos mais nitidamente aquela cantoria.

Logo depois que escovei os dentes, percebi que havia uma movimentação diferente na avenida. Uma manifestação estava começando em homenagem ao Dia Nacional Sem Carro, com apitos, tambores, gritos de guerra e muitas faixas incentivando o uso de bicicletas e de outros meios de transporte. Deus me livre! Eu era apaixonada pelo meu carro e aquela fraqueza ecológica começou há muitos anos. Eu não vivia sem meu ar-condicionado, sem meu banco confortável e, acima de tudo, sem o cheirinho gostoso dos meus sachês de lavanda. Até o Flávio dizia que eu era uma "natureba de araque" que adorava carros, trabalhava com alopatia e morava no maior centro de negócios do país.

Que os ciclistas e demais ativistas me desculpassem, mas eu jamais ficaria sem minha casinha de quatro rodas!

Quando terminei o café, fui até a charmosa floricultura do bairro a fim de comprar umas flores para Kalyan e optei pelas rosas brancas, as mais perfumadas da loja! Voltei para casa, coloquei as flores em um vaso e comecei a me arrumar. Escolhi um vestido preto com uma mandala bordada na altura do peito, um vestido simples de que eu gostava muito. No centro da figura, cercada por desenhos de folhas e detalhes geométricos, uma flor de lótus dava as boas-vindas para o futuro. Com certeza, meu futuro seria esplendoroso. Algo me dizia que os ventos estavam ao meu favor!

Por outro lado, a essência de uma mandala poderia nos dizer outras coisas. Era preciso que eu tivesse cautela, pois, assim como os elementos expostos na figura, nossos sentimentos, ações e reações se alternam sucessivamente em círculos. Não existe uma trajetória constante na qual se possa caminhar. E o nosso maior obstáculo é a incompreensão da natureza cíclica que abrange todas as coisas. Entendendo isso, podemos ter maior felicidade quando os tais ventos, aqueles que tanto gostaríamos de dominar, mudarem de direção.

E eu estava pronta para as mudanças!

Fiz minhas malas e coloquei meus documentos na bolsa. Passaporte, passagem, comprovante de reserva. Tudo em ordem.

Enquanto cuidava dos últimos detalhes da viagem, o celular não parou de tocar e tive vontade de jogá-lo do décimo andar! Flávio, duas chamadas desconhecidas, Flávio de novo, alguns telefones não identificados, Flávio outra vez e mais uma série de outros números que eram, de fato, números alternativos que ele estava usando na tentativa de me fazer atender aos seus chamados.

"*Acho que a Fernanda colocou as garrinhas de fora*", pensei, sentindo o gosto doce da revanche.

A única chamada que aceitei naquela manhã foi a do meu pai. Do outro lado do aparelho, surgiram os ruídos de uma operadora sem sinal e os gritos de um pai completamente fora de órbita. Seu passeio com os aposentados em Campos do Jordão tinha ido para o vinagre depois que a dona Odete achou um jeito de contar para ele sobre a minha viagem.

– Está louca, menina? Vai para onde?

Ah! A doce e eterna menina! Que saudades da época em que eu não passava de uma pequena sonhadora caminhando pelas ruas do interior... Que vontade de ver minha mãe, que vontade de brincar com os braços abertos em plena chuva...

– Sei lá, pai. Não esquenta.

Ele esquentou.

– Para Índia?

– Olha, nem é tão longe. Quem já foi para Espanha, pode ir para qualquer lugar... Tudo pertinho!

– Mas suas férias não chegaram! E o seu Albano? E o cargo novo?

Confesso que eu não tinha pensado naquilo. Eu jamais quis magoar o senhor Albano e tinha de pensar em uma estratégia para me comunicar com ele. Quando comprei aquela passagem e tudo mais, estava sob a forte pressão de uma mudança no trabalho. Não foi à toa que fui a uma agência de viagens em plena segunda-feira, horas depois de ter perdido meu emprego no laboratório.

– Não precisa ficar preocupado, pai. Vou receber uma boa indenização! Se eu fiz acordo? Isso. Fiz acordo. Pai?

Depois que ele insistiu horrores para saber o horário do meu voo, dei um jeitinho de colocar a culpa nos chiados da operadora e desliguei o telefone. A última coisa que eu queria na vida era que meu pai fosse até o aeroporto de Guarulhos para me chamar de menina na frente de todo mundo.

***

Em cima do aparador de vidro, a pedra que Kalyan havia me dado repousava humildemente sobre um tecido dourado, alheia a todas as representações importantes que tinha para mim. No decorrer de toda a semana, evitei chegar perto dela sem ao menos saber o motivo. Porém, prestes a deixar meu apartamento, sua forma comovente me pareceu irresistível e tive que encostá-la em meu rosto. O lago das carpas estava ali através daquela superfície milenar emoldurada pela água!

Assim como a pedra, as rosas brancas que comprei para Kalyan me chamaram de volta à vida. A única certeza que eu tinha era a de que elas seriam entregues para o jovem mestre com todo o meu agradecimento.

Já eram nove horas e eu precisava ir embora.

Uma última olhada em minha sala e meu coração já se encheu de emoções! Existem situações em que a coragem deve falar mais alto, sendo assim, a insegurança e o apego que eu tinha por minha vida, por meu emprego, por minha rotina e por minha casa deveriam dar lugar às novas aventuras.

Antes de sair, retirei as rosas do vaso e escolhi o botão mais viçoso para colocá-lo ao lado da pedra. Fechei os olhos por um segundo e o sorriso de Kalyan iluminou meu mundo.

– Eu te amo, Kalyan! E meu amor por você é tão eterno quanto esta pedra e tão passageiro quanto esta rosa.

***

Bem que eu tentei pegar um táxi, mas logo desisti da ideia. O dia seria longo e eu já tinha feito planos que incluíam intensa mobilidade pela cidade até chegar em Guarulhos no começo da noite. Com toda certeza, meu carro faria muita falta se ficasse mofando na garagem. De última hora, fiz um acerto com o motorista da empresa, o senhor Maurílio, para que buscasse as chaves no aeroporto e levasse o veículo de volta antes do meu embarque.

A manhã estava bonita e o trânsito fluía bem. Apesar da tentativa de aborrecer os motoristas, a passeata do Dia Nacional Sem Carro ainda não tinha bloqueado as saídas da Paulista e consegui me locomover sem transtornos. O susto ficou por conta dos gritos na minha janela quando passei bem perto dos manifestantes.

"Saia desse carro!"

"Engrosse esta lista! Venha ser ciclista!"

Seria uma verdadeira afronta para a opinião pública saber que eu estava usando o carro para ir até um lugar tão próximo. A distância entre o Centro Dharmaraj e minha casa era muito pequena, no entanto, estava levando no porta-malas minha concisa bagagem e, no banco ao meu lado, meus delicados presentes para o jovem mestre.

Estava distraída com aqueles pensamentos tolos, quando vi um sobrado de paredes alaranjadas, em cujas janelas tremulavam bandeirinhas coloridas. Aquela casa tinha muitas coisas em comum com o Centro Dharmaraj de Madri e fiquei comovida ao me lembrar da primeira vez que vi o sorriso de Kalyan estampado em uma foto.

Eu tinha chegado um pouco atrasada. Como as portas do sobrado estavam fechadas, presumi que a palestra tinha começado e decidi me apressar a fim de encontrar uma vaga para estacionar. Depois de duas voltas inteiras no quarteirão, comecei a entender um pouco mais por que tanta gente não gostava de carros!

A grande quantidade de veículos parados naquela rua e nas imediações demonstrava que muitas pessoas tiveram a mesma ideia. Como não me ative àquele detalhe, fiquei durante um bom tempo sem saber o que fazer e só me restou ficar à espera da sorte. Como os minutos passavam rápido demais, achei que seria melhor dar mais uma volta, e mais uma, até que, andando em círculos, cheguei novamente à frente do sobrado.

Para decidir sobre o que fazer, desliguei o som e tomei um pouco da água que estava em uma garrafinha. Ao meu lado, o livro de Kalyan e suas lindas rosas brancas me encheram de candura. Além de ter bons sentimentos, o que mais eu poderia fazer?

Enquanto tentava me lembrar de algum estacionamento nas proximidades, duas viaturas da polícia passaram por mim de maneira atenta. De início, achei que os policiais estivessem incomodados pela maneira horrível com que parei em fila dupla, dificultando a passagem dos outros carros. Por isso, liguei o motor e tentei ajeitar melhor o veículo, mas, quando a viatura ligou a sirene e parou em frente ao Centro, uma sensação ruim arrepiou meus braços! Tão logo um dos policiais abriu o portão do sobrado, percebi que o problema realmente era outro.

Quando as portas da casa se abriram, as pessoas que estavam ali começaram a se encaminhar rumo ao portão. Como muitos estavam se despedindo, deduzi que não se tratava de um intervalo. A palestra da manhã foi encerrada e algo errado tinha acontecido.

Minha inquietação foi aumentando até que um barulho rude me fez pular sobre o assento!

A primeira impressão foi a de que algum ativista tinha atacado meu carro com sua bicicleta ou que algum motoqueiro tinha caído ao meu lado depois de perder o equilíbrio. Felizmente, não havia qualquer pessoa acidentada por perto e quem estava batendo na porta do meu carro era um rapaz com aparência de faquir. Como ele parecia inofensivo, resolvi abrir a janela para ver o que ele queria, mas, por via das dúvidas, só abri o vidro até a metade.

– Desculpe por ter te assustado! – disse ele com o olhar acuado.

O rapaz desviou sua atenção para o ramalhete de rosas sobre o banco do passageiro e, tirando suas próprias conclusões, fez uma pergunta com ares de quem já sabia a resposta:

– Você veio para a palestra do mestre?

Antes que eu pudesse responder ou acenar com a cabeça com um simples "sim", o faquir pareceu tomado por um verdadeiro sentimento de pesar:

– Então você ainda não soube? A imprensa não divulgou nada?

Um sentimento de angústia engoliu minha fala e fiquei aguardando pelo pior. O moço viu minha reação e foi logo explicando que os acontecimentos daquela manhã pegaram a todos de surpresa.

Uma hora antes do início da palestra, um barulho estridente foi ouvido na direção do Centro Dharmaraj. Uma testemunha viu quando dois motoqueiros atiraram objetos que pareciam incandescentes no terraço do sobrado. Com o susto, a testemunha não prestou atenção às placas dos veículos, mas ressaltou que os bandidos usavam capacetes escuros e pareciam armados. A polícia foi chamada e os organizadores do encontro acharam que a programação da manhã deveria ser cancelada. Por via das dúvidas, os guardas aconselharam ao jovem indiano que passasse o resto do dia no aeroporto de Guarulhos, que teria a segurança reforçada.

Fiquei completamente chocada! Jamais imaginei que o RFP tinha facções no Brasil. Nosso país enfrentava muitos problemas relativos à violência, mas não tinha tradição em intolerância religiosa e filosófica regada a explosivos. Gente jogando bombas em pessoas que meditavam era novidade em nossa terra!

– Ainda bem que ninguém se machucou – explicou o rapaz – O material foi recolhido e ainda não dá para saber se eram bombas caseiras ou garrafas de vidro. A polícia acha que foi coisa de baderneiros, mas nós, que conhecemos a trajetória do Dharmaraj, sabemos muito bem que o RFP é uma realidade.

Uma pequena multidão já se aglomerava na calçada. Eu não fazia ideia de que tantas pessoas pudessem ocupar um lugar tão pequeno! Em poucos minutos, fiquei cercada por fãs desolados que comentavam sobre o incidente.

– Que pena! Justo hoje, que é o último dia dele em São Paulo!

– Que tristeza e que vergonha!

– Agora só nos resta acompanhar nosso Dharmaraj ao aeroporto.

– Onde ele está agora?

– Lá dentro, pegando as malas.

De repente, uma jovem de cabelos louros destacou-se do tumulto e chegou mais perto. Abraçando o faquir, ela olhou para mim e me disse um olá emudecido pelas emoções. A moça estava fragilizada e tinha os olhos inchados de tanto chorar.

– O mais incrível – explicou ela entre soluços – foi a reação do Dharmaraj! Alguns acham até que ele está em estado de choque! Só pode ser! Depois de tudo o que aconteceu, ele está... radiante! Ele disse agora mesmo que hoje é o dia mais feliz da sua vida, um dia que ele esperou por muito e muito tempo...

***

Eu não estava entendendo mais nada. Aquela confusão barulhenta de pessoas se abraçando, gente falando mal da polícia e um monte de carros buzinando porque eu estava no meio da rua, só aumentavam a sensação de que o caos duraria para sempre.

Em um determinado momento, uma pick-up preta espremeu-se entre meu querido carro e a van do outro lado da rua até que venceu o espaço milimétrico entre nós e parou com a maior facilidade à minha frente. Quando um homem careca e com roupa de segurança particular saltou para a rua, o porta-malas se abriu quase em um passe de mágicas! Por um instante de puro consumismo, fiquei imaginando como seria interessante dirigir um veículo sofisticado, robusto e com tanta tecnologia como aquele, mas logo meu olhar foi capturado por uma cena muito mais interessante.

Para falar de beleza e de sofisticação, nada melhor do que observar Kalyan atravessando a varanda como se não houvesse nada abaixo dos seus pés que não fossem nuvens de algodão! Imediatamente, muitas pessoas se aglomeraram ao seu redor e ele foi aplaudido com carinho.

A namorada do faquir não mentiu: o sorriso do jovem indiano não combinava em nada com alguém que fora alvo de ataques pela manhã. Em contraste com os rostos pesarosos dos demais, Kalyan exibia muita confiança. Pela maneira como agia, parecia muito à vontade e nem de longe lembrava uma pessoa assustada. Seu rosto meigo, seus gestos puros e sua conduta sempre correta em direção ao bem dos outros fizeram com que minha alma acreditasse novamente em um mundo melhor, onde pessoas especiais como ele poderiam viver em paz e longe da maldade.

Além da atitude altruísta, ele estava perfeito em um terno de alta costura! Eu não sabia que Kalyan usava aquele tipo de roupa e era provável que estivesse inovando o seu visual. De qualquer forma, depois que vi aquilo, fiquei com vergonha do meu vestido tipo bicho-grilo e dos meus preconceitos. Aquele desconforto foi o preço que paguei por ter acreditado tanto em estereótipos.

***

Depois daquela visão cheia de charme, tudo mudou.

Ainda consigo me lembrar muito bem dos detalhes daqueles acontecimentos e, sinceramente, até hoje não entendo como pude ter tanta coragem!

Tudo começou com o faquir batendo de novo na lateral do meu carro. Eu estava prestes a pedir a ele que parasse com aquele hábito, quando percebi que algo sério estava acontecendo. Seu rosto ficou tão vermelho e seus olhos tão arregalados que ele nem parecia o mesmo homem.

– Vai logo! Vai logo! Atrás dele! Rápido!

Sem entender muita coisa, liguei meu cérebro na tomada e dei uma arrancada tão forte que os pneus cantaram sobre o asfalto. Buzinei e fiz sinal com as mãos para que os pedestres saíssem do meu caminho.

Até então eu estava com os nervos controlados e tinha certeza de que aquela situação aflitiva logo chegaria ao fim. A pick-up preta se encontrava há poucos metros do meu para-choque e me vi quase alcançando o alvo, não fosse a maneira desvairada com que ela alcançou a Avenida Paulista e virou vertiginosamente à esquerda!

Em resposta àquela manobra, tentei fazer o mesmo, ainda que estivesse morrendo de medo de perder o controle. Perseguição de carros era coisa do meu livro policial; na vida real, eu era uma pessoa pacata e uma motorista prudente. Por isso, tudo ficou ainda mais dramático quando um novo obstáculo apareceu bem à minha frente! Dezenas de pessoas segurando faixas e andando de bicicletas estavam chegando ao cruzamento daquela rua com a avenida, na iminência de atravessarem meu caminho. Nada mais pude fazer além de rezar e pisar ainda mais fundo no acelerador!

Mais um segundo e seria o fim! Passei como um furacão à frente da passeata e mais uma vez fui alvo da ira e dos palavrões do mesmo grupo de ativistas que tinha me insultado no início da manhã!

Quando virei de maneira desastrada para a esquerda, ainda consegui olhar pelo retrovisor. Os carros que também tentavam seguir o mestre e que vinham logo atrás de mim não conseguiram cruzar a avenida e ficaram presos por causa da passeata.

A partir daquele instante, então, éramos apenas Kalyan e eu!

Enquanto seguíamos em frente, ajeitei o corpo sobre o banco e estiquei os braços. Aquela situação surreal não tinha explicação. Por que Kalyan estava agindo daquela maneira?

Repentinamente, surgiu uma esperança: a pick-up estava parada em um semáforo vermelho e aquela seria a chance ideal para uma aproximação!

Chegando cada vez mais perto, fiquei repassando na mente o que tinha acontecido minutos antes da fuga tresloucada. As cenas eram nítidas: Kalyan saiu do sobrado, recebeu os aplausos dos admiradores e a namorada loira do faquir me contou sobre os recentes acontecimentos. Enquanto eu admirava aquele Ermenegildo Zegna recheado pelo mais belo conjunto de carne, ossos e luzes que o mundo da moda poderia ter, fiquei pensando no que os modelos criados por Aishi Dora em Metha significavam para ela. Eu podia mergulhar naquelas reflexões a manhã toda, mas, de repente, Kalyan se despediu de seus amigos entristecidos, pediu ao segurança careca que colocasse sua bagagem no porta-malas e depois parou em frente ao meu carro com ares indefinidos, como se tivesse visto um fantasma. Na verdade, não dava para entender se ele olhava "para" mim ou "através" de mim, porque a expressão do seu rosto era a de quem estava fora do planeta! Até o faquir ficou sem jeito e deu de ombros quando fiz um sinal perguntando a ele sobre o que o mestre estaria fazendo. Logo em seguida, sem que ninguém pudesse antever os próximos acontecimentos, Kalyan acordou daquele rápido transe, puxou as chaves das mãos do segurança, trancou-se na pick-up e saiu em alta velocidade, sob os gritos assustados dos fãs! E foi exatamente naquele momento que o faquir me pediu para salvar a Pátria:

"*Atrás dele! Rápido!*"

Como meu carro estava com o motor ligado, ninguém mais poderia seguir a pick-up com tanta eficiência e rapidez quanto eu. Minha intenção inicial era persuadir o jovem mestre a parar, mas ele se afastou cada vez mais rápido e não respondia aos meus pedidos.

Por isso, quando o vi aguardando pacientemente pelo sinal verde como todo e qualquer mortal, dei um jeito de estacionar ao seu lado e abaixei o vidro para que pudéssemos nos entender. Com toda polidez, Kalyan abriu a janela e pensei que diria alguma coisa, mas, assim que o semáforo mudou, ele soltou uma gargalhada e partiu cantando os pneus.

Confesso que fiquei de boca aberta e tentei levantar algumas hipóteses para explicar tanta loucura. Será que Kalyan tinha sofrido um ataque de pânico? Será que aquela era uma reação tardia ao que tinha ocorrido pela manhã? Eu já tinha visto muita gente adulta agindo como criança quando ficava com medo. Alguns colegas do laboratório, por exemplo, começaram a cantar e a fazer piadas tão logo receberam a notícia de que foram demitidos. O Flávio certamente ficaria escondido atrás de uma máscara de cinismo caso perdesse o emprego.

E quanto mais o tempo passava, minha capacidade de compreensão diminuía. Entendendo ou não os motivos que levaram Kalyan a agir daquela forma, era melhor continuar em seu encalço com toda determinação.

Assim, chegamos ao final da Paulista, cruzamos algumas travessas e avenidas importantes e felizmente as ruas da cidade estavam com pouquíssimo movimento, caso contrário, nem sei o que poderia ter acontecido!

Aos trancos e barrancos, a pick-up foi engolindo pistas e andava cada vez mais rápido. Pela maneira como Kalyan agia ao volante, supus que a arte de lidar com as materialidades mundanas não era o seu forte. Ele dirigia até que bem, mas sua percepção de espaço era um tanto quanto atabalhoada.

Eu tinha a impressão de que, quanto mais eu buzinasse, piscasse os faróis ou fizesse qualquer outro gesto para que ele parasse com aquele jogo, mais longe ficávamos um do outro.

Apesar de tudo, procurei manter a calma e o discernimento. Assim que encontrasse uma viatura, pediria socorro. Caso não tivesse sorte, aproveitaria o próximo farol para pegar meu celular dentro da bolsa e ligar para as autoridades. Se eu me desesperasse, não seria capaz de ajudar Kalyan naquele momento difícil. Eu tinha de manter os bons pensamentos e as boas condutas para, enfim, sairmos ilesos daquela situação.

Quando percebi que estávamos nos afastando dos centros urbanos para entrarmos em lugares meio tenebrosos e completamente desconhecidos, minha confiança estremeceu e fiquei com sérias dúvidas a respeito das minhas decisões.

De repente, Kalyan atravessou uma marginal movimentada, subiu em um viaduto à esquerda e tomou a estrada que levava ao Aeroporto Internacional de Guarulhos!

"*Então é isto*", pensei com meus botões.

Diante da nova constatação, meu cérebro afinou-se às probabilidades do bom senso e a adrenalina começou a diminuir.

"*Com a ajuda do computador de bordo, Kalyan decidiu ir sozinho para o aeroporto! Vai ver que ele quer ficar sem a presença dos fãs para pensar melhor na vida e no que tinha acontecido. Muita agitação não faz bem para ninguém. Agora, não preciso mais me preocupar e vou deixá-lo em paz. Esses garotos de hoje* são *espertos e sabem se virar muito bem em qualquer parte do mundo*".

De repente, Kalyan fez algo que eu não esperava. Como um rapaz bem-comportado, ele diminuiu a velocidade, ligou o pisca-alerta e parou no acostamento.

Aquela era a minha chance!

Quando estacionei logo atrás daquele carro suntuoso, ele já não parecia tão imponente quanto antes. Aquelas pequenas luzes que piscavam sem parar encheram meu coração de solidariedade. As calotas reluzentes, sem os movimentos caleidoscópicos proporcionados pela velocidade, transformaram-se em meras bandejas de prata. Como as janelas de vidros escuros continuavam fechadas, não era possível ver o que acontecia lá dentro e uma dúvida terrível passou pela minha cabeça. Será que Kalyan estava passando mal?

Graças a Deus, eu era uma mulher prevenida e tinha uma infinidade de aspirinas na bolsa, uma caixa de primeiros socorros no porta-luvas, o telefone de uma empresa de guincho em um caderninho, algumas ferramentas ao lado do estepe e até um carregador automático de bateria no porta-malas. Depois da minha inestimável ajuda, o jovem mestre voltaria para seu país levando uma boa lembrança do Brasil, a lembrança de que nosso povo era feito de pessoas prestativas que não ficavam jogando artefatos incandescentes nos visitantes.

No entanto, bastou que eu me aproximasse com uma cartela de aspirina em uma mão e com uma garrafinha de água na outra para que Kalyan ligasse o motor e saísse novamente em disparada! Eu não pude jurar, mas tive quase certeza de que ele estava rindo de novo!

Ah! Aquilo me irritou. Profundamente! Fiquei nervosa não só pela ousadia, mas principalmente porque não tive coragem de mandar tudo às favas e ir embora. Ao meu lado, o livro que eu havia autografado com tanto carinho e o buquê de rosas brancas que carregavam meus melhores sentimentos pareciam se divertir com tantos enganos.

Daquela vez, confesso que perdi o controle! Já que era para correr, eu iria correr, mas eu iria correr de verdade! Uma, duas, três marchas mais furiosas e comecei a me aproximar!

Com aquele desempenho todo em estradas cheias de radares, levei multas, muitas multas, dezenas delas, e nada no mundo era capaz de me deixar tão brava quanto aquelas canetadas eletrônicas!

– Para logo esse carro!

A partir de então, os cochichos delicados, as reticências e o fino trato foram embora. Eu já não era mais eu e minha boca começou a falar um monte de impropérios perniciosos, digamos assim, e infelizmente não havia ninguém por perto para escutar cada um deles:

– Para logo esse carro, seu indianozinho filho de uma égua!

(não falei outra coisa porque "vaca" é um animal sagrado na Índia)

– Eu juro, eu juro que vou dar com esse livro no meio da tua cara e enfiar essas rosas no teu rabo!

De repente, a verdade veio à tona!

Pelo retrovisor, vi dois faróis se aproximando da minha traseira. Em um piscar de olhos, duas motocicletas me ultrapassaram numa velocidade tão alta que senti o carro balançar! Eram veículos possantes e os ruídos de seus motores realmente me assustaram! E o pior: os pilotos estavam com capacetes escuros e trajavam macacões de plástico fluorescente! Quando uma das motos passou bem perto, reparei que havia um adesivo sinistro no tanque, algo que me fez lembrar a velha figura da morte segurando uma foice. Eu morri de medo... O RFP estava de volta!

Em um rápido minuto, as motos alcançaram a pick-up e a cercaram com agressividade. Temi que investissem contra Kalyan, mas ele ousou uma manobra arriscada e seguiu por um atalho estreito à direita.

Os algozes fizeram o mesmo e eu, com bem menos impetuosidade, consegui entrar pelo mesmo caminho e segui em frente.

A cada momento, a estrada em direção a Guarulhos ficava mais longe e eu já não fazia a menor ideia de qual caminho estávamos trilhando. De maneira oposta, Kalyan dava a entender que sabia exatamente onde queria chegar e, com toda desenvoltura, subiu em um elevado à esquerda, pegou a rotatória abaixo do Rodoanel, fez uma curva e tomou o caminho inusitado da Rodovia Anchieta, sentido litoral! Aquelas placas malucas tinham trocado de lugar? Minha nossa, eu podia imaginar tudo, menos que estivéssemos a caminho das praias!

A vontade de encontrar alguém para pedir socorro era tão grande que fiquei radiante quando vi as cabines de pedágio.

Os dois motoqueiros do RFP e a pick-up passaram por ali sem parar e cheguei a acreditar que aquela ínfima redução de velocidade a que eles foram submetidos poderia ao menos diminuir um pouco a distância entre nós.

Entretanto, o que eu não contava era que as mesmas cancelas que não tinham se fechado para eles, estavam rigorosamente interditadas para mim! A explicação parecia fácil: as motos e a pick-up que Kalyan dirigia provavelmente possuíam aquele sistema eletrônico de passagem livre, coisa que meu carro não tinha.

Assim, logo me vi presa em um daqueles corredores estreitos. Ao meu lado, uma plaquinha com o preço do pedágio e à minha frente um sinal vermelho que indicava a interdição da cancela.

O tempo estava passando e eu não podia perder um só segundo. Será que ninguém era capaz de facilitar a minha vida? Eu tinha uma missão importantíssima pela frente! Será que não dava para entender que nenhum cidadão normal teria no bolso quarenta e três centavos em moedas para pagar uma "tarifa de vinte e sete reais e quarenta e três centavos para carros de passeio, por favor, facilitem o troco"?

Como o sistema de pagamento eletrônico estava fora do ar, tive de revirar a bolsa, achar dinheiro, contar moedas, receber o troco, pegar o comprovante de pagamento, aguardar o sinal ficar verde, rezar para o mecanismo todo funcionar e esperar a cancela se abrir. Só depois de tudo aquilo é que pude seguir viagem.

***

Um painel luminoso à beira do asfalto pedia aos motoristas que dirigissem com cautela, porque haveria neblina pelo caminho. Para quem não conhece aquela estrada na Serra do Mar, vale a informação de que ela fica muitas vezes intransitável por causa da intensa neblina que é muito frequente na região. Quando isso acontece, a administradora da rodovia costuma interditar o tráfego até que as condições de visibilidade voltem ao normal. Outra estratégia muito comum para enfrentar o mesmo problema são os chamados "comboios" realizados pela polícia rodoviária, nos quais uma viatura desce vagarosamente pela serra e é seguida pelos demais motoristas até que todos cheguem com segurança à cidade de Cubatão. Aquilo sempre existiu, mesmo na época em que eu era criança e passava férias nas praias de Santos. Nos dias de hoje, aqueles cuidados foram intensificados porque houve um grande engavetamento há questão de um ano, com vítimas fatais e muita comoção por parte da nação. Todo mundo sabia que neblina era sinônimo de estrada fechada.

Depois que li o aviso luminoso, considerei-me avisada. Meu maior objetivo era encontrar um posto da polícia para notificar os acontecimentos, salvar Kalyan e desistir de tanta correria. Um engavetamento era a última coisa que eu queria enfrentar!

Longe do lugar em que eu estava, bem ao final de uma grande subida de pouca inclinação, pude ver a pick-up e as duas motos escapando da minha visão como três pontinhos negros desaparecendo atrás de uma cortina de fumaça...

A neblina estava mais forte a cada instante. Primeiro, ela começou como uma simples nuvem que descera para transformar o mundo em um lugar mais romântico e sonhador. Depois, aquela nuvem se avolumou e eu já não era capaz de enxergar além de um raio de dois metros. Antes mesmo que chegasse o trecho que cortava a Serra do Mar, com sua vegetação abundante, abismos insondáveis e muitos túneis para atravessar, a parede de névoas foi ficando cada vez mais espessa até ocultar parte do asfalto e da paisagem.

Parecia até que as janelas estavam pintadas de branco! Só era possível orientar o caminho por meio das linhas de referência pintadas no chão que, com certeza, salvaram vidas naquela manhã.

Depois de tantas angústias, minhas forças começaram a ceder. A temperatura, antes tão amena, caiu vertiginosamente e tentei compreender como um sábado tão ensolarado tinha se transformado daquela forma.

Desliguei o ar-condicionado, acionei os faróis especiais para neblina, recurso que eu nunca tinha usado, e lamentei o fato de que não havia qualquer blusinha por perto para me agasalhar.

Acima de tudo aquilo que me incomodava e afligia, havia o medo de que Kalyan estivesse em perigo.

***

Alguma coisa que eu não pude identificar atravessou a estrada e cortou a minha frente com sua nebulosa forma de aparição. O susto foi tão grande que meu coração quase saltou do peito!

Como reflexo, virei o volante com toda força e, por um segundo, fechei os olhos à espera de um choque inevitável. No entanto, tudo que ouvi depois da manobra foi o sussurrar abafado do sistema de ventilação escapando pelas pequenas grades do painel.

Depois do sobressalto, olhei pelo retrovisor e vi os últimos movimentos de uma figura branca andando em direção à mata. Longe de ter alcançado alguma resposta, fiquei ainda mais intrigada. Quem poderia estar à deriva no meio de uma paisagem tão inóspita?

Como eu seguia bem devagar pelas condições adversas da estrada, não tive dificuldades para reassumir o controle e dei graças aos céus porque nada de grave tinha acontecido.

Pouco tempo depois do alívio, o motor começou a repetir alternadamente falhas e retomadas da potência. Por isso, decidi parar no acostamento com todo cuidado para não cair em uma ribanceira. A Serra do Mar, com seu relevo impressionante e suas curvas sinuosas, ainda estava longe do ponto em que eu me encontrava, mas, mesmo assim, minha imaginação criava abismos horríveis onde só existia uma planície com poucas árvores e algumas trepadeiras.

O silêncio que surgiu logo depois que tirei as chaves do contato criou uma atmosfera tão opressiva dentro do meu pequeno casulo, que resolvi abrir a porta para respirar. Ao mesmo tempo em que senti o ar de volta aos pulmões, fiquei entristecida por estar tão sozinha no fim do mundo. Além do vulto que sumiu no meio da neblina, minha mãe, meu emprego no laboratório e até mesmo os sonhos que construí em torno de Flávio estavam perdidos para sempre.

E foi a velha vontade de retomar as coisas corriqueiras da vida que me fez levantar o capô do carro e me concentrar no desafio que eu tinha pela frente! No entanto, seria tão bom se aqueles cilindros, peças brilhantes e fios emaranhados me dissessem o que fazer, pois eu não entendia nada sobre motores e outras engenhocas.

Enquanto a distância entre a solução e o problema ficava cada vez maior, percebi que algo estava acontecendo bem ao lado do acostamento. Prestando mais atenção, reconheci o barulho de passos vagarosos sobre o capim e minha primeira reação foi me afastar.

Um arrepio congelante transformou meus braços em duas massas amorfas e sem vida e aquela sensação, ainda que muito rápida, colocou o mundo inteiro abaixo dos meus pés. Eu me via presa sobre uma nuvem intransponível e a civilização, tal como eu a conhecia, estava perdida em outro tempo. Minha existência antes daquele momento, tão comum e confortável, tornou-se um ponto alheio à realidade. Até as lembranças da minha casa ficaram prejudicadas pelas impressões assustadoras que me importunavam e inibiam. Eu daria tudo para voltar ao meu apartamento, mas sabia muito bem que estava mergulhada até os ossos naquela fria imensidão branca...

De repente, escutei uma buzina estridente e, logo depois, o barulho seco de pneus queimando o asfalto! Dois faróis caindo sobre mim foram a última coisa que vi antes de cobrir o rosto.

***

Não sei quanto tempo se passou até que um homem desesperado se aproximou e me levantou pelos ombros.

– Está ferida? Está ferida? – perguntava ele sem parar.

Quando reuni coragem para abrir os olhos, o caminhoneiro ficou tão feliz que começou a brigar comigo:

– Moça! Pelo amor de Deus! Saia já deste acostamento!

Eu já era uma pessoa impressionável por natureza e fiquei ainda mais descompensada quando percebi que não tinha ligado os sinais de alerta antes de estacionar. Por causa daquilo, quase havia causado um acidente gravíssimo! Com vergonha da minha negligência, coloquei toda a culpa no carro e, então, o caminhoneiro se ofereceu para averiguar o problema.

Subitamente, ouvimos um barulho semelhante ao que eu tinha escutado momentos antes. Eu sabia que havia algo por ali, mas não conseguia ver nada além de breves relances das copas das árvores.

Imediatamente, o caminhoneiro colocou-se à minha frente e pediu que eu ficasse em silêncio.

Aos poucos, a aparição etérea veio caminhando em nossa direção e foi se tornando cada vez mais nítida até que reconhecemos a figura de um bezerrinho perdido entre as plantas!

– Coitado! Ele pode ser atropelado se o deixarmos aqui!

Achei estranho que um bezerrinho estivesse por ali, pois aquela região serrana não era propícia à criação de gado. Contudo, não fiz qualquer comentário sobre meus sentimentos e fiquei torcendo para que tudo terminasse bem. Depois que o caminhoneiro encontrou uma porteira aberta nas imediações, lugar de onde provavelmente o animal tinha escapado, levou-o para lá com todo o cuidado para que ele não se assustasse e logo voltou esfregando as mãos a fim de espantar o frio.

Momentos antes, o filhotinho olhou para mim com um contentamento que eu pude perceber. Não sei por quê, mas a primeira palavra que me veio à mente foi "Krishna" e a situação toda me remeteu ao *O Beijo do Sol* de tal maneira que fiquei pensativa durante muito tempo.

***

De volta à estrada, liguei o pisca-alerta e fui seguindo meu socorrista até um posto de abastecimento localizado mais adiante. Segundo o prestativo senhor, aquele lugar era muito frequentado pelos viajantes porque tinha um restaurante, um mercado, uma borracharia e até um daqueles famosos ranchos do milho verde!

Dirigindo com a máxima cautela, fiquei observando a traseira do caminhão e fui capturada pelas luzinhas de neon que criavam um efeito previsível em toda carroceria. Mais embaixo, bem perto dos pneus traseiros, uma lona esvoaçante exibia a frase:

"Abençoado seja o dia em que a família se reúne".

Enquanto fazia um esforço persistente para abrandar minhas expectativas e manter a atenção ao volante, pensava no sentido daquelas expressões: "bênção", "família", "reunião". Tudo aquilo me levava de volta aos momentos alegres em que vivi ao lado das pessoas amadas. Refleti brevemente sobre a importância dos meus antepassados, sobre os laços de família e todas as forças misteriosas que eram capazes de unir os destinos das pessoas. De repente, minhas emoções ultrapassaram as fronteiras da individualidade e fiquei comovida ao pensar nas condições de vida daquele caminhoneiro, sempre distante da sua própria casa. De um jeito diferente, Kalyan vivia o mesmo drama e certamente sentia saudades do senhor Govinda!

Estava pensando em tudo aquilo quando viramos à direita e entramos em uma grande área com muitos veículos estacionados esperando que as condições da rodovia voltassem ao normal. O mercado, o posto de gasolina e o restaurante estavam absolutamente lotados.

A primeira coisa que fiz foi oferecer um café em agradecimento ao bondoso caminhoneiro que havia me resgatado no meio do nada, mas ele disse que estava muito cansado e que preferia ficar cochilando dentro do caminhão.

Então, aproveitei a fila do banheiro para pensar na vida e tomar decisões. Já passavam das dez horas da manhã e nada do que eu tinha programado acabou acontecendo. Meu celular continuava inútil, minhas perguntas não conseguiam respostas e Kalyan ainda estava desaparecido! A boa notícia ficou por conta do meu carro que, enfim, estava funcionando normalmente.

Só me restava manter a calma e eleger algumas prioridades. Como a estrada ainda estava fechada, eu teria tempo suficiente para me alimentar, descansar e até, tudo dando certo, pedir ajuda para a polícia.

Caminhando em direção ao restaurante, avistei uma viatura estacionada com as portas abertas. Imediatamente fui até lá, porém, lembrei-me de que deveria ter muita cautela para descrever os fatos. Mesmo em uma realidade tão violenta, a história de um jovem mestre indiano fugindo alucinadamente de dois motoqueiros assassinos parecia coisa de cinema! E, com meus cabelos desarrumados, triste constatação que tive momentos antes no espelho do banheiro, era conveniente que não abrisse a boca para não ser chamada de louca.

Como não consegui ficar invisível, o policial percebeu minha ansiedade e perguntou se eu queria saber mais alguma coisa além da previsão do tempo. Minha voz trêmula e minhas mãos suadas delataram meus sofrimentos e acabei narrando de maneira atabalhoada o que havia acontecido.

– Uns bandidos, uns motoqueiros, uns estranhos...

Quando o guarda me solicitou os números das placas dos veículos envolvidos, percebi que não tinha anotado nada e que aquele detalhe fundamental sequer tinha passado pela minha cabeça!

Depois de um suspiro meio conformado, o policial entrou em contato com outras autoridades pelo rádio amador e trouxe notícias promissoras: a operação comboio começaria em breve e não houve até aquele instante qualquer acidente envolvendo uma pick-up e duas motos.

***

Para ajudar a acalmar os nervos, comprei um refrigerante e fiquei andando de um lado para o outro em busca de pistas sobre o paradeiro de Kalyan. Como não existiam evidências de que a pick-up ou as motos estivessem por ali, deduzi que os três tinham seguido viagem antes do bloqueio da estrada. Diante daquelas conclusões, restava a esperança de que o jovem mestre estivesse a salvo.

Apesar das preocupações, o clima e as condições da estrada mostravam sinais de boa sorte. Já não fazia tanto frio e logo todos nós poderíamos descer a serra.

Os motoristas e passageiros ficaram aguardando pelo sinal verde. Enquanto uns se mostravam preocupados com os transtornos trazidos pela neblina, outros se concentravam na ideia de que ela significava um final de semana de muito sol na baixada santista. Sempre que o tempo ficava nublado na serra, diziam eles, a cidade de Santos fervia de calor.

E, quando meu refrigerante estava quase no final, vi algo que eu não esperava!

De início, fiquei um tanto quanto desconfiada, pois o mundo, embora muitos sinais mostrassem o contrário, não podia ser um lugar tão pequeno assim! Depois, resolvi me aproximar e esperar que as duas mulheres percebessem por conta própria a minha presença. Enquanto elas se distraíam com o que estavam fazendo, não havia espaço para que notassem mais nada. Eu, por outro lado, achei peculiar e até engraçada a maneira como elas levantavam os celulares para o alto, como se aqueles aparelhos fossem controles remotos capazes de mudar o céu.

Quando finalmente a dona Odete e sua filha desistiram da busca estéril pelos sinais de suas operadoras, arregalaram os olhos e vieram me abraçar.

Em pouco tempo, compreendi o que tinha acontecido sem que elas precisassem dizer uma só palavra. Bem ao lado, o carro da família parecia desenganado com os pneus murchos, fumaça preta saindo do escapamento e uma poça de óleo se formando no chão.

Dona Odete contou que estava desesperada porque a festa beneficente começaria logo mais e todos os doces tinham ficado sob sua responsabilidade.

Reparei mais uma vez no carro da minha amiga. O porta-malas estava cheio de tudo que se podia imaginar e, no banco traseiro, longe tanto quanto possível de qualquer outra bagunça, havia um bolo de chocolate digno de confeitaria. Como a embalagem era transparente, dava para ver os granulados coloridos e as bolinhas de gelatina vermelha dispostas sobre o glacê, como se fossem flores. Eu mesma havia usado muitas daquelas bolinhas em bolos de aniversários, uma versão mais econômica das cerejas em calda.

Eu sabia muito bem como a dona Odete se sentia. Por muito menos, eu tinha ficado arrasada com os apuros que passei com meu carro no meio da neblina. Quando o bom caminhoneiro apareceu para ajudar, fiquei aliviada e era exatamente a mesma coisa que eu queria fazer pela minha amiga.

Sendo assim, ficou acertado que a filha da dona Odete voltaria para São Paulo com o guincho e que nós duas levaríamos os donativos para os velhinhos em Santos.

Enquanto dona Odete assinava a autorização para a remoção do carro, eu e sua filha transportamos as bagagens de um porta-malas para o outro e logo tudo foi resolvido. De acordo com os meus cálculos, deixaria minha amiga em seu destino e, antes das dezesseis horas, chegaria a Guarulhos com tempo suficiente para cuidar dos trâmites da minha viagem para a Índia.

Quando tudo ficou pronto, dona Odete se ofereceu para pagar um cafezinho e fomos enfrentar a fila do restaurante chamado MMM, Mil Maravilhas do Milho.

***

Para acontecer um equívoco, não é preciso muita coisa. Bastam algumas coincidências e uma mente em estado aflitivo para que tudo mais desemboque em atropelos. Depois que os enganos vão embora e a verdade aparece, o destino se diverte muito com a nossa cara de espanto. Como nem sempre podemos rir de volta, o melhor a fazer é manter a discrição para não passarmos mais vergonha.

Antes que eu percebesse a confusão em que tinha mergulhado sem querer, vários pensamentos invadiram meu minuto de descontração no MMM e, enquanto saboreava um café ao lado da minha amiga, tentei ordenar todas as avalanches que desmoronavam em cima do meu bom humor. Desde a noite de autógrafos na Livraria Cultural, muitos acontecimentos apoteóticos tinham mobilizado várias emoções. Parecia que não, mas o encontro com o boizinho perdido no meio da estrada tinha mexido com as minhas explicações racionais... O aspecto encantador daquele episódio não demoveu as dúvidas que se agigantaram dentro de mim e fiquei me perguntando qual seria o significado daquilo tudo em minha vida.

De repente, alguém puxou um banco embaixo do balcão e sentou-se à minha direita. Olhei de soslaio, como olharia para qualquer pessoa, mas, infelizmente, a visão não foi das melhores. Completamente assustada procurei apoio em dona Odete, no entanto, ela não percebeu meu estado porque estava preocupada em decifrar do que realmente eram feitas as esfihas de carne.

– Isso não é carne.

Em seguida, engoli o restante do café e reparei mais uma vez em tudo que acontecia ao meu lado. No balcão, um capacete, um copo de cerveja e uma fatia de pizza de calabresa. Nas mãos do homem, um celular. Em sua boca, comida mastigada e um monte de verdades.

– Este celular não presta. Esta pizza também não.

Com feições aborrecidas, o homem tomou um gole de cerveja e foi andando até o pequeno corredor que dava acesso ao caixa. Lá, no único orelhão disponível, ele começou a discar um número infinito. Vendo aquilo, empalideci na hora e daquela vez a dona Odete percebeu.

– Que foi, fia? A comida te fez mal?

Sem dar qualquer explicação, fui saindo em direção ao estacionamento, mas não era possível passar pela porta antes de enfrentar as filas para o pagamento. Quando minha amiga me alcançou, ousei olhar em direção ao desconhecido que falava ao telefone. Senti meu rosto ferver e minhas mãos ficaram trêmulas quando consegui algumas moedas para ajudar no troco.

Eu queria fingir que não tinha visto nada, mas reconheceria aquele macacão de plástico em qualquer lugar do mundo! E, mesmo na fila do caixa, consegui ouvir as duras palavras do homem:

– Fiquei preso no posto, a estrada fechou. O Zeca conseguiu descer a serra e já deve estar em Cubatão. O celular também pifou...

Através da parede de vidro atrás do caixa, vi que a moto odiosa do RFP estava parada na entrada do restaurante! Estacionada no lugar mais previsível do mundo, ela acabou se tornando invisível quando passei por ali da primeira vez. Naquele momento, porém, todos os seus detalhes, incluindo a placa de identificação, estavam bem ao alcance dos meus olhos. Justamente por causa disso, reparei que nem tudo era como parecia no momento desesperado da perseguição: no tanque, a pintura de labaredas vermelhas servia de fundo para uma figura bem menos assustadora do que minha imaginação tinha interpretado. O adesivo com a morte segurando uma foice era, na verdade, o desenho de um cometa riscando o céu, o logotipo de uma empresa de entregas: "Asteroide: despachamos para todo o Brasil"!

Tive de contar tudo para dona Odete e, mesmo ocultando alguns itens sem relevância, ela expressou reações intensas que foram se metamorfoseando conforme o relato seguia seu curso. Depois de ficar assustada e de quase pedir ajuda para um guarda, minha amiga soltou uma gargalhada e me perguntou, no final das contas, que bandido neste mundo seria capaz de usar um macacão fluorescente?!

Quando passamos ao lado do motoboy, ainda deu tempo de ouvir mais um pouco daquilo que dizia para seu chefe, sem o que certamente o meu dia teria ficado bem melhor:

– Pode ficar sossegado, seu Juvenal! Acho que a encomenda já chegou lá no escritório de Cubatão.

***

Finalmente, as viaturas da Companhia de Trânsito e da polícia rodoviária ligaram suas sirenes e deram início à "operação comboio".

Assim que a dona Odete colocou o sinto de segurança, acenou para sua filha e para o sorridente rapaz do guincho, que estava visivelmente encantado com a beleza da jovem.

– Acho que alguém vai arrumar um namorado! – brinquei, enquanto colocava a chave no contato.

Os semblantes aliviados dos que estavam a passeio se misturavam aos gestos aflitos das pessoas que tiveram seus compromissos prejudicados pelo imprevisto da manhã. Assim, enquanto uns ligavam o som no último volume para brindar o início do final de semana, outros reparavam em seus relógios de pulso com olhares de desaprovação.

Eu fiquei contente por me colocar novamente em movimento e fiz outra minuciosa previsão de horário para não chegar excessivamente atrasada ao aeroporto. Talvez Kalyan estivesse voltando para Guarulhos naquele momento.

Às vezes a visibilidade continuava ruim e tudo que conseguíamos enxergar eram as traseiras dos veículos que nos guiavam e, ao redor da estrada, os breves relances da Serra do Mar. A exuberância da paisagem foi se tornando progressivamente frágil conforme descíamos a serra. Na metade do caminho, já era possível deparar com os efeitos do desmatamento, que tinha causado danos irreversíveis à nossa querida Mata Atlântica! E pensar que só restou dez por cento daquelas florestas e que a neblina, os ventos e as poucas árvores heroicas eram tudo que havia sobrado dos tempos remotos!

Nos momentos em que a paisagem aparecia de relance, pensava em Serkong Trin, a floresta que brotara da intuição, o lugar mais sincero do meu eu. Ali, onde minha arte nascia e se abrigava, construí um reino virtuoso e seguro para Kalyan.

Enquanto minhas reflexões avançavam em diversas direções, os carros seguiam pelo único caminho possível, cortavam as sinuosas curvas da serra e entravam nos túneis iluminados. Ao meu lado, dona Odete estava contente e segurava o bolo de chocolate como uma bomba relógio que não podia chacoalhar. No banco de trás, o exemplar de Kalyan de *O Beijo do Sol* e o ramalhete de rosas brancas resistiam bravamente às nossas desventuras.

Uma placa de retorno para São Paulo surgiu à direita e não pude negar a vontade que tive de mudar a rota. No entanto, minha amiga precisava de mim e por isso segui em frente.

***

Assim que o trecho da serra terminou, ganhamos a planície e uma estrada de asfalto impecável convidou-nos a correr um pouco mais. O município de Cubatão, parcialmente escondido atrás da fumaça vinda do polo petroquímico, foi a última zona na qual o céu parecia encoberto. Assim que atravessamos uma antiga ponte, o dia ficou claro outra vez.

Quando chegamos à cidade de Santos, dona Odete se pôs a falar das belezas e das praias, que estavam cada vez mais limpas. O novo prefeito trabalhou com empenho para despoluir o mar e agora o turismo tinha voltado com força total!

– Inclusive, a esposa do prefeito confirmou presença na festa dos velhinhos.

Além das areias cinzentas, outra marca registrada do lugar era o jardim que ficava ao redor de toda orla marítima. A grama parecia um carpete onde árvores e flores construíam desenhos e a atração já tinha conquistado fama internacional.

Assim que parei no primeiro semáforo da avenida principal, olhei para aquele universo de fundo brumoso e lembrei-me de quando tinha doze anos. Naquela época, viemos à cidade para passar as férias e meu pai me deu uma bicicleta nova só para andar pelos jardins de Santos! Cada vez que eu tocava a campainha presa ao guidão, o mundo inteiro se transformava em um lugar bondoso, cheio de carrinhos de sorvetes e de pessoas amistosas que passeavam ao lado de seus cães.

Depois que atravessamos quase toda a avenida, chegamos a um bairro charmoso que eu não conhecia. As ruas arborizadas eram feitas de paralelepípedos, assim como eram as ruas de antigamente. Pouco tempo depois, estacionamos em frente a uma casa térrea de estilo clássico, toda pintada de branco.

– Chegamos! – disse dona Odete.

Logo na entrada da casa, havia uma placa de metal brilhante com o nome da entidade, "Lar de Repouso e Amparo da Cidade de Santos", e um pouco abaixo, com letras miúdas, o orgulho do lugar: "Cuidando de idosos desde 1904".

Bem no terraço da frente, próximo à entrada principal, outra placa exibia a informação importante de que aquela construção era patrimônio histórico da cidade de Santos. Dona Odete contou que a casa só não tinha se transformado em museu porque pessoas famosas do mundo todo apadrinhavam o projeto.

– Inclusive o Dharmaraj, aquele do seu livro, manda dinheiro todo mês para cá. Nunca falhou! – disse ela, com toda simplicidade.

***

Ajudei a descarregar o porta-malas, apertei as mãos dos voluntários, conheci as instalações do bazar beneficente, sorri para os quinze idosos que moravam na casa e, depois de tudo, entrei correndo no carro com medo de que mais alguma coisa pudesse me atrasar.

Mesmo assim, fui obrigada a abrir a janela e prometer aos que acenavam do lado de fora que eu faria uma nova visita ao Lar assim que voltasse ao Brasil. Àquela altura, todos já sabiam da minha viagem para a Índia e, principalmente, que eu estava à frente de uma rede de farmácias, as promissoras filiais do senhor Albano, com a possibilidade de conseguir medicamentos e outros suprimentos grátis para a instituição dos velhinhos.

Dona Odete, muito agradecida pela ajuda, preparou uns lanchinhos e uma garrafinha com suco para que eu levasse na viagem.

– Nunca se sabe quanto tempo vai levar para subir a serra!

Tão logo todo mundo voltou aos seus afazeres, coloquei as chaves no contato e vi uma mulher de cabelos grisalhos encostada no último pilar da varanda, tentando esconder o choro. Fiquei me perguntando por que ela se sentia tão infeliz.

***

Dona Amália aceitou o meu bom-dia e contou-me que andava triste porque uma doença estranha tinha destruído quase todo o seu cabelo. Por isso, ela não queria mais ir à festa.

Como ninguém tinha oferecido ajuda para aquela pobre senhora, arrumei uma cadeira para que ela pudesse se sentar e revirei minha bolsa à procura de qualquer coisa que pudesse nos socorrer. Um pente, um creme para cabelos e uma fivela poderiam resolver o problema.

Separei algumas mechas e coloquei um pouco de creme nas pontas para facilitar o penteado. Apesar da delicadeza dos meus gestos, procurei não exagerar na eficiência para não transparecer o quanto estava aflita para partir.

Fiquei preocupada com sua saúde. Existiam muitos ferimentos no seu couro cabeludo, e mesmo depois de tantos anos de formada, nunca tinha visto nada parecido!

A idosa percebeu minha reação e leu meus pensamentos:

– Pode ir embora, filha! Os machucados não estão doendo mais.

Sem dizer uma só palavra, segurei em seus ombros e sorri amavelmente. Jamais poderia deixá-la naquela situação! Assim, acariciei seus cabelos e continuei a arrumá-los com muito cuidado. Por fim, prendi a fivela e o resultado ficou bonito. Depois que a senhora Amália se viu no espelho, ficou contente!

Antes das despedidas, ela pediu que eu a amparasse até o sobrado ao lado, onde a festa seria realizada. Na outra casa, explicou-me a idosa, havia um espaço maior e um gramado muito bonito onde todos os convidados poderiam ficar mais à vontade.

Enquanto andávamos de braços dados, pedi à senhora Amália que me contasse um pouco da sua história.

Ela era a filha única de um empresário muito rico. Sua mãe morrera no parto e depois disso seu pai nunca mais se casou. Quando ela era jovem, teve uma grande paixão, mas acabou se comprometendo com outro homem só para atender aos interesses de seu pai. Como ele havia feito tantos sacrifícios pela filha, a senhora Amália achou certo pagar-lhe na mesma moeda e por isso aceitou aquela união por conveniência. Com o passar do tempo, os negócios de seu pai tomaram os rumos mais trágicos possíveis e as indústrias da família faliram. Um belo dia, seu esposo a deixou, dizendo que só tinha ficado com ela por causa do dinheiro. Como o casal não teve filhos, a senhora Amália recolheu-se na casa de parentes, mas, assim que seu pai faleceu, ela se viu sem ninguém. Tempos mais tarde, veio à tona a história de que seu ex-marido havia dado um grande desfalque nas empresas e que estava vivendo impunemente em uma das regiões mais nobres da Itália. Empobrecida e sem família, a idosa começou a ficar doente e passou a viver de asilo em asilo, até que conheceu o Lar de Repouso de Santos e nunca mais quis ir embora. Ali, segundo ela, a vida era boa e havia amor em toda parte.

***

Andamos pela calçada e paramos na frente de um sobrado bonito e tão antigo quanto a residência dos velhinhos. Apesar de serem construídas na mesma época, as duas edificações tinham personalidades distintas. Enquanto o Lar de Repouso era tranquilo e todo pintado de branco, o sobrado ao lado era colorido e cheio de alegria. De maneira diferente da casa vizinha, o terracinho do sobrado não tinha qualquer placa.

Depois que ajudei a senhora Amália a subir um degrau de acesso, entramos por um portão de madeira que rangeu de modo engraçado quando empurramos uma pequena tranca. Em seguida, atravessamos um estacionamento completamente vazio, com espaço para cerca de quatro carros e alcançamos a entrada lateral que dava acesso aos fundos do sobrado.

De repente, surgiu diante de nós o quintal mais lindo que eu já tinha visto, com flores e uma grama tão verde quanto os jardins da orla! Um chafariz jogava jatos de água para o alto e foi perto dele que a senhora Amália quis se sentar. Ao final do gramado impecável, existia uma árvore verdadeiramente estupenda que me deixou sem palavras! O tronco era poderoso e dava a entender que muitos anos haviam se passado desde que ela era apenas uma muda vencendo o peso da terra. Seus galhos cheios de flores rosadas se lançavam às alturas, protegendo-nos do sol como os braços de uma boa mãe.

"*Ela é igualzinha à árvore do Mundo Rosa, uma árvore linda capaz de carregar a alma de uma mulher!*", pensei, enquanto não conseguia disfarçar a emoção..

Vendo que eu estava fascinada, a senhora Amália foi gentil e fez um comentário encantador:

– Esta criatura é mesmo linda! Diz a lenda que podemos ouvir seu coração quando ela está feliz! Basta encostar o rosto no tronco...

Fiquei sem palavras e de repente pareceu-me que não havia mais ninguém no mundo além da senhora Amália e da grande árvore! Entretanto, quando ela foi sentar-se novamente perto do chafariz, percebi que não estávamos sozinhas e que muitas pessoas andavam de um lado para o outro cuidando dos preparativos para a festa. Os organizadores espalharam cadeiras ao redor do gramado e penduraram balões coloridos nas paredes. Uma toalha branca que parecia não ter mais fim vestiu a mesa de tábuas compridas montada aos pés da grande árvore e tudo ficou muito bonito. Logo depois, dona Odete espalhou pratos, copos e talheres por toda parte e lamentou o fato de que não havia um vaso com flores para enfeitar a mesa.

Conforme as vozes dos voluntários e tudo que faziam foram se tornando cada vez mais identificáveis aos meus sentidos, vi que um rapaz de aparência notável estava sorrindo para mim. Ele era igualzinho ao Jimi Hendrix, só que saudável e sem drogas!

Quando percebeu que meu juízo estava de volta, ele se aproximou com uma caixa cheia de sinos de vento e pediu que eu o ajudasse a pendurá-los nos galhos da grande árvore.

Eu já tinha visto aqueles sinos antes, justamente no dia em que estive na casa da dona Odete para doar os pertences de Yangsi. Como não queria perder mais tempo, respondi que estava com pressa e que tinha uma viagem marcada, mas, mesmo assim, o rapaz entregou-me a caixa e foi pegar uma escada de madeira.

Enquanto tentava dinamizar o trabalho, ficava cada vez mais irritada porque o andamento natural da tarefa era coisinha de gente tranquila, sem compromisso. Se o verdadeiro Jimi Hendrix era calmo, eu não sabia, mas aquele ali estava totalmente de bem com a vida e não tinha a menor pressa. O rapaz pendurava um sino por vez e só pegava o próximo depois de balançar o anterior para ver se ele estava devidamente preso. Alguns eram feitos de alumínio, outros de bambus e alguns tinham conchas coladas em fitas de náilon, que criavam um efeito atraente. Aos poucos, a grande árvore ficou enfeitada e ainda mais cheia de vida.

De repente, alguma coisa saltou dos galhos e pulou em meus ombros! De início, achei que fosse um daqueles sinos, mas tinha certeza de que todos estavam presos fortemente e que não iriam se soltar com facilidade. Minha primeira reação foi dar um salto para trás, mas meu calcanhar bateu em cheio em uma pedra e tive de me segurar no tronco da árvore para não cair. Depois que alguém gritou "Cuidado com o Saturnino!", vi que a pedra era, na verdade, um jabuti!

– Minha nossa! Peço desculpas...

Tão logo vi que o Saturnino estava bem, olhei mais uma vez para o alto. Lá em cima, pulando sobre os galhos inacessíveis, um macaquinho meio doido desistiu de me importunar e foi embora. Os velhinhos explicaram que ele era sempre muito agitado e que vivia mexendo com os moradores da casa.

De forma totalmente oposta ao macaquinho, o jabuti nem saiu do lugar e enfiou a cabeça dentro do casco.

– Ah! Esse jabuti aí tem uma história muito bonita: uma pessoa salvou a vida dele e ele salvou a vida dessa mesma pessoa. Simples assim! – disse a senhora Amália.

Reparando mais uma vez na maneira como o jabuti se camuflava entre as raízes da grande árvore, tentei imaginar como um ser tão inexpressivo poderia ter salvado a vida de alguém! De qualquer forma, quando me perguntaram se eu gostaria de conhecer com mais detalhes a saga daquele pequeno herói, esqueci os ponteiros do relógio e me ajeitei confortavelmente em uma daquelas cadeiras.

***

O Saturnino era um ser judiado. Ele andava de um jeito engraçado, mancando e fazendo um barulho ritmado quando se locomovia em pisos de madeira. Isso acontecia porque ele tinha dois defeitos: um de nascença, que era a patinha torta, e o outro causado pelos maus-tratos aos quais fora submetido sabe-se lá por quanto tempo.

De qualquer forma, era certo que uma circunstância levou à outra e o bichinho foi abandonado à própria sorte.

Ninguém sabia a idade do animal e muito menos como ele foi parar na favela do Galo, uma comunidade erguida no Morro de São Vicente, a poucos quilômetros da cidade de Santos. Os meninos do morro chutavam o Saturnino o dia inteiro como se ele fosse uma bola de futebol e aquilo tinha lhe causado danos irreparáveis.

E quanto mais ele ficava torto e esquisito, mais as pessoas caçoavam dele.

Em um determinado dia, uma menininha de Minas Gerais que tinha acabado de se mudar para o morro com sua madrinha, enfrentou a molecada com toda coragem e salvou o jabuti. A partir daquele momento, os dois se tornaram inseparáveis!

Todo mundo achava graça quando o Saturnino "corria" atrás de sua dona para que ela o pegasse no colo. Depois de tanta amizade, as outras crianças também passaram a gostar do bichinho e pararam de chamá-lo de "tartaruga ninja", apelido que fazia o jabuti abrir a boca e soltar uma baforada de indignação. Desde então, ele ficou conhecido como Saturnino, que era o nome do avô da menininha.

Tudo corria bem até que algo muito assustador mudou para sempre a vida do Saturnino e de todos que moravam naquele lugar.

Estava chovendo há muitos dias quando o jabuti desapareceu!

Aquela criança tão afeiçoada ao seu bichinho de estimação ficou ardendo em febre de tanta preocupação. Como seus pais tinham falecido em Minas Gerais, a madrinha tentava cuidar dela com todo carinho, mas, daquela vez, o sofrimento falou mais alto. A febre aumentou e todos na casa já estavam desesperados e sem saber o que fazer.

Em mais uma noite de chuvas torrenciais, a menininha olhou pela janela da cozinha e viu o Saturnino tentando se arrastar em direção ao barraco. Mesmo com todo esforço, ele estava preso entre os galhos de uma árvore que tinha caído no chão e não conseguia se libertar. A criança ficou com receio de que o jabuti não resistisse ao frio.

Então, sem ligar para a febre ou para os gritos de sua madrinha, a dona do Saturnino abriu a porta e saiu correndo em plena tempestade. Seu amor era maior do que qualquer medo!

Assim que a menina conseguiu desenroscar o jabuti dos galhos caídos, um estrondo chamou a atenção dos moradores e muitos deles saíram de casa para ver o que estava acontecendo. Em um piscar de olhos, a eletricidade acabou e as luzes do morro se apagaram.

Sem aviso, então, uma avalanche de rochas e de lama arrastou tudo que estava pela frente. A força do desmoronamento foi tão grande, que muitas árvores foram arrancadas do solo com as raízes.

A menina apertou o Saturnino em seus braços e fechou os olhos. Segundos antes da escuridão, ela ainda ouviu os gritos de sua madrinha, mas logo a casa da família foi tragada pela terra! De uma hora para outra, tudo que aquela criança conhecia havia desaparecido embaixo de toneladas de lama e de destroços.

Tudo aquilo aconteceu há cerca de quatro anos, quando as chuvas na região foram catastróficas e várias encostas das cidades litorâneas de São Paulo vieram abaixo. Porém, nenhum lugar teve tantas vítimas quanto o Morro de São Vicente! Houve grande comoção na época e a imprensa divulgou muitas histórias de superação e de coragem, mas a mais bonita de todas, a história do Saturnino e da sua pequena salvadora, manteve-se singelamente escondida.

***

Antes que eu fosse embora, a senhora Amália tinha um último pedido a fazer:

– Pegue as cartas que estão em minha bolsa. Assim que você puder, escreva um livro sobre elas. São as cartas de amor da minha juventude!

Com respeito e orgulho, segurei os envelopes antigos que estavam na bolsa da idosa e os levei para o meu carro. Quem sabe um dia minhas mãos dariam vida àquelas confissões e as lembranças da senhora Amália não ficariam perdidas no tempo?!

Estava pensando em tudo aquilo quando, de repente, fiquei surpresa! Até hoje não entendo como aquilo aconteceu, embora, de uns tempos para cá, fatos inexplicáveis como aquele têm sido uma constante em minha vida. É que bem ao lado do livro de Kalyan, as rosas brancas estavam viçosas e lindas como se ainda estivessem na água! Mesmo depois de tanto tempo esquecidas dentro do carro, elas mantinham o mesmo frescor da manhã e aquilo era um milagre!

Imediatamente voltei para o gramado e pedi à dona Odete que providenciasse um vaso. Se as rosas estavam vivas, era sinal de que deveriam ficar ali, enfeitando a festa.

Enquanto isso, os idosos chegaram mais perto e aproveitaram para protestar. Como eu tinha dado muita atenção à história do Saturnino e às cartas da senhora Amália, nada mais justo do que ouvir um pouco a respeito da vida de cada um dos velhinhos!

Tal como a senhora Amália, ali viviam pessoas solitárias que acabaram encontrando muito mais do que um teto para morar... O carinho dos voluntários era o coração vivo que fazia o Lar de Repouso pulsar. A cada história que os idosos me contavam, eu entendia um pouco mais a respeito da importância do trabalho da dona Odete e dos outros. E entendia também por que tantas pessoas ao redor do mundo, incluindo Kalyan, mantinham aquela chama acesa.

***

Depois de ter ouvido relatos interessantes e até dramáticos, tudo terminou em boas piadas, como era costume entre nós, brasileiros.

Àquela altura, eu já tinha comido todos os lanchinhos que a dona Odete havia preparado para minha viagem de volta ao planalto e a garrafa de suco já estava pela metade quando o Jimi Hendrix fez um convite estranho:

– Quer vir comigo buscar as crianças na praia? A festa já vai começar!

Olhei para os lados. Tudo que eu via era parte de um cenário previsível e que eu já conhecia suficientemente bem para saber onde, como e por que estava ali: quinze idosos, dois funcionários, nove voluntários, um chafariz, uma árvore...

No entanto, minha mente estava inquieta e minhas dúvidas eram transparentes.

O sorriso do jovem ficou coberto de uma misteriosa satisfação. Seu rosto pareceu-me mais intenso e seus olhos emanaram um brilho ácido e jocoso.

– Você não faz a menor ideia de onde está agora...

Procurei refúgio em outra parte, mas todos compartilhavam o mesmo silêncio. Havia um divertimento subjacente às expressões marotas dos idosos e até mesmo a natureza ficou estranha. Os ventos cessaram e os pássaros foram embora...

– Você não sabe onde está... Sabe?

Eu sabia: estava na cidade de Santos, lugar em que fui parar por acaso para ajudar minha vizinha a preparar a festa de uma casa de acolhida para idosos, fundada em 1904. O bairro? Bem, eu não tinha informações a respeito do bairro, mas sabia que as ruas eram feitas de paralelepípedos e que estávamos há cerca de dois quarteirões da praia. Era sábado, meio-dia, muito calor, feriado em São Paulo.

Depois de um tempo, finalmente alguém veio em meu socorro:

– Parem de brincar com ela, pessoal!

As pessoas entreolharam-se com cumplicidade e eu vi muito bem quando a dona Odete tentou disfarçar seu sorriso:

– Aqui não é a casa dos idosos. O Lar de Repouso fica bem ao lado! O sobrado em que estamos agora é um abrigo que faz parte do mesmo projeto. Aqui moram doze crianças e três adolescentes e todos estão na praia agora!

Quando a dona Odete me abraçou, o sósia do guitarrista mais famoso do mundo me deu uma piscadinha:

– E então? Vamos buscar as crianças comigo?

***

Eu juro que fiquei com um pouco de raiva, não dele, mas de mim.

Já estava tudo preparado, justificado e arrumado. Chaves na mão, óculos escuros e um celular ressuscitado pronto para partir. Nada de conversas, lanchinhos ou piadas. Daquela vez, eu voltaria para São Paulo!

Mas bastou que eu visse o Jimi Hendrix andando sozinho em direção à praia, segurando um monte de chinelos e com os braços cheios de toalhas de banho para que meu coração amolecesse como manteiga ao Sol.

Foi muito estranho! A imagem do faquir batendo na lataria do meu carro em frente ao Centro Dharmaraj de São Paulo surgiu dentro de mim como uma sombra e, ao mesmo tempo, um alerta cheio de vida: *"Vai logo! Vai logo! Atrás dele! Rápido!"*

Assim que eu o alcancei, o moço não disse nada e sua tranquilidade nem um pouco afetada pela minha presença mostrou que, de certa forma, ele sabia que eu não teria coragem de partir sem ajudá-lo a trazer as crianças de volta.

Enquanto segurava algumas toalhas e sacolas, comecei a refazer os cálculos em relação à minha chegada ao aeroporto.

"Deixe-me ver: duas, duas e meia, quatro horas e..."

A rua bucólica terminou e entramos em um formigueiro gigante que se movimentava sobre a areia. Abaixo dele, a natureza resistia e fazia esforço para respirar. Aquilo explicava por que a cidade de São Paulo parecia desabitada pela manhã, enquanto eu e Kalyan corríamos como loucos por suas ruas vazias. Eu nunca tinha visto uma praia tão lotada! Por um segundo, cheguei a lamentar o fato de que o homem civilizado era um ser capaz de fazer qualquer coisa para aproveitar um feriado, inclusive inventar operações comboio para vencer as neblinas da serra.

Em poucos minutos, não era mais possível andarmos em linha reta e tivemos de desviar dos mais diversos obstáculos para evitar incidentes. O maior transtorno de todos foi causado pelo concurso de estátuas de areia, promovido pela prefeitura e que já estava na fase de premiação. O evento conseguiu a proeza de reunir o que existia de mais bizarro no gênero com o pretexto de que tudo, tudo mesmo, é arte. Ninguém sabia o que era aquilo e todos culparam o clima escaldante e a lotação da praia pelas características peculiares das obras. O primeiro lugar foi para uma escultura de sereia gorda que recebeu vaia dos homens e apoio da mulherada: "É isso aí! Abaixo a ditadura da magreza!".

Sem que aquilo tudo interferisse no ritmo de nossos passos, eu e meu amigo continuamos em frente na busca pelas crianças. Enquanto isso, o calor castigava minha pele e meu vestidinho preto com a figura da mandala mostrou-se uma escolha infeliz e totalmente inadequada.

Depois que alguém gritou bem nos meus ouvidos "olha o camarão!", achei que não haveria mais esperança para o bom humor, mas, assim que pisei na areia molhada, tudo mudou.

– Lá estão eles! – disse o bom moço apontando para a beira do mar.

Naquele instante, e tão somente naquele instante, percebi que estava com saudades da natureza e que sequer desconfiava daquele sentimento. A brisa inconfundível que vinha de longe fez com que me sentisse em paz, mesmo no meio de toda a agitação. Então, respirei fundo e deixei o vento bagunçar meus cabelos. Da mesma forma, guardei os óculos na bolsa e até o meu jeito de andar ficou diferente.

Ali, onde as ondas morriam tão delicadamente, a vida parecia maravilhosa!

Será que, em algum momento da nossa passagem para outra existência, vamos ficar exatamente assim, ou seja, diante de um vasto horizonte depois de uma caminhada exaustiva por entre tumultos? Será que as brisas acalentadoras estarão lá para nos ajudar, ou, ainda, será que nós seremos capazes de percebê-las?

Pensando em tudo aquilo, as nuvens mais fugidias receberam meu olhar e minha contemplação. Tão logo senti a água em meus pés e em meus tornozelos, tive vontade de me refrescar um pouco mais. Meu amigo tinha ficado para trás com as crianças do abrigo e não havia mais nada com que eu devesse me preocupar.

Quando a água chegou quase aos joelhos, firmei os pés para não cair e foi então que notei, logo à minha esquerda, uma fileira de rochas que avançavam para o mar em direção a uma ilhazinha chamada Ilha das Cobras. Naquele píer natural, algumas pessoas caminhavam, pescavam ou simplesmente ficavam olhando a ginga descompromissada do oceano.

De repente, a figura de um homem na extremidade do píer segurou minha alma pelo âmago e capturou todos os meus sentidos! A distância entre nós era grande, mas, contra a claridade do céu aberto, o contorno de sua silhueta me pareceu inconfundível. Em cima de uma pedra, o paletó de corte impecável fora esquecido como se fosse uma roupa qualquer, provavelmente porque naquele calor ele não tinha mais serventia. A calça dobrada até a altura dos joelhos e a camisa desabotoada tremulavam com o vento e uma força ancestral deitou-se sobre a cena, como se aquele jovem fosse um ser angelical ou apenas um homem capaz de voar. Durante o tempo em que fiquei ali completamente inerte, tentei adivinhar seus pensamentos e, principalmente, por que motivo ele trazia o semblante tão sonhador...

Entre as brumas que se erguiam do mar e das rochas, o homem virou-se para mim e era como se meus sentimentos e desejos o tivessem chamado pelos ombros:

"*Olhe para mim! Olhe para mim, se for você...*"

E quando Kalyan acenou ao longe, fiquei emocionada.

***

Quando ela nasceu e passou por mim, juro, não era mais do que uma montanhazinha arredondada de água, uma coisa gentil, uma onda em formação. Segundos depois, ela se avolumou e quebrou estrondosamente na areia.

Assim que levantei o braço no intuito de retribuir o aceno de Kalyan, ouvi um grito desesperado vindo da praia!

Assustada e sem saber o que fazer, minha primeira reação foi sair da água e correr na mesma direção em que corria a maioria dos banhistas, mas logo um salva-vidas apareceu e pediu que ninguém se aproximasse.

Em terra firme, um agrupamento cada vez maior de curiosos começou a se formar em torno de uma criança caída. Meu coração saltou do peito e eu não conseguia compreender o que estava acontecendo.

Quando cheguei mais perto, vi que o Jimi Hendrix tentava acudir a menina.

– Aqui! Aqui! – gritei na esperança de que ele me visse.

Para minha sorte, meu amigo conseguiu me reconhecer no meio da multidão e fez um gesto para que eu me aproximasse.

– Eu tomo conta dela! Leve os outros para casa!

Dizendo isso, ele jogou as toalhas de banho na areia e saiu às pressas segurando a criança nos braços.

Enquanto eu caminhava no meio do tumulto, prestei atenção aos comentários das pessoas na tentativa de encaixar as peças em seus devidos lugares:

– Foi um caso de afogamento? Devemos chamar uma ambulância?

– Não! Foi só um desmaio!

– A criança já está bem!

Aos poucos, tudo voltou ao normal e de repente me vi cercada por um grupo de meninos molhados e tristes. Com idade entre quatro e onze anos, eles tinham acabado de sair da água e abraçavam o próprio corpo como se estivessem com frio. Um deles foi se aninhando em meus braços e começou a chorar.

– Calma! Vai ficar tudo bem! – disse eu, enquanto beijava os cabelos salgados do menino.

Cabisbaixos e interessados em justificar o que havia acontecido, os outros só pensavam em voltar para o abrigo.

– A gente não fez nada!

– Foi o mar! Foi o mar!

Tomando o máximo de cuidado para que ninguém percebesse minhas inseguranças, peguei as sacolas que o Jimi Hendrix tinha deixado na areia e distribuí entre os garotos as toalhas de banho, os chinelos e os bonés. Em seguida, pedi a todos que andassem juntos e que dessem as mãos no momento de atravessarmos a rua.

Durante o caminho de volta, os meninos se acalmaram e conseguiram explicar o que havia se passado naquela manhã. Depois de muito brincarem na água, eles resolveram construir um castelo de areia para participarem do concurso de esculturas. Em sua ingenuidade, acreditaram que seriam os ganhadores e que levariam um troféu muito bonito para que o pessoal do abrigo se orgulhasse deles. No entanto, quando o castelo já estava quase pronto, uma onda forte destruiu tudo e uma das meninas se desesperou! De início, os outros acharam que era brincadeira, mas logo perceberam que a amiguinha tinha ficado realmente aterrorizada.

– A gente não ia ganhar o concurso mesmo! – disse um dos meninos.

– Olha aqui! Aposto que o castelo de vocês estava muito mais bonito do que as outras esculturas! Viram a sereia gorda? Agora, vamos nos animar! Hoje vai ter festa e vai ter bolo de chocolate!

***

Quando chegamos ao sobrado, percebi que as coisas por ali não andavam muito bem.

Dona Odete recebeu-nos no portão com um sorriso pálido que tentava disfarçar alguma coisa. Depois que os meninos entraram, ela puxou-me pelo braço e disse que precisava falar comigo.

Minha amiga bem que tentou controlar as emoções, mas, quando entrou no refeitório e olhou para o rosto das outras voluntárias, começou a passar mal. Fechamos a porta para não causar mais danos às crianças e imediatamente pensei no pior.

– Aconteceu alguma coisa grave com a menina que desmaiou?

Durante aquele segundo de angústia entre a pergunta e a resposta, senti o rosto queimando como fogo. O que tinha ocorrido na praia, momentos antes, foi muito triste e eu estava preocupada com aquela criança.

– Não, ela está no quarto e já parou de chorar. Telefonamos para o nosso pediatra, o doutor Miguel, e ele está a caminho.

Como a dona Odete estava muito emocionada e não conseguia falar mais nada, as outras voluntárias fizeram um resumo da história e explicaram que aquela menininha morava no abrigo e que era ela a sobrevivente do desmoronamento! Depois que a criança ficou mais calma, contou que tudo que se passou no Morro de São Vicente quando ela tinha três anos voltou de repente em sua lembrança! Naquela manhã de diversão na praia com os amigos do abrigo, uma onda mais forte destruiu seu castelo de areia e ela gritou e se desesperou! A imagem do castelo desmontado e da areia derretida fez a menina se lembrar da avalanche de lama que tinha levado sua casa e matado sua madrinha!

Com absoluta compaixão pela menina, dona Odete foi correndo buscar um pedacinho do bolo de chocolate para ela, pois sabia que era sua sobremesa preferida. Não importava que o bolo fosse cortado antes da hora ou que não ficasse tão bonito na mesa; o importante era ver aquela criança alegre de novo.

No entanto, o bolo da dona Odete simplesmente azedou!

A neblina, a estrada, o calor, tudo tinha contribuído para apagar um dos personagens mais ilustres da festa.

– Justo hoje que vamos receber convidados importantes! Justo hoje que as crianças queriam comer bolo!

Aquilo abalou muito nossa pobre confeiteira, que havia feito tudo com tanto capricho. A síncope foi quase inevitável e agora, além da menina, o doutor Miguel teria mais uma paciente para tratar!

Eu não podia assistir a tudo aquilo sem tomar uma atitude...

Então, sem pensar nas consequências, saí em disparada para tentar contornar a situação, mas o que eu não esperava era encontrar um trânsito tão terrível quanto o da cidade de São Paulo em horário de pico! O carro praticamente não saiu das primeiras marchas e por isso resolvi pegar uma rua paralela para me ater ao comércio local. Infelizmente, não vi nenhuma confeitaria naquele quarteirão e os dois supermercados que encontrei estavam completamente cheios. As filas começavam nos estacionamentos e muitas pessoas tinham perdido a esportiva diante de tantas dificuldades. Quando consegui estacionar, não encontrei os ingredientes para o bolo, pois quase todos os produtos que eu precisava tinham acabado. As prateleiras vazias e os caixas lotados davam a impressão de que o final dos tempos se aproximava!

Após muita correria, achei um mercadinho em uma viela escondida que vendia um pão de ló seco e de formato desigual, mas que certamente poderia ser salvo com calda de guaraná. Com medo de que outras pessoas descobrissem aquele oásis, agarrei cinco ou seis daqueles bolos e enchi o carrinho com latas de brigadeiros, confeitos granulados, chantilly gelado, velinhas, balões coloridos e, é claro, um monte de copos com cerejas em calda para o toque final.

Enquanto eu colocava tudo de qualquer jeito dentro de um caixote vazio de frutas, posto que o senhorzinho do caixa não conseguia lidar com as sacolinhas plásticas que rasgavam a todo instante, não sabia se o bolo ficaria gostoso, mas estava certa de que aquelas cerejas, pontos de honra, eram verdadeiras.

***

Quando voltei com minhas compras, muitos convidados tinham chegado e estavam aproveitando a festa. As voluntárias corriam atrás dos afazeres e, na casa ao lado do sobrado, os dois funcionários do bazar ocupavam-se com as vendas. Com todos tão atarefados e com dona Odete fora de cena, o bolo, como era de se esperar, ficou sob a minha responsabilidade.

Como os meninos estavam sentados no gramado e continuavam um pouco tristes, chamei todo mundo para ajudar e ficaram extremamente animados quando eu disse que eles seriam os confeiteiros oficiais da festa! Na medida do possível, tive certo êxito para lidar com euforias exageradas, birras e outros desentendimentos, até que consegui organizar as tarefas de acordo com a faixa etária, interesses e habilidades de cada um. Enquanto uns colocavam a calda no bolo, outros cuidavam do recheio e assim por diante. Um grupo encarregou-se da cobertura e os pequenos ficaram com a incumbência de enrolar os brigadeiros. Por fim, limpamos o refeitório, colocamos o bolo na geladeira e fomos lá fora encher os balões.

Enquanto estava por ali, não pude deixar de notar o vaso com rosas brancas bem no centro da mesa. Naquele instante, várias coisas me passaram pela cabeça, desde algumas promessas que eu havia feito para mim mesma e que não pude cumprir, até as boas realizações daquela tarde!

Assim que me viu parada ao lado da mesa, dona Odete veio para as despedidas. Felizmente, ela estava recuperada e se sentia satisfeita! Depois de muitos abraços, ela se desculpou pelos contratempos daquele sábado tão inesperado e disse que eu não deveria me preocupar com mais nada. Era hora de pensar em mim. Era hora de pensar na viagem.

Antes que eu fosse embora, a boa amiga queria me mostrar algo muito importante e pediu-me licença por um segundo.

Assim que ela entrou no sobrado, alguns idosos se aproximaram com um pequeno ramalhete. O lacinho feito às pressas desmanchou e tive de segurar tudo com muito cuidado para que as flores não caíssem.

– Vocês não querem que eu chore, não é?

A senhora Amália, pegou em minhas mãos:

– Depois de ter ouvido todas as nossas histórias, não é justo que você vá embora sem nos contar a sua!

Confesso que fiquei sem jeito. Eu, sempre tão acostumada a escrever, não tinha o hábito de falar. Mesmo assim, achei o pedido justo e fiz um resumo bastante sincero das minhas vivências, realizações e sonhos.

Claro que fiquei com vergonha, mas acabei contando que havia me apaixonado por uma foto na Espanha, que tinha perdido um filho por falta de cuidados na gravidez, que descobri a existência de uma tal Fernanda bem no dia em que fui pedida em casamento, que meu pai vivia atrás de mulheres mais novas e que tinha feito um livro meio profético sobre um assassino de bigode.

Ao final do monólogo, os idosos estavam desconcertados e sem saber o que dizer.

(acho que sou um pouco melhor com leitores do que com ouvintes, não é mesmo?)

De qualquer forma, eles levantaram seus copinhos com suco e fizeram um brinde em minha homenagem. Alguém ainda teve a ideia de trazer uma lista dos medicamentos que estavam em falta na farmacinha do Lar de Repouso e prometi que providenciaria aqueles itens assim que fosse possível.

A senhora Amália, a única pessoa que sabia sobre Dharmaraj, fez uma oração:

– Oh! Senhor! Esta moça é uma pessoa muito bondosa! Que ela encontre hoje quem ela mais deseja encontrar!

Depois disse em segredo:

– Olha aqui, filha, se esse moço for esperto, vai puxar você para dentro daquele avião. Mas, se ele for iluminado mesmo como dizem, vai abrir este portão de madeira e aparecer aqui a qualquer momento!

***

Dona Odete, que tinha saído para buscar uma surpresa, apareceu na porta da cozinha e, encontrando meu olhar, foi logo se apressando para me mostrar uma verdadeira maravilha!

– Este é o Bruninho. Ele vai ser adotado por uma ótima família! Os papéis da guarda já saíram e ele vai para nova casa na próxima semana!

Quando o bebezinho de seis meses veio para os meus braços, imediatamente reconheci como Dona Odete o tinha vestido. O casaquinho verde, os sapatinhos enfeitados com laços, a toquinha de malha com o desenho de um urso. Fiquei tão feliz ao ver as roupinhas de Yangsi naquela criança, que mal pude disfarçar a emoção!

Ao redor, tudo estava perfeito! O gramado sob o Sol, o céu azul, a vida correndo fácil por dentro e por fora de cada segundo. A grande árvore, um ser gentil, nem se importava que o ar lhe roubasse os perfumes das flores, pois a brisa nos devolvia tudo quase que na mesma hora.

Enquanto isso, a festa foi ficando cada vez mais agitada. As comidinhas estavam ótimas e as vendas no bazar beneficente foi um verdadeiro sucesso! Uma grande movimentação de pessoas aqui e ali enchia os voluntários de orgulho, pois eles sentiam seus esforços recompensados.

Com exceção da menininha da praia que ainda estava no quarto se recuperando, todas as outras crianças aproveitavam a tarde de animação. Alguns meninos se molhavam com a água do chafariz e outros corriam em volta do gramado brincando de pega-pega. Quanta disposição! Só de olhar para eles, fiquei cansada! O Bruninho, por si só, foi um pesinho e tanto para as minhas costas destreinadas, mas mesmo assim fiquei um pouco chateada quando seus pais chegaram e foram logo pegando o seu tesouro nos braços!

Quando fui conversar com os três adolescentes que moravam no abrigo, a promessa da dona Odete se cumpriu e realmente a mulher do prefeito acabou aparecendo. Embora fosse aguardada com muita expectativa, sua presença decepcionou uma parte do grupo e causou algumas polêmicas. A começar pelo visual exagerado que não a deixava nem um pouco confortável ao ar livre. Pelo contrário, a jovem senhora parecia pronta para uma cerimônia de posse presidencial. E o que mais aborreceu as pessoas foi a maneira desdenhosa com a qual ela olhava para as crianças. Muita antipatia e falta de envolvimento marcaram aquele encontro e tudo piorou quando a primeira dama se negou a pegar o Bruninho no colo.

– Mas que ousadia!

– Ela tem nojo das crianças!

– Tomara que o salto alto enrosque na grama!

Ainda bem que a detestável senhora se retirou para o estacionamento e lá ficou por um bom tempo falando pelo celular. A situação ficou tão complicada que quase os pais do Bruninho foram embora!

Depois que a raiva passou, fiquei entregue aos meus próprios vazios. Há pouco tempo, eu era exatamente como aquela mulher e tinha um olhar preconceituoso em direção às pessoas institucionalizadas. No meu estreito entender, a existência no abandono era a colheita das sementes que foram plantadas pelos próprios indivíduos que viviam naquelas condições. No entanto, precisei conhecer mais a respeito dos outros e de mim mesma para saber que minha explicação estava abolindo o aspecto humano daqueles dramas e reduzindo o que era indivisível em uma célula apartada de todas as outras. Mal sabia que tudo e que todos estamos ligados em uma eterna cadeia de elos interdependentes e que não existem "minha vida", "meu mundo", "minhas coisas", sem que haja todo o resto! Se faltar a árvore, não vou respirar; se faltar o sorriso, não serei feliz.

Por isso eu não podia julgar a mulher do prefeito. Havia muitas delas dentro de mim, querendo mais, retendo mais, temendo mais. Apenas com esforço e com vigilância podemos manter essas ilusões afastadas do coração para que elas não nos enganem novamente.

E enquanto eu estava pensando em tudo aquilo, dona Odete anunciou mais uma novidade! Daquela vez, garantiu a anfitriã, seria uma surpresa bastante agradável:

– Atenção, pessoal! Por favor, atenção! Como eu tinha prometido, vamos receber hoje uma visita muito especial! Preparem seus corações, pois a visita acabou de chegar!

Ficamos todos em silêncio e ouvimos o ranger do pequeno portão de madeira.

***

A dupla sertaneja Tite e Francisco tinha feito muito sucesso no passado, mas atualmente passava por alguns reajustes. Ainda que os amigos inseparáveis jamais quisessem se render aos apelos da modernidade, tiveram alguns dissabores devido aos novos rumos que suas carreiras tiveram de tomar.

Depois de algum tempo incrementando o repertório para que ficasse literalmente "ao gosto do freguês", o senhor Tite e o senhor Francisco deixaram para trás os efeitos pirotécnicos, os instrumentos eletrônicos e as dançarinas sensuais e voltaram às origens com a promessa de que nunca mais negariam sua arte, sua essência, sua verdade.

Assim que chegaram à nossa festa, foram recebidos com o máximo de carinho. Como já tinham idade avançada, puxamos duas cadeiras à sombra da grande árvore para que se sentassem com suas violas e fizemos uma roda em torno deles para acompanharmos as músicas. Aquelas canções tão sinceras falavam sobre a vida no campo, sobre os pássaros e sobre a importância das coisas simples que ficaram perdidas no tempo. Enquanto a emoção tomava conta de todos, os adolescentes, é claro, ficaram do lado de fora da roda, rindo da gente!

Depois dos aplausos finais, um pé de vento chacoalhou os galhos da grande árvore e muitas flores caíram sobre nós. Os sinos-de-vento, imbuídos de uma energia natural, tocaram a sinfonia dos ares entre as folhas cheias de vida. Era como se houvesse um coração escondido no tronco da árvore demonstrando sua alegria, tal como dizia a lenda que a senhora Amália contou.

***

Acendemos velinhas, cantamos parabéns e o bolo que as crianças fizeram estava ótimo!

Quando pedi à dona Odete que levasse uma fatia para a menina doente, ela explicou que os amiguinhos tinham acabado de sair do quarto e que a pobrezinha ainda estava dormindo.

Fora a preocupação com aquela criança, todo mundo estava contente e até o doutor Miguel, que adorava desfilar no Carnaval, arriscou umas cantigas na viola. Depois de um tempo, o Jimi Hendrix se empolgou e começou a soltar uns fogos de artifício superbarulhentos até que as voluntárias chegaram e lhe deram a maior bronca. Em resposta, ele sorriu e foi comprar mais rojões!

Com um barulho quase igual ao dos fogos, o tradicional estouro de balões ficou a cargo da molecada. E adivinhem quem estava no meio da bagunça, divertindo-se a valer? A mulher do prefeito! E com aqueles saltos fininhos ela estourou mais balões do que qualquer outra pessoa!

"*Finalmente, ela encontrou o caminho dela, no tempo dela, do jeito dela*", pensei, enquanto me lembrava de um pensamento budista que afirma que todos os seres trazem dentro de si a capacidade para a iluminação.

Sem que eu esperasse, dona Odete apareceu toda esbaforida e arrancou-me da introspecção:

– Agora é sério, já está quase anoitecendo e você precisa se apressar!

À nossa volta, uma bagunça invencível foi surgindo na medida em que as pessoas rumavam em direção à saída. Na mesma hora, imaginei como ficaria a praia depois que todos os turistas fossem embora no domingo.

Como o vento estava mais forte, os velhinhos também resolveram se retirar e as crianças, depois de um dia de muitas brincadeiras, foram tomar um bom banho.

Minha vizinha mostrou-se novamente preocupada comigo. Eu até achei simpática a sua consideração, mas detestava quando ela me chamava de "fia":

– Fia, eu sei que você está atrasada, mas não posso sair daqui sem ajudar os outros na arrumação desta bagunça! Você pode ir embora, vou tomar um ônibus na rodoviária.

Depois que ela se afastou, fiquei preocupada. A pobre dona Odete tinha passado por fortes emoções naquele sábado!

Não sei por que, mas a imagem do senhor Albano veio à memória e pensei em como ele ficaria decepcionado se eu não assumisse o novo cargo de gerente na segunda-feira. Da mesma forma, a voz do meu pai ao telefone me pedindo para ficar transformou a viagem para o Oriente em algo excêntrico e sem sentido.

Sem dizer nada, peguei uns sacos vazios e comecei a trabalhar. Ajudei a limpar a mesa, recolhi os papéis do chão e fui com os adolescentes levar os sacos para a lixeira na calçada.

Como os músicos ainda não tinham comido, preparei para eles lanches, sucos e cortei umas fatias de bolo. Depois que lancharam com a maior alegria, fizeram questão de cantar mais um pouco, mesmo para uma plateia tão dispersa.

Os idosos que se sentiam bem-dispostos, incluindo a senhora Amália, não quiseram se retirar e pediram que eu buscasse suas mantas para cobrirem os joelhos.

Assim que voltei ao gramado, tudo parecia ainda mais vazio, não fossem as cantigas de viola e as conversas animadas das voluntárias que arrumavam o refeitório.

Atravessei o quintal e entrei na biblioteca das crianças, um anexo com uma porta corrediça que dava para o gramado. Ali, os últimos raios de sol deixavam todo o espaço iluminado. Com o piso de madeira novo e bem clarinho, o ambiente pareceu mais aconchegante e convidativo à leitura e às brincadeiras. Além das estantes com livros, cadernos e maletas com jogos, as prateleiras penduradas ao longo das paredes continham caixas para armazenar brinquedos e vários porta-lápis feitos artesanalmente pelas crianças. Bem próxima à porta, uma lousa exibia desenhos e algumas frases escritas certamente pelos pequenininhos: "mundu do amor", "goto de doce", "brincanomar".

Achei tanta graça que tirei uma foto! Em seguida, fiquei com vontade de escrever uma mensagem, mas depois, deslizando meus dedos pela lousa, achei por bem colocar o giz no lugar e deixar tudo exatamente como estava.

Naquele momento, algumas crianças vieram em meu socorro. Ainda bem, pensei, pois muitos objetos estavam fora do lugar e eu não fazia a menor ideia de como colocar tudo aquilo em ordem. Dois garotinhos recém-saídos do banho tinham caprichado nas roupas e estavam muito bonitos! Os cabelinhos penteados com gel eram puro charme! Tão logo se apresentaram, ofereceram-me balas e, em seguida, começaram a varrer o chão com eficiência de gente grande. Em pouco tempo, outros meninos juntaram-se a nós e empilharam as caixas de jogos, recolheram as bolas de futebol e guardaram tudo num cesto colorido ao lado da porta.

Àquela altura, eu estava cansada e resolvi ajoelhar para organizar alguns livros e gibis espalhados pelo chão. Na mesma hora, uma menina de uns sete anos se ofereceu para ajudar e foi logo colocando os livros do outro lado da estante. Ela era alta, magrinha e eu não me lembrava de tê-la visto com as outras crianças.

Quando comentei alguma coisa a respeito, a garota foi logo explicando:

– Fiquei com febre quase a tarde toda! Só melhorou agora que comi bolo! – disse ela com ares de sabedoria – A dona Odete diz que a gente pode ter febre quando tem vontade de comer alguma coisa!

– É verdade! – respondi sorrindo – E quando comemos um doce gostoso preparado pelos amiguinhos, então, é melhor ainda!

– Sim! Eles me contaram tudo! Eles disseram que a senhora comprou as coisas e que depois ensinou todo mundo a fazer o bolo! Obrigada!

Em seguida, a voz da menina ficou um pouco triste. Enquanto continuávamos com nossa arrumação de livros, perguntei-lhe o que estava acontecendo e ela me contou rapidamente sua história, a mesma que a dona Amália tinha narrado a respeito da tragédia ocorrida há quatro anos no Morro de São Vicente.

– Fiquei com vergonha na praia hoje... Eu gritei e chorei... É que a onda destruiu o castelo e eu me lembrei de tudo.

Naquele momento, senti um pequeno tremor nos joelhos que foi aumentando bem devagar. No começo, achei que fosse só uma cisma, mas, depois, o tremor ficou cada vez mais forte e entendi que vinha de alguma coisa que se movimentava sobre o piso.

Então, fazendo um grande esforço para se deslocar naquela velocidade e produzindo um barulho ritmado em cima da madeira, o jabuti veio em minha direção! Como vinha de um jeito peculiar, mancando e batendo com o casco no chão, pensei que ele não seria capaz de vencer a relativa distância entre a porta corrediça e o ponto onde eu estava, mas o bichinho passou por mim como um raio e veio parar aos pés da menina.

– Ah! Então você é a famosa dona do Saturnino? Venha até aqui para me dar um abraço!

De início, não entendi a expressão de surpresa que preencheu seu olhar e nem por que ela deu um passo para trás antes de sorrir. Então, sem dizer nada, a menina lançou-se sobre mim em um abraço apertado que só as crianças generosas são capazes de ofertar e senti seu coração pulando forte quando ela me disse seu nome, seu terno e belo nome.

De repente, fui tomada por um pressentimento intenso e reparei melhor na criança que estava em meus braços. O vestidinho estampado, os cabelos louros... A luz de uma arandela na parede oposta emoldurou seu corpo de tal forma que a luminosidade parecia emergir de seus braços e de sua pele, como névoas douradas que se dissipavam em direção ao teto. Da janela aberta, do Sol que invadia meu olhar, veio o brilho com o qual a fivelinha de fada transformou aqueles cabelos em um ninho de sonhos, o meu ninho, os meus sonhos.

E foi assim que eu soube que ela seria minha filha...

***

Fomos correndo contar a novidade para os outros e a alegria foi tão grande que a festa recomeçou! Recebemos abraços, aplausos e muitos beijos! A dona Odete se pôs a chorar e foi correndo fazer pipocas e sucos. O senhor Tite e o senhor Francisco voltaram a tocar e, completamente emocionados, declamaram uma poesia de autoria própria, que dizia muitas coisas sobre as surpresas da vida.

Enquanto eu passava loção repelente na molecada, fiquei lembrando de Kalyan e de tudo que ele havia feito por mim. Em meu livro, no instante em que todos estavam se despedindo na estação de Metha, as palavras do senhor Govinda já tinham desvendado o futuro. Aquelas palavras ainda estavam bem vivas na minha memória:

"*– Kalyan promete que fará tudo, qualquer coisa, o possível e o impossível, para que a senhora reencontre seus filhos... Em qualquer tempo, em qualquer lugar. Ainda que ninguém entenda, ainda que ninguém veja.*"

Naquele sábado de luz clara, Yangsi habitava meu coração e eu finalmente segurava nos braços a minha Pequena Deusa, uma menininha órfã que vivia na cidade de Santos com o "Povo da Praia".

Fechei os olhos e pensei em tudo que tinha acontecido. A neblina, a fuga na estrada, os laços de compaixão...

Eram as trajetórias do tempo e das leis que compõem todos os mistérios do amor! Se Kalyan estava prestes a entrar em um avião rumo à Índia ou simplesmente atravessando a rua para juntar-se a nós, eu ainda não sabia. Mas de uma coisa eu tinha certeza: nossa família estava se reunindo de novo! E abençoado seja o dia em que a família se reúne!

E vocês, meus queridos amigos, não imaginam como me senti ao perceber que eu e minha doce menina já conhecíamos muito bem o nome uma da outra, antes mesmo daquele primeiro encontro!

Por isso, quando anoiteceu em nossa festa, Ismênia sabia direitinho como me chamar.

Sempre com o Saturnino ao seu lado, ela atravessou o gramado e voltou correndo para o meu colo, trazendo dois pacotinhos com pipocas bem quentinhas para nós.

– Olha, mamãe! Estrelas no céu e estrelas na nossa árvore!

– São vagalumes, Ismênia! Eles podem ser suas estrelas e tudo o que você quiser sonhar, minha querida...

Agradecimentos

Apesar das aparências, o trabalho de um escritor não é solitário. Muitas pessoas estão envolvidas na realização deste projeto e é ótimo saber que tenho tantos colaboradores, amigos, familiares e leitores capazes de sonhar o meu sonho.

Quero expressar total gratidão ao meu amado esposo Claudio Bastidas, cuja dedicação e incentivo foram constantes. Além de fazer apontamentos importantes, ele se emocionou com estas páginas tanto quanto eu. Sem ele, nada disso seria realidade! Aos meus filhos Ramon, Ravi e Jolie agradeço pela compreensão, pois dividi nosso precioso tempo com este projeto. Amo vocês! Com o mesmo sentimento, sou grata à minha mãe Linda que me ensinou a ter fé, à minha sogra Therezinha e aos sobrinhos Ivan, Fanny, Lúcia, Renato e, em especial, à Laura, que leu e comentou os primeiros manuscritos. Minha querida irmã Leda contribuiu com abraços, beijos e observações detalhadas que fizeram a diferença. Obrigada, Leda!

Minha irmã Leila, a maior de todas as fãs, viveu intensamente cada palavra deste romance. Ela se encantou, sofreu, encontrou a trilha sonora perfeita e sonhou dia após dia com a transformação do original em livro. Agora que ele chegou, quero que ela saiba o quanto seu apoio e seu amor foram importantes!

Dizem que alguns laços são eternos. Eles vencem qualquer distância e são maiores do que qualquer tristeza. O senhor Tite e o senhor Francisco, certamente uma boa dupla, vivem além das homenagens contidas nesta obra. Da mesma forma, meu inesquecível boxer D'Artagnan deve estar aguardando por mim, tal como o boizinho da história, em uma linda estação entre as montanhas...

E por falar em bichinhos, não posso deixar de mencionar o privilégio de ter conhecido o verdadeiro Saturnino, que hoje é livre e vive em paz graças à compaixão dos seus novos donos, Cesar e Patrícia. Sua vida inspiradora foi narrada no capítulo sete.

Agradeço imensamente a ajuda de todos os meus amigos, sobretudo à Claudia Stella, Larissa, Vera, à equipe do Armi e do Resavas (Ana Paula, Elaine, Juliana e Cidinha) e à amiga Vani pelas horas que passamos em um café falando sobre o livro. Essa garota é uma *coaching* literária!

Gostaria de citar com gratidão a minha querida analista Liane Weissmann, que acompanhou e acolheu com bondade todas as sementes do meu processo criativo. E, ocupando o outro lado do divã, estão os meus pacientes com quem tive a honra de entrar em contato ao longo desses anos. Nossas jornadas ajudaram-me a ser quem eu sou.

Deixo um abraço especial para duas mulheres admiráveis: V.M. Anni Sherabi, pelos ensinamentos budistas, e Rita Lúcia De Luca Tré Becker, cuja ética e respeito pelo meu trabalho foram além de um contato comercial.

Com alegria, dedico cada página deste livro aos meus leitores (os que eu conheço e os que jamais conhecerei), cujas vidas estão entrelaçadas à minha de um jeito maravilhoso.

Por fim, nada disso seria possível sem o trabalho cuidadoso da Editora Pandorga e de toda equipe envolvida na produção da obra.